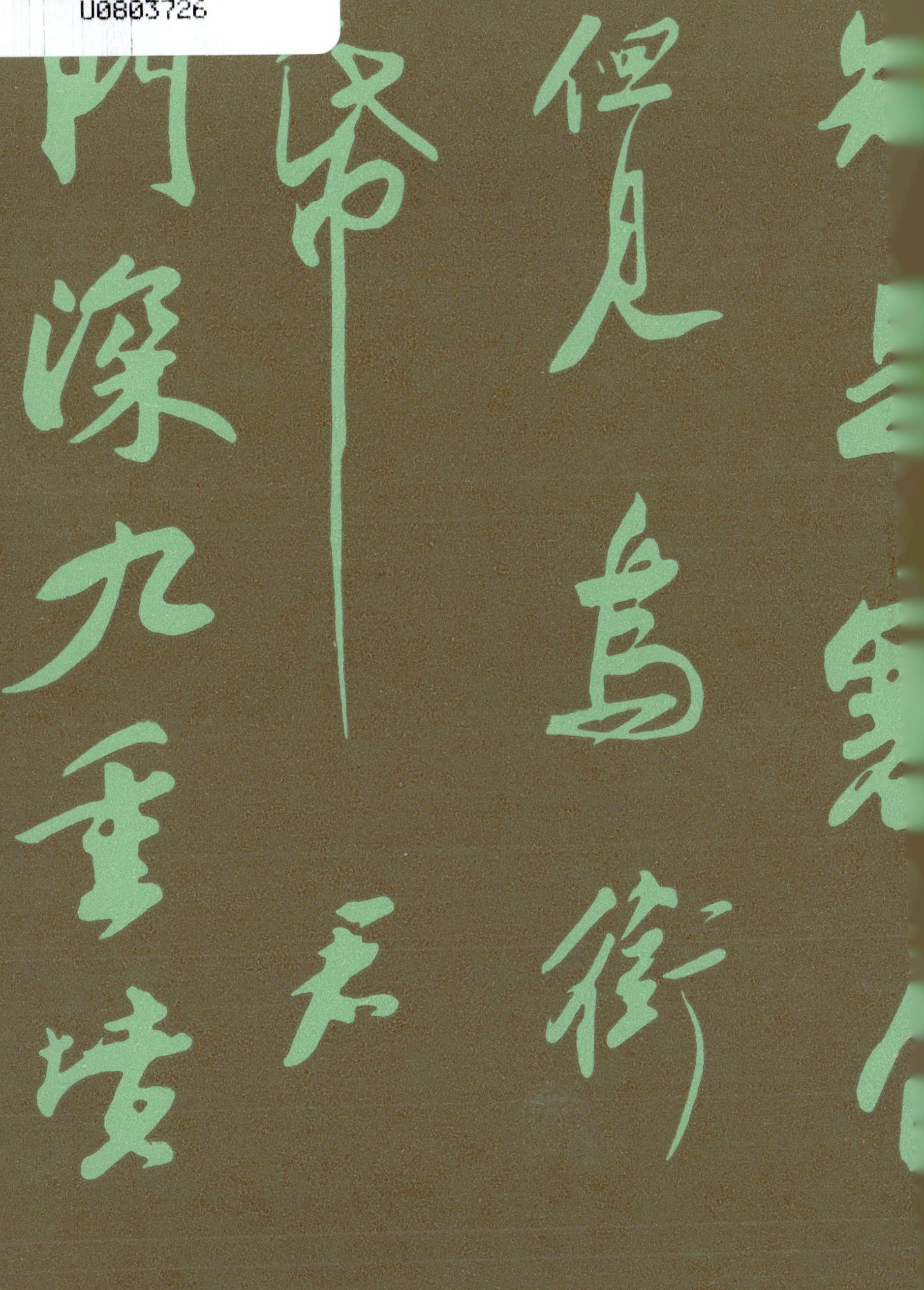

全宋詩

第五七册

北京大學古文獻研究所編

傅璇琮　倪其心　許逸民
孫欽善　陳　新
主編

北京大學出版社

全國高等院校古籍整理研究工作委員會重點項目

編纂委員會顧問

編纂委員會

本册資料人員

朱寶模　孟憲忠　姚兆寧　徐永强　崔　岩　崔庚昌

劉　雯

參加本册整理者

文師華　王麗萍　吕滇雯　朱寶模　向　農　李　更

李洪波　吴　鷗　孟憲忠　徐永强　陳曉蘭　崔統華

許紅霞　楊海峥　虞　行　聞　賢　漆永祥　劉　瑛

劉　雯　戴　螢

參加本册補遺者

虞　行

本册責任編委

陳曉蘭　高秀芳

（以上均以姓氏筆劃為序）

第五七册詩人總目

第五七册目次

全宋詩卷二九八六

全宋詩卷二一九八七

全宋詩卷二九九〇

全宋詩卷二九九一

全宋詩卷二九九二

全宋詩卷二九九三

全宋詩卷二九九四

全宋詩卷二九九五

全宋詩卷二一九九六

全宋詩卷二一九九七

全宋詩卷二一九九八

全宋詩卷二九九九

全宋詩卷三〇〇〇

全宋詩卷三〇〇一

全宋詩卷三〇〇二

全宋詩卷三〇〇三

全宋詩卷三〇〇四

全宋詩卷三〇〇五

全宋詩卷三〇〇六

全宋詩卷二〇〇七

全宋詩卷三〇〇八

全宋詩卷三〇〇九

全宋詩卷三〇一〇

全宋詩卷三〇一一

全宋詩卷三〇一二

全宋詩卷三〇一三

全宋詩卷三〇一四

全宋詩卷三〇一五

全宋詩卷三〇一六

全宋詩卷三〇一七

全宋詩卷三〇一八

全宋詩卷三〇一九

全宋詩卷三二〇〇

全宋詩卷三〇二一

全宋詩卷三〇二二

全宋詩卷三〇二三

全宋詩卷三〇二四

全宋詩卷三〇二五

全宋詩卷三〇二六

全宋詩卷三〇二七

全宋詩卷三〇二八

全宋詩卷三二〇九

全宋詩卷二〇三〇

全宋詩卷二〇三一

全宋詩卷三〇三一

全宋詩卷二九八四

程公許一

程公許（一一八二—？），字季與，一字希穎，人稱滄洲先生（《耻堂存稿》卷五《滄洲先生奏議序》）。眉州（今四川眉山縣）人，寄籍敘州宣化（今四川宜賓西北）。寧宗嘉定四年（一二一一）進士。歷華陽尉，綿州教授，知崇寧縣，通判簡州、施州。理宗端平初，授大理司直，遷太常博士。嘉熙元年（一二三七），遷秘書丞兼考功郎官，二年，因言事劾去。三年，以著作佐郎召，兼權尚書左郎官，累遷將作少監，兼國史館編修官，實録院檢討官。淳祐元年（一二四一）遷祕書少監，兼直學士院，拜太常少卿（《南宋館閣續録》卷七、八）。出知袁州。以杜範薦，召拜宗正少卿，爲權倖所格，退處二年。擢起居郎兼直學士院，累官中書舍人，禮部侍郎。鄭清之再相，屏居湖州四年。十一年，起知婺州（本集卷一三《寶慶府改建設廳記》），官終權刑部尚書，卒年七十餘。有《塵缶文集》等，已佚。清四庫館臣據《永樂大典》輯爲《滄洲塵缶編》十四卷，其中詩十一卷。《宋史》卷四一五有傳。

程公許詩，以影印文淵閣《四庫全書》本爲底本，酌校殘本《永樂大典》。新輯集外詩編爲第十二卷。

擬九頌

鴈湖先生李公，以嗣世之賢，為儒林哲匠。參貳幾政，協謀鋤姦，功不自言，横遭娼嫉。賦閒歲久，學日充，德日進，旱霖川航，四海係望。公許嘗竊論楚臣《九章》、《九歌》，傳者謂其託陽數以陳詞，悃悃款款之忠，一篇而三致意，庶幾君之一悟而國賴以安，非私於為己也。雖楚詞有詩人主文譎諫之義，而頌以美盛德之形容。斯文之作，體則騷而文則頌，無乃不類乎。鴻飛遵渚，吾黨望於公者，雖累詞千百，安能摹倣其萬一。是則託楚騷，紀陽數，表公之志，頌公之德，於古人託物引類之義，或有取焉耳。

龍吟兮九淵，鶴唳兮九天。飛僊兮下寥闊，鶴可馭兮龍可鞭。白雲兮坌谷，飛泉兮鳴筑。掇瑶草兮帝庭，搴瓊林兮木末。問老僊兮何為，珠庭宴兮悦怡。啟瓊笈兮探道帙，盼靈童兮往授之。粲僊李兮芳奕葉，主斯文兮千歲期。維嵩嶽兮峻極，繄甫申兮孕質。彼圩頂兮尼丘，非毓聖兮何述。偉兹山兮萬仞，獨載英兮一家。下培塿兮何有，上帝閽兮可排。龍奮髯兮翔騫，鶴整翮兮徧褼。灑瓢滴兮澤苗槁，何蕙帳兮吾久淹。

右龍鶴山

馳余馬兮南北，慨永懷兮故國。豈喬木兮吾敬，繄世臣兮取則。許史兮金張，煜煜兮煌煌。薰天兮富貴，達觀兮粃糠。水有源兮木有本，傳不傳兮天若吝。彼高密兮崇門，後何稱兮子孫。維指李兮蟠根，光萬丈兮斯文。父子兮昆弟，面命兮叮嚀。闖户兮車不停軌，滿堂兮烜朱與紫。顧所重兮未然，寧以彼兮易此。佩禮義兮服詩書，保厥美兮久不渝。百世兮嗣守，張赫奕兮吾閭。守一經兮範金石，寧鄭公兮專通儒。

右通德門

修眉兮連娟，曼翠靄兮麻源。君門獰兮九虎，蹇予留兮三年。三峨之山兮遠萬里，見似人兮胡不喜。半輪秋兮促公歸，空高徑兮班屐齒。蹈夷險兮一心，既何戚兮何欣。忍較功兮曲突，莽蒼狗兮白雲。清風颯兮綺疏，明月耿兮庭除。紛縹帙兮插架，尚青衿兮來趨。渺天涯兮延佇，時與拂兮蠹魚。雪堂兮躬耕，萬古兮芳馨。匪天窮兮人厄，九鼎重兮斯文。

右峨峰書院

水平湖兮溶溶，鴈鳴秋兮雝雝。氣相求兮聲相應，渺萬里兮葭葦叢。晴雲淡兮天宇清，行不亂兮字縱橫。伊美人兮心和平，韻塤篪兮錦繡文。湖光澹兮酒温巵，鑑湖影兮燭鬚眉。縱百坡兮何聚散，如此水兮涅不緇。彼弋人兮奚慕，何南北兮定處。嫋嫋兮秋風，瀟瀟兮夜雨。飛鳴兮向陽，何心兮稻粱。望層空兮接羽，友鴻鵠兮高翔。

右鴈湖

貌棱層兮心潔貞，玉韞質兮金作聲。芙蓉冠兮獨立，佩寶璐兮繽紛。胡拳拳兮石友，期歲晚兮相守。瞠俗眼兮老醜，自心知兮堅久。彼平泉兮森離立，紛品第兮羅甲乙。吾何嗜兮狷介，寧與汝兮同癖。琴書兮左右，龜鶴兮前後。覿面兮崢嶸，忘言兮一笑。泰山兮非大，拳石兮非小。體無不具兮，性何不有。嵒嵒兮層霄，藹膚寸兮澤九州。時卷舒兮為世，亘古今兮獨超。

右石林

葵傾心兮向陽，車導迷兮指南。彼赫曦兮麗晝，奚信耳兮銅盤。路通行兮九軌，奚窘步兮媻姗。理有窒兮必通，物無幽兮不闡。懿君子兮姱修，曾何心兮獨善。曼余目兮流覯，瞻咫尺兮威顏。慨冥行兮一世，撫余衷兮獨安。惟納約兮自牖，苟牆面兮孰誘。擁前旒兮余察，昏擿埴兮余考。周道兮如砥，君子兮所履。彼矇叟兮何知，跬步兮千里。倚檻兮永歌，君門九重兮奈何。倚皇明兮寤鑒，蹈前修兮不頗。

右南閣

滄海兮渺瀰，杳莫見兮津涯。愕風濤兮澒洞，問靈皇兮何之。天蒼蒼兮正色，水混混兮相接。何人心兮過險，陡平陸兮震懾。維水流兮不盈，縱涉險兮心亨。亦可載兮可溺，毋以弱兮意輕。兀漏舟兮彭湃，矧維楫兮不戒。羌左重兮右輕，曾何恃兮弗敗。引余袂兮褰余裳，整余柂兮屹余檣。舟中人兮乃心一，險可濟兮患可防。乘流兮上下，如平武兮康莊。思古人兮莫我遻，志尊堯兮慨以慷。固天命兮有當，緊人謀兮允臧。

右平舟

東方兮煌煌，烜吾目兮晨光。耳翰音兮三唱，屏羣英兮遠藏。攬衣兮起起，危檻兮徙倚。寧餐華兮學僊，何炙背兮誇美。衆鼾睡兮昏莫知，我心惻兮獨徘徊。胡羲馭兮不少尼，恐君行兮迫崦嵫。晞余髮兮扶桑，騁余乘兮暘谷。翫咸池兮洗光，佇閶闔兮開鑰。建采旄兮飛虹，駕蜿蜒兮八龍。鸞鳳兮前導，靈鳥兮後從。於微閭兮發軔，景未仄兮帝宮。及曜靈兮未晏，尚察余兮從容。

右朝陽閣

桑枝緑兮麥齊腰，醴泉山下兮春和柔。有美一人兮山之曲，薜荔屋兮蕙裯。溪流兮清瀏，嵐靄兮穠秀。鳥語韻兮清風，花氣馥兮晴晝。山中人兮衮繡衣，汎濫游兮憺忘歸。溉千頃兮芳茝，藝百畝兮留夷。歲暮兮華實，折以遺兮所思。懷渺渺兮何極，時不可兮再得。丹鳳兮飛飛，何兩美兮未合。山中人兮忍淹留，皇渴佇兮石田秋。樂行兮憂違，余心兮焉求。草萋碧兮日婉娩，炯四目兮余袂挽。披霞緼兮紬瓊編，倚僊翁兮與周旋。樂莫樂兮醴泉之墅，役薪水兮公忍余棄。凌汎景兮從之遊，渺下顧兮一稊米。

右醴泉墅

述九頌

嘉定十二年春，西師弛備，敵騎坌入天漢三泉洋，川蜀大震。上用心惻，始下詔圖任舊人，起前參知政事眉山李公於洞霄祠館，以端明殿學士知遂寧府。未就鎮，潰兵嘯聚，自利閬果擣虚入城。公乃弭節潼川，與季弟左史直院侍郎公共議招降，以伐其閫西之謀。賊始疑沮，逡巡引避，用能延景刻。會將士以蹙之，賊固為吾机上肉矣。兵火創殘，流離未復。公始至，是究是圖，俾就安集，民遂德之，家置一喙。先一州而後天下，挽天河以洗兵甲，蒼生屬望於公，不啻旱秧之渴雨。先是，歲行丁丑，公初度之臨也。公許嘗賦擬騷《九頌》為公壽。公讀之喜，謂其文駸駸乎子駿與可伯仲之間。愚不敏，懼不敢當也。今歲己卯，公之壽籍方周一甲子，而雨露疏恩適丁斯時。泰道初亨，壽雋登用，紀年太極，自當與宋匹休。公許感公文字之知，不敢碌碌自比常倫，再抒鄙思，為《述九頌》九章，章各有指，所以侈公道之開，而申前作之未備。繪畫日月，非僭則狂，愛助之情，則在可取。是歲十一月既望，門人程公許拜手謹序。

五氣兮順行，萬彙兮嘉生。緊人兮有異，毓其秀兮最靈。紛總總兮横目，何一濁兮一清。豈后皇兮爾私，命曰賢兮粹精。雖才品兮靡易，匪先覺兮曷程。誕空桑兮開有殷，崧嶽降兮周之禎。矧皇運兮配天，作之輔兮差肩。藹遺芳兮簡編，屹柱石兮多賢。眷指李兮嫡裔，祖柱下兮老僊。扶輿兮瑞霧，溶洩兮非煙。鞭鸞兮馭鶴，抉雲漢兮來九天。粲文瑞兮郁郁，帝所賚兮坤軸。經天兮日星，緯地兮嶽瀆。綿萬禩兮不泯，為生民兮耳目。

右毓粹

岷山兮五嶽丈人，大江兮四瀆之尊。羌鬱積兮佳氣，固人物兮載英。環兩川兮千里，何江鄉兮專孅。匯千頃兮玻瓈，龍與鶴兮集止。山之隱者聃耳孫，子正見兮楊氏女。乘汎景兮軼罡風，藹僊蹤兮山之趾。稟帝命兮叢霄，聊世人兮游戲。五男子兮翹英，今嶢嶢兮鼎峙。彼談遷兮世史官，悵有歉兮曷及季。真人兮高翔，盼塵寰兮粃糠。憫俗兮惛瞀，蹇余佩兮熒煌。老翁泉兮龍鶴之雲，前蘇後李兮藹芳馨。岷可礪兮江可竭，不可沫兮英與靈。

右載英

天不椓兮斯文，寄命脈兮哲人。爛咸陽兮焰虐，不可燬兮六經。苟日月兮可晦，何天地兮長存。言不文兮行不遠，義欲正兮詞欲贍。學之荒兮氣之浮，匪艱深兮必蹇淺。公昔來兮帝旁，佩瓊蕤兮雲錦裳。六龍兮伏軫，從之兮彩凰。愍世兮溷濁，下掃兮不祥。屈宋兮導前，卿雲兮翼後。韓柳兮並馳，杜李兮齊驟。建安七子兮隨行，江左諸謝兮羅左右。抗吾旃兮典籍場，軼吾轂兮風雅囿。探金匱兮秘圖，掞國華兮册書。範金石兮揚律吕，散人世兮猶緒餘。民之生兮有司命，彼指南兮亦有車。秉斯印兮千萬壽，後有覺兮余楷模。

右經文

郊見帝兮琮璜，瑟彼瓚兮流斯黄。物有專兮靈粹，寧糅雜兮尋常。懿君子兮毓德，可蠡測兮藴藏。稟堪輿兮間氣，學遠紹兮皇王。探墜緒兮鄒魯，集皋夔兮衆芳。俗薆薆兮要艾，紛余佩兮蘭纕。衆襘襘兮冶服，爛余裳兮織襄。石渠兮紫橐，斗樞兮萬閣。持衆美兮效君，寧濡跡兮康國。世惛惛兮莫吾與，矯兹媚兮私處。畦於閭兮珣琪，藝瓊蔬兮玄圃。暖晴旭兮養和，霏瑞霧兮來下。苟昭質兮莫虧，猶可遺兮遠者。及羲鞭兮未晏，導帝之兮軌路。

右耀德

蘿門兮薜户，宛其姝兮静女。撫瑶瑟兮清歌，歌不絶兮如縷。事君子兮歲幾何，薺非甘兮蘗非苦。金石兮貞心，恩深兮雨露。黶半額兮姱倡，豈娥眉兮能嫵。山之顛兮虎豹嗥，波洶洶兮蛟龍饕。君欲行兮孰導，隱余思兮鬱陶。願一列兮無從，首倦櫛兮頻搔。寶輅兮瑶轍，道阻兮積雪。君何志兮遠遊，危斷綏兮惙惙。歲冉冉兮將遒，蹇奚淹兮山椒。愕巇鳳兮戾止，曰有詔兮汝謀。日有食兮仍曜，景有晏兮復朝。苟蓀蔆兮弗諼，聊延佇兮中洲。

右亮節

蚩尤旗兮飛炱，天狗墮兮隱雷。天運兮日蹙，目漲兮氛埃。一失兮一得，孰强兮孰弱。莽三垂兮骨縱横，恣强敵兮横奔突。天萬里兮杳莫知，何一朝兮飛羽愕。皇乃眷兮西顧，愴赤子兮何負。白駒兮來思，忍空谷兮逸豫。有俶兮東方，千騎兮煌煌。淑旂兮綏章，往欽兮汝臧。膏余車兮秣余馬，遲汝不來兮盍整余駕。忽霧塞兮飈回，梗緑林兮轔藉。不我後兮我前，幸劫災兮天假。怒轍兮徒勞，鼎魚兮焉逃。民生兮何尤，膏火兮煎熬。蛟涎兮脱禍，父母兮鞠我。集鴈兮中洲，作之屏兮蜀之左。内訌兮外阻，誰禦兮誰拒。膚寸兮鬱遥岑，先一州兮後天下。

右固屏

瀰淪兮澤有水，渺莫窺兮涯涘。鼓之雷兮嘘之風，沛萬里兮流莫止。潏濤瀾兮氿東洋，張乾綱兮翕坤紀。渺觀兮古今，賢運兮齊軌。狼跋兮其胡，赤舄兮几几。東征兮遲遲，滔滔兮不歸。歸來兮何時，繡裳兮袞衣。美人兮嫮好，思不見兮令人老。昔與余兮成言，忍棄之兮異道。九疑兮緬哉，重華兮宴娭。蒼龍兮峙闕，岧嶢兮帝臺。蕙裯兮芷幄，從之兮九垓。麾青虬兮以梁，驂孔鸞兮以駕。靄雲旃兮繽紛，恍松喬兮來御。步咫尺兮帝軒，帝一笑兮何言。恍流盼兮下土，掃埃氛兮九埏。余左兮汝右，余先兮汝後。汝作朕兮股肱，拜稽首兮皇萬壽。

右入輔

一之日兮周正，建子兮良辰。黄鐘兮起律，魯臺兮望雲。氣機兮翕闢，往來兮不停。皇揆予兮初度，秉幼志兮潔貞。延日月兮察幽，睎雨露兮淪氛。蓀拳拳兮余愛，何險艱兮弛勤。與蓀違兮星紀，思專專兮曷已。九折臂兮成醫，信情質兮可恃。端策兮以占，有孚兮韋編。陰極兮陽復，豈賢運兮不然。矧甲子兮一周，測天度兮循環。丹臺兮定録，壽紀兮日延。理無窒兮不亨，物去故兮就新。蠖屈兮求信，根之歸兮再榮。彼涸陰兮毓質，亦忍俟兮陽春。洪鈞兮密庸，播物兮無垠。開八荒兮壽域，如華胥兮大庭。

右紀生

天門開兮九重，爛鈎陳兮紫宫。烜舜瞳兮萬里，穆五絃兮從容。予唱兮孰和，勞心兮𢥞𢥞。渺煙塵兮蕭瑟，慨世途兮荆棘。上帝兮孔仁，賚予兮良弼。金碧波兮漲漪淪，妖氛洗兮景氣新。皇軫思兮六合，佇公來兮經營。天蒼兮地厚，日月兮悠久。民命兮以延，國脈兮以壽。雲翳翳兮僊者家，瑤之臺兮户瓊玖。飯寶屑兮醴玄霜，脯擘麟兮果梨棗。馭鶴兮鞭龍，故山兮春風。吾誰侶兮赤松，匪上玄兮曷從。撫塵劫兮浩蕩，燕鈞天兮樂融。長接引兮羣品，與龍漢兮無窮。

右侶真

亨泉詞

亨泉詞，眉山程公許為常博張侯賦也。侯家資陽，考槃蓮花峰下。坎地得井，竅木以成，有冽且寒，昔堙今渫，以亨取義，而為之銘。宿學鉅公，咸有紀述。肅容伏讀，靈源至味，挹注不可窮，顧後生何敢與於斯文。疇昔承教下風，所願求益，倣楚騷體作《亨泉之詞》。若曰紉艾擷蕭，祈頡頏於飛霞之佩，則公許所不當僭。

有閟兮寒泉，運而往兮幾何年。地靈兮啟秀，不我後兮不我先。川媚珠兮圓折，蓮吐岫兮便娟。坤文郁兮瑞世，所思邈兮西都之虞淵。芳至今兮未沫，世載英兮昌維。其已考槃兮山之阿，龜何以兮食只。築之垣兮登登，忽而凹兮窈而深。累甓兮尋丈，刳木兮虛心。木為仁兮仁者静，水闋險兮中不失信。矧生數兮土以培，固受命兮獨也正。孰牖兮孰窒，孰導兮觱沸。否傾以亨兮緊所遭，余何喪兮何得。美人兮委蛇，洞酌兮永歌。昔泥不食兮匪我吝，今渫可汲兮湛不波。韋絶編兮堂上，晤三聖兮惝怳。有孚兮坎習，不窮兮井養。消息兮盈虛，道之體兮易之象。沛吾輈兮八荒，志拯溺兮靡遑。雞鳴喈喈兮霜月曉，紛紜歸夢兮殷轆轤之下銀床。萬家兮渴飲，渺千里兮相望。猿奚悲兮鶴奚怨，旱欲霖兮川欲航。功成兮不居，媲彼泉兮有常。纓可濯兮滄浪，鯉可羞兮漢之姜。修綆兮汲古，涴新學兮肺腸。美人兮歸何時，樂莫樂兮舊鄉。

仙谷詞送別西憲楊少卿奉祠東歸

攬飛雲兮遐思，軼迅飈兮流目。涪之水兮渺瀰，祕殊境兮仙谷。彼僊谷兮何有，辟埃氛兮泬寥。森幽篁兮擁翠，翕嘉栢兮相樛。路窈窕兮山盤紆，田可稼兮谿可漁。谷中人兮歸何時，霧冥冥兮雨霏霏。人心洪濤兮衝君航，世途羊腸兮隤君馬。盍舍策兮停橈，聊相羊兮田野。蘭室兮蕙裯，鶴舞兮猿嗥。君歸來兮何樂，澹無取兮焉求。敷床兮千萬軸，問何如兮嶽之麓。慨視世兮搶攘，忍潔身兮幽獨。谷中人兮無淹留，靄膚寸兮澤九州。芳菲菲兮未沬，期歲晚兮逍遥。

撰先伯桂隱先生哀詞

伯父桂隱先生，以嘉定十一年正月十三日卒於丹棱之里居，後十二月十七日葬。程氏自唐入本朝，號眉山望族。曾叔祖夔州府君由上庠擢政和二年進士乙科，浮沉州縣間，以學行為縉紳榘範；叔祖飛烏府君早世，不克大耀。先生夔州嫡長孫，飛烏嫡長子也。生長見聞，嫻於禮度，非詩書不嗜，非道義不友，終老韋布，為鄉達尊。家君子蓋先生之親手足，稚齠出繼，友愛尤洽。公許每歸鄉省墳墓，拜先生堂下，丰神散朗，談論贍博。其卒且葬也，不得一慟以寓其哀。先生早悟道家祕訣，形留神往，豈真死者乎。乃倣楚人之詞，為文以招之。詞曰：

丹山之巖兮阻且深，丹山之雲兮閟其霖。中有姝兮靜處，冠岌峨兮瑶簪。方轍兮坎滯，聊返轡兮穹林。辛夷兮為屋，芷幄兮蘭衾。世與我兮異好，不可揉兮精金。信有味兮恬漠，亦何怨兮寡朋。猿嗥兮鶴憤，鳥悲兮蛟吟。忽西崦兮墮日，急響絶兮玉琴。載營魄兮焉逝，空桂枝兮蕭森。朔風兮陵厲，白晝兮多陰。素車兮丹旐，曷返兮遥岑。天高兮地厚，古往兮來今。彼達觀兮超曠，奚死生兮愛憎。四方兮上下，杳眇兮莫尋。鶴歸兮何日，瑶草碧兮勞我心。涕浪浪兮霑襟，君無滯兮遠淫。歸來兮娛樂，故山兮崚嶒。

安人趙氏哀詞

安人趙氏，故大丞相衛文定公之季女，今朝散郎主管建寧府武山冲祐觀虞公之妃。嘉定七年六月十一日終，後二年九月二十七日葬。公鍾情嘉耦，述文誌墓，語皆傳信。眉山程公許倣楚騷之亂，為詞以相挽者，以寬公之悲云。

商飈之蕭瑟兮，百草莽其披離。何深林之敷蕙兮，藹芳華其不虧。物有生而專熾兮，豈伊人而不然。閨濬房其窈窕兮，非從夫將孰稱賢。媚璇源之駛瀏兮，四僊之峰其巀嶪。衮衣藹其碩膚兮，笄珈配之煒曄。有齋季女淑且明兮，天作之對奚苟求。懿玉屏之有孫兮，嗣寬閒之潔修。面嘉命其必敬戒兮，庶幾君子之好逑。歌福履之將兮，詠室家之宜。敝屣珠玉吾何有兮，佩禮義而服書詩。顧俗好之騖榮兮，得則盈而失則沮。孅君子其獨不羣兮，期百歲而偕處。夫何孤鸞一朝而舞鏡兮，悼亡賦而鬢霜。念天秩之有典兮，幽明離隔其忍忘。冷辟邪而燼絶兮，疊旁行其蛛蠹。耿松岡之夜月兮，尚欣欣以從舅姑之遊。悼人命其孰司兮，參大衍其非夭。信流芳之未沬兮，豈獨華髮而曰壽。苟天理之可恃兮，君子之步其丹霄。湯沐大國日可冀兮，尚足慰芳魂於一丘。

以上《滄洲塵缶編》卷二

全宋詩卷二九八五

程公許二

明禋進戒詩

臣公許言：伏覩皇帝陛下改元端平，躬親政事之三禩，大飨明堂，以報以祈，竭情致敬。先期格於道祖，即以是日齋太廟。詰朝薦祼，月星明穊，乾坤清夷。逮玉輅言旋，齋宮都人，夾道瞻望，天顔睟穆，嘉氣扶輿。中夕，雷雨交作於乘輿未輿之前，而小霽於降神盥奠之際。意者雨露風霆，無非所以為教，皇皇帝后，於吾君顧歆警戒，其仁愛之至歟。熙事告成，聖心加惕，詔有司却步輦、輟班賀、免御樓，所以敬天威，銷眚沴祈祥也。後四日申詔，避殿減膳，孚號告廷，以禮拜罷。明智天運，威斷神謀。列辟退朝，舉笏相慶，不期乾道、淳熙之氣象，復見於今。臣列屬奉常，預觀容典，深惟陛下欽畏圖治之心，凡百臣子，當知所以將順規戒，效塵露於海嶽。謹倣《周頌·敬之》之義，撰成《明禋進戒古詩》一章，凡二百四十六句，繕寫進呈。懇懇精忠，惟陛下裁赦。

於赫圓宰，視聽自民。惟聖能饗，非德莫親。乃眷炎宋，受命以仁。十有三葉，涵海毓春。德厚流光，施及吾君。歷數有歸，兆協大横。性篤孝恭，天縱睿神。思皇帝統，積累艱勤。譬彼菑田，是播是耘。遺大朕躬，曷其敢寧。嗣訓九年，端拱嚴宸。權綱復歸，如日宣精。姦憸投荒，耆哲揚廷。與物更始，三載惟寅。宗祀戒期，歷吉中辛。孚號萬方，以肅先庚。飭我玉幣，潔我粢盛。秋霖淫泆，俄浹六旬。法宮祇懼，虔祈百靈。爐沉未燼，如谷應聲。飈籟號起，霧祲斂昏。凡百執事，肄習彬彬。戊辰齋居，彌竭精純。昧旦盛服，天仗肅陳。爰趨殊庭，溯瞻九閎。眷我道祖，凝神窈冥。濬發靈源，流福無垠。旋蹕清廟，感惻蒿焄。端冕對越，秉心著存。暨入禰室，有涕其零。僾若有見，愾如有聞。景緯陸離，瑞靄輪囷。乃備法駕，玉軑金輪。蒼龍載驅，和鸞鏘鳴。黄纛亘晝，翠葆梢雲。還復齋寢，以須肇禋。重屋啟邃，八牖徹扃。秸席純敷，蠟炬交熒。金石森列，豆籩苾芬。有雨其霶，激電震霆。先事以戒，升奠而停。皇心益祇，惕若持盈。上帝降鑒，富媪式憑。二后嚴配，五帝侍軒。陛級陟降，食飲樂欣。禮儀既備，廷列九賓。宣旨輟賀，免御端門。天降威靈，寧不震驚。省咎宸扆，肆眚八紘。相古肆祀，酒洌牲騂。託物薦忱，惟德之馨。玉帶之圖，奉高所營。蓋第圜水，入自崑崙。辯説踳駁，舛厥本源。若稽皇祐，裁自帝尊。合祛參侑，不瀆不煩。維時泰和，穆穆迓衡。尚勞聖慮，抑加鴻名。制詔皋己，千古日星。自注：皇祐手詔引咎：頃者星躔舛歷，水旱沴和。人適洊饑，物非備順。方軫納隍之念，彌興罪己之懷。其在於今，履運艱屯。經躔錯度，水旱洊臻。寇盜虔劉，公私窶貧。國論轇轕，政條放紛。所宜急急，補壞支傾。皇帝明哲，問學日新。夔夔翼翼，是究是詢。廣内九重，方丈八珍。采翠眩轉，尊罍溢醇。皇情泊然，堯采若顰。沓來封章，敷列典墳。旰不遑食，坐或達晨。雖躬其劬，未凝厥勳。因饗而思，咎證之頻。天誘帝衷，躋之乾淳。天啟神斷，旋乾轉坤。抵龜蔽志，歘號列紳。若古有訓，股肱惟人。進退以禮，艱哉選掄。匪余則私，弛弛必更。皤皤一老，為世重輕。毋徐其驅，擾我心旌。奚蠹莫理，奚墜莫撑。孰枉而陟，孰賢而湮。孰道之同，而返丘園。遲汝之來，秉我化鈞。莫莫葛藟，茈其本根。有來贄裸，麟趾振振。時庸展親，金帛賑膰。慨昔急難，在原脊令。豈不爾矜，義或奪恩。盍考故實，以厚人倫。言路之闢，公論以信。誰窒其來，歲久積堙。亦既疏瀹，源清則亨。毋厭其鯁，而其佞言。藥石我愛，醪醴我醒。好惡之岐，治忽以分。民亦勞止，魴尾其赬。託之守宰，爾撫爾循。邊以警聞，皇皇算緡。吏緣為姦，星火急征。慨彼嘉殖，耗於螣螟。戢貪禁苛，前令蓋申。祁祁中原，百年荆榛。天狼耀芒，較昔則獰。撕我邊關，殲我邊氓。汔可小休，亦人之情。儻得少暇，修其政刑。毋寧翫愒，以縱鯨吞。維是四端，急甚救焚。天何言哉，警戒諄諄。仁愛之心，與父母均。皇帝曰咨，爾公爾卿。其左右我，以經以綸。鼎雉申儆，中興有殷。雲漢懼災，主化復行。維思無邪，負扆有銘。敢不參倚，日省吾身。我闕汝規，毋我逢迎。淵冰虎尾，始終一誠。神示神考，寧不我聽。百臣司葩，虔恭駿奔。跪誦祝册，如帝其聆。式稽周頌，進戒九閽。敬之敬之，毋圯於成。海深岳崇，不廢涓塵。圖易於艱，瑜險而平。天錫帝壽，如古大椿。天祚景運，萬億子孫。臣雖不敏，知力於文。泚筆以俟，矢歌維清。

遊靈隱寺

夙好在巖壑，强持縛纓簪。野性當奈何，惝恍如驚麏。京華百萬家，轗轗瓦疊鱗。海氣蕩煩暑，作威凌轢人。湖山招我來，九里松風清。稽首靈鷲山，西瞻目若營。云何一峰碧，飛來如羽輕。俗見囿畛域，達觀渺沙塵。不見毗耶離，示病老净名。古掌斷世界，猶如陶家輪。竺慧去不返，雪猿呼莫聞。斯言誰與證，萬壑空烟雲。老禪法龍象，談塵紛縱横。萍蓬萬里外，繾綣猶鄉情。齋盂乳鋪玉，茗椀花糝瓊。兩腋扶清風，取意巖壑行。冷泉掬清泚，五峰凌峥嶸。真賞味無味，内觀湛空明。可能一枝筇，雲水自由身。永愧隱峰老，勇決拂衣巾。

連日快晴登金華菴觀大面諸峰

齋心謁殊庭，異境目力眩。積陰疑漏天，媧石誰與鍊。列仙喜我至，一笑晴景現。絮雲斂太空，螺翠敞大面。正位儼宸極，羣峰拱星弁。烟雲互吐吞，草木鬱葱蒨。錯磨金碧麗，襞積霞綺絢。平生飫看山，及兹頗創見。常聞西城君，承詔通明殿。玉虬層空來，寶室仙境擅。真侶萬五千，朝夕侍游燕。凝神杳渺悶，稽首瓣香薦。倏看碧瑤岑，坌起白雲片。溟涬含一氣，瞬息閲千變。意恐大隗迷，或作巨鼇抃。仙者奚異人，豈忍為獨善。利欲膏火熬，是非蠻觸戰。持是以求仙，何異沙作膳。吾身信浮漚，世事如掣電。本來一晶明，初不假方便。隨緣聊爾耳，可使為物轉。寸田須鋤耘，老屋亟營繕。行迷及未遠，補過以無倦。飈游如有聞，印我本誓願。他年童初館，或可備精選。

古碑塔寺改律爲禪鄉大夫招凌雲智禪師主法席規模就整侯丞用晦爲賦揭章和者成軸書來索和

智禪生嵗下，稚齒希空門。落髮受具戒，持鉢巡諸村。有如摩尼珠，炯然古井渾。又若大明鏡，不受塵垢昏。衰世不見理，窺天於覆盆。誓將昌祖道，特用報佛恩。得法歸燕社，閉口不復論。眷言古叢城，往事空劍痕。誰規此浮屠，峻極壓厚坤。意令五濁海，親見兩足尊。末法裨販盛，遺教髣髴存。破律會十方，有詔下九閽。法席遴厥選，爐香冷復温。竪拂集龍象，催粥吼鯨鯤。能使幽衢暝，豁開若木暾。空花眩俗眼，孰辨牢脚跟。斯道許津梁，如天柱崑崙。施金方山積，巧匠猶水奔。請以六度法，為拔六欲根。諸君快説偈，羣魔驚褫魂。何時共峻陟，層霄疑可捫。勿謂蟹井小，可敵鯨海呑。

投龍寶室洞天過延慶觀訪王倅共父劍峰精舍

璧簡薦寶室，襟裾馥旃檀。眷言石交舊，可憚脚力酸。層崖一劍裂，陰壑千古寒。數椽棲泬寥，小樓面巑岏。風穴激虎嘯，石洞掀龍蟠。自注：共父開一風穴，并鑿開一古洞，之中得小蛇如筯。是日朔吹慘，舞空雪花漫。開尊聊暖熱，芼蔬勸加餐。心事喜我同，晤言藹清歡。欲去有餘戀，小駐搜奇觀。評畫過神品，誓鬼猶故壇。君家古叢城，甲第十畝寬。胡獨嗜幽寂，而樂兹考槃。戍邱漸相迫，住山殊未安。春風動倅馬，雲霄插雙翰。儻念猿鶴怨，無多貪熱官。

羅仙宮道士留午飯後遍覽山中佳景三十六峰羅列几席夜雨達旦客枕甚清

老樹萬安驛，古井羅真山。玉虬五雲車，仙翁此往還。雲蹤久不刓，汎景疑可攀。憶昔摛藻頖，題詩揭松關。自注：此指羅江縣真宮事。抱琴唐昌來，快晴春物妍。截竹倚伶傳，引袂飛褊褼。歷階一稽首，為我展笑顏。善救無棄物，廣度隨有緣。殊庭遥相望，異闕非浪傳。道士多野朴，山肴親潔蠲。披榛為前導，斛酒勤款延。墨池鑑寒藻，書臺滃非烟。所著何隱帙，乃忍慳不傳。空餘六六峰，可想格筆椽。最憐覆盂亭，秀出層巒顛。周遭碧霞嶂，莽蒼雲海連。酒囤擬洞酌，花坪复連娟。暝色阻窮探，夜雨得佳眠。塵緣一相誤，凡骨何當仙。雲霞豈不戀，簡書當趣旋。神丹夜潤火，青藜洞中天。仙翁如點頭，未忍甘棄捐。

過金堂迂路登三學山李八百仙人道場

失脚塵土窄，謁歸旬朔暫。迂徑款名山，攀險得幽翫。平川開靄杳，長江遠疏散。驅車松柏陰，闖户風日淡。樓居規制古，殿壁丹青暗。自注：樓制極古而工夫精麗，殿壁畫皆唐人作。仙翁李八百，曾舉陟霄漢。遺跡古未陳，見我若笑粲。靈液噴幽嵒，枯楠茁新幹。自注：皆山中事。黄冠肅延勞，緑茗勸澆灌。饑腸殷雷蟄，塵慮忽冰泮。碑閲唐隸遒，詩為處士歎。自注：觀中唐碑最多，有處士送崔錬師詩刻石存焉。三生學精苦，一日升汗漫。自注：三學山，據碑刻中所載，以李八百仙人三生學道乃登仙，故以三學為名。我豈無宿緣，心猶憫世難。思見甲兵洗，永息氈毳悍。王度式金玉，民勞拔塗炭。脩然一儒腐，不自省疏緩。强令事馳驅，終覺窘羈絆。何當脱屣去，託跡烟霞伴。宮洞吟步虛，丹經嚴静觀。太初以為鄰，巧歷那可算。松風天末來，為我發永歎。

擬古二章

剛風軼飛浮，叢霄隱寥闊。其上仙者家，俯世塵漠漠。慨我志遠遊，幽思無與豁。披雲一長嘯，曾舉騎轇轕。整袂謁靈君，授我一丸藥。侍宴旬始宮，從遊紫虛閣。琅函闕道帙，許我抽玉鑰。玄期記三生，廣度有夙諾。世氛日澒洞，帝念慘不樂。願借萬里風，從君駕鸞鶴。鞭雷揮斗柄，夔罔併縶縛。掃清六合塵，景象回閶闔。帝命不可稽，侍晨司校録。永劫保澄明，何問癡仙愕。

霜英濾雲母，月華吐幽魄。濬房鎖葳蕤，弄杼夜咿軋。天寒日苦短，篋不貯寸帛。嬋娟空自妍，襟袖無乃窄。停機掩孤嚬，欲歌心已咽。積此萬縷工，織成苧羅白。蹇修來何時，復闋滯塗轍。女無終不嫁，謹勿昧所擇。忍寒青瑣窗，熏麝翠羅幙。粲粲雙明璫，團團雙白璧。稚齒昔所娛，翫之不能斁。春風蕩繁囿，觸眼會良匹。擷芳索幽占，兩美斯有合。及茲歲未晏，為君媚芳澤。

人頭山肅謁石壁清源真君像

人頭接劍門，濯濯危髻綰。一峰表獨立，層崖平若剷。有一偉丈夫，遠莫辨眉眼。異聞驗清源，奇質自天產。三生舊緣契，邂逅一笑莞。江流怒未平，父功子其僝。坐令老蛙縛，笑看離堆鏟。陸海擅兩川，利百倍灡漨。神聖杳難詰，事或載編簡。明德遠矣哉，椒漿酌盈琖。

鹽亭登高山廟

曉馳光禄坂，暑憩鹽亭縣。嵯峨山疊雲，窈窕溪橫練。長憐少陵叟，浪走天涯徧。耿然憂國心，甘作忍饑面。世難今略平，軍行余後殿。憑高慨往哲，欲去有餘戀。

景行堂

斯文一綫流，伊川師弟子。萍梗記經行，丹青肖容止。升堂如有聞，虚心探厥旨。毋與時俗競，溺心於口耳。

貫道堂

道秘不可傳，非文無以貫。君看聖畫易，風行水上涣。誰令鞶帨工，能使雅鄭亂。六經日麗天，諸子雲霧散。

逢源堂

務學有彝訓，左右逢其原。後生巧穿鑿，末派迷本源。世不有先覺，誰當警羣昏。佩衿來于于，千古師道尊。

卧龍亭

隆中抱膝吟，意豈慕聞達。翻然起潛蟄，了不愆宿諾。廢興渠有命，忠直理難奪。出處士所重，羞死荀文若。

小亭

道義日羣居，閒暇一游息。小亭擁芳榮，長江鑑空碧。風雩不盡春，庭草有生色。習學自孔氏，深體而默識。

題枕帶雙流閣

層樓架蒲牢，其下表奇觀。江連内外流，山列遠近案。烽火日平安，烟霞奉娱翫。蔽芾南國棠，挺特九秋幹。

圜橋

羣峰最高處，一席如鏡平。烟霞敞松牖，風月棲茅楹。仙姑紫綺裘，飛步白玉京。揮手一長嘯，四海風塵清。

水雲天

樓臺錯圖畫，高低各雲烟。小車倦登覽，危欄且回旋。滄波納暝色，溟濛同一天。此中有真賞，題詩謝雕鎸。

解纜凌雲快晴

淫雨三月賒，點篷今夕止。蕭晨企璇漢，微雲散霞綺。鴨綠澹不波，軟翠浄如洗。吾行及端月，餘寒未云已。何以寫幽情，無多佳句子。

舟行過昭化望遠山秀色柬幕中諸丈

劍北山巑岏，刺眼亂矛戟。烟雲借光景，稍覺含秀色。倚檣寄遐瞻，慨我三友益。有懷無與晤，搔首暮雲碧。

重陽陪諸鄉丈遊水樂洞過風篁嶺龍井張飲觀兩蘇仙辯才法師像晚憩楊家梅園歸路小雨

凛秋天氣佳，令節天賜沐。客居意莫展，勝賞諸已宿。風澹湖不波，霧斂山更簇。畫舫厭囂喧，笱輿恣追逐。閒尋水樂洞，嵌空韻琴筑。烟雲互呑吐，臺館適涼燠。非無人力勝，亦自天巧足。側步滑青苔，醉面爽飛瀑。風篁轉幽徑，龍井鑑寒玉。默堂定未起，清風誰與續。四海兩仙翁，三生緣契熟。定知明月夜，屐響答空谷。歸路取名園，移尊屢更僕。涷雨不成泥，騶騎未須趣。峨岷渺何在，萬里勞遠目。安得天瓢翻，盡把邊塵沃。文昌德宏毅，承旨氣肅穆。温雅奉常卿，忠憤膠庠博。宫講静有儀，正字竭忠告。而我贅其間，自省羞樸樕。明堂索桴棟，底用采卷曲。平生邱壑姿，本不耐羈束。撫事長鬱陶，臨觴轉顰顣。故園俯大江，繞屋藝嘉木。何以娱歲晚，籬落森杞菊。粮糧幸有儲，那不返耕築。

同王萬里山行

邂逅非宿期，意行得奇眺。三生湖山緣，青眼不改舊。飛榜漾湖光，躡屐梯雲嶠。玉立緱嶺仙，灑落我同調。冲懷寄寥闊，塵外恣吟嘯。眯目東華塵，誰識此中妙。吾儕骫髒資，如痼不可療。溷溷渠得知，不自恥牛後。已矣毋復言，恐貽水仙笑。

次李晉仲同遊南巖韻

風林舞霜葉，野水收寒溪。旭日愛清美，良友欣招携。近《永樂大典》卷九七六六作逝遊南巖麓，遠躡樵人蹊。原作溪，據同上書改世未變野處，地已呈榱題。鍊石既有穴，補天亦餘梯。仰睇同上書作梯磴可涉，窮擇日從低。窅深有神護，險絶令心悽。我歸期再出，後會豈終暌。第膺三接寵，未許尋高棲。

晉仲文學淵邃方爲朝陽鳴鳳僕所次前韻及之而洊賜佳章以上四字《永樂大典》卷九七六六作荐賜佳章申五字招隱敢再次韻以反之以資他日重會一笑同上書下尚有非一笑非一詩也七字

丈夫為世用，釣築辭巖溪。不用身徇道，固可卷而携。侃侃紫陽翁，不踐桃李蹊。淳熙用不終，歸途此留題。坐令南巖高，萬丈誰能梯。倘止論兹山，僅亦培塿低。今如峴首碑，千載令人悽。我輩何適莫，但觀道合睽。鳥獸不可羣，仲尼非棲棲。

遊涪州北巖

恭惟同出自，斯文其在兹。白衣帝王師，古聞今所疑。慘澹涪江濱，烟雨寒無炊。一編洗心易，後學之蓍龜。學禪譙夫子，窺牆胡不麾。兹道貫三極，何曾限籓籬。杜史接武來，相望幾何時。舊隱勤汛掃，大書挺雄奇。江山著羈臣，千古同一悲。渠自氣浩然，何成復何虧。高堂儼遺像，寶墨鎸豐碑。往者不可作，搔首空涕洟。蕭蕭北巖松，悠悠我之思。

和江平叔遊無爲山詩韻

夙嗜一邱壑，誓言苦難踐。夢踏西山雲，陟降原復巘。世紛不可耐，道根日以淺。永愧龕中定，三歎涕如霰。君從柯山來，行盡蜀山險。不憚屐齒蠟，恣躡蘭亭繭。毫端花五色，優曇時一現。倏倏塵外趣，歷歷眼中見。人生歡會少，摶沙隨手散。何以慰瞻思，英詞展黄絹。

自道場山至何山讀故人洪舜俞内翰詩刻追和

褊性不諧俗，泛梗歸無家。故人右扶風，雙旌擁崇牙。款門及暇日，褰裳躡飛霞。維南古道場，諸天集毗耶。巍撑鳳騫舞，岌起龍騰拏。坡仙舊詩刻，清芬郁天葩。雲表塔標峻，具區帆影賒。萬象森湊泊，窮探忽谽谺。金輿度窈窕，自注：何山一名金輿。翠幄巧蔽遮。昔賢此幽棲，禪扉寂無譁。蕭爽萬竿竹，芬甘一甌茶。清泉茁蘭茗，黄粉飄松花。意疑人境外，身漾天漢槎。浮生能幾何，鷩智那有涯。神龜寶巾笥，曳尾寧坳窪。所嗜在閒曠，何心事雄夸。洪崖石交舊，歲晚蔗境佳。心源秋水澹，藝苑春容奢。冢上木遽拱，海山棗如瓜。今古一轉燭，聚散猶摶沙。暮江趣浮鷁，城樹喧棲鴉。願言借一窗，爐香繙楞伽。

連日駐白帝城懷古感事閱陸放翁詩集追和其韻

益以搤為國，前後闢兩門。劍棧徑傴側，峽江浪崩奔。盤礴六十州，奠位西南坤。天險豈輕設，參旗寧易捫。我行當嚴冬，岸沙高漲痕。絶壁走猱玃，深潭伏鼉黿。東逝注滄海，西來非一源。相傳石筍三，下接灔澦根。長懷草廬公，受遺龍準孫。志節局不展，德義深可尊。矧伊躍馬壯，得與同日論。形勢今猶昔，世故難為言。撫事重感慨，遐瞻莽塵昏。空餘瀼西東，未泯冰雪魂。臘殘春意動，清波躍河豚。撾鼓趣下峽，渚宮同一尊。

中元節日登舟赴官巴西兄姪偕親友追送三十里乃別相顧悽黯舟行得此詩以寄

隨牒倦塵土，歸夢長紛紜。及歸歲阻飢，負米良艱勤。細摹食粥帖，長歌送窮文。忽捧毛生檄，往擷魯宮芹。元方與猶子，念我當離羣。折柬期諸彥，褰裳集江濆。追送三十里，酒炙羅繽紛。夜航語達旦，摻袂俄夕曛。汀蘆黯回首，風萍悵輕分。時危事遠役，所遇無一欣。元戎調新律，笑談靜邊氛。容我坐無氈，峩冠誦皇墳。采蘭勸加餐，伐木友多聞。諸君志姱修，未可恬耕耘。努力崇令猷，時來皆青雲。

弔齊齋先生尚書文節倪公

公以正學清文，精忠讜論，為先朝名侍從。玉色山立，百壬望而沮慴，故身退而名益高。浮玉山、碧浪湖，吴興勝處，規創書院，來往宴娛，雅慕雪堂老仙亭館，皆摘詩句為扁榜。某之生也後，僻處岷山，不獲順下風而趨，幸與先生之季子、新安使君理正子武同朝，為三益友。會以口語去國，扁舟訪子武，為置酒相羊水石間。清風勁節，岌嶪與衡弁競爽，矧承家惟肖，先生固有不亡者存。子武謂是行也，不可無記述。偶閱坡集峴山亭飛英寺分韻月明星稀四詩，僭率借韻，語拙不工，姑以抒其惓惓企慕之意云爾。

披襟白蘋風，蕩槳碧瀾月。若下酒可斟，顧渚茗堪啜。兹遊足娛翫，所遇皆勝絶。四海齊齋翁，清風傳奕葉。平生心本朝，峩冠蓬怒髮。子皮五湖棹，烟波時出没。

仕道昔有訓，退處非為名。齊竽醉聒耳，虞絃自希聲。清波貫雪苕，空翠浮弁衡。圖史足怡悦，風月無將迎。生世我已後，景行寧忘情。昂昂雞羣鶴，慰我雙眼明。

萬頃湖浪碧，一點浮玉青。先生此考槃，有道甘沉冥。植柳蔭水檻，栽蓮繞風亭。感慨手遺奏，精神超列星。鴻鵠既層舉，鴞鳩争刷翎。克家類季子，隧碑新刻銘。

風塵日騷屑，耆哲晨星稀。九原不可作，斯文今誰歸。臨風想孤標，把酒哦落暉。扁刻見尚友，雪堂密傳衣。歸帆拂蘋波，晴烟抹松扉。滿篋貯寶刻，展誦省昨非。

劉園

春來雨雪連綿，仲月之二日，夙興快晴，急借小舫，欲過沈氏大小玲瓏巖。怒風簸揚，撑入小港，舟子告以劉園近在，因往縱觀，乃戊戌舊遊也。花竹逾茂，亭館加葺，尤覺奇偉，徘徊抵暮始入城。先時，結束書籠，偶案上白集一册，是日早信手繙閲，中有《和夢得洛中早春見贈》七韻，末句云「何日同晏遊，心期二月二」。兹行本非夙戒，而偶與白詩參合，小小嬉遊，亦有數耶。因追和其韻。

陰沍閼陽和，快晴差愜意。怒飈妬心賞，清遊殊鮮味。繫船枯葦叢，悶損兀坐睡。斷港麴塵波，見引著勝地。遥梅佇攬結，堤柳是才思。尤憐石交舊，勸我取一醉。異事詫白詩，偶同二月二。

贈修水黄君子行

黄君以元祐太史公之諸孫，寓籍分宜，苦志於詩，以《蓬虆寐語》名其集。長篇短調，不主一體，敷腴而雅重，瀏亮而奇崛，使讀之者如遊羣玉府，百珍眩目，未暇覩也。庚伏袢熱，惠然再臨，贈五言古體二十八韻，清風披拂袖間。念宿諾不可負，而蘧徑曹侍郎、三山陳廣宗、韋輔江彛叟之序引，固無可復加，因次所示詩韻，贅附編末云。

雨潤莘野犂，水給漢陰甕。一為大烹鼎，玉食此焉供。一如朽木偶，肯受關索弄。顯晦勢則然，達觀等一夢。可憐蓬虆生，萬卷皆成誦。静退一何勇，本不借慫慂。使孔孟復起，必能與折衷。世道日以隘，古心誰與共。君家太史公，以文瑞吾宋。崛奇莊騷語，雅淡商周頌。學力探窅深，天巧妙機綜。風流被諸孫，璆琳富包貢。若若綬滿朝，從從清燕奉。那知一畝宫，有士苦吟諷。寐語甘自怡，經綸付時棟。伊余曩在列，竊自恥陰拱。斥去職蕃宣，翫愒糜廪俸。何階繆推激，為我破愚惷。由唐及國朝，作者亦已衆。元氣所融會，諒亦勞藝種。苦心欲其工，何者適於用。當知正始音，若睹治世鳳。覽輝千仞岡，一洗羣目瞢。諛聞我自知，可能相引重。乞閒會得請，敢覬百錢送。假道願款門，單車屏徒從。不妨蒿藋逕，容我於二仲。秋風來有期，心旌轉飛動。

和景韓贈子敬末章韻

艷冶昭陽妃，嬌好浣紗女。盛時一轉盼，零落委黄土。彼姝秋胡婦，真節甘獨守。煒煒編簡上，芳聲乃持久。我欲呼緒風，酹以一觴酒。君看澗底松，閲世幾寒暑。丈夫要如此，千載可尚友。鬼蜮玩阿瞞，何妨摻撾鼓。平生書五車，一字不堪煑。慪我左右手，雙顧石棱紫。忍窮學師道，覓句迫徐俯。横陳味嚼蠟，下筆迅流水。憶昨涪江濱，對吟夜床雨。胡為輕判袂，愁凭烏皮几。人生如飛蓬，飄落無定所。那知錦官城，尊酒又同舉。草玄幾垂絲，筆力造化補。自我交斯人，短翅思決起。不因得趣同，那覺同心苦。至今浮山夢，歷歷西窗語。齋厨厭苜蓿，塵甑窘禾稆。忍飢搜枯腸，數息保氣母。何當陪勝賞，一醉詩分取。終恐吃期期，輸君白玉麈。

唐文權郡見前作和韻見教乃賦詩三首以答之

陰陽無停機，寒暑迭更代。迅商俄慄慘，炎官亟斂退。巖壑有餘妍，雨晴皆可愛。迫迮紅塵海，適喜翠屏對。

魯國久仙去，詩偕芙蓉秋。淵淵韻金石，往往餘巖丘。象賢來題輿，同聲應鳴璆。清渭發源遠，濁涇難混流。

贊房容久愒，遊子奚所嘆。樹老晝常寂，雲埋宵易寒。龕燈對青熒，手箑失白團。撫運忽有感，秋防趣三單。

宗博宮講何丈以諸賢所賦清賦堂詩軸示教借和元韻附軸尾

避影惡木陰，忍渴貪泉水。君看象渡河，步步須徹底。士當秉特操，盛行貴知止。佳境著蔗根，苦或起瓜蔕。上尊錫方進，萬事咨伯始。孰能超然觀，貫之以一理。瓢飲有餘樂，我自味無味。憶登君子堂，積雪幾没趾。雙鶴舞前除，毯烟縈素几。疊石肖嶮崿，俯檻鑑清泚。旌招還此來，歸夢曷能已。紅塵交轡語，新律吐瓊蕊。千載友元亮，顧未忍違世。將壇建鼓旗，許我陪末至。政恐如濁涇，難以汨清渭。俗氛日轇轕，菉茨亂蓀芷。為君歌停雲。倦翮思決起。念歸悵無家，素食心所恥。安得三間茅，託身安穩地。一編岫雲吟，枯腸或能擬。

題夾江馮臨父玉山莊圖

後溪劉先生為題小絶，故秘書郎薛公賦長篇，今益部祥刑秘閣張公屬公許賦。併呈山房邵傳中，康節曾孫也。

天下最佳處，惟二室三川。一氣所融結，何地無雲烟。憶遊古南安，倦憩大觀前。十洲與三島，渺莽雲水連。追隨子邵子，飛步山房巔。醉歸迷夕靄，笑歌呼渡船。至今詩篋中，秀色餘芳鮮。永願借一壑，抱耒耕石田。不學谷口隱，姓名京師傳。邂逅大馮君，為我開愁邊。烟霞粲畫本，風月起筆椽。上有玉山莊，遥挹嵬峰妍。士為聲利役，何如擁腫全。脱粟幸可飽，苦茶宜活煎。畫計不用決，與山終薄緣。三間苟完矣，萬松想蒼然。羊腸摧君輈，問君歸何年。早逐山房翁，江郊掉吟鞭。往來成二老，日醉壺中天。對峙五言城，寫之七絲絃。勿遣俗士駕，汙我青苔錢。以上《滄洲塵缶編》卷三

程公許三

今日良宴會

良辰不可久，飛幰會華館。雕俎粲陳前，羽觴勸引滿。危柱瑟難和，急軫琴失按。含思以亮激，響入凌霄漢。四坐聽我歌，歌罷倚長歎。勿遺歌聲悲，悲多聽者慘。振轡騰康莊，及此歲未晏。

春事無幾端居蕭索追懷成都舊遊慨然有賦

憶昔吏錦城，寄隱雲水鄉。蕭散不任事，上官容我狂。短篷漾空明，舞棹歌滄浪。會心多勝友，一舉累十觴。芳春樂事饒，飛幰集寶坊。意行無定在，有花即相羊。馬蹄穿夜市，奚奴背詩囊。三年一炊黍，舊遊想微茫。誰知涪江濱，側翅不得翔。醉飲無與和，三歎熱中腸。雨晴好風景，輕輿便晚涼。亂絮撲晚靄，牡丹泫殘粧。春物能幾何，營巢燕飛忙。茶事迫榆火，餳膠催粥香。我本樂烟霞，失身縛簪裳。官曹幸云冷，詩債可不償。錦城未即去，十景玆難忘。安能窘邊幅，低頭甘鎖韁。升沈自天分，矯情恐有妨。借我白玉壺，為君歌慨慷。

餞寄菴居士龔彦質

彦質僑處南山僧寮，泊然無營，趣尚高潔。某嘗為彦質謀，投老不可無棲宿地，亦當及玆時圖之，贈以文，庶幾見者或一動心。而彦質素不苟求，未嘗輕以示人也。彦質遊甚廣，莫如殿撰都承敷文大卿二趙公厚，為彦質辦此，更以古詩二十韻餞其行。

煌煌帝王都，列第喧絲竹。林園競選勝，四匝湖山曲。誰知南屏下，老叟甘幽獨。憶從古栝來，紅頰鬢鬢緑。王侯争倒屣，交友為屬目。引觴百壺倒，授簡千穎秃。功名良誤人，日月如轉轂。侵尋四十年，一往不可復。浮雲玩身世，投老寄僧屋。堅忍不苟求，趺坐淡無欲。人生固幻夢，要須有歸宿。買山豈不念，探囊一捧腹。舊交上連璧，情未忘伐木。蘇臺香正凝，寶婺駕已夙。談笑百金揮，拮据三間足。何妨山水窟，就訊高燥卜。行矣不可遲，片帆浪花蹙。歸來督工師，涓選亟營築。開軒納雲水，繞檻藝松菊。身閒心自平，長把黄庭讀。

三伏中積雨如秋

峨眉三日雨，客館六月秋。幽懷無與娱，欹枕清夜遊。炎官失聲勢，萬木皆商謳。一涼德我厚，耿耿何隱憂。憂多白人頭，頭白可復休。積陰忤正氣，潢流冒崇邱。世故莽難期，病根寧易瘳。履霜不知戒，堅冰諒難尤。天運不停機，明當火西流。勿以餘熱在，而忘晚歲謀。家貧迫短晷，及時戒衣裘。

縣圃蓮花方開同時木犀吐芳劉光遠仙尉賦詩爲和韻

季夏苦積陰，泥逕殊窘步。彼姝水花紅，媚此晴色暮。邂逅小山桂，纔洗仙掌露。相携齋閣來，不著丹鉛污。杲之與黄香，胡為此同聚。向來古錦九，散落不知數。吟腸久荒澁，幽賞但默喻。殷勤吴市仙，能供巖壑趣。詩味淡愈佳，交情凝有素。我願同蔦蘿，得與長松附。

十四日同張伯修羅堅甫大智賞月探韻即事感興殊激懦衷翌日會保福辱詩示教借張大韻同賦

涉秋苦多陰，嬋娟喜見乍。天巧竟作難，借此三五夜。屯雲滃四面，如鶩俗士駕。賓坊盍朋簪，尊酒共清話。諸君讀書眼，明不失纖罅。天眼物昏之，誰為彎弓射。連宵耿孤吟，虛窗自高挂。竹風靜逾爽，露葉燦可畫。夢踏市橋去，醉眠僧榻借。陰晴且勿言，幽賞可能罷。恨欠截老龍，三弄倚風榭。酒酣歌慨慷，四坐勿渠詫。邊塵日澒洞，志士惜閒暇。君看古聖賢，憂樂以天下。持此閱人多，何但如傳舍。短氣吐復吞，欲言恐遭罵。徑思投紱去，甘老漁樵社。世論熟脂韋，人物歎衰謝。相期崇令猷，蘭鮑觀所化。

重陽後一日親友會飲於滄洲以初九未成句重陽即此辰探韻得初未二字

雅志厭闤闠，考槃樂郊墟。言歸憩桑梓，不憚躬拮据。歲晚此棲宿，佳氣鬱扶輿。淫雨度陽節，晴雲吐月梳。獨酌良亦佳，所思在羣居。晨興喜復晴，草具何可徐。黃花有餘馥，白酒無多儲。清灘蟄雷吼，輕霞綵幄舒。翳然林水間，舒嘯天籟虛。雪髯醉先起，衆賓且躊躇。人生有定分，適意不願餘。衣食粗能給，吾當賦遂初。相期晚節堅，結社同樵漁。

風露澹秋容，汀洲肅秋氣。吾廬倚高寒，遊目周品彙。既空買山資，恨欠除堂費。醪觴漾籬菊，淺酌殊有味。蜜餌雜園蔬，何妨食之既。興酣一憑眺，情感忽累欷。裔夷恃天驕，邊鬭猶鼎沸。殺氣纏慘澹，將材乏沈毅。吁嗟楚茨荒，遑恤頃筐暨。腐儒拙料事，積憂漫如蝟。伊昔賢哲人，用智奔流未。駟隙詎容追，蟻潰可不畏。索裘已較晚，寒機密經緯。

過房公湖臨發廣文載酒登南樓聽隱士陳希逸彈琴讀鴈湖先生詩及悅齋先生賦

湖蕩匝城府，堤柳一徑通。森戟晝漏永，闃如墟野中。掣鈴三日留，鬱鬱殊寡悰。登埤展遐眺，盪我磊磈胸。溝畦磨衲麗，烟蕪圖采工。廣文一尊酒，邂逅清賞同。慨昔石林老，小駐雙旌紅。燕坐鳧鷺退，行散龜鶴從。得句陵子美，高世猶房公。想此據胡牀，長嘯延清風。想此躡珠履，和月吸酒鍾。想此援采毫，醉題揖遥峰。想此披綺裘，憑高目征鴻。逸駕渺難追，風光為誰容。空餘翰墨香，披拂葭葦叢。翠琰子由賦，正聲響笙鏞。千年古徐州，綺疏貫晴虹。過眼不再讀，恨我性識蒙。喬木噪晚鴉，低回馬首東。緑綺有餘韻，因之訊仙翁。

送安少愚下第東歸

去年遊凌雲，傳觀一篇書。問客誰所作，作者安少愚。少愚賓城人，萬里走東吴。憫俗日搶攘，正途欲荒蕪。磊塊不能平，憂憤何當攄。推枕一長歎，落筆萬字餘。才難繆取舍，政麥費爬梳。國讎不可忘，儲德要力扶。肝膈無留藏，首末詳繹鋪。吾豈貪狥名，致主於唐虞。書成詣匭投，甘心斧鉞誅。九天隔雲雨，萬目争睢盱。聖恩不忍殺，放使歸田廬。我心日起敬，未見長欷歔。今年科詔頒，君來試成都。邂逅忽傾蓋，名下信不虚。貌不踰中人，若為膽滿軀。革囊三尺劍，束書一蹇驢。蹙頞談世事，抵掌嗤俗儒。慨慷三策陳，傲睨衆口諛。諸公眼如月，誰遣紫奪朱。少愚輾然笑，得失毫髪如。行止諒由天，通塞何闗渠。歸歟三間茅，搜我萬卷儲。抱膝梁父吟，曲肱味道腴。雅志期古人，昂昂千里駒。安能徇衆兆，汎汎水中鳧。今晨忽叩門，謁我摻執祛。劇談重激昂，欲去仍踟蹰。時俗競佻巧，捷徑争馳趨。悦耳或為忠，仕道寧免迂。啗以鼎食味，誘以蛾眉姝。煌煌萬釘饒，翼翼潭府居。衆醉日以酣，獨立誰為徒。世豈有巢由，甘受泥滓汙。或俛首州縣，或遁跡樵漁。顧謂今乏材，毋乃幾厚誣。失計如我輩，苟為五斗驅。有志困風塵，浮沉非故吾。思昔新法行，士有鄭介夫。斥監安上門，憤世膽氣粗。一朝勾驛傳，奏疏列畫圖。天子惻然感，民力幾少蘇。九原凜如生，千載足起予。荆舒最護短，植黨盤要途。如何職冗賤，九閽許叫呼。偪仄復偪仄，視今良可吁。喧然衆楚咻，甘作嬴秦拘。所以見君子，羞汗如隕珠。牛驥不同皁，雞鳳寧同笯。要當操此心，聖賢為範模。借問蘭玉棄，如何蕭艾敷。詩成為君歌，臨風悒唈嗚。向來清廟瑟，忍濫齊門竽。

贈吴郡諸居士

居士有官不仕，善醫不責報，以道義自持，隱君子也。友人楊良臣求詩，故贈之。

終南徑甚捷，結茆鄰帝鄉。朝為谷口翁，暮為省中郎。先生獨何事，寄傲臨滄浪。才高世莫染，德薫名自香。青黄分誰數，膏火竟堪傷。遊心聖賢域，脱身憂患場。世路雖齟齬，天衢自騰驤。捫虱竟誰見，卧龍興何長。借居仲奄里，未升公德堂。十年逐流擯，千里坐相忘。頽齡或可借，辟穀豈無方。終期繼青蓮，摇筆頌紫陽。

過眉山謁鄉耆宿李八丈提刑

憶昔下吴會，拜公古渝州。别來忽星紀，不知幾三秋。豈不願舂糧，占烏渠渠屋。良期苦難儷，千里勞遠目。公家難兄弟，與蜀關重輕。峨眉疊連娟，石筍屹峥嵘。維國有著龜，維士有司命。並生天地間，受命獨也正。憂端日搶攘，世論滋軟熟。誰謂空谷遠，有美人如玉。我如南州橘，托根非不深。踰淮恐成枳，望遠勞我心。鮐背髮皤然，齒頰探骨鯁。跪履乞一言，書紳以自儆。

述志

仙曹寄江干，吏隱適吾願。西軒館梅友，屋老狸鼠覘。坐令高世姿，不耐塵網罥。殷勤數問訊，餘力稍營繕。八窗敞虚明，孤標對老健。佇立慘澹中，恍覺容采絢。天風發奇芬，霜月潑冷艷。官卑苟逃責，交淡日相見。凍摇哦詩吻，堅作忍饑面。癡頑信可憐，無取復奚羨。村醪未必佳，苦味且耐嚥。洗醆壽親尊，春和元不欠。勿競桃李場，恐為吾友玷。

三年銜恤絶不吟詩既奉祥祭觸緒摧裂偶得古詩三章呈叔逢兄併似彦威姪

髣髴聯鴈隊，娱侍三老人。清風一家法，歡顔四時春。轉燭二十年，俯仰含悲辛。聚散泡起滅，了知幻非真。忽忽如有見，耿耿恨難平。孝愛自天性，寧與迹俱陳。

母慈不逮養，翁健長相依。重闕一回首，及瓜時當歸。平安墨未乾，諱問心有疑。繭足跛菅屨，高堂空繐幃。罔象不可索，流光倏如馳。五鼎嗟奚及，一生風樹悲。

秋風殷巖壑，萬木皆商謳。棘人有餘哀，攬衣良夜遒。三年輟清吟，寸腸堆百憂。淚眥日以眵，霜根一何稠。棣華幸有依，竹林可俱遊。心事期歲晚，庶無墜前修。

遊仙二章上范殿撰潔菴先生

風埃曀八表，濤瀾浩無涯。岧嶢崑崙峰，高與星緯排。真人撫元運，太虚以為家。控轡下碧落，躡步凌紫霞。周覽興未已，歸憩誰與偕。喬松撫瑶瑟，偓佺薦瓊花。蠷蹙睨塵世，腐鼠紛攫拏。迢遥五雲佩，蕩漾八月槎。我欲往從之，層雲不可階。素心耿相照，退當三月齋。

空山學仙子，幽獨性成癖。誰令一念差，失脚塵網密。隨緣漚泡影，隱思曉繼夕。了了三生夢，掣電了無跡。豈不志遠遊，誰為傅羽翼。抱關覘紫氣，跪履問黄石。静慮儻冥契，玄機詎難入。縞髮古仙公，遺世而獨立。惝恍如有遇，一言曰守一。引臂許相從，長生託瑶籍。

送悦齋先生

上躬攬權綱，與天下更始。悦齋先生洊被宸翰，趨朝行闕，擢畀秋卿，渴佇黄髮之詢，別膺白麻之拜。某拏舟追送，引睇嫪戀，激奬訓誨，真情郁然。敢不肅戒行李，拱俟造命。作五言古體一章，少抒衷曲，語意斐拙，惟高明賜覽。

風塵三十年，世途日險窄。嬋娟棄土梗，倚市競容澤。大雅何寂寥，志士三歎息。維皇惠斯文，為國永壽脉。靈光巋獨存，碩果有不食。坤維返全璧，北墅歸散策。天開景氣新，晴破層冰積。疇咨耿宵慮，圖任先耆德。披雲絢天章，趣駕覲宸極。喉舌俄申命，股肱待宣力。解絃未為難，航險那可忽。涇渭不同流，薰蕕詎相入。所虞憤失職，陰拱或伺隙。事須衆賢和，乃可殄行堲。沉幾陛下聖，虛己言路闢。稍欣元氣充，猶慮外憂迫。敵情任反覆，廟論須謹密。功名百尺竿，家國萬金璧。平生一知己，瓣香無愧色。駑怯勉荷擔，遲頑費推激。大艑駕雲濤，薰風飽帆席。丁寧耳面命，遠別何須惜。寬以七月程，修門拜赤舄。

上後樂劉先生左史十首用襄陽詩兩句行藏堅晚節進退法先民爲韻

永平昔全盛，舊學尊五更。惜哉趨舍繆，眩眼車服榮。恭惟自孔氏，時止亦時行。心泰無不足，外内誰重輕。

峩豸凛霜簡，立螭迫荷囊。從渠衆醉酣，我自深林芳。歲晚髮雪白，德稱腰鞓黄。世無香山老，誰與論行藏。

前谿文緯國，東谿學草玄。補處自天授，絶韋待誰編。淵源後谿水，脈絡千載傳。茲事端不朽，松石同其堅。自注：公有松石一峰，以扁堂額。

厚德最耐看，士當論志遠。沄沄物歸根，混混泉有本。眼明長庚曉，心知歲華晚。後生須榘矱，所願加餐飯。

鹿門憶龐公，栗里懷靖節。我嘗評斯人，用則同稷契。空谷倚逍遥，風塵俱騷屑。明發耿不寐，長歌彌激烈。

事往置勿言，積厚報豈恡。毫眉兩山尊，照眼雙璧潤。衮衮生公侯，世佩斯文印。譬之水盈科，吾方見其進。

楚都初拜公，里門跪承誨。一言忽唤醒，頓首汗浹背。志遠苦力短，寸進而尺退。大書揭齋顔，朝夕警不逮。自注：公許嘗請誨，先生謂其資禀既純，當加充養之功，因以扁書齋云。

月冷塞垣刁，塵暗西風箠。所思天一方，飄飄管寧帢。我欲往從之，問以安樂法。雲深波浩蕩，定自鷗鳥狎。

千載嗣韓統，斯文諒闕天。字衮失所歸，何以革其先。陟屺有遺恨，琢石圖方鐫。百拜涕綆縻，萬一彤史傳。

負米困風塵，靦顔白頭親。歎息執戈苦，走也猶幸民。依依孔牆夢，拍拍芹水春。安得萬里風，駕予往問津。

和大著何兵部

兵部還南林寓居，食鑑湖祠禄，録寄近作，中有和坡仙所賦鮮于子駿新堂二首，末句「寄語蓬萊仙，千里永相望」，此意何可虚辱。塵緒膠擾，會移容臺，奉祠太室，始得和答。

何侯起膠庠，巋立諸老後。霜空茂檜栢，驚秋笑蒲柳。平生經世心，短舞困長袖。白頭謁承明，彩闥炳郎宿。去國一漁舟，順風輕放溜。寒花耀荒寒，靈芝茁腐朽。身閒澹無慮，歲熟宜釀酒。更將自性觀，妙契得無漏。

憶昔歲云暮，言趨君子堂。昕班偶同歸，三度金節涼。木天並英遊，東壁分餘光。日者對宸扆，直聲動巖廊。豈不志歸田，胡遽喧巧簧。別久花竹秀，山積書傳香。時無塵外交，若許令支郎。願言從之遊，珪璧保聞望。

和廬陵士尹八俊投贈韻

白苧裁春衫，京塵可得緇。一麾江海去，何成復何虧。馳驅兩輪朱，蕭騷雙鬢絲。所欣歲功就，千里春臺熙。素念恥伐檀，煩政戒楚茨。同心何自來，邂逅得我師。金華仙去遠，文其不在兹。諸公競唐體，頹流誰檝維。命將騷雅壇，幸子無牢辭。為我緩節歌，紓我商謳悲。邊塵塞鄉國，介鱗語侏儺。登樓仲宣賦，遣興子美詩。懷歸自無計，慘戚將奚為。排雲天九重，抒我危苦詞。

壽張敬立二首

高堂八十親，備福九五疇。虎節安山國，鴈序班霜秋。積善有源委，觸目皆琳璆。一笑壽觴舉，背萱可忘憂。

育德譬源泉，務學如農疇。盈科會歸海，力穡當有秋。期君懋遠業，東序陳大璆。對敭竭忠鯁，一洗宵旰憂。

上憲使張郎中壽借西山集中甲申中秋所賦雨荷詩韻

榮途驚一世，志士獨苦心。君看曲江公，中宵梁父吟。豈無平反笑，可使貫索沉。獨醒睨衆醉，枉尺那直尋。世事本前期，朱明多盛陰。氣運有伸屈，扶持要賢能。金甌一擲誤，天步深淵臨。瓊圃擷衆芳，願以遺美人。繡斧岷雪外，閶闔雲海深。請彈薰風絃，再拜壽斝斟。功名儻來耳，一念君與親。

壽憲使江寺簿八首以座右公廉勤謹忠信和緩八字爲韻

並生宇宙間，分殊理則同。訂頑有明訓，造化與同功。心腹與手足，痌瘝均我躬。皇皇一仁字，天下皆為公。

人心無底谷，貪求何自饜。徇名膏火熬，徇財刀蜜甜。受命獨也正，取造物者廉。孤竹有世守，範防無乃嚴。

咸池浴曉光，西汜俄夕曛。流景寧我貰，用志可不勤。王事念靡盬，聖恩期策勳。歲晚須糗糧，及時力耕耘。

吾師孔子孫，云莫見乎隱。所以盡性學，必於獨也謹。兩間陟降異，一念堂奥近。何但丹筆持，能使明克允。

乾坤奠崇卑，君臣分則同。中心一有慊，何以字曰忠。孔曾為榘矱，伊周其事功。千載誰嗣音，我願順下風。

豚魚自物耳，猶可孚以信。疑心一芥我，相靡而相刃。君看易中孚，義取説而巽。虛心竊實理，可不精體認。

和與同近似，同乃異於和。九官遜虞廷，儆戒而賡歌。不然水濟水，後患將如何。期公調鼎食，一柱障頽波。

緩有用有體，事須明眼看。用欲行而宜，體則偏於緩。射審固而發，斯理一以貫。仁静壽可占，巧歷那得算。

上游參預壽一首以檜石為韻。余所寓館乃參舊第，屏畫檜石，題詩在焉

並生覆載間，肖翹無小大。陰陽所發舒，榮瘁各變態。若為壽命獨，厥有松柏檜。鬱鬱被澗阿，童童狀車蓋。神明扶正直，霜雪表堅耐。豈不願擁腫，而使匠石愛。大厦須柱撑，寧免萬牛載。一柱屹擎天，羣生此依賴。尚念楹桷材，無可柞棫拔。風雨任震凌，安宅遍宇内。

河流貫陜虢，底柱自中立。江水迸瞿唐，灩滪制其溢。豈此一拳多，雲根閟奇質。檜柏相因依，烟霞老山澤。閱世縱堅久，於人果奚益。漲洪瀰八埏，睨視如己溺。巖巖國嵩岱，萬仞峙鐵壁。隻手障狂瀾，九鼎奠磐石。我自不動心，深根而寧極。還歸金泉山，采藥鍊金液。

壽曹大博以東憲臺治新築亭館扁榜寄意

聖道如太極，品彙自生成。二人各言志，點也心和平。春風發高詠，懷哉沂水濱。千載寄遐思，光景無邊春。一潭鑑寒碧，方寸洞虚明。執卷恍瞻前，舍瑟鏗有聲。勿遺杜後文，釄我春風醇。穹舞麗景舒，琴歌南薰清。誰知此中樂，天理皆流行。

右詠歸亭

蔚藍水中天，岧嶢千萬重。樓觀聳烟霞，光景浮星虹。天上老仙伯，萬劫冰雪容。笑下金華山，長歌唳霜鴻。一去五百年，山頭忽重逢。身衣直指繡，神超蓬海東。摇蕩瓊臺光，拍浮玻瓈鍾。瓊臺縱可樂，

虞庭渴夔龍。丹鳳銜詔來，入侍甘泉宮。

右垂光亭

涪江駛清瀏，四山玉連環。中有一掌平，萬井浮晴烟。鶯花隨世界，妙語發天慳。公來抉其秘，作堂娛燕閒。襲芳皆俗好，伐木友士賢。念昔白波洶，止沸談笑間。熙熙春臺樂，誰知有今年。初度沸歡謡，願公眉壽延。移此世界春，浩蕩彌八埏。

右鶯花世界

壽喬平章三首

岧嶢崑崙顛，縹緲虚皇宅。下睨四大洲，何啻一塵積。萬類託其間，擾擾無暫息。强弱互吞噬，殺氣干斗極。虚皇燕五雲，憑軒慘不懌。絳節授金童，瓊函探寶册。運會有度期，欲藉老仙伯。老仙何自來，文焰貫東壁。八十五春秋，骨健神氣溢。權衡有定度，蓍蔡無遺策。若非安期生，定是李八百。堅苦海津梁，壽斯文命脉。后皇大所界，陶冶妙無迹。故山豈不思，老屋須柱石。屋老當奈何，風雨撼四壁。主公志經營，所賴有匠石。度材林藪幽，計土穃膚積。心思妙規製，指授契繩尺。逮其萬間具，夫豈一人力。柱天紀元功，眉壽永無極。周宣當中興，拜手歌考室。

屏居北郊自秋涉冬絶省人事觸緒有感託之諷吟書雲前一日緝成八章寓興抒情非以言詩也

氣運有盈虚，品物迭滋耗。人生於兩間，誰能長不老。胡為翫鮮榮，而獨恨枯槁。婉孌兒女態，愛惜容色好。志士競修名，覽鏡慨華皓。所念固有殊，達觀同一笑。本來真妙明，何有少壯老。兹理非言傳，惟心自深造。

斷梗得棲泊，高堂擁圖書。中宵風露氣，瞥我方寸軀。静慮何易感，有銜莫能祛。今古一瞬息，智愚等丘墟。戰奪日相尋，死生互吞屠。念此耿無寐，推枕長嗟吁。天理諒好還，人謀何可疏。

宿嗜本幽閒，世途倦馳騁。迫兹門户託，强把冠佩整。招手誤一來，麾退諒予警。寬恩假郡寄，静俟亦天幸。橐空歸無家，旅泊仰微廪。如聞爛柯谷，宛似飛仙境。苦飢問豹胎，留渴須遠井。天將厚所畀，吾寧不少忍。睡起一欠伸，篆烟凝晝永。

口為禍之穽，異者同之仇。誰能噤不語，兀兀如羈囚。我豈好違俗，心未忘好修。本不慕華顯，寧有忮與求。逍遥鵬鷃同，貧賤非所羞。風濤漲平陸，駕予一虚舟。未如泯機智，鷗鳥與之游。吾今已得師，稽首漆園周。

鳥飛暮知還，螘微亦有藏。遊子悵無託，故鄉那得忘。轒輼歲横騖，生涯日凄涼。骨肉各竄匿，冢祠缺烝嘗。萬里一緘書，臨風淚千行。垂白念汝兄，憂樂苦相望。安得附羽翮，奮飛同一觴。

西陲失支吾，如老屋積腐。牆闉縱蹂躪，堂屋何依怙。伊誰階此厲，乃為元老誤。疾痛切吾身，利鈍難逆睹。瘴暑困新恩，隕星泣忠武。梁壞將安仰，天高杳難訴。向來十二樓，捲簾誤一顧。灑淚嫁時衣，誰與論心素。

坤維以文瑞，民俗本柔淑。何代無戰争，寃哉今爾酷。戎馬塞里墟，劫鈔遍林谷。平生金石交，屈指半鬼録。從子尤可哀，别歸奉水菽。伯姪併戕殞，荼毒復荼毒。探囊數幅書，吞聲不忍讀。崑崙燬烈焰，寧辨石與玉。叩首一爐香，請為遺黎贖。自注：姪子能伯請假歸奉親，同其伯父先後皆為敵所害。

南山翠鬅鬙，四荔拱故宅。采衣侍三壽，教愛如夙昔。曉然一夢闌，無復萬里隔。了知恩愛縛，障我修行力。亦嘗勤遍參，漸欲空結習。妄念絶攀援，自性非假借。自注：入聲。百千三昧門，惟此一事實。持問諸老禪，少露真消息。　以上《滄洲塵缶編》卷四

程公許四

理舟入奉大對臨發有賦

弱齡誦書史，所慕在經世。靦顔科目中，頗恨愆素志。天府兩貢書，恥逐時粧媚。諸公誤賞音，偶玷春官第。王明渴疇咨，臨軒有故事。明當鼓枻下，陛對去天咫。采蘭有常供，胡為輕萬里。趨庭願有聞，丁寧汝其識。謹無曲學阿，恐作儒冠恥。士當志遠大，富貴餘事耳。百拜請書紳，誓言其敢替。萬古洙泗傳，豈為青紫計。

良月十六日以祈晴宿齋郊壇寺僧拉登梅巖讀高孝兩朝宸翰記事

祝册頒九重，郊丘以晴禱。小臣職駿奔，單車倦塗潦。崇阜踰巇崿，層壇敷秸藁。中興念經始，面勢若天造。濤雲日兩潮，幄霧山四抱。袍毳亦可人，杖藜共幽討。枯梅傲巖晚，陰壑得寒早。動華昔同來，奎文絢麗藻。山靈沐高澤，虹彩軼晴昊。苔蹊幾窘步，樓榦撐健倒。嵌竇咽泉流，金石韻擊考。齋廬耿燈青，簷花垂帶縞。苦憐風力癡，未快霾陰掃。排雲出烏輪，測景進黄道。六合還清明，烟霞願投老。

和憲使張郎中

四海一奇男，象賢真柬之。繡斧外執法，滯淹猶在斯。冰壑棟梁具，鳳梭雲錦機。粉省趨含香，璽書嗇封泥。生平方寸丹，雲端雙闕齊。小試川楫手，晒網蘆中磯。以道拯世溺，先事防繻袽。三江昔怒號，一席今淪漪。平波浄縠浪，祥風浹瑶池。八極匯濤瀾，四顧蛟涎危。孰能戒維楫，重與歌平夷。

上茶使鄒郎中孟卿

四海一道鄉，千古有生意。元宗得君侯，風流是以似。窅然天機深，寧以物欲累。丈夫要如此，步步皆實地。政術自學術，本來同一機。後生溺華采，用世理或違。恭惟自孔氏，六籍探指歸。心清事自簡，吏瘠民則肥。忍話去年事，令我膽欲碎。公獨於此時，砥柱衆流匯。事難見君子，爾曹費車載。海山危風濤，當有巨鼇戴。節傳擁玉帳，天遣西南來。怦怦朱絲繩，皎皎明鏡臺。稂莠亟芟夷，本根費栽培。度外廣物色，世豈真乏才。廣文官獨冷，博士冗不治。况此侯國泮，贅哉童子師。蕭散非鄭老，文章慙退之。可能冰雪地，一借春風吹。

喜雨上西清崔先生

東皇司發生，何以忽俾怒。旱乾遍兩川，陰陽錯常度。侍晨秉清德，方嶽煩卧護。隱憂切四體，曉夕煎百慮。尪暴奚以為，丘禱元有素。皇明一頷首，膏澤倏如霔。豐隆鼓增氣，耕父愁失據。芋桑鬱華滋，餅餌當厭飫。乃知天九重，不隔香一炷。宇宙滿戈甲，椎剥劇刀鋸。殺氣慘未除，衆慼那得籲。毋以休咎徵，諉曰水旱數。憂端轉搶攘，邦本須愛護。願公遲東歸，為帝寬西顧。以萬金良藥，起衆兆沉痼。使民安農疇，櫜弓藏武庫。為霖澤四海，媲迹商巖傳。

工侍國史奉御香禱雪上竺前一夕雪瑞已應道間志喜成詩以示敬借韻同賦

庚子歲維夏，亢陽一何驕。侵尋徂暑迫，惻怛聖慮焦。祈禱喧三農，雩祀奔百僚。商飈忽以厲，老魃意愈囂。萬井沸湯釜，四野烜赤熛。俄聞罪己詔，還下中興朝。寶香款太一，嘉薦羞廟祧。移蹕給孤園，熏心梵音潮。芝蓋屏不御，鸞扇亦罷摇。還宮慘玉色，轉燭翻天瓢。小臣忝侍祠，囊封叩層霄。帝念亦勞止，暵災殊未消。良月始沾洽，封畿轉蕭條。白瑞彌渴望，沍陰那易料。測景展繡紋，飛霜困青要。麥芒鬱不吐，蔬甲半已凋。足蹙叢祠趨，潔蠲沉水燒。忱念交肸蠁，同雲散瓊瑶。夜窗訝明皎，曉檻俄紛飄。天意竟作慳，瞬息倏已消。冬瘟幸稍壓，蝗蟄故自饒。東皇趣命駕，北斗將旋杓。更須絮亂撥，間作珠碎跳。儻幸尺許積，庶幾食可邀。自注：《莊子》邀食於地。民脈餘幾何，邦儲况復枵。但知骨髓瀝，遑恤膏火焦。老我雜班綴，素絲颯飄蕭。强令典綸綍，拙不工琢雕。炯兹方寸丹，敢以後福徼。世味本枯淡，癡思劇蒸敲。灑血書緑章，飛神狃清飈。玉食自不甘，黄竹寧復謡。扶持倚梁棟，諮詢及芻蕘。正途會四闢，賢旌欲旁招。上帝如悔禍，盗賊非難梟。斂盡戰鋒慘，重使農畝劭。玉燭調氣機，黼扆寬旰宵。量才愧擁腫，賦分甘漁樵。經綸有管樂，議論付董鼂。故山歸去來，歲晚樂逍遥。曝背茅簷日，擊壤歌帝堯。

代上夔帥丁文伯

璧月行素空，流魄寒潭水。水非與月期，月豈待濯洗。天光發於定，妙契元一理。士生無南北，樂在相知心。同行不同調，有如辰與參。一言針芥投，山水皆知音。畏齋天下士，執鞭愧我後。當時儉府蓮，最説庾公秀。十年一欠伸，西樓黯回首。油幢古夔子，鎖棘外南宮。寶鑑貯英裁，氈筆題至公。訊舊一以悽，浩蕩華表風。宇縣莽烟塵，人物嘆今眇。蘭芷閟其芳，所御或荼蓼。隱思不遑寐，令我憂心悄。古今幾枰棊，勝敗無常形。世豈欠國手，一著何可輕。但恐當局迷，渠知死可生。向來一寸心，行世幾濩落。矯性動有妨，幽思誰與豁。為君歌慨慷，長風起天末。

入都一年餘舍館五遷最後得楊園空屋僻遠市囂寬潔爽塏火後莊文府以中旨攘奪倉皇徙寓奉常之寅清堂成五言長篇

濆江萬里來，武林一年客。飄摇無定棲，一一得安宅。委巷遠塵囂，八窗耿虛白。冰曹省造請，公退味禪寂。乃者赤熛怒，横為閭井厄。羇貧幸我貰，安坐有慚色。侯門意睥睨，府檄加峻迫。倉皇襆衣被，包裹到書册。曲臺許借居，虛堂暫休息。砌蛩伴宵吟，樹鴉趣晨汲。隨寓亦足娱，一枝更須擇。是身如浮雲，何所為定跡。顧憐性梗野，雅嗜祇泉石。陳力怯荷殳，康屯況無策。强顔雜班綴，頗覺非本色。時清早得歸，永願守蓬蓽。

去歲重陽日得彦威信附六月間二小姪及從弟姪所寄書自蜀閬遞中附至歷言去冬今春所遭兵禍及有司督迫科調之苦喜其存全哀其窘蹙灑涕如霰寄訊邀其下峽而邊事又告急未知其達與否也會杪冬見邸報宣諭使者余公侍郎改命授鉞盡護蜀師意欲以此事歸控骨肉會聚兹事其諧矣喜極涕零遂成長篇

令節恩賜沐，把菊開清尊。天涯信音來，拆緘為一欣。展視未竟幅，淚雨溢帨帉。辭家甫八年，邊塵覆全坤。平生幾親故，半為兵死魂。縱脱虎口涎，亦復馬鬣墳。所幸二猶子，從弟偕諸孫。崎嶇矛戟中，偶得性命存。意欲守丘壠，死不去榆枌。是時陳理卿，受命開帥垣。奮身艱危際，勉圖戡濟勳。鏟壕峙城壁，鋤荒列營屯。敵至誓固守，為力良艱勤。變故起肘腋，轅帳塞轒輼。一死事則已，萬恨誰與論。遺氓能幾何，天未許貸原。貔虎塹斂退，寇盜還紛紛。哀我數子者，挈拏競驚奔。亦不免維縶，恐迫甚溺焚。掠奪幸得脱，歸來匿空村。生涯蕩無餘，暴斂何寡恩。萬里遠訴我，重我憂心熏。爾苦我得知，爾創我得捫。豈不憶松檟，歲時薦炮燔。永惟宗祀計，忍自遏其源。威也託我久，尚以窮愁言。寧不思爾曹，命危豺虎羣。安得田二頃，有屋休寒暄。順風招之來，相與共饔餐。皇后職生化，蟄蟄庶且蕃。胡忍趣其斃，獮割如羔豚。夙傳老上殞，國亂猶絲棼。若為秋風高，已復羣吠狺。呼童具黑瀋，疊紙當前軒。萬一郵傳通，庶幾信息聞。嚴裝理航棹，及春下荊門。余公新受鉞，尚義氣薄雲。感我骨肉念，不難隻手援。茲計不早決，噬臍何復云。憤極思一吐，聲出輒復吞。長謠欲上訴，九穹隔重閽。劫運極必復，玉石可不分。

感事建除體二首

建國維藝祖，受命同有虞。除苛五閏後，返朴邃古初。滿盈持以道，德澤久不渝。平治二百年，中原忽榛蕪。定亂得高皇，如日升昏衢。執中嗣堂播，奕葉垂範模。破碎今已殘，敵人踵闖闍。危哉武休破，漢沔幾丘墟。成功賴諸將，三蜀仍覆盂。收藏問何時，官已迫征輸。開倉儲百穀，為我供軍須。閉關且堅守，民力庶少蘇。

建大將旗鼓，遴選茲維艱。除授得其人，國勢維泰山。滿朝綬若若，熟謀須萬全。平生想衛霍，摧枯無留難。定論真黷武，亦足激懦孱。執爵酹太宮，感慨清淚潸。破敵豈無策，百年秖長嘆。危機屢反復，地險失故關。成敗雖運數，人謀忌訑謾。收民心第一，根本無創殘。開納智與勇，及時護風寒。閉口勿多言，天道諒好還。

木皮口紀事爲故沔戎帥何進賦也

驅車木皮口，地接嘉陵市。山川鬱盤紆，草木慘憔悴。昔在歲辛卯，大將何憨子。行營與賊遇，力戰遂死此。道逢田舍翁，款曲問所以。耳目親見聞，朴忠今無比。沉鷙老不衰，甘苦同戰士。以此得士心，急難不相棄。閫制力主和，豈虞敵情詭。幣篚方交馳，羽書俄狎至。初冬二十五，坌入我内地。或渡河而馳，或截路以伺。俄然斡腹來，陡若自天墜。諸軍抽摘餘，精鋭能有幾。千兵僅烏合，轉鬬殊未已。可忍負將軍，同生亦同死。落日塵土昏，鼓寒聲不起。至今堆阜間，白骨猶紛委。語罷聲《永樂大典》卷一三〇七五作若悽哽，相顧潛灑淚。念昔佐戎軒，世屯未云弭。主公極仁明，慘惻念此事。露章求同上書作丐恤典，爵子嚴廟祀。意將勸忠臣，為國當盡瘁。儒守陳西和，武將田與李。自注：田燧、李冲。後先被褒録，名姓編國史。敵知吾有人，心寧不畏忌。自古重徂征，司命在主帥。委託或非人，險阻那可恃。嗚呼數君子，一死甘若薺。推原其本心，死奚益於世。事大繆不然，舍生而取義。乃知丈人吉，易自有深旨。往轍忍復云，方來那得諱。長謠激凄風，嗚咽嘉陵水。

祖餞三山趙茂實二首

茂實毓秀麟定，振采鵷班，由掌故籍田令試館職，歷正字，校書，秘書郎，載筆史筵，轉丞容臺兼南宮舍人，權直學士院，晉貳戎監，擢宗正少卿，駸駸禁塗，遽請外補。辛相以上意留行，茂實請益力，詔直煥章閣，佩以永嘉郡二千石印組。二三執政及在庭百執事，咸愕眙惜其去。於是館閣諸彦，以茂實為册府舊游，請置酒道山堂祖餞，飲酣，有誦大蘇公「東海獨來看出日，石橋先去踏長虹」之句，相約賦詩為贈分韻。凡十一人，餘三韻，三人各補一篇。淳祐改元，龍集辛丑，中元節也。分韻得東字踏字二首。

煌煌洛陽城，衢術萬國通。車塵日交騖，襟期那易同。目成者誰歟，言笑春怡融。我自商聲歌，君亦手絲桐。西風忽以厲，高情逐雲鴻。輟筆金鑾坡，一麾滄海東。補過要汲直，草詔須陸公。盈庭愕相顧，蹇蹇胡不容。君去我獨留，我鬭誰與攻。況復狗尾續，羞顏蓮炬紅。

三生巖壑姿，失脚紅塵踏。羡君得郡去，勝事踵康樂。雲海渺無津，烟霞互開闔。似聞石門蘚，猶帶屐齒蠟。惜哉荒遊誤，竟為時論薄。秉誼以事君，奚問暌與合。矧是侯社貴，艱哉保障託。宣室恐渴思，趣歸職獻納。我拙念請閒，鴈蕩恣飛屩。及君留郡齋，為我拂塵榻。

送本仲聘君分韻得良字

國家全盛時，幅員萬里長。委幣到空谷，靡才不周行。豈其貴自珍，而病匿弗彰。南渡今百年，蜀遠天一方。彝典僅歲貢，幾人與庭揚。況復多沮撓，誰不甘摧藏。戎軒起耆哲，禮羅極精詳。穎脱者家父，玉質而金相。邂逅志念同，惻怛根本傷。拔尤首推轂，有詔催嚴裝。吾黨一吐氣，彙征類破荒。慨昔升壁水，瀝血籲紫皇。百壬眩縮頸，斯文彌耿光。倫魁合騫飛，吏選何回翔。孰知五色絲，未盡一皂囊。殺氣昏宇宙，洚流渺津梁。何以却外侮，盍先正皇綱。翕合賢德聚，更須股肱良。壽脈庶可續，客邪不難防。瘋思耿宵寤，傾耳鳴朝陽。名節勉自立，官職那得忙。大難我同榜，諸老競刻章。渠豈州縣材，籍甚英俊場。相期上連璧，少待同飛航。我自分斂退，為君喜激昂。流目大江滿，執手薰風凉。豈無佩纘紛，奮起相頡頏。世味竟落寞，暇日聊相羊。友誼古所重，心知遠難忘。歲晚有良約，岷山瑤草芳。

以堰事走永康宿金馬早行見雪山排霄極明麗因感行役之苦邛守程叔達郎中

便民五事欲牛溪轉船朝廷下其議於帥臣監司不知衆議僉諾否也

雨響清客夢，雨晴催客行。迥野曉寥落，界天玉崢嶸。銀海眩雙照，瓊鈎對孤明。英雲强吐吞，杲日還晶熒。邂逅得奇觀，瞻相愜幽情。意疑邃古初，立極扶西傾。誰知絶險外，復有蓬婆城。青天危輓輸，剽攘加怖驚。奏函籲衆慼，仁言踶宗英。早願虎口奪，少紓魴尾赬。不勞嚴僕射，分弓窺敵營。

又以堰事滯留姜主簿學父載酒相勞於離堆新繁宰鮮于子清永康理曹季德夫導江士鮮于才卿同會

穿江慨秦守，瞻岷懷子長。成書著不刊，明德益難忘。千載志尚友，百里職勸相。每負伐檀恥，欲期盡心償。籠石飽冬霽，雲車喧春陽。經始愧前哲，憫勞得仇香。選勝山水窟，浣我冰雪腸。飛幰集諸彦，引睇周八荒。暖翠凝黛面，晴雲抹川梁。清歌勸引滿，佳趣殊未央。舉頭萬仞雪，中有千斯倉。采薇亦勞止，薄斂恐未遑。何當洗甲兵，無以累廟堂。文移寬郡邑，靴鞭却藩方。源清流乃浚，葉瘁根必傷。念此意惝怳，憑高歌慨慷。不如邀飛仙，更與釂一觴。

李西清先生創凌霄觀於潼川府治紅樓之上賦詩敬和韻

丈人氣湖海，合卧百尺樓。引袖麾八極，無處豁前眸。肯以治城志，而忘天下憂。窘步争徑捷，危炊迷劍頭。攀天限九閽，起家先一州。顧瞻衆山會，慘澹春色浮。憑高展遐眺，幾幅烟雨秋。象緯逼紫宸，飈輪通十洲。吏衙散鳧鶩，野盟參鷺鷗。所思隔秋水，倚天看吴鈎。寄懷廣莫外，任運逍遥遊。遐哉郝使君，一往歲月遒。名字著不朽，實緊杜參謀。後先五百年，意氣有此不。不須蘇門嘯，我自商聲謳。烟霞雜揮灑，風月共獻酬。跡忝梁苑舊，目送涪江流。可能呼小艇，醉歌賡四愁。宇縣暗矛戟，田原輟耡耰。念公志經綸，季孟忠武侯。肯袖斲泥手，江海寂寞休。檻前水東注，鼓枻不可留。撫翼附青雲，忍滯鶯谷幽。

送考功劉大著出守嘉禾分韻得相字

夙昔抱奇志，取友周四方。遠遊阻風塵，隱思鬱衷腸。羞以麋鹿性，綴茲鴛鷺行。三年去復還，同省皆望郎。劉侯交最久，德履金玉相。佩瓊矯衆婷，製荷耿孤芳。暫寄錦衾直，倚登白玉堂。忽以刺郡請，翻然整歸裝。安輿擁鶴髮，懷綬榮錦鄉。那知檇李城，騎竹喧道傍。矯首候鳴騶，如渴須飲漿。紫禁屢入對，從前幾封章。肯袖活國手，春疇課耕桑。納約易為入，公寧久回翔。熟看氣弘毅，致遠可易量。蹇我歸未能，遲留重慙惶。亦思丐一麾，庶以毫髮償。樂莫樂心知，執手歌慷慨。安得飛霞佩，雲霄相頡頏。

送李季才户部出守衡陽

君來我去國，我還君得州。世事巧違人，參辰不同謀。庚午蜀貢琛，君名亞龍頭。回翔三十年，班序晚見收。邊聲震宇縣，樞筦須良籌。心期白粉闈，晉扈翠雲裘。忽以外庸請，高軒擁前騶。展也清廟器，若為南國侯。事會轉轇輵，材難費搜求。似聞石廩峰，瓊佩鬱飛浮。其下維清湘，杜蘭滿汀洲。官閒足娛玩，聊以寬隱憂。良會當有期，玉泉來蹇修。芳聲保不沫，歲晏終綢繆。我迂諒無補，行世況鮮儔。言歸承明直，塵容祇含羞。思土重紆軫，風埃苦淹留。佇君建名業，同理泝峽舟。白首三間茅，相依岷峨陬。

遂寧喻生畫鹿甚精介同官梁知丞謁余因令作八幅圖帳適赤城觀主惠一鹿甚

馴未數日忽又一鹿奔至縣圃非邑士所豢養者竟不詳其所自來物理感召畫龍而致真龍似未足爲誕也借邑士張權父詩韻以贈之

生不逮治古，郊藪覿鳳麟。頗愛麋鹿性，似是我輩人。食苹詠周雅，祝網依湯仁。幸不主八卦，非關十二辰。無魂休我欺，掇皮詳皆真。佳哉喻生筆，能與元吉倫。雅可簿書堆，坐有澗壑春。適意自起卧，匿樹如徼巡。便思投手板，長嘯岸白綸。藉爾為我駕，仙會陪末陳。人生幾舜華，洞天自靈椿。謹護此畫本，勿遣侵俗塵。

縣齋秋懷

璣衡斡霄極，裘葛參歲功。榮瘁均一氣，何獨悲秋風。往哲不我待，今俗誰與同。渥丹易槁木，鬢鬢忽飛蓬。丈夫秉壯節，自信無終窮。願勒羲和鞭，長繫扶桑東。

弱齡去激昂，漸老增感慨。所親日以疏，既往不可貸。世途轉艱棘，意行懼顛沛。乾坤一戰場，今古幾變態。超超浮丘伯，何修獨堅耐。駕言從之游，永嘯塵劫外。

幼學自魯鄒，素心卑管商。誰令簡書縛，課我星火忙。我自友古人，渠肯兄孔方。飛檄浩盈几，泛窺隱中腸。閣束且登樓，雲鴻秋着行。

春渠鍼緑秧，秋畦壓黄雲。積憂稍緩帶，轉手俄空囷。况彼東人子，石田加灼焚。算緡方趣辦，蒙袂須勸分。誰為本根慮，天高聞不聞。

瞿瞿彼奚窺，樊圃漫折柳。金甌費將護，鼎餗戒顛覆。屯雲曖將夕，西風一搔首。沉思扶持計，誰是穎脱手。需臑毋久翫，利處那得久。瘋思恐傷人，聊復一杯酒。

雲濤扶胥口，烟雨匯澤涯。知心隔湖海，悠悠我之思。玉堂真學士，衡門且棲遲。那知古渠陽，無地逃駭機。昔在肩洪崖，風騷屹相推。道遠苦莫致，孰與一解頤。皎皎彼白駒，空谷誰縶維。吉士國元氣，須造物扶持。

蜀西金天晶，氣禀勇於義。時臺紬書樂，一麾豈其志。堂堂蜀公孫，加璧不可致。語默未易闚，經綸那得避。君看西山岑，鬱積好雲氣。膚寸澤四海，斂退無一事。持以問亨泉，寒洌忍自閟。

曉案環吏牘，朱墨勘舛差。自公借隙光，書函眩眼花。千里有命駕，同心樂無涯。秋空霜月明，秋山雲氣佳。留連忽重陽，列坐粲九華。良會不可失，醉酣整烏紗。

古人日以遠，古心誰與共。陳編如有覿，整衭神自竦。晝短疲衆喧，夜永息羣動。賴此一炷膏，假我數行誦。古今費探討，心力老賓送。世味久已空，餘業此偏重。歲晚儻得閒，只願書册擁。

學仙宗無為，學禪空萬緣。自昔抱奇志，師心為真傳。失脚墮世網，兹事幾棄捐。惟有一念息，不受物欲牽。空花起滅處，我心長泊然。冷暖渠自知，妙處非言筌。

勞農安德鎮古刹過句德華園二首

青煒留中分，風日和且釃。冰綃熨遠空，雲錦織方甸。農政自古然，長官欲身勸。皤皤彼黄髮，懇懇余素念。胼胝無乃勞，推遜不敢怨。文移窘星火，日夕靦顏面。所欣歲洊熟，況復江可堰。蒙袂奚自來，儲粟何以贍。瓣香企璇穹，偏界雨美膳。自注：天宮雨美膳，《華嚴經》偈。使民樂耕桑，為國罷征戰。堯俗可盡封，嗚呼何日見。

招提款松竹，古碣閲楷籀。惠然二友佳，共此一卮釂。扶携涉幽園，邂逅展遐眺。海棠飲未酣，芳檻破微笑。何如老桂叢，傲睨幾年少。清言愜襟期，轉首俄夕照。箯輿度杳靄，石梁穿窈窕。留連得奇賞，傲朗可無誚。聊憑一餉歡，緩我憂心悄。明知古難挽，嫌與俗同調。民勞儻得醫，氣脈猶可壽。

送平章解機政以保寧之節榮還里第

孔山高嵯峩，其下一區宅。敷床萬牙籤，寧取籝金積。委身事君子，星駕莫遑息。豈不念林巖，政爾柄樞極。巨川爾杭之，陛下心以懌。累章拜俞旨，告廷勚顯册。一笑堂印抛，我友浮丘伯。士以名德重，如護萬金璧。受寵惕臨深，持滿常懼溢。恭惟學古胸，富有經世策。探懷取二三，興運際五百。賢人如參朮，足以壯國脈。茲理要密庸，寧復膠於迹。肘後可無傳，能使壽金石。先生還孔山，宸奎揭素壁。似勝平泉墅，林立萬株石。向來翹材館，楹桷富山積。終焉愧輪囷，可能補寸尺。澥潮浪拍天，歸帆風借力。百拜壽斯文，華皓配南極。何當脱拘攣，日侍維摩室。

以上《滄洲塵缶編》卷五

程公許五

瀘水清

吏部秘閣二江范公以東帥治瀘，更七年，令行化孚。今年春，北鄙用師，計臺下令征夫役於兩蜀，州縣奉行，急如星火。公斥帑中之儲為瀘民代輸其半，餘以歲羅軍糧米本先為敷納。瀘民晏然，不知有夫調之擾。余於公無夙昔之好，曩辛未春，會公來攝帥事，尾賓客一拜後塵，蓋心敬其為古遺直。宦游西州，有自富義來者為余言之，慨然有感，援筆以賦，將以表公論於吾黨，非有私於范公也。作《瀘水清》。

瀘水清，瀘水之清如鏡平。蜀江西來流沄沄，内江胥命如逡巡。兩江合處聳百雉，表裏益梓巴夔分，如户有限齒有唇。雲南與夜郎，甫隔東西鄰。山川之險守在人，武侯氣燄千古猶長存。有來范侯人中英，蜀國忠文之子孫，清姿勁氣排秋旻。立朝物望高縉紳，睥睨衆醉甘獨醒。烏臺縱好羞呈身，十年江海心朝廷。瀘水清，我歌慷慨君試聽。蜀東諸鎮瀘最重，范侯之來更覺一面如金城。東軍之驕昔所患，南詔之黠那易馴。我侯方寸澄止水，鎮以寡欲撫以誠。重門嚴柝夕烽冷，紫邏雜耕膏雨勻。七年逗遛不得去，邊民愛侯有如父母親。今年北邊羽書急，兩川夫調紛苛征。吏敲門，農輟耕，期限迫星火，頃刻那得停。黄金棄賣如土賤，楮幣翔踴餘貫緡。立談之頃富作貧，縣官忍復規其赢。五十六州汹汹如浪沸，獨有三瀘之江清復清。有客東州來，為我委曲陳。范侯疇昔澹無累，貫朽之積本為民。二分官與輸一分，一分猶恐民顰呻。軍儲糴本仍借給，少待秋熟寬作程，風和日晏江上村。老醉稚擁爭扶迎，吏呼何曾怒目瞠。只有提壺布穀日日喧曉晴，樂哉三瀘之國有如華胥與大庭。九重天遠呼不聞，侯忍棄我歸鄉枌。強敵游魂尚三秦，邊頭何時能撤屯。帑無羨帛粟空囷，將驕卒惰難使令。義徒星散自嘯聚，往往千百相為羣。秋霖淫溢稼不登，仲冬虺虺雷鼓轟，我心隱思鼻酸辛。人情玩愒渾不悟，有才空使棲巖扃。我聞瀘民愛侯心不釋，祝侯壽考備福如忠文。侯雖潔身甐泉石，獨忍一息忘吾君。何時璽書自天下，詔侯起家朝紫清。扶持國論開太平，整頓宇宙驅妖氛。却學忠文挂冠神武門，筍輿野服歸游峨與岷。杜陵昔覽春陵行，知元使君實國禎。悠悠千載缺嗣音，擊節為侯歌斯文。瀘水清，瀘水清，采詩之官今何人，歌成肝膽空輪囷。

青山高爲宋郎中德之作

青山高，六六峰。瑤鐫嵽嶪千萬仞，斗起西南天半空。蒸嵐噴薄不得洩，翠屏掩靄深幾重。不知丹梯委曲到何許，飛樓傑觀縹緲疑神功。丈人天上足官府，愛此疊嶂高巃嵸。奏疏白玉京，此山上帝之離宮。臣請為帝守宮鑰，檢課列仙功行之異同。帝憑玉几頷其奏，導以絳節雙青童。岳靈岌峩遠奔命，其下瀆鬼趨濛鴻。丹書校録曉繼夕，朱衣執侍嚴且恭。赤明龍漢屈指今幾劫，珠幢羽帔可想不可蹤。雲璈鏗鍧洞天曉，步虛寥亮閶闔風。有時山空夜永斗柄出復没，眩眼千炬煜煜燈吐紅。嗚呼青山高兮六六峰，丈人宮闕兮遠層穹，飛仙來往兮安得逢。山中人兮媚幽獨，烜山緒兮雪谿翁。形癯霄漢舞皓鶴，神茂晴巒森老松。三生曾侍丈人之左右，出入孔老竺乾之學該以通。把茅山間二十年，幽棲活計那諱窮。白雲四壁兮風月窗櫳，玉泉如飴兮柏實可饗。丈人憫世日混濁，敕遣下山開瞽矇。被髮鞭麒麟，駕霆呵靈靄。高岡一鳴衆鳥瘖不吐，修門再入九虎獰以攻。飄然整我飛霞佩，佳山水處挾册從。仙槎尚有樓突兀，蕩漾萬頃風濤中。酒酣浩歌蘂珠三疊之險韻，出没蛟蜃悲魚龍。自注：公自東南歸，舟檝象浮槎，有樓壓其上。道逢仇池老仙伯，握手一笑虀鼻烟溟濛。混成菴中據梧默數息，明霞閣上彈鋏看飛鴻。丈人嗔不歸，鸞歌鳳舞瞻聽慵。我聞至人離世不忘世，肯學山澤之臞塊獨守此虎豹叢。歐子來自神清洞，樂天故棲蓬海東。手携天孫雲漢之機杼，下與世俗一洗組纂之拙工。後先相望幾百年，帝命何獨私與公。青山之阻烟霞濃，六時滴水聲玲瓏。猿鶴何知强悽怨，祝公不用思齒齒。我願飛章夜扣丈人九仙之賓室，世路荆棘人心蓬。洗氛滌祲待雨露，驚聵醒醉須笙鏞。乞公且住千百歲，要使民有司命儒有宗。色絲不盡今古胸，帝袞何闕須彌縫，笑談變俗為時雍。青山青山長好在，洞天氣物何曾改。歸來瑶簡朝丈人，坐看桑田變滄海。

岷峨歎

坤文之秀，世載其英。行義詞章，史不輟筆。頃歲以來，堙厄不振。長安日遠，人情鬱憤。作《岷峨歎》。

出門厭氛囂，歸卧集萬感。憑高一以眺，忽覺岷峨慘。岷峨山色千古同，非烟非霧愁溟濛。杜陵昔歎珠玉走，彼猶有幸天府供。人才何但珠玉貴，不得與爾包貢同上明光宫。山靈對我有慙色，兹事如何專汝責。非關地氣有衰旺，直恐峽山之流日夜蕩潏傷土脈。不然君相造命天地同其公，車書萬里文軌通。南金東箭輸不竭，岷峨之産何獨窮。沉思夜繼日，嘆息復嘆息。忽夢神宫自天下，手持山靈一尺檄。鴻濛昔剖分，帝命作鎮主坤文。石紐之禹為帝平水土，周家創業繫我彭濮人。紀信忠漢世，甘受黄屋焚。何武仗劍起，義不屈莽新。費貽任永恥為井蛙辱，張綱李固義烈排秋旻。炎精焰冷國鼎峙，惟我全蜀倔强為漢臣。人人名節九鼎重，餘事文章兼隱淪。子雲相如王子淵，康山之李金華陳。涪江釣叟卜君平，千載猶能想清塵。皇皇藝祖得天統，北辰中天衆星拱。蜀遠只在殿西頭，一言撤盡藩牆壅。陳蘇范氏奮孤寒，事業詞華兩推重。渡江勳績張與虞，太史之李如晉董。江漢炳靈世載英，摭之前牒如丹青。昔何烜兮今昧昧，山靈未必真忘情。富貴由來多捷徑，强聒最為蜀人病。君不見山澤之臞宋郎中，奏篇語泄經遠屏。經明行修李兵部，陛對萬言傷骨鯁。氣豪最説薛祕書，去國七年惟日飲。陛下何曾讐讜言，睢盱萬目寧汝捐。傷哉三君皆九原，抵玉於地那得全。幸今耆舊滿巖穴，一一無非爽邦哲。杜史德望國蓍龜，開府忠丹老彌烈。參政未起東山卧，李也立螭著名節。少卿仙谷勤著書，渡瀘歸釣二江雪。侍郎斥還病少瘳，校書執喪憤尤切。廟堂何忍蜀才棄，渠自方頭觸人忌。岷峨為渠方含羞，渠不知悔尚我尤。汝行為我丁寧説與諸賢道，二府榮途豈難到。九重天上列仙班，厚禄高官清且要。鑿方何能入枘圓，使少貶之寧不然。我聞斯言意懭悢，夢覺披衣獨惆悵。窮達其如天命何，為士當先識趣嚮。諸賢等是儒中英，秉心那知有得喪。憑誰為我謝山靈，彼達觀兮寧可詆。嗚呼參井之躔五十有六州，文風自古能與齊魯侔。三光氣全愛護猶如心與腹，今半天下視之乃若贅與疣。戀闕伏下姑汝留，不然朝奏暮斥急理泝峽之扁舟。君看兩三使節晨星猶，下此六六州縣皆依流。縱有志士能姱修，長安日遠可想不可遊。立賢無方自古訓，誰能叩閽上訴十二之冕旒。才生於世養之艱而折之易，譬諸豫章杞梓倉猝寧可求。風塵澒洞暗宇縣，不有烝徒誰與謀。白駒空谷長逍遥，可能縶之永今朝。我歌慷慨兮豈獨私為岷峨愁，勞心悄悄兮實與天地先其憂。

憶昔行送李成之徵君

憶昔與君同射策，同舟同館心膠漆。萬言入奏甘棄置，賴有湖山好看客。歸裝濡滯及黃池，半菽寒菹作除夕。慨慷相與期古人，聊復名場借梯級。君家三秀立分鼎，太阿覺君鋒更穎。吏行梟鷙閧塵坌，寒露玉壺敻光炯。五羊仙伯兩眼明月秋，薦書萬里徹冕旒。四賢同時一網收，朔風扶柂長江流。遲頑我自費推激，隱憂百罹霜鬢出。未能勇決便幽棲。寧免隨陽睨殘粒。送君矯翮玉霄去，為我一破胸快悒。向來四海李兵部，正色立朝古遺直。九原凜凜有生氣，餘憤須與君湔滌。世故翻覆況多端，沉思使我心膽寒。誰生厲階今為梗，涓涓不窒驚濤瀾。不知聚幾州鐵鑄此錯，百尺竿頭一步底處著。天位天職特用軒輊人，明眼勘破定何物。波流何可金石轉，鮑肆詎能蘭麝奪。君不見考功望郎諫疏瀝忠赤，垂紳滿朝皆太息。信有宗工妙繩尺，自注：洪舜俞應詔上封事，甚剴切。蜀士得東南書云朝紳見之，皆服崔尚書先生知人之明。梁園我亦塵下客。法當冗散逃百讁，滿意諸賢拱霄極。讜言正論囊封溢，國勢不難一枰活。正途未易荆榛闢，有謀勿憚時造膝。救溺拯焚奚可失，海南波寬老龍蟄。朝朝滿澗翫泉石，當為諸賢失衰疾。我亦三叫喜動色，早願采薇休戍役。

涪州荔子園行和友人韻

愁雲暖日愁無邊，荔枝園下客艤船。嗚呼宴安毒於鴆，燎原戒之爝火燃。楊家妖女去復入，開元天寶治亂如手翻覆間。綠雲一縷天上去，食自不旨寢不安。長生昵語月皎皎，沉香醉夢春酣酣。羯鼓數聲花破萼，霓裳一曲天開顏。薰風殿開苦嫌熱，驪山聯轡來遊盤。汗綃紅透心渴煩，荔枝不來慘不懽。飛塵一騎關山曉，奔騰那知血濺道。一朝羽檄漁陽來，決策西狩殊匆草。百年宗社棄若遺，何計奈渠春風貌。雨鐸琅璫驚昨夢，雲棧崎嶇回馬首。凄涼故驛疾揚鞭，歲月轉眼弩落弦。張后李父自一時，西內荒階滿荅錢。金鑑難忘曲江相，涪頌長憐聱叟元。涪陵荔枝不須辨故物，紫金鱸骨何幸還陵園。自注：舊詩話以杜牧之「一騎紅塵」之詩，謂明皇以十月幸華清，荔枝熟時未嘗在驪山。然咸通中袁郊作《甘澤謠》載許雲封所得《荔枝香》苗曲云：天寶十四年六月一日，貴妃誕辰，駕幸驪山，命小部奏樂長生殿，求曲未有名，會南海獻荔枝，因名《荔枝香》。則知荔枝熟時嘗在驪山，小杜詩乃傳信也。

蕊珠歌

三華真士鍾若谷，冥心北極，創築靖館於宜春郡西三十里之獅子峰，勢極雄秀，足以駐天真飈馭，延國家景福。藏室經始，工力宏大。郡守岷下程某為歌《蕊珠》七言一章，俾持以謁檀度者。

五雲鬱勃天九重，俯視人境塵濛濛。元和遷校品秩穹，以帝命鎮北坎宮。玄袍金鎧丁甲從，洞陰戰勝魔絶蹤。際江之涯鍾氏童，宿運冥契晞玄風。躡屩千里心忡忡，懍恍忽與師匠逢。桑梓歸愒敢不共，精廬築就鈴岡東。州西一舍獅子峰，烟霞萬壑鎖鬱葱。勢與紫霄爭長雄，樓觀營築擬翠蓬。真遊下駐鳴笙鏞，可無法言牖羣蒙。帝何言哉層穹窿，溟涬未辨奚所宗。五文開明日曈曨，三洞流出金口中。瑶函錦囊密緘封，飈輪八面轟靊霳。駿奔百靈翔六龍，一念與誦萬過同。登揖金母朝木公，六天獰戾數有終。申命校録帝所恫，保制劫運禳災凶。剪馘鬼怪囚北酆，邊垂罷戰年屢豐。妖氛退掃正道隆，臣許職牧差妄庸。願見皇圖還時雍，蕊珠七言歌春容。為師勸相鳩僝工，咄嗟千桂疑當作柱凌碧空。開度益廣積累功，丹臺列名仙籍通。伐石著詞傳無窮，長與此山同峻崇。

唐彭州改創南樓爲賦長歌

小洛陽城春日釀，自注：彭州牡丹花品極多，西南號為小洛陽城。翠幙家家誇國艷。園花命酒十日狂，何如水月山雲日日長相見。西州藩牧最佳處，古木陰森湖瀲灩。湖湄傑觀倚南牆，剥雨催風歲久不能繕。後先知有幾賢牧，因循何啻閱亭傳。算緡懼不貸主計，星火那能卹諸縣。丹崖唐侯來布宣，世故平生金百鍊。能將姦穽先杜斂，不勞民膜加鍼砭。焦心常念足公儲，退食遑暇娱賓燕。迨兹再稔治最成，聊爾計工財力羡。岧嶢飛檻抗雲表，顯敞華堂屹湖面。搜攬一州勝處尋丈間，恍覺蓬萊鼇首抃。樓成侯已迫瓜戍，澹雲寒烟有餘戀。君不見高詹事，吟詩花嶼巴箋絢。又不見宋朝散，照坐鞋紅玉壺勸。至今子美子瞻詩集中，能使吾州千古風流擅。唐侯美政前哲同，能自勒文比黄絹。謭陋愧我拙吟咏，漫縮秋蛇汙碑篆。江山風月今猶昔，墨客詞人元不欠。誰能落筆萬丈飛晴虹，九鼎雪山之銀堋江練。

送仲嘉弟東歸赴湖州長興尉

喬松天與歲寒節，直從拱把禁霜雪。如君生小樂真筌，衆説咻之莫能奪。青春閉閤蛾眉怨，永日啖茹庖烟絶。交朋勸止徒爾為，我亦無言可開説。老親坐堂眉不開，姑請聊向人間來。人間可欲如涕唾，此心久已同寒灰。太虚浮雲漫塵點，明鏡過影常往回。宰官居士等人耳，捨喧取静非兼該。知君心量已超越，去盡障塞真奇哉。王城蝸屋欣再睹，燭盡鵶啼夜深語。云從投足窺吏曹，始知敝屣人争恥。長興風物吾所羡，朝拏扁舟晚叩縣。霜刃割魚慎莫嘗，唯有青銅可照面。我行作吏三十秋，日暮不歸鳥飛倦。臨分欲效昔人言，畏子機鋒如閃電。出門揮手即江湖，猛利應無兒女戀。

題會慶建福宫長歌

赤城峩峩五嶽尊，自注：青城亦名赤城。帝命作鎮西南坤。崇岡遠自太白分，旁騫三峩下荆門。黛面負扆如帝扆，羣峰翼趨候臨軒。眈眈千柱樓雲根，黍禾之福此駿奔。叢霄其上為崑崙，上帝宫闕森五雲。統御三界庀列真，精廬福地周八垠。稽首丈人希夷君，鼎峙潛廬猶弟昆。自注：道書：赤城山九天丈人與潛山司命、廬山採訪使者同為三山真君。仙班峻極何司存，事嚴跡秘誰得聞。我亦三生師玄元，失脚世網如籠樊。雨淚懺洗一炷熏，琅函蘂笈披靈文。龍蹻無路尋軒轅，洪崖何處避俗喧。上皇羅家插青旻，麻姑公遠相為鄰。欲往從之躡飈輪，凡骨未蜕空逡巡。白雲英爽恐未泯，似聞樵叟猶花坪。高尚無為默不言，遺世獨立非不仁。世自迫隘汙我清，一杯聊共雲端論。松風忽作天籟鳴，浮雲富貴何足云。度世可不保此身，寸田荆棘當鋤耘，鬱儀結璘時吐吞。不願泛海尋蓬瀛，不願駕鶴朝玉京，只願餐霞餌黄精。閉息默坐持洞經，長與玉皇為外臣。

儲福觀謁唐玉真公主祠

華萼樓前花冥冥，三郎雅知睦天倫。脂田恩厚脱屣輕，獨將泡影觀此身。碧瑶六六秀蜀岷，朝來鬱勃連夕曛，石壇虚呵存谷神。笳鼓驚散羯鼓春，兄來問信杳莫聞。自注：玉真入道修行於青城，莫知所終。玄宗女弟也。瑶池宴酣歸未醒，千巖萬壑空烟雲。一念之差隔幾塵，蓬萊誰信有太真。平生我亦厭俗氛，秘籙曾受金闕君。玄機儻有三生因，不妨牧羊學初平。

謝新胥口監征趙立之

立之名聞禮，以聲氣相求，袖詩訪我，欲賡而未暇也。後數日，裒篋中所藏漢魏隋唐碑刻七十種相遺，且逐一題識所自得，特以長歌，辭義與字畫皆遒勁有英氣。自念好而莫能精鑒，習篆隸而未得活法，愧無以勝此兼金疊璧之贈，借韻以舒感臆。

魯壁嶧碑遠莫覩，艱哉河漢訊鼚鼓。披荒摸搭不厭多，繙閲端能助稽古。向來四壁風雨秋，誰遺彯纓羣玉府。終年骯髒甘謫墮，采采蒿菁不盈筥。豈無蠹簡供咀味，竟恨白石費烹煮。有來剥啄契襟期，明誠無乃同而祖。千金湊買不知惜，傾囊要我細摩撫。評書已愧老蕭翁，作歌況擬昌黎愈。臨池强自學點黼，效顰寧容避譏侮。隸畫聊從祖逖窺，篆體那與陽冰侶。拜嘉深恐傷廉甚，贈詩想更用心苦。擔夫爭道大娘舞，精思神悟失寒暑。銛鋒未易畫錐沙，拱璧暗投等黃土。羊棗共嗜能幾何，圓規寧免齟方矩。岷峨之陽一茅宇，門無雜賓況市賈。圓書悔不偕載行，瞻佇崇朝不能俯。遥憐兵火暗跌蕩，守護童僕何不武。辱君珍贈補闕亡，金薤龍梭粲可數。我不能捨我靈龜觀朵頤，炊烟不動睡味恰與破衲宜。殷盤周鼎愧君古人以相期，瓠壺呺然問字無一奇。試烹苦茗能來與我共商略，功名兒戲可須千字淮西碑。

牛頭山寺

菩薩住處牛頭山，應真亦復棲其間。寶坊樓觀疊高下，新城粉雉相回環。崎嶇石磴雲生屐，眼波不盡涪江碧。江外青山春自浮，曾與詩翁格椽筆。

爲建平詹使君賦山泉

秋風慄慄宋玉宅，湍波磕湧三閭祠。行人莫蚩我邦陋，離騷千古芳菲菲。使君玉立筍班上，得州如斗不薄之。冠峨切雲佩陸離，欲與二子論襟期。官居髣髴蓬島似，翠霧白雲山四圍。向來專情在巖壑，愛此線溜來逶迤。搜巖剔藪作幽事，便有一派銀河垂。釀泉為酒旨且冽，環滁之樂同一時。有時痛飲挾騷讀，聲和泉石含餘悽。天涯有客倦行李，雲間小隊來追隨。窺公心源瑩澄徹，亦如此水涅不緇。里無追胥闞薄征，峽山今是春臺熙。邦人恐公日邊在，誰卹我老字我蚩。何人勒銘泉上石，後千萬年甘棠詩。

和南風歌

悦齋先生於寶慶丙戌為那君叔明賦《南風之歌》，寄意深婉。後五年，自遂寧藩牧開府，盡護蜀師；又三年，端平改元，以憲部尚書召。叔明袖詩渡瀘，訪余於滄洲書堂，輒賡元韻。

華清舞徹霓裳散，五音繁會宵達旦。人間何限失意人，西商凄切離騷亂。我所思兮在東周，小雅盡廢心之憂。更堪羌調日嘈雜，徑欲洗耳寒江流。那君十指含清風，家無卓錐心願豐。仙翁賞音那易得，水流益濬山益崇。疲氓望翁起憔悴，蒲輪加璧幸可致。請君抱琴往從之，解愠阜財皇有意。

喜雨歌

部使者鏡齋梁先生以二江灌溉之利為西州民所寄，督有司以時繕修。會久不雨，夏畦告病，齋居蔬食，遍走羣望，誠意孚格，雨澤昭蘇。門人華陽尉掾程某以職事出入田畝間，聞民謠之康樂也，採為聲詩，以咏歌之。

去年堰決秋雨霪，南畝粒米如黃金。縣官只道歲中熟，輸租歸家雷隱腹。老翁戒兒力鋤耰，忍饑少待明年秋。那知六月又不雨，二江之流幾齟齬。揵石震撼渠欲枯，天遠不聞人號呼。皇華使者民司命，腸日九回恐民病。齋居蔬食勤籲天，灌口牲幣加明蠲。燎烟升空忽黮䨴，須臾六合澤霶霈。連宵簷響未渠休，溝塍泫泫膏乳流。疲氓彈指拜公賜，枵腸便覺有生意。邊城十年戢干戈，鄰焰逼我將奈何。可憐十室九垂罄，倉卒軍需何以應。人情但知樂苟偷，更須熟為根本謀。察公憂民意懇懇，定知憂國慮深遠。為公志喜商聲謳，願公為霖澤九州。

喜雨上使君

塞垣昏昏纏殺氣，春陽暵旱慘如燬。老蛟熟睡呼不起，暴尪鞭巫徒為耳。雲將族兮俄披靡，飛廉之怒誰或使。綿州刺史亦勞止，寢不遑安食不旨。瀝膽濡毫肝作紙，封章夜訴天尺咫。電幟皴紅雷虺虺，一篩時有萬絲委。旬浹頻占垤封蟻，半夜流膏活千里。瓦溝佳聲密飄灑，簫韶九奏未堪擬。焦卷一朝有生意，夢魚之占立可俟。中原格鬬何時已，軍儲急須問庚癸。剝膚駸駸幾及髓，國脈所寄將奚恃。腐儒流浪半環水，月蠹太倉三斛米。于時無策籲有泚，况忍懶書酣晝寐。知元道州漢良吏，可無長歌為志喜。北風漲塵目易眯，安得天河一湔洗。豐年高廩萬億秭，重見周道平如砥。

西瞻堂

子長愛奇隘八荒，岷雪千仞瓊珮鏘。太守德厚民不忘，倚公筆椽輝耿光。西瞻大書揭高堂，倚欄起我意激昂。鏤冰刻楮非文章，男子可不志四方。

送李微之以史學召

鴻蜚冥冥天宇空，誰令矯翮修門羾。承平在昔朝多賢，猶念丘園天爵共。泰山豹林來復去，河南白雲堅不動。斯文程伊嗣興起，露門日日峨冠誦。雖然去就跡參差，高風等是光吾宋。秀巖素心非少室，萬卷本期供世用。當家幸有二仲賢，不妨老子琴三弄。紛披竹素勤日課，蕭索松風酣午夢。有來虞旌賁空谷，例與蜀珍入包貢。中興鉅典未殺青，千古傳疑須折衷。文孫嗣服渴延佇，太史泚筆待錯綜。姦諛已死不難誅，古今一轍猶聚訟。緇衣信能心愛士，白駒誰復語含諷。丈夫出處亦何常，毫芒難博丘山重。勿學退之憂史禍，勿似子長誇雍從。孤騫終不嚇腐鼠，覽輝未易來翔鳳。平生我亦煎百憂，四月長江遠追送。丁寧寄語季成甫，東華冠蓋真一鬨。時撐小舫漾湖光，莫遣紅塵撲飛鞚。扶持婞節早歸來，世故紛紛付時棟。

送別周憲使

春風浩蕩龍泓口，逢逢船鼓驚雷吼。皇華使者捧徵書，萬里飛帆上南斗。岷峨上下十六城，後先持節知幾人。公來非爭赫赫名，止水何曾風浪生。腕裏權衡一丹筆，與天通處惟欽恤。孰知疾惡有剛腸，乃似霜空鷹隼擊。撓之不濁澄不清，渠自好醜吾何心。蔽以一言仁者勇，嗜欲淺者天機深。疇昔聲華塞穹壤，旰食遥知渴忠讜。紛紛鰍鱔困掇拾，縱壑之鱗多漏網。公歸便合横南床，或袖諫紙朝明光。好將外臺督姦手，鋤却廿年荆棘荒。功名時來寧我貸，不朽之傳軒冕外。攬轡埋輪自一時，至今日月炳前載。才踈意廣一腐儒，青冥倚公借吹嘘。病卧錦江八十日，出門搔首空踟蹰。西南望遠長安日，寒雋陸沉幾千百。乞與開陳政事堂，更把夾囊細收拾。軍興料須色目繁，師老力屈民煩冤。養疽一朝思潰裂，廟謨得不憂本根。三年福星耀參井，愛士如渴民如命。只今歸覲太微庭，勿忘棠郊日延頸。腐儒州縣甘浮沉，骯髒羞作附驥蠅。佇公入和南風琴，磨崖大書頌中興。

送崔吉甫外刺安康分韻得客字

崔郎神駿如天馬兮來西極，霜蹄蹴踏汗流赤。不令長楸嘶風扈屬車，亦合交河涉冰摧敵魄。世無善御如王良，可能帖耳受鞭策。棧雲嵯峩漢江碧，一眼長淮天不隔。風寒幾處索調護，我有奇謀同藥石。囊書行萬里，三載京華客。浮雲黯黮一掃空，歸來雙劍翔鳧舃。行臺岌嶪立分鼎，叱咤風霆人辟易。文書曉夜來急急，吏衙事牘看山積。那知退食清心堂，萬卷敷床客滿席。落落一世誰憐才，令我推枕三太息。翱翔半刺頭欲雪，袖長奈何地褊迫。我聞安康坦途走洛師，内與荆襄梁益通血脈。軍興生聚計蕭條，嗷嗷悲鴻尚中澤。鼓鼙何日當罷警，濟時孰是良籌畫。薰風催熟崆峒麥，本根須人為愛惜。志士慘淡意則同，摻袪况復念行役。君看老驥久伏櫪，一蹴千里如咫尺。醉歸為君慨慷擊唾壺，天雞三叫東方白。

以上《滄洲塵缶編》卷六

全宋詩卷二一九八九

程公許六

觀浩齋楊先生偕後溪劉先生白鶴魏校書潼川南樓唱酬三復嘆仰馳介詢問以古篆體書西銘爲壽，並和元韻

一日不見如三秋，人如湘浦春風樓。危途崔嵬坂九折，萬事變滅水一漚。我公方寸湛古井，砥柱四海之頹流。藝蘭九畹媚幽處，公暇獨立誰為儔。畏虎一悟真知説，亡羊不向諸子搜。默參鄒軻論直養，長與濳聖同四憂。綉衣方看霄漢立，青雲忽賦汎濫浮。平生得趣稽古樂，如水赴海無時休。考槃棲我書萬卷，有意晚歲專一丘。時無子西賦招隱，貪伴漁翁歸釣涪。澗瀍脈絡元不斷，洙泗氣象端可侔。身麼簡書去無繇，夜夢策蹇霜滿裘。悠悠底是歸宿處，願聞一語歸而求。勇撤臯比誰復見，訂頑之訓萬古留。篆書為公揭素壁，千里持寄寬離愁。玄關道祕杳莫授，玉鑰為我一啟不。

池口昭明太子釣磯蜀僧住山相邀訪古和壁間韻

繫船池口汎濫遊，老禪邀我半日留。岸莎堤柳度窈窕，初暑忽送風雨秋。蕭郎釣臺三間屋，萬頃烟波媚幽獨。長令千載好事人，貪為淮山流遠目。芊芊蔓草迷長竿，臺城直作平野寬。那知萬古文選理，不盡詞源八節灘。英魂遠逝招不得，謫仙小杜底處覓。插天嶍崒九芙蓉，試與憑高閒物色。

多勝亭

宜春以韓公重，東湖尤一郡勝處。祖侯營創亭臺，碣記古雅，且南軒題評盧石扁牓如新，而委之荒落可乎。稍加繕修，頗復舊觀。仍摘昌黎詩句扁新亭為多勝，紀以長韻。

昌黎文章緯河漢，只合彯纓侍香案。帝遣騎麟下大荒，肯為吾州一笑粲。至今千里被膏沐，猶自霮雲餘絢爛。後一百年來祖侯，不以左官興瘖歎。西園作堂娛歲豐，東城選勝湖波漫。不知此湖孰經始，秀水之涯矗堤岸。花嶼逶迤雙徑通，荷蕩淼莽三塘貫。憑堤築臺夐清曠，屬官賴此泄憤惋。嘉二三子南渡來，營葺頗能還舊觀。風流轉燭冷如鐵，仆雨摧風存者半。蹇余意倦直承明，次補適來忝藩翰。腐不能通柱後文，拙尤不辨牙籌算。自公正須豁滯懣，時屈何能事輪奐。支傾補壞聊復爾，護遂培高足娛玩。江山入手要彈壓，風月無邊供判斷。高賢一語真實録，勝游雖多此為冠。水花岸草錯雲錦，雨瘴清嵐無界畔。忘機自與鷗鷺親，無事從渠鳧鶩散。老仙音塵可得追，移得盧家石堅悍。題評倚重南軒翁，瞻相如瑟黄流瓚。迂頑我豈經世具，乞身去詠南山矸。作詩聊與來者期，何去後思可稱讚。尚友三賢自不差，時復憑熊一來看。

和賈伯用架橋築堤韻

策蹇僕僕忘寒温，勞心惻惻桑棗村。長虹卧穩烟雨面，千金屹障波濤痕。涉川利作初九益，括囊肯為六四坤。道旁築室勿與議，可使正論成排根。

六和塔寺館三宿和秀江亭詩牌韻

鯨呿鼇擲三神山，幻境起滅指顧間。東西帆檣來復去，得似上方僧獨閒。看山看水知多少，詩債責償殊未了。膠膠擾擾竟何如，早結把茅佚吾老。

雪峰道院

寺評劉侯分竹石紐創此院，賦詩落成。左綿勸學從事某借韻寄題。

琅函真筌何所云，丈人嵯峩五嶽尊。矞雲晝護耀魄寶，玉繩夜低天市垣。瓊瑶其上矗千仞，冰雪為人醒醉魂。飛鴻没處杳難辨，飼虎遺跡應猶存。甘泉使君趣丘壑，薰爐默坐存崑崙。自注：《真誥》有想崑崙得仙者。高齋圖史羅左右，大厦風月相吐吞。巖泉酒熟芳桂蘂，茶鼎火活蒼松根。坐邀麻姑來擘脯，祗恐摩詰難亡言。界天之雪滿窗户，唤起老仙重與論。丁寧來者時汛掃，燕寢可避蜂衙喧。

凌雲李聖可西郊别墅創小亭屬余作風月無邊古篆四字爲扁顔平岡馮炳仲賦詩和者盈軸因賦此

我不願築受降城朔方職總管，又不願金狨繫馬西池萬人看。只願寬閒寂寞濱，倚醉高吟青玉案。秋霜斫蟹草泥滑，春浪叉魚楊柳貫。江湖長恐寸心違，世界饒君左手斷。水寒軒檻碧萬頃，山掃巫娥雲一段。鶴唳那愁蕙帳空，羊裘未讓嚴陵岸。是家太白孕英精，待詔鑾坡摛藻翰。藕船駕得玉井來，荔支腰重金章焕。至今人物説淳熙，可並成周歌伴奂。誰令七葉侍中貂，風月無邊奉娱翫。犧尊屢唤斟玉液，科斗何能體先漢。相期雲路早騫翔，分明世澤流波漫。自注：聖可乃淳熙從官李公昌圖之孫，先世自華州入蜀者。

諸友載酒飲滄江海棠下公許以上壽親庭不克與勝賞翌日招飲出示新作敬和元韻

杜陵老翁身轉蓬，浣花溪頭詩更工。向來隱語最沉著，錦宫花里看曉紅。想當繞樹經營時，吟思拍拍春醅醲。重尋疊萼今勝昔，五百年遠誰為容。使君結廬滄江上，補處不隔牛馬風。竹蹊花塢穿窈窕，佳趣似是桃源同。一年好春海棠擅，隔牆恨不載酒從。頗聞花陰喧語笑，何似橘仙隱巴邛。主人眼底有青白，風流駭俗阮嗣宗。化工不耐凌鑠苦，故使分薄阿堵中。那知陽春恣陶寫，何物芥此雲夢胸。玉湖亭上一尊酒，柳花漠漠江溶溶。錦機轉眼雪糝逕，還有明年春再逢。要知造物無盡藏，那肯一日居成功。商謳爲公不成調，誰叫閶闔箋天公。晚紅一醉亦聊爾，休逐滄浪垂釣翁。

楊子春酌飲清節亭示諸公舊賦索和

雨餘熱喘思澡雪，有客叩門筇九節。相携款竹墨池家，竹間張飲碧筒折。縱縱玉立肩相齊，何羨掖垣歌紫微。會須把臂入林去，山王掉首麾去之。骨相恐難飛食肉，功名浪費殺青竹。渭川自有千户封，持此較彼差不俗。平生我亦厭榮觀，爲君醉眠蘄簟寒。人間有此碧玉鏡，那怕火繖張炎官。

滿戍有日置酒學宮爲諸友贈別

左綿山川平且寬，周遭四境皆奇觀。廣文官曹冰雪寒，摧風剥雨無時安。巧手無麪良獨難，憮汗如瀋時一歎。浪浪春雨紅杏壇，堆盤苜蓿空闌干。三年轉燭槐夢殘，明當西郊掛征鞍。平生但知取友端，忍御艾蕭捐杜蘭。丁寧何須勸加餐，活計不但故紙鑽。孔轍回環顏一簞，君民堯舜無兩般。此印萬古元不刓，聚奎堂中儼衣冠，尚友謹勿輕朽墁。丈夫事業期不刊，脚根牢取百尺竿。

九日以酒贈雪江胡賢良蒙惠詩和韻

蓀壁辛楣芰荷屋，静揖秋風酣聖讀。占斷湖天拓户封，不待詔書賜一曲。紅塵車馬交衢術，渠肯冠霞立於獨。滿城風雨又重陽，念子蕭疎對寒菊。雙壺遺贈灩蛆浮，想見羈愁盡蛾伏。高人一巢有餘地，底須駟馬駕車軸。但得長年交酒聖，不妨一笑命騷僕。若云歸隱須買田，巢由嗤人未免俗。

碧雲程道士自清江相過示以玉淵劉清叔詩借韻同賦

掣鈴者誰金門客，神秀迫人似曾識。八返未問龍虎交，一杯且薦琳腴碧。我昔卜隱大面山，招旌驅人難得閒。梗野自適麋鹿性，逡巡遠引鵷鷺班。始青一氣色非色，此中自有金丹訣。政須趺坐共商量，忍向塵勞磨歲月。

爲玉汝賦蓴湖借田家樂府韻

蓴湖何物堪怡悦，與鑑湖境無差別。自注：蓴湖與鑑湖相近。詩人胸貯冰雪清，湖邊吟作寒螿鳴。紫蓴可羹菰可飯，把茅自足了一生。食前方丈位鈞軸，何如深林一枝足。寬閒之野寂寞濱，釣有緡竿耕有犢。男兒何須嗟命薄，富貴不淫貧賤樂。

李宰和唐子西芙蓉溪詩索同賦

子西詩律傷於嚴，掉頭沉吟春飲酣。何曾一字低處著，有似國工精手談。千古江山長媚好，水曹依舊清風掃。只慙次補較非才，更願乞靈依此老。天涯憔悴一詩窮，溪流泯泯山叢叢。事須登臨作酬賞，剩破酒榼官泥紅。

李季實以龍鶴山菜餅見惠長句將之吕兄亦有和章借韻答謝

山林遠志久封殖，誤隨小草輙輕出。得似乾淳太史公，萬古不磨董狐筆。太史龍鶴山中人，甌心竹素如醉醒。鍊師喜為作妙供，靈苗相問叢卉生。七年飄摇湖海客，生怕魚鯉腐鬭膈。圓規得自太史孫，清苦本來同氣質。十洲地産富瓊芝，龍鶴何曾欠蕨薇。與君約歸如有期，躍鯉何用薑芥臛。自注：李鍊師，山中仙者，躍鯉，亦女仙故事也。

和鍾道士若谷投贈韻

流年袞袞灘頭浪，蕭騷白髮三千丈。人生榮禄底須多，何嗟及矣負米養。滄溟不禁尾閭泄，養素略窺道家說。庶幾真一復保全，可以衆言强分裂。瀛洲醉揮碧霞盃，集雲峰前偶此來。吏衙皃散鈐索静，怪有飛佩鏘瓊瑰。紫霄洞經曾熟讀，歸來烟霞繞冠服。嵯峨千仞獅子峰，寒棲旋營數間屋。飈遊為我晷刻停，汲泉引滿如海鯨。要學旌陽累功行，不妨天詔遲飛昇。岷峨念歸可輕發，枉辦青鞋并布襪。禁闥侯藩信所遭，幾曾仰空虚咄咄。爐薰浪擬叩玄微，何如趙州東院西。了知此理只麽是，亡羊何必惑多蹊。自心有疑須自斷，勿用周遮添着一重案。錬師錬師為我印證之，六合同風兮九州共貫。

和陸放翁笑詩呈雲端子

道人身佩含景蒼精龍，灑落不與流俗同。酒酣興逸不覺一捧腹，那似義府有刀藏其中。人間萬事誰醜復誰好，兒童何知不必便驚倒。試問虎溪三士之樂如此不，霜寒夜永勿遣虚觥籌。

別雲端子和元字韻

玉樓雙聳吟肩寒，自孔氏出參玄元。荒尋得君相指似，清吐對我如瀾翻。歸歟金華葺茅屋，間有洞户通麻源。世塵轇轕勿浪出，執手且須空此尊。

寄謝碧雲張高士

臨邛自昔多仙才，鶴鳴神丹夜昭回。唐鴻都客尤奇俊，飛神碧落超蓬萊。宋采石戰强敵摧，少微褒封自公台。玄風寥寥閟寒灰，那知軒冑張，心印今復傳雲來。儒釋老氏鼎立如三才，凡囿形數由剸裁。授非其人委烟埃，如碧雲張亦異哉。幾年願見心渴梅，吾徒笑我老尚孩。三生髣髴同侍劫刃臺，羊腸百折何獨行虺隤。赤城醮盟三月齋，青雲有梯攀崔嵬，星冠禹步旋斗魁。天門蕩蕩金碧堆，章函歷上九虎開。津梁爽靈帝所哀，瞬息命令傳風雷。帝宸留侍非不佳，眷此濁海多劫災。力扶道法授沉埋，三千功行之積仙可階。世人汩没井底蛙，各主其教相觝排。吾師思以一理該，與我心契無復猜。何當歲晚棄置塵累，棲巖一龕烟雲相與儕。芝朮可庖露可杯，商略道蘊生死裁。左携羡門安期右洪崖，超塵沙劫馭氣凌九垓。

和小阮沇感時韻

豆籩列炙凌丘垤，有酒如澠旨且冽。得似年豐世小康，漁樵結社談蜚屑。畏途羊腸徧宇縣，二十年間行未徹。憂時無力為支撐，問計商顏未能決。頻年水旱釀災眚，況復刀兵值空劫。剜瘡補肉不遑恤，椎膚瀝髓供一切。詩歌碩鼠想樂郊，澤自無魚可堪竭。何時天狼隕芒焰，盡驅狐兔縶故穴。危機欲濟重坎陷，暴征須戢猛火烈。所期世路静風塵，甘隱瓜疇耘露瓞。阿咸年少知激昂，勉法前修立功業。

先兄叔逢種花盆池秋初開一朵二姪感悼成韻作柏梁體答之

懷昔三昆皆青春，揮毫翻水驚鬼神。我方丱角瞠後塵，有如奔林鹿甡甡。高堂壽朋鬢彌銀，時節歌舞綵服新，二十年間存幾人。叔氏終老一葛巾，盆池折花秋中旬。共房感我雙瓜辛，無窮生意根陳陳。寸卉雖微均我身，壅培涵浸宜及辰。一氣之運屈必伸，子如不信有蒼旻。

一冬無雪和陸放翁梅詩陸句豪誇余句清苦要自不失梅兄本分家風也

清羸怯問黃昏月，呵手寒窗寄幽絶。一枝幽艷棖觸人，花與詩人皆本色。孤山飛鶴舞空去，詩家何曾絶正脈。經營慘澹空亡奇，不如倚筆珊瑚格。滕六冬來偏放惰，暖日暄風渾坼破。便擬飛章上訴天，怕主林神合連坐。我昔與梅同謫墮，隨分世塵聊贖過。薰天肉食休問渠，萬古清芬首陽餓。

制幕孫君即益昌舍館疊石栽竹於盆池索賦

好山意度如高人，偃蹇那肯來朱門。青油幕中盛快士，愛山惟恐不能致。昭亭東望天一涯，武擔亦復歸遲遲。開窗延得竹君瘦，借竹為媒來石友。烟雲吐呑一席間，瓦盆取月湖海寬。羽書撤警文書省，一炷水沉銷日永。不嗔鄰客喚門頻，支頤對翫玉嶙峋。平生我亦烟霞痼，强擬為君援筆賦。破除幾許白雲腴，腸枯搜攬一句無。昨宵夢怕大刀折，詩債未償寧許別。從君差樂休念歸，賸借前箸裨籌帷。主公威聲劘敵壘，旆旌行拂終南翠。若攜諸吏上峥嶸，容我後乘陪載賡。

別馮伯昭新班歸三榮末句乞呈似使君王萬里年兄

東郭滄江市橋柳，邂逅論心成二友。仙曹如水往復來，永晝論文間巵酒。十五年間如掣電，屋梁落月幾回首。愛君冲静天機深，玉雪照我驚老醜。寶屏兩月同舍館，青眼相看祗如舊。秋風一鶚空百鷙，四海知心悅齋老。鵲聲杳杳客當還，鶴髮倚門春一笑。榮途埃壒倦馳騖，聖域工夫窺窔奧。拏雲豈無九霄志，緩轡徐驅千里道。平生我亦重擇交，與君同盟期耐久。紛紜歸夢促嚴裝，黯淡羈情更分手。旭川夙擅溪壑勝，雌堂况得文章守。嬴糧寧憚兩日程，龍洞烟霞共幽討。

投贈洪倅司令舜俞 崔侍郎入蜀，首蒙檄召剡薦。舜俞，侍郎客也

博陵先生天下士，圭瓚鼎彝宗廟器。駕風閶闔駐參旗，要與疲氓起憔悴。同來誰是儉府僚，一朶庾蓮吐秋水。義以取人道自任，河陽主賓信奇偉。誰云風月立分鼎，待借前籌答知己。峨岷其下十六城，魴魚鱍鱍更赬尾。情傷涸轍轉清波，陡覺濠梁復生意。井梧幕府省文書，雪界松園絶烟燧。餘事何妨筆墨

工，浣谿新沐烟雲膩。老翁補處待公續，燕外鷗邊儘吟思。主公佇還丹地峻，携上峥嵘去天咫。社榑愧我本亡奇，冷落官曹窮五技。何階方便來相招，醪醴一朝饗厚味。燕臺巀嶪萬金黄，豈意謙勤從隗始。眇然人物索扶持，勿惜拔茅多引類。君不見璇杓一夜摇天東，人間萬物皆春風。

和謝孟彝祕丞館中書懷

虎頭一生信癡絶，虚名誤人可多竊。蕭疎白髮寧可貸，流浪紅塵幾時歇。三神山敻隔囂紛，衆君子聚瑩冰雪。塵犀時接寶唾香，玄關要待玉笓掣。緬懷元祐載賡唱，誰為崇丘補亡缺。直廬竹帛不停披，酺池齊盂寧浪出。故都何在渺烟埃，湖山也自佳風月。擬結齊盟修故事，莫向深杯辭百罰。忝哉與我心事同，詩來可作成規揭。甚慙老醜强塗抹，得與嬋娟夸二八。静思世故殊未艾，澒洞憂端不可掇。由來館殿育英髦，期為朝家效絲髮。不然坐費玉帛招，奚異信手沙土撮。天閽何曾九關隔，愚慮或補萬分一。諸君信是廊廟具，老我已愧瓶罍溢。驚看淋漓灑巨軸，豈比呻吟點枯筆。吾儕立名要不朽，榮禄過眼才一瞥。從今朝謁得休暇，勿使文會多間闊。摩挲尊罍品書畫，上下古今商得失。乞歸早得隱林巖，誇與漁樵舊人説。

和使君王子堅游鄧氏天開圖畫韻

春風滿城開笑顔，使君明當出遊山。東州山川北佳麗，凌雲耀日季孟間。紫絲步障元不要，飛檻層欄一憑眺。歲豐民樂征調寛，挾四老仙共舒嘯。使君吟肩李杜齊，落筆便覺三山低。招來倦客同賡載，韻險令我窘見擠。烟霞風月無疆界，不憂寒具油侵壞。寄謝摩詰休苦心，使君詩是有聲畫。

壽悦齋李先生

君不見温公崇福十五年，上下千載書法嚴。又不見蜀公静退不待耄，鐘律製成天一笑。樂則行之憂則違，出處無非聖之時。一朝都人擁馬首，留相天子不得辭。潁昌胡為屹不動，各以就去揭渠儀。悦齋先生天下士，琬琰琮璜國鎮瑞。盛名媺節耀古今，歲晚松階猶候對。時臺劇談鋸茧屑，志堂析疑笓啟鑰。夜歸風雨一龕燈，目電窺書光爍爍。禹貢山川如指掌，漆園之解無郭象。更將次五訂箕疇，不妨後覺勤鑽仰。年來岷峨殊愴悽，公與潔齋名德齊。長庚磊磊配曉月，士有司命國蔡蓍。卧架詩書差足樂，憑高忍見楚氛惡。豈不望公勇拂衣，正恐百姓須公活。願公相業追元祐，以一至誠服雄狡。願公眉壽如東軒，黄髮皤皤國元老。雲烝雨族霈作霖，賢以類聚治乃興。卷舒在公亦何心，四海矯首西山岑。薰風自南一披襟，起舞稱壽千黄金。洗耳五絃虞氏琴，為公緩軫歌嗣音。

壽李子先

正陽用事月初吉，騎鯨之孫生此日。滴露能將三畫吞，積風少忍六月息。平生最耐反復看，其文炳彪心地直。骨肉十年長眼青，今年差覺叢談密。一尊稱處薰風曉，紅藥丫頭香露濕。誰令絶艷殿光景，羣葩斂避表獨立。洗盡人間丹粉妍，傾國傾城須正色。文章瑞世寧論晚，時來造物能借力。為君折花起長歌，請君滿引無餘瀝。丹霄一武不難梯，更看飛階弄吟筆。

壽廷邁叔祖

吾宗譜牒祖通義，蟬聯到公十五世。五派之分同一源，如木有本瓜有蔕。公家門户最赫奕，簪紱相承真鮮儷。堂堂鐵面渠州牧，能以方寸永來裔。用之不盡地自寬，信有詩書為可繼。龍駒墮地汗流赭，修途萬里自迢遞。箭鋒巧中由基的，桂香慳與春官第。誰知風雨短檠燈，慣作儒生窮活計。彤檐問俗歷三州，和平斂退鋒芒鋭。羹藜任笑庖烟冷，嚼蠟倦親歌舌脆。似聞皇華催遣送，斗城未必能留滯。廣平傳緒五百年，凛凛千鈞若旒綴。藉公一力為挽回，澡刷家聲舊芳桂。平生況耐反覆看，穮蓘懸知多斂穧。鼎來富貴正黑頭，粲粲芝蘭滿庭砌。周盟有幸聯肺腑，魯泮居然覺疣贅。所願宗風振寂寥，敢將末路竊聲勢。霧雨濛濛梅子黄，廉泉堂上薰風細。千金稱壽意何如，自倚情親為新製。

壽漕使者權帥黄大監

金華仙人紫綺裘，朝戲三山暮十洲。偶經劍浦弭節留，浪花噴雪躍兩虬。海若褫氣馮夷愁，精英為公一日收。義理之窟探魯鄒，詞章之工迫韓歐。榮途砥平不停輈，盛名何自徹冕旒。粉省賜香馥衣裯，萬里持節寬顧憂。更煩幕府開碧油，文書堆案如陵丘。焦心靡憚勤咨諏，賓朋遝進奚所求。否臧吾豈無陽秋，吏姦膽破民病瘳。肯綮可見才刃優，孰知學富用力周，取之不窮繭絲抽。賫書移監交置郵，斗水那能局吞舟。事機鼎來寧易投，紫清側席渴告猶。東風破冷初和柔，皇覽揆度當孟陬。喬雲我亦分餘庥，無階稱壽斟玉甌。眼明西南百尺樓，繡天錦地十六州。雅拜何以祈寵休，早徵環召飛鵠頭。潁川歸趣鼎鉉調，偉業定自追前修。承家有子文炳彪，燈燈之傳天與謀。殿前袞冠進鴻疇，杏園亦復聯俊游。斯文壽脈江漢流，何羨韋平世通侯。

壽程使君和獲白鴈詩韻

流膏千里喧笑聲，祥心萬丈南極星。祈年未了香火債，餽客肯汙刀鑊腥。此心與民同痾癢，出令可忍奔風霆。仙人飛來丹楓闕，俗眼詫見白鶴翎。蟻封縈策屈良御，牛軱輟刃煩庖丁。立談千仗環鐵甕，傾耳千行頒紫冥。雅知方寸厚培殖，未覺雙鬢輕飄零。馬蹄去踏東華塵，猿吟恐辜北山靈。賸將石田沃雨露，更為嘉穀除蟊螟。寥寥宗風特扶起，懇懇善頌何丁寧。長生祕籙啟雲笈，紫府丹臺元不扃。

壽制使董侍郎

秋雲陰陰壓邊城，秋風颯颯飛邊塵。淮堧夕烽連峴首，往來羽檄無時停。那知籌邊樓上一長嘯，環六十郡皆陽春。老翁哺兒誇説尹，連年我倉歌既盈。皇明如在殿西角，恩許借留為福星。六弧標慶當揆度，載途鼎沸歌謠聲。請公細酌成都酒，拄笏看度西山雲。只將祭酒瞪目意，坐鎮坤軸如砥平。可憐兒輩見坎井，孰知我公身遠萬里心朝廷。天生人物關運數，豈為爾較山重輕。浙江時巡今四葉，上流地險如建瓴。强敵逆天天久厭，力困尚逞牙距獰。膽折棧雲不敢向，介胄酣眠宵徹明。雅知折衝妙方略，胸中歷歷不啻風雪身經行。我聞四海如一體，手足雖異脈絡元相親。瘡痏何適不關我，仁者頃刻安得寧。吾皇盛德堯舜主，包瑕匿垢韜厥靈。一朝震怒詔薄伐，天戈所指壺漿迎。西南倚公九鼎重，草木亦自知威名。寶書斑斕真學士，陣圖指授諸將軍。頻來寵光對赫奕，富有學問規經綸。蜀才自昔比齊魯，公既崇學揚其文。更須度外廣物色，聲病未可拘豪英。蜀民生理日艱急，公既減賤矜其貧。張弓何時可復弛，一分可寬寬一分。蜀邊儲峙僅虛籍，公既檄吏探其困。餽糧千里憂不繼，渭上可無人雜耕。蜀兵十萬今有幾，公既選練蒐其精。將驕易置端在我，尾大安得平如衡。公心渾如古井水，沄沄外物何關情。公才信是澗壑松，大厦安樂扶其傾。勿謂蜀漢彈丸土，鄧侯用之開西京。間關武侯亦良苦，千古大分垂丹青。願公為國一引手，饑食渴飲心經營。從前規模會展拓，蓋世事業看峥嶸。旆旌揚風出子午，笳鼓動地超三秦。毋使鄧侯武侯得專美，蜀山豈無齊天之石可磨亦可銘。少徐帶礪河山盟，命圭相印酬元勳，胙土奕葉疏恩榮。却歸麻壇之山命仙侶，脯麟酌醴一曲歌長生。

壽東師楊尚書

去年拜公北定堂，中秋翫月喧絲簧。長風趣駕泝江艇，恨不初度斟一觴。轉頭玉鑑秋又滿，北定風景遥相望。寸心炯炯千里共，欲往從之川路長。五年為帝屏南服，掃清塞塵為樂鄉。盡捐歲羅為丁壯，米斛二萬饒積倉。民無箕斂士宿飽，一面屹立如金湯。平安遥夜飛炬火，燕寢永晝凝清香。雅知烹鮮不可擾，豈無發硎善而藏。官閒選勝極曠奥，天巧為公時雨暘。五峰講席環子佩，北巖布金開道場。要將名教植根本，參以佛法芟莠稂。君不見海觀烟濤碧萬頃，衛公心眼周八荒。又不見開福浮屠玉千尺，給事願力同覺皇。得如我公志淑艾，未許二老相頡頏。眇然人物殊乏使，鼎來事會那可常。維北有斗天喉舌，乃作福星私一方。何不喚歸坐巖廊，五色線補舜衣裳。拓開賢路薈荆棘，勿遣旄頭森角芒。腐儒憂世心慷慨，百未一成鬢蒼浪。公憐不麾客倚牆，肯借齒頰加雌黄。頌言我豈知己私，民亦勞止須小康。岐山之顛豈無巢鳳凰，何時口銜瑞圖飛高岡。我亦刷翅相從千仞翔，引吭一聲鳴朝陽，請賦卷阿之詩之九章。

壽史丞相

君不見唐朝郭元振，退朝愉色奉温清。又不見國初王文康，黑頭拜相歸捧觴。台衮崇嚴親壽考，歷數古今良亦少。而況二老偕耆頤，如二公者那易有。四窗爽氣舒雲霞，相業之盛專一家。父子弟昆躔科級，到公名業尤榮華。蔡州擒吴抑何壯，開幕江淮護諸將。手提黄鉞却欃槍，即軍中冊右丞相。我乘馳驅亦勞止，衮衣趣覲天顔喜。垂紳列弁競趨迎，恩遇之隆昔無比。

書懷

字民能使民和悦，儒術信與吏道别。十年妖祲滓太清，有耳厭聽鼙鼓鳴。創殘之餘忍椎剥，逃生要不如無生。願絜乾綱奠坤軸，罷兵寬賦家給足。聖躬示朴吏廉平，歲歲蠶登牛産犢。宦情我自春雲薄，何日西歸田舍樂。以上《滄洲塵缶編》卷六

全宋詩卷三一九九〇

程公許七

送游提刑祕閣赴召三首

舊聞游監簿，姱節紹熙朝。有子登臺省，危言動冕旒。不容求外補，親政復旌招。四海澄清志，無寧久使軺。

日馭中天運，冰山失勢多。可能羣枉杜，端藉衆賢和。公去應前席，人言合上坡。調停前轍誤，國事竟如何。

外敵日侵伐，滋為元氣傷。憂心耿不寐，洗耳待封章。弱植如羃羽，知音念五羊。因書及疏賤，决起尚榆枋。

送成都倅黎德升赴召崔侍郎薦士召者五人三首

憶侍西征幕，叢談夜達晨。别來青鬢换，喜見紫泥新。宸極拱朝幘，曉星看蜀珍。一朝樓五鳳，積憤洗峨岷。

塵暗朔風急，雨淫晨景昏。憂心長似擣，欲語吐還吞。持底舒天步，云何塞亂源。熱官餳裹鴆，名節貴璵璠。

已往嗟奚及，方來當若何。幸無疏藥石，庶可起沈疴。雠偽半盧扁，滌腸須華佗。康時付公等，隨分且絃歌。

送别魏校書借參預李先生韻

斯文天未椓，世復有斯人。縹帙磨鉛舊，泥封染墨新。詞華班馬富，道術魯鄒醇。滿腹經綸願，逢時氣益振。

雙闕一回首，滯留今十連。河圖元國鎮，泗石待宫縣。南紀浪翻雪，北風塵暗天。經營倚天定，九軌達山川。

搔首暮雲碧，懷人酒淺斟。萬鍾心不動，九鼎力能任。夜雨青綾直，春風紫禁深。愛君須引類，一念帝來臨。

送别長翁制幹赴審察

戎幕接談笑，薦函聯姓名。自憐風退鷁，快見浪翻鯨。知己方圖任，聯鑣敻有榮。明堂足材具，社櫟復何營。

屯雲開宇宙，八表斂風塵。獵德恢天網，充庭詫蜀珍。一編元祐學，雙闕武林春。赤汗青絲鞚，修途款問津。

機欲審而發，瑟調音自諧。况思萬全計，可畏一毫差。回斡須羣彦，輪囷疊寸懷。樵漁暫相狎，鴛鷺豈其儕。

到闕政府以辟郡未下隔對

練紙密銜袖，宫門報隔班。衷腸鬱未吐，殿檻可容攀。巨用須桴棟，旁搜及蒯菅。對揚當有日，傾盡不須删。

和龔彦質韻送别趙税院

識征傍南海，何遽别同盟。漫仕不妨學，能詩新有聲。烟濤千里隔，書劍一航輕。桀範求諸近，菊坡冰雪清。

别家仲行得成都尉西歸

遠役得佳伴，天涯還摻袪。憂端今轉甚，漫仕意何如。落筆敏無敵，軒髯豪不除。市橋春好在，勿共酒杯疏。

華陽尉授代喜成二首

唱第八年久，折腰三考書。上官容我拙，樸學與時疏。冷落隨陽鴈，蹣跚上竹魚。平生經世志，窮達豈關渠。

冉冉歲云暮，齊邱促戍忙。倦凴南郭几，静寄贊公房。夢想蠶絲軟，涎流蟻杓香。循陔歸潔養，一笑樂哄堂。

用光弟携兒送至南定

親友遠追送，後先還故鄉。殷勤仲光父，嫪戀及江陽。執手哽無語，修名那易量。歸來訓子姪，椿桂會聯芳。

挾文薛君自賦五首克己讀書安貧擇交訓子爲題戒其子婿王叔儼萬里索和

為人非外鑠，己與物同之。私欲陰霾蔽，良心日月虧。若能無窒礙，底用苦思惟。天理渾然處，吾生自有涯。

靜得山林趣，閒知日月長。清風披竹素，小雨潤芸香。外飾謝文繡，饑餐須稻粱。人生有同嗜，只此絶難忘。

賦予有常分，非關智力求。違行能自信，顯晦復何憂。瓢飲賢顔子，瓜疇隱邵侯。胸中吉祥宅，何處不天游。

士能知尚友，豈必盡同時。雜鮑蘭胥化，亡羊路或歧。醴甘知易絶，絲素亦奚悲。可以交難擇，而忘伐木詩。

萬事烟雲過，須留尾段看。芝蘭庭砌茂，風雨夜燈寒。楚澤荷紉緑，燕山桂染丹。詩書門户壯，何待侈重欒。

壽李悦齋五首和送三槃使君韻

南薰諧玉軫，舜殿載賡歌。天憫蒼生苦，人如安石何。無心書咄咄，有術辦多多。肯學癯山澤，楸枰詑爛柯。

宇縣風塵暗，軍需色目繁。時機寧我待，心事向誰論。羶聚蠅争慕，泉深䶉渴奔。非公能借箸，猛虱恐徒捫。

國鎮重雙璧，寵光均一時。姱修甘俗忤，忠憤倚天知。聞道徵環急，難忘側席思。分明調鼎味，梅熟雨垂垂。

衡泌春無盡，湖天風快哉。書堂三壽語，仙籍幾生來。一髪扶周鼎，千金築隗臺。人心索調護，根本更須培。

磊磊松椿幹，淵淵金石聲。功名寧貫我，富貴本無情。陛對三千牘，胸奇百萬兵。扶持天意在，容我請長纓。

送道傳姪旅中赴省

上國友多士，三年期一鳴。藝須專必勝，祿逮養為榮。門户久灰冷，雲霄如砥平。五豪同着便，一為起家聲。

參還成都親友追送月夕飲江上

久聚未知樂，暫離能許愁。清江一輪月，後夜兩般秋。語倦且呼酒，寒侵頻索裘。鼎湖龍去遠，憂憤涕滂流。

留別李貫之大著二首

車馬紅塵裏，閱人誰似君。洚流傾世論，砥柱倚斯文。籍甚詩書譽，超然利欲醺。相從期歲晚，蘭佩襲芳熏。

二老俱黃髮，遥憐望倚門。凄凉遊子意，慚愧主人恩。酒舫湖光灩，書燈夜雨昏。三山渺雲海，何日聽重論。

楓橋寺侍悦齋先生誨語三日而別

唐人舊題處，那復有江楓。寺近闔閭國，門當峉崿峰。清風三宿戀，紫氣一尊同。恨與心知別，烟波千萬重。

雨中送客觀魚閣即少陵東津觀魚賦詩處也

送客觀魚閣，山光水色中。最憐秋慘澹，况復雨溟濛。坐久覺衣薄，杯行到手空。恨無佳句子，喚醒少陵翁。

風雨過南溪

小艇泝洄穩，短蓬興寢勞。斷崖榕倒影，亂石水翻濤。過雨山如沐，終風晚更饕。愁須詩自遣，吟罷轉蕭騷。

三江曉渡

喚渡三江岸，停車兩眼明。烟涵秋日澹，露洗曉寒輕。山色晴逾爽，波流怒未平。詩翁舊游處，有句不堪呈。

陪憲節飯石堂書院渡江游雙泉墅即席和韻

篊輿杭野渡，竹逕繞平疇。紅蓼前宵漲，黄花幾日秋。談鋒蜚屑玉，巖竇答鳴球。山水饒心賞，能忘恤緯憂。

仲春八日自成都起程度劍閣

蕭寺深居穩，春深殊未知。偶然成遠役，猶幸及芳時。麥浪含風軟，花光眩日遲。客行無復恨，隨處可尋詩。

秉炬游麻仙玉華洞

雲峰環翠幄，洞户闞瓊臺。勝處難名狀，飛仙此往來。近應通玉局，遠或接蓬萊。安得一伸臂，乘風遍九垓。

送劉時可縣丞奉母游岷山

西爽抗層霄，南牆日見招。乘春扶鶴馭，披霧過龍橋。香火祈親壽，烟霞遠俗囂。歸來索吟稿，起我意逍遥。

過中巖渡月出峨眉山上

返照中巖渡，峨眉分外清。一彎新吐月，共我兩忘形。露下沙逾白，宵寒酒易醒。荻花風索索，擁被不堪聽。

山中戲雲端子

追路歸山後，開關唤客眠。那知言在耳，已作醉逃禪。急雪濃篩瓦，中宵冷透氈。清愁分不盡，惜别意凄然。

題丹景山

原廟標丹景，神游想岱宗。寶龕嚴石像，紺殿鎖雲峰。浪説侵疆復，何當檢玉封。天門東北望，漠漠曉烟濃。

題信州半月巖

巖際半輪月，神工幻怪奇。本來無顯晦，何自有盈虧。嵐霧凝蟾彩，藤蘿影桂枝。能令萬里客，為爾憶峨眉。

炷香至德山

異時聞至德，滴水洗沈冤。自注：唐悟達國禪師遇十三尊者洗人面瘡，解宿負。空寂等三世，悟迷同一源。松杉膏宿雨，樓閣麗朝暾。猶恨高峰頂，藤蘿未得捫。

自船莊過化城留宿翌旦炷香宣石橋卯塔

路欲轉前嶺，僧邀宿化城。飯抄青飢軟，茶瀹乳花輕。嵐雨侵衣潤，松風入夜清。瓣香宣老塔，坐待日華生。

侍飲寶子山遊忠武侯祠

一郡最高處，元戎領客遊。雲根棲萬井，城角帶雙流。日薄樓臺暝，風悲鼓角秋。卧龍千古恨，烟靄隔神州。

題馬溪寺二首

久客愁多雨，清遊喜驟晴。雲藍猶獨踞，玉嶺忽雙撑。洞口龍方卧，山腰虎尚獰。方池竟何在，一水至今清。

先子舊遊此，余時方五齡。風神見圖像，雲體想儀刑。衰髮年年白，遥山面面青。不須論舊事，欲説喚誰聽。

留題馬溪寺二首即用前韻

玉筍競秋爽，翠屏張曉晴。天開金地勝，鼎峙紫霄撑。見説禪心静，能調異物獰。十方瓣水海，何處不澄清。自注：水觀禪師三峰屹立如屏。

翠珉瞻手澤，六十有餘齡。囊錦傳宗旨，錐沙更典刑。髮緣憂世白，眼獨為山青。蕙帳摇歸夢，秋猿正可聽。

香積寺午齋

峻陟龍門路，來參雞骨師。樓臺春雨霽，魚鼓午齋時。倦憩僧留話，荒尋僕憚隨。一筇支野步，且以暮為期。

挽桃源使君虞公二首

疇昔交諸季，曾聞説長公。聖涯探窔奥，詞藻亦精工。偶幸趨徵詔，方當順下風。飈斿無處問，延佇鬢飛蓬。

解印桃源後，卜居梅溆幽。秉心難偶俗，樂道自忘憂。故國八千里，妖氛六十州。公魂如不泯，時作玉芝游。

挽前眉州使君廖子長二首

二老金蘭好，諸昆筆硯交。坐隅親問字，投分漆如膠。决眥雲間步，驚心水上泡。屋梁耿殘月，含涕祖西郊。

卧羆花石戍，夢蝶古渝津。秀子嗣榮禄，諸郎皆聘珍。笄珈陪墓窆，霧雨暗車塵。今代誰班范，牽連漢傳循。

挽永康守成寺簿同年二首

模楷親前哲，丰姿自軼羣。回翔垂白髮，凌厲即青雲。幕府列功簿，詩書清塞氛。賨仙催命駕，拱木漫新墳。

友愛根天性，今人古與俱。棣華雖殄瘁，玉樹更扶疏。經濟終賫恨，循良誰讀書。慈恩共心賞，霜月淚霑裾。

挽潼帥許侍郎成子三首

天地英靈氣，風雲感會期。龍頭推蜀產，骨鯁自天知。雨露榮三接，江湖滯一麾。甲兵何日洗，遠慮憶蓍龜。

正色趨文石，危言竦列紳。直前香案曉，批敕瑣闈春。天要明堂柱，人間匠石斤。汲公寧妄發，軒冕付平津。

雪慘龍沙節，春濃豹尾班。難銷方寸赤，不待二毛斑。力盡三醫謁，憂深九虎攀。丁寧尸諫語，端不愧家山。

元正書懷

甲子循環六十年，手披新歷意茫然。了知自性覺玄妙，寧與世間寒暑遷。寡過得如蘧瑗化，諾惺要了瑞巖禪。故園未卜西歸日，遇好溪山且數椽。

立春

月墮霜空發上亭，土牛今日却鞭春。六花度臘慳呈瑞，二麥何時飽食新。四序斡旋均一氣，萬殊元化託洪鈞。已煩元帥調新律，早願三邊靜戰塵。

正月二十日雪

東皇弭節未多時，忽作漫空六出飛。商略田功興嗣歲，翕張天巧惜陰機。麥才覆土欣蘇醒，梅久烘晴稍發揮。蕭寺掩關終日卧，忍寒不著獸紅圍。

正月念三日以南床劾論去國憩浄慈客館蘇税院惠二詩和韻

意不求全那得毁，本來知足豈須多。世途何處非乘險，古井如今已不波。緣督更須師漆吏，乞墦可使愧鄒軻。君看野馬難羈束，寧羡天街想玉珂。

寄包古刹客過門，煨芋殘爐晚未温。萬里風塵迷遠望，三峰文獻接諸孫。湖山春動饒佳趣，杖履時來共至言。一笑老仙堤柳畔，人間誰怨復誰恩。

仲春再雪與禪衲夜話

蓬萊不肯著癡仙，放去湖山一任顛。術不競時甘斂退，僧知同趣喜留連。春深半地雪盈尺，雲破遥林月一弦。撥盡灰寒吟未穩，不如欹枕愜昏眠。

寒　食

賣餳簫咽紙鳶飛，愁思驚隨節物來。晢墓可能同逸少，操音誰復憫鍾儀。松楸此日空瞻望，桃李當年奉宴嬉。投老與公同一恨，淒風撩亂我心哀。

清明日郡圃遊觀者如織余以趙園之約至夕乃還若水賦詩後四日偶因小疾謁告清坐始得奉答

老怯尊前倒玉山，清晨有約夕瞟還。似知是日笙簫沸，趁賞羣芳綺纈班。細閲餘妍能幾許，喜因小疾得端閒。持觴不釂春應笑，若欠題詩亦厚顔。

三衢道士鄭自得即天慶寮舍種梅疏池爲小亭扁曰横清有詔住南岳道觀復以

此扁其亭解官事言歸袖詩相訪爲次韻

高人久已悟空花，養就丹田日月華。方丈有誰來晤語，横枝相對慮無邪。雲開衡岳重回首，雪滿柯山遲到家。乞得歸閒來叩户，摘將青子薦流霞。

和虞使君賦山茶花二首

眼明絶艷照凋年，傲雪凌霜分外妍。鶴頂染砂那得似，犀棱削角自蒼然。若為白瑞三冬裏，獨抱丹心一節堅。歲晚須公與商略，儘渠春晝萬紅嫣。

梅花蘸影碧江潯，似怪高人金玉音。詠絮可憐清寡伴，冠霞來與共論心。定知句迫瓊瑶響，莫惜杯浮琥珀深。姑射清寒西子醉，一時嫵媚索高吟。

道傳山丹一本兩花舉以見遺夜窗翻書偶見劉濬夫嘗賦云偶然避雨過民舍一本山丹恰盛開種久樹身樛似蓋澆頻花面大如杯怪疑朱草非時出驚問紅雲甚處來可惜書生無事力千金移入畫欄栽因借韻同賦一首

種類山茶花較大，一根恰有兩枝開。鉛砂煉熟大還鼎，琥珀琢成雙勸杯。威鳳想從丹穴下，飛仙近自赤城來。便船惟會加培養，寄伴階庭芍藥栽。

仲秋池塘荷蓋方密有四五朵花

公暇羽衣憑水檻，漸多翠蓋倚紅粧。想應三伏怯袢熱，待到仲秋吐艷香。藻澗魚跳晴景眩，樹陰蟬嘒晚風涼。意行偶與欣佳會，門外催科正自忙。

擬玉谿體賦醴泉墅海棠二首

東皇張飲錦周遭，華艷偏宜望處高。結綺樓深迷玉樹，銷金帳暖醉羊羔。先驅瑞節眩穠李，近侍舞衫環倩桃。乞得巫雲來芘護，蜚廉作横未應饕。

濯錦波光繞百遭，自注：花覆池面，下映緑水，如濯文錦。夜寒秉燭更須高。恨無麗藻供摛翰，聊復重裘索俊羔。長笑董仙癡守杏，可憐曼倩坐偷桃。若教入侍紅雲殿，應悔從前俗慮饕。

昌元郡圃看海棠紅苞爛然未有開者問訊以詩

畫本争如靚面奇，含苞香露已霏霏。阿嬌早合貯金屋，南子似羞褰錦帷。花信定因寒較晚，賞心何事巧相違。壁題恨欠江城句，綵筆誰能為發揮。

崇女擷菜煮羹

穉女春間繞舍嬉，手挑野菜滿籃歸。細斸碧澗和根煮，旋搊香粳芼糝稀。久識道腴知雋永，更從禪悦悟精微。投床忽作還鄉夢，雪暖西山筍蕨肥。

督堰至岷下借館南浦張叔全家臨别惠以潤石香几一峰挺拔于白雲杳靄間殊有遠意小詩謝之

飛檐輕輿御暖風，款門何事日憧憧。芳榮滿檻丹青麗，穠秀當軒紫翠重。石几拜嘉才徑尺，雲天無際挺孤峰。更煩指似麻壇路，萬壑千巖借一筇。

同家德清侍尚書楊寶學山行先過上巖訪家諸季諸季，乃恭伯本仲之季弟，其先人累承制垣，以學行薦

鶴書杳杳上巖雲，錦里安車忽暮曛。二陸久當為世瑞，一夔留與護香芸。中春澗壑晴如暝，亭午松蘿氣

自薰。倚檻欲歌招隱賦，客塵痼我不成文。

北新橋借孫氏宅内有井甘寒又有柳陰度夏爲宜

幸有安居暫寄包，拙如鳩不費營巢。日長有井供茶課，客至移床蔭樹梢。無事莫將吟思攪，儘閒且把舊書抄。心知守道惟玄默，不用援毫賦解嘲。

樊丈子思以子兄弟三年端居招飲山房爲破愁寂賦詩以謝

銜恤三年意緒凋，嘉招為我破無憀。露秋爽借談鋒利，霜月寒侵酒力消。心事寂無機事擾，詩情何似道情饒。平生我亦輕簪紱，安得長年共一瓢。

再賦

物華過眼半黄凋，萬竅號風夜慄憀。一寸古心難石轉，三生妄念易冰消。鉛黄汗筆千年夢，白黑文枰幾路饒。勘破古今無一事，省煩更好去風瓢。

借東溪巷錢莊寓居

蕩蕩青天隔九門，携孥飄泊此江村。漁蓑且當青綾被，賜酒何如老瓦盆。萬軸書籤須細閲，九還火候要重温。少陵有句須參透，政藉幽居拙養尊。

同振之德久分韻賦坐石東坡得坡字

千年間氣落岷峨，驚世聲名鎮不磨。吟詠西湖雖有案，經年儋耳却無波。細看據石横藜坐，想見騎龍跨海過。山谷老人猶剩語，是非元不到東坡。

移住西門之溪上

罷官來就湖州住，為愛雙流貫一城。僦屋本非嫌僻静，開窗正要納空明。魚蝦幸可隨宜買，饘粥何妨逐漸營。况有雙梅供索笑，昭琴底處有虧成。

雨晴後同兄姪遊開元寺一覽亭飲道傳書院

勝賞幾為雨罷休，霽光俄湧屋山頭。松根烟暖留飛屐，蓼岸波寒緩泝舟。霧斂長江青眼對，雪消遠岫翠眉浮。郊原浩蕩春無價，漫索枯腸唱且酬。

山色撩人共一杯，夜堂淺酌不須催。醉吟兀兀驚頽玉，睡思齁齁易轉雷。蠟炬烘殘三寸焰，水流潤浥一爐灰。西游歸趁桃紅暖，相約清尊陸續開。

三高亭二首

一棹松江朔雪饕，椒漿曾此酹三高。遠遊借與薰風便，偉觀還如昔日遭。喚起玉龍嘘霧雨，饒教綵蜺戰雲濤。平生最愛登高賦，盍為豐碑續擬騷。

水仙要我小遲留，探借五湖風雨秋。三萬頃波融一鑑，八千里客只孤舟。望迷漁荻荒寒境，思挾琴高汗漫游。模寫自知才未稱，天隨有集更精搜。

避暑鏘璆亭

老怯新秋暑鬱蒸，晚風水檻一披襟。試教通鬧喧雷鼓，何似穿崖響玉琴。默坐自能醒渴夢，微吟時與和清音。專城大似專丘壑，不待山行記蔚深。

重陽後一日陪憲節登清音亭飲見易亭即席和韻

一封諫疏徹銀臺，感憤題詩醉墨堆。喚醒菊邊秋寂寞，爛游松下逕縈回。參軍逸韻頻欹帽，詩老多情不放杯。勝日追隨容湛輩，從容歸騎不須催。

煇父道父携酒相伴飲飛赴寺四望亭呂汲公所創

四望奇觀廣莫同，瘦藤拄入畫圖中。晴烟杳靄景無盡，醉眼糢糊鳶墮空。邑蕞也曾基相業，井習誰復現神通。漫勞二妙相追逐，勝處宜搜未易工。

移居北新橋彦質惠詩和答

束書欲去意遲遲，從此寧無一會期。客路相逢如宿契，人生難得是閒時。虚廊過午陪行食，浄院中宵共説詩。此樂何時仍共賞，底須簪佩侍彤墀。

繡段輕投報苦遲，隔關那復共襟期。艱虞敢自求安宅，懶慢欣知不入時。王粲登樓初有賦，杜陵屏跡可無詩。邊聲又逐秋風勁，誰有良籌動玉墀。

計煇父訪予上皇山中拉歸龍溪款話一夕和前韻相贈仍爲賡賦

憶曾款竹憩神輿，賡賦傳抄倦小胥。偶復緣雲尋勝踐，忽驚響屐慰逃虚。卜鄰也擬營環堵，飽飯何當共趁墟。浮世升沈何足計，得如一室静翻書。

子春再約避暑和樊子思韻興元事變後，聞已收復

戛端引起鬢絲長，喜報梁州復故疆。相約楊園舒野步，頻呼竹葉沃剛腸。颼颼翠篠風生檻，灩灩紅蕖水滿塘。剩殖芳榮好看客，春風勿吝費除堂。

張伯修令君賦詩同韻稱慶

玉節何如素節高，歸來喜氣溢東皋。存耕元自有餘地，嘉植何曾生不毛。采石勳名須世濟，陵陽今昔幾

人豪。含飴一笑春無價，授簡梁園可憚勞。

七曲和魏校書韻

神理之公參造化，簡書千古豈虛傳。權衡無意物輕重，水鏡何心人醜妍。天爵一身元不欠，人生萬事且隨緣。椒漿跪奠無餘禱，擬續離騷愧斐然。

揆初之日承父用晦以余前歲登玉華樓翫月借宋青山詩韻賦詩稱壽仍和答之并示甥姪

防意由來似守城，澗潢潔祀及良辰。命名猶念記閭史，學道粗知存谷神。欲誦蓼莪心楚愴，愧投木李句清新。何當共覓長生訣，去逐商顏四老人。

和答括蒼龔彥質

不慣參禪不學仙，不婚不宦忽華顛。前身疑是林和靖，好句多於謝惠連。投贈頗堪華錦繡，擇交當勝佩韋弦。鷄蟲得失何時了，洗耳松風共醉眠。

和樓大參韻贊史伯謙少弼二同年掛冠

俚耳驚聞古曲彈，地行元不慕仙官。方看鳳穴將雛上，自注：伯謙父子同登。已悟羊腸涉世難。蟻夢未酣誰喚醒，魚遊自樂與誰觀。不妨散策三巖路，聽徹松風度百灘。

琴自無絃不用彈，歲寒姱節傲蒼官。青衫吏隱非吾願，綵服兒啼畏色難。自注：少弼孝侍孀母。三徑歸尋元約在，萬緣回向自心觀。何時款竹雲莊去，洗耳香山八節灘。

小詩謝雲川使君幫祠庭薄俸

地行不必羨飛仙，驤首青雲恐疾顛。但得一廛耕谷口，底須萬騎戰祁連。齋房盡日清如水，吾道從來直似絃。賴有故人供禄米，飽餐贏得枕書眠。以上《滄洲塵缶編》卷八

全宋詩卷二一九九一

程公許八

正旦上壽紫宸微臣以祀太一初獻不預賜茶酒退就殿門少歇俟追班拜正旦賀表

去歲楓橋度歲除，寒燈一盞自抄書。誰知東觀歸𦅸史，仍許西垣綴佩琚。四闢不憂獰虎豹，九成猶恐眩鵷鶵。彤墀百拜陳金鑑，只願中興似國初。

元日即事四首

鳳銜丹詔紀初元，餘恨難忘杞國天。賢路會當三接晝，宅家可卜中興年。出車未可忘多難，覃耜尤須祝大田。千古逃吴稱至德，有周篤慶更綿延。

端居俄换歲華三，荼苦於吾若薺甘。照影菱花驚雪白，强顔柏葉借春酣。人間擾擾多岐路，聖世悠悠欠指南。一縷黄雲晴晝永，叩門誰辨與同參。

憧憧行李不曾休，消遣年華古渡頭。得似青衿專挾册，浪隨黄帽熟操舟。歸裝趁得椒花頌，洗盞連呼柏葉浮。容易一年春又换，賞心可欠七年酬。

屠蘇最後釂銀杯，歲月侵尋老景催。離坎新工幾銖火，乾坤生意一聲雷。君親未報鬢驚雪，名業倘來心欲灰。一笑山頭冰萬仞，曉晴還見翠屏開。

元正和洪司令紀事二首

寸心炯炯水朝東，雲繞通明一朶紅。螭篇薦祥天眷顧，鷄竿銜赦日冲融。遥知萬國趨堯彩，可使前旒隔舜瞳。京闕陵園須汛掃，聖心原不慕邊功。

兔魄烏輪西復東，流光那肯駐顔紅。禮羅君不見温造，志廣吾寧如孔融。難策材駑攀逸武，相期親壽轉方瞳。飛騰景暮何須問，聖處慙無一髮功。

再和前韻

條風吹轉斗杓東，護日祥雲一段紅。聖主慶成神璽重，老親喜動壽杯融。塵沙自染雙蓬鬢，歲月難磨兩碧瞳。斗印垂腰吾分耳，早看兒輩策新功。

和彦威紀事二首

久戍兵殘將亦驕，幸時轇轕與民仇。邊關撤警久階厲，甲胄棄殘尤誤謀。淮浦方期三就緒，王官忍賦四宜休。江城永夜欹寒枕，數盡殘更有幾籌。自注：三關不守，反以綿襖代甲胄，卒徒之易潰，由此得之，老將云。

民勞無訴卒長征，安得天河洗甲兵。虎出柙誰當任責，鳥傷弓後可無驚。峽山風雪清尊共，楚澤雲濤去棹輕。憂國寧忘絲髮補，忍隨時態慕鮮榮。

聞山東捷報

幾年豢虎費隄虞，一旦芟夷快决疽。黼扆可曾輕赫怒，金甌幸未失枝梧。戎車喜奏膚公捷，獨柳寧煩傴僂誅。更願清朝懲往轍，剩須汲直折姦鯢。

連日得關表捷報聞敵騎無復留境上者志喜成詩

十里旌幢轉曉風，行營日報捷書同。悠悠何補青油畫，栩栩驚回畫角雄。壯士有懷時拔劍，仁人無策弛張弓。天機翕闢一翻手，看取桃林騎火紅。

題卷子會

龍飛景運詔賓興，將相之階自此升。毛穎銛鋒須快戰，楮生束甲作先登。精思可使文加點，抄寫能令價倍增。努力殺青男子事，功名未盡剡溪藤。

送彦威姪赴類省試

吾兄仙去幾何年，情未能忘一綫傳。相見幽明參勇決，正須行藝兩渾全。世科從此傳燈廣，親黨同時奏凱旋。孝友令恭天所祐，修途萬里穩加鞭。

送句甥持敬赴省試

外祖憐孫肇錫名，瓊林宴匝兩周星。果能冠歲露頭角，須信故家猶典刑。笑問兩昆眉底白，喜覘二老鬢猶青。遄飛借與秋風便，側耳英聲駭震霆。

送家朝南徽君二首

萬里岷峨入貢琛，怒風摶上九霄鵬。人才於國猶元氣，天步如今甚薄冰。家父憂心宜有誦，嗣王求助可無懲。男兒不朽須名節，黄木之灣又一燈。

獵獵霜風不滿旗，留連尊酒話襟期。紛紜世上無窮事，慘淡江頭欲别時。未必交枰無活着，只憂起死欠神醫。疎頑我亦宣州客，傾耳囊封慰所思。

鹿鳴宴貢士

蜀莊故里好揚鄰，自注：唐昌莊，君平所生處，名君平鄉。衡山有故宅、讀書臺、墨池、丹井，皆無恙，與郫之子雲鄉為鄰。不盡斯文萬古存。漢詔十行銜彩鳳，禹門三級躍潛鱗。傾心射策恩方渥，努力摧堅語忌陳。一第摘髭容易耳，直須名業任千鈞。

聞喜宴恭和御製賜進士詩

九五天臨德有元，自應皇化軼羲軒。囊封何日無忠諫，延策今年許盡言。端藉多材戡世難，盡銷殺氣作春温。萬間華屋非難就，宋桷應須妙選掄。

甲午歲除即事二首初被聘召之命末章感遇述懷

行年半百又加三，隔一宵還一歲添。邱壑甚慙心賞誤，軒裳可與道情兼。醱醅酒熟頻斟玉，耐冷燈青密下簾。絶愛緗梅開較晚，雪晴要我日巡簷。

乞州如斗苦難諧，遣戍蓬婆也自佳。嚴詔自天疑過誤，虚心造物與安排。轒轀猶未空三輔，鼙鼓何當静兩淮。經世無才羞汲引，寸丹咫尺是堯階。自注：制閫初辟富順，廟堂欲以威、茂相處，俄有入奏之命。

閱邸報上臨朝召用二三耆德志喜有賦過眉山呈悦齋

人間二十八年事，天運盈虚一刹那。金塢漫憂無處着，冰山想復誤人多。問唐偃月消磨幾，奈魯靈光岌嶪何。黄道方看升日轂，洗兵馬更挽天河。

參選銓曹

竽瑟明知繆所操，才疏分不與時遭。扶犁輕失田家計，斂版來趨吏部曹。邂逅功名嫌預借，馳驅州縣敢辭勞。憂時空有峥嶸憤，九鑰天關守護牢。

分直玉堂有懷

僕直稍寬庚伏暑，傳宣來自玉皇家。冰盤滿掬三危露，金榼頻斟九醖霞。衙鼓驟驚行抱牘，索鈴猶誤吏催麻。叵堪厨釀甜如蜜，漫倚橋欄看水花。

和史子修投贈二首韻時被命至玉堂

儒習平生衹自酸，可能學古到商盤。風塵世路知難拗，潢潦詞源恐易乾。已愧登瀛聯俊彥，那堪上水費嘲彈。饕榮愧乏經時策，安得軍中有范韓。

歷盡羊腸足力酸，湖山正好暫遊盤。羈愁等是如鴻集，鄉信難忘問鵲乾。瓦屋三間非易借，蒯緱長鋏莫多彈。玉川那用輕參尹，沽酒誰為赤令韓。自注：史欲謁京尹，嘗力止之。

直舍紀事二首

獨冷官曹可得禁，近來冷過玉壺冰。無錢沽酒休煩送，有馬知誰許借乘。罷謁最宜吟慘淡，愛閒贏得睡懵騰。鸞凰自合翔千仞，誰遣人間罣弋矰。

豈不懷歸畏簡書，人生何處不蘧廬。静看世態冥心久，貪問生涯畫計疏。休作勞神狙賦芧，可同貪啄鳥馴除。飯疏有味親長健，此樂千金莫換渠。

歸班之明日以六參入趁起居

湖海飄摇誤召環，春風入綴紫宸班。恭聞聘幣及巖穴，不以多材遺蒯菅。静念升沉皆命分，喜因蹈舞拜天顏。承明莫作官曹看，汗簡須憑直筆删。

題高廟宸翰

古錦囊開兩軸書，宸奎騰采動山墟。能令使者分王命，想見中興似國初。九鼎可為宗社重，萬年誰謂草茅疏。襲藏何但傳家寶，汗簡他年或作諸。自注：孫氏所藏高宗宸翰，其一軸使敵回趣入奏事，其一軸殿試編排。上親擢鼎甲三人，王十朋、閻安中、梁介，試卷號皆聖語褒美。閻公論國本尤忠鯁。

以西省齋事被差孟夏景靈宫朝饗跪進茶酒齋宿道山

承明三入笑陳人，藥砌翻紅又一春。英轂並馳慙領袖，斐章何自稱絲綸。駿奔數幸天顏近，駑拙難勝寵渥頻。月蠹腐紅無以報，囊封敢不罄披陳。

上茶使鄒監丞秘閣

年時觸熱曳長裾，重拜劉公一紙書。駑駟何堪蒙錦繡，木瓜無復報瓊琚。還因持檄親犀節，恐趁追鋒侍玉除。九萬扶摇鵬運闊，可能倦翮借吹嘘。

西省齋宿陪侍左史曹舍人話舊以除當字賦詩下教和答

一行奎畫寵新除，左陛濡毫要直書。何幸鵷班連省闥，誤令鼠璞雜瓊琚。雲窗霧閣非官府，璧月珠星近帝居。二十年前舊騷律，琢磨今乃過黄初。

潑面緇塵不易當，佩蘭誰與共祇芳。迂頑羞問翻階藥，邂逅容分夾案香。且可埋頭繙竹素，底須繫肘詫銀黄。看公自致青雲上，老我何妨誚斗量。

寄呈座主李左史三首

絲絢趁曉紫宸朝，憫俗超然賦遠遊。富貴儻來心止水，隱思不耐鬢先秋。誰知皓首太玄草，獨對青山大白浮。只恐萬牛勤挽致，未須封户橘千頭。

九萬雲程不作遥，暫教六月息鵬遊。騷情吟徹湖天曉，羲膽寒生石劍秋。想見床頭談屑墮，時澆椀面乳花浮。雲山不隔師牆戀，憑仗緘書乞點頭。自注：石劍一峰高丈許，立三益堂前。世紛棖觸不勝憂，尚憶薰風故國遊。惝怳夢回身八翼，淒凉别久日三秋。願馳玉軑天津阻，擬問星槎海浪浮。千載指南先覺在，行迷未遠却回頭。

壽楊浩齋二首

駕鶴飛來白玉京，疏髯秀色自仙真。要看轉物天機密，更念居閒學力新。孔孟以來扶墜緒，羲黄向上屬誰人。雅知仁静宜黄耇，仙谷烟霞不盡春。

澒洞風塵漲九垓，萬牛何事首空回。隱思未易甲兵洗，商略須先根本培。望望璽封頒紫閣，駸駸鼎味熟黄梅。頌言豈為摳衣舊，黄道方期日月開。

立秋後陰雨踰旬新拜禮寺司直之除寓大卿廳一窗清邃

伏熱翻成十日陰，鬱蒸還復似梅霖。常疑兵結蚩尤祲，猶喜刑清貫索沈。借得一窗堆簡册，浪憑三尺替山林。方池不斷簷花滴，欹枕中宵響玉琴。

夏旱奉詔餘杭疏决歸上封事

桑林忱禱極焦勞，奉詔寬刑輟省曹。玉食不恰先損己，璇穹何忍尚屯膏。運河今乃通車轍，智井誰能舉桔槔。飽食太倉心自愧，封章不隔九天高。

久旱禱雨羅仙有應使君再賦索和

未鐃風伯怒吹雲，且為仙翁薦寶熏。光奪鍾山耕父室，令傳古道阿香墳。流膏泫泫溝塍溢，喜氣酣酣麴蘖醺。太守同憂亦同樂，兵厨餘瀝不難分。

禱雨有應和郡廣文希白韻

金氣胚渾火尚流，亢陽澌已裂龜疇。沛然一雨酬精禱，暫與羣黎緩隱憂。千里耕桑猶樂土，三邊鼙鼓又防秋。白頭底是寬閒日，款段令人羨少游。

郡以閔雨勞民曹顔若春有禱於仰山塔誠念感格甘澤隨應辱教佳製借韻以謝

鵲尾爐香半未灰，古潭瞥地撼風雷。單車陟降固勞止，萬壑喧豗亦壯哉。高廪正須端策驗，應門已報送詩來。憂時更願人才富，重與南山詠有臺。

題射洪顯惠廟余以邊事有禱，得籤：今朝好晴景，久雨不妨農

靈皇夙嗜祗江山，卜宅烟霞縹緲間。帶水浄涵青黤黮，畫屏中嵌玉孱顔。眈眈洞府自宫闕，裊裊天風來佩環。一炷爐烟通肹蠁，願開晴景遍人間。

再遊鳳凰山寺

嘉定辛巳冬十一月，南海崔尚書自成都帥攝行宣威府事，余同於潛洪舜俞以掌記從，一宿鳳凰山寺。後十二年，鄉先生内翰侍郎隴西公以制置使自左綿進治小益。復以幕介陪後乘，瓣香再為定慧大士祈印證，許刻像為全坤銷禳兵劫，留館方丈。借熙寧詩將劉景文詩韻記事二首。

人生出處豈前謀，歲一星周再此遊。世故鼎來憂似海，壯心空在鬢先秋。戎車擁路抽身去，僧鉢分香勸我留。擾擾戰爭何日定，從前變滅幾浮漚。

西康州隔暮雲邊，風去不來今幾年。神睠此山良有以，客行何恨獨潸然。瑞圖那復來阿閣，王澤何當復

下泉。定慧光中祈印證，等慈心與佛齊肩。

已嘗早稻晚禾得雨亦驟長出城按行阡陌歷諸寺而還成七言二章

歡謡千里慶西成，小隊傳呼略按行。雨足陳根重穎栗，眼明多稼盡坻京。靈君禪悅屏燔炙，樂歲人和喧送迎。老守何功享成事，祇憑一念輯和平。

稻壠楓林錦纈文，秋郊樂事壓芳春。為山谷訪竹尊者，介衛公尋石丈人。午暑緩觴休北寺，夕曛趣駕度東津。勝遊偶際文書暇，一笑溪山面目親。

中秋節侍楊尚書待月南樓

羽扇風清夙靄收，元戎邀月上南樓。卷回天外連宵雨，借與人間一夕秋。六合掃清知有待，微雲點綴故宜休。闌干直北頻搔首，何限關山笛裏愁。

久雨快晴侍楊尚書燕鎮遠樓

瘴雨彌旬快作晴，小山香馥晚風清。高秋幕府閒書檄，落日江山擁旆旌。形勢自應專一面，關河猶未息交枰。雅知牧御須才望，盍早還朝洗甲兵。

和前送吳季永工侍韻二首寄宣城使君吳尚書叔永時季永尚留宣城郡齋

對床有約二蘇公，湖海何曾出處同。得似公家情繾綣，相看歲晚樂冲融。宛陵信是佳山水，公館翛然若翠蓬。吏散不妨談陸續，是非馬耳射東風。

詞林巨擘久心降，萬斛龍文隻手扛。革履似因求見數，朱衣曹隔引前雙。明當歸闕翹材館，想未能忘濯錦江。剩向雲間籠白鶴，他年携伴讀書窗。

嘉平八日禱雪崇福觀集霰隨車至晚大雪凡三日廣文邵丈志喜賦詩勉和元韻

集霰纔隨紫馬回，散花天已御風來。塵寰瞥地開仙境，和氣融春入酒杯。寒沍潛消人物癘，清吟肯傍簿書堆。南枝陡覺精神別，探借東皇信息催。

除夕立春送姪女歸句氏娣家兄弟甥姪皆會席上

歲除還有歲更新，華髮相看手足親。千古風流企王謝，兩家情味匹朱陳。纏紅飲徹椒觴曉，剪綵歡生綺席春。瓜葛綢繆寧易有，况兼樂事與良辰。

禱雪麻仙洞前立春一日湫壓縣境而雪霰已集連日六花呈瑞以元宵設供權父及士友皆賦詩一首和韻以謝

駑怯深慚政理愆，驕陽積擅北風權。青鸞趣駕賓蒼皡，白鳳先驅從列仙。坯蟄夢驚離貝闕，裂龜渴飲變瓊田。空餐那有涓埃報，只辦爐薰薦洞天。

陽烏且緩浴虞淵，瑞白春花勝臘前。臺笠看人争播種，扶犂撩我夢歸田。千金何術能醫國，十雨從今更問天。暫駐飈游須浄供，元宵未暇寶燈燃。

觀壁間鄭宣威早春賞杏花之作司令洪丈命余即事用韻

乍聽歸燕語窗櫳，催放蓮燈萬炬紅。掃盡妖氛春色外，唤回和氣雨聲中。時機翻覆須天定，人事扶持願歲豐。幕府賢勞愧羣彦，吟詩留俟採民風。

過雨麴塵繅淺緑，倚風綬帶娜殷紅。稍知春在酒深處，尤覺日長書課中。典記誤令參鄴下，封囊也擬學新豐。黄雲催熟崆峒麥，破敵何須鶴唳風。

邑令招講上元故事與簿尉同賦二首

星弁熒煌鼎足三，河陽春意十分添。和衷總是清時瑞，令節應須樂事兼。山徑晚陪瓊玉佩，訟堂夜醉水晶簾。羽書撤警年方熟，謄折梅花插帽簷。

人情悦豫樂音諧，新覺華譙氣象佳。璧月輝輝三夕永，榆星歷歷九霄排。笙歌圍坐花如海，殽核堆山酒若淮。富貴方來付公等，五雲深處豈無階。

借寓楊和王府秀芳空屋寬静爽潔意甚樂之

紅塵難得安棲處，借屋三間委巷深。地僻喜無車馬過，官閒不廢簡編尋。傍牆幸有數竿竹，護筍看成滿院陰。須信市朝為大隱，心無事累即山林。

李德夫司理即永康官居闢小軒賦詩二首求京花和韻遣送

老於俗嗜異酸鹹，枯木無心倚碧巖。花事因循渾漫與，吟邊荒落幾曾芟。似聞公館小軒闢，遥揖靈峰萬石漸。竹素堆床官事省，燕梁日永語呢喃。

西洛風流壓衆芳，十分國艷與天香。護持翠幕千窠錦，羞澁青銅兩鬢霜。不怕眼花疑保福，自注：羅漢和尚一日同保福，長慶三人見牡丹障子，保福道好一朵花，長慶云莫眼花，羅漢云可惜許一朵花。且將色相問空王。書窗不要笙歌雜，茗椀相娱味更長。

賀府尹董侍郎落成貢院

縱壑潛蛟變化秋，岷精表瑞協人謀。萬間指顧璇杓運，千柱穹窿玉斧修。小試鳳樓心匠巧，快看蟻陣戰功收。向來三策天人學，盍為諸生一點頭。

廣漢亭二首和陳憲益之舊韻 呂汲公所創

百乘去為天下宰，暮年嶺瘴隔京都。君看封禁嚴邊瑣，力碎調停此範模。赤舄儻來金鉉貴，青衫依舊紙屏糊。秦關北望烟雲渺，何日重還舊地圖。

萬峰銀雪排天險，千里封溝鬬蜀都。盡揖瀆靈趨几席，始知國相妙規模。心同典午深衣樂，褊笑荆文紙閣糊。元祐風流如可問，羣賢登用是良圖。

陪憲節飲見易亭及萬里樓和韻二首

郭洞春深物象妍，得陪繡斧漾舼船。連山嶠岑檐楹外，六畫分明几席前。記就儘教騰紙價，碑成還恐費松烟。自注：見易亭，憲使新創，并作碑記。熟知邱壑饒心賞，正未能忘賦下泉。

天宇修眉分外妍，雷垣波静穩行船。向來蛟鰐驕無奈，今日鳧鷖戲滿前。爽氣逼人溥瑞露，醉題眩眼爛非烟。薄才羞與雲龍啜，脱骨端須第一泉。

余爲華陽尉三年事制置使榷牧都漕兩使者皆以文字辱知不盡責以吏也既滿成擬濛陽丞歸親旁范使者爲改註左綿學官瘧病再作未即就成成二詩呈兄長及諸友

錦江傲吏真癡絶，公事無多日賦詩。風月諱人貪捃拾，烟霞痼我費醫治。非關瘧鬼工為厲，豈有詩人不耐饑。三月不曾吟一句，汗顔何以有毛錐。

拄笏西山興已濃，蚌溪邀我採芙蓉。客遊舊有詩盟在，自注：余冠歲隨侍仲兄，遍游涪上，十景皆有賦咏。官冷新添野性慵。世路今方悲梗塞，家山暫許樂從容。等閒袖手棋枰外，紫電中宵掣劍鋒。

和馮潔己節夜見過二首

我生恨不際休嘉，浩蕩憂思未有涯。書劍伴人常作客，氍毹暖夢暫還家。葭灰漸喜回陽律，麥隴時須潤雪花。休沐許寬書檄繞，静中較似日長些。

破悶孤斟莫厭深，風箏時為送清音。平生遇境無餘戀，令節因君忽愴心。梅角吹殘愁不寐，柳枝放去杳難尋。蛾眉列屋功成後，未用凄凉學越吟。

載酒泛芙蓉溪游富樂伯用再和前韻牽課同作

霸氣凄凉憶豫州，薜蘿掩映小山幽。不知今古幾枰誤，空使英雄兩淚流。借問長槍威塞外，何如短棹老滄洲。臨分更隔芙蓉語，投贈慙無玉可舟。

江漲有感

余歸期尚緩，於黄池度歲，賦絶句云趁取青梅煮酒時，意謂必可及此時歸家矣。沙津留滯半月，入峽後，江漲為阻，日不行一二三十里。自離古渝以後，雖抵家不遠，而約日尚賒，沿江荔子爛熟，見之有感。

惆悵天涯私自憐，錦囊有句愧重編。忍心寬作青梅約，眩眼俄驚丹荔燃。浩蕩修途今幾驛，紛紜歸思日如年。不因煤穎相料自注：平。理，何以遣懷風月前。

買舟至崖祀陸使君

水曹羈我窘于囚，貸與潼江一釣舟。梔轉清灘微霩沸，棹移曲巷且夷猶。偶因檥岸穿沙徑，絶愛寒烟簇晚洲。明日玉屏重覿面，九歌待續水安流。

以上《滄洲塵缶編》卷九

全宋詩卷二九九二

程公許九

溪亭春日二首

借屋三間俯近郊，溪流如練繞蘭皋。聊同彭澤歸栽菊，肯向玄都問種桃。别久心情渾漫浪，相看鬢髪轉蕭騷。只因舊學荒尤甚，政藉談餘為櫛薅。

極目青天蜀道難，無因長坂得聯驂。思鄉浪費腸回九，行世何妨臂折三。楊柳風微生百媚，棠梨晝永帶餘酣。天涯猶賴春娱客，那得鄰山寄一菴。

丙子寅月九日五鼓夢餘憶舊作因用韻

業識縈牽豈自由，幸逢此劫在儒流。昏昏心似未磨鏡，役役身如不纜舟。聞道無緣時已晚，養生欠術鬢先秋。向平可謂真男子，家事無關五嶽遊。

立秋後三日得一侄并侄孫家書

萬里書來印籀紅，慰情何但萬金同。懸絲性命幸存活，掃地生涯甘阨窮。老去憂心長似醉，秋來衰鬢亂飛蓬。故園未有西歸日，且願平安信數通。

施明可自湘潭還雪川以詩編相示摘其中重陽一篇次韻題似明可

倦游何似雁隨陽，愁緒知添幾線長。歸路驛梅多未破，吟邊汀芷藹餘香。寄聲鷗鷺舊同社，可奈鷽鳧紛着行。乞與東風一吹送，偃松猶及共流觴。

重陽即事

爛漫三年藥市遊，饑驅忽到字江頭。凄涼風色欄干暮，霎䨴晴雲穲稏秋。紅葉不知人恨遠，黄花慣與客供愁。諸君正爾癡官事，誰共高吟百尺樓。

題秋芳菊蝶圖

故山歲歲霜秋杪，手折黄花岸接䍦。粉蝶笑窺人老大，玉蛆撩動句新奇。雨荒靖節醉吟處，風亂韓憑飛舞時。卧展新圖續歸夢，晚香有味我同誰。

子思賦中秋翫月詞借韻作詩

山路相呼游冶盤，何妨月下更追歡。情知一夕秋無價，看徹三更酒未闌。衰鬢侵愁羞自照，回腸索句大應難。可能散髮扁舟去，一到垂虹亭上看。

以梨橙寄景韓景韓有詩來謝因和韻奉答

離腸不耐食張梨，併裹橙金遣使賫。薄饋羞同園吏菜，好詞空費外孫齏。含消漢苑夢頻渴，霜落洞庭書續題。莫遣楚嬌多勸飲，怨歌難解太常妻。

和洪司令春日客懷二首

寂寂春愁何許來，詩翁得句凌歐梅。一百五日火將换，二十四風花遞開。玉壘新詩未題遍，鏡山歸夢寧須催。人生田舍差足樂，我亦欲尋榿木栽。

好風排闥錦囊來，咀味真如渴望梅。櫻笋算無多日事，棠梨約有幾分開。社醅熟倩提壺勸，春種忙應布轂催。早願時清歸亦好，小山幽桂賸須栽。

和可道約同館於都統衙

至理玄同孔老瞿，客塵覺似漸消除。一生嚼蠟有餘味，兩載離家能幾書。君已灰心參祖意，我猶滯相問童初。寶巖不作桑間戀，榆館能來慰索居。

謝檢閱牟存叟袖啓相訪

井絡西瞻劫火殘，天涯執手語含酸。鄉人為把子虛誦，國典能推良吏難。老我棲遲同燕雀，送君翔翥上鴛鸞。長風借與還鄉便，猶喜白鷗盟未寒。

爲王山尹子渚賦潛齋末句寄聲葉新之

斯文宗緒自河南，妙處元非故紙鑽。萬里夢歸伊闕遠，一窗静對玉峰攢。林深霧豹南山隱，海闊風鵬北溟摶。刻楮自憐無一補，寫心寄與故人看。

彥尹姪追送至南江

猶子匆匆遽索違，三甥小住未為非。追隨寬作一程計，摻執那知幾歲歸。唳鶴警寒排字密，浴鷗嬉暖着羣飛。物情撩我離情黯，射策催來覲日畿。

送葉鎮之釋褐授信州推官歸台州

天涯一見便綢繆，二十年間詫兩優。不以聲名誇衆雋，欲將文行輩前修。懷章趁酌椒觴壽，分幰還尋璧水游。蜀客念歸歸路梗，卜鄰儻許傍丹丘。

别凌雲士友

三生緣法熟嘉州，乘興俄成十月留。山水縱觀方得趣，交朋莫逆忽抽頭。淋漓張飲梅花岸，慘淡分携杜若洲。恨欠白崖陪杖履，春風和暖及同游。

別謝德芳

艤棹江干得款留，曾將避世與君謀。誰知事變即勘定，端藉儒先寬顧憂。分陝續書勞會計，借籌偶暇語綢繆。分携竟作春風約，梅驛瞻雲黯暮愁。

別帥垣登舟泝江

暫來偶作兩旬留，下榻慚非孺子儔。西閣夜闌猶跋燭，北巖晚霽趣歸舟。高城回首烟波暝，短棹支頤水國秋。歲晚東書岷下去，梁園空復羨枚鄒。

和喬擇善別若水韻

尼嶺飈遊不可期，寥空無路寄幽思。階蘭競秀有誰省，貝錦傷讒徒爾為。默坐勿書殷浩怪，擬騷休作楚臣悲。君看雪澗凌霄幹，長有毵毵緑滿枝。

沙津連日風雨阻行舟發即晴寄李成之

江陵五日惡風雨，知我欲行舒小晴。渺渺雲沙連恨遠，冥冥烟樹喚愁生。上牢下牢險入夢，東瀼西瀼詩有聲。同是天涯更分手，銷魂風月與誰平。

虛舟相逐至岳陽録示舊日避風詩和韻紀事

繫船三日風當止，雨欲逗晴雲亂飛。沽酒店家都是薄，買蔬山市晚方歸。客裝淹速信難料，友社歡諧知可依。喚起玄真共心賞，桃花流水鱖魚肥。

得臺檄視堰至上皇設黄籙會親友自遠而至者孫承父表兄用晦弟彦威有年彦尹彦濟四姪勝父王甥虚中句甥司馬行父宗人季然共十七人次日首途久雨開霽

肅敞芝壇大面峰，擬憑方寸遡璇穹。夜窗滴盡三更雨，曉霧吹開萬壑風。孤鶴肯來隨伴去，十龜相逐賞心同。未應佳氣高臺擅，一覽西岷面勢雄。

成都踰旬陰冷深冬時節借館超悟得子敬德夫二兄相晤語差慰寂寥

屯陰不動紫金盤，三月淒風横作寒。待旦重衾纔得暖，感時對酒祇長歎。黑雲何日三舍避，黄道中天萬目看。不有對床清夜語，客懷何以解憂端。

送道傳姪補中國學二首

竹林挺挺固多賢，子更姱修鼎盛年。一縷千鈞扶世緒，三條八韻壓儒先。辟雍振鷺翔而集，幽谷鳴鶯自此遷。可但積分糜好爵，事須學識細磨研。

冰霜一節感親恩，褒詔東來耀里門。孝敬自能通造物，否臧勿用較煩言。靈椿未老須三釜，折桂歸來共一尊。須信倚門朝夕望，未容六館駐何蕃。

余拉威濟取山路歸家用光獨泝江再和見貽仍同賦

冠藤衣葛自蕭閒，巖壑精神繪畫難。着脚兔庭聊試險，同盟鷗社未應寒。快晴山色凝朝采，急雨汗流吼夜灘。近日詩情差覺勝，賸加礲錯怕人看。

遊中巖晴烟如春尤覺林壑之勝也

晴嵐暖翠中巖寺，十二年間得再遊。三筍龕深香不散，萬松山擁霧難收。鷲峰付囑雖常住，雁蕩經行豈易求。欲識老師真面目，白雲深處澗泉流。

陪尚書遊中巖夜大風雨尚書及任卿史石泉皆耆年德清諧季并余以晚輩侍

中天臺殿倚崚嶒，憶昨深登六歲零。霧鎖巖扉須玉鑰，雲扶革履上青冥。三峰静對厖眉秀，雙壁驚回醉眼醒。風雨三更龍象集，祖師意旨付誰聽。

泛舟登弁山祥應宫之絶頂望太湖窺黄龍洞過倪尚書雲巖

蘋浪蹴帆移别浦，筍輿《永樂大典》卷九七六二作將邀我度遥岑。雲開震澤水銀溢，風掠洞庭螺翠深。神井千尋龍起蟄，幽巖四面石成林。蘇仙詩句倪公賦，自注：倪尚書有《雲巖賦》。萬古清風僭嗣音。

道山諸丈置酒飲餞秀野園以詩謝别

去國飄然一障乘，都門祖帳集華簪。黄梅未雨熱如沸，白葛當風凉滿襟。江國頗堪千里寄，蓬山遥想五雲深。論思禁闥須公等，肯念交盟數寄音。

遊道何二山晚飲倪氏玉湖

草草盤蔬一酒壺，虎巖小憩轉金輿。静觀生物春風裏，笑拂詩牌劫火餘。自注：余有舊題一詩牌，火後尚存，寺僧揭之雲峰閣。散策松陰寒悄悄，擷香梅逕雪踈踈。歸航未迫西山暮，碧浪湖邊看網魚。

馬當山

往事空聞傳記誇，石磯依舊鎖晴霾。定知貝闕通溟極，誰着叢祠倚斷崖。乞與一帆風借便，應憐萬里客傷懷。文章有體神知否，霞鶩雖工語類俳。

夜過馬當山

獨載詩書趁野航，自憐漂泊度時光。殘年準擬登牛首，連夜匆忙過馬當。古廟荒寒江浸影，斷崖悽慘石凝霜。壯懷未分甘衰老，回首長懷恨更長。

廬山雪

倚天無數玉巉巖，心覺廬山是雪山。未暇雙林尋浄侶，試招五老對蒼顏。遠遊借問有何好，勝賞何曾容暫閒。却恨此生雲水脚，誤隨人去踏塵寰。

姑蘇臺

館娃陳迹久蓬蒿，留得蘇臺數仞高。隔水雲山青斷絶，繞城溝蕩碧周遭。遥憐讓國清風遠，忍見連艘戰血鏖。滿目淒凉千古事，長洲仍舊柳如繅。

絶勝亭

入眼江郊杜集中，勝游何必恨匆匆。糢糊樹木丹青古，詰曲汀沙篆籀工。昏曉之分含一氣，乾坤底處是全功。西南佳境冥搜遍，總合亭前立下風。

題江東陳氏江亭

漁艇閒撑過水東，亂雲含雨晚溟濛。絶憐郊墅依林壑，更拓軒窗貯竹風。剩與烟波開靄杳，却須菑翳略疎通。閒居可忍虛吟嘯，載酒來時社友同。

題巴東縣秋風亭

萬山寂寂巴東縣，千古堂堂寇長官。野水可無詩問訊，秋風長對淚汍瀾。著樓無地儘渠詫，折箠立功非我難。君看公安一梢竹，向來許國寸心丹。

同楊景韓飲虞獻子江亭用壁間文與可韻

晴灘屬玉氄烟霏，照眼琅玕碧四圍。堂蔭白茅娱子美，江吟净練憶玄暉。誰家鼓吹觀遊去，何處笭箵罷釣歸。尚想江南圖畫裏，風帆夜落道人磯。

自七曲祠下乘馬至上亭二首

征鞍不怕朔風顛，攬盡魚凫氣脈全。秦嶺劍攢青不斷，潼江帶小碧相連。五雲樓殿元皇宅，一柱西南半壁天。分職幽明兩無愧，玉關快馬洗風烟。

仗衛森嚴九虎闗，從前錯為敵人寬。那知黄竹瑶池夢，歷盡青天蜀道難。回首烟塵三輔隔，驚心風雨五更寒。淋鈴一曲上亭驛，好並千秋金鏡看。

宿驛亭和前韻末句屬可道

千里因人作遠遊，一番風景釀清秋。眼明驚羽新碕岸，心折狼烟舊戍樓。山驛解鞍才晚霽，夜床驚雨滚溪流。壁間唐律須揚搉，却恨宗風隔杲州。

遊玉林午飯九曲池觀偃松過法華院至上方觀東坡題柱晚至沈氏小玲瓏施兄携酒來會施本成都人僑居湖三世矣

玉林散策才亭午，九曲流觴對偃松。脱盡皮膚見真實，卧看桃李競丰容。上方細看錐沙刻，丈室連澆玉乳濃。蜀客相逢天萬里，不妨暖酌小玲瓏。

劍門

壯心低劍類龜藏，北度關山稍激昂。誰遣五丁通蜀險，擘開雙劍倚天長。山川豈為姦雄誤，形勢終歸道德强。輸與雲遊癡賓誌，巖前冷看幾興亡。

過萬里橋辛巳春仲二十五日送別先君於此俛仰四年不勝感愴

漲緑平堤萬里橋，安輿欲去此遲留。了知薪盡無餘火，猶復情癡認刻舟。終古不磨方寸恨，深恩未有一分酬。回頭菽水中年樂，擁袂汍瀾涕莫收。

曉過羅江縣

霽雲破曉湧金盤，夙駕馳驅萬古安。雲蓋展開山色潤，自注：羅之上有雲蓋山，寺甚秀。羅紋蹙動水光寒。周遭曲港柳彫碧，點綴遥林楓渥丹。游子莫誇工覓句，竟輸老衲一蒲團。

東川懷古

平生不踏東川路，乘興春風爛漫游。文冢姓名懸日月，書堂冤憤慘林丘。欲呼千載醉魂起，那復少陵詩句遒。啼鳥不知人意緒，弄晴剛自説春愁。

步自南定樓至海觀

南定樓西徑女牆，等閒傑觀借相羊。山連六詔敻深阻，城挾三江交淼茫。薄晚渡船人意急，清秋倚檻客情荒。乾坤殺氣凄凉甚，浮海吾寧逐磬襄。

浙江觀潮

浙岸携觴差一日，秋風吹爽軼層霄。怒濤奮擊三千里，壯觀元同十八潮。蓬閬何曾雲海隔，偓佺未散玉京潮。琴高背穩容追逐，借與天風遞玉簫。

十日祭先農拂曉過劉寺

喔喔晨鷄喚出城，籃輿兀睡忽天明。偶因半路松招客，始覺空山雨未晴。醮水一梢偏韻勝，攙空萬壑自天成。奉祠猶得搜奇觀，始信容臺職最清。

綿竹大中祥符寺通悟聖師所創寺前老柏係師手植因賦此

六百年前事異哉，二龍委骨致瓌材。雖然懸識識興廢，要以無心為去來。寺裏塔模天竺樣，門前柏是聖師栽。若將鴈嶺較喧寂，寂定光中定一咍。

賦柳池寺護國靈泉信宗幸蜀，病卧寺中，飲此泉得愈，賜此佳名

忍淚淋浪過上亭，柳池洞酌重消魂。脱身蜀道千山險，屈指開元幾葉孫。鴆毒由來藏衽席，瘡痍未易補乾坤。行人但賞三泉冷，興替相尋可復論。

借宿靈隱翌旦曉粥後步遊上竺

華鯨吼粥月朦朧，滿意枝筇落手中。金碧三分靈鷲嶺，烟雲高峙補陀峰。一貧未辦莊嚴供，自注：御前所供寶冠、纓絡、玉瓶、玉鑪、金鉢、分茶盞。九品堅持憶念功。欲問耳根參透處，曉寒山静數聲鐘。

題總持寺

息臺山上最高峰，異事相傳管氏童。自注：三官松下弈棋，為管氏童延壽籍，此山之本事也。檀幣昔嫌三窟擅，齋盂今喜十方同。自注：曩為律居，分二房，施金皆為僧所擅。自參政李公請為先福道場，擇僧茂終為開山，拓開兔窟，併為十方丈，有叢林氣象。中宵急灑竹間雨，萬壑俄喧松下風。欲記徽絃寫心事，賞音唤起石林翁。

題羅江雲蓋寺二首山中有羅仙車轍跡。紹興中有權老詩甚佳

雲蓋山前往返頻，過門不入愧山靈。晚烟莽蒼亂流去，夜雨淋浪欹枕聽。遍索寺碑尋往話，但餘轍跡護禪扃。老權有句堪呈佛，誰為援毫刻翠屏。

處處名山屐齒留，儘忙也合此閒游。重樓高壓青螺頂，二水横分白鷺洲。歲月儘饒僧結足，風烟耐與客消愁。紅塵岐路重回首，車轂憧憧古益州。

遊永康靈巖寺 寺有十六大士古像，冀國夫人石經半藏，魚梟洞多有遇之者

詰曲山蹊遠世氛，荒寒古寺薦爐熏。清泉迸石韻寒玉，翠邏倚天施白雲。半藏石經真健婦，一龕古貌現聲聞。遲留恐遇魚梟叟，嵐靄浮空日易曛。

覽鏡鬢間兩三點雪

志士傷心髀肉生，寒儒努力在青春。課書恨失囊螢聚，覽鏡驚呼鬢雪新。歲晚何妨勤秉燭，行迷猶可復通津。餘功剩暖丹爐火，莫待幽人唤孔賓。

和程使君勞農仙雲山拜揚子雲像蔣丞相墳

使君文采郁卿雲，聲利場中三沐薰。繭紙畫閒臨晉帖，魚膏夜永課皇墳。劭農懇惻車頻駐，弔古凄凉酒易醺。笑我坐窗甘獨冷，吟情强半被愁分。

挽虞提幹仲房

滄江亭上極綢繆，況復蘭階託勝游。邂逅磬川分别袂，傳聞邊邑費良籌。諸公推上青雲轂，一夢驚移夜壑舟。生死交情那忍負，霜風吹淚錦江頭。

挽廖山父

忘年幸接使君游，仲氏論交意最稠。桂蕊方看霏月露，蘭芽何遽隕霜秋。遺編薈粹兼三傳，英氣峥嶸閟一丘。忍見翣車隨二老，彭殤試與問莊周。

挽順慶使君寶章李十三丈二首

東齋嫡子巽巖孫，醞釀詩書氣味醇。桃李七州春不盡，松筠一節晚彌新。恤章峻直寧王賓，治行高推漢吏循。四尺墳前千字誄，清名不與跡俱陳。

金相玉質素心降，每見令人折幔幢。亦有薦歟當使傳，若為淹泊只侯邦。款門心訝三醫謁，藏壑舟驚半夜扛。搔首薰風丹旐舉，些歌凄斷不成腔。

覺空寺

篌輿選勝暑風輕，渺渺西岑得化城。應供佛元無住相，教忠皇為錫嘉名。自注：諾詎羅尊者化茗供于蒙頂，楊文安公請為薦先福道場，易名教忠。竹窗櫛髮晨光薄，松徑褰裳午蔭清。安得一單長寄此，跏趺静看篆香縈。

謁普德宗德勳濟三祠 祠在灶鄉虎頭山

冠建芙蓉佩綴瓊，水沉馥袂謁靈君。支分一道岷山雪，鼎峙三宮玉壘雲。露積大田雙象鼻，駿奔全蜀萬羊羣。百年征調何當息，乞與乾坤净戰氛。

謁周孝公祠

斬蛟潭近款叢祠，逸少行書小陸碑。穹壞英名長不泯，烝嘗故里有餘思。排門簫鼓競禳賽，挾彈羅紈羣笑嬉。煮酒流霞魚饌玉，荆溪可欠我題詩。

臘月二十六日部宿雪甚登天官廳後亭子

衡寒趁樸青綾被，奇事粧成白粉闌。老怯憑高銀海眩，渴因引滿玉池肥。七旬蜀道才通信，兩月淮壖未解圍。澒洞憂端深似海，鬢霜争與六花飛。

成都蕭寺度臘即事示彦威姪二首

瀟洒僧廬蹔此留，静看急景意悠悠。戲呼道韞詠飛絮，況有阿戎同頌椒。三考癡頑成底事，一同親愛外何求。囊無儲俸貧如舊，謾整圖書訊便舟。

掣電光陰不可追，回頭四十九年非。萬緣勘破姑隨順，至道精探識指歸。感慨未能忘世慮，因循深恐悮時機。寒窗細話經綸策，來歲昕廷為發揮。

同二姪一甥游靈隱净慈寺

韶華倏已三旬過，南北山分兩日游。翠邏晚寒催暖酒，緑楊風軟緩移舟。無多官事妨行樂，有許吟情奪隱憂。三揖孤山林處士，泰和容許隱巢由。

金山寺

畫圖省識金山面，短褐風吹入畫圖。玉鏡臺空螺髻直，海潮音散蜃樓孤。歸田擬共江神約，鼓枻容追越相逋。百一十城才發軔，指南端不負文書。自注：善財初參德雲比丘于妙高峰，即此山也。

熙老拉泰叔同伴山行由馬溪寺攀躋險絶歷龍洞上羅漢洞洞前小菴極幽邃下有龍潭潭水窈深一緑蟾蜍踞坐石間意若神龍守護者抵暮還憩雙峰閣看十三夜月和泰叔韻

扶携羅漢洞前去，誰信此中天地寬。澗水翻成千偈快，嶺雲肯放一塵干。倚巖菴好無僧住，積石潭深照影寒。歸對雙峰看月吐，薇花浴露色如丹。

訪雲端菴居

夢想雲端路屈盤，幽尋今果到雲端。三間矮屋烟霏擁，一片閒情宇宙寬。土銼間搜靈藥煮，天壇不遺篆香殘。誰能好事時供給，結足空山也不難。

叔存姪伯仲拉登平蓋觀

彭模來往無虛歲，平度山纔一度游。卜宅舊傳楊蜀郡，自注：蜀郡太守楊洪之故宅。題詩宛在薛嘉州。自注：薛能詩刻。江雲杳靄吞天遠，松檻蕭寒喚客留。欲與殊庭追古意，略須桃杏植巖幽。

長生觀拜謁碧落侍中觀巨楠

功行三千未易圓，活人陰德最為先。一瓢酒釀春江醁，百尺楠藏洞府天。道骨想從玄祖受，高風應許裔孫傳。自注：侍中七世祖曰逍遥公，漢昭烈召之不起。珥貂碧落猶官府，何似鞭鸞陪散仙。

八月十日夜夢登青城最高峰醮仙官醮罷同羽士二三人散策月下濯足澗水意甚適也推枕惘然紀以唐律

嶙崒孤岑碧四圍，分明佳氣是祠西。星壇醮罷天如水，羽褐追遊月滿溪。真境可容兵劫壞，天涯長恐夢魂迷。烟霞舊侶今誰在，還肯丹梯手共携。

九月晦齋宿太一宮都監姚高士示劉長翁及湯仲能諸公唱酬詩軸因和韻二首

擾擾東華車馬塵，烟霞何日拂衣襟。空花想已銷浮念，枯木猶能發至音。白鶴不來紅日暮，金鱗自躍碧潭深。五千言外無餘旨，苦更研朱學洗心。

孤雲蹤跡混風塵，藹藹陽和滿一襟。招得鴛班同勝賞，肯教牛鐸嗣清音。菴當黛面雪霜峭，洞鎖玉臺烟雨深。何日與師携手去，胎仙同看舞琴心。

祝聖清旦登星壇唱步虚下壇曉霧四開晴景熙然

峻極先峰接絳霄，佩環催肅大昕朝。步虚杳渺吟崆峒，飈馭依稀駐鬱蕭。擬效嵩呼騰漢闕，細聽天籟響虞韶。班回徙倚危欄望，紅日初昇宿霧消。

山中醮後一日雨雪仍留山中霧雨溟濛混然如一氣未分也

香霧回翔八景輿，帝觴邀我適華胥。戲將餘瀝作零雨，旋有六花飛太虚。意恐混淪凝祖氣，心疑圓嶠没歸墟。題詩不作人間語，呵手殘爐小楷書。

登伏龍觀看雪和張權父韻

暖日嘘雲釀六霙，一元亭毒歲功成。霓裳舞散廣寒殿，鶴氅朝回七寶城。决雨會看三月漲，屯邊全要萬倉盈。離堆邂逅成奇觀，一笑能令萬慮輕。　以上《滄洲塵缶編》卷一〇

全宋詩卷三一九九三

程公許一〇

行黑水谷三十里以耳目聞見有賦

自過三泉境，紆回谷道中。居民雖漸復，生理頓成空。敗屋翳蒿逕，頹牆荒棘叢。稻田多宿莽，麥隴間鋪茸。耕織豈當廢，傷殘甘忍窮。遑憐已死骨，使得掩幽宫。梨粉偏饒白，桃腮也自紅。羇游愁滿眼，感憤氣填胸。家計艱營葺，人謀有異同。孰為根本慮，無使浪施功。自注：末句謂招納秦鞏。

大雪同楊景韓程子敬登寺樓

雪中佳士集，同倚寺樓看。晃蕩迷滄海，空明迫廣寒。重城和氣浹，萬井語聲歡。瑞接三冬白，憂寬一寸丹。漁船尋剡曲，戰馬渡桑乾。天意俱慳與，無氈分冷官。

遊東坡和柯山潘邠老舊賦

恭惟廊廟具，歲晚落江湖。豈不三緘舌，深慙七尺軀。若為周士貴，翻作楚囚拘。詩款催供上，皇聰莫可呼。孔融成幸免，柳子豈真愚。瓢酒那能醉，叉錢可得腴。貧雖無四壁，夢不到清都。赤壁一枝笛，寒溪十幅蒲。故交同縞紵，廢壘借耰鋤。未分徑争捷，可憐錐也無。是非端自定，流落坐成迂。四海老泉水，一時丹穴雛。士皆憐大器，手不轉洪樞。擬問靈蓍卜，難憑造化爐。喑喑櫪下馬，汎汎水中鳧。富貴危探虎，烟波夢釣艫。定知鏗舍瑟，終不亂吹竽。榛莽開金地，江山稱畫圖。何當麾斗柄，相與第天吳。生世須如此，不然非丈夫。

送憲使江寺簿赴召

沃野三千里，春風十六城。顧憂寧易釋，遣送定非輕。憶昔光華賦，隨軒老稚迎。根株探吏蠹，疴癢察人情。漢網寧疏漏，周原數按行。堰渠豐穲稏，犴户絶笞榜。六詔寂無警，三農容雜耕。與民為父母，斂惠到孤惸。江漢今猶昔，人才世載英。頹流無砥柱，公道莽榛荆。能使薰蕕别，端由藻鑑明。綱條雖整肅，襟度乃恢宏。行路無思犯，濡絲已載賡。前旒應渴見，方底趣終更。豈有坳堂水，能容碧海鯨。佇翔幽谷羽，入囀上林鶯。聞道宗風熾，推高月旦評。榮非同象笏，愛亦異金籯。博士尤姱節，端公更直聲。流芳鐫琬琰，仍世盛簪纓。早並膠庠彦，同為館下生。詩書勤澡濯，聲譽響鏗鍧。棘路仙班近，麻壇守紱榮。徒勞將使指，未足展修名。王事猶多難，朝陽待一鳴。吾君元盛德，廟算豈佳兵。鷸蚌牢相守，貔貅滯遠征。秋砧霜滿户，曉角月連營。縱幸齊疆復，難輕海上盟。所憂新鬼大，何日泰階平。世論難撐拄，天時會擴清。狼心寧易厭，魴尾恐加赬。椎剥無餘算，絲何忍取嬴。急須元氣護，可使内憂并。否極當逢泰，屯餘合遇亨。絲綸九天下，羽翼一朝成。已卜皇圖永，寧憂敵勢勍。公歸瞻負扆，朝罷謁阿衡。勿吝謀猷告，頻將底裏傾。致身須豹尾，平武即鵬程。有客青衫陋，逢人白眼瞠。愧無長袖舞，愁對短燈檠。天憫龍鍾極，身遭鑒賞精。鹽車華錦繡，土鼓發韺誙。披豁叨深眷，暌違耿素誠。誰云駕序遠，忍欠鯉魚烹。願效鷹鸇擊，生憎虎豹獰。送公騰召駕，撩我動心旌。湔祓慙褒衮，凄凉乏報瓊。松筠青不落，看取歲峥嶸。

又上座主李左史八十韻

江路三年別，心旌萬里搖。登龍空有夢，蟄蟻困無聊。側聽除書峻，深期廟論調。方看儀玉筍，胡遽理蓀橈。在昔推華族，於今壯本朝。談遷承緒遠，坡穎更難超。江漢英風迴，堪輿間氣饒。文傳千户印，和備九成簫。撼地喧雷鼓，當空插斗杓。靈龜韜遠見，瘦鶴峙孤標。久矣駕陵驥，淒其鵠避鵰。與時為準的，立己有科條。蚤歲趨嚴詔，修名聳百僚。青藜窺夜讀，紈箑障塵飄。洊綰藩侯紱，連驅使者軺。通才期用世，所至藹騰謠。將略雄諸葛，皇靈格有苗。帝思前席問，命下賜環招。敷奏趨丹陛，疏榮逼紫霄。一朝驚玉立，三館看纓彯。曉露坳螭潤，春風砌藥嬌。倚才兼夕拜，專對褫天驕。草詔鑾坡夜，橫經鶴禁朝。紫荷班已峻，黃閣路非遙。感激君恩重，傷嗟世論澆。維時憂旱暵，大地徧炎熇。公道荒荆棘，輿情渴蓼蕭。直前臣語戇，蹙聽帝心怊。剪爪晨頒紵，濡膏夕灑瓢。孤鳴知鳳瑞，衆疾奈鳩佻。賈勇封囊上，噓回士氣消。防門獰九虎，利吻譟羣鴞。自古讒箕巧，傷人甚骨銷。吾身任江海，公論付芻蕘。姱節寒冰雪，歸情遡汐潮。鷺鷗波浩蕩，龍鶴夢岧嶢。雅量陂難撓，身心柏後凋。不妨閒袖手，冷看疾揚鑣。詠草春波綠，移牀夜雨瀟。湖邊鴻並影，夢裏鹿藏蕉。庸俗偏酣豢，清風久寂寥。菉葹紛薉户，蕭艾服盈腰。甘作墦間乞，真成陌上挑。迷途争窘步，俚耳怪聞韶。主自明如舜，人寧免吠堯。與時雖落落，任運獨囂囂。正論何曾泯，羣公莫誤料。邦基期奠鼎，隣火逼回飈。漫倚泥封谷，徒嫌斗擊刁。護疽雖塹逸，廢食可禁枵。嘗膽當忘食，求衣合在宵。若為人杞梓，空使侶漁樵。蠟潤東山屐，塵漫北闕貂。牙籤搜蠹槁，畫舫看魚跳。回首堯天闊，驚心郢路迢。僕夫悲馬跼，詹尹拂龜燋。忍使遐心寫，懸知睿想翹。天街催並轡，里社恥題橋。慨念材成就，艱如器琢雕。扶持非有素，運用恐無繇。康世先營度，猶農待勸劭。可容苗亂莠，莫使樧侵椒。議必和平勃，忠無棄董晁。皇皇賢路闢，汲汲將才驍。不廢菁莪育，精分玉石燒。人心如眷眷，天理自昭昭。蓄鋭勤耕渭，乘機速渡遼。定應人激厲，可使氣嫖姚。催促元勳紀，歡呼敵首梟。明知霖雨渴，不用鼎烹要。豫卜中興漢，毋徒小惠僑。寒儒鑽蠹簡，雅志自垂髫。有夢騫鵬浪，無心翫翠苕。憶曾持鐵寸，誤辱采桐焦。步想長楸展，癡成大瓠呺。長懷梧鳳表，屢賦草蟲喓。官冗盆縧繭，身羈甲附蜩。不辭行役倦，願奉燕居夭。抱璞求礲琢，荒疇待蓘穮。木瓜如許贈，誓志報瓊瑤。

上曹憲使五十韻 曹公名器字叔遠

驥不稱其力，文當與德兼。褊能多悻悻，小器或恷恷。行世吾誰與，窺公意自厭。秉心温以恪，植操静而廉。信矣天資孅，加之學力漸。巖巖疑壁立，灧灧乃淵潛。李杜波瀾闊，黄陳律令嚴。鏗鈜諧律吕，璀璨溢緗縑。振采賢關闢，疏榮物議僉。董帷終日下，戴席幾重添。江漢荆之望，龜蒙魯所瞻。鷁飛俄引却，蝶夢一何恬。萬里紆朱紱，孤峰對白鹽。清吟憑月檻，長嘯倚風簷。偶過伊川洞，高褰刺史襜。簡寬疏訟鮞，惻怛到窮閻。治行流江海，除書降陛廉。六條頒屬部，五聽察蒼黔。紫塞塵方暗，紅巾黨未殲。人情彌震洶，鄰境倍危阽。所恃福星照，能令妖焰熸。民皆欣抃手，公亦笑掀髯。鳳紵搜才切，驪珠信手拈。春雷掀舊蟄，秋月吐新蟾。平似衡加石，明如鏡出奩。薦賢應受賞，端策不須占。世路吁猶梗，宸衷衹自惔。飛書星較速，多壘日相覘。噎霧中原慘，何時聖化霑。廟謀須謹密，人意惡猜嫌。裘葛如無定，膏肓豈易砭。内須和鼎鉉，外亦倚珠鈐。頃者益謀帥，胡然心執謙。有才空置散，蓄憤可能恢。人物何其眇，公朝忌者憸。幾曾明察察，競作息奄奄。我自芻蕘侣，情酣筍蕨甜。輟耕憐鷇觫，貪餌强喁噞。昔戀龜頭縮，今愁馬口箝。何階羣玉府，入手萬牙籤。憔悴投林翼，蹣跚上竹鮎。自窺談屑璩，屢詫筆鋒銛。愧甚享金帚，慙如倚玉蒹。素懷長北闕，流景恐西崦。天久思平治，公當贊景炎。入應扶紫極，出則擁朱緌。謀必先康濟，才宜拔滯淹。豈聞春發育，而間物洪纖。執御心無斁，題詩筆欠尖。清波一引手，濁水脱膠粘。

上瀘州楊尚書四十韻

清瑩玻璃水，巉巖石筍峰。孕才供世用，有道致時雍。閥閲宋清節，源流唐靖恭。異時先太史，司匭事光宗。忠憤排黄閽，憂危溢皁封。扶顛重立極，涉筆但司農。餘地勤菑穫，連城薦璧琮。羽毛參薛鳳，頭角半荀龍。赫奕誇分鼎，鏗鍧響大鏞。雲霄才直上，時運快遭逢。袖馥麋丸賜，芸緗蠹簡重。亨衢無齟齬，按轡獨從容。監寺雖平進，班行歎乏供。賜茶經幄暝，濡筆殿坳彤。曉陛荷囊擁，春墀革履跫。時來如邂逅，慮遠妙彌縫。霖雨睿思渴，雲山歸興濃。入辭親黼座，宣勸灩金鍾。可使安耕稼，無勞訪枸筇。錦衣華故里，茸纛拂遐衝。龍駕攀無及，烏號涕莫從。嗣皇初訪落，達孝極思庸。故老尤紆眷，庭臣孰比蹤。威名震滇僰，治體嗣黄龔。白羽閒春燕，黄埃歛夕烽。官刑懲縱暴，民氣化醇醲。北定風簷敞，西來雪浪舂。憑欄聊放目，憂國若為悰。褒詔煩因任，真祠未許慵。定知頻側席，胡不趣追鋒。念昔聯瓜葛，游談及菲葑。駑駘勞剪拂，礦質費陶鎔。冰谷窘寒凍，石田加蘊爞。攝齋時緩緩，銜感志忪忪。世論方膠柱，人情謹護癰。遲公歸燮理，為國掃蒙茸。遡日孤忠炯，飛霜兩鬢鬆。欲酬青玉案，何有色絲胸。自笑踈頑甚，猶須砭劑攻。兔絲雖小草，千丈託長松。

壽茶使三十韻

湖海裒英氣，星凰瑞聖朝。黄鍾回暖律，紫毳下層霄。平武登巍選，高才局下僚。一朝翻渤海，萬里狃扶搖。遷次更州牧，澄清奉漢條。帑藏參會計，閫寄竦嫖姚。帝想重關阻，雲連八水遼。近知敵運盡，不復舊時驕。遣送紆天寵，將輸伏使軺。艱難須力濟，氛祲覺潛銷。還把天隅繡，來題駟馬橋。留良無復恨，擷秀自應饒。倚重藩條布，尤先政理調。根株探吏蠹，襦袴藹民謠。流地金錢溢，褰風錦幄飄。異時司榷牧，永日但逍遥。誰似躬行美，能知燕處超。兵厨疎螘味，訟牘列牛腰。苦節同儒素，清風起俗囂。世途猶梗塞，士氣況陰消。竭澤無餘算，何時罷擊刁。定知虚宁久，可卜賜環招。經世須材略，猶農力蓑穮。牧時宜解瑟，渴治急聞韶。豹尾催持槖，蟬冠合珥貂。致身期丙魏，耐老並松喬。笑我同溝斷，惟公賞爨焦。窮棲官署冷，阻侍燕居夭。春信梅先覺，霜天柏後凋。殷勤眉壽祝，持用報瓊瑶。

餞秘書郎劉侯出守龍舒分韻得亭字

皖伯疏封有故城，新堂猶賓李翱銘。三峰秀出塵區外，二水空流戰血腥。在昔建邦專地勢，祇今誤計寄沙汀。集鴻底處容棲宿，冠鷃何人稱使令。輪對適當三館彦，忠純能聳四聰聽。俄聞命綰邦侯組，應是名題御坐屏。地有險夷何可擇，事方艱棘不遑寧。扶持羸憊為耕叟，收斂奸雄作戰丁。遺愛重尋朱邑廟，壯圖仍訪吕蒙亭。可能舊觀珠還浦，試拓新規刃發硎。少待烽烟清紫塞，却持筆槖侍彤庭。男兒莫作分攜恨，勳業相期汗簡青。

代壽李參預鴈湖先生五十韻

仙李蟬嫣系緒長，丹崖譜牒自曹王。滔滔江漢流波漫，濯濯芝蘭奕葉芳。陵井已偕儒術顯，巽巖尤擅史才良。榆枌倍借千鈞重，閥閲高騰萬丈光。在昔五之皆瑞晉，祇今三薛共推唐。何人説似公初誕，趺坐從來見未嘗。不是老聃鍾瑞異，也應太白減精芒。直從上界飄霞佩，來向塵寰艷纖襄。疑夢無因嗤衛玠，問炊不餡比元方。鯉庭早熟蘭膏讀，蟾窟濃分桂子香。秘館緗書推博洽，著庭紬史極精詳。歸來兩郡驅紅旆，還入修門荷紫囊。議禮挽回周典制，代言直似漢文章。一朝誰作兵端啟，萬里應勞使指將。射鴈子卿歸亦幸，棄豚竇憲勢方張。披肝九陛獰羣吠，回首三邊已戰場。妙選何心榮寵利，扶顛有意為周防。事難忍作抽身計，幾密方明疾惡腸。鸞鳳得朋應漸集，鴟鴞鎩羽可能翔。魚頭熟念衣寬帶，虎士歡趨氣涌湯。詔下九天銜袖滿，人知二府晝謀臧。古來所貴真儒用，天定何憂敵國强。刑典已先明兩觀，和盟便許復侵疆。論功自合專台席，讒口胡為弄巧簧。三載峨峰聽鶴唳，九年里社祇龜藏。疎疎竹色橫青瑣，灩灩湖光映畫廊。曉案聖經研蘊奧，夜窗古史閱興亡。烟霞雅趣疑成痼，風雨清吟樂對床。誰遣白駒歌逸豫，未應綠野久徜徉。情知蕭艾糅芳澤，手藝衡蘭儲糗糧。擬輔皇輿休僨軸，莫令中道嘆無航。新衡寵自乾坤施，繼廩恩疏雨露瀼。公論在人元不泯，精忠報國諒難忘。慨思周道憂如擣，常恐豳風怨缺斨。九世陵園無復理，百年玉帛不能償。鸞旆龍馭猶西浙，貂帽狐裘滿大梁。休怪窮猿能倔强，且防新羯重披猖。夢疑謝駕遊春墅，望渴商霖澤旱秧。借問孤舟橫野渡，誰為一柱屹明堂。會看馬首遮于叟，併遣籌帷出子房。勤恤民心延命脉，精搜人物整朝綱。國威久憤寧終屈，事會時來豈有常。決眥三階明象緯，為渠一矢殞天狼。日高宮線初添繡，霧滃門弧記設桑。盛事滿堂皆象服，榮觀三壽簇霞觴。擬將善頌祈周斗，空有遐思戀孔牆。期與八荒開壽域，也榮枯栟舞春陽。詩書澤厚床堆笏，竹帛勳高繡織裳。與國同休山若礪，錫公難老壽如岡。丹成却結喬松侶，駕鶴三清樂未央。

送别制置董侍郎東歸

荷囊曉趁紫宸朝，玉立堂堂侍冕旒。帝為蠶叢精擇帥，詔頒虎節往分憂。旌幢雲合三千乘，錦繡春濃六十州。儀鳳雅應為國瑞，烹鮮何忍與民仇。陽和噓暖松州雪，膏澤長隨錦水流。酒賤途歌喧夜市，歲肥社鼓響春疇。教條寬簡難輕犯，鑑戒高明不暗投。建學文翁先美俗，雄邊德裕有良籌。若為殿角頻憂顧，何恨天涯久逗遛。幾度璽書頒北闕，四時朱履簇西樓。神全削至無機露，德厚如山鎮俗浮。邊騎誰令輕犯塞，羽書忽訝急飛郵。禡牙往度重關險，建旐那容一刻留。明月三更悲鼓角，晴烟萬竈宿貔貅。乘墉妄意窺吾境，奠枕何由奈敵讐。忠孝全軍齊縞素，嫖姚列校奮戈矛。金牌不與全腰膂，鐵胄安能芘髑髏。戰勝遊魂驚鋌鹿，凱旋享士趣椎牛。三秦席卷非難事，偏將星奔悵寡謀。坐屈戎昭親跋履，中嚴師律戢姦偷。人知福德如中令，誰省恩威似武侯。過眼七年勞節制，焦心九陛渴才猷。賜環笑拆封泥詔，疊鼓催裝下峽舟。織錦何傷讒口捷，憩棠翻作去思愁。雅懷納納湖千頃，外物區區海一漚。書怪無心疑咄咄，委懷何事不悠悠。紛紜歸夢尋猿鶴，浩蕩詩盟狎鷺鷗。世事未知何日定，才難莫若舊人求。病深根本宜加護，脈在參苓或未瘳。德望定須歌赤舄，姓名佇見啟金甌。蹇余政自臞山澤，漫仕都緣迫釜區。綵棒乏材供擊斷，鏤冰無技苦雕鎪。豈期吏責寬三尺，誤辱儒宗放一頭。袖有神鞭驅款段，意令蹇步逐驊騮。生遭名德為知己，誓企清塵力好修。桂檝穩飛三峽浪，蒲帆歸赴五湖秋。百年幾見輕成別，萬斛清愁黯莫收。倚俟泰階明紫極，未愁弱水限瀛洲。槐庭何日堤沙築，玉食須渠鼎鉉調。議有異同宜審擇，人無近遠要旁搜。非才忍負知音遇，引臂追隨萬里遊。

代壽安宣相

帝祐炎圖合中興，風雲嘉會契千齡。石田旱暵須膏澤，蟄户陰凝聳震霆。審象巖間同説命，絶韋聖處見羲經。立談解使梟羹爛，餘事能空兔窟腥。岌岌危機還奠枕，恢恢游刃發新硎。坐令含哺娛黄耇，忍使供徭困白丁。河帶已知申漢誓，雲和聊復訪湘靈。歸來旌節華仁里，寄傲壺觴等大庭。天厭游氛侵上國，風傳飛羽警邊亭。汗顏何限指空血，膠柱誰云瑟可聽。斧鉞重開都督府，綬紳盛集小朝廷。白波坐壓風濤洶，黃紙恩濃雨露泠。重與蜀民司命脈，定知天陛濕儀形。着高何病棋難活，事定端如醉得醒。萬里車書寧久隔，三邊鼙鼓幾時停。西南屹立擎天柱，子午長驅建屋瓴。會見輿圖恢故境，便紓公衮坐頭廳。無窮壽福由忠赤，不朽功名付汗青。自笑此生同塞馬，若為有幸列侯鯖。誦詩起為蒼生賀，南極星環帝座星。

同諸友山行分袂言別五首

共蠟登山屐，俄尋下水船。到家人怪問，滿袖挾風烟。

大面窈深處，神仙碧玉壺。孫郎妙心眼，催作後山圖。

神都旬浹住，大面欠窮探。未盡山中趣，重來賦蔚藍。

羅家隔香積，天國近花坪。何日同搜覽，題詩索載賡。

名山遍宇宙，歷歷紀輿圖。安得身雲水，孤筇自給扶。

楓橋寺小憩

追憶丙申維夏與悦齋先生會，留連三日而別。拂拭舊刻，凄然久之。主僧留話，借悦齋先生韻賦四首。

雲已安排雪，天仍慘淡風。纜船投古刹，撥火共談空。

寂歷少林壁，酸寒飯顆山。相逢如有舊，示我亦無還。

往事驚心折，三年撚指間。西州門外淚，華屋遽青山。

唐人舊吟處，古殿晝多陰。欲去有餘戀，片雲飛碧岑。

鎖宿餘半月得閒讀書喜而有賦

日月疾跳丸，簡篇浩烟海。弓旌誤誘去，歎息可中悔。
馬瘏僕亦倦，得休苦無多。剥啄復剥啄，奈此分陰何。
薰風鎖重棘，襆被去何勇。私我幾日閒，此意千金重。
晴檐蔭虚白，夜燈耿闃寥。自憐聲吾伊，亦復如聞韶。
王事有期程，稱意不可再。寄言山中友，勿誤青衫愛。

和雁湖先生病起自警八章

觀空得舍筏喻，示病無散花天。從渠幻起幻滅，我自燕處超然。
葆光悟老子説，游仙續景純詩。木鑽可使石透，槃水猶嚴手持。
專氣如嬰兒相，觀心得宿命通。認取無聲無色，了知非瞽非聾。
三關中隱玉閣，七言味在蘂珠。妙得養生真訣，善刀四顧躊躇。
學仙寧復華念，為士苦畏四鄰。鐵彈茅茨何在，兩翁心豈違人。自注：鐵彈，張四郎故事。茅茨，賦朱祭酒也。先生作小室，以奉二仙。
殘編幸出壞宅，滴露何能闡微。萬古聖賢心法，未饒西竺傳衣。
永夜朝元騫樹，蕭晨晞髮扶桑。妙處本來一貫，何異心齋坐忘。
貪夫孜孜為利，烈士汲汲徇名。誰似先生元尚，名標七寶宫城。自注：道書玄都玉京有七寶城，太乙真人頌：舊瓈七寶林，晃朗日月精。櫟香稽首禮，族行遶宫城。

郡事多冗命繩翁拉彦翔則明德素遊趙園彦翔歸以五章示教用韻

戰氛塞靄叢國，決策下勝峰山。避地客江湖久，著書無頃刻閒。

世溷溷争捷徑，髮種種不勝簪。款門恰來石友，倚檻同觀玉岑。

簡編得趣自熟，軒冕於我何加。喜為勝遊着句，未須歸賦落霞。

俗氛妨人選勝，危坐待歸啜茶。聽渠説山説水，撩我清夢還家。

浮生何適非寄，百慮非言可宣。誰能尋訪樂土，籲天僑立西川。

與子先兄及伯暢甥别投宿明月山客邸悵然有賦

相思命千里駕，慘别緩三疊歌。幸祖帳得少住，奈征夫催發何。

岐路暫須執手，高城忍更回頭。大家制兒女淚，努力為名業謀。

鍾情慨左右手，舍我作汗漫游。渭陽政須數面，南浦約送行舟。

上元即事四首

放燈時節快晴天，紅杏梢頭璧月圓。物色似嫌人意懶，故撩吟思着風烟。

昭覺芙蕖萬炬紅，馬蹄無處避香風。勝遊似夢難重省，最憶瓊酥點綴工。

懶慢無才可熱官，良辰何以博親歡。翻思田舍朋簪盍，濁酒青燈語夜闌。

不用長檠换短檠，一窗圖史任縱横。定知太乙青藜杖，合向書邊分外明。

元夕題燈龕四首

緑綺新調正始音，紅蕖小放上元燈。遊人莫誚遨頭懶，只願年豐歲事登。

圍棘侵天催速《永樂大典》卷二〇三五四作挑戰，土膏得雨要深耕。儒風鼎盛田多稼，早願三邊洗甲兵。

期會從教迫星火，絃歌我自樂春風。欲知政理和平處，都在邦人笑語中。
水晶簾映寶燈明，海上移來不夜城。何似圖書羣玉府，青藜静對月三更。

和程及甫迎春三首

語脈留連燭跋頻，也知同姓異他人。筆花枉着藍田紙，誰直金鑾夜演綸。
劍棧雲深爛漫遊，知非吾土且登樓。薰風十里陌堤上，打伴明當還益州。
萬生寧不念扶顛，澗壑今猶挽莫前。過眼舜華開落幾，功名好在鬢皤然。

和虞滄江梅花四絶句

横枝借與月傳神，相對無言自目成。好在玉壺清夜裏，冷香孤艷浸空明。
園林春到杳無蹤，恰似靈犀一點通。賸著新題問花信，從頭二十四番風。
銅彝深養玉膚肌，更着圖書繞四圍。千古離騷誰與續，襲人清韻自芳菲。
暖日籠寒意小忺，為君索笑一巡簷。細挼玉糝浮杯面，猶自詩腸未屬厭。

和司令洪文詠梅花兩絶句

人間何處覓瓊華，元住瑶池阿母家。應念維摩室無侍，來隨天女供天花。
舊遊無處問芳華，自注：合江亭舊有樓，名芳華，為賞梅勝處。身似禪僧處處家。聊共梅花娱歲晚，又催元日頌椒花。

再　和

聞道溪橋澁欲乾，黄昏縞袂不禁寒。愛之不見空搔首，玉立亭亭可得干。

一冬已放酒杯乾，三復名章敵露寒。著我瑶林瓊樹裏，何須初雪畫江干。自注：王摩詰有《江干初雪圖》，事見石林《避暑録》。

和若水賦郡圃梅花三絶句

踏雪微吟分外清，藍橋底處覓雲英。客來何物供娱玩，竹葉新篘玉糝羹。

瓊玉林中笑語親，色香原不著根塵。淡烟疏雨静相對，聊藉詩篇管領春。

冰池媚影早春時，轉眼纍纍子着枝。調飪可能無好手，太羹真味付誰知。

清原作春，據《四庫輯本別集拾遺》引大英博物館藏《永樂大典》卷一三三四〇改，詩中同明日侍親與遊海雲寺四首

和風釃日又清明，茶事驚呼探火新。整頓安輿扶鶴骨，晴郊滿意賞青春。

琴鶴清風久寂寥，谷居忠憤絢銀鉤。龕中片石費錐鑿，還為兩翁須點頭。自注：寺有清獻像、忠定詩刻。

休問霜林鶴頂丹，空庭三尺緑新攢。從渠五老掀髯笑，我自與師盟歲寒。

翛翛竹色蘸清尊，更借陰風蕩午暄。博得親顔開一笑，佳名須記壽星軒。

黄香梅

緗枝滌露最鮮明，瓊佩歸來帶宿酲。莫向人間强分別，一般品職列三清。

緑萼梅

縹緲南山萼緑華，春宵侍宴玉皇家。定知飲釂玻瓈椀，去擁雲軿併六花。

紅梅

羣仙遥夜倚欄時，東閣詩成一段奇。休遣北人輕辨認，杏繁較似乏清姿。

題花十絶句

憶昨劉園共一杯，花雖多品未全開。芳郊是處堪行樂，正用此時特事來。

穀雨猶賒半月期，禁烟花事已紛披。吏塵眯目春餘幾，却被名花唤覓詩。

楊花漠漠亂晴空，翠幰箯輿御晚風。試與徐園評絶品，紫毬曲柄狀元紅。

何相家庭僅百窠，擁培力厚得春多。羣妃舞散瑶臺晚，盡醉東皇金叵羅。

花城最好穆家亭，一樹雙跗疊彩雲。自注：穆知和園有瑞雲，一朵雙苞，極奇麗。似是將雛有先兆，主林神為瑞斯文。

簿書投我夢沉迷，有客相携兩日嬉。餳粥催人歸供節，蔡莊猶恨欠題詩。自注：蔡莊有三千窠，以雨甚，忽歸供節，不得迂訪。

一欄養就數窠花，却辨牙牌定等差。我自色塵無染着，試將道眼看芳華。

臙脂樓與瑞雲紅，疊萼重跗剪刻工。元利滋為人偽奪，不如傾倒付東風。

絡繹筠籃為我分，古銅雲罍井花温。無情風雨連宵惡，數朵窗紗故自存。

饑腸可忍麥登場，寒索衣裘繭飫桑。莫為花殘恨風雨，深恩何以答東皇。

小詩柬道傳覓花栽

分我幽園花數栽，滄洲三徑劚蒿萊。殷勤雨露親培植，小待春風共一杯。

施兄折贈萏梅將以二絶和韻謝之

老幹查牙裹緑苔，雪中能有幾花開。杜陵不耐香愁亂，更看幽人輕折來。
枯木巖前不受寒，幾曾披腹詑琅玕。春風何限閒花草，歲晚貞心要耐看。

和虞使君擷素馨花遺張立蒸沉香四絶句

平章江浙素馨種，小白花山瓜葛親。借取水沉薰玉骨，便如屏障唤真真。
長訝詩人巧奪胎，天心月脇句中來。更將花譜通香譜，輸與博山烘炭煤。
緑雲影覆白雲英，馥郁秋風不易陳。休遺江南誇艷曲，朝朝瓊樹眼中新。
風露高寒醉夢清，小窗香霧遠囂塵。不須殷七戲三昧，始信司花女有神。

以上《滄洲塵缶編》卷一一

全宋詩卷二九九四

程公許 一一

積雪未晴正旦朝賀大慶殿口號八章

雪瑞連宵未肯晴，粧排光景待朝正。八盤嶺轉宮城近，惝怳身登白玉京。

清蹕轟雷輦出房，赭紅一點殿中央。天知聖主憂邊久，剩放飛霙兆歲穰。

萬點華星續續來，宮門未放玉笟開。忍寒少待晨光透，不住催班引上台。

東西廊轉面朝天，緋緑斕斑紫綬褰。萬歲聲中陪率舞，野麋終羡草芊綿。

凝旒憂顧念三邊，詔撤鼇山罷秩筵。天眷仁明宜悔禍，眼看千里息烽烟。

六龍不動玉鞭迷，霧靄荒寒五鳳癡。静閲天機消復長，未應冰谷晛消遲。

玉階再拜卷班回，一炷心香惻劫灰。六合風塵須一洗，八荒壽域會重開。

擾擾勞生祗自嘆，依依鄉夢五更寒。臨流釣石應無恙，歸逐隣翁整釣竿。

工侍國史李丈奉御香禱雪上竺前一夕雪瑞已應道間志喜成詩以示敬借韻同賦

夜窗細跋燭花紅，窗外那知雪墮空。危坐不如眠較煖，紙衾休要水沉烘。

列仙朝罷玉皇家，一色中單襯白紗。纔得東皇呈上瑞，萬年枝上早開花。

未問含章眩曉粧，巧將珪璧疊宮牆。愛民天子心堯舜，猶自黄封降御香。

阿佛常時奮老拳，為銜詔旨意精專。且煩大士開顏笑，吹散曼陀黼扆前。
憂旱憂蝗恰一年，未春喜見六花妍。極知氣脈艱調護，須得醫和為保全。
灞橋風景渺荒寒，最好騎驢物色看。得似西湖湖上境，被公驅使入毫端。
聞道孤山未有梅，春郊早已艷玫瑰。何當結伴林家去，共擷香英酎一杯。

又省闈鎖宿十月十二日夜月獨酌

霜月鋪銀灩瓦溝，憶曾盡醉作中秋。侵天圍棘孤吟夜，且著紅爐為暖愁。
兩月重來月又圓，寺鐘驚夢五更殘。此情誰遣啼鴉覺，飛過東牆代訴寒。

臨邛試士

沉沉鎖棘春風晚，漠漠重簾晝景移。白紵曉寒疑夢事，袖間猶記墨淋漓。

再和賀及甫領西清先生薦牘

薦函引重一何頻，畫餅充饑恐誤人。公道晚遭諸葛相，且煩輿致倚經綸。
萬里因人作遠遊，眼明西北有高樓。蛾眉嫁晚貞心在，閒倚春風唱石州。
功名壯節易華顛，揚簸翻羞糠粃前。老子鑪錘無別巧，精粗良窳任天然。

謁侍郎李先生自潼移鎮武陵

賦就凌霄意欲仙，却飛霞佩武陵源。桃花總是甘棠舊，重與郎君憩鹿轓。
異時乘月喚胡床，便狃青鸞到玉堂。見說紫清虛佇久，漁船休戀落花香。
公歸帝所斡鈞衡，早為乾坤洗甲兵。第一人才須汲引，泰階平待拔茅征。

春風曾得曳長裾，再見應知勝百書。從此修門天萬里，可能誦賦憶相如。
平生知己兩蘇公，乞與宫商發爨桐。歸日鴈湖談夜雨，南枝有信待東風。

夔門邂逅同年汪丈奉議示詩和吟二首

萬里吴天問去程，停橈峽口約偕行。蒼顔相對曾相識，千佛經中記姓名。
鵬風九萬是修程，駟馬何妨緩轡行。聖治今方法元祐，白頭儘耐立功名。
造朝敢不戒期程，鼉鼓明朝又趣行。好趁雪晴同訪古，東屯詩老舊知名。

羅漢洞青衣中巖洞與潼川牛頭洞相通，此洞乃其後門也

中巖洞透牛頭洞，後洞門從此處開。刹刹塵塵皆住處，勝遊何必限天台。

内機知府郎官再和示教清拔遒美手不能置用韻以答嘉貺愧不足以當瓊瑶之報也

新詩俊敵鮑參軍，結字歐虞瞠後塵。我亦平生違俗嗜，與君交似醉陽春。
莫倚鳴饒力有餘，天扶興運要驅除。可須測象疑蓬埽，自注：時邸報太史呈有彗孛之災。便擬排雲上諫書。
長憐杞菊老天隨，未必無才可濟時。蓋代功成一炊黍，清名過取恐非宜。
愛閒天未許君閒，國步扶持奠鼎安。千古淮淝一棋局，土山盟在未應寒。
世味輕於玉斗撞，向來驕氣為君降。甏離約會春風早，催逐飛帆下楚江。

廬陵劉兄焱袖詩編稿相訪借所和施從可唱酬韻答以三絶句

天憎我輩韻孤清，故遣催科塵污人。幸有新詩為湔祓，英瓊瑶未足為珍。

拙與時乖勿誤謀，可能騎鶴更揚州。翹英似子寧終困，玉帛何時來蹇修。
清愁如海渺無邊，强整衰容傍酒船。若許白鷗同保社，五湖秋水碧於天。

送楊元光隨編修李季才出守衡陽

逃虛喜聽足音跫，况是鄉人萬里逢。江海茫茫天盡處，又携書劍入湘中。
君到瀟湘漸迫秋，鄉關音問轉悠悠。思歸少忍烟塵息，回鴈峰前莫浪愁。
君家屋近我先塋，累世交遊意氣親。夢斷金梯山下路，欲談往事恐傷神。自注：余先世眉之丹稜，與元光諸院為隣，金梯祖墓在焉。

自永康還連日叉告旱懇祈勤恪初四五日再得甘霔農疇無高下沛然沾渥因賦

萍梗天涯幸有依，魚兮川泳鳥雲飛。祝融紫蓋題詩了，早趁賢侯召駕歸。

絶句志喜

井花湔手寶香焚，一念何曾隔紫清。半夜瓦溝飛急響，化工元不吝生成。
穲苗蘇醒曉風凉，老魃匆匆遽俶裝。旬浹望霓心肺渴，暫須一啜露華香。
去年西浙颶風高，瞬息三州汩海濤。欲倚人謀銷咎證，扶持那可欠英豪。
茂陵何識瑞乾封，遑恤蕭條四海空。魴尾如今較勞止，廟謨端不倖邊功。
雨餘遥翠抹飛霞，風送蛟龍恰到家。一夜凉侵蘄竹簟，最宜欹枕聽鳴蛙。

虞使君示春日喜雨六絶和韻

相思一日似三秋，况是三年急景流。一笑玉華池上路，春風為我盪牢愁。

入國洋洋頌借留，二年高廩趁時收。可能萬物盡吐氣，邦伯人人元道州。
世故紛紜劇蝟毛，利名海裏火銷膏。何如道院三更雨，稽古功成秋兔毫。
記擘吟箋手欲皴，至今滿篋玉湖春。郢人妙質何曾死，乞與風斤運用神。
悠悠千古意茫然，娅姹誰非倚市妍。心事相期流俗外，牽聯玉海儻同編。
引袂天風几席傍，滿城無處不甘棠。定知丹雀銜書近，趣擁弓旌入帝鄉。

和虞使君春雨

詩翁高卧滄江上，幾為憂民霜鬢毛。推枕中宵賦春雨，筆鋒如瑩鸊鵜膏。

宿旌陽風月無盡藏和虞滄江二首

玉塔界山松靄外，荻花翻雪晚風前。輪蹄漠漠紅塵裏，不著藤蘿鎖洞天。
仙翁飈馭何方去，猶記淘丹冽井中。莫倚危欄長引嘯，恐驚鸞鶴下罡風。

牡丹

春工殫巧萬花叢，晚見昭儀擅漢宮。可惜芳時天不惜，三更雨歇五更風。

改作池亭子安弟賦二絶因和韻

凌波微步玉亭亭，華豔深遮萬蓋青。能使官曹饒野趣，小煩月斧敞風櫺。
檻朧低風呈遠碧，稻塍分溜溢方池。簿書課辦心如水，獨岸烏紗細琢詩。

移住郭婆井官廨二絶句

絶知家具少於車，伴我奔馳幾篋書。賴是官清饒暇日，忍教書册與人疎。

官居何得似僧居，著穩層樓望眼舒。繞檻湖光與山色，可無佳句與消除。

中秋和姜主簿韻

中秋月白古來慳，孤坐寒窗思黯然。懶近舞腰花十八，恨無珠履客三千。

三更露氣滿秋堂，祕訣新傳食月芒。安得南樓三百尺，暫容老子據胡床。

被檄北征從宣威幕崔公之招也

芹藻浮香水半環，官曹得似廣文閒。羽書趣上將軍馬，却擁貂裘度劍關。

和内幕季美

武帳宵寒漏箭傳，元戎威望讋秦川。機籌整暇一横槊，寒澁何能强比肩。

敵技無多莫浪傳，西京元是宋山川。書生但可謀帷幄，壯士得無須㨫肩。

五丁鑿劍古今傳，屹立崇墉蔽兩川。滿目風寒無處避，祇今由徑競摩肩。

謁告得歸拜呈内機知府郎官五首

一屋堆鞋笑領軍，人間滄海幾揚塵。卷舒不與心為累，琪樹瑶林别有春。

家貧儋石欠贏餘，恩許西歸度歲除。只恐期程催趣駕，羞顔插架舊藏書。

違覆由來諱詭隨，民勞未有甚今時。一分寬受一分賜，喜見留屯奏便宜。

公餘賡載不曾閒，一段風流嗣建安。霜月西窗誰畫取，詩人雙聳玉樓寒。

膏車忍待曉鐘撞，浩蕩歸情不可降。一笑朔風寒掠面，緩吟疏影蘸清江。

成都一月奔走人事喜於賦歸

輪蹄霧漲九衢塵，役役人間祇是親。隨分世緣聊復爾，斲歸還我自由身。

賀秀巖李工侍七首

工侍累章告老，上命以西清候對，加三秩華其歸。借往歲天竺雪詩韻賦七章寄賀。

桐帽棕鞋帶染紅，誰能仰箭著虚空。乞身何幸天從欲，贏得溪堂一笑烘。

瀟洒精廬此託家，暑風一幅岸烏紗。客來祇可烹茶待，旋督山童汲水花。

白板扉無黛堊粧，碧琅玕漸出垣牆。卷藏汗簡編摩手，賸與離騷譜衆芳。

封章三上意拳拳，却恨歸無一壑專。商略浮生皆寄耳，直須勘破劫空前。

雙檜蟠根不記年，儘饒紅紫競春妍。篗輿來往清苕岸，坡潁那能此樂全。

徹桑那復慮風寒，羈客相逢各好看。誰辦草堂棲子美，會扶藜杖過蘇端。

擬結三間剩種梅，要令繞屋積瓊瑰。與公酥酪元同味，投老時須共一杯。

惜别五首

里社婆婆五六年，戍瓜催促上舲船。官情得似交情好，去意其如别意牽。

方舟追送愧情親，水宿風餐兩日程。欹枕清灘醒醉夢，此中强半是離聲。

憂患磨人鬢易皤，近來更覺别情難。霜筠雪柏圖堅耐，願保貞心共歲寒。

酒莫多斟且緩觴，停舟沙步更徜徉。清江後夜長相憶，賸撚梅花訴斷腸。

珠樹森森秀阮林，高堂有母各歡心。蘭陔娱養時多暇，勿遣平安闕嗣音。

春晚客中雜吟四絶句

憶伴梅花醉短亭，驚心紅藥餞餘春。不知九十日光景，辦得晴窗幾欠伸。
昨夜青皇駕趣旋，星榆散漫晚風顛。一春無緒供陶寫，滿硯塵埃費洗湔。
桑陰翳翳響繅車，麥熟多時稻吐芽。若使征輸寬一半，人生最樂只田家。
怒風轉暖作陰寒，春盡如何衣怯單。最憶就林煨苦筍，六年輕失此清歡。

臨途届郪值雨

仙人念我世緣輕，貸與山行幾日晴。袖有碧岑三十六，不妨風雨過鵑城。

梁山客邸雨後月色佳甚寄懷及甫

雨過青空月一痕，風襟留爽到黄昏。持杯未嚥思玄度，今夜微吟何處村。

石佛道間見梅二絶句

一冬川陸盡奔馳，開盡南枝又北枝。玉立世間塵土外，子真那不笑人癡。
慘澹汀沙集瞑烟，林間飛下羽衣仙。與君夙昔同心事，可與悲絲白作玄。

山間桃花盛開

槿籬繩屋間桃花，晴日蒸紅片片霞。物色為人揩病眼，亂山深處詫奢華。

正月二十五日過真溪見桃花

窈窕溪山狹徑通，輕輿飛𢤱御東風。倚天蒼壁人烟外，也有桃花簇簇紅。
桃花簇簇有人家，寂歷炊烟晚照斜。滿眼芳春無處著，一機新錦濯烟霞。

衢信道間見紫薇花

紫薇花自非凡品，何事栖根枳棘叢。白髮舍人羞見道，相逢那敢恨飄蓬。

暑行聞黄鸝聲

人行午倦渴思冰，黄栗留鳴緑樹陰。安得故山歸燕坐，竹風窗户一披襟。

投宿中巖口酒家

漁艇衝烟巖口泊，村醪注瓦甕頭嘗。雨聲夜雜灘聲怒，借與行人一枕涼。

遊下巖崇封院

鼓枻前春過下巖，空將目力寄雲端。而今真箇巖頭去，領取烟雲潑袂寒。
石扉深鎖一龕雲，未必人間隻履存。持鉢欲尋劉道者，鏌鋣不在刻舟痕。
殘麥從渠官奪之，山僧何用怨長饑。人間六月紅塵裏，無此玉龍千丈飛。
二蘇屐齒尚班日，憔悴涪翁竄逐還。卧虎跳龍遺筆墨，秖今精悍滿江山。
清虚堂裏話襟期，友似蘇黄從可知。墨竇惜無人愛護，漫令遠寺覓殘碑。

曉晴度青城繩橋二絶句

大旱江頭寒雨歇，蠶崖關外數峰明。丹青誰會開平遠，著我繩橋度曉晴。
怒濤噴雪戰魚龍，架篾成橋裊半空。世路險夷那不有，此心安處本來同。

汲惠山泉烹日鑄

小艇衝風過惠山，石螭引脰佇漪漣。白頭未了紅塵債，再酌人間第二泉。自注：辛未冬嘗經行酌泉。
瓦缾挹注溢微瀾，仙掌兩分瑞露漙。自候燎爐烹日鑄，杜陵肺渴耐甘寒。

泛雪溪

旱暵連旬塘水渾，移舟來泛雪溪雲。溪邊釣隱如無恙，那不嗤人骨俗氛。
白蘋波動柳塘風，散漫芙蕖稱意紅。午夢驚回船轉柁，買魚前港一樽同。

龍洞閣

峥嶸罅石蛟潭閟，偪仄懸崖閣棧危。横目不虞雙足繭，子長心事未忘奇。

文耀閣

李錬師即中天臺之側，開窗面東。余為摘顔魯公《麻壇碑》中語，扁為文耀閣，併題兩絶句。

中天臺畔敞東軒，滄海桑田且勿論。欲問飛仙參要訣，晨興來就日華吞。
宴罷瑶池趣駕歸，海風飄冷六銖衣。霞舒霧捲知何處，五色毫端借發揮。

墨妙堂

斷石殘碑聚一堂，螭蟠鳳舞費平章。顔蘇喜得初平侶，名節知無愧范滂。自注：墨妙堂，使君新命工摹刻山谷所書《孟博傳》于顔、蘇帖之右。

洪城沈運幹新園三首

花壓牆頭柳映門，紅城一曲沈家園。意行自與春風約，休問新亭賣酒喧。
柏梢結翠鬭尖新，未問花枝插寶瓶。最好狻猊對雛鳳，向人翔躍似天成。
方池面矗石叢叢，後掩前遮一徑通。蒼蘚修筠加愛護，等閒幻出小玲瓏。

伯謙招飲龍潭攀桂亭

碧潭四繞水仙墳，老桂團團蔭緑尊。拚與故人償一醉，梅花吹夢過前村。

宿金山院

犯暑驅車潑面塵，招提暝色唤休程。竹風滿院凉無價，最好移床就月明。

繼榮上人求無本庵頌

自性元來一法無，更於何處著工夫。横擔拄杖長安去，才出門時盡坦途。

爲滄江虞使君賦客室三首

丈室縱横獅子坐，仙裾雜遝蕊珠宫。世人莫笑渠荒幻，且驗靈臺一點中。

四達皇皇一廣居，此中妙用絶方隅。客來請問名齋意，拈與床頭太極圖。

屋下何妨架屋重，規模不與俗人同。君看萬象森羅處，豈有纖毫礙太空。

次韻感懷

稱意人生不待多，誅茅只愛傍滄波。萬間方丈均容膝，苦志疲形能幾何。

四海堂堂范與蘇，斯文價重百車渠。穎昌舊第歸無日，且向蕚津穩僦居。

雨淫蕭艾掩嘉蔬，况敢堆盤薦腹腴。借問素餐顔有忸，河邊寧作鮑生枯。

盛時饑渴佇嘉謀，慮遠何難彌近憂。搔首風塵彌北望，馳心江漢入東流。

緑水油油記插秧，轉頭風露稻花香。秋來田井熙春晝，畫手難為顧長康。

立冬節齋宿竹宫悼姚高士高士卒之先一日，為菊澗葬賦小絶，用其韻

竹宫冬孟嚴齋祀，深炷爐香跋燭花。凋盡庭梧風摵摵，幽思也到羽人家。

燕坐心源如止水，餘工吟筆爛生花。誰知此老真三昧，孔老瞿曇共一家。
金鯽魚猶涵藻澗，玉蕤香未破梅花。人生轉眼皆泡幻，勘破須饒老作家。
把茅未就槖懸罄，奎畫飛來天雨花。欲識高人歸宿處，佩霞長侍玉皇家。
認取太虚無一物，本無幻翳況空花。桃椎思邈還知否，佳傳寧無良史家。

題宋器之烟波圖

萬頃烟波一釣翁，玄真心事偶相同。平生我亦輕軒冕，分取苕溪半席風。

題詩卷

嚼雪哦詩格外清，誰令失脚入紅塵。錦囊二十篇中景，長與西山面目親。

嘲清德堂前紫薇花仍代答

襞積仙裾耀紫霞，西清兩月擅芳華。託身塵土寧非誤，何不西垣侍判花。
文章不辨演絲綸，失脚塵勞勿更論。茵壤飛花適然耳，一觴聊復伴黄昏。

寒食上巳雜吟八章

一百五日風雨過，二十七種鮭菜慳。三年客裏作寒食，得似今年身暫閒。
手劚蒿萊三畝園，紅雲一片小桃源。無端風雨連宵惡，檢校殘英有幾存。
碧桃花底小寒輕，綽約仙姿格外清。錦繡卷還春去了，藍橋風露放雲英。
春寒十日意無憀，酒竭從教壁掛瓢。新火暖開晴色快，疾風吹盡積陰銷。
渺渺江村一掌平，春風何處不堪行。誰知方外有司馬，更合江東稱步兵。

新栽楊柳舞風弱，老去海棠烘日殘。且問筍根新茁幾，護持留作釣魚竿。
雪糝酴醾壓樹香，松花蔌蔌墮輕黃。牛岡西路歸來晚，時有烏鳶舞夕陽。
萬里弓旌喧特招，無能分合侶漁樵。論心幸有西隣老，拄杖敲門話寂寥。

季夏郊墅即事

皛皛飛雲挾暑驕，江郊幸可遠煩囂。道人方寸虛生白，燕几風清扇罷搖。
碧琅玕繞碧梧桐，面面軒窗面面風。剩著圖書圍几席，何妨門徑擁蒿蓬。
小築新成面勢寬，探囊羞澁一錢看。也知歲晚須棲宿，敢向明時詠考槃。
手鋤荒梗藝瑶華，敢覬諸公借齒牙。通塞非人能計度，貞心祗自保修姱。
儒林冠冕國蓍龜，黃髮同時二老歸。自注：崔、李二先生同召。出處古今難一槩，青天未可戴盆窺。
午窗讀倦枕書眠，起拆茶包手自煎。大地衆生愁暍死，清風一壑可能傳。本集卷首王邁序引作專
自隨官牒却居閒，樵叟漁童慣往還。種竹且教疏見月，開窗莫遣礙看山。
性僻隣牆亦懶過，日長何事可銷磨。雲藍展向風櫺寫，恨未疏池養白鵝。
心閒萬籟響謏莖，古調何人細與評。招手洪崖天萬里，自注：謂洪中書。佩霞惝怳會瑶京。
力貧藏得五車書，趁就炎歊曬壁魚。安得身閒饒目力，年年鉛槧課三餘。
事業悠悠雪滿頭，流光那會與人謀。作勞輸與田間叟，紫芋黃鷄滿意秋。
怒雷送雨五更殘，文石花藤探借寒。腥穢百年須一洗，五雲深處是長安。

桂花

露香消渴桂花芳，天氣偏饒八月涼。不是窅窊分得種，人間那得許清香。
一秋無雨亦無風，比似常年迥不同。鼻觀了無分別想，道人結習本來空。
雨花那得著衣裾，遍界香分佛飯餘。金粟如來元一點，橫陳妙供儘從渠。

書室以黃花圍坐二絶句

枯禪不羨阿嬌屋，静俟寧須郭隗臺。天憫羈貧大癡絶，喚將金色界中來。
給園光景無邊際，趺坐西窗日落時。欲識當時黃面老，莫將色相等閒窺。

丙子重陽觸事有賦得絶句七首

槃水平生謹自持，苦為痎病費醫治。一秋偏識端居味，餘事何妨讀杜詩。
策策窗前落葉乾，晚香空自傲霜寒。力貧未辦傾家釀，一酌親顔也自歡。
去年今日枕江樓，對酒談經夜不休。聞道黃花滿仙谷，莫教兒輩覺風流。
雅志求仁苦力難，知他隔許利名關。流光俛仰一彈指，與世浮沉祇强顔。
薄宦羈縻兔落罝，西阡不到一年賒。銷魂霜露增悽愴，陟屺瞻思晚日斜。
風雨連宵苦淚潸，可憐半作冢纍然。鍾情叔氏如酥酪，歲晚相隨對榻眠。
寂寞隨人藥市行，可能金石盡知名。飛仙未必真違世，長使癡氓學衛生。

重九前一日到家

霜日晶熒水尚肥，順風一舸送將歸。黃花笑我猶牽俗，得似淵明勇拂衣。

親友招呼鼎至簡以二絶句

倦客歸來住不多，頗思散策日相過。膠膠擾擾敗人意，那得長閒共切磋。

璀璨堆盤水陸珍，自量薄福可能勝。何如小摘春畦緑，共話西園夜雨燈。

慧明王道士贈蜜黄精

慧明道士別經年，肘後飛金秘不傳。崖蜜黄精分遺我，冰容或可覿飛仙。

和家恭伯韻別曹揚休還涪陵五首

春風有客夢刀頭，政好將軍侍太丘。為惜交情留信宿，無端檣燕聒離愁。

精藍靖館手同携，細與重論文暇時。須信有方藏肘後，可能無藥起支離。

膠漆論心忽離羣，柳邊躞蹀馬蹄塵。清風朗月相思夜，依舊江山面目親。

朶頤渠可換靈龜，世事艱如整亂絲。執手應須細商略，古來成敗幾枰棋。

讀易巖前訪德人，分明枯菌茁芽新。趨庭領會傳心法，一笑陳編萬古春。

嶺雪融春水漲溪，留連尊酒話精微。藍田膝上還相憶，半偈何當問指歸。

晚晴登樓和叔存姪

日濇霜明雨意慳，楓林稻隴褭衣斑。小樓觸目秋容好，得似蕭晨起看山。

放浪烟霞我亦曾，誤憑宵夢繞觚棱。眼明一片蠶崖雪，便擬揩笻最上層。

一秋吟思奈天慳，醉面無因點纈斑。衮衮簿書成底事，朝來爽氣在西山。

錐刀較計我何曾，商略人生且摸棱。九萬里風鵬背闊，倚欄不隔碧霄層。

又雨霽登樓

雨霽憑欄物色佳，鬅鬙疊嶂斂烟霾。羈愁要著誰陶寫，且把昏眵為一揩。

晚日

西崦落照暈金鉦，斂退癡雲作嫩晴。忽忽暝烟行十里，前頭燈火是鵑城。

五月十九日夜雨

三日炎歊不可當，一宵風雨夜微涼。羣龍莫吝為霖手，且與乾坤洗戰場。

三溪陰雨青山一峰穹秀可愛

山色溪流共蔚藍，此中有句為誰參。老蛟噴霧舒還斂，依舊攙空碧玉篸。

上朝天坡

舊遊幕府無餘俸，載得雲根幾片歸。愛此嶔嵜蒼玉質，剩判莎屩滑烟飛。

過茶坡栗坡回望平川杳靄

上到茶坡又栗坡，瘦笻倚倦碧嵯峩。那知一片烟雲澹，望眼偏於此處多。

和眉山楊清父龍淵小舫四絶句

誰能投筆規萬户，但可短篷稱散人。偪側世途何處避，千金難買是閒身。

嬋娟倚市為誰好，膏火置身空自煎。何似濯纓歌一曲，秋江淼淼碧如天。

題西林寺

覿面江干千尺像，一州勝處説西林。雪濤欲驗青衣漲，步轉雲堂向後尋。

小圃茅亭初成即事十絶句

手劚西牆擇地偏，疏篁慣與養風烟。鋤荒當得經綸否，聊作仙曹小有天。

一時花木斬新栽，露蕚烟苞逐漸開。好事人人能愛惜，莫教容易擁蒿萊。

小築分明是隱淪，何妨隨分樂青春。諸君莫笑茅茨陋，野意蕭疏更覺真。

詩情不慣吏塵囂，心事偏耽野趣幽。縱使酒尊空北海，客來一笑也風流。

海棠數點漸嬌春，匝地何時簇錦茵。不耐汲泉勞日課，夜來一雨陡精神。

未能手劍血長鯨，只合瓜田老邵平。斗粟驅人成底事，漫將吟嘯寄高情。

鑿池取月未傷廉，何必蓮峰詫藕船。少待清渠通緑溜，醉歌緑爐鑑明蠲。

北風眯目張烟塵，寒勒花容也自顰。袖手何能供草檄，等閒題遍錦江春。

五百風光巧作寒，晚春未可試衣單。只應殺氣迷關棧，便覺人情有兩般。

醉裏眉攢萬國愁，杜陵聊復傲滄洲。扶持何代無人物，魚鳥飛沉得自由。

除夕和唐人張繼張祐即事四絶句

六花集瑞九重天，禁漏催朝夜不眠。流落那知新歷換，楓橋寺外看漁船。

經世無才慕管蕭，風塵搔首故鄉遥。瘦藤忽夢尋梅去，裊裊寒溪獨木橋。

一笑升沉休問天，贊房贏得日高眠。五湖浪透門前港，何不乘風穩放船。

一簪華髮雪蕭蕭，流景星馳道轉遥。撥倦寒爐雞唱曉，春風携手趙州橋。

以上《滄洲塵缶編》卷一二

程公許一二

上後溪劉閣學以金銀字《金剛經》説偈

恭以某官先生，繇大乘果伍，應緣示現，福慧具足，慈威雙運，與佛菩薩同一妙明。就養五綿，載逢初度，壽開九袠，神清氣和。且内梱夫人設帨紀祥甫後十日，備福昌熾，榮耀綬紳。某幸以三生香火緣親蒙授記，被檄劍外，阻於稱觴。大人以舊藏金銀字《大士頌》、《金剛經》一軸，命某為先生壽。敢託此述成偈語一篇，少伸善頌。

如來藏有大經卷，無古無今無成壞。卷之可納一毫端，舒之彌綸於法界。衆生與佛同受持，謂有定法便虚假。祇園食飽洗鉢坐，何曾有意一場話。空生强起鑿太虚，立字安名為般若。三十二相不可著，况有卵胎并濕化。要知人與法俱空，何須到岸筏方舍。雙林大士更周遮，來對蕭翁閒拍報。至今唱頌四十九，同此經傳四天下。稽首後溪老尊宿，第一義諦最深解。以宿誓願悲濟心，具堅固力清浄戒。父子孫曾一道場，良窳精粗大爐冶。綵衣堂上春融融，後先十日斟壽斝。耆齡天為開九袠，後學心知宗大雅。吾親千里意勤劬，授我軸書字端楷。金銀絢爛滿雲藍，是不誑語真語者。鬼神祕護知幾年，持以壽翁翁勿詫。願翁覺性日圓明，願翁眉壽備純嘏。如金剛體不可壞，以大方便福朝野。亦願吾親壽似翁，歲歲持觴拜堂下。

鴈湖先生揆初在旦某以家藏唐畫熾盛光如來像一軸祝先生壽稽首説偈云

十方世界香水海，如微塵數無邊億。諸佛各以本誓願，遍坐道場作饒益。稽首兩足熾盛光，具有廣大神通力。剛風其上羅諸天，日月星宿與梵釋。手持宫殿充妙供，雨香花雲作嚴飾。慈悲為車衆寶聚，載以萬行波羅蜜。周游三界一彈指，善行何曾有轍迹。我曾禮足持祕呪，寶繪偶得唐人筆。素縑一幅幾斷爛，丹青慘澹古顔色。巍巍趺坐寶蓮臺，冠佩環趨星拱極。未論畫手入何品，成壞難以有相詰。龍天守護敢不戒，一會靈山儼如昔。恭惟鴈湖老尊宿，佛地位人人不識。偶年與世作依怙，意倦還歸弄泉石。願持畫本祝修齡，往與浄名分半席。刀兵之劫遍大地，三界同聚一火宅。要須開士運悲心，立大津梁拯羣溺。豈同小乘專利己，塊守空山縛禪寂。金輪慈光耀今古，願與我公占壽籍。向來摩頂經授記，堅拂許令親入室。夜深急雪欲齊腰，不室巖前好消息。　以上《滄洲塵缶編》卷一四

壽後溪劉侍郎

朱顔白髮烱雙瞳，一念平生造物通。内閣圖書真學士，西園几杖老仙翁。木公金母人間現，桂子桐孫壽籍同。遥想綵衣圜四世，後溪無日不春風。　宋陳直《壽親養老新書》卷二

步虚蕊珠七言

玄蓋之天高崒嵂，自兩天眼支一脈。嶙峋四面森翠壁，中有瑶柱倚天立。窈窈鬱鬱仙者宅，涵雲蓄霧九鎖隔。石扉誰遣玉笢擘，通行豈虞虎豹搤。雲臺散吏青城客，掉頭三島風烟窄。南薰駕我來散策，晴天萬里展笑色。祖龍驅山山辟易，仙人抵住如刻劃。武皇情念膏火迫，宫壇經營競奚益。惟我章聖薦簡璧，心與天同綿寶歷。高皇中天定都邑，脱屣大位駐清蹕。至今仙館閟奎畫，跪拜締眂涕霑臆。大滌棲真轉石室，幽巖邃竇杳莫測。似聞句曲通咫尺，飈游何曾有轍跡。天壇可望不可陟，翠篛閃閃丹氣溢。

我名何自標洞額，自注：大滌崖壁上髣髴有賤名二字。得非三生託真籍。一念之差甘墮謫，拊心静慮深咎責。羽衣窺我慘不憚，為我洗瓅酌琥珀。沈沈古井龍嗜蟄，誰令怒吼捲飛帛。夜涼健倒風雨急，醒悟乃是巖溜滴。西瞻氛祲羌塥塞，玉華故棲歸未得。文舉遠遊記夙昔，借一菴地紬隱帙。百六行度運會厄，列真校録曉繼夕。恫慨含生沛德澤，罷征寬斂戢鋒鏑。名山是處可棲逸，不材我自安社櫟。勳業振古名揭日，邂逅要知非爾力。蠻觸擾擾鏖得失，豈容汩我室虛白。流鈴擲火九穹碧，泰初為鄰壽無極。宋濟說友《咸淳臨安志》卷二四

紅白芙蓉

木蕖三數株，能白又能朱。曉暮淺深色，醉醒容態姝。流霞斞玉斝，抽汞養丹爐。模寫終難盡，秋江有畫圖。《永樂大典》卷五四〇引《滄洲塵缶編》

曉月未没順風泛太湖期以明日與悦齋會

明月伴我酒家眠，五更順風催放船。月波蕩湖湖欲溢，扶桑奪染半天赤。湖山破曉鬱青蒼，坐覺山與船低昂。少年負氣隘湖海，老雖斂縮餘習在。叩舷一笑宇宙寬，甕天那可差別觀。蒲帆瞬息幾百里，峨峨閶門尺有咫。五湖千古自清風，詰朝持叩伏柱史。同上書卷二二六〇

倅教授判官皆爲東湖有賦次韻

逶迤三徑帶重湖，心眼經營念厥初。問俗只須無事治，僝工適際有年書。雪融趁急栽花柳，春到隨宜辦果蔬。最喜城隅便來往，不嫌奔走費臺輿。

文情郁穆兩監州，采藻依蓮總俊遊。冰潔霜明相並照，渭清涇濁豈同流。號堂擬把新題和，錦里還思故

事修。荷蕩花溪總幽絶，膽須栽竹柰霜秋。

正之二十八日忽小霽領數客過東湖若水有賦爲次韻

積雨釀成寒料峭，漫遊稍覺意清真。癡雲妬日吞還吐，弱柳含烟巧鬬新。簪屐招呼參楚蜀，肴蔬飣餖雜冬春。却嫌車從妨佳趣，那得臨流岸白綸。

李貳車約飲東湖

西湖繞遍又東湖，永夜論文酒淺觚。最愛霜林梅蘸水，擬撑小艇訪林逋。以上同上書卷二二六二

范石湖東歸過鄉國名之芙蓉城余以季夏來遊適荷花稱意紅之時雁湖環湖尤甚盛李子先家小池界金數朵花品之最高者各紀以詩

振袂芙蓉城裏游，香風十里勸人留。瓦盆最恨廉泉陋，歸與誇張定自羞。自注：左綿城中不容鑿池，廉泉堂下僅列瓦甕數十以栽蓮耳。

芙蓉城下六月秋，最好雁湖湖上游。周遭一機雲錦爛，併與老仙供唱酬。

環湖曲曲露香清，醉袖褰風取意行。翻愛李園方沼碧，界金幾朵艷羞頳。

遊石湖

雨過春塘水慢流，喚船聊作石湖遊。水亭風檻原校：一作：巖居川觀今餘幾，越壘吴臺相對愁。笑拂壁題如覿面，憶從鄉老話遨頭。不知化鶴曾歸否，更撚梅花一餉留。以上同上書卷二二六六

三　湖

官柳三千詑疑當作詫蜀州，天涯流浪得重遊。苦無東閣梅花句，小為西湖竹色留。同上書卷二二六七

入青城山門詩

入山佳氣異他山，翠邏周遭幾復關。流水白雲無盡藏，莫教容易到人間。
一逕石牆分竹色，兩橋澗水和松風。山靈憐我嗜幽勝，洗出林巒晚照紅。

借宿洞門五絶

身是西來旦過僧，洞門一再解行滕。老師若許中分魯，也會漫天話葛藤。
傳語巖前五百牛，塵緣誤我意無憀。靈山幸有三生契，更約天台度石橋。
一枕齁齁客夢長，忽聞鐘梵響雲堂。舌根久厭虀鹽味，洗鉢聊分豆粥香。
意行忽上凌雲閣，粉雉周遭山四圍。何似清音亭上座，峨眉掃翠雪濤飛。
石筍巖頭爛熳遊，異聞要驗佛低頭。却教古佛低頭笑，笑殺癡人枉刻舟。

以上同上書卷三五二五

謝慧明王道士自大面山寄贈三詩并蜜黄精

與君一再會岷山，共把匏尊中聖賢。强説市朝為大隱，何如山澤友臞仙。空中皓月參心地，海面浮漚悟世緣。安得一龕時晤語，笑披雲霧豁青天。
尺書覼縷寫衷誠，大面山前兩日程。黄獨潤含崖谷味，清詩吟作澗泉聲。灰心久已安枯寂，月指何勞借發明。更與草菴求扁榜，太虚底處强安名。
三復君詩想洛陽，令人憒極意飛揚。鼎湖知有威靈在，魏闕欣聞孝里彰。一念變遷無量劫，寸心寂照大圓光。君能勘破皆泡幻，長與喬松燕玉房。

同上書卷八五二六

贈山老借館

三生雲水僧，失脚困下吏。每逢道人語，莫逆猶夙嗜。況兹法龍象，共飲良有味。寶坊寄囂氛，一室淡如水。蹇驢劣馳騖，入門輒心醉。向來箠楚塵，火急須湔洗。浄名方丈室，逼塞諸天侍。可悋一毫端，借我容膝地。後來支許交，清真遺世累。團蒲與茗椀，共談第一義。

行至羅江以代者爽期得史者書復還涪濱徑走富樂山中借館

瞻雲日懷歸，及瓜法當代。喜同緇鷹掣，翻作風鷁退。誓言不可寒，幽賞夙所愛。但恐彼上人，雄辨費酬對。

淋浪一日雨，浩蕩千巖秋。莞彼石澗水，奔霆撼林丘。須臾忽歛縮，幽咽鏘琳璆。混混須有本，萬古江河流。

山中有何樂，淹留不復嘆。濯足澗泉碧，洗耳松風寒。清磬度林杪，枯禪兀蒲團。拙不會參請，幸勿催抽單。以上同上書卷一一三一三

初度詣葛仙化奉香火歸邑之明日有馴鹿自中徑入縣庭士友異其事賦詩相慶用張權父韻

閬風觴九醞，膾鯨羞玉麟。宿命憶往劫，隱訣聞至人。失脚五濁海，未泯一念仁。就盈紀良月，揆度逢佳辰。深恩感顧復，瓣香謁仙真。同來山中吏，得非我同倫。巖泉千仞雪，澗草四時春。雅嗜自幽閒，胡為此逡巡。憐我久埃壒，為記三生因。野性欣得友，不待呼孔賓。鼓瑟趣升歌，明當下温淪。嘉燕屬君等，努力語去陳。靈囿豈予慕，願交惟梓椿。方寸有玄感，清都寧隔塵。自注：長椿、梓杞，朱仙之二童子也。

繩翁初度

男兒十六已非孩，心地迷雲漸剔開。雖復詞章當藻繪，要從德性植根荄。謙和孝友能無愧，富貴功名付儻來。但願時平早還蜀，田間伴我斸蒿萊。

東川節度歌 并序

東川自唐以來，為征鎮重地。國朝以文治不尚武功，擁旄殿邦者皆當世妙選。春官侍郎眉山李公，以法從名流，開藩於玆。適滇池有警，公以德望隱然為西州捍蔽。事變甫定，顧瞻環雉，謂牛頭巍峙城外，俯瞰萬井，於鎮守非便。乃請於朝，包括一峰增築城堞。發千古之形勝，成曠代之偉績，非公不能辦此也。公許謹為賦《東川節度歌》一篇，以紀盛事。雖蕪詞不工，清朝採詩或有取於此。嘉定十三年正月吉日，程公許謹序。

東川節度兵馬雄，我嘗聞之浣溪翁。五百年間人事紛變滅，惟有青山袞袞今古同。春官侍郎李太史，沃絲昔日來觀風。八年俛仰一炊黍，蔚藍臺上烟雨愁溟濛。棠郊蔽芾公所憩，還有竹騎馳兒童。是時北塵轉騷屑，綠林之寇紛內訌。洛波殷雷躍雙龍，遂也長公潼少公。少公赴鎮先十日，千夫煌煌飛旆紅。金城一面森戍削，賊戈自此不復鋒。三災之劫偶參會，天豈薄於遂而私於潼。屹然涪波之砥柱，艱哉安宅之集鴻。險夷一節貫金石，玉山對峙雙玲瓏。春風送客來，束書一短篷。恨無春色浮山之傑句，空有帝鄉愁緒之孤忠。舉頭山城新百雉，繚繞下與州城通。高如石首矗萬仞，堅並鐵瓮盤層穹。樓棚丹霞未為麗，形勢墨守何可攻。向來牛頭著亭處，晴烟萬井歷歷明雙瞳。徹桑未雨寧過計，路旁築屋難為功。侍郎憂國秉卓識，始謀肯使輕傷農。登登之築紛百堵，一朝巀嶪如金墉。初疑化城為佛幻，又恐鬼役非人工。浣溪曩賦冬狩行，恨不回轡擒四戎。向令眼前見此事，奇偉大篇當復加春容。腐儒自嗟才力窘，安得喚起詩老為我細琢礱。紫皇坐朝甘泉宮，四明不隔天九重。慨懷豹尾舊持橐，長安日遠身孤蓬。起家小屈東川牧，驥足折旋縈蟻封。三年厭聽鞞鼓譟，甲兵何時一洗空。事不為難亦非易，所病滔滔皆發蒙。明堂只須一柱力，宋桷渠可令乏供。更須度外廣物色，納納萬頃雲夢胸。我歌東川節度兵馬雄，歌聲激烈轟豐隆。先一州兮後天下，風雲呼吸龍虎從。畫圖麒麟銘鼎鐘，牛頭之城萬古長穹窿。以上同上書卷一四七〇七

送家歸侍旁

隨牒走千里，携家恰二年。送君歸戲綵，笑我覓行纏。忍話關山遠，須憑信息傳。抱持嬌小女，恣索老人憐。

送別彦威姪西歸侍母

先集載行橐，叩閽書萬言。風雲乘快便，雨露沐殊恩。客裏仍分袂，天涯想倚門。去留交喜戚，情不盡離尊。

況自宦情薄，未忘嫠緯憂。聖知非我責，若要盡心酬。牛隴松蘿月，鷗汀水竹秋。丁寧與將護，待我賦歸休。

宇宙暗矛戟，吾當何處歸。故山幾幸免，暮景儻同依。若見親知問，愁無羽翮飛。一簞元自足，底用帶金圍。以上《四庫輯本別集拾遺》引大英博物館藏《永樂大典》卷一三三四〇

（李更整理）

全宋詩卷三一九九六

黄敏求

黄敏求，字叔敏，修水（今屬江西）人。與鄭會有唱和。《江湖後集》卷一三收有《横舟小稿》。今録詩二十九首。

野塘雜興

仕進固所願，貧賤亦所憂。抱璞不自珍，過取則足羞。不如寂寞濱，横此野水舟。時乎儻可為，肯遜伊與周。著書俟百世，亦可軻與丘。進退兩不惡，久矣吾其籌。

地僻車馬稀，柴門不須扃。晨興正衣冠，浣手供爐馨。奈此日永何，閒課離騷經。一片蘭茝心，千古日月明。爾豈乏忠憤，所欠惟和平。要之仕與止，奚必分重輕。吾但適吾可，不願得爾名。

别詩人余叔雲

萬柳堤邊住，挑雲過艾東。未應為計左，輕去犯詩窮。雙屐江湖上，清名宇宙中。折梅作行供，香已破椒紅。

筆硯無靈久，寒檠自掩門。虚名何預我，漫刺重煩君。茶外無祗待，詩邊得細論。别懷莫兒女，相祝張吾軍。自注：時叔雲方赴試。

書齋

新闢書齋鶴栅寬，一簾風月儘幽閑。百年易向忙中過，萬事偏於好處慳。漫説折腰營斗米，何如留眼看雲山。只消一卷梅花句，留得林逋在世間。

題陳賔谷陳野逸吟藁

謝却梅花吟課少，苦無心事惱陶泓。得君近日詩編讀，增我晴窗眼力明。爽似暑風秋九夏，清踰夜月晝三更。後山衣鉢塵埃久，賴有雙英主夏盟。

予丙子辛巳兩遊解空寺己亥秋又至思上人徙舊徑自怪石中頓發奇觀叔亮弟取山谷詩文名閣曰卧龍巖曰青玉盎山之門曰天下勝處令泳之作隸扁爲賦七言

兩扣雲關記昔曾，重來詩眼倍晶明。路移巖石中間入，人在洞天深處行。玉盎虚明添翠色，霜鐘清冽帶秋聲。與君小摘涪翁句，留得青山不朽名。

凉　棚

未庚赫日已焚空，亭午西齋坐甑同。横竹旋排蒼葉密，小窗移在緑陰中。情知瑣碎妨新月，稍喜牽連得暑風。分我清凉詩境界，一蟬吟到夕陽紅。

經理順寧别墅

未必餘資辦草廬，先從意匠起規模。某池宜植荷千柄，此地合栽梅幾株。怕礙看山牆矮築，要寬種菊徑深鋤。林泉隨分成幽趣，誰計東郊入畫圖。

書鄭亦山冷澹生活

九陌紅塵不肯居，携家租屋住西湖。月香水影賡和靖，雨色晴光憶大蘇。詩比晚唐成冷淡，人如東野更清臞。晴窗盡展芳編看，一片寒冰浸玉壺。

遊落星寺

星江山水甲江東，所到僧房各不同。拳石不知何代隕，數椽恰占一湖中。廬山屏倚朝昏碧，彭蠡帆分上下風。除却金焦相伯仲，其他無此水晶宫。

柳　絮

近日柔絲可着鴉，又分晴絮落天涯。絶無氣力元非雪，空費形容不是花。便解與春遮去路，也添為客重思家。雨餘留得閒蹤跡，緑染浮萍夜聽蛙。

寄題靈川簿廨存愛堂二首

一命如何解濟人，細看存字最精神。莫專紙上求明愛，胸次渾涵不盡春。

愛無差等墨之徒，理一由來分則殊。愛只是情仁是性，合於仁上着工夫。

初秋白雲道院

檜柏株樟竹與松，四山互長翠陰濃。逼教秋暑無來路，輸與山僧坐晚鐘。

莫道秋容冷淡加，秋英風露勝春葩。拒霜巖桂休相遜，占得開時各自花。

閒來汲水浸菖蒲，净洗塵埃半點無。濯得老根如法瘦，養教矮葉十分臞。

次鄭亦山求茶韻

山谷松風賦響湯，茗甌今帶六經香。君詩莫道窮無對，高出車聲遶九羊。自注：車聲遶羊腸，山谷《煎茶詩》。前輩云：黄九得恁窮。亦山有「君未知人窮相事」之句，因戲之。

訊黄乙山於壽寧寺

客中聽雨况僧寮，盡日無人訪寂寥。一枕秋聲供痛快，隔窗風裏有芭蕉。
草草茅亭古木間，萬琅玕裏一禪關。秋陰只俟風收盡，分我浮生半日閑。

水墨水仙

玉潤金寒情窈窕，縞裙翠帶態輕盈。只愁微月清無對，更畫梅礬作弟兄。

古香亭

矮屋簷前老桂叢，清陰分破廣寒宫。誰知萬古香無價，藏在黄金一粟中。
鵝黄雪綴碧瑶枝，占斷風高露下時。吏散予方有公事，嚼花斟酒古香詩。　以上宋陳起《江湖後集》卷二九《横舟小稿》

偶成

熨開詩眼静中觀，春在虚無杳靄間。風老山樊香世界，日烘躑躅錦屏山。峙糧備歲蜂開户，堅壁防春燕抱闕。不被東風相鼓弄，蒼波依舊白鷗閑。　《永樂大典》卷九〇三

村樂

槿籬圍裏三間屋，棘塹週遭數畝山。雨後課兒耕種了，茅簷晴曝一冬閑。
刈盡稻雲翥再雪，搗空粒玉粟仍金。己償一飽知無欠，圍坐青燈語夜深。
敲冰汲渌供茶鼎，撼雪梯薪給地爐。圃有麥苗畦有菜，更於何地享膏腴。

白首老人紉永日，青裙幼婦饁田間。那知紅袖青樓女，帳煖銷金倚玉山。
桑樹鳴鷄深巷犬，南山磵水北山雲。五侯門地人如沸，誰識村中樂是君。

同上書卷三五八一引《横舟小稿》

（徐永强整理）

趙雷

趙雷（一一八二—一二二五），字省之，號時齋，縉雲（今屬浙江）人。曾先後從學于朱熹、滕璘。理宗寶慶元年卒，年四十四。有《私淑集》，已佚。事見《蒙城趙氏宗譜·世馨摘集》。今録詩二首。

滌齋

想象盤銘號滌齋，滌齋端得苦安排。清清流出源頭水，浴德澄清未有涯。

書樓課子

雲頭月出倚樓看，老桂深深發廣寒。底事嫦娥深愛惜，他年摘爲少年簪。

以上民國抄本《蒙城趙氏宗譜·世馨摘集》

趙元魚

趙元魚（一一八二—？），字文紀，縉雲（今屬浙江）人。寧宗嘉泰二年（一二〇二）進士。累遷侍御史。開禧初因劾韓侂胄擅開兵端，罷。三年（一二〇七）侂胄誅，起爲諫議大夫。嘉定十七年（一二二四）史彌遠矯詔廢立，遂致政歸鄉。《縉雲趙氏總祠誌》卷一有傳。今録詩二首。

書富陽驛壁

少年書劍幾經過，沽酒譚文還自歌。今日重來春意鬧，老梅枝上着花多。

夷陵道上

山麓林梢烟翠横，寒天日色半陰晴。道邊廢宅空椽瓦，巖下居人困甲兵。破膽每驚腰劍客，傷弓時怯羽書聲。癡兒弱女渾多病，留寄鄉村念爾情。　以上民國丙寅《五雲趙氏宗譜》卷一七

鄭大惠

鄭大惠，字子東，號谷口，黄巖（今屬浙江）人。能詩文，與杜範友善。有《飯牛集》，已佚。事見《西山文集》卷三四《跋鄭大惠飯牛集》。明萬曆《黄巖縣志》卷六有傳。今録詩二首。

玉簪花

玉色瓷盆緑柄深，夜涼移向小窗陰。兒童莫訝心難展，未展心時玉似簪。　宋陳景沂《全芳備祖》前集卷二六

哀夏孝女

射生户，北山有虎何不射。豈不聞夏家有女年十五，隨父樵薪入山塢，父行在前忽遭虎。女見父傷奮不懼，號泣逐之為虎語。逐之不已虎反顧，棄其父□銜女去。人言其父死亦苦，我言最苦是其女。想女失父逐虎時，眼不見虎惟見父。射生户，我今重告汝。汝之生，豈無父與母。勿謂官差尚猶豫，被爾甲兮張爾弩，况虎殺害人多天已怒。嗚呼，虎害人多天若怒，天又何必使渠生下土。　清王詠霓光緒續纂《黄巖縣志》附《黄巖集》卷二三

翁元龍

翁元龍，字時可，號處静，鄞縣（今浙江寧波）人。爲杜範客，相隨遷居黄巖。工于詞。清光緒《黄巖縣志》卷二一有傳。今録詩二首。

題曹娥墓

自從西子入吴宫，幸有英娥可勸忠。同姓最慙曹孟德，垂名只許叔先雄。虚生浪死人何限，白日青天古一同。看得冢頭三寸草，也嫌桃李嫁東風。　清董沛《甬上宋元詩略》卷一〇引《娥江題詠》

總宜園

此間不愧總宜名，山色湖光任雨晴。鴻雁一聲秋意慘，疏楊摇曳尚多情。　同上書卷一〇引《湖上名園記》

（以上陳曉蘭整理）

馮去辯

馮去辯，字可訥，與岳珂有唱和。事見《浩然齋雅談》。

句

饟事十年當結局，襟期千古舉同牢。　次岳肅之韻

琴心自誤誰料理，犢鼻雖貧未主臣。　又　以上宋周密《浩然齋雅談》卷中

《浩然齋雅談》：馮去辯可訥之遊京口也，岳肅之持饟節在焉，相得甚歡。肅之嘗賦二詩，有云：「片雲出岫猶知倦，流水吟湘肯伴牢。」又云：「尚有奏篇煩狗監，肯辭馳傳為騶臣。」可訥次韻云云。肅之為之擊節不已，題其末云：「此小馮君讀珂之文也。」

（楊海崢整理）

陳有聲

陳有聲，字廣宗，長樂（今屬福建）人。寧宗嘉定五年（一二一二）的進士，調上高尉。事見清同治《上高縣志》卷七。今録詩二首。

重修聖濟院

蒙泉距宜春，相去百餘里。有僧來問余，借問何姓氏。乃余昔所敬，見之蹙然喜。叙余語未既，省記到山始。屋廬今何如，舊者存有幾。一别十八年，再見復在此。僧云今勝前，百蠹費更理。昔茅塞蹊徑，今道平如砥。昔門不容蓋，今可駟結軌。昔堂地一坳，今去天尺咫。翬飛兩廡列，翼從萬瓦起。古殿布丹雘，雲龕照青紫。臨流地寬曠，一帶碧清泚。竹院密回環，松關秀兩峙。峰巒對青眼，泉石洗幽耳。最上兩龍湫，層崖狀奇詭。水旱凡禱祈，響答應甚邇。載念此招提，明禪祖基址。傳燈焰不續，老子心所耻。莊嚴七寶界，因果非偶爾。問余求篇題，以為歲月紀。余老書最拙，况在塵筆裏。欲到身未能，欲輟請未已。忽然若天會，拈筆書滿紙。大空一浮漚，無成亦無毁。廣闊包八荒，斂藏歸一指。道足滿須彌，意合在稊米。幻成如是觀，佛亦不在是。虚空白且光，澄波静無滓。四山時出雲，一月照徹底。天開道門庭，不斷佛種子。心地日杲杲，光照千萬祀。

流化亭

惟聖觀化，自源而流。惟吏觀化，自邑而州。聖念於民，吏職其憂。民壅於化，則吏之尤。我相此邦，此邦之休。昔民睽睽，胥戕以劉。今民熙熙，式歌且謳。昔民啼饑，穀粒不收。今民夷懌，無佩犢與牛。是曰化國，莫知其由。我儀圖之，惟孝友張侯。侯有令德，不競不絿。澤濡而春，令肅而秋。靡夙夜不勤，惟民之詛。孰冤而伸，孰貧而賙。孰梗而頑，去其賊蟊。孰巧而奸，鍛其戈矛。惟教化不行，如疾弗瘳。既觀厥成，泮渙以遊。經之營之，爰始爰謀。乃築斯亭，于江之陬。如跂斯翼，如方斯輈。如虹維橋，如鷁維舟，如蓬萊瀛洲。匪曰予觀，臨深極幽。爾化於成，其政優優。如彼時雨，雲之油油。如彼源泉，集於滄溝，惟百世以留。遡彼源矣，其流悠悠。登彼亭矣，其樂浮浮。爾嚚爾頑，化而善柔。爾利爾銛，化而鋤耰。爾文而化，為蘇為歐。爾俗而化，為虞為周。大德小德，厥義可求。無不爾承，厥德莫酬。

以上清馮蘭森同治《上高縣志》卷一三

胡仲威

胡仲威，字伯圜，廬陵（今江西吉安）人。寧宗嘉定五年（一二一二）曾游臨桂月巖。事見《粵西金石略》卷一一。

穿山月巖

石磴嵌嶔□□□，坐來心跡自雙清。不知渾沌何年鑿，便有嬋娟一鏡明。周穆馬蹄何寂寞，謝公屐齒□□□。□然欲御長風□，□□烟雲脚底生。

清謝啟昆《粵西金石略》卷一一

（以上劉雯整理）

杜應然

杜應然，武林（今浙江杭州）人，號懶庵野叟。道士。寧宗嘉定十五年（一二二二）始爲廣西天慶觀主持。事見《道家金石略》宋代部分引廣西博物館藏拓片。

融州老君洞敕賜真仙巖之圖

名山洞府，天設奇勝，表而出之，存乎其人。應然自丙子歲經由玉融，瞻禮真仙聖迹。為見聖像損壞，豬羊作踐，默嘆于心，夜感其夢。發意掃灑，辛勤六載，規模一新。歲在壬午，蒙歐判府請充天慶住持。次年夏潦，漲齊殿檐，摧損觀宇，應然一力新之。戊子秋，改充報恩觀主首，重修斯觀。見仙巖前向荒穢弗治。紹定辛卯，創為□□，誅茅草，植花木，增亭榭，使巖前舉目表裏相稱。乙未夏，應然辭出兩載，遍遊南岳、廬阜、武當歸，一巖兩觀又皆傾損狼藉如前。丁酉、戊戌歲，重修天慶，庚子歲再修報恩觀，鼎建梓潼殿七間，創□□在側，輪奂花卉一如□□。辛丑夏，增修仙巖，添置釣台。前後二十餘年間，土木工費多出己資，修造三處並皆圓畢。應然年且邁矣，因觀古碑洞圖未有新創之景，乃命工細畫。淳祐壬寅冬磨石鐫作是圖，述為詩曰。

古號黔南今號融，真仙第一勝高嵩。自注：古名黔南府，張舍人大書曰天下第一真仙之巖。仙關標榜門增麗，聖像威靈民敬崇。自注：楊判府書仙關二字，杜應然創建並重飾合巖聖相，人祈求多感應。帝賜御書藏寶閣，天生石像老仙翁。自注：本朝賜到御書百餘軸，並賜巖名。石乳滴成老君相如活，高十餘丈。瓶爐羅列非雕琢，幢蓋周圍奪巧工。自注：花瓶、香爐、幢幡、寶蓋，皆是石乳滴成，勝如巧匠鐫就。足履分明深踏石，仙衣彷彿挂玲瓏。自注：石上有履迹深一寸餘，玲瓏石畔，若仙衣挂之。青牛水畔藏頭角，白鶴溪邊飲羽翣。自注：青牛、白鶴二形，皆是石乳滴就。獅子像前如拜伏，猿猴梯上若登空。自注：老君前有石獅，仙梯有烏猿石。龍田龍迹施鱗甲，蛇藏蛇身似錦紅。自注：應化洞有龍田，分為畝角，加之鱗迹火焰。蛇藏有蛇，頭尾紅，身如錦，性善，見者多捉戲弄，俗號為老君蛇。羅漢數軀朝向北，斗星七位轉回東。自注：溪北有羅漢巖，石柱有轉山北斗相。浮橋佇望金星座，仙徑平瞻水月宮。丹井千秋泉不竭，芝田萬頃草常豐。自注：舊不知此景，皆在溪北。紹定庚寅黄判府命工砌為慢道，名曰仙徑，架橋渡溪，望水來處如月宮，號曰水月洞天。有石田生草長青，名曰芝田。丹井在側，有一石座，金星燦爛，名曰乳花臺。皆是續添之景。餘清近酌潺潺水，聳翠遥觀叠叠松。自注：黄判府創此亭于巖口，以山谷亭泉詩一瓢酌餘清之句名之。山後有聳翠亭，觀萬山在目前。石柱經年堅且直，壽溪度歲淼無窮。自注：一條大石渾如木柱。洞中有一水長流，名曰壽溪，洞前居人間有三見甲子者。呂仙隱迹居于壁，□□□容坐得穹。自注：洞内石壁有呂仙隱迹。近寺石崖水巖有自在觀音菩薩石相。壬寅歲夏，川僧住持因重修法堂見之。提刑劉大夫施錢百阡，命福老于藏前創一閣，扁曰清净□□望之。彩仗彩儀皆擁護，仙床仙室盡高雄。自注：儀仗床室皆乳滴就。化巖夏月生寒凛，和洞冬天都暖烘。自注：洞内有二小巖，一名應化，夏月如水，一名和光，冬天極暖。棋畫臺中人弈戲，樹生石内月朦朧。原注：毛府判置弈戲所，年深廢之。戊寅歲杜應然置棋臺二所，石鼓八杌。石壁有一□，迴生一樹，四季長青如月。列三寺觀學俱近，會一樓堂像闡洪。自注：洞前有一寺、一觀、一縣學，三教俱全。紹定己丑杜應然創閣在巖内，名曰會一，上奉三教聖相，下為鍾呂二仙堂。劉判府書閣名，唐司理為之記。道院庵中居上道，風雩臺畔自生風。自注：舊無庵宇，丁丑歲杜應然創道院五間，崇奉香火。庵上有風雩臺，極凉好眼界。橋名步扣登融石，樓號鴻音撞巨鐘。自注：端平甲午，杜應然于玉融山石上創一鐘樓，名曰鴻音。從三聖堂前架橋至鐘樓，聲撞其橋立名曰步扣。花圃西南前可望，釣臺泉石景堪充。自注：斯巖舊日前望皆是荒蕪，杜應然近創□□□□□□使在巖一望□□相稱。又于巖内創釣臺一所，視泉石之景。劉侯布德于融郡，父宿興祠立壽容。自注：劉侯出鎮玉融（缺十六字）祠□佛閣□□布政，百廢具舉。公諱邦慶，字季昭，少年登第（缺七字）創祠堂于州學前，市民瞻依。立壽容于巖内，祝公福壽，與斯巖無窮矣。廣地可容千位客，照天高挂一燈籠。洞天要比應難比，福地雖同未肯同。自注：其高□可容百客，杜應然□丁巳歲□□□，在洞口一二十里外皆望見。一石鎸經顯居士，萬碑題咏稱名公。自注：于湖居士書金剛經（缺九字）石以亭蓋□□□石乳（缺八字）三次修换，顯其張公墨迹。巖中奇特，足稱士夫題咏，碑刻甚多。想君足迹難窮覽，敬為栽詩入畫中。自注：（缺八字）景内外六十□□□。

民國陳垣《道家金石略》宋代部分引廣西博物館藏拓片

（朱寶模整理）

陳貴誼

陳貴誼（一一八三—一二三四），字正甫，福清（今屬福建）人。寧宗慶元五年（一一九九）進士，授瑞州觀察推官。歷知江陰軍、徽州。官至參知政事兼同知樞密院事。端平元年卒，年五十二。《宋史》卷四一九有傳。

句

行人自逐楊花去，不是楊花肯送人。柳花　《全芳備祖》前集卷一八

（孟憲忠整理）

吴昌裔

吴昌裔（一一八三—一二四〇），字季永，號青蓮山人（《咸淳臨安志》卷二四），中江（今屬四川）人。寧宗嘉定七年（一二一四）進士，從黄榦學，調閬中尉。歷眉州教授，知華陽縣，通判眉州，權知漢州。理宗端平元年（一二三四），入爲軍器監簿，兼國史院編修官、實録院檢討官（《南宋館閣續録》卷九）。出參贊四川宣撫司軍事。後知婺州。理宗嘉熙四年卒，謚忠肅。事見《鶴林集》卷三五《待制侍郎弟壙志》，《宋史》卷四〇八有傳。今録詩八首。

九吟詩　實存八首

青蓮山人吴昌裔，携客山行，詠陶嘉月。自雙徑來洞霄，丹巖翠壑，林立環擁，神剜鬼刻，不可名狀。餐雲漱月，偶得九吟，留之山中，以紀幽踐。《洞霄詩集》卷四下有嘉熙三年三月穀雨一句

九　鎖《洞霄詩集》下有山字

上界神仙住九華，故留靈鎖護烟霞。雲根欲斷溪回處，流出常山幾片花。

棲　真《洞霄詩集》下有洞字

鑿破千年渾沌心，石楠當户洞愔愔。詩臞猶怯春寒在，捫石梯雲不敢深。

天　柱《洞霄詩集》下有山字

柱天屹嶪斷鼇根，卧草蒙茸伏虎痕。想見山中明月夜，有人長嘯抱崑崙。

石　室《洞霄詩集》作雪崖朱先生石室隱居

竹几蒲團石室中，細書抱朴校參同。寄聲碧眼朱高士，何必携琴下閬風。

清　音《洞霄詩集》下有亭字

山出涓寒一道泉，暗聲落澗玉錚然。轆轤引上泥丸頂，便是人間赤脚仙。

來　賢《洞霄詩集》下有巖字

杖挂松花酒一瓢，手挼柏子雜香燒。山空露冷吟招隱，掉首諸賢不受招。

翠　蛟《洞霄詩集》下有亭字

蒼松翠石束寒流，飛下長身《洞霄詩集》作卷下空山白玉虬。吐出英雲千尺雨，須臾雷霽水痕收。後二句《洞霄詩集》作亂壑無人烟霧集，一庭飛雨暮生秋

飛　玉《洞霄詩集》下有亭字

誰擘巖扉石竇開，中流玉水漱蒼苔。有時卷雪從天下，端是源頭蓄得來。《洞霄詩集》作誰鑿巖扉石竇開，懸崖飛瀑轉風雷，須臾白浪從天下，野客不知何處來。　宋潛説友《咸淳臨安志》卷二四

（楊海峥整理）

陳貴誼　吴昌裔

全宋詩卷二九九七

釋慧開一

釋慧開(一一八三—一二六〇),號無門,俗姓梁,杭州(今屬浙江)人。寧宗嘉定十一年(一二一八),入住湖州報因禪寺。後歷住隆興府天寧寺、黄龍崇恩寺、平江府靈巖顯親崇報寺、隆興府翠巖廣化寺,再住黄龍崇恩寺,鎮江府焦山普濟寺、平江府開元寺、建康府保寧寺、開山護國仁王寺。理宗淳祐七年(一二四七),入朝起居奉旨。景定元年(《西天目山志》作四年,誤)卒,年七十八。爲南嶽下十八世,月林師觀禪師法嗣。有《無門慧開禪師語録》二卷、《禪宗無門關》一卷,均收入《續藏經》。事見《語録》及末附《行實》,又見《西天目山志》。

釋慧開詩,以輯自《語録》及其中單編偈頌、《禪宗無門關》中的頌古編爲三卷。輯自他書者附於卷末。

偈頌八十七首

父子不傳,百無一有。狹路相逢,推門落臼。嘉定十一年五月初九日入報因禪寺,指三門

禮拜即是,不禮即是。黄面瞿曇,在我脚底。佛殿

山圍仙壠,水遶佳城。言中有響,句下分明。拈帖

一著高一著,一步闊一步。撥轉上頭關,乾坤全體露。法座

昔年曾向山中去，千手大悲攔不住。今朝又向山中來，優曇華向半天開。

茅菴草舍住山深，無奈檀那錯訪尋。了却先師未了底，惡聲從此滿叢林。

樹凋葉落，體露金風。更問如何，眼瞎耳聾。舉僧問雲門：樹凋葉落時如何？門云：體露金風。師云：者僧開口見膽，雲門露出心肝

静中消息鬧中觀，鬧中消息静中看。静鬧掀翻行正令，倚天長劍逼人寒。以上輯自《住湖州報因禪寺語録》

鬧市門頭，有一句子。擺手出漳江，全身在裏許。入天寧禪寺，三門

稽首老瞿曇，擔頭入鬧藍。炷香三拜了，天上與人間。佛殿

靈從何來，聖從何起。五通六通，不是不是。今日天寧，如何指示，齊之以禮。土地

鬧市紅塵，入廛垂手。纔涉思惟，劈脊便摟。方丈

夫子眼睛，瞿曇巴鼻。不是四六文章，亦非仁義禮智，普請大家齊側耳。拈帖

平沈大地，高出虚空。釋迦彌勒，齊立下風。法座

眼如鼻孔口如槌，業識忙忙唤不回。南浦西山耕未遍，披毛戴角又重來。舉侍郎吴狀元見示頌云：手中拍板袖中槌，贏得逢場弄一回。寄語無門開道者，挑包便好出山來

靈山話月，曹溪指月，寒山比月。從上佛祖，納盡敗闕。中秋

地黑天昏見得親，肯隨光影弄精魂。老僧拳下死中活，佛與衆生一口吞。

休分廛市與山間，静鬧閑忙著眼看。静鬧二途俱泯絶，如珠轆轆走金盤。受黄龍請辭衆　以上輯自《隆興府天寧禪寺語録》

一鏃破三關，坐斷江西路。佛祖到頭俱罔措，至竟全憑這一步。入黄龍崇恩禪寺，三門

殿裏底是什麽，千百化身無處討。禮拜燒香，不勘自破。佛殿

狀元筆下鼓風雷，未放游鱗久曝腮。激起硯池些子水，洗光幕阜翠崔嵬。拈帖

遇緣即宗雲從龍，隨處作主風從虎，大地撮來無寸土。倒嶽傾湫，興雲致雨。陞座

釋迦頂𩕳一機，達磨單傳一著。崇恩不惜眉毛，只作一句道却。

今朝十月念五，黄龍有一轉語。分明更不囊藏，直截當陽為舉。囝，甜瓜徹蔕甜，苦瓠連根苦。

湘南潭北影團團，面面簷楹風雨寒。突出虚空無縫罅，從教千古與人看。舉唐肅宗問忠國師：百年後所需何物？國師良久云：會麽？肅宗云：不會。國師云：吾有付法弟子耽源却諳此事，可召問之。國師遷化後，肅宗召問耽源，源云：湘之南，潭之北，中有黄金充一國。無影樹下合同船，琉璃殿上無知識

五日一番，赴箇程限。有道可談，有法可演。不顧碎身如微塵，只要瞎却衆生眼。舉佛性泰和尚道：五日一番，赴箇程限。無道可談，無法可演。寧可碎身如微塵，莫教瞎却衆生眼

日月循環成底事，衲僧切忌眼麻迷。直饒透徹威音外，也落儂家第二機。急薦取，莫遲疑。坐看東君行正令，大鵬一舉到天池。

獨弄單提向上機，機前薦得早遲疑。相逢覿面憑誰委，父子雖親各不知。上藍五湖長老到

格外一機，萬靈莫測。向上一著，千眼難窺。青山白雲父，白雲青山兒。春風二三月，桃李自成蹊，笑殺靈雲道不疑。謝上藍長老煎點

掀翻大地，打破虚空。口吞佛祖，凌蔑宗風。莫笑黄龍無伎倆，熨斗煎茶銚不同。

參禪莫滯静工夫，鬧處相逢在半途。静鬧兩關俱不涉，趙州東壁掛葫蘆。

目前無法，意在目前。目前薦得，正好喫拳。

天下法窟叢林，四月初一結制。無門逐惡隨邪，要效死心舊例，普請諸人腦門著地。結制

兜率未離塵滿面，王宮纔降垢通身。兒孫縱有滄浪水，洗到驢年也不清。佛生日

儂家没興眼無筋，錯中南方蠱毒深。一掬肝腸俱裂破，年年此日痛傷心。月林和尚忌

瞿曇遺下葛藤窠，翻覆看來脱處多。不是兒孫重檢點，古今争得絶誵訛。重背藏經

參禪要真實，直造無疑地。聞非未必非，説是未必是。黄龍設三關，曹洞列五位。坐斷主人公，且不落第二。

循規守短，無繩自縛。縱横無礙，外道魔軍。存心澄寂，默照邪禪。恣意忘緣，解脱深坑。惺惺不昧，帶鎖擔枷。思善思惡，地獄天堂。佛見法見，二鐵圍山。念起即覺，弄精魂漢。兀然習定，鬼家活計。進則迷理，退則乖宗。不進不退，有氣死人。以上輯自《隆興府黄龍崇恩禪師語録》

烈焰亘天，洪濤輥底。眨上眉毛，劍去久矣。入顯親崇報禪寺，方丈

春山疊亂青，春水漾虚碧。春光漏泄盡，誰識春消息。多年枯木再抽枝，撼動春風生八極。以上輯自《平江府靈巖顯親崇報禪寺語録》

撥轉玄關，一彈指頃。看看平地起風雲，門近洪崖千尺井。入廣化禪寺，三門

死心室内，移身移步。日日香燈，朝朝話墮。稽首齊安王，鐵蛇横大道。齊安王廟燒香

春山疊亂青，春水漾虚碧。寥寥天地間，滿眼皆相識。舉雪竇頌：春山疊亂青，春水漾虚碧。不知天地間，更有誰相識

三月清明節禁烟，桃華帶雨倍鮮妍。皆言當日靈雲悟，笑破禪和口半邊。清明

今朝三月初十，擊鼓禪徒畢集。欲知時節因緣，雨落階頭便濕。會即各自歸堂，不會何勞久立。

翠巖絶嶮巇，元不涉階梯。去來無窒礙，彼此更何疑。珍重洪源湖海衆，箇中不隔一毫釐。赴黄龍辭衆，舉大愚和尚示衆云：翠巖路嶮巇，舉步涉階梯。更有洪源水，滔滔在嶺西　以上輯自《隆興府翠巖黄化禪寺語録》

無門為法門，三關何用立。熟處既難忘，又從這裏入。再住黄龍禪寺，三門

靈山一會，泥團土塊。問訊燒香，和贓捉敗。佛殿

熱喝粗拳，佛來也打。臨濟德山，一時擒下。方丈

不是護身符，亦非斷貫索。直饒鼻孔遼天，也被這箇穿却。無門老漢還免得麽，却請維那下箇注脚。拈帖

讚嘆無門，也是這箇。罵詈無門，也是這箇。文彩未彰誰辨得，却煩首座通消息。拈疏

不動脚頭，青雲獨步。箇是尋常行履處，須知更有通霄路。法座

掣斷繩頭欲自由，那知定業未容休。再償拽杷拖犁債，鼓得西江水逆流。

八兩還他是半斤，陳年桃核舊時仁。大家出手共提掇，行看叢林氣象新。謝兩班

黄龍結制没規繩，超過諸方半月程。莫怪七顛并八倒，大家日午打三更。預結夏

薰風自南來，殿閣生微凉。百年渾似醉，三萬六千場。休擬議，莫思量。錦鱗一躍化龍去，無限癡人戽夜塘。

歸來一月餘日，内外人事已畢。恣意飽飯噇眠，説甚金圈栗棘。分明告報諸禪，直下便須委悉。更若擬議躊躇，照顧腦門霹靂。

六月炎炎如火聚，寂然不動於中住。炎炎火聚却清凉，清凉却是炎炎處。等閑坐斷兩頭關，撞牆撞壁通霄路。中夏

石跟常有千年潤，海眼曾無一日乾。天下蒼生待霖雨，不知龍向此間蟠。霹靂一聲頭角露，傾湫倒嶽鼓波瀾。祈雨　以上輯自《再住黄龍禪寺語録》

圖列千山開畫嶂，帶圍一水遶蓬瀛。脚頭未舉已先入，不用門前彈指聲。三門　輯自《鎮江府焦山普濟禪寺語録》

動絃别曲，葉落知秋。禾山打鼓，雪峰輥毬。睦州擔板，投子提油。趙州狗子，潙山牯牛。青原垂足，俱胝指頭。一隊破落户，各自逞風流。

布袋頭開今日始，滿目江山秋色裏。驀然踏斷草鞋跟，元來却是自家底。解夏

信脚行去絶埃塵，信手拈來用得親。信口道出驚天地，信心悟入獨超羣。

陰極陽生，日添一線。獨有山僧拄杖子，不屬陰陽遷變。冬至

昨日去年去，今朝今歲來。去年去不去，今歲來不來。元正

現種種形，説種種法。形法皆非，假名菩薩。更於諸相覓圓通，當人正眼俱戳瞎。觀音生日

咄這乾屎橛，生來太妖孽。堪笑老雲門，一棒打不殺。四月八

衲僧今日路頭通，拄杖生雲興已濃。要探江湖深與淺，前途更有妙高峰。

開爐半月，火種全無。冷灰豆爆，驚動江湖。謝靈巖和尚

燕國當年植福田，身如水月印三千。渠無生死歸何處，春早梅華放曉烟。燕國夫人忌　以上輯自《平江府開元禪寺語録》

是聖是凡，過這邊立。擬議不來，青天霹靂。入建康府保寧禪寺，方丈

摧邪顯正，一印印定。盡大地人，諦聽諦聽。拈帖

遇家裏人，說家裏事。一句無私，龍翔鳳翥。山門疏

諸方浩浩，舉古明今。送人上樹，不是好心。諸山疏

銅沙鑼裏滿盛油，故國山河在眼頭。試向鳳凰臺上望，長江無日不東流。舉僧問巖頭和尚：浩浩塵中如何辨主？巖云：銅沙鑼裏滿盛油

老來無日不思閑，深隱西湖第一山。無奈退菴賢制置，遠移公帖入松關。

天陰性地昏，日出心光耀。拄杖笑呵呵，禪牀也跨跳。管甚歲餘閏，一任月大小。淈湑幾春秋，用處非常峭。可憐五十三知識，未曾夢見頂門竅。

靈山大法王，末運希所遇。聲名遍天下，乾坤恣獨步。草鞋掛龍牀，三宣渾不顧。凌滅曹源生，訓徒參活句。宗門箇樣師，孰不生戀慕。天庭重降勅黃來，凌霄峰頂施甘露。謝癡絶和尚

威鎮戎夷，掃清魔孽。羣靈歸敬，忠心如鐵。破蔡滅金，守黃勦賊。雪百年二帝難雪之耻，成中興四將未成之業。孟少保請

三教聖人，同歸一理。理長則行，理短則止。虛空無心，牆壁有耳。不涉言詮，單提直指。口縫纔開，不是不是。

山前麥熟已如雲，覿面當機為指陳。驀地一番梅雨過，青山洗出畫圖新。舉僧問古德：如何是西來意？古德云：山前麥正黃　以上輯自《建康府保寧禪寺語録》

元正啟祚，萬物咸新。衲僧拄杖黑皴皴，不屬陰陽別是春。元正，舉僧問鏡清：新年頭還有佛法也無？清云：有。僧云：如何是新年頭佛法？清云：元正啟祚，萬物咸新

出洞昂頭角，回山露尾巴。恩承饒舌力，累我受波查。

針芥相投，體用俱全。衲僧門下，十萬八千。舉溈山與仰山摘茶次，溈云：終日衹聞子聲，不見子形。仰山撼茶樹。溈山云：子只得其用，不得其體。仰山云：某甲衹如是，和尚作麽生？溈山據坐。仰山云：和尚衹得其體，不得其用。溈山云：放子三十棒

名高不用鐫頑石，路上行人口是碑。大宋正傳天子令，直教諸國豎降旗。滿散聖節，舉太宗皇帝幸開寶寺塔院，見僧問曰：卿是何人？僧曰：塔主。帝曰：寡人之塔，卿何作主？僧無語。後雪竇代云：闔國咸知

普賢行願等三千，正是清明首夏天。要見大人真境界，月明常照御樓前。普賢生日

爛柴頭，火一團。急著眼，莫顢頇，星在秤兮不在盤。開爐　以上輯自《開山護國仁王禪寺語録》　以上《無門慧開禪師語録》卷上

全宋詩卷二九九八

釋慧開二

偈頌二首

黄龍結制不尋常，只用閻羅斷命方。生鐵一團紅嚥下，死中再活獲清凉。

欲把生蛇化活龍，先將毒藥灌喉嚨。常教滿腹如針刺，抛向洪波大浪中。

以上輯自《無門慧開禪師語録》卷下《告香普説》

無量壽佛贊

乾屎橛兮麻三斤，當陽拈出少知音。時人不識自家佛，却向丹青畫處尋。

佛頭圓相贊

生怕雲門打殺伊，韜光晦迹許多時。而今再出頭來也，天上人間更有誰。

圓通大士贊

足蹈雙蓮灑楊柳，面目端嚴世希有。梵音妙音海潮音，衹這而今誰動口。

持二十五輪頂彌陀蹈蓮葉贊

機輪纔轉，作者猶迷。頂顊一著，獨弄單提。自從蹈得這些子，便向風波險處施。

三十二應贊

現種種形，説種種法。形法皆非，假名菩薩。更於諸相覓圓通，當人正眼俱戳瞎。

持珠坐石贊

手輪摩尼珠，身坐盤陀石。普請大地人，念彼觀音力。

達磨莖蘆贊

脚下莖蘆，到岸也未。隨流入流，浮逼逼地。

達磨大師贊

賊身未露罪全彰，攙得西乾沸似湯。項上鐵枷無計脱，却來東土强攤贓。

大祖禪師贊

三拜起來依位立，普天匝地黑漫漫。可憐隻臂空輪却，千古令人作笑端。

鏡智禪師贊

彌天罪犯無門懺，紅爛通身世莫醫。已是四稜俱塌地，儘教後代亂針錐。

大醫禪師贊

堅辭鳳闕紫泥詔，玷辱宗風箇古錐。坐斷雙峰無寸草，愛松留得礙人枝。

大滿禪師贊

再出頭來滿面塵，那堪鼓舌與摇唇。松枯石爛憑誰委，累及癡獃蹈碓人。

大鑑禪師贊

菩提無樹鏡非臺，臭口分明鬼擘開。幸是賣柴無事獠，剛然惹得一身災。

思大禪師贊

一生討頭不見，二生骨露皮穿。三生造成地獄，全身活陷黄泉。七十二峰俱坐斷，口吞佛祖在機先。

騎虎豐干贊

忙忙業識老豐干，鼓舌摇唇總自瞞。縱踞虎頭取虎尾，衲僧門下管窺斑。

誌公和尚贊

杖頭絡索閑家具，應識三朝經幾秋。生向鷹窠來處異，面皮擘破十三頭。囝，因渠達磨枝條布，惱亂春風卒未休。

白雲法師贊南行勅葬

偉哉大法師，逢難轉堅牢。不因登絶頂，争見白雲高。

天台四睡贊

既是伏爪藏牙，不用三頭六臂。只圖夢裡惺惺，任疑大蟲瞌睡。

政黄牛贊

資福從來不識羞，橘皮熟炙逞風流。倚筇懶赴賢侯命，又却騎牛更覓牛。

郁山主贊

百尺竿頭話最親，一交橋斷絶纖塵。死中得活珠離蚌，甘作驢前馬後人。

朝陽穿破衲贊

冷時急用之物，趁暖著些針線。忽然臘月到來，免致脚忙手亂。

對月了殘經贊

始見些兒光影，要了末後一段。若是無門拳頭，不打這般鈍漢。

傅大士贊

對御講經，無本可據。案上一揮，誰知落處。知落處，拍板與門槌，總是閑家具。

維摩居士贊

毗耶病虎實難親，觸著渠儂便喪身。非但文殊遭毒口，吞盡靈山一會人。

龐居士贊

平欺馬祖，下視諸方。生涯蕩却，今古無雙。不與萬法為侶，一口吸盡西江。

執劍吕洞賓贊

露刃單提，行殺活令。斬貪嗔癡，羣魔乞命。夫是之謂，純陽真人。激濁揚清，摧邪顯正。

佛母周氏贊

室女生兒真禍胎，叢林孰不起疑猜。轉身術子能靈驗，再出頭來滿面埃。

謝佛眼師號

皇恩頒自九重城，雨露瀼霑草木榮。佛祖門庭增瑞氣，四海歡呼萬歲聲。忠心護國成勳業，君父開臣佛眼睛。壽山福海恩難報，永日寥寥賀太平。

謝宣賜金襴

不是鷄足流傳，亦非黄梅分付。九重天上降來，千載臣僧一遇。中興佛祖宗風，羣魔悉皆驚怖。祝延聖壽無疆，志願皇圖永固。

題壁間水波觀音

曹源正派喜流傳，涓滴渾無浪拍天。任是大悲千手眼，探渠深淺待驢年。

賀吴丞相生日

大地春回是誕辰，松篁難改四時青。壽星不老福無盡，常在中天伴月明。

趙資政號節齋

著鞭占得地頭寬，高節心空立處端。多向渭川烟外望，這邊風月少人看。

吴尚書尊堂死以偈問用韻以復

身分水月遍三千，月落何曾離得天。此是夫人行履處，摩耶相對共談禪。

退　步

未曾移定時，前脚讓後脚。只這一步子，誰人蹈得著。

題黄龍中途眠松

當途偃蹇卧霜枝，彷彿黄龍出洞時。不是渠儂誇勁節，看他來者放頭低。

請行新橋

雲根架就笑談中，凡聖如今一路通。箇箇脚跟親蹈著，人人足下起清風。不似天台滑石，半巇半嶮。勝如趙州略彴，度馬度驢。雖然欲行千里，要知一步為初。從茲不用頻題柱，來往都乘駟馬車。

吴履齋以脚蹈日影索偈

圓陀陀，光爍爍。明眼人，蹈不著。蹈得著，更買草鞋去行脚。

在南高峰石室中出定作

静處乾坤窄，閑居日月忙。虛空即妙體，獨露法中王。

六年舉無字一日聞齋鼓有省

青天白日一聲雷，大地羣生眼豁開。萬象森羅齊稽首，須彌䟦跳舞三臺。

總軸羅漢

洞宼都盧十八頭，千妖百怪逞風流。人間天上稱尊漢，總被無門一握收。

圓覺會

十二獃郎欲決疑，瞿曇嚼飯餵嬰兒。若教知有衲僧事，終不人前鼓口皮。

石牛

須彌為骨露纖軀，頭角峥嶸塞太虛。大地耕翻無寸土，牧童鞭索豈能拘。

懶牛

不經南陌與西阡，犁杷年來怕上肩。棄却欄中肥嫩草，緑楊堤畔飽風烟。

無際

祖翁田地没憑據，争許時人取次量。但見寥寥成一片，不知何處是封疆。

鐵壁

巍然一座黑金城，縫罅全無及户扃。堪笑英雄難進步，聖凡到此絶途程。

針筒

函蓋乾坤氣量周，銅睛鐵眼一齊取。幾多利腦尖鋒者，到此如何敢出頭。

裁縫

剪斷萬絲頭，工夫已成片。針劄不入處，為渠通一線。

浄髮

鋒鋩未露鬼神號，能剗羣牛頂顙毛。四海聱頭俱按下，豈容存著一纖毫。

頭袖

四海英靈俱奪下，銅頭鐵額總兜來。莫怪無門施毒手，揭翻腦蓋頂門開。

帳子

纔得當陽一線通，全彰大用顯家風。直饒鼻孔遼天漢，未免從頭被罩籠。

薦蓆

亂草窠中，打成一片。坐卧寂然，真機頓現。

枕頭

輪回根本，莫著相好。鐵脊梁漢，因他放倒。

捨鞋

驗盡脚跟長與短，箇中寬窄已先知。自從蹈著這些子，左右逢原顯大機。

牙藥

點著些兒，妙不可述。纔開臭口，驗得骨出。

醫眼

開黑暗門，通向上竅。内外障除，神光獨耀。

施湯

不是甘草大黄，亦非苦參半夏。莫教一滴沾唇，直得通身汗下。

接待

洋銅汁羹，熱鐵丸飯。滴粒纔沾，通身腐爛。

餛飩

寬著肚皮急叉手，鑊湯裡面翻筋斗。渾身糜爛轉馨香，那箇禪和不開口。

孟少保戎裝相贊

英雄蓋世上將軍，洞寇聞風喪膽魂。寸刃不施機莫測，看渠談笑定乾坤。

又道裝相贊

靈山付囑人，示現威稜身。在欲而無欲，居塵不染塵。等閑伸出擎天手，撥轉如來正法輪。

孟無菴與師同軸請贊

居士身，比丘相。曉曉蹻蹻，牢牢攘攘。驀然覿面相逢，直是無門可向。一拳一喝，雙收雙放。無菴居士眼無筋，識得這般村和尚。

履齋樞相鈞容贊

湘水之清，崑玉之潔。和氣如春，忠心如鐵。儲風月之精，稟松篁之節。真廊廟楷模，行佛祖途轍。裴李蘇黄總不如，柱石明堂渠迥别。

月泉趙寺丞壽像贊

身為皇族，名著南宫。孔孟屋裏，做模打樣。釋老室内，談玄説空。似箇般伎倆，半錢不直，又説甚道理三教俱通。從前學解掀翻盡，却於無處立宗風。天龍更為重饒舌，熨斗煎茶銚不同。

孟少保繪師握拳缺指相請贊

為人手段十分粗，拳下搜尋一箇無。咄這村僧難湊泊，釋迦彌勒是他奴。

牧菴簡菴師三人共軸贊

謾説降龍伏虎，徒誇對御談禪。莫怪無門擔板，佛來也喫粗拳。

法孫天龍長老思賢請贊

咄這村僧，百拙千醜。用處顢頇，舉止磔斗。秉惡毒鉗鎚，碎情塵窠臼。佛祖飲氣吞聲，魔外望風拱手。有時漢語胡言，總當談玄説妙。有時把拍板門槌，唱雲門曲合胡笳調。有時指圓覺場作牛欄，有時唤普光殿為馬廐。如斯孟浪為人，鈍置月林之後。

日本覺心長老請贊

用迷子訣，飛紅爐雪。一喝當鋒，崖崩石裂。化生蛇作活龍，點黄金為生鐵。去縛解粘，抽釘拔楔。更將佛祖不傳機，此界他方俱漏泄。

南劍州伏虎巖請師開山請贊

箇様村僧，也甚奇怪。身如椰子，膽似天大。蟒蛇窟裡安禪，猛虎穴中劄寨。無端於微塵國裡，轉大法輪，擊大法鼓。却向刀山劍樹上，成等正覺，弄者一解。

徒弟普顯請贊

形如枯木倚巖隈，不擬天庭降蟄雷。忽遇東君行正令，曇華獨顯一枝開。

護國嗣源長老請贊

龍牀角畔，建古招提。一滴渾無，嗣曹源正派。寸絲不掛，付夜半伽梨。成家喜見破家兒。

徒弟普山請贊

頭髮鬔鬆，耳輪卓朔。踞坐當軒，權衡在握。任你德山臨濟棒喝交馳，到他面前一點用不著。

護國嗣本長老請贊

法身無相，徒更形容。本來面目，逼塞虛空。浩蕩十方能變化，行看九萬自摶風。

以上《無門開和尚語録》卷下

辭世偈

虛空不生，虛空不滅。證得虛空，虛空不別。

輯自《無門開和尚語録》附録《行實》

播大唐辭世偈云

書偈畢跏趺而逝都知王太尉隨即敷

全宋詩卷二九九九

釋慧開三

禪宗無門關總頌

大道無門，千差有路。透得此關，乾坤獨步。

頌古四十八首

趙州和尚因僧問：狗子還有佛性也無？州云：無。

狗子佛性，全提正令。纔涉有無，喪身失命。

百丈和尚凡參次，有一老人常隨衆聽法，衆人退，老人亦退。忽一日不退，師遂問：面前立者復是何人？老人云：諾，某甲非人也，於過去迦葉佛時曾住此山，因學人問：大修行底人還落因果也無？某甲對云：不落因果，五百生墮野狐身。今請和尚代一轉語，貴脱野狐。遂問：大修行底人還落因果也無？師云：不昧因果。老人於言下大悟，作禮云：某甲已脱野狐身，住在山後，敢告和尚，乞依亡僧事例。師令維那白槌告衆，食後送亡僧。大衆言議，一衆皆安，涅槃堂又無人病，何故如是？食後，只見師領衆至山後巖下，以杖挑出一死野狐，乃依火葬。師至晚上堂，舉前因緣，黄蘗便問：古人錯祇對一轉語，墮五百生野狐身，轉轉不錯，合作箇甚麽？師云：近前來，與伊道。黄蘗遂近前，與師一掌，師拍手笑云：將謂胡鬚赤，更有赤鬚胡。

不落不昧，兩采一賽。不昧不落，千錯萬錯。

俱胝和尚凡有詰問，唯舉一指。後有童子因外人問：和尚説何法要？童子亦豎指頭。胝聞，遂以刃斷其指。童子負痛號哭而去。胝復召之，童子迴首，胝却竪起指，童子忽然領悟。胝將順世，謂衆曰：吾得天龍一指頭禪，一生受用不盡。言訖示滅。

俱胝鈍置老天龍，利刃單提勘小童。巨靈擡手無多子，分破華山千萬重。

或庵曰：西天胡子因甚無鬚？

癡人面前，不可說夢。胡子無鬚，惺惺添懵。

香嚴和尚云：如人上樹，口銜樹枝，手不攀枝，脚不踏樹。樹下有人問西來意，不對即違他所問，若對又喪身失命。正恁麽時作麽生對？

香嚴真杜撰，惡毒無盡限。啞却衲僧口，通身迸鬼眼。

世尊昔在靈山會上拈花示衆，是時衆皆默然，惟迦葉尊者破顔微笑。世尊云：吾有正法眼藏，涅槃妙心，實相無相，微妙法門，不立文字，教外別傳，付囑摩訶迦葉。

拈起花來，尾巴已露。迦葉破顔，人天罔措。

趙州因僧問：某甲乍入叢林，乞師指示。州云：喫粥了也未？僧云：喫粥了也。州云：洗鉢盂去。其僧有省。

只為分明極，翻令所得遲。早知燈是火，飯熟已多時。

月庵和尚問僧：奚仲造車一百輻，拈却兩頭去却軸，明甚麽邊事？

機輪轉處，達者猶迷。四維上下，南北東西。

興陽讓和尚因僧問：大通智勝佛十劫坐道場，佛法不現前不得成佛道時如何？讓曰：其問甚諦當。僧云：既是坐道場，為甚麽不得成佛道？讓曰：為伊不成佛。

了身何似了心休，了得心兮身不愁。若也身心俱了了，神仙何必更封侯。

曹山和尚因僧問云：清稅孤貧，乞師賑濟。山云：稅闍梨。稅應諾。山曰：青原白家酒三盞喫了，猶道未沾唇。

貧似范丹，氣如項羽。活計雖無，敢與鬭富。

趙州到一庵主處，問：有麼？有麼？主竪起拳頭。州云：水淺不是泊船處。便行。又到一庵主處，云：有麼？有麼？主亦竪起拳頭。州云：能縱能奪，能殺能活。便作禮。

眼流星，機掣電。殺人刀，活人劍。

瑞巖彦和尚每日自喚主人公，復自應諾。乃云：惺惺著，喏。他時異日莫受人瞞，喏，喏。

學道之人不識真，只為從前認識神。無量劫來生死本，癡人喚作本來人。

德山一日托鉢，下堂見雪峰問：者老漢，鐘未鳴，皷未響，托鉢向甚處去？山便回方丈。峰舉似巖頭，頭云：大小德山未會末後句。山聞，令侍者喚巖頭來，問曰：汝不肯老僧那。巖頭密啟其意。山乃休去。明日陞座，果與尋常不同。巖頭至僧堂前拊掌大笑云：且喜得老漢會末後句，他後天下人不奈伊何。

識得最初句，便會末後句。末後與最初，不是者一句。

南泉和尚因東西兩堂争猫兒，泉乃提起云：大衆，道得即救，道不得即斬却也。衆無對。泉遂斬之。晚趙州外歸，泉舉似州，州乃脱履安頭上而出。泉云：子若在，即救得猫兒。

趙州若在，倒行此令。奪却刀子，南泉乞命。

雲門因洞山參次，門問曰：近離甚處？山云：查渡。門曰：夏在甚處？山云：湖南報慈。門曰：幾時離彼，山云：八月二十五。門曰：放汝三頓棒。山至明日却上問訊：昨日蒙和尚放三頓棒，不知過在甚麼處？門曰：飯袋子，江西湖南便恁麽去。山於此大悟。

獅子教兒迷子訣，擬前跳躑早翻身。無端再叙當頭著，前箭猶輕後箭深。

雲門曰：世界恁麽廣闊，因甚向鐘聲裏披七條？

會則事同一家，不會萬别千差。不會事同一家，會則萬别千差。

國師三唤侍者，侍者三應。國師云：將謂吾辜負汝，元來却是汝辜負吾。

鐵枷無孔要人擔，累及兒孫不等閑。欲得撑門并拄户，更須赤脚上刀山。

洞山和尚因僧問：如何是佛？山云：麻三斤。

突出麻三斤，言親意更親。來説是非者，便是是非人。

南泉因趙州問：如何是道？泉云：平常心是道。州云：還可趣向否？泉云：擬向即乖。州云：不擬，争知是道？泉云：道不屬知，不屬不知，知是妄覺，不知是無記。若真達不擬之道，猶如太虚廓然洞豁，豈可强是非也？州於言下頓悟。

春有百花秋有月，夏有凉風冬有雪。若無閑事挂心頭，便是人間好時節。

松源和尚云：大力量人，因甚擡脚不起？又云：開口不在舌頭上。

擡脚踏翻香水海，低頭俯視四禪天。一箇渾身無處著，請續一句。

雲門因僧問：如何是佛？門云：乾屎橛。

閃電光，擊石火。眨得眼，已蹉過。

迦葉因阿難問云：世尊傳金襴袈裟外，别傳何物？葉唤云：阿難。難應諾。葉云：倒却門前刹竿著。

問處何如答處親，幾人於此眼生筋。兄呼弟應揚家醜，不屬陰陽别是春。

六祖因明上座趁至大庾嶺，祖見明至，即擲衣鉢於石上云：此衣表信，可力争耶，任君將去。明遂舉之，如山不動，踟蹰悚慄。明曰：我來求法，非為衣也，願行者開示。祖云：不思善，不思惡，正與麽時那箇是明上座本來面目？

明當下大悟。遍體汗流，泣淚作禮，問曰：上來密語密意外，還更有意旨否？祖曰：我今為汝説者，即非密也，汝若返照自己面目，密却在汝邊。明云：某甲雖在黄梅隨衆，實未省自己面目，今蒙指授入處，如人飲水，冷暖自知，今行者即是某甲師也。祖云：汝若如是，則吾與汝同師黄梅，善自護持。

描不成兮畫不就，贊不及兮休生受。本來面目没處藏，世界壞時渠不朽。

風穴和尚因僧問：語默涉離微，如何通不犯？穴云：長憶江南三月裏，鷓鴣啼處百花香。

不露風骨句，未語先分付。進步口喃喃，知君大罔措。

仰山和尚夢見往彌勒所安第三座，有一尊者白槌云：今日當第三座説法。山乃起，白槌云：摩訶衍法，離四句，絶百非，諦聽諦聽。

白日青天，夢中説夢。捏怪捏怪，誑諕一衆。

清凉大法眼因僧齋前上參，眼以手指簾，時有二僧同去卷簾，眼曰：一得一失。

卷起明明徹太空，太空猶未合吾宗。争似從空都放下，綿綿密密不通風。

南泉和尚因僧問云：還有不與人説底法麽？泉云：有。僧云：如何是不與人説底法？泉云：不是心，不是佛，不是物。

叮嚀損君德，無言真有功。任從滄海變，終不為君通。

龍潭因德山請益，抵夜，潭云：夜深子何不下去？山遂珍重揭簾而出，見外面黑却回，云：外面黑。潭乃點紙燭度與，山擬接，潭便吹滅，山於此忽然有省，便作禮。潭云：子見箇甚麽道理？山云：某甲從今日去，不疑天下老和尚舌頭也。至明日，龍潭陞堂云：可中有箇漢，牙如劍樹，口似血盆，一棒打不回頭，他時異日向孤峰頂上立吾道在。山遂取疏抄於法堂前，將一炬火提起云：窮諸玄辨，若一毫致於太虚。竭世樞機，似一滴投於巨壑。將疏抄便燒，於是禮辭。

聞名不如見面，見面不如聞名。雖然救得鼻孔，争奈瞎却眼睛。

六祖因風颺刹幡，有二僧對論，一云幡動，一云風動。往復曾未契理，祖云：不是風動，不是幡動，仁者心動。二僧悚然。

風幡心動，一狀領過。只知開口，不覺話墮。

馬祖因大梅問：如何是佛？祖云：即心是佛。

青天白日，切忌尋覓。更問如何，抱贓叫屈。

趙州因僧問婆子：臺山路向甚處去？婆云：驀直去。僧纔行三五步，婆云：好箇師僧，又恁麼去。後有僧擧似州，州云：待我去與你勘過這婆子。明日便去，亦如是問，婆亦如是答。州歸謂衆曰：臺山婆子，我與你勘破了也。

問既一般，答亦相似。飯裏有砂，泥中有刺。

世尊因外道問：不問有言，不問無言。世尊據座。外道贊歎云：世尊大慈大悲，開我迷雲，令我得入。乃具禮而去。阿難尋問佛：外道有何所證？贊歎而去。世尊云：如世良馬，見鞭影而行。

劍刃上行，冰稜上走。不涉階梯，懸崖撒手。

馬祖因僧問：如何是佛？祖曰：非心非佛。

路逢劍客須呈，不遇詩人莫獻。逢人且說三分，未可全施一片。

南泉云：心不是佛，智不是道。

天晴日頭出，雨下地上濕。盡情都說了，只恐信不及。

五祖問僧云：倩女離魂，那箇是真底？

雲月是同，溪山各異。萬福萬福，是一是二。

五祖曰：路逢達道人，不將語默對，且道將甚麽對？

路逢達道人，不將語默對。攔腮劈面拳，直下會便會。

趙州因僧問：如何是祖師西來意？州云：庭前柏樹子。

言無展事，語不投機。承言者喪，滯句者迷。

五祖曰：譬如水牯牛過窗櫺，頭角四蹄都過了，因甚麽尾巴過不得？

過去墮坑塹，回來却被壞。者些尾巴子，直是甚奇怪。

雲門因僧問：光明寂照遍河沙，一句未絶。門遽曰：豈不是張拙秀才語？僧云：是。門云：話墮也。後來死心拈云：且道那裏是者僧話墮處？

急流垂釣，貪餌者著。口縫纔開，性命喪却。

溈山和尚始在百丈會中充典座，百丈將選大溈主人，乃請同首座對衆下語，出格者可往。百丈遂拈淨瓶置地上，設問云：不得唤作淨瓶，汝唤作甚麽？首座乃云：不可唤作木楔也。百丈却問於山，山乃趯倒淨瓶而去。百丈笑云：第一座輸却山子也。因命之為開山。

颺下笊籬并木杓，當陽一突絶周遮。百丈重關攔不住，脚尖趯出佛如麻。

達磨面壁。二祖立雪斷臂，云：弟子心未安，乞師安心。磨云：將心來，與汝安。祖云：覓心了不可得。磨云：為汝安心竟。

西來直指，事因囑起。撓聒叢林，元來是你。

世尊昔因文殊至諸佛集處，值諸佛各還本處，惟有一女人近彼佛坐，入於三昧。文殊乃白佛云：何女人得近佛坐，而我不得？佛告文殊：汝但覺此女，令從三昧起，汝自問之。文殊遶女人三匝，鳴指一下，乃托至梵天，盡其神力而不能出。世尊云：假使百千文殊亦出此女人定不得，下方過一十二億河沙國土，有罔明菩薩能出此女人定。須臾罔明大士從地湧出，禮拜世尊，世尊勑罔明却至女人前鳴指一下，女人於是從定而出。

出得出不得，渠儂得自由。神頭并鬼面，敗闕當風流。

首山和尚拈竹篦示衆云：汝等諸人若喚作竹篦則觸，不喚作竹篦則背，汝諸人且道喚作甚麼？

拈起竹篦，行殺活令。背觸交馳，佛祖乞命。

芭蕉和尚示衆云：你有拄杖子，我與你拄杖子。你無拄杖子，我奪你拄杖子。

諸方深與淺，都在掌握中。撐天并拄地，隨處振宗風。

東山演師祖曰：釋迦彌勒猶是他奴，且道他是阿誰？

他弓莫挽，他馬莫騎。他非莫辨，他事莫知。

石霜和尚云：百尺竿頭如何進步？又古德云：百尺竿頭坐底人，雖然得入未為真。百尺竿頭須進步，十方世界現全身。

瞎却頂門眼，錯認定盤星。拚身能捨命，一盲引衆盲。

兜率悦和尚設三關問學者：撥草參玄，只圖見性，即今上人性在甚處？識得自性，方脱生死，眼光落時，作麼生脱？脱得生死，便知去處，四大分離，向甚處去？

一念普觀無量劫，無量劫事即如今。如今覷破箇一念，覷破如今覷底人。

乾峰和尚因僧問：十方薄伽梵，一路涅槃門，未審路頭在甚麼處？峰拈起拄杖劃一劃云：在者裏。後僧請益雲門，門拈起扇子云：扇子踍跳上三十三天，築著帝釋鼻孔。東海鯉魚打一棒，雨似盆傾。

未舉步時先已到，未動舌時先說了。直饒著著在機先，更須知有向上竅。　以上宋慧開《禪宗無門關》

黄龍三關

我手何似佛手，摸得枕頭背後。不覺大笑呵呵，元來通身是手。

我脚何似驢脚，未舉步時踏著。一任四海横行，倒跨楊岐三脚。

人人有箇生緣，各各透徹機先。那吒析骨還父，五祖豈藉爺緣。

佛手驢脚生緣，非佛非道非禪。莫怪無門關險，結盡衲子深冤。　同上書附録

日本覺心禪人遠來炷香請益求詩迅筆贈之

心即是佛佛即心，心佛元同亘古今。覺悟古今心是佛，不須向外别追尋。

人至收書知得心座元安樂蒙惠數珠水晶者金重十二錢一收訖山偈奉贈

百八摩尼顆顆圓，遼天鼻孔一齊穿。恒河砂數佛菩薩，每日呼來跳一圈。　以上日本天保尹藤松輯《隣交徵書初篇》卷一

釋宗壽

釋宗壽，住無量寺。與釋慧開有交，事見《禪宗無門關》附録。

請無門首座立僧山偈奉謝 紹定庚寅

瑞巖近日有無門，掇向繩床判古今。凡聖路頭俱截斷，幾多蟠蟄起雷音。　《禪宗無門關》附録

（以上聞賢整理）

全宋詩卷三〇〇〇

方大琮

方大琮（一一八三—一二四七），字德潤，號鐵庵，又號壺山，莆田（今屬福建）人。寧宗開禧元年（一二〇五）進士，授南劍州州學教授。歷知將樂縣、永福縣。理宗端平元年（一二三四），擢監六部門，累遷右正言，兼國史院編修官、實録院檢討官。嘉熙元年（一二三七），以言濟邸事奉祠。起爲福建路轉運判官。淳祐元年（一二四一），知廣州。四年，兼廣東經略安撫使。六年，進寶章閣直學士，知隆興府。七年卒，年六十五，謚忠惠。有集，已佚。明正德八年族孫方良節等輯成《鐵庵方公文集》四十五卷。事見《後村大全集》卷一五一《鐵庵方閣學墓誌銘》。今録詩十三首。

寄題永福董宰溪莊圖

羡君胸次有丘壑，眼底塵凡一洗之。地獻溪湖供入畫，天私風月要昌詩。貴人豈復知盤谷，名世應須學武夷。政恐主翁方宦達，買山雖早入山遲。

寄題董宰讀書軒

坐衙彈琴和且平，退衙讀書鏘有聲。琴聲書聲兩相和，和氣散作花滿城。亓知言游不可作，四庫本《鐵庵集》作亦知言游不可起雅俗二者難兼行。曩余不敏坐此處，軒窗塵土安有名。堂前薇花寂寂笑，此殆文吏非書生。君非異人何能爾，吏事不廢心轉清。牒紛案聚判筆走，庭空吏散詩句成。嘗聞歐公居夷陵，日討故牘緍研精。金陵宰鄞政習禮，天津客已愁鵑鳴。懷哉尹君志古道，請把此案為商評。

挽趙南塘

初開學禁預招延，俄滯周南四十年。大振文詞驚海内，肯將訓詁讓儒先。孤忠自許漢遺老，高氣直凌唐謫仙。鳳昔覽輝今已矣，危樓百尺尚依然。

晚起蘇公以禮郎，侍經掌制位文昌。端平氣脈真堪寄，元祐光陰惜未長。馬邑深憂形諫墨，鸞臺寧徙恥書黄。門生最是知心者，追記微言淚數行。

壽鄉守張秘閣

秋氣高寒公始生，禀姿多得聖之清。官箴未許冰為潔，心事真堪月比明。久合紫囊還再世，却令皂蓋歷三城。憑誰盡紀前張政，只聽村謠里唱聲。

家學源流今吏師，寬嚴殊劑亦殊施。豪宗咸服薤一本，野老齊歌麥兩岐。最課休聲無地着，芳名姱節有天知。請將郡志從頭數，高直蓬山更有誰。

老去遇公為地主，臢將恩意煦摧頽。龜魚得蔭眠偏穩，鷗鷺忘機熟不猜。方喜璽褒天下最，又聞玉節日邊來。豐年一飽誰之賜，好把禾頭祝壽杯。

送俊明李提舉

有美羊城一鉅儒，菊坡氣脈最關渠。村高懶宿郎官被，色養姑乘使者車。曩日緑林功未賞，今年清社事堪書。福星何事輕移去，久矣世無公毁譽。

幸甚聯臺餘五月，此首原連上作一首，據四庫本《鐵庵集》改户庭微細事皆知。山中菊徑多歸思，膝下萊衣少脱時。吏散庭空無滯牒，客來酒盡只新詩。耳聞眼見誰虛實，寫與行人作口碑。

時賢落落甚晨星，世事如棋局又新。赤白交馳邊面急，腐紅銷盡國中貧。誰令野有橫舟者，應是朝無惜寶人。握手不堪離思滿，願公自愛廟堂身。

送廣東趙舶使

百禽收舌後，一鶚凌清秋。滄波渺浩蕩，中有萬斛舟。劫灰燒不盡，宗老擅風流。典刑尚千載，雅奥根九疇。忠憤疏中壘，功名起武侯。載彼北方學，來為南國游。膻風痛洗濯，蠻俗賴懷柔。偶然得聯事，顧影豈其儔。逢迎時一笑，傾吐不復留。抵掌説西事，强顔愧楚囚。見晚別何早，含情酒澆愁。惟有加餐祝，作歌住行輈。有詔願亟起，且莫事耡耰。顧我何為者，一毛在九牛。

（閩賢、向農整理）

送李兄赴省

乃翁場屋負高名，裏許工夫共講明。謝氏弟兄輝玉樹，韋侯父子薄金籯。世科莫訝争寒畯，少作曾看到老成。此去親傳衣鉢在，想非温飽志平生。

以上《宋寶章閣直學士忠惠鐵庵方公文集》卷三一

宴徐大參

麟符久合换貂蟬，又向鄉邦擁十年。眼赤腰黄天寵澤，顔紅鬢緑地神仙。極知晝繡堪行染，見説宵衣正渴賢。好事還殊門外路，人看四輩下翩翩。

宋《翰苑新書》别集卷八

蔡格

蔡格（一一八三—一二五二），字伯至，號素軒，建陽（今屬福建）人。淵子。隱居不仕，與從弟模、杭、權等自相師友，曾作《至書》以闢佛老。理宗淳祐十二年卒，年七十。明蔡有鵾《蔡氏九儒書》輯其詩文爲《素軒公集》一卷。事見《素軒公集》附録宋范弘忠《素軒公墓志》。《宋元學案》卷六二有傳。今録詩十四首。

自詠 案：此詩《詩淵》册五頁三一五二題為蔡元定作。

富貴良非願，林泉畢此生。酒因隨量飲，詩或偶然成。秋水和烟釣，春田帶雨耕。頹然無縫塔，且不費經營。

山居 十三首

一雨秋涼爽氣新，秋聲栗栗轉傷神。根株半載培多少，倏忽流光不待人。

刊删理障覓天根，心體昭昭會一原。歲暮更宜深燕養，莫埋書册動風旛。

觀雲聽雨逐番新，清晝緑蔭更可人。滿眼箇中無限趣，當窗憩久樂天真。

心遠不妨車馬過，地偏漸聽月風來。參差竹木皆清景，唯有梅枝手自栽。

大禹聖人惜寸陰，嗟我悠悠老已侵。七年病蓄三年艾，猶勝龍鍾轉陸沉。

硬着脊梁休放肩，肩挑重負路漫延。生前氣力無停歇，一息奄奄尚向前。

痼瘝前修相感深，一巾衣鉢此傳心。叮嚀莫問如來界，本體工夫在此尋。

天下無如聞道樂，人間惟有養心高。烟花過眼須臾滅，明德馨香萬古牢。

逆境須同順境寬，熟仁堅志這中觀。英雄何限經坷坎，一片精光本自完。

老年隨分做工夫，黄卷静披世味無。倦整池邊春睡足，凭欄遥看鳥相呼。

此身終老太平年，何事修真顛倒顛。但得開顔隨日賞，醉眠花下也神仙。

野花幽草滿庭除，生意綿綿接太虚。獨坐空齋無一事，呼童三徑樂教鋤。

何思何慮只寂然，由來習静類修禪。一去無多路□□，直啟玄關叩洞天。

以上明蔡有鵾《蔡氏九儒書》卷五

（吴鷗整理）

陳大用

陳大用（一一八三—一二五三），字允中，高安（今屬江西）人。少好學，以科舉不偶，即棄去。理宗寶祐元年卒，年七十一。事見《雪坡集》卷四九《陳允中墓誌銘》。

無　題

閑拈紅葉欲題詩，待得詩成又懶題。心事不隨流水去，月明人在赤橋西。

《永樂大典》卷九〇三

（楊海峥整理）

朱真静

朱真静（？—一二四三），字復常，自號雪崖，臨安（今屬浙江）人。洞霄宫道士。理宗淳祐三年趺坐而化。賜號妙行先生。事見《洞霄圖志》卷五。今録詩五首。

臨終偈

去來如一，真性湛然。風收雲散，月在青大。

宋鄧牧《洞霄圖志》卷五

石室庵夜坐

青燈寒焰弄微明，燈與幽人一樣清。案上黄庭渾嬾看，時聞敗葉打窗聲。

入山採藥遇異人

緊著芒鞋高繫裙，野猿相狎許同羣。緑蘿林裏採茶去，踏碎青山一片雲。

又題座右窗間

經書不是語虚無，荆棘叢中有坦塗。不遇至人真口訣，誤人錯下死工夫。

題石室庵前竹上

十年身與鬼為鄰，曾見巖花幾度春。莫怪柴門終日閉，怕將塵事惱閒人。

以上元孟宗寶《洞霄詩集》卷七

徐某

徐某，名字未詳，曾知郫縣（《緑窗新話》卷下）。

示女

深宫富貴事風流，莫忘生身老骨頭。因與太師歡笑處，為吾方便覓彭州。《緑窗新話》下卷《徐令女干陳太師》

《緑窗新話》：陳瑄太師任西川，有愛姬徐氏，郫城令之女也。令欲求彭牧，以紅絹數寸作二十八字詩，遣其妻私示其女云云。人皆鄙之。

（以上徐永强整理）

劉夢才

劉夢才，安福（今屬江西）人。寧宗嘉定六年（一二一三）預解試，理宗嘉熙二年（一二三八）進士（清雍正《江西通志》卷五〇、五一）。

送胡季昭謫象州

紹興寶慶百年餘，古往今來説二胡。論事直須彈懇切，立朝端不忍阿諛。兩賢幸屬吾州有，萬事何曾公議無。象郡新寧不同詔，九重天子正儀圖。 宋胡知柔《象台首末》卷三

（崔統華、朱寶模整理）

俞文豹

俞文豹，字文蔚，括蒼（今浙江麗水西）人。浪遊江湖四十年，理宗淳祐三年（一二四三），索居京國，著《吹劍録》。十年，著《吹劍録外集》。事見二書卷首自序。今録詩四首。

徐進齋得古銅香爐具象鼻眼博古圖謂之象鬲屬余賦之雖不足言詩聊記曾見

在象數前鍾鼻眼，出嚚塵外鑄形模。傳香到手親曾見，全勝人看博古圖。

願得身遊海外天，蓬萊頂上覓沈箋。為君喚起槐安夢，細讀南華内外篇。自注：泉州守王庭珪《香譜》云：「箋次于沈，出占城國」。 《吹劍録》

余有三恨一無子二無助三無成抱兹苦心娱以文字既絶筆於斯録復長吟以繫之

可笑春蠶有許癡，年年辛苦為他誰。恰如貧女飛梭了，挂體何曾有一絲。

天不奈何無可問，世皆如此有誰聽。為儂指點春知處，惟有垂楊眼獨青。

句

脚根須管虚中實，眼界當於窄處寬。　以上《吹劍録外集》

（劉叟整理）

顧夢日

顧夢日，號秋鶴，與俞文豹同時。

夜遊

路轉歌聲杳，夜深雲露濃。美人行月下，秋水汎芙蓉。　《吹劍録外集》

《吹劍録外集》：近時詩學盛興，然難得全美。聊隨所見，摘録一二云云。

楊穎士

楊穎士，號蘭坡。與俞文豹同時。

句

儻來軒冕何須問，分定功名不在忙。　《吹劍録外集》

余洪道

余洪道，號梅簷，括蒼（今浙江麗水西）人。與俞文豹同時。

句

世上聲名無買處，人間官職有來時。
須知凡卉空千萬，不似寒花只兩三。
著心計較般般錯，退步思量事事寬。　以上《吹劍録外集》

蕭曰復

蕭曰復，號蘭皋。與俞文豹同時。

句

民得食天全命脈，令從心地起根芽。　喜麥呈邑宰《吹劍録外集》

朱梅居

朱梅居，居臨安(今浙江杭州)。與俞文豹同時。

句

物態却從無處有，世情偏向苦中甜。　謝人送苦菜《吹劍録外集》

(以上孟憲忠整理)

俞桂英

俞桂英，號野雲，苦吟一生。賈似道嘗稱其詩。事見《浩然齋雅談》卷中。

人影

身外復添汝，無言隨去留。自從生便有，直到死方休。步月常相逐，臨溪元不流。静中明道眼，總是一虚浮。

句

一點梅香到，三分酒力消。

母念子行遠，兒云爺未歸。

白雲一樹鶴孤宿，明月滿樓鐘鼓聲。

百無一事身為客，十有九分心在家。　宋周密《浩然齋雅談》卷中

（李洪波整理）

王老者

王老者，龍泉（今屬江西）人。度宗咸淳間以賣豆腐爲業，卒年八十六。事見《隱居通議》卷一〇。

豆腐詩

朝朝只與磨為親，推轉無邊大法輪。碾出一團真白玉，將歸回向未來人。　元劉壎《隱居通議》卷一〇

《隱居通議》：宋咸淳間，吉州龍泉縣有賣豆腐王老者，年八十有六，平生樸素，不識字。忽呼其子，告以欲歸，令代書豆腐詩云云，言訖坐化。

（孟憲忠整理）

郭三聘

郭三聘，字次尹，祁陽（今屬湖南）人。理宗紹定六年（一二三三）中秋曾同唐大可等遊澹山巖。事見《金石萃編》卷一三五。

澹山巖

憶昔遊澹巖，文社四為侶。相逢各年少，抱負俱有素。訓狐聖得知，夜半叫已屢。主人知客來，倒屣相告語。且言龍王神，多有靈異處。殷勤叩科名，吉兆齊確許。未成三先達，陸續霄漢去。轉盼三十載，獨我尚困沮。行將賈餘勇，猶幸有孤注。乘興偶重遊，寓敬香一炷。再拜問龍王，前約何可負。朱衣願點頭，成就在此舉。擬欲鑱堅珉，紀此一奇趣。

清王昶《金石萃編》卷一三五宋一三

（許紅霞整理）

全宋詩卷三〇〇一

林表民

林表民，字逢吉，號玉溪，祖籍東魯，寓台州臨海（今屬浙江）。師葴子。仕歷不詳。曾爲李庚及其父遞修之《天台前集》、《天台續集》增輯別編，前者成于寧宗嘉定十六年（一二二三），後者成于理宗淳祐八至十年（一二四八—一二五〇），此外還輯有《赤城集》（今存十八卷）。有《玉溪吟草》，已佚。事見各有關書序跋。

林表民詩，以影印文淵閣《四庫全書·江湖後集》爲底本。校以《宋詩紀事補遺》（簡稱補遺）等，與新輯集外詩合編爲一卷。

寄題鄭熙寧夫玉軒

良玉本不琢，大音無希聲。觀君命軒意，欲以詩自鳴。君詩志古調，考擊參差補遺作莖韺。泠泠澗泉泣，切切谿絛補遺作篠清。孚尹露涵采，潤美月泛英。昔聞洛山中，補遺作落中山種者須其成。非希咸陽價，匵韞那敢輕。用之薦穹昊，何但鬼神驚。凉欲覺補遺作吹攪庭葉，夜疏耿鐙驚。補遺作檠一讀一啟予，古調真難評。

重建神秀樓

慨昔淳熙初，忠定守郡時。樹樓城南門，衆秀皆來歸。插空繚千嶠，注海合兩溪。雲眉扁古隸，蛟鳳躍出飛。西瞻建標霞，東頫採菊籬。循環一甲子，天假玆良期。象賢宣祖烈，布政軼吏師。乘暇陟危級，更新敞前規。肆開落成宴，鐙月交明輝。傑棟小芳柱，修粱薄辛夷。空闊渺納納，青紅濕離離。太平畢文簡，慶曆元厚之。猗彼三碩輔，勳業疇或非。公今繼其躅，歲月幾推移。魏謩賓遺笏，鄭武緇舊衣。過者登斯樓，咸誦金石詞。却笑楚臣作，空因秋氣悲。

簡許遠元寮

問雲從何來，明月翳光景。須臾忽破散，依舊寒炯炯。問月何能照，月亦不自領。雲來非我過，雲去非我幸。無心付無事，雖巧不能逞。幽人起寤嘆，婆娑弄清影。世人有萬端，令人發深省。

送天台李明府貫一歸越

赤城譚舊令，爲政且《永樂大典》卷一一〇〇〇作切鳴琴。澗瀑知清操，山雲識苦吟。自甘微賤補遺作催賦拙，誰信勤碑深。歸路春風近，烟花繞禁林。

錢台倅王司令幾叔參氅天府

黼坐頒泥檢，黃圖駕玉星。自應攄學業，端不藉門庭。凍日湖梅白，春風院柳青。從今亨路去，台嶺記曾經。

山齋書事

掩卷聽蟬韻，憑欄數雁行。井風梧葉雨，籬月菊花霜。又見補遺、《永樂大典》卷二五三九作是秋將老，那堪夜更長。愁吟無語補遺、《永樂大典》作與共，殘灺落書床。

挽都梁太守洪季輔寺丞

鼓吹舟歸日，軍門巷哭時。身拋淮郡印，事入峴山碑。敵在家何用，城危孰與持。墓門今已閉，千載使人悲。

次韻酬陳之道明府見贈

為政鄱君日，劬然似苦吟。光前還照後，行古却居今。危世道猶《永樂大典》卷一一〇〇〇作難直，故山春正深。露生觀庶物，清坐更觀心。

送王季和文知施州二首

皂蓋蠶叢去，青祇鳳曆頒。雪林猿叫峽，春院鳥啼山。文字傳三楚，恩威化八蠻。政成明主召，九虎啟天關。

宿幸依劉表，時蒙説項斯。方為感知賦，遽作送行詩。萬里通吳蜀，千山隔夢思。江頭野梅發，應記共吟時。

送淨應老道源往浙右

片雲離海嶼，吳地去隨緣。托鉢應行乞，升牀亦坐禪。舟停上塘雪，寺隔過山烟。刺史知聞舊，無須覓鏡傳。

訪懷遇師

獨隱重巖裏，全無物役心。禪因秋月悟，詩對晚雲吟。訪古猿驚錫，拋生鳥上林。相知今十載，不憚遠來尋。

送祖太長老住虎丘

吴國前朝寺，懸知補處難。岳雲迎外度，海月定中觀。子去揮犀拂，吾當賣布單。梅花知別意，無語澹相看。

初夏別墅

池館春方謝，連朝雨似烟。亂荷藏睡鷺，繁木集嘶蟬。地僻觀書樂，心清得句玄。野僧時過我，携手弄雲泉。

寄錢趙清中主上元簿

六代舊都遺跡在，詞人懷古去登臨。長干塔上青山遠，玄武湖邊碧草深。肯把簿書遮望眼，但圖方略副焦心。平江大海雖吾願，臺閣須材必訪尋。

寄聖水老法照

五載禪林結浄緣，又飛一錫過甘泉。曉池洗鉢雲常潤，夜閣繙經月自圓。碧眼誰參庭畔柏，赤身難並社中蓮。飽看勝景多佳句，好為閑人寄一篇。

送薛子範明府歸永嘉

天台邑債今還了，未上清班意若何。行李比如初到少，鬢絲贏得近來多。民輸界首攀車送，君向城隅枉騎過。恨滿東風不能到，補遺、《永樂大典》卷一一〇〇〇作別柳邊鶯語即驪歌。

次韻劉允叔丈主簿讀予所編天台集見贈之作

樓頭殘月映儲胥，人在西窗酒醒餘。夢裏都忘閬風路，吟邊如到玉霄居。鄰牆共作無何飲，別墅期看未見書。祇恐弓旌便招去，漢家答詔待相如。

輓王房州伯洪

崇牙出鎮古邊頭，名與龔黄共一流。方見勒碑歌善政，忽驚罷市哭仁侯。燕飛古巷人千里，梅落寒溪月一樓。前事已非那可問，晚雲零落補遺作亂緑山稠。

輓開府宋公

五朝大老今誰是，曉月長庚可愴然。王某曾當揮制日，伏生將及授書年。雁峰去就朱輪養，台嶺歸從白布纏。秩視冢司優贈典，夜臺光寵射穹壥。

輓新昌王明府吉甫

不見高人衹自悲，每哦佳句望烏衣。浣花風月參謀去，採藥溪山茂宰歸。萬里險艱頭已白，半生功業夢還非。阿戎盍上青雲路，奕世清門要發揮。

輓處士張君

扣龍泉了探慈湖，倦矣歸携一束書。白首功名銷壯氣，清溪游釣樂閑居。山人寧有趨戎幕，方伯今誰顧草廬。鄉舊凋零無復見，北風吹雨更愁予。

次韻沈興之税院歲暮即補遺作記**事二首**

一簷寒雨滴愁聲，贏得松齋睡思清。急景不知年又謝，壯心空悵事無成。温存凍壁火初舉，陵轢破窗風自鳴。多謝故交相慰藉，浪捐珠璧使人驚。

穿雲時有一鴻聲，唤雪風來補遺作□風冷更清。臘意未教梅蕚老，春風先放柳條成。亂離每嘆兵難戢，貧賤還憂道不鳴。節物一番空自好，暗添年紀却堪驚。

題大慈寺兼簡照講師

來從金地過銀地，智者修禪古道場。疊嶂倚空圍日月，穹聳松補遺作林聳壑飽風霜。碑文多是唐人刻，經卷猶隨補遺作存煬帝藏。偶值故交初入院，一鐙留宿水聲房。

梁民曹以二首爲小園木香光寵次韻抒謝

春風珠蟪走青虬，清夜西園誰共遊。十里水邊渾似雪，喚船應是誤王猷。

攀條折蘂屬騷人，遲恐顛風掃玉塵。如付枕囊供醉寢，繁香薰骨解留春。

天台邵明府履善遺牡丹各賦原缺，據補遺補**一絶**

人間興廢手摶沙，喬木猶存少故家。不見石邊題甲乙，空餘姓氏落名花。自注：牛家黄。

一春苦雨又憂花，爛盡秧根穀再芽。見説雲頭紅可喜，老農猶恐是朝霞。自注：雲頭紅。

可是東皇雨露深，不成一字亦腰金。世間大有麒麟楦，對此誰能起媿心。自注：金繁（補遺作繫）腰。

一枝美過玉柈盂，歲晚何由復遇蘇。我欲命名名不得，有名無實不如無。自注：無名種。

懷仙橋

晴雷晝夜激奔湍，澗草巖花亦耐寒。劉阮茫茫空仰止，恐乘風月一鞭鸞。

送倪平仲高士歸天台

緑章封事步虚仙，來自東皇太乙邊。滿袖明珠出光怪，又隨溪月上歸船。

同謝鄒訪平老

桐柏山高空翠寒，夜深星斗近仙壇。下宫銀瀑三千丈，付與詩人雨後看。

林表民

江湖包笠今閑却，默坐惟繙貝葉文。耳重懶聞時俗事，客來聊薦一甌雲。

送宗鏡上人歸剡因寄聲高九萬孫季蕃

送師歸隱鏡山中，萬壑千巖指顧間。菊磵花翁如見問，為言憔悴老江關。

神剜天劃成巖洞，横亘危梁接應真。垂下玉虹三百丈，雪花飛濺一山春。

一僧禮拜能行過，下面人看膽亦寒。月出幻成銀色界，始知方廣在林端。

隨處禪房有水聲，我來石上坐忘形。臨行更酌潭中渌，要洗多生業障清。

夜登桐柏上清閣

雨過中宵夜滿空，一山松竹韻溪風。披衣獨上上清閣，身在半天雲氣中。

新昌道中

殘村時有兩三家，繚繞清溪路更賒。客裏不知春去盡，滿山風雨落桐花。

剡中詩

遺踪曾記晉諸賢，乘興今無雪後船。斷塹毀垣難借問，磚文猶著太康年。

題方叔所藏馬中遠春牧晚歸圖

一抹東風樹色新，牛羊莽莽散平原。微烟細草知歸路，竹塢人家半掩門。

次韻王亞夫景存縣尉送春二首

欲勸東君盡一杯，臨岐無語獨遲回。晚風自有留連意，遞得鶯聲過柳來。

登臨長是愛清暉，晚歲知心亦自稀。永晝松齋掩書坐，却看梁燕引雛歸。

題六馬圖二首

驗影争馳意氣雄，被塵晴苑碧溶溶。誰將妙筆開生面，霧鬣風鬃慘淡容。

龍媒要是龍眠筆，意在能空冀北群。老我惟知賞神駿，何時變化上青雲。

同錢則父登郡城覩予所和梅仲潛金山弔東魯林表民逢吉詩淮民同賦一絶

水落寒沙晚照收，沙邊誰復艤孤舟。鮑昭自作蕪城賦，難寫江南不盡愁。原案：此首不知作者姓氏，題字疑有錯誤。原本附録林表民詩後，今姑仍其舊。　以上宋陳起《江湖後集》卷二

西湖

十三樓寺朝餐飯，六一泉亭晚舉觴。千古湖山難模處，淡烟微雨更斜陽。《永樂大典》卷二二六四引《玉溪吟草》

題徐無競所藏花光仁老墨梅

江路冥迷飛霰密，道人定起幽情逸。忽邀龍子幻新妝，粉淡香乾春一筆。寒梢瘦著苔衣昏，壞色空留夢裏身。幾回月墮交疏曉，霜鬢相看不知老。　同上書卷二八一二引《玉溪吟草》

寄懷仙居贊府尤貴端

樂安山水佳，遊屐獨未至。復有縣佐賢，欲見形夢寐。憶昨交際初，篝燈飲文字。數卷出寶儲，三人若鼎峙。相忘略形骸，同道許氣義。間之欸半朞，仰止惟一志。咸言居官清，或説立趣異。對松悟詩玄，飲水樂書味。於此可怡悦，視彼持遊戲。芸隱示倡酬，玉川孱簡記。自注：贊府和張方叔詩，末句孱寄聲，仍云借玉川以況玉溪。不敏既重慚，有礙亦每喟。牖月揖耿光，瓶梅想幽致。思苦夜無眠，吟成托郵騎。　同上書卷一一〇〇一

（戴螢整理）

全宋詩卷三〇〇二

王邁一

王邁（《永樂大典》引作王君實）（一一八四—一二四八），字實之，一作貫之，號臞軒，仙遊（今屬福建）人。寧宗嘉定十年（一二一七）進士，調潭州觀察推官，改浙西安撫司幹官。理宗紹定三年（一二三〇）爲考試官，因顯擿詳定官不公被黜。調南外睦宗院教授，時真德秀知福州，力爲之助。端平元年（一二三四）召試館職，次年，爲秘書省正字（《南宋館閣續録》卷九），輪對直言，忤旨，出通判漳州。又因應詔言事，削秩免官。久之，復通判漳州。淳祐元年（一二四一）通判吉州，遷知邵武軍。八年卒，年六十五（《後村大全集》卷一五二《臞軒王少卿墓誌銘》）。有《臞軒集》二十卷（《續文獻通考》），已佚。清四庫館臣據《永樂大典》等輯爲十六卷，其中詩五卷。《宋史》卷四二三有傳。

王邁詩，以影印文淵閣《四庫全書》本爲底本，酌校殘本《永樂大典》等。新輯集外詩附於卷末。

試石鼓墨得月字韻

水聲響峥嶸，山勢高嵂矹。我居山水間，瞥焉五閲月。看山寬眼界，聽水清詩骨。妙理在濁醪，淡交寄薇蕨。翻書明月軒，瀹茗清泉窟。一雨釀黄梅，連朝來不歇。雲疏漏簷光，晴意猶鶻突。卓午睡瞢騰，起來足不襪。搔首獨無言，書空時咄咄。天宇未清夷，世途良鯢飢。丈夫志未酬，徒有衝冠髮。俛頭習科舉，與俗聊汩汩。壯圖要有待，非久黔吾突。富貴漸逼人，榮途軔須發。

題元山蔡行可對青亭

終日在山中，不見山可愛。欲識愛山趣，須在山之外。南山不古今，悠然與意會。西山無朝暮，佳致固長在。蔡君金玉人，結亭避闤闠。面面蒼璧屏，坐卧與青對。晚曦射紫翠，宿雨濯藍黛。能消幾兩屐，不賞此奇槩。芙蓉為君裳，蘭茝為君佩。今非避世時，乃學陶謝輩。諸公富唱酬，拔戟各成隊。我出一轉語，功成身始退。君為端明胄，忠孝後必大。山靈縱有盟，一出合破戒。蒼生正有求，富貴不渠貸。山債會一償，相期在晚歲。

題弟綱舉之奉仙之室曰小蓬萊

吾祖有方平，曾與麻姑會。滄溟化為田，彈指五百歲。又有仙人喬，神游八極外。朝舄作鳧飛，世緣比蟬蛻。寥寥千載後，之子得正派。風度亦可人，春秋况未艾。朝搬紫河車，暮結飛霞佩。嚴事鍾與吕，信心終不退。經營白玉壇，肖象儼相對。四面來青山，獻奇飛羽盖。爐熏徹玉虛，劍水清塵界。瓊笈閲千函，丹方探三昧。誰謂三島遥，近在吾境内。蓬萊若云小，孰能為之大。

跋黄京甫必昌提幹四書講義

吾友黄京甫，器資厚以渾。自了場屋債，徧參諸老門。四書不釋手，日旰忘晨飧。超悟到聖處，不能忘于言。序講凡五篇，字字比璵璠。伊洛有心印，傳受百聖源。紫陽有心燈，矚破萬世昏。得君再紬繹，提要鉤其玄。如印一洗滌，篆籀宛然存。如燈增膏油，光焰大且繁。我昔從師友，是書粗討論。老大學不進，德性焉能尊。因君重感慨，舊聞日當温。願言剪枝葉，作意事本根。

甲戌九月日有食之紀異三十韻

甲戌九月秋，朔旦見災眚。孛彗犯太陽，淒淒如月冷。方其始虧時，宛然蟲食皿。食之至於既，當空懸黑餅。髣髴存輪圈，中陷猶枯井。雲間星晝見，草木森弄影。天地寂無聲，疑似非人境。問之道旁翁，欲語喉先哽。翁今九十餘，眼未見此景。爰有蟣虱臣，拜跪淚沾領。天高聽則卑，宜鑒愚臣請。日者陽之宗，千古光常炳。此日何不臧，臣心憂耿耿。或者天愛君，先事示之警。流金為湯戒，洚水為堯儆。雖重一時憂，何傷天歷永。吾君今堯湯，四海元元幸。公道大開明，朝列肅而整。祇恐萬一間，左右容憸悻。方秋陰用事，陽微陰漸逞。不去讒慝根，懼作忠良穽。天乃出怪異，意欲悟觀省。吾國必有人，伏蒲輪骨鯁。吾君必開納，小心知畏謹。陽政必日修，陰邪必痛屏。天其終仁愛，悔過在俄頃。大叫天上人，齊喚金烏醒。

讀林去華居厚主簿省題

病夫夜不眠，五鼓始交睫。懶起比吳蠶，清《永樂大典》卷八九九作情夢飛莊蝶。恭承高軒過，不及倒屣接。惠我百篇詩，珠璣何煒燁。五言比長城，一望皆危堞。壯如廣陵散，悲似陽關疊。音韻最清圓，格律尤妥帖。登壇禆將降，咒水小巫怯。永嘉富人物，往躅足追躡。經術止原作北，據同上書改齋陳，文章水心葉。林君游其門，早負賢關篋。鄉校設皋比，户外紛屨屧。科目苦無憑，取捨如漁獵。入網多弱翰，上鈎希巨鬣。西廊上奏篇，甲第僅書捷。低頭矮屋中，壯氣不萎薾。研朱點周易，修此清淨業。焚香讀楚詞，時作真行帖。臺府歲舉員，求者例有挾。孤士乏梯媒，剛腸羞婦妾。諸公縱憐才，或被權勢劫。誰能推輓之，士論得欣愜。

東歸同年三山王簿賓之趙户立父連簿仁父黃上舍偕行分道買樽酌別

我從京華來，溽暑不可邇。藍縷一征衣，邂逅四君子。臭味同芝蘭，鄉井連桑梓。王君吾兄行，派出銅川氏。一飲吞百盃，一揮爛十紙。此是鑾坡人，非久棲鸞枳。黃君天庠英，貴名方日起。三年拜賜師，行雪殽函恥。後來幾英豪，願作榜下士。小連真可人，犀玉浮冰峙。再鼓氣不衰，收科趾前美。朋山萬青衿，求識習鑿齒。立父天族英，雅非膏粱比。青桂近嬋娟，紅蕖映青泚。名駒產天廐，一日當萬里。今夕知何夕，德星偶同晷。明月入觥船，涼颸生劍履。相逢吳山頭，相別閩江涘。交情托管鮑，同年序許李。明日懷美人，娟娟隔秋水。何以慰我思，馳書寄雙鯉。

東歸至衢城十五里頭

征衣犯火雲，來自長安道。浹背汗淋漓，遵程行數跛。險阻已備嘗，習氣覺如掃。京華紈袴兒，顏色差强好。玉斝酌玻瓈，金盤飣水果。享此竟無端，榮枯太顛倒。嗟余數之奇，涉世嗟枯槁。青雲志未酬，午夜心如擣。浪蹈軟紅塵，有懷白雲老。決策賦歸歟，受此大轗軻。倚杖立沉吟，持盃澆磊砢。生平忠憤心，皎皎通穹昊。一身不足憂，世途深可悼。往歲淮甸間，邊吏困科瑣。金鼓聲漲天，溝壑填肝腦。一旦計之窮，首謀伏天討。眈眈慾無厭，百計需金寶。今者馳使車，囊槖費賚裹。乳臭坐廟堂，苟免及身禍。誰知鴻雁鳴，朝夕不相保。旱蝗莫為災，四望無青草。我輩獨何心，日夕憂江左。豈不欲救之，勢力顧未可。敬持一瓣香，好為蒼生禱。何日鞭五龍，澤之以霖潦。手提四方人，脱之於水火。

父執德化陳宰叔高槩寄詩和之

欲作好官易，與時同俯仰。欲作好人難，前修嚴矱矩。馬安為巧宦，孔光位宰輔。貽臭汗青中，詬罵之治最方卓魯。中都清要官，唾手可搏取。徑掛神武冠，去國身如羽。隱几挹青山，稱觴環綵舞。導養學熊鶴，鉛汞成龍虎。妙香參鼻觀，虚白生靈宇。興來聳文筆，象物蒙藻黼。客至開香醪，鯨量少儔伍。我登清風堂，人今道則古。敬宣與狎崇，所擇聽張禹。所聚。胡威清比父，魏謩直肖祖。世家有若人，百不一二數。夫君少壯時，筆力迫韓杜。晚歲宰一同，

别永福張景山

我友滿天下，面交如斗量。最晚得張子，羣中孤鳳凰。秀氣分高蓋，妙年侔洛陽。趨向頗近道，才具已老蒼。蘭若參文盟，過眼五月彊。别我求贈言，握手吐肝腸。學貴根書茂，積貯焉可忘。如行千里路，須具三月糧。文亦有活法，先使意氣張。如破勍敵壘，須擒賊中王。子家藹文獻，庭砌多琳琅。歸歟力種績，宜親師友良。植本日以大，養氣日以昌。學豐敷為文，如富出所藏。襟期要犖犖，俗物徒茫茫。他日泉石下，候氣視北方。知有滔滔者，非予誰其當。

白髮吟

明發覽青銅，寸白墜華簪。懸知不能免，豈意遽見侵。憶昔隨羣兒，總角混青衿。縱弱不好弄，既冠知惜陰。時開磊塊胸，澆之以古今。二十偕計書，進士路嵚嶔。遲遲十四年，一第酬苦心。今年已六六，暮景來鬖鬖。一髮照我眸，衆髮立森森。忽然一失笑，政要渠相尋。有田願種玉，有腰願垂金。富貴豈不好，勞鹿那能禁。何如一床書，侑之緑綺琴。遠參蘭茝香，清玩山水音。高歌月滿架，醉卧斗横參。待教頭半白，掛冠老山林。飲犢青草浦，盟鷗白沙潯。憑虚唤張陸，聽我白髮吟。

白髮嘆

日月轉四時，團團輾清昊。人生一世間，輕塵棲弱草。寒暑不相貸，容鬢豈常好。嗟予涉世紛，聞道苦不早。塵勞縱掀簸，冉冉風中葆。行年將四十，素標已插腦。星星纔數莖，爛熳色勝縞。耘鎒雖暫無，安能遏衰槁。黄精似可餌，已白恐難掃。幸有琴心文，真訣堪却老。華池溉隱芝，青青可常保。斯理不吾欺，從今勤探討。要當驗他時，難為常人道。

青銅作明鑑，皎皎鋪晴昊。照我沐初晞，幾縷經霜草。本無適俗韻，頗識林園好。何為浪自苦，落得衰顏早。懸知日夜改，青絲成素葆。達人遺世累，土木視肝腦。那於形骸間，計校玄與縞。彼獨何人哉，而我嘆枯槁。壯年不可挽，過日如霜掃。但有歲寒心，不逐冰霜老。暫開三徑荒，種藝雜庸保。雖無大藥資，尚得恣幽討。此外盡悠悠，置之不復道。

題江郎石

岑嵂天外來，生平眼不識。道傍問行人，指此為何石。云是江郎神，兹地顯靈迹。岳瀆孕精靈，陰陽陶器質。壁立千萬仞，葱然翠欲滴。縹緲出塵寰，上與太清迫。伏如蛟龍蟠，聳如麒麟逸。開如旌旗揚，斂如圭綬直。交酬如大賓，相敬見顏色。特立如正女，齋莊不可昵。勇如毛大夫，囊錐推穎出。烈如藺相如，挺身衛全璧。勁如傅介子，叱咤在三尺。直如太史公，巉巖操史筆。哀萃許精英，狀出大奇特。誰言造化工，於物無雕刻。我來揖清標，倚杖立歎息。年來天柱傾，誰是扶持力。願移此靈根，支拄天西北。三光五岳氣，要使合為一。血食千萬年，與國同無極。

和趙簿題席麻林居士小隱四韻

公子有奇節，歲寒心印松。千邱仍萬壑，是中雅能容。晚來萬事懶，獨有詩不慵。諸郎富文采，筆端聳孤峰。

繞園萬竿竹，奇壑千丈松。此物匹高士，坐羞桃李容。客至談世故，接之令人慵。相看兩不厭，晴昊倚高峰。

棋聲響蒼石，茶竈燒枯松。故人惠然來，風竹為先容。野性曠而適，機心疏更慵。生憐謝安石，携妓汙名峰。

筀簹豈不韻，雅景受風松。紈綺可為裳，靈均采芙蓉。古來曠達士，世膩亦太慵。可望不可押，疑當作狎人如雲外峰。

題趙別駕委齋詩

別駕來訪別，徵我委齋詩。敢問委之説，別駕自發揮。萬事悉委分，吾何容心為。抱槧游文屋，去取委所司。一戰偶得隽，敢誇詞藻奇。隨牒走仕途，薦舉委所知。一朝獲通籍，敢恃妍媚姿。不見百里奚，非黠亦非癡。爵禄委倘來，飯牛牛自肥。不見塞上翁，無喜亦無悲。得喪委自然，失馬馬復歸。委懷在琴書，栗里真吾師。委順聽時命，香山不吾欺。吾以名吾齋，曰委不亦宜。王子曰不然，我言異於斯。人性涵萬善，其位配兩儀。凡天所委付，受者不得辭。行藏道汙隆，進退時安危。委禹以治水，胼胝敢言疲。委尹以復辟，寵利非謀私。經制委姬旦，述作委仲尼。今古理無二，聖賢人可希。綱常或淪斁，委我開訓彝。楊墨路必闢，韓莊門宜麾。宇宙或傾仆，委我力扶持。補天出媧石，浴日升咸池。饑者委我食，寒者委我衣。一或負所委，是謂天職虧。若君所言者，莊老同一岐。梁以苦空壞，晉以清談隳。流弊至委棄，往事真來規。世道真險隘，天將委之誰。上不能使爾，夫豈無良醫。因詩重感慨，當有評是非。

送族姪千里歸漳浦

吾宗居漳濱，枌社足不到。迫歲携琴書，迢迢以謁告。草木同臭味，水火隨濕燥。行色念辛酸，開樽勤燕勞。葭管陽方升，凌室冰新破。語言頗有味，知子為跨竈。日暮望白雲，江頭理歸棹。别我乞贈言，求以為宗好。謝安自薦玄，杜子每念佐。子真玄佐流，我譽不為過。惟學無他途，損益在勤惰。我昔少年日，螢雪功自課。嘔肝綴文詞，懸膽警坐卧。甑寒心自憐，筆凍指欲墮。牛羊事芻牧，鴻雁謀粱稻。慈親日待養，一第天所報。願子繼自今，書田深種播。定力要堅持，居安謹無躁。青雲信有梯，我已為前導。後來當有人，衮衮如響和。洗耳候凱音，嘉節迫吹帽。呼童辦楮英，為子征西賀。

四十自壽

前四十年非，追之已莫返。後四十年是，圖之良未晚。水涸自見涘，木落知見本。善者契吾機，今復猶不遠。養生先節慾，葆粹在懲忿。聖賢人可為，勿使善惡混。

寄居元職方北第呈西鄰盛進士

解褐去鄉里，宦游一紀餘。抱感今來歸，茫然無屋廬。暮瞻還林鳥，朝羡趨淵魚。淵林各有歸，曾不魚鳥如。元侯雅好義，假我舍北居。入門掃埃壒，閑草以次鋤。貧賤誰顧門，豈必容高車。餘杭衆富家，碧瓦侵太虚。土木雖無情，亦與儒冠疏。所幸並舍賢，昔年同詩書。何茲瓦礫陋，復爾鄰璠璵。鄉田及同井，此義無忽諸。

寄同年新塗王宰夢弼

玉笥高嵯峨，異石光燦皠。紫蓋有佳人，出為花縣宰。佳人秀吾宗，天姿最高塏。飲水抱絲絃，紉蘭纏蕙茝。疇昔糾郡掾，辯獄亦幾殆。人命我所争，斗粟何足愛。上官翻相知，剡薦異寮寀。及膺民社寄，直道肯自悔。以柔克高明，為政尚慈愷。農扈飽春和，荒年獨不餒。猾吏履薄霜，洗手畏納賄。桑間雉正馴，壁上魚多鯘。昔我在湘潩，相從垂兩載。書生守方拙，時粧不入隊。惟君雅知心，刮目賞奇磊。君有桃李栽，我獨芙蓉采。無何風木悲，天乎余何罪。歸歟泣焄蒿，久矣嬰病痗。除夜接君書，烏欄墨璀璀。訪問死生餘，警語鞭不逮。為言剛近仁，直性終難改。近乃加和平，痛自鏟光彩。萬事必宗道，衆流須納海。隨時少屈伸，正直固常在。再拜君之言，書紳戒荒怠。時事苦閶闔，誰歟穆天綷。來書尚可為，蒼生久相待。

靈白湖歸憩林氏墳庵僧出能誦予舊詩設茗椀蒲食以詩贈之兼寄呈林六十兄

霜風襲客裘，朝日曬農背。誰遣役此軀，隱痛在五内。宿草漸重生，跼蹐處覆載。扶衰策瘦筇，乞靈問龜蔡。往來纔信宿，屏息過闤闠。夙駕三十里，僕夫已告憊。小庵闞道旁，丈室藏法界。叩扉僧出迎，面熟不猜怪。白髮久不梳，爬癢得痛快。荷設茗椀供，仍有蒲食配。去此已五霜，重來發孤慨。一飽猶可謀，三釜已不逮。退藏心甚甘，世故肯相貸。博陵隱君子，堂萱春未艾。悠悠我之思，此日君當愛。

簡延平李公足擇善時隨侍其父為興化令，余在制中

昔人重相思，千里且命駕。我家去游洋，相望纔四舍。偃息豈不思，吉服詎可借。惟憑一雁翔，敢望雙鳧下。日者聞琴堂，墨綬將解卸。東閣領羣英，勝遊當首夏。惠然訪九仙，雲物争迎迓。拂石納晚涼，秉燭娱清夜。吉碑共摩挲，吉夢相矜詫。物色故老言，赤鯉何年化。題詩富錦囊，仙境為增價。是地近

吾廬，過從何未暇。初傳尚半疑，後信良多訝。世態如浮雲，炎凉更代謝。高誼定不然，寄聲來慰藉。

簡林公似

窮猿不擇木，祥鳳宜棲竹。高門結駟榮，陋巷一瓢足。仕有時為貧，貧乃急於禄。夫君何所欠，百事盡從欲。新諧種玉婚，大敞堆金屋。鏡裏顏尚朱，庭前萱正緑。中州不徜徉，炎海甘馳逐。遂令君子心，度以小人腹。我貧甚去年，全家久食粥。獨醒妬人醉，譏誚那免俗。名節千載光，富貴一炊熟。朋友嚴簡書，敢以石攻玉。

寄浙漕王子文野以思君令人老五字爲韻得詩五首

長沙一傾蓋，情好如塤篪。間闊十寒暑，何時不相思。君為睢邸教，再挹冰玉姿。升堂拜壽母，摩頂識馨兒。叙舊方戀戀，臨分轉依依。自是成鴻燕，羽翼竟差池。音問久不接，清宵夢見之。魚腹得尺素，羊胛經幾炊。陳雷不可作，千載同襟期。

我友半湖海，知心吾子文。君忙我已老，事事不如君。君生通貴家，我出寒素門。君披貂毛裘，我著犢鼻褌。戲綵君有母，列鼎共清温。我早失烏哺，空山悵白雲。弱冠君有子，世科將襲芬。我子方垂髫，詩禮未有聞。凡此皆不如，官職不必論。

原明有申公，公休繼文正。後來諸名家，有子多不令。堂堂先太史，孤峭立萬仞。身不為從官，美謚君所命。子文為之子，壯歲名已盛。榮華付倘來，節義傳心印。波流石不移，火熾玉寧盡。嚮來脆天疏，每讀必起敬。相期輝國史，何止續家乘。

西山門下士，雜襲如魚鱗。惟我與子文，受愛異他人。送我長沙序，言言足書紳。贈君樵川詩，字字示寵珍。潛齋養正堂，兩記尤諄諄。為君説太玄，藏心養靈根。為我演蒙頤，山立静澄神。先生愛吾徒，不啻子弟親。將何報此德，相與玉其身。

我本麋鹿羣，官職不要討。儋石倘有儲，山林堪佚老。焚香旦告天，非為其私禱。一願屢豐年，田疇足禾稻。二願息兵戈，塗地無肝腦。飲水樂在中，茹芝顔轉好。篤信而好學，守死以善道。佩此八字符，傳為子孫寶。作詩寫殷勤，未省蒙印可。

與友人飲分等字韻

君詩敵曹劉，我才慚碩頹。隱几共團圞，醉鄉從酩酊。强吟蹙眉尖，得句蒙首肯。吟蛩聲咿咿，銀燭光耿耿。相看不惜夜，自足攻逆境。搜腹憐龜腸，朶頤傍羊鼎。論文固非儔，義氣略相等。世情似紙輕，交道如菰冷。願堅松柏心，歲寒青挺挺。

贈傳神莊士儀

畫工亦無數，好手不可遇。非是畫事難，難得畫中趣。况寫佳士照，又不比行路。莊生頗工此，為我掃尺素。儼然山澤臞，詩肩瘦鳧鷺。老色雖上顔，庾塵莫能污。生畫甚迫真，餘子等孩孺。得錢散酒家，無心問婚娶。醉被風雪欺，術招鬼神妬。長安多貴人，朱門富紈綺。使聞生之名，當即懸金募。我貧亦如生，正以詩窮故。一畫博一詩，兩手相分付。

殿廷初考諸同舍約共賦詩

紹丑夏五初，皇帝下明詔。大廷策羣英，虛心問道要。初考凡六員，同時赴宣召。宫講絜齋子，典刑真克肖。胄丞道鄉孫，道心長返照。何殊鐘在簾，宛如刀出鞘。谷口亦何人，才德俱富邵。走也分塵埃，識見等螢爝。亦獲在選中，所得過所料。宫燭分夜輝，御香供早燒。羣羽競赴矰，衆鱗争入釣。意氣雲龍翔，精神風虎嘯。或巽入柔行，或疾聲大叫。或自出機軸，或工事竊剽。或寫雲和音，或鼓折楊調。或作朝鳳鳴，或吟蚯蚓竅。好惡隨品題，寧復相譏誚。上方富春秋，明齊日月耀。涓露增滄溟，微塵填嶽嶠。乙覽公平章，甲科須直峭。諷必納祈招，箴必容庭燎。國步賴扶持，民痍需砭療。詰朝已竣事，杯行可以釂。

謝京尹惠酒饌

逐客次江干，復此風雨夜。元戎念寂寥，更僕相慰藉。醽醁實珍肴，寵光生邸舍。妻孥共感慼，道路或猜訝。謂此偃蹇蹤，横被彎弓射。彼哉簧正巧，或者石猶下。同志欲過從，避黨輒驚怕。曾謂十連尊，理煩無頃暇。惠顧及無聊，多言莫為謝。平生仗信義，正色叱姦詐。此樣不入時，致入人話靶。明時方獻文，安得有謗罵。獨以殿廬中，語言少假借。遂犯螳螂怒，間坐鴟鴞嚇。先期入簾幕，坐是罹罟擭。公施不報恩，高義等嵩華。一言挾纊温，所嗜非酒炙。天日方清明，罪過宜宥赦。白璧可洗瑕，煩公叩造化。

簡同年刁時中俊卿詩并序

時中，吾諍友也。未第時，作《老農行》以諷其長官，言辭甚苦。今為綏寧簿，被鄰帥檄，來董虎營二千間之役，諸邑疲於應命，民間悴於科募。一日禀帥，又欲任浮屠宫宇之責，帥以小緩謝之。余退而作詩，即以所諷令者諷之。

讀君老農詩，一讀三太息。君方未第時，憂民真懇惻。直筆誅縣官，言言虹貫日。縣官怒其訕，移文加誚斥。君笑答之書，抗辭如矢直。旁觀争吐舌，此士勇無匹。今君已得官，一飯必念國。民為國本根，豈不思培植。其如邊事殷，賦役煩且亟。虎營間二千，鳩工日數百。硬土燒熾窑，高崗輿巨石。山骨慘無青，犢皮腥帶赤。羸者頳其肩，饑者菜其色。憔悴動天愁，搬移驚地脈。吏饕鷹隼如，攫拏何顧惜。交炭不論斤，每十必加一。量竹不計圍，每丈必贏尺。軍則新有營，誰念民無室。吏則日飽鮮，誰憫民艱食。州家費不貲，帑藏空儲積。間有小人儒，旁獻生財策。大帥令龔黄，豈願聞此畫。夏潦苦不多，秋旱勢如炙。願君在莒心，端不渝疇昔。蔡人即吾人，一視孰肥瘠。築事宜少寬，紓徐竢農隙。至如浮屠宫，底用吾儒力。彼役猶有名，何名尸此役。君言雖慫恿，帥意竟縮瑟。同年義弟兄，王事同休戚。相辨色如争，相與情似暱。余言似太戇，有君前日癖。責人斯無難，亦合受人責。我既規君過，君盍砭我失。面諛皆相傾，俗子吾所嫉。

簡復齋陳寺丞子表夫知丞併呈真西山

復齋吾之師，高山儼標致。僕嘗函丈間，乞得四箴字。及來仕京華，登門願受記。復齋首肯之，贈言簡而毅。殺身可成仁，舍生甘取義。此生尚可輕，圭黍眇爵位。僕退書之紳，雋永言有味。充員京兆幕，萬一可行志。赧顔斥吏胥，冷眼視權貴。婉孌孤無朋，旁觀輒相忌。朝肆緝緝讒，暮遭申申詈。聖主初臨軒，不才叨考試。諸賢憚生語，一律愛軟媚。我喜衆所驚，人取我必棄。間有植私恩，了不恤公議。枘鑿不相投，罟擭焉得避。襆被去候潮，襁褓有幼稚。少需辰之良，解纜辭清渭。邂逅復齋子，入京方卸轡。為言東湖上，英才日以萃。窮伊洛淵源，傳紫陽位置。要使莆三邑，薰為善良地。僕也聞斯言，歸心生兩翅。平生真西山，赤心愛善類。誨我以沉潛，意同言小異。二公負名節，可望不可企。勇退在盛年，高卧看兒戲。我行拜二公，顔面儻無愧。作詩欠硬語，呈似賢昆季。謹勿示他人，恐為吾黨累。

親舊問盜作詩四十韻以答之亦可備野史之録

我來自京師，己丑之十月。道之建劍間，行行遇兵卒。問之何為行，對言聲哽咽。初只因臨汀，鹽商時出没。縣官事張皇，星夜聞帥鉞。帥出乃捕兵，此曹輒猖獗。加之江西寇，恃嶮護巢穴。向來誤殺降，貽禍今尤烈。合黨肆紛披，交鋒争桀黠。聚落四百村，室廬遭毁爇。轉徙臨昭陽，孤城危一髮。帥方實歸裝，視此苦不切。惟漕暨庾臺，協心圖撲滅。移文責十連，義激詞語辣。就檄劉權軍，專城植鈇戚。又有一老尉，賈勇抗鵰鶻。賴此所居民，猶苟旦暮活。我聞此卒言，憂憤中腸熱。及歸抵吾廬，保伍亦團結。或恐汀邵寇，餘燼尚分裂。或疑鼠狗徒，乘間敢竊發。吾鄉號樂國，目不見寸鐵。一聞鉦鼓聲，縮頭畏如鱉。新歲或訛言，城居竟搬挈。丁男肩欲赬，稚女足不襪。相顧莫為謀，去守將安決。汝知誨盜誰，吾能為汝説。年來民賊多，田里困根括。單丁火亦追，逃户租盡刷。猛虎政太苛，攘雞手已滑。剥床忍及膚，椎肌慘見血。吏肥富薰天，民貧怨刻骨。及此皆幸災，狺險何聒聒。古來盜賊興，原按：此與下句不接，考次首和韻，此處脱六句。官吏去饕餮。大者籍其家，小亦寘重罰。人心知是非，端可以理折。民賊盡芟夷，雖賞之不竊。

鄭昂叔和余問盜詩末及山東事弟姪輩又問山東本末再用前韻答之

江左百年來，英雄老歲月。空糜東南財，坐廩驕惰卒。嘉定徼開禧，廢食因一咽。國論規便安，神州聽淪没。和戎益金繒，諱戰鈍斧鉞。邇者天禍之，韃靼逞狂獗。一舉殄金人，犁庭掃其穴。金如釜中魚，靼如火烈烈。乘間蠻觸衡，復有山東黠。長驅淮甸間，大縱山陽爇。或屠制帥家，自注：許國。或髡守臣髮。自注：姚翀。魚肉我王人，自注：荀夢王諸人。首領春葱切。塗炭我生靈，聚落炊烟滅。嫚書揭通衢，著語太辛辣。供帳王者居，左纛將軍紱。原按：前首「專城植鈒戟」，此韻與前互異。往來青齊區，健比霜天鶻。一名娘子軍，掎角同生活。狼心肆陸梁，烽燧競熏熱。我事南方强，謂可以恩結。衣裳一顛倒，茅土甘疏裂。納侮忍包羞，容姦噤不發。誰與生厲階，正爾錯鑄鐵。彼計甚詐狙，吾謀類跛鱉。歲帑久樁儲，復為彼齎挈。邊籌乏寸長，往往如拆襪。相顧皆狐疑，莫能抵龜決。心知示弱非，成事付不説。邊民亦何辜，一孔盡搜括。戰艦尾相銜，義丁家盡刷。需求意無厭，許可舌太滑。譬之護癰疽，包裹畏見血。僅僅外留皮，髮髮齧至骨。理勢有必然，吾言非强聒。惟願天聽回，攬權制生殺。毋倒太阿持，毋憚强弩末。毋貽養虎憂，毋使饞蜂孽。廢籍起忠賢，窮荒斥奇餮。一朝出六師，聲罪行天罰。名正事必成，本强衝可折。銜璧許來臣，寸鐵誰敢竊。原按：邁於紹宣（當作定）三年充考試官，詩首言來自京師，己丑十月，應在殿廬被劾免官之後。李全於是年十二月寇揚州，時事脗合，故二詩序次在此。

弔何巖

可憐何巖民，何罪遭此劫。寇攘發他邦，警報經旬浹。官府過張皇，民居少寧貼。昨方科箭翎，今又催甲葉。厚斂招提金，名色何所挾。昌言募土兵，相與守城堞。繡衣意其欺，急下徵兵帖。束手無一人，差官許專輒。縣官至何巖，丁壯被威脅。黔首畏墨黥，依違謀未協。口或出怨咨，心實先震懾。官兵胡為來，紛然肆漁獵。室廬罹燬燒，老稚殘鋒鋏。山徑至通逵，輿尸交積疊。敢梟平人首，偽奏譙門捷。殺民汝何勇，殺賊汝何怯。此鄉風俗淳，武斷無豪俠。目不識戈矛，家盡事耕饁。豈應有叛謀，誰子為荆聶。黄巾縱挺威，吾地足未涉。官吏大不仁，使爾血先喋。千家聚落蕃，幾代農桑業。一望成邱墟，獨非我臣妾。安知此怪事，不入賊間諜。設或擣吾虚，小壘真岌嶪。舟中敵國多，况望蒸徒楫。書生憂世心，夜半不交睫。作詩弔寃民，詩成淚盈頰。翻恨天門高，不與閤閭接。丈夫貴敢言，女子乃呫囁。

信手閲清溪詩一首依韻即事

久雨妨好春，朝暮無休息。出門欲有行，苔滑泥餘尺。四望人烟稀，千山鳥聲寂。饕寒不肯歸，青帝覺無力。况有黄巾徒，鄰郊漸相迫。虐焰挺戈予，連車掠金帛。王旅猶稽留，民兵半覆没。羊狠來莫當，鼠竄去無迹。踐蹂清野塵，原草不能碧。世運何乖張，生靈罹此厄。丁壯抱枵腸，駢頭受科率。氛妖誰掃清，氣象太窘窄。書生憂國懷，半夜轉加劇。相倚如輔車，忍視為胡越。富家太不仁，增價糶斗石。但愛囊橐豐，不憂狗鼠黠。甘為盜貯儲，遑恤人饑渴。兇渠曷日殲，苦潦何時歇。作詩愧北征，聊以志歲月。

携筇出尤嶺嶺頭坐俟輿夫不至

我居南麓下，頗利君子遯。如何溽暑初，涉此複嶺峻。瘦藤代筍輿，路熟不待問。拂石小盤跚，心愛木陰潤。清風解人意，陸續松杉韻。掬泉嚥茗芽，竊賞此味俊。我坐亦良久，我僕行何鈍。平生性麋鹿，合有幽閑分。舉足履世途，退尺進僅寸。曾此小遲速，而足置喜愠。繼今出處同，冥心法天運。斯游悟窮通，持與達者論。

送黄成甫殿講被召

泉為閩望郡，山海來航梯。琛貢交異域，珠貝象玳瓈。腥風易涴人，濁如雨後泥。不屑受點污，除非辟塵犀。南渡賢太守，前稱王梅溪。中間西山真，後有苕川倪。近歲李竹湖，四賢玉雪齊。他守非不賢，多以慾境迷。一罅苟可投，趨者由旁蹊。利心長萌蘗，公道生蒺藜。鴞見腐鼠嚇，鳳甘梧桐棲。物性殊潔穢，人品隨高低。君侯第一人，壯氣干虹蜺。天墀一長鳴，萬馬不敢嘶。為州上異最，趨覲下宸奎。歸裝試檢點，定無南物齎。時艱方急賢，君命焉可稽。巨艦方解維，穹車正發軏。憶昔端平初，衆正咸登躋。如人墮夢境，忽聽警旦雞。云何不常泰，一變成孤睽。大老遽淪謝，善類誰提撕。菊坡未起南，鶴山斥歸西。朽屋費撐拄，洪流欠障隄。蜀道横豺虎，邊城喧鼓鼙。流民滿京輔，溝壑填髦倪。弊事非一端，言之重酸悽。醫國要大藥，去膜須金篦。君子與小人，却是一巨題。願為君子者，名檢身自隄。皎然不可玷，琳琅别介圭。凛然不可犯，貞女處幽閨。必服羣小心，始去禾中稊。義利生一念，治亂分兩畦。老我以狂故，屢為語穽擠。朝行辭鵷鷺，野性便鳧鷖。附熱恥翕翕，耐寒甘凄凄。荷君不世情，猶念故人綈。紅絮正飛零，緑陰被長堤。送客洛陽橋，春風逐馬蹄。相期在遠大，不敢惜分携。

有客一首寄温陵史君趙侍郎涯

有客至自泉，為我出嘉話。泉得趙史君，誰人不稱快。天生冰玉姿，系出龜琴派。標峻埒昭回，氣清融沆瀣。方在諫省時，朝紳推鯁介。及膺承宣命，未到心已解。真李報政後，紀綱日大壞。有坐泉山堂，不守盂水戒。户庭交賈胡，寶貨通買賣。繼者廉而慈，臥痾力衰憊。暴吏恃饕官，誅求及菅蒯。大姓及細民，怨仇起眦睚。我公方下車，當食輒興喟。寮屬愛貪泉，争飲不為怪。予將輩元結，誰肯伍樊噲。職曹與舶屬，時號大駔儈。兩疏劾四兇，人喜如爬疥。州胥富蓋藏，至則繫以械。曰此其渠魁，豈止為罥絓。縣官庇黠胥，期限稍寬解。山判吁可驚，即日命追解。惟仁必有勇，勇去禾中稗。良善苦勢家，至則行决夬。府史例橐姦，今乃聽自敗。無欲始能剛，剛拔園中薤。我起瞻四方，風濤極澎湃。砥柱設無人，淪胥靡所届。理欲差毫芒，公私分限界。公竪硬脊梁，浮榮等草芥。出處民戚休，行藏道隆殺。授公以師旄，一路息彫瘵。位公以中書，舉世警矇聵。宇宙倘清明，行有大除拜。作歌者何人，江左狂生邁。

題洪知觀靜齋

蠻觸當戰衝，蚌鷸據争境。相持無了期，復命終歸静。人事苦紛拏，世態異炎冷。遠抱異俗觀，照以清明景。余生涉畏途，所至虞機穽。求富恥執鞭，圖名成畫餅。道侶得洪師，唤我夢中醒。師如辟塵犀，神觀最清警。葆粹息天倪，運斤傻匠郢。結茅規數椽，討勝事幽屏。楹檻疏以明，規撫肅而整。晝永篆飛烟，風來幡弄影。開卷課黄庭，煮茶汲清井。以静名其軒，會處心自省。吾廬雜塵囂，相望限一嶺。煩師縮地脈，得我便造請。别來火雲張，今見霜宇浄。寄詩當梅花，一笑師當領。

學易齋

太極分陰陽，生生之謂易。易有乾之元，生意露消息。先生易中行，日用而飲食。全體純是仁，本自玄中得。克己下工夫，心臺皎如日。處則為顔曾，出則為禹稷。所以學易齋，孜孜奉天職。滿腔皆春和，八荒開壽域。

題余君肅曰嚴忍齋

君肅吾良朋，天資秀而穎。以忍名其齋，求余為序引。余聞刃制心，其字謂之忍。一忍寬百憂，百動歸一静。人心本至明，萬善集虚境。外物一障之，天真隨晦泯。意猿肆頡頏，氣馬浪馳騁。以忍作防閑，如物有繩準。聖賢養心學，最切是懲忿。愚者一不校，魯者三自省。行行無取才，宜為夫子哂。師德豈懦夫，見善必操秉。唾面令自乾，可以愧不逞。公藝忠孝人，家法肅而整。九世有盤盂，一字其要領。願子繼自今，去過貴乎敏。育德必體蒙，辨義直觀井。意融妄盡消，心清事亦省。我少染習氣，近亦痛除屏。作詩雖警君，且欲以自警。

堅固堂

五常之有信，猶土相生植。四端有諸己，體用歸於實。先生於實地，外方而内直。硬作鐵脊梁，許身衛社稷。神授五字符，得大堅固力。不為聲色揺，不為利害怵。所以堅固堂，山立而玉色。願言愛精神，自壽以壽國。

常惺惺室

性命一同源，萬善天所賦。五行水生智，正以虚明故。先生原命宫，水與金夾輔。清質自生明，冰壺澄月露。窮理以致用，幹事必正固。與國作蓍龜，應物公權度。所以常惺惺，一室神明護。室中主人公，壽比喬松數。

代簡奉寄三山方時父遇游幾叟明復

昔我游三山，稠中得二友。初交方時父，後識游幾叟。大比獻能書，厥歲在丁酉。垂釣文海中，修鱗上鈎否。蔡簿校文回，曰方其所取。有高説夫者，姓名出其右。高游本弟昆，紫荆偶分剖。游雖遲再薦，楚弓楚人有。余評時父才，進士中少耦。詞絶似秦七，詩已迫黄九。幾叟尤不凡，耿耿良自負。英辭沮金石，直氣干星斗。等是青雲人，科第争前後。射策對天墀，會須為舉首。三年一掄魁，須服天下口。毋為陳誠之，要作張無垢。狂生分不才，垂老未覺醜。嚮坐太饒舌，相看擁衆手。六階何惜鐫，百謫亦甘受。不愛騎鶴姿，看人作太守。只讀相牛經，教子事農畝。乏地堪置錐，仰天頻擊缶。二君最知心，一别忽許久。作詩分寄之，或賞千金帚。併簡潘庭堅，何時一樽酒。

寄陳士登元龍士登書問盜且責予不貽書當路爲剪除計予方以罪歸有言誰見省作詩謝之

悠悠我之思，東里陳驚坐。更闌夢持環，晝永心搖纛。一春苦風雨，我困南山餓。君樓百尺高，頭上天幾大。於我未忘情，更僕修夙好。耿耿憂世懷，急於聞警報。為憐上四州，豺虎正喧噪。虐焰欲熏天，獲人争斬剉。將州豈不武，棄縣如洟唾。官軍望而奔，所至徼宴犒。鄰境近憂惶，刁斗急巡邏。君責我以書，何時乃高卧。曷不出良籌，亟為當路告。當局自能迷，看局當不蹉。我壯君之言，義起千夫懊。顧方謹三緘，此戒那可破。諸賢各有謀，何欠儂一箇。君家昔太邱，能愧梁上盜。毋為陳君短，此語更傳播。吾家昔彦方，能正屠牛暴。勿使王君知，叩頭甘謝過。兩家俱德門，今有若人麼。前時何嚴警，召亂在縣左。賴君告少仙，全活幾髫髦。但推此仁心，古人不難到。鄰里貴有恩，急難相惆悼。裂券蠲宿逋，減貲糶莊課。肯令州中人，指我為奇貨。盜亦有道者，仁里敢桀驁。忠信蠻貊行，豈弟神明勞。我持一瓣香，日為蒼生禱。吾君甚愛民，恩德侔覆幬。社稷福靈長，妖氛行屏掃。吾言非誕迂，有唱吾須和。

送表弟陳一鳴堯章入京

科目狹為途，英雄多短氣。賓賢詔一頒，應舉紛如蝟。低心逐時趨，練語避忌諱。得者固僥踰，失者徒歔欷。巨鱗不上鈎，修翼不入厨。鄉選亦孔艱，計臺征以彙。我嘗校蘭省，厥歲在乙未。時收甲乙科，多是戊己尉。國步矧多艱，志士發長喟。襄蜀漲氛妖，江淮方鼎沸。毛錐無能為，長劍使人畏。朝能立寸功，暮可攫富貴。二子趨玉京，道遠不吝費。進身假梯媒，流品孰涇渭。世科藉此登，親望始寬慰。老我謬憂時，周嫠遑恤緯。諸公忌生語，悉力攻謗誹。藿食可充饑，荷裳尚堪衣。功名付君等，山林吾有味。

以喜聞過墨贈吾婿鄭純父珤

西蜀游文昌，贈我墨兩箇。墨上署嘉名，名曰喜聞過。過失人誰無，剛褊柔易愞。衆人巧自文，君子喜人告。予性失之剛，所患在急躁。未嘗不佩韋，因循及老大。不能如師德，受人對面唾。至使巧宦徒，目為背時貨。子性失之柔，鮮有特立操。嗜慾微萌芽，左右紛投好。不能如乖崖，按劍警坐卧。中心欠所主，恐似風搖纛。乃翁匹前修，德行圭中瑁。承家合有人，前猷宜久蹈。賢母慈且嚴，熊膽親調和。養志最為難，家聲出堂奧。吾女正抱痾，朝夕煩拊勞。要相敬如賓，毋縱欲長傲。女亦嘗聞詩，緑衣戒顛倒。候其疾之瘳，蘋蘩能采芼。內行儻不愆，事業當遠到。賢者後必昌，積善天所報。持墨為子箴，進德謹勿惰。墨卿子良師，莫被渠看破。

送春有感

東君行趣裝，桃李事如夢。蝶懶欲息游，鶯老不好弄。殘紅正可憐，更禁風雨送。榆莢羞獨飛，却惱楊花共。去年於此時，客食紅塵閧。眼看豪俠兒，躍馬青絲鞚。美姝舞娉婷，吹簫來紫鳳。開樽六一亭，偃蓋飛來洞。我亦强行吟，詩成和者衆。時序易推移，人事少閒空。翻思年時樂，已如耳邊哄。清曉坐孤寺，晴曦照華棟。沙平嘴帶鷗，山遠腰横蝀。閱書眼倍明，拈筆手猶凍。掃地焚甲煎，呼童開臘甕。汲井得甘泉，瀹茗試新貢。短章寫我懷，謾遺兒曹諷。

獵者 見方雷桂子直言其事

山中有獵者，設網張四隅。稚麞為所絓，性命懸庖厨。母麞至網外，躑躅相悲呼。明知獵者意，於己併覬覦。柰愛不可割，投網與子俱。獵者偶省悟，攢眉發長吁。縱之與偕活，長揖謝獵徒。焚網毁毒矢，放鷹逐韓盧。人物强非類，天性元不殊。愛母寢皮猿，惜子喬腹魚。人均作此念，可廢佃與漁。獵者仁孝心，洞然貫體膚。彼為中國穽，愧見此獵無。

壽方右史德順大琮生朝

大哉天地仁，生意無盡藏。芳春三月時，五陽正敷暢。在卦則為夬，澤下於天上。篤生萬人英，出應蒼生望。退然處鄉閭，温恭加直諒。萬頃波汪汪，一團和盎盎。凛然立朝廷，讜論動旒纊。張膽輸藎忠，頳顔斥庸妄。寧為鳳鳴陽，不作馬立仗。玉皇笑點頭，諫疏堪屏障。讒者何人斯，嚴科欲監謗。綱常盡斁淪，天日忍欺誑。白璧汙蒼蠅，鳴珂辭翠閬。膏屯施未光，幹蠱遂高尚。郭外新結廬，野色耽虚曠。積書遺兒孫，開罼延輩行。及此紱麟旦，仙壺敞方丈。台宿焕祥輝，矞雲賓景貺。有客前稱觥，致詞太豪放。海内今何時，四面波濤漲。督府册元戎，廟坐轅門帳。妖氛不能清，惻焉賴汝將。都堂留一老，手携靈壽杖。顛危不能扶，又焉用彼相。時流忌生語，相顧效啞瘴。回首憶端平，芳菲僅一餉。大號正揚庭，一陰敢陽抗。治少亂日多，古今同證狀。公抱葵藿心，未忘太陽向。天運有推移，陰陽迭摩盪。夬進則為乾，羣龍神氣王。公主善類盟，任重在力量。周道當中興，方叔猶必壯。松茂宜栢悦，吕鳴因律唱。喚起矍鑠翁，吾軍亦可張。壺山獻寶熏，壽水足醇釀。一瓣虬吐烟，一吸鯨吞浪。壽公乃壽國，他語徒冗長。玉鼎願精調，金甌保無恙。

書懷奉簡黄成甫史君

憶昔紹定元，被命考廷策。偶過袁君房，玉墀日將夕。案頭得君文，喜躍越三百。張燭朗誦之，相與手加額。若人作掄魁，餘子當辟易。時有詳定官，嫌君多指斥。衆默余獨争，言厲面發赤。紫宸一傳臚，璧水推巨擘。諸君始相賀，時相頗不懌。爰有小人儒，從旁肆蠹螫。諫官工逢迎，霜簡肆捃摭。此事人能言，本末甚明白。暨于端平初，天奪老姦魄。散地起忠良，邱園紛束帛。君老登瀛洲，講筵賜重席。余亦試玉堂，朝有愈之跡。啜茶熏玉虯，投餅呼金鲫。同校南宫文，等是西山客。無何陣脚動，君出為方伯。館中失名流，我輩苦嘆惜。西山遽仙去，局面日改革。余入對未央，苦語出肝膈。淮南冤未消，元載家當籍。外黨分牛李，内寵怙秦虢。臣愚懷隱憂，厚地其敢蹐。虎鬚敢一編，龍鱗敢一逆。自信填海隅，復中含沙射。移舟返蓬萊，伏陜甘冰蘗。君正舞萊衣，清香籠畫戟。年豐富紅倉，風順多琛舶。我舍抵是州，相望纔四驛。幽棲懶及門，一再通書尺。起家倅漳濱，始訪二千石。居官未半朞，臺評又尋摘。既罹闞虎嗔，宜有人猫厄。歸途抵温陵，除夜大促迫。所親有室廬，許我相假借。蓮燈看爛紅，栢酒浮重碧。去家差不遠，朋舊來絡繹。雌堂在何許，一望弱水隔。山鬼巧揶揄，室人交徧讁。平生重名檢，義利最知擇。冷眼視輿金，寶身甚拱璧。世途赫赫炎，衆手所共炙。誰能效李錐，作計事鑽刺。蒲葵安可常，秋至輒抛擲。貴賤見交情，書門何怪翟。趨時豈不好，嗜古業成癖。羣飛任刺天，甘剪籠中翮。丈夫身計輕，憂國愁如積。向欲恢三京，今日蹙五百。西蜀斷咽喉，北軍患肘腋。流民滿京師，戾氣成疾疫。强寇恣咆哮，行人飽需索。廷紳倒手版，淮帥羞巾幗。南海下蒲輪，西人望衮舄。病劇乏良醫，棋危需善弈。君行覲清光，何策輸忠益。急須息邊塵，徐可壽國脈。任責屬諸賢，臞儒老山澤。

寄惠州陳史君真卿

千仞羅浮山，蓬萊分左股。有詔陳太丘，剖符為地主。皇皇太丘門，德星之所聚。前光盛胚胎，後來紛衆甫。共惟休齋公，遺教垂鄒魯。君侯其聞孫，風烈不忝祖。繼以詩書帥，遺愛比召杜。君侯其英嗣，真清亦如父。嚮者位于朝，穹官可拾取。不能枉尺尋，矧肯效媚嫵。翩然乞一麾，來此開藩府。此郡舊富饒，廣中號樂土。年來困軍須，炎火無冷釜。鄰盜闖其藩，燒痕未全補。噓枯待仁風，醒暍仰膏雨。迎輅兩朱幡，驩呼十萬户。朝宣上德意，夕問民疾苦。為渠作豐年，愁嘆變歌舞。得結數十輩，萬物氣可吐。行奏循良功，入布承明武。走也山林人，本無素宦譜。妄言宗社事，屢犯君相怒。緝緝惡樊繩，眈眈畏闞虎。歸歟結茆庵，課僕理蔬圃。餘子易炎凉，眼前何足數。君侯誼薄雲，寄詩傾肺腑。

還氈行

老屋數十椽，下濕上又破。無端野狐精，昏夜入為盜。竊我三重氈，目之為奇貨。持以獻朱門，曰此堪媚竈。自余失此物，志意不少挫。苦節凌歲寒，羞顔薄時好。命義守大閑，潛深仍伏澳。客從北方來，特以吉語告。舊物將見還，前甑元不墮。余笑與客言，的有此説麽。孔光坐廣堂，當局已昏耄。余嘗對天仗，正色數渠過。其心不能容，未免含疾娼。石顯在宫闈，威福弄幽奥。余又疏擊之，見面定渠唾。其術方盛行，及此必圖報。客乃寬余心，少安謹勿躁。聖主赦宿愆，仁恩等天幬。昭相愛善類，德量如海大。讒者害莫成，匪伊氈自到。未幾符其言，客喜相問勞。勸客勿為喜，我且為時悼。米石三十千，杭人死饑餓。敵寨七百里，淮人共斬剉。窖雪飛無留，融風扇炎燥。潮汐來無時，民廬陷泥潦。旱魃肆陸梁，妖禽輒鳴噪。殞星光射人，雨雹威尤暴。地軸疑翻騰，乾文訝顛倒。昔余出硬語，萬死敢一冒。廷臣誚雲狂，相國嫌愈傲。不幸朞年間，前言多踐蹈。今居山澤中，日向蒼穹禱。一願雨暘時，田疇足秔糭。二願干弋休，邊境息巡邏。庶幾老餘生，農圃得自課。保此狂生名，比方散人號。不然瞻四方，欲往誰前導。雖粟不得食，况有氈可卧。人品有高卑，才氣分鋭惰。嗟我甚低垂，賴君起吾懊。

述夢

午枕避塵囂，夢乘銀潢槎。好風吹衣袂，墮我天之涯。羣仙赴號召，驂鳳來香車。一見如故舊，絲麟酌流霞。或鞭石為羊，或握棗如瓜。中有汗漫生，盤礴埋丹砂。誰言仙有道，挾術相矜夸。顧我亦可學，正坐一念差。我笑謝之言，仙凡各有家。悠悠御風還，聚散如團沙。繩床一欠伸，兹遊真幻耶。咄咄置勿論，呼童煮新茶。

辛未中元記夢夢與一僧談世事良久問答中有凡事如此汝曹勉之之語既而造一境如仙家居厥明用夢中八字爲偈末章反騷

一念稍分明，天壤異仙凡。諸相等歸妄，天真要無厖。凡物非我有，秋毫不可貪。只此為上乘，其諸總虚談。無字經可閲，無言禪可參。白雲過前山，明月映空潭。

遽遽一夢中，了了三生意。法界如許寬，此生亦特寄。誰言玉局仙，元本是法器。不解自磨礱，因人亦成事。强顔游人間，聊作逢場戲。山色溪聲中，略得些滋味。

石塔本無縫，吐光萬丈餘。不是風火扇，又非喉管嘘。此光胡為來，塔亦不知渠。解作如是觀，身心長自如。塔身俱著實，光心等是虚。虚實歸一致，無乘亦無除。

鑿空談荒唐，我正不為此。故知又故為，頗悟前生是。憑誰照前因，斯言特戲耳。既是無今古，如何分彼己。須彌一點塵，萬劫一彈指。無失亦無憂，無得亦無喜。

禪悦既無門，仙居在何所。與渠無半面，一見相爾汝。霓裳製未成，翩翩欲高舉。身如一羽輕，去天才尺許。胡為造此境，問之不吾語。正緣崆峒中，蕭然無物貯。

世人欲不死，焚香事大羅。死後欲超生，將身靠彌陀。个裏不透徹，仙佛如子何。我素不持戒，焉能斷腥臊。獨有一寸珪，明白不可磨。學仙與學佛，此事付兒曹。

擣薺餐鐵杵，此味知者鮮。乘車入鼠穴，聞者知其舛。打鐵作門限，鬼笑定不免。點雪紅爐中，達觀理甚顯。當局自然迷，正欠撥一轉。上馬奔前程，此著須自勉。

盤中有止水，歷歷見鬚眉。能定乃能應，人心固如斯。至誠本如神，聖賢不吾欺。鳴鶴方在陰，其子輒和之。天未降時雨，山川雲已知。誰能舍我龜，而觀爾朵頤。

贈談星達士

列肆競談星，謬者十八九。達士何許人，儔中推好手。精步宿羅胸，縱談鬼擘口。技絶固招窮，鶉衣不掩肘。朅來訪臞翁，意欲相擊扣。翁命翁自知，不問子休咎。蒼生命甚危，子亦知乎否。魏闕妖狐翔，吴江水獸吼。馮夷肆陸梁，富媪難載負。强寇噬邊州，湖堧經踐蹂。王師戰且弱，鈋鈍甲兵朽。流民滿江瀆，溝洫紛骸髏。京米貴於金，十千可一斗。暮夜光燭天，彗星大於帚。災眚此非常，其敢飲以酒。都人極皇皇，如魚驚在笱。國脈眇一絲，病固有從受。西山薨於前，鶴山繼於後。洪蔣與李徐，俱作修文友。吴訃漫塘翁，廣哭菊坡叟。天為國生賢，福賢理宜厚。何事數鉅公，不為國耆耇。周堪劉向亡，老光握靈壽。元城了翁去，賊京得皓首。賢者今餘幾，其生皆不偶。或入在朝廷，或出為牧守。或未脱丹書，或猶耕岩藪。煩子布星躔，為余細分剖。孰可坐廟堂，孰竟死田畝。孰堅如松篁，孰脆如蒲柳。天如祚吾宋，存者必長久。狂生何能為，自分安老醜。無地堪植錐，仰空長擊缶。昂藏作丈夫，諂佞羞妾婦。寧可效熊經，不出隨狗苟。但願世道寧，天宇息塵垢。廷無憸壬人，周召置左右。邊無兒戲軍，廉藺善攻取。庶幾老餘生，官職乎何有。閒日教子書，不教子學走。

水口上舟呈同行傅月山莨

泝流上嵩江，江闊流益峻。時方良月初，打頭惡風信。老翁把柂立，首叫尾必應。大男前運篙，風激水還噴。小男上拽繂，石行跲復奮。後退輒丈尋，前躋不尺寸。偪仄一堵中，危坐易慵困。冷雨去復來，前山邈難認。江天暮漸低，好風來一瞬。帆飽去如飛，兩程疑可併。舉杯囑月山，凡物有定分。壯年登王官，轉盼更五閏。星沙罹閔艱，日轂轉顛頓。方頭忤時流，失脚落陷穽。巧宦疾以馳，笑我拙而鈍。如登今日舟，易退難於進。自知平生事，百欠無一剩。饑寒驅出山，歌笑破羣悶。獨有不自欺，心可與天印。人為固多端，天定或能勝。願如晚來風，先逆後乃順。得酒且酌斟，升沉付天運。有窮必有通，無喜亦無愠。

送林公似有之宰古田

余與林公似，生長南山南。吾翁與乃翁，宿望俱不凡。或晚登黄甲，禄不霑斗甔。或困頓場屋，補勞僅青衫。執手授遺編，尚友遷纖談。家法無諂語，妙理静中參。丁丑俱一第，苦盡稍回甘。蹭蹬二十年，令緫換頭銜。嚮來同登者，青雲徧騰驂。吾輩慣冰檗，世好殊酸鹹。君去宰壯縣，栽花興方酣。我乃賦歸與，悔狂口宜緘。棘蠅來營營，鬬虎卧眈眈。頹波從汩没，砥柱高巉巖。孤士脱選階，如出百丈塹。舉員必及格，桂籍始一占。宰邑非不榮，吏塵豈宜厭。平生學愛心，小試乃可驗。今時邑大夫，不軫閭閻念。非財不經營，所欲須屬饜。創第要高華，買姬求美艷。驕色肆頡頏，嚴科行聚斂。攫肉比饑鷹，噬膚如獰獫。但規己豐腴，皇恤民亡阽。吁嗟饕餮徒，信是搢紳忝。中人易轉移，習俗多薰染。林君最高明，百行無一欠。俗然君不然，白璧絶瑕玷。狂生作此詩，未病投鍼砭。愛助極拳拳，苦語忘其僭。

寄林教授龜從

我生麋鹿羣，巖穴性所樂。寓城看病女，蹤跡良踸踔。神明倘見憐，醫藥須課效。便當歸舊廬，誰愛入此鬧。炎暑甚蒸炮，矮屋如籠罩。欠伸尺蠖形，低垂木雞貌。清晨得君書，銜繫新州教。慈恩叙同年，轉盼夢一覺。我於端平初，蓬山叨直儤。批鱗咈神龍，編鬚犯關豹。一斥褫三官，連年絶廩稍。我罪坐狂愚，令受人繫敲。君胡二十年，無由極比較。今又深入南，正坐不能巧。羣兒益紛拏，疾足逞超趠。我輩履羊腸，所歷極确磽。宦海走千帆，好風縱篙棹。我輩航一葦，無緣出泥淖。世道日以艱，大厦摧棟橈。邊塵日以紛，衝梯設矢砲。逆潮陸成淵，苦旱水飛窖。餓莩盈通途，驕兒縱烈爆。君視此何時，有官如荷校。猶戒我韜藏，前尤勿再傚。良玉不受焚，直木不畏撓。命當安窮通，義當守忠孝。久別誦吾詩，君心獨無校。

跋林學士宋卿帖

林初第時，與友人洪明昌帖云：某叨忝後，得鋪地錢千，省孤寒出京人例厚贐之，所存無幾，但没雙金閑費耳。僕一日過姑丈林叔寶家，睹此帖，因嘆前輩高誼如此。偶憶韓魏公牛平輕財喜士，凡數事，國史不載，而家傳載之。遂成古詩，以發潛德。

朝為一旅人，暮拾九品官。趾高氣且浮，反面視孤寒。昔聞韓魏公，義風塞人寰。赤烏坐書錦，有客排其闕。孤身無所賫，乞公玉盥盤。公笑授之去，感涕雙汍瀾。我始得此事，謂可聳俗觀。家傳書甚悉，國史載不完。今見學士帖，爛然銀鈎蟠。方其一第初，半載游長安。持書遺鄉朋，客費無虚閑。近得奩中貲，分壯貧士顔。寧我食無魚，不忍渠無餐。寧我裾無華，不忍渠衣單。臭味何所愛，敢言囊之慳。猶愈輕薄兒，一笑黄金拚。我來閲遺書，據案發長歎。縱横纔片紙，突兀巳萬間。魏公為上相，庇士易為懽。林公初筮仕，為此良獨難。景仰前輩人，高節騫雲山。原下不可作，清風何時還。泚筆哦此詩，寄名烏絲欄。庶幾一見者，可以激偷頑。

反艷歌曲復三山林斗南

誰作艷歌曲，律清語不塵。雜之古樂府，意態甚迫真。謂余欠嫵媚，宜為衆女嗔。方憐長門閉，漸喜湯沐新。此曲豈不俊，所儗非吾倫。生為奇男子，先辨許國身。有手要折檻，不炙許史門。有頭要叩墀，不拜五侯塵。呢呢兒女語，煦煦婦人仁。夕泣緣失寵，朝欣為承恩。此非奴事張，定是妾效秦。是為赤有臭，何止黄不純。因君詞婉美，感我意酸辛。正恐漆園女，嗤點我輩人。

送地栗與囊山應叟和尚

淤泥生蓮花，不如生地栗。蓮花生好看，地栗却好喫。看底只是虚，喫底却是實。虚實總不如，般若波羅密。

以上《臞軒集》卷一二

全宋詩卷三〇〇三

王　邁二

題九鯉湖

湖，游洋勝境也，有九龍運仙人丹竈至今存焉，舊傳有巨鰲隱其中

仙人蟬蛻幾經年，山水勝處今依然。長驅九龍叱雷電，高跨九鯉升雲烟。武夷九曲此幻相，靈砂九轉成丹鉛。黄雞白犬得一舐，翩翩高舉紅輪邊。我家去此可三舍，欲識仙竈無因緣。揭來乞取方匕劑，要使凡骨成飛《永樂大典》卷二二七〇作立能仙。羣仙駢頭顧我語，笑指巨鰲在深淵。覓丹他日來未晚，且與一釣六鰲連。

立夏前五日出郊送春

前回馬首絡青春，春我相逢皆故人。今朝出門忽失笑，春如五日之京兆。鶯癡蝶騃不知愁，惟有杜鵑啼到曉。春到園林郵傳哉，藤陰次第庇莓苔。願春長在人長健，何惜與春歸去來。

墨歌寄林明叔

贈君古墨三寸許，君知此墨從來處。溧陽石化幾千年，鋼鐵臼經三萬杵。昔我得之於異人，使我拾襲藏為珍。我今以半為君遺，物以少貴君勿嗔。來歲八月西風裏，我曹忼慨辦行李。書囊無底將不去，檢點笥中惟有此。用時須留一匕餘，丹墀大對要煩渠。更有浯溪紀功石，待問君王乞墨書。

黄君任景伊西上

杞梓非凡材，騏騄非凡馬。樸樕不入公輸門，賞駿豈無伯樂者。龍泉真寶劍，焦尾亦名琴。張華有眼識紫氣，子期解聽流水音。凡物時為之否泰，横寶在道衆所愛。十年讀書得一友，送之西征吾意快。梅花馨，雪花明，仙霞直上逼雲津。别君不作兒女語，萬卷詩書早致身。柳綿飛，榆莢舞，軟紅塵中花如雨。逢君一笑上青樓，破費黄金買金縷。那時君已在瀛洲，而我正為京華游。便教後舉入黄甲，早是輸君此一籌。

送洪承信儒發西上

詩賦不直一杯水，明經談笑博青紫。兩石争如識一丁，長槍得勝毛錐子。夫君稽古歲月深，雕蟲童習素所耻。奮身刀劍亦借徑，未能免俗聊爾耳。朝來免胄翰墨場，妙發穿楊三昧矢。神人换鼻許正郎，朱衣點頭相行李。仙霞絶頂雪漫天，快上扶摇九萬里。明春躍馬白玉京，都人争看龍燒尾。應笑向來點額人，方上橋門趨劍履。便須破費千黄金，邀儂一醉長安市。

送朱典卿履常參學

文章久矣乏正氣，作者付誰傳位置。天庠晚乃得朱君，鐘吕一鳴康瓠棄。君看今歲大廷魁，一種風骨何尪羸。吾曹此名未立耳，立則萬口須銜枚。君今乘槎問星漢，名已籍仙政何患。蠶繭工夫何足籌，龍墀動業須早辦。作詩贈君當馬鞭，梅花送春入冷邊。與君同舍我無緣，天其或者須同年。

和毗陵傅知録送其姪得隽廣童科

渥洼騕褭子展足長，朝發燕都夕夜郎。一腹如椰貯夜光，揮毫落紙爛成章。誦書三筴無遺忘，風采聳動中書堂。伯父一見金玉相，聲之以詩鳴鳳凰。顧我外氏出義陽，忝與此郎為雁行。竊效昌黎序送童子張，期子更閱幾星霜，姓名金榜相頡頏。

聞倪尚書赴詔

老倪昔以戇去國，時無一語為王留。自從醫國失扁鵲，民之瘼矣矧可瘳。滿朝争慕舌為柔，忍恥戴天事世仇。間有一念及王事，秖能低頭效楚囚。漢家朝得一汲直，淮南即日干戈休。夷甫清談倡薄俗，坐視平陸沉神州。殘寇六年汙京汴，羣魚假息釜中游。陛下至仁一南北，天假機會忍不投。顧盼左右求所倚，張仲孝友吾故侯。亟下一紙起高卧，明堂一柱清廟球。書生聞詔喜不寐，江左有人吾何憂。翻思死者不可生，誰為中興壯其猷。未必軍中有老范，且乞王所容居州。

賀表兄傅仁仲常後院生男

昔君與我夜對床，知君著意選專房。為言東鄰有女寶，胡不貯之芸輝堂。君時為我一慫慂，以斗量金買嬌寵。小君有德比孟光，不妬不嗔迴盼重。懸知仙果結子遲，三年乃字玉麟兒。君家多產渥洼種，英物生來骨定奇。莫嫌外家不足數，有子端能貴其母。舊聞絡秀有伯仁，今見英娘生阿武。萱堂一笑顔生春，從此含飴日弄孫。他日公侯當衮衮，鳳將九子俱青雲。犀錢利市人争覓，我獨流涎不能得。假饒此事卿無功，不道薦賢功第一。

西征艤舟清洲投宿野店夜漏下數刻主媪爲作粥與同行一飽成詩

君不見淮陰徹侯未得志，胯下從人真短氣。漂母以食拱而前，心許王孫當富貴。又不見文叔宏濟艱難時，大樹將軍身從之。一夕相顧有餒色，蕪蔞之粥甘如飴。丈夫自負不草草，剛腸似石那能拗。得時要拯萬人饑，讀書肯自謀温飽。諸公兼我非窮人，窮途謾爾君勿嗔。他年五鼎享臺饋，須記此夕清洲濱。

就許宰求雲岫倡和集侍郎有雲岫堂

昔者杜老夜聽許十詩，為言風騷共推激。如何汗青失其傳，覽杜集者為許惜。我曾得倡和之巨編，暗中驚喜拾拱璧。泰岳之後無虛人，宗派元自一家出。馳筒往返者誰歟，雲岫先生詩巨擘。文鸞彩鳳迭應酬，響撼翠梧徹金石。血駒紫燕爭追馳，容與蟻封中徐疾。留卷把玩不忍歸，痛快差類愈頭檄。應知至寶疇敢私，天下有目皆願識。刊之堅梓廣流行，作我縣齋大奇特。詩名要與宇宙齊，豈比五臺詩卷逸。自注：許十五有五臺詩。自從秋孟授鋟工，跂予望之朝連夕。原按：原本下闕。

闕題原按：原本起脱五句。

拙成可抵萬金璧。從古至今不偶合，如何二妙一時出。僕也若調烏鵲鳴，斂翅甘受黄鶴擘。自從手授大雅文，孺子低頭拜黄石。數韻未足寫形容，先生響報何捷疾。兒嬌勝拾隋氏珠，母喜如捧毛生檄。自憐生長通德鄉，每沐達尊垂異識。為題碑刻墨未乾，招入詩盟筆尤特。前無宋艷與班香，奄有庾清兼鮑逸。歲晚家食誰與娱，持此可慰風雨夕。先生自取太勞謙，提獎孤寒美多溢。大匠旁觀自汗顔，伯樂一顧價增百。琴堂聞亦有妙賡，迄遺奚奴為物色。當官多是廢言詩，敏手何曾妨霹靂。原按：此兩首原本誤作一首，前首闕尾，此闕題并起處五句。因下兩詩俱用前首原韻，故並存之。

許宰和篇至再用韻謝

陶令束帶對督郵，歸來高興潛有激。昌黎縣齋飽讀書，自謂此日足可惜。二賢詩留天地間，千載寶之為雙璧。當官不妨文字樂，似此人物不時出。宦海風濤縣為甚，文書束筍紛莫擘。許侯敏手良不難，錯節居然逢匠石。寬租農扈享豐登，講學如流蘇廢疾。筆力重於丈二殳，詩筒敏似尺一檄。句中之眼獨心知，貽奪陶韓少人識。鄉有達尊性愛士，縣榻於堂賞英特。原按：原本闕兩韻。冰車雪輾笑鈍遲，不爾續題尤富溢。窮冬四壁坐無聊，渴思一字車渠百。走僕乞取稛載歸，底用黄金壯顔色。祇恐天上六丁聞，一夜取將煩霹靂。

陳侍郎見激字韻和以見寄復用韻謝

先生德量萬頃波，撓之不濁無湍激。文章亦如萬斛泉，酌之不竭何慳惜。滄浪亭下把釣竿，雙筆堂前看蒼璧。時逢問字客及門，倒屣不要人扶出。飲酣戲索烏欄書，吟罷笑拈麟脯擘。一詩直萬雞林金，衙官坡谷奴劉石。得者須熏玉蕤香，覽而玩之痊百疾。堂堂元帥坐詞壇，餘子誰堪承羽檄。許侯端是忘年交，具眼朗然為賞識。雲岫詩卷盈錦囊，自欣邂逅有勝特。先生筋力似裴公，侯比香山才更逸。凉臺燠館富唱酬，如見古人今之夕。斐然小子謾成章，所美信美安敢溢。有來珍翰費吹嘘，展閲再三感千百。當偕巨帙什襲藏，寒谷先期有春色。新年更擬打作碑，薦福莫教雷霹靂。

贈術士陳談天

我生之辰日在亢，斗牛之宿晻無耀。獨有首尾二虢星，角立昴氏爭繫標。一生奇蹇良苦之，已分青雲輸年少。每逢星史説經躔，探手止之頭屢掉。談天一日叩齋扉，信口陽秋天下妙。數靈不用蓍草占，機祕時將道眼照。玄中巧奪君平胎，聖處深入渾沌竅。俗人籌星亂如麻，蠡測管窺工竊剽。聽君談唾如秦青，字字宫商合腔調。如何孤身無所賞，萍梗風波任浮漂。正緣苦泄造化機，真宰忌之神所誚。方知多技故多窮，凡事皆然君莫笑。雖然知己豈無人，試往京城謁權要。一絲莫久牛蹄灣，滄海六鰲待君釣。

贈郭五星

五陵豪家輕薄兒，驕傲成癖不可醫。揮金買笑紅塵市，老死不曉寒與饑。囊螢案雪單貧士，杯水生涯北窗裏。途窮山鬼恣揶揄，命壓人頭提不起。郭君昔從先人遊，萬丈壯氣横高秋。天無老眼不見録，匆匆白了少年頭。一日訪余道艱窶，杯酒未闌淚如雨。揲蓍有術金不换，鶉衣百結無人補。我聞君語鼻亦酸，誤身直是坐儒冠。英雄未遇隱於卜，時人莫作白眼看。

贈川官五星先生

談星之士如星密，得似川官萬之一。牙籌到手疾如飛，口背翻瀾眼波碧。相逢笑問雌甲辰，掀髯慫恿曲江春。自憐蹭蹬負歲月，敢謂渠儂許可真。明時取士非唐比，忠臆不空人所恥。三籌交臂輸少年，只較劉蕡差勝爾。川官重來話榮枯，聲言温飽非所圖。他時散漫遊江湖，未省還能訪我無。

讀誠齋新酒歌仍效其體

先生出奇作新酒，自作自歌自為壽。酒徒若欲舉吾盃，先挽天河濯渠手。誰知先生詩更奇，刊落陳言付芻狗。俗人欲誦先生詩，先吸天漿漱渠口。古來作酒稱杜康，作詩只説杜草堂。舉世無人傳得方，奄有二杜惟一楊。先生此味誰能嘗，却曾見此糟蟹黄。一片入口風韻長，餘子祇慕大官羊。天公生我太遲後，不作先生牛馬走。低頭乞取酒百壺，嚥下先生詩萬首。先生騎鯨上天遊，問著許儂知味否。

蔡實甫能酒而道中無可口者見其吻噪成長篇戲之

吾祖方平至君家，絲麟談笑酌流霞。麻姑綽約時在坐，癢處思得姑爪爬。我今與君豈其裔，彈指又經千百歲。文采風流今尚存，仙風道骨知誰繼。今宵月明明更多，有客無酒如月何。唇乾吻噪甚背癢，安得玉壺瀉金波。白玉樓臺月如晝，屋貯阿嬌車載酒。元君再會儻可期，我當起舞為君壽。

送陳君保作喆赴廣漕

昔我與君俱妙齡，同時充貢鄉曲英。君携令名遜伯氏，天性好義甚好名。薄俗斗粟有德色，君視名第鴻毛輕。此事今無古亦少，百鳥羣中孤鳳鳴。老天相知苦不早，囊書匣劍猶書生。累年文屋提鐵騎，共我掎角參齊盟。我于再戰偶得雋，君雖屢衂無弱兵。長鬚忽持雙鯉至，短褐欲訪五羊城。紅粉蛛絲斯已近，金灘鸂鶒眼偏明。知君圖南非左計，九萬扶摇第一程。疇昔韓蘇行脚處，一草一木被光明。鱷魚久出海若避，白鶴詩留泉石清。葛仙丹井未湮没，伏波銅柱餘峥嶸。君行窺奇摘海異，澆沃磊塊氣愈盈。閩士南征可車載，間有鐵中㚖錚錚。商瑚夏璉只君是，此寶豈久道邊横。吹送鶚書風借便，殿前奏賦摩空聲。當家魁相衣鉢在，會跕前美大門閎。壽母一笑春生頰，繡輿錦誥來將迎。牽衣兒女莫惜别，為君為親在此行。計程何日到庾嶺，梅花雪片飛瓊瑛。魁占羣芳差易耳，相期心事在和羹。

二十韻寄潮陽宰余君實日華

昔日潮守有昌黎，恩波萬頃横鱷溪。五百年後得余令，棠陰上與韓本齊。故家縣譜熟展布，砉然牛刀優割雞。朞年已報三異政，節愛堂扁焕新題。手摩民瘼心隱痛，藥石其肯靳刀圭。老農終歲不識吏，廢疇荒隴皆鋤犁。邑有豪俠擅武斷，缿筩告訴來髫齔。仁者之勇一發露，愛苗亟欲芟稗稊。誰為鼠輩巧道地，周道如砥生蒺藜。公車未采輿人誦，端士先為横議擠。朝中有語稍辨雪，言者愕立惜噬臍。侯朝聞命暮就道，束書之外他無齎。出壥五日纔百里，截鐙卧轍相提携。乞留有狀白府治，辭以君命安敢稽。香花隨乘推不去，丁壯遮拜嬰孩啼。不知朝廷聞得否，天下貪吏濁如泥。毁譽失真例如此，狂瀾既倒誰能隄。書生有舌不善佞，今拜東野頭須低。詩成翻恨天門遠，何人乞我青雲梯。

謝陳尉宏父惠潮陽蕉絲碑刻因求宿諸韓文

寒儒食貧面四壁，更苦春寒寒到骨。故人天末有書來，不寄綈袍寄絺綌。感君高誼挾纊溫，況有石刻華吾軒。何時揩拭眵昏眼，待看昌黎玉潔文。

邵武山人楊壽卿臨别索詩

楚峰之下有地仙，隻手把握山水權。青烏白鶴去不返，此郎高舉拍其肩。年來海内稱絶倡，眸子瞭然通意匠。巧尋地脈如良醫，妙畫山形如智將。高談曾折王侯腰，湖海隨身一酒瓢。僕痡馬瘦醉不省，術工鬼妬窮之招。龍眼豹睛休分别，螻蟻侯王等同穴。待儂回向心地初，林下班荆共君説。

讀坡詩

先生詩筆覷天巧，國中往往無曹鮑。一讀快如櫛愈頭，抓癢底用麻姑爪。千古詞林有若人，誰復庸中誇佼佼。當年流落見丹心，懸知世道終難拗。玉堂豈不願公留，羣吠其如尨也狡。出入風波千萬里，葛巾野服混蠻獠。饑來隻字不堪煮，豆粥一盂粗可飽。跋前疐後竟何成，贏得清（《永樂大典》卷八九九作苦）名占箕昴。與公同時富貴人，名字磨滅隨蟣蚤。丈夫當為不朽計，方寸莫被饑寒擾。

題致爽軒詩

明珠積斗滿金籯，時人逐臭如蒼蠅。公子一過掩其鼻，長物何足汙吾清。蕊珠午夜鳴玉珂，五侯門下肩相摩。公子有腰不可折，勢利不屈惟高歌。試問公子何所欲，有山數笏青如玉。我將致之襟袖間，山若肯來吾願足。淵明靈運不再生，青山白雲誰主盟。佳哉公子有具眼，終日看山無俗情。我來假館翁不靳，山下梅花動詩興。一語刮破俗子盲，兩字清高用不盡。

贈林薪 善表背

丈夫惟窮不可諱，僕妾于人真短氣。一技能精百不憂，有功翰墨尤足貴。林生家世本業儒，讀書不利改傭書。計窮未肯與書絕，又學裁翦兼黏糊。就中頗得三昧訣，翻騰碑畫更奇絕。持此可療寒與饑，十指便當張儀舌。昔我于生義理明，以我之困知生貧。我今一字不堪煮，生猶有技可資身。鄰侯書堂高不過，好事人少俗人多。把筆贈生以此歌，有劍無鐔奈生何。

謝政府饋金

大廷昔日曾空臆，時論忌人太疏直。名公正色力主盟，寘之甲科免居乙。殿廬今日忝校文，甘言如飴心所嫉。或者欲植桃李恩，慨然為下雌黃筆。自注：時權貴私囑一人欲寘甲科，余不從。頭方直是不能圓，入險固應陰下石。我公天下盡門生，僕荷知音心感激。幸無贓墨辱門牆，猶免語人顏發赤。感公具眼照人才，墜履遺簪猶愛惜。臨歸多謝饋兼金，何日能為還白璧。

臂鷹詩

東鄰年少養獰鷹，置之臂上拊玩頻。呼來麾去性日馴，癡兒偶然見之嗔。鷹張利爪挐兒身，眇其隻目視主人。主人初以鷹為戲，一日悔欲自斷臂。非我類者其心異，吾賦鷹詩所以志。

啄木鳥

啄木復啄木，汝啄抑何毒。千株萬株端明松，五月六月來清風。木于汝何惡，朝朝暮暮啄。勸汝利觜宜少停，戕木之生吾忍聽，已有弋者在後亭。微蟲初何識，亦能對以臆。天子愛元元，宵衣念艱食。連年值不饑，窮閻多菜色。縣官急督租，吏饕饑需索。啄木比刻木，何者為可疾。木生與民生，何者為當恤。

可彈者不彈，為我謝彼弋。

送莆守趙孟堅汝固司舶温陵

紹定庚寅夏四月，侯來守莆。時羣盗蜂起，剢臨汀，蹂昭武，鏺劍之順昌、將樂，擻泉之永春、德化，踣漳之長泰、龍岩。莆距賊壘三舍而近，人惴惴不寧居。侯明號令，布方略，事有切於保障者，不吝費，不愛力。治下有惡少乘間竊發者，斬以徇。懸金募得賊間諜數十人，夾以砧斧膾醢之，盗聞風不敢犯境。報政之五月，被旨移鎮温陵。莆人欲借留不可得，遮道祖餞者相屬。水仙王某作為歌詩，拜于馬首，以明稱莆氓之志云。

君不見有唐元結守春陵，湘湖一道盗縱横。獨元所治一無犯，鎮撫孤壘如金城。又不見祁公曾作乾州牧，移鎮鳳翔何迅速。兩州之民境上争，先把州麾後鈞軸。使君來莆全似元，精明旗幟張轅門。威風惠雨相劘拂，鼠輩不敢闖吾藩。使君去莆仍似杜，截鐙遮留喧道路。吾莆赤子方有依，泉何為者争吾父。我將軟語勞莆人，此地幸與泉為鄰。刁斗相聞鄰近魯，瘠肥不比越視秦。使君風采壓人望，莆亦倚泉為保障。渠魁縛致藁街前，四野腥膻行滌蕩。長淮以北多風埃，社稷正倚經綸才。出平西賊入衮繡，一韓一范何人哉。書生自顧老無力，不能從公取俘馘。願將詩頌紀中興，濃墨大字書浯石。

惠安賴惟允汝恭乞崇清老椿芳桂四大字爲賦二詩

混元盤古為之母，汗漫安期為之友。枝條上掛蜺連蜷，劫火不壞其天全。雷雨不驚其生厚，春秋巧歷莫能知。知我者有蒙莊叟，君持此物為親壽。老陳作字光摩斗，人兮椿兮共長久。

蘂宮仙子携黃雲，掇之成屑來繽紛。百和天香免為擣，蟾蜍竊之從月奔。色香假合成此樹，天上香飄天下聞。花神乞種到后土，蒙天一笑移其根。知君腰有補月斤，斫取高枝揚遠芬，留其賸者遺子孫。

代賀崇清陳侍郎正仲讜誕辰 時年八十一

曾夢乘槎泛銀潢，不遇張騫遇東方。為言神仙事渺茫，仙府不在白雲鄉。丹台幻作儒珍閣，蓬島飛來雙筆堂。鶴車千乘集雲軸，玉麈萬斛紛雪香。是中仙翁永難老，嘗侍香案近玉皇。歸來手握山水印，傲睨羲昊輕軒裳。新詩醉墨美無度，奄有元白兼鍾王。身在巖壑心廊廟，絲鬢垂頷顏蒼蒼。與公同時一輩人，半隨蒲荻零秋霜。元老崔嵬獨山立，歲寒不改雪中篁。九月十五夜未艾，長庚伴月光煌煌。台星壽星合為一，今夕何夕見此祥。翠娥滿引九仙醞，菊英入盞宮樣黃。珠明玉潤陪笑粲，起舞璫佩鳴丁當。李蹊森森密無縫，佳句往往溢詩囊。我於門闌最晚出，瓣香致禱意則長。如聞郡國事方殷，須起老手為平章。待教衛武了相業，方許潞公歸洛陽。

温陵萬安橋謁忠惠蔡公祠堂留題

欲知公之忠，須誦三諫詩。欲知公之惠，須讀萬安碑。朝廷得公重，天下失公悲。騎鯨今幾年，悠悠人見思。今人愧前脩，風流不可追。立朝無剛容，突梯仍脂韋。字民乏廉聲，敲扑急繭絲。不知富貴有磨滅，芳名姱節無窮時。遊子晚出公之鄉，兒時斂衽公清規。吁嗟九原不可作，每於清夜夢見之。所以今日拜公像，浩歌出門雙淚垂。

和致政林存齋稚圭

東鄰南極老人星，音吐洪亮眼晶熒。諸郎箇箇佳寧馨，長者早占千佛經。仲季鋭如刃發硎，三珠粲爛照户庭。老人散策傲郊坰，健筆哦詩驚六丁，仰天高唱雨霖鈴。餐和毓粹養靈扃，煉得元身如鶴形。文堂縱談耳驚霆，硬語盍作盤盂銘。笑渠教諂兒懶聽，只今人物混渭涇。賢者聚散類梗萍，報復未已况調停。我狂畏暑卧風櫺，日夕西望憂朝廷。何時乾坤得清寧，未信日月長昏冥。不必餔糟學獨醒，不煩餐菊制頹齡。支駕皇輿待駃騠，問訊誰坐東西廳。老成自昔有典刑，尚父須符渭卜靈。

贈蕭棠仲致政

昔年鼓篋游膠庠，集英同日瞻天光。金門初開獸環動，曈曈曉日升扶桑。宮簾高捲開御扇，祥風習習飄天香。殿庭神麗冠劍肅，巍巍玉几臨中央。銀袍七百趨龍尾，拜恩稽首心歡康。晚從銀臺出廣陌，寶鞍快馬爭騰驤。團司涓日叙黄甲，義比天倫鴻雁行。瓊苑宴開慈惠浹，宸章寵錫歌明良。自注：賜詩有「相求自昔屬明良」之句。後來相繼隨宮牒，東西南北遥相望。萍開風轉有時合，邂逅一見難預量。非才叨竊愆咎積，自顧補報無毫芒。朝廷寬大不終棄，領郡尚得來南漳。下車問政訪耆舊，知公辭榮歸故鄉。神武衣冠已久挂，冥鴻羽翮方高翔。遺賢雖為明時惜，承顔獨喜私願償。共驚歲月何飄忽，相對鬢髮俱滄浪。至言不吝揮玉麈，妙句屢蒙開錦囊。已歎高風激貪懦，更敦雅契超尋常。區區感慰豈有極，聊寫一二成短章。蕪音不足繼真作，讀過幸勿留巾箱。

春月白鶴吟寄魏鶴山

鶴去兮渠陽，雪衣兮相羊。啄芳洲兮飲碧湘，如青城之棲兮流矢中傷。鶴來兮錢塘，朱頂兮昂藏。浴太液兮下建章，如九皋之唳兮聲徹上蒼。鶴歸兮臨邛之崗，嘷朔風兮立曉霜。捫參歷井兮水雲鄉，如遼東之返兮華表飛揚。昔者去兮，狂梟毒獍相賀乎偃月堂。迨其來兮，文鸞祥鳳相得乎漢未央。今其歸兮，馴鷗狎鷺相待乎午橋莊。善類無依兮，若空乎振鷺之行。留行無語兮，誰扼乎羣烏之吭。歸去來於鶴何加損兮，關世道之否臧。有雁兮南翔，翼短兮心長。避繒弋兮飽稻粱，望胎仙兮天一方。思蹇産兮結中腸，此仙之壽兮未易量。天若祚宋兮，當復來而為治世之祥。原按：此詩語意是魏了翁既去官而以詩寄懷也。考《宋史》，魏去官在邁罷漳州通判後，故叙次在此。後《題聽蛙軒》詩語意略同。

題聽蛙軒 方審權，詩人也，以此名軒

白杜詩人大方家，詩兩牛腰書五車。高談世事坐捫虱，大扁丈室名聽蛙。我見東野低頭拜，三年未了聽蛙債。蛙有何好君賞音，從黽得蛙自尊大。君胡不聽高岡丹鳳鳴，又胡不聽華亭鶴唳聲。答云二物不間出，吾與此蛙別有情。年來鳳去避矰弋，梧桐其棲竹其食。有時伸喙鳴朝陽，反被妖鳥豪鷂擊。鶴亦遠引歸遼東，無緣得近華清宮。縱鳴九皋許嘹唳，流矢傷翼愁天翁。不如且聽蛙聲好，喚回夢覺春池早。縱饒翡翠上苕蘭，差勝蛩蛩啼露草。王子掉頭曰不然，夫君標致如胎仙。富家有子比雛鵷，吾道豈得長迍邅。不妨少待兩三年，一鳴驚人飛冲天。羣蛙蜿蜒何足憐，棄置官池任啾喧。

柏梁體簡龔少益

青山四面畫圖張，溪流月下鳴湯湯。山之下兮水之旁，有人結茅作書堂。誦聲灑灑流琳琅，使我一聽樂洋洋。應問誰為師匠良，風流相種如龔郎。天孫付以錦繡腸，一揮十紙爛成章。上與奎宿争光芒，器成未售此焉藏。吁嗟無地堪翺翔，塵纓自濯歌滄浪。床頭金盡羞慳囊，山鬼吹燈夜悽惶。蚊雷聚噪肆頡頏，仗劍起舞涕泗滂。勸君停劍無庸傷，時平賢路如康莊。鸞鳳引喙鳴高崗，時危此道隘且荒。横竇在道暗無光，運行如此休慨慷。男兒立身當自强，精金須經百鍊剛。膜外榮枯等粃糠，惟忠惟孝不可忘。請君傾耳聽柏梁，謂余不信來對床。

謝阮儒隱爲畫墨梅床屏

畸人平生偏愛奇，愛梅成癖不可醫。書帶堂前忽見之，相羊不去撚吟髭。今夕何夕秋為期，芙蓉映日紅葳蕤，籬菊傲霜紛離披。南枝春信未有涯，安得此粲對酒巵。元是大阮解作無聲詩，寫梅幻相為娛嬉。

想當解衣盤礴下筆時，吸取清氣入肝脾。先融雪嶺作墨池，坐變秋陽成春暉。使我初見渾不疑，旋覺風骨全是顔容非。恍如臙支馬上坐明妃，緇塵生汗白玉肌。又如鴟夷船底載西子，烟波慘淡雙蛾眉。雪堂仙去渺莫追，補之位置傳者誰。君今此寶世間希，芒端寒燠巧推移。花神上訴真宰悲，何為苦泄造化機。我有東絹滑如脂，裝潢為屏作枕幃。平章衆畫何品宜，笑我嗜好與君相背馳，不愛崇桃積李鬬芳菲。請君快掃横斜竹外枝，歲寒心事正要渠相知。

觀獵行

落日飛山上，山下人呼獵。出門縱步觀，無遑需屐屧。至則鬧獵人，喧然肆牙頰。或言岐徑多，御者因追躡。或言御徒希，聲勢不相接。或言器械鈍，馳逐無所挾。或言盧犬頑，獸走不能劫。余笑與之言，善獵氣不懾。汝方未獵時，戰氣先萎薾。弱者力不支，勇者膽亦怯。微哉一雉不能擒，虎豹之血其可喋。汝不聞去歲淮甸間，熊羆百萬臨危堞。往往被甲皆汝曹，何怪師行無凱捷。嗚呼安得善獵與善兵，使我一見而心愜。

梅花吟

君不見山前山後雪成堆，朔風撼地聲如雷。孤根忍死受寒涷，須作百花頭上魁。尋春遊子不愛惜，馬蹄踐蹂花狼籍。芳姿不肯被消磨，飽盡炎凉方結實。實成始得主人知，進登玉陛調鼎鼐。那時滋味甜如飴，無忘霜風吹折時。

過建陽范氏桂林館見其向日娛賓亭館已屬他人詩以弔之

桂林當日如春煖，花木清妍差可款。主人好事玉泉香，行客留題錦囊滿。桂林今日如冰寒，頹垣壞壁他人管。窮冬莫贈范叔袍，過午誰餉子桑飯。君不見李家偃月堂，金魚玉珮鳴丁當。冰山一倒扶不起，月固無恙堂已荒。又不見董家藏金塢，翠幕珠幃貯歌舞。誰知當時賞心事，不救後來燃臍苦。請君聽我吟桂林，悲歡成敗更相尋。人生富貴如郵傳，古往今來幾桂林。

以上《臞軒集》卷一三

全宋詩卷三〇〇四

王　邁三

讀渡江諸將傳

讀到諸賢傳，令人淚灑衣。功高成怨府，權盛是危機。勇似韓彭有，心如廉藺希。中原豈天上，尺土不能歸。

賢牧堂

賢牧存遺愛，邦人重此祠。典刑前輩幾，德政後來誰。來日清泉濯，歸時隻鶴隨。不須看石碣，人口是豐碑。

秋榜已揭不寐

寒重難為坐，宵長可奈眠。老天不解事，特地閏今年。風助蛩聲苦，霜和月色妍。抱衾成百感，嚼句憶坡仙。

春晚山行問酒主媪以瓶罄告

霜曉寒於臘，日中方有春。雲頭纔作暮，風力又欺人。老犢眠方穩，雛鶯語未真。停驂謀一醉，不酌酒家貧。

轎中五言

卯酒工為醉，春衫怯曉寒。籃輿有何味，脚力且圖閒。得句點頭笑，拈書信手翻。僕夫行且止，我愛眼前山。

次韻調甘内掾

韓掾才情妙，吟成苦夜長。歌殘如意鐵，夢斷合歡床。鼓瑟湘雲暖，吹笙嶺月凉。舊時雙燕子，飛入謝家堂。

鵝坑先塋晚歸

詰曲穿荒徑，高平見遠山。溪乾呈石紫，林峭露楓丹。不道歸來晚，惟愁句未安。片雲真解事，放出月團團。

夢林清叔 林涇字清叔，少年有文采，吾親友中之至密者。死於溺，余以文哭之甚哀，每夢見之

已分幽明隔，無端入夢來。交情今已矣，汝死亦寃哉。白骨今何在，滄波去不回。蛟龍慎勿食，之子謫仙才。

冬孟駕出親享太廟連日雨是朝大霽都人云凡四次如此矣

玉宇曈曨曉，瓊京略綽寒。紫衣千騎從，黄繖萬人看。日景新開霽，天顔賸有歡。駕回春滿殿，聖母喜加餐。

轂旦街塵浄，滿城春意多。威儀清警蹕，鹵簿扈鑾和。從騎黄金勒，回班白玉珂。恩榮誰不羡，報上合如何。

送陳宗論進叔晋接赴慶元添倅及乃弟泰來四首

向來寅陛對，冷語頗冰人。未犯神龍怒，先遭老鳳嗔。宗庠隨却步，家食不憂貧。公語何嘗泯，題輿寵渥新。

謾説題輿樂，誰知憂國心。城狐方伺隙，邊馬已如林。去上緹屏最，行陳丹扆箴。脂韋何足算，百煉是精金。

若見青山老，煩言僕寄聲。入新無好況，依舊是狂生。國事今如許，庸醫見亦驚。不知靈壽杖，還解拄天傾。

玉季吾心友，經行話舊游。定知龍有種，又快鶚横秋。自注：丁酉詔曾請國子舉。對策空丹臆，為兄賽一籌。功名相迫遂，只許片時留。

別劉孟容崴提幹二首

孟容吾畏友，春日去朝京。蔗境詩多好，蓮池官最清。坐誣緣舉將，取忌為時名。諸老端平歲，同詞為辨明。自注：孟容有《蔗境集》多佳詩。遭口誣，為舉主所累也。

吾甫諸壽隽，習静魯靈光。有子麒麟種，羣孫鴛鷺行。此行青眼衆，見謂白眉良。通籍何愁晚，庭椿樂未央。自注：習静乃其尊人，壽翁名彌邵，為鄉先生。

送林師道似之赴寧都尉二首

造謗端平歲，時髦一網空。君為梨嶺後，名在蘂宫中。躐等輕餘子，知音邁鉅公。莫嫌登第晚，試看艾軒翁。自注：艾軒五十登第。

及物官無小，平生志所存。一條冰出壑，五色棒懸門。皂蓋邦魁彦，繡衣鄉達尊。儻能念寒畯，梅市得春温。

送鄭邛叔珪之博羅尉四首

奇士束科目，炯如金在沙。孤吟娱草帶，幾度見槐花。此舉衣纔緑，相看鬢欲華。泥金墨猶濕，已報熟葵瓜。

三十年朋友，詩筒幾往還。君纔遊宦海，我正賦囚山。灘鵝何時下，沙鷗鎮日閒。升沉踪跡異，心事却相關。

初宦南游日，去年西嘯時。豈無風竹興，剩有雪梅詩。一尉聊且浼，諸公定見知。勉旃行好事，遠業此其基。

是邑經兵火，今纔補少痕。要教民擊壤，毋遣吏椎門。文惠殘碑在，坡仙醉墨存。公餘勤物色，幽興入琴樽。

送朱君錫珪尉德化二首

皷篋游環璧，如君最妙齡。阿孁開絳幔，大阮共爐亭。力學案堆雪，收科蟄奮霆。莫嫌梅市小，有路透青冥。自注：大阮謂乃叔履常。

隣邑宜初宦，輕軒最便家。親顔悦萱草，詩料有梅花。佳兆雙飛鵝，夷途萬里驊。好培經世業，他日步清華。

送張能父天定赴瑞州教二首

孟子稱三樂，廣文兼有之。壽椿齊百歲，常棣秀連枝。初筵筠江郡，尊為芹泮師。英才需教育，遠業立鎡基。

太學穿楊巧，青春斫桂榮。心燈傳老宿，文印授諸生。德履華嵩重，襟期玉雪清。君王他日問，張姓複其名。

送陳汝功起宰永春二首

通了金閨籍，須教邑債還。尚威民作敵，徙善吏容奸。世久無彭澤，人今識魯山。平生經濟學，隨力救時艱。

一第垂三紀，卿評占得多。生涯似韋布，談笑試絃歌。夏校士師道，春臺民飲和。政成行奏最，好去立言坡。

送劉無競克遜司門赴召三首

吾郡稱多士，君家總俊游。仲方在閒散，伯又襲編修。道與時升降，賓隨主去留。郵亭還祖餞，别意爽於秋。自注：仲謂潛夫克莊，伯謂孟傳希醇，皆為編修。

上了朱轓最，催還白玉京。兄憐子由别，母勸器之行。醫國言須切，謀身策尚平。友朋空愛助，君自有權衡。

更化僅如許，和戎覺又非。邊陲風色惡，人物曉星稀。國事迷當局，時賢赴急機。周嫠空憤切，不慮歲無衣。

送龔少貽北赴汀州司户

莊敏與文獻，諸孫總俊髦。此郎如玉樹，初筮即珠曹。官小人能大，心清名自高。公餘須力學，流俗易滔滔。

送吴夢大監税赴潮州圍灣二首

詩禮名家子，錚錚早有聲。右班聊借徑，在計更司征。霜日孤標净，湖山一鬨平。圖南九萬里，此去是頭程。

一命官無小，心思及物同。高風超俗見，隻手救人窮。宦路梅花白，親庭萱草紅。賢明尤易事，最喜遇南豐。

愛女

愛女有家後，沉痾未下床。問巫羞左道，市藥嘆空囊。攻悶三杯酒，祈安一瓣香。祠山消息好，秋杪得還鄉。

送良沃州賦得石上松

南山巖石上，鬱鬱長青松。樛枝全似鐵，老幹半成龍。法雨流根潤，慈雲護影重。吾師掛錫處，苔蘚近來封。

題名士蔡偉叔宣子文集

書眼昏眵久，今逢刮膜篦。詩編雲岫序，文卷水心題。富艷濯江錦，清寒印月犀。行行遇知己，莫歎槖無齎。自注：雲岫陳侍郎讜為偉叔作詩序，葉水心跋其文。

仙水歸程

九鯉湖邊路，重來盟未寒。折花挼水獻，策杖馭風還。宦海波濤惡，仙家日月閒。前生丹在否，歲晚要重丸。

簡仙遊宰黄瀛甫登二首黄能琴而工於詩

為喜雙梟舄，將臨九鯉鄉。民貧嗟轍涸，吏横正鴟張。誰與催賢令，速來仁一方。茅簷茨屋下，延頸望春陽。

詩要淵明賦，琴須宓子鳴。幸哉吾百里，行矣見雙清。民瘼需綏撫，人才待作成。猪肝非我嗜，無事累高明。

池上歸道間即事二首

一雨惱春思，今朝得快晴。水波隨日動，麥浪受風平。野意來無極，籃輿穩更輕。抵家何事好，稚子亦驩迎。

寒食清明近，知春不久歸。眼鶩紅作陣，心愛緑成圍。宿鷺立晴瀨，栖鴉掀夕暉。狂遊付年少，我已省前非。

癡兒

癡兒纔五歲，器局稍精明。弄筆誇郎罷，窺鸞效女兄。顧瞻眸子俊，酬答舌頭輕。但願身長健，看渠骨骼成。

聽兒德胙讀書呈邱景實知一教授

我被儒官誤，如今又教渠。但令識數字，不要讀多書。帝憚汲生戇，人嫌賈誼疏。君看朱紫貴，不害腹空虛。

山中讀誠齋詩

四海誠齋老，千年百卷詩。不親門下炙，却恨我生遲。嚼句有何味，班荆坐許時。大羹元淡泊，妙處少人知。

人日設安籙醮有送菊花一盆四幹直上開花數百顆不減重陽喜而成詩

弱幹簪頭大，鮮葩蠟樣黃。攜來煩稚子，喜甚見重陽。不與浮花並，看渠晚節香。今宵持供聖，一粲動天皇。

多病

客問新來況，新來病更多。憂時添老色，慍小損天和。不夢榮華境，祇尋安樂窩。年豐米猶賤，加飯笑廉頗。

看蔣玉父有珍灸膏肓

炷艾劇炎火，端躬如泰山。醫師工指授，豎子覺毛寒。鐵脊梁須壯，銀河水不乾。明知寧忍痛，絶慾信為難。

歲晚

月映林塘澹，風含笑語凉。俯窺憐綠净，小立佇幽香。攜幼尋新葯，扶衰坐野航。延緣久未已，歲晚惜流光。

闕題

文正為州日，曾留此段奇。靈臺貯清白，廢井迸漣漪。神護蛟龍宅，波通日月池。紛紛攫金者，不畏此泉知。

輓寧宗皇帝章六首

驛報行天下，君王棄萬幾。鶴翔雲漢遠，自注：高宗升遐日，都人見有乘鶴翔雲之異。龍向鼎湖飛。杞國天初陷，咸池日尚微。臨軒思往事，血淚不停揮。

帝業親耆定，皇圖日靖嘉。憂民比仁祖，在位邁重華。自注：孝宗二十八年。謨烈詒千載，車書混一家。最悲行蹕地，哀些咽簫笳。

聖化調新瑟，仁師慰望霓。方還趙全璧，旋復禹玄圭。聲教恢鄒魯，威靈暢女鞮。浯碑堪恨處，聖壽不天齊。

至道天同大，清心水不渾。六宮行幸少，尺宅煉真存。厭代金鑾殿，收魂玉帝垣。星辰羅上界，還奉太微尊。

憂治勤宵旰，生經爽鼎鉶。玉巵臨瑞節，畫翠愴昕廷。草木秋零落，乾坤晝晦冥。扶持宗社計，列聖在天靈。

方啟中興運，旋開萬世功。人心憂漆室，神斷定青宮。識見幾微表，安危指顧中。孤臣讀遺詔，無語泣西風。

輓崇清陳侍郎五首

太學修名立，甘泉晚節香。巋然周大老，好在魯靈光。餘慶滄浪水，清規壽俊坊。典刑今可挹，通德合名鄉。

峨豸居烏府，時方豹守關。吾惟操白簡，渠謾倚冰山。六館為增氣，羣憸覺汗顏。左遷無愠色，青史自斑斑。

當軸開邊釁，朝紳半詭隨。公方司獻納，言必及安危。願飾湟中備，毋輕馬邑師。當時雖枘鑿，今日若蓍龜。

勇退歸雲岫，投閒十四年。甫中無此樣，地上有行仙。健筆凌坡老，清詩輩樂天。何人綴遺稿，與作不刊傳。

小試濟川手，東西兩玉虹。誰知千載計，更在十年中。自注：公歸休十年，作會仙、安利二橋，在邑東西，甚宏偉。嘗與僕言，每旦焚香告天乞延年，以成二橋緣，後果如願。砥柱老彌壯，恩波流不窮。向來香一瓣，心事與天通。

輓平昌戴丞東二首

文籙傳三昧，詞壇白雪吟。奇才困場屋，晚歲綴紳簪。所歷官雖小，去思人到今。挂冠垂九秩，福善見天心。

倒蔗入佳境，寒花留晚香。福田三古刹，恩澤四輿梁。鶴化空華表，牛眠占吉藏。他年青與紫，恒塞桂枝堂。

輓鄭昂叔珪母蔡夫人二首

鍾秀端明裔，來嬪通德家。早甘寒水玉，晚愛白蓮花。樂施陰功厚，回班慶事賒。他年龍鳳麓，贈典有光華。

絳幔談經日，熊丸茹苦時。屢修堂上拜，親炙母中師。每羨萱堂樂，今成薤露悲。一生同令子，共泣蓼我詩。

二月朔日得詩二十六韻

二月方書朔，新晴景物饒。今春添一閏，是月始元朝。一枕初回夢，千官想正朝。橫魚金繫帶，鳴騎玉為鑣。歸第無餘事，流風競貴驕。歌翻羯羊鼓，舞襯鳳凰簫。爛醉東西玉，争妍大小喬。湖山行處樂，日月暗中消。軒冕吾何羨，巾車隱者招。林泉供嘯傲，杖屨足逍遥。砌笋和泥掘，盆花引水澆。酒爐衣可準，茶竈火頻燒。冷眼蛾投燭，灰心鹿覆蕉。慣分田父席，懶折督郵腰。緗閲書連架，賡酬詩滿瓢。只知貧亦好，未覺興無聊。所恨黄巾熾，能為鄰境祆。四郊羣嘯聚，十室九焚焦。舊臘月虧蝕，新年地震摇。臺占頻告異，塗説洊興妖。帶甲多淪没，抽丁困役徭。備防家買劍，巡邏境鳴刁。惡少鋒尤烈，渠魁首未梟。豺狼行逐逐，鴻雁羽翛翛。欲訴閶闔苦，其如魏闕遼。太平何日見，讀報惱孫樵。

潘世表來訪臨别贈二十韻

病眼緣春困，晨興為子明。未應談世故，政恐累吾清。書況近何若，襟期久不傾。春來已多日，課辦幾何程。我懶覺成慣，人憐太瘦生。招窮詩作祟，攻悶酒為兵。昨着僧房宿，思尋友舊盟。時時整行李，往往嘆浮萍。一動歸歟興，長歌去矣行。小軒頻偃蹇，分物息經營。緑愛彌牆幄，紅驚糝地英。感時愁杜宇，唤夢賞鸝鶊。秩馬來迢遞，論文會合并。匆匆為草具，鬱鬱有蘭馨。如許遽言别，深知不盡情。惜花二三月，送客短長亭。萬事眼前幻，一杯身後名。相期在忠孝，冷笑付枯榮。問學無窮盡，文章合老成。倘來聊爾爾，所立要錚錚。此去逢同社，為儂好寄聲。有需新句子，此稿不妨呈。

春月閲報成詩寄呈方澧信儒孚若

正塗多植枳，公論冷如菰。嚙雪全初節，凌烟勉後圖。未應歌舞地，冷眼看侏儒。

邊耗遽如許，廟謨先定無。書生良不武，夜半亦長吁。關表成餘幾，山陽援正孤。黄塵號鬼魅，落日走猩鼯。甲士疲鏖戰，丁夫困轉輸。臨淮一帶水，諸將萬金軀。宛地誰收馬，延秋忌有烏。畢魂空慘淡，曦鬼定揶揄。公外英雄少，生來忠孝俱。全將身作膽，曾以口降胡。方喜規模偉，翻為文法拘。

人日六言五首

功名朝三暮四，學問人百己千。古今無限卿相，方册惟著聖賢。

誦詩心醉六義，讀易夢吞三爻。毛鄭寸長我取，羲文千載神交。

飲食鮮能知味，巫醫各有單傳。要得胸中活法，勿求紙上空言。

六經桑麻穀粟，諸子綺縠奇珍。常常灌溉胸次，久久功用入神。

歲月滔滔流水，友朋落落踈星。載酒誰諏奇字，焚香自讀騷經。

和書樓叔遇叔題小蓬萊

月砌雲階不染埃，疑從天上幻將來。一龕儼坐鍾兼吕，二老相從聃與萊。丹劑好從金鼎鍊，玄關須要玉匙開。他年勳業如粗了，待約羣仙笑語陪。

歲晚偶題

飲冰食蘗坐窮閻，旋覺星星上鬢髯。百尺樓中從偃卧，五侯門下任暄炎。寒花最愛香來晚，倒蔗須教末見甜。壽相誰知三甲異，新年願得一丁添。

除夜洗硯

多謝吾家即墨侯，朝濡暮染富春秋。為供文字逢青眼，要策功名趁黑頭。濯以清泉塵已蜕，衣之文錦翠如虯。呼童除夜陳豐饌，少勞精神併汝酬。

寄謝希賢先覺表兄

昔君弱冠我猶兒，黄卷青燈茅屋西。父對人談稱衛玠，母因客過器王珪。别來阻寄尺書鯉，夢裏時親日角犀。風快偶然翔短翼，不應鴻鵠久卑栖。

丁丑同蔣力父東歸至城詩以别之

發軔神皋愁熱甚，解驂鄉井得凉多。半生相托左右手，一日同收甲乙科。老我已鋤年少習，期君共守歲寒柯。榮華富貴邯鄲枕，惟孝惟忠久不磨。

晚過白沙

浪踏麻鞋破曉行，林梢猶自帶殘星。氣吞宇宙原無餒，心醉功名未覺醒。紅雨無端汙行色，白雲知我憶親庭。平生慣作江湖客，得酒相看眼倍青。

二月十六日到仙水未第前屢得夢

雙轂相催羊胛熟，三年方遂鯉湖遊。羣仙笑問來何晚，世故相牽不自由。昨夢回思聊爾爾，他時稍足便休休。寄聲岩下鶡冠子，丹竈何妨為我留。

謝仙遊許宰伯詡立續題名記招飲二首記乃崇清侍郎作

栽花次第滿河陽，誰結寒根桃李場。鰲在三山驚贔屭，梟飛雙舃費揄揚。春風折屐緣聞捷，臘雪開筵重借光。他日明堂需大木，桷榱或得入平章。

憶昔琴堂宴士時，至今人誦壯行詩。政緣勇氣填然躍，遂竊科名副所期。鄉槖摛詞光吐鳳，邦侯瑑美穩蟠螭。乞留片石棠陰下，要寫春風德政碑。

賀許宰伯詡再考進退韻

宰官才具萬人豪，鷄小如何下得刀。奏課再經書上上，理繁祇見辦多多。錦囊有卷牛腰重，裝槖無金馬骨高。欲賀政成憐我懶，篇詩付與邑人歌。

壽仙遊許宰戊子生，中元後一日

南極秋來光燭天，琴堂此夕壽詩仙。龐公戊子孰小大，寇相中元相後先。製錦從容才有刃，嚼丹賦詠筆如椽。交梨火棗君家物，從此蓬萊不計年。

桃蹊梅塢

踈踈密密自成行，共趁春妍鬬曉粧。移得武陵溪上種，傳來大庾嶺頭香。玄都道士風流別，東閣詩人興味長。喚取園丁勤物色，合將何樹比甘棠。

和崇清侍郎招飲超燕堂韻

超燕堂開一面春，却教寒畯亦充賓。西清班裏推名從，南極躔中見老人。草聖已傳碑不朽，花神覺與思俱新。鄉邦桃李誰培植，直待魁然宰輔真。

再和陳侍郎子知丞寄桂香酒新到又令孫司户出柑爲勸

栢葉椒花未報春，陽和先到四筵賓。傳觀秀句堪呈佛，諦聽清談太迫人。子舍香醪浮甕碧，孫枝名果薦盤新。却將甘旨分寒陋，尤見先生愛士真。

寒食呈陳崇清

一百五日寒食節，八十六翁行地仙。曲水飛觴酬勝景，漢宫傳燭憶青烟。三春幸自添餘閏，雙筆今題第幾篇。俛仰興懷兒輩事，先生有樂在壺天。

壽陳崇清侍郎

笑把荷囊下紫霄，人傳千載鶴歸遼。精忠一片馳寅陛，樂事無窮繼午橋。垂釣滄浪聽欸乃，揮毫雲岫賦逍遥。今辰恰紀蓬壺瑞，南極横陳埒斗杓。

賀陳侍郎該宗祀告成加封清源郡侯二首告詞有緬懷耆德養老乞言等語

錦書飛下字如鴉，從槖詞頭似相麻。竣事明禋均雨露，緬懷耆德傲烟霞。雞窠佚老精神健，燕頷宜侯爵邑加。願體乞言珍重意，星馳驛騎奏忠嘉。

辭封來伴赤松遊，判作山中萬户侯。一片葵心天北闕，十行芝檢殿西頭。淵洪端静恩言厚，拊藉温存眷禮優。國事多艱耆舊少，須公與作濟川舟。

再和二首

筆飛鸞鳳墨翻鴉，白玉堂中懶草麻。得句批風仍抹月，怡神飲露更餐霞。公於軒冕浮名薄，帝念耆英寵禮加。丕衍修齡全晚節，洋洋一札聖言嘉。自注：皆誥詞中語。

壯歲清源曾倦游，今朝大郡又封侯。身安不用扶鳩杖，骨貴從知應虎頭。望闕承恩顔有喜，即家問政禮宜優。濟時事業需元老，莫遣空横野渡舟。

送鄉先生林敷磻黄石講會

歲暮何時更遠遊，劉蕡下第我色羞。陽春自古難為和，明月如今肯暗投。宿諾不輕連璧友，新盟借重扞城侯。九江儻拒黿鼉餌，何處堪人下釣鈎。自注：時朱上舍、趙監鎮為之倡。

賀謝景芳得第四男

每愛君家玉滿階，仙宫今又見琨臺。父兮定得鈴旗夢，母也須懷磬石胎。羯末封胡知有種，復臨泰壯看朋來。林家絡秀如聞此，好好來求依樣杯。

賀弟綱得男

韓相由來紫府仙，微之曾侍玉皇前。羡君久矣崇真教，生子居然契道緣。料得玉麟親入夢，試看銅狄幾經年。不須草草為湯餅，剩出犀錢醉四筵。

寄鄭龍川子汝瞻巖翁二首　一敘別懷　一謝惠端硯

汝瞻當日預文盟，七十人中最妙齡。別久恨無書寄鴈，夜深猶記案帷螢。我叨天幸登科甲，子盍心期紹品丁。後會阿蒙須刮目，流聲不減國蘭馨。

寄我端溪玉一彎，文房取友此其端。眼中厭看珊瑚樹，掌上忻擎紫馬肝。底用千金求國手，擬封九錫霸詞壇。他時游宦南州路，免載囊中隻石還。

離　家

無端輕棄白雲坳，似被梅花喚出郊。歲律堂堂蛇赴壑，宦途役役燕營巢。數更聽雨情何極，憂國懷家睫不交。老了英雄天不管，那堪更被北山嘲。

謝何察推鯽鱠

君家一筋萬錢拚，分我銀絲侑客歡。芳餌得來珍丙穴，金刀落處照辛盤。腹腴差迫詩肩瘦，鱗活能生酒面寒。玉手行厨如許巧，説教魚婢學應難。

別戴仲實

人生契好不在久，一日可當十年游。共君三兩夜清話，洗我千萬斛奇愁。欲晴未晴雲閣雨，臨別惜別車停輈。異時扁舟下瀨渚，安道謹勿避子猷。

二月閲邸報

聞道邊頭數萬兵，倒戈歸我我遺民。處降失策國非國，清野無糧人食人。關外數州城不獵，山陽孤戍草無春。書生憂憤空頭白，自有經綸社稷臣。

感嘆時事

西風慘淡起愁雲，走檄飛書正糾紛。劍器朝方驅冶匠，戈船夕又募新軍。馬肥已報高秋警，鶴唳那堪中夜聞。我輩憂邊心欲折，棘門灞上漫論勳。

聞倪正甫尚書遺臺評

人從捷徑博公侯，一老堂堂去不留。誰向帝前譏陸贄，不令王所着居州。修名已立公何欠，直道難行國可憂。安得上方三尺劍，為渠斷取佞臣頭。

題王雙巖詩集後二首

自是先生標致高，誦詩恍見萬人豪。清如金掌雙莖露，壯似錢塘八月濤。胸次無塵春拍拍，道腴有味樂陶陶。輶軒刻棗傳衡岳，留得芬芳伴楚騷。

白首憂時意更長，明言六籍法《永樂大典》卷八九九作藥皆良。先生不竟身前用，有子親傳肘後方。時論無人傳藥石，上醫着眼識膏肓。歸歟活國工夫辦，要續雙巖百世香。

寄題盧川容膝軒詩

誰將容膝榜軒楣，未見高人心領之。緑綺牙籤無長物，名芝芳茝是佳兒。卧看筆架成江夢，坐揖爐峰讀楚詞。諸謝風流應未遠，盧川今又種清規。

送方潛仲入太學

英氣軒軒貫斗牛，春風匹馬辟雍遊。家庭競秀三株樹，伯仲相交五鳳樓。回首白雲添舊感，細聽夜雨入新愁。妙年唾掌收科第，會有歐公避一頭。

石巴山買舟

年來機事付沙鷗，湖海萍蓬覺倦遊。千里白雲關我恨，一江流水替人愁。快聞飛槳健於馬，底問前灘吼似牛。枕藉舟中君莫歎，人生何日不虛舟。

陳方大弟宏父將省侍潮陽以詩約别

逆旅頻連風雨床，歸來蹤跡兩參商。誰知纔隔路三舍，不似相從天一方。壺山白認梅將雪，潮水黄知菊已霜。便去也須留驛道，欲携斗酒話彷徨。

以上《臞軒集》卷一四

全宋詩卷三〇〇五

王　邁四

七月望後二日西湖會飲酒酣分韻賦詩得荷字

波平烟霽晚風和，船到湖心水没窩。《後村千家詩》卷一五作蓑凉絶不知三伏暑，醉酣齊唱八仙歌。賞梅洞口憐和靖，種柳堤邊憶老坡。魚鑰他時如共直，好論舊事捲新荷。

紹興戒珠寺讀右軍祠堂碑

先祠石刻摩挲久，華胄遥遥企慕勞。字古似觀秦急就，詞幽如讀楚離騷。不誇絶藝臨池學，只羡清風誓墓高。更有山居須問訊，擬携方士鍊金膏。自注：碑云鍊金膏、餐瓊屑。

蘭亭故居

弭節稽山樂事多，舊聞一一入搜羅。卧薪伯業今何在，喬木家聲久不磨。可笑兒曹憐野鶩，却輸道士辨籠鵝。不因褉帖風流遠，千載人誰數永和。

闕　題

此亭形勝壓東州，吴越山川日夜浮。萬頃怒濤胥憤烈，一舠明月蠡風流。悲鳴華表千年鶴，縹渺沙洲數點鷗。倦客來游空弔古，那堪更上最高樓。

蓬萊閣記序元祐中章楶所作，秦望當其前，望鏡湖一帶如綫歷晉更唐歲月多，玩珠龍尚枕山阿。絶憐蓬閣題元祐，敢擬蘭亭記永和。秦望數尖銜夕照，鏡湖一綫暗烟莎。登臨未盡匆匆去，奈此千巖萬壑何。

飛雲樓今本《詩家鼎臠》作海東流，更有雄樓在上頭。燕子飛來春漠漠，鴟夷仙去水悠悠。神交故國三千里，目斷中原四百州。日暮片雲棲古樹，昔人留與後人愁。原按：此詩見《詩家鼎臠》中，《永樂大典》中未録，今補入。

寓書吉祥寺臨去親友三人來訪

共指梅花笑裏看，詩腸清峭酒腸寬。一陽方長知春近，三友同來話歲寒。富貴迫人隨世膩，身心何日似僧閑。策勳茗椀匆匆去，不道樽前欠小鑾。

永嘉何子善琴而有詩名一日携二妙見訪求詩用進退韻

山川司馬遊曾慣，湖海元龍氣更豪。詩眼具時穿月脇，琴聲妙處寫雲和。夫君隻手兼雙美，舉世何人賞此高。料得送窮文已辦，雪霜應柰歲寒柯。

爲余君肅曰嚴母夫人壽

曾向瑶池穩泛槎，眼看西母佩飛霞。定分天地冲和氣，來匹公侯富貴家。熊膽課兒心苦淡，魚軒錫命世榮華。樽前何物堪為壽，笑指蟠桃幾度花。

賀同年林簿同卿龜從新婚

金華門外浥京塵，烏石山前結帨巾。翁壻相看冰映玉，庭闈一笑頰生春。昔言爾爾嫌隨俗，今喚卿卿喜有人。來歲夢蘭叶佳兆，犀錢玉果出娱賓。

知君雅志厭奢豪，富貴相尋可得逃。雲母屏間穿雀目，銷金帳下醉羊羔。養生早悟眉爲斧，侍立須驚手有刀。老我詩成還失笑，膏粱未必勝糠糟。

再和王君保定通判韻

覆雨翻雲市道交，公持正論息羣嘲。風高莫送翎毛短，春煖難生土脈磽。攻過每蒙奇藥賜，衛生更借好方抄。一陽來復駸駸泰，善類傾心望拔茅。

和黄遇卿二白韻

晚來雲色半濃淡，雲外青山知有無。纔出六花誇舞女，又飛一白慰農夫。久無人説平淮事，空有天生訪戴圖。憂國寸心同皎潔，詩肩如鷺更清臞。

寄陳起予宗夏二首與余居近一里，日相過從，近就蔡氏館，自携稚子與俱

道有窮通時屈伸，夫君氣槩豈長貧。帳前弟子知無幾，膝上郎君最可人。苜蓿儘多聊一笑，栗梨見覓莫渠嗔。平生耿耿猶存否，五十端能貴買臣。

昔共從師未裹頭，如今雙鬢各驚秋。我無突兀萬間厦，君自昂藏百尺樓。風雨苦多時事惡，英雄未遇老天愁。相思一夜不成寐，早起題詩寄便郵。

再和陳起予二首

龍蟄藏身來者伸，不妨抱道且安貧。晝眠經笥誇羣弟，夜擁綈袍憶故人。富貴未來招鬼笑，文章太好恐天嗔。安排禮樂三千字，寓目他年許得臣。

一誦君詩一點頭，華摛春艷氣凌秋。耳邊厭聽兩蛙部，眼底新誇五鳳樓。花信風殘生酒興，竹枝歌罷動

閨愁。蘭亭已近浮觴節，先把歸期話置郵。

和後村劉甫紀夢

夢懷諫紙立前厢，夢覺披衣起細詳。斗粟舊謡仍抗奏，籯金往訓覺增光。穹官緊職一時事，令子直臣千載香。報答君親良有日，未應垂釣老滄浪。

贈郭五星若水叔清二首

雙闕雲仍山澤儒，步占小技豈其徒。家傳要眇先天學，腹有熒煌列宿圖。南海編書希代寶，西山一序護身符。二賢出處關天運，曾把流年細算無。

淮蜀年來殺氣深，中州兵革亦相尋。命懸逆賊狂夫手，憤激孤臣孽子心。人物眇然難倚仗，風濤如此恐胥沉。煩君夜起觀星斗，福德何時吴分臨。

又贈劉鐵面五星

劉君腹貯一天星，搜索真機泣六丁。少可舌端無軟語，秘傳肘後有全經。話盟在昔疑猶夢，詩讖如今果叶（《後村千家詩》卷二二作有靈）。我亦正為貧作祟，雙眸贏得一番青。

送徐子學夢鯉赴梅教二首

九州四海盡同年，德行公居一榜先。太學何蕃名籍甚，南州孺子道巍然。此行莫笑儒官冷，立事須還晚節堅。聞説青衿齊引領，靈砂九轉待丹鉛。

底官得似教官清，吏不能塵以道鳴。三鱣堂前推老宿，百花洲上見諸生。斯文有脉煩珍護，何地無才要作成。朝列諸公半知己，匪朝吹上玉皇京。

和京教李景平

父子才名壓二班，儒官咫尺近家山。官閒人羡清華選，詩好天開笑粲顏。雌甲一生甘守拙，雄飛千里莫渠攀。骨凡自分仙難做，懶去從人學九還。

美人清曉夢催班，老子心清只愛山。晚歲松筠留素節，艷春桃李付紅顏。官鸁鶴料猶堪活，援寡龍門莫浪攀。滿眼飛騰霄漢上，誰知倦翼已思還。

天上儀隣懶趁班，愁雲苦雨暗湖山。絶憐黑黍紛披穗，空有決明鮮好顏。憂國寸心增感慨，趨時俗駕倦追攀。幕中幸自文書省，詩債無緣久不還。

送黄少遇非熊守德慶

三紀間關歷宦途，蕭然全似一臞儒。恥趨東閤隳高節，甘向南州剖左符。悃愊不能為健吏，清修端可律貪夫。羊城定見菊坡老，能為蒼生一出無。

送蜀名父之子程剛仲世德擢甲科二首

一誦洋洋大對文，便知風骨是西人。筆頭重有千鈞力，字面清無半點塵。衆羽羣中鳴鳳喙，潛淵深處摘龍鱗。丈夫出處關初節，歸去携名壽大椿。

乃翁勇退急流中，家法森嚴在教忠。有子清材如結緑，告君直氣貫晴虹。甲科更合放頭出，時論從來忌臆空。生長殊方同臭味，相期不朽是英雄。

賀宋兄令子縣尉之望擢第榮還

自從西笑便安排，果有佳音天上來。縱靶少年親得雋，跨鞍老將幾銜枚。歡馳帝里泥金帖，喜溢親庭蘗玉杯。造物與君良不薄，好將陰德厚栽培。

用徐編修德夫韻賀其開藩盱江二首

幾年泉谷養靈根，一立朝班敢盡言。鑠掣玉麟辭紺殿，符分金虎坐轅門。郡條上日新施設，民瘼微時預討論。勿鄙嚮來工珥筆，只將清淨鎮囂喧。

君侯心事即蒼冥，諤諤曾同唯唯爭。醫國奇方留後用，字民好事及今行。懸知夔卨班難繼，且入龔黃傳亦榮。天誘聖衷差易耳，正人得路致隆平。

壽南宗東巖四首

公是崑臺紫府仙，中間一念墮塵緣。小猿驛口霜生甑，白鶴巖前月滿船。詩太迫人清似水，琴真知我直如絃。年來族老晨星少，獨魯靈光尚巋然。

杉風蘿月讀書樓，藜杖分光夜校讎。雙璧連科天啟齒，一珠照座客回頭。金閨通籍傳芳信，綵袖稱觥襯雅謳。浪說錦屏家慶好，銀潢元有此風流。

新陽一信迸黃鐘，春到分枝若木叢。天為萬人生李晟，朋來三壽頌僖公。松林古佛燒香報，粟洞羣仙注福同。欲識東巖長壽相，只看台背更方瞳。

萬斛龍文筆可扛，詩壇坐受百城降。文章今代長庚李，福氣前朝戊子龎。見說明時延彥勝，可令屬籍欠鴻厖。餘干相業公須繼，先借雙旌涖是邦。

過新蓬二嶺

世路年來熟險巇，那堪炎火正宣威。足摩青壁頂頭過，心逐白雲天外飛。瀑布有聲愁客耳，山禽無語怪儒衣。田翁憐我鞋根濕，為説林梢已夕暉。

閩嶺遥岑

天晴遥見七閩關，萬仞丹梯莫可攀。鳥度不離青嶂裏，客行多在白雲間。玉門遼邈誠虚設，蜀道崎嶇只等閑。擾擾路傍名利子，軒車南去幾人還。

送會之夢龍赴南安尉

儒生十九諳吏事，君自胸中有八窗。好去袒身師長吏，自注：時真舍人為守。謹毋泄邇薄鄰邦。政聲要重車渠百，祥兆須來鸂鶒雙。自笑慳囊無可贐，篇詩獨不美羊腔。

錢方言巖仲之泰尉尤溪二首

莫作尋常一尉看，斯人能大所居官。才高不數麒麟楦，氣盛曾排虎豹關。初筮事人須以直，有心及物莫辭難。此行有一為君賀，刺史賢如元次山。自注：在太學嘗詣闕上書。

一第歸來正黑頭，艾軒遺墨費旁搜。及瓜上日相催迫，鋟棗通宵細校讎。充類所行皆好事，立身何患不前修。故家常寶文公帖，謹勿逢人便有求。

寄婺州趙尚書立夫二首

大雅千年一嗣音，人如美玉更良金。清修山澤臞儒樣，惻怛河沙古佛心。北闕方瞻台斗踐，東嘉還借福星臨。中興宗衮留衣鉢，大有蒼生望作霖。

憶昔京畿入幕時，游從日淺辱深知。每誇得士如温造，幾度逢人説項斯。親見登瀛應擊節，近聞去國為攢眉。江干餞别公先至，洪魏諸賢鼎鼎來。

游温陵得未第之士四人作四愛詩

贈茂功茂叔

吾愛清源徐茂功，聲名捷出日方東。高尻下首紛餘子，屈指論心幾鉅公。我定斯文宜館閣，人言科目滯英雄。直須一舉魁天下，方快鵬程萬里風。

贈養仁若春

吾愛清源顔養仁，筆端有力重千鈞。奇才自合巍收第，他巧何妨且進身。我老無能惟喜士，君名若出定驚人。元宵相聚過寒食，不污東風一點塵。

贈順夫履信

吾愛清源陳順夫，妙齡足跡半江湖。三湘舟裏詩成束，百尺樓前酒滿壺。科目豈淹真俊傑，世間誰數飽侏儒。長安貴宦門如市，還有樽前此客無。

贈來叔泰來

清源吾愛陳來叔，紫帽家聲藹月評。苦學心能通造化，擇交足不出門庭。人知長宋名先弟，誰識子由文勝兄。聽取搢紳傳好語，可軒後有兩魁星。自注：可軒校書為鄉先生。

簡宗弟無逸稼主簿

揭來纔是早春時，過眼園林囀子規。看絶交書君介癖，讀離騷賦我狂癡。斷無清夢飛蓬島，剩有寞搜到草池。聞説郎星遭孛彗，又添一恨上雙眉。自注：謂其主人曾宗丞也。

和林養正龜符惠詩

殿陛程文被十行，要搜鯁論獻朝堂。點頭只欠饒三好，强項須教受一章。耿耿古心增骯髒，茫茫俗眼笑荒唐。大官羊肉非吾羨，一筋藜羹劣可嘗。

賀洪景茂葉舍試平奏仍勉爲南宫之行

鼓篋天庠正妙齡，同時行輩半先登。如今纔喜紅心中，當日幾成赤脚升。自注：洪向來一舍試便居前列，合赤脚升，以無例不果。冀北羣空看走馬，溟南路闊快摶鵬。歸來新敞渠渠廈，笑我生涯冷似冰。

萬仞浮屠已合尖，出門一笑謝虀鹽。釣鰲滄海六連上，騎鶴揚州二得兼。讖應何仙符舊兆，夢魁余榜合新占。破荒吾邑須君輩，更看花從錦上添。

賀陳思表兄西上 正己連四解，二遜其弟

誰言場屋似樗蒲，好手居然不解輸。疊采三巡皆得注，結場一擲定成盧。月評須應狀元讖，風義新添家慶圖。科第假途餘事耳，方來宇宙要人扶。

賀陳講書謀仲諏璋慶

好是橙黄橘緑時，津津黄色上雙眉。十為良月陽將長，一索成男喜可知。南外□房開宅相，西清荷橐長孫枝。青春拾芥收科第，須記麟庠客有詩。

賊平賀本路史倉良叔彌忠四首

實地從來着脚安，好脩纕蕙更紉蘭。貴游淡似孤寒士，達宦貧於初品官。醫國名方留肘後，憂民心事集眉端。浮榮過眼同歸盡，獨魯靈光耐久看。

建俗輕生自古然，况逢軍旅更饑年。兩臺相顧長酸鼻，一飯無緣得下咽。發廩救荒寧計日，乞師請命屢

戕天。賊平必欲論功報，鎮撫須居戰取先。

六十青蚨米五升，兒童滿口説常平。方愁饑火無聊賴，一沐恩波得並生。真佛現身來救度，老天著眼自分明。從今閩粤家生子，定把君侯姓作名。

誨盜須知有自來，貪官污吏禍之胎。殺人越貨甘殘忍，入市拏金不忌猜。誰與清朝申典憲，合將若屬寘渠魁。書生鋭欲排閶闔，先誦民謡獻外臺。

寄惠安吴簿明輔子良權南安宰二首

南安只是舊南安，敏手為之便好看。事辦要先心肯辦，才難須信縣無難。錦遭傷後從新製，琴不調時改舊彈。見説笑談理繁劇，公餘何惜築詩壇。

邑人見説漸相安，更把西山作樣看。有社有民行志易，不寬不猛得中難。設施新法須明允，掩蓋前愆莫糾彈。便作真王何用假，安排旗鼓即齋壇。

題惠安賴汝恭溪山風月亭

亭俯清漪揖翠岑，好風吹面月盈襟。濯纓孺子滄浪興，抱膝高人梁父吟。流轉韶光蘭滿砌，婆娑秋景桂成林。為君喚起棲梧鳳，瑞旦來儀磬樂音。

送真西山赴召

一朝三命下金鑾，自注：時召曹彦約、鄒應龍、真德秀。獨有先生出處難。學術顔曾千載上，行藏吕范二公間。莫言一木難支厦，須向中流力障瀾。愛助蓋為天下計，丈夫心事頗相關。

送吴魁君謀叔告赴召二首

三載天庭出一魁，一魁豈是利名媒。熙寧如葉庸人耳，南渡惟張君子哉。臚唱若為調衆論，囊封正要看人才。千年青史芬芳遠，過眼浮榮付儻來。

盛名之下最難居，一節清忠自有餘。竪鐵脊梁須我輩，横金腰帶聽伊渠。和戎自古迷當局，善類何時可得輿。抗論朝廷須正大，莫如鄉黨費分疎。

送徐茂功西上二首實收一首

有司具眼柬時髦，此士今纔入網羅。好去南宫平步過，向來東閣閲才多。孤忠畎畝常憂國，大對軒墀莫主和。有問臞翁消息者，官非不愛柰狂何。

送傅一新西上

此去蘭宫好策勛，子行真足張吾軍。大鵬怒奮溟南翼，駿馬鳴驚冀北羣。直要安排醫國策，不徒戲作送窮文。逢人有問狂生者，為説憂時已白紛。

送朱典卿履常上舍西上

天庠教育總英游，文行惟君擅兩優。玉潤珠明盈咳唾，蘭薰雪白見操修。老天不錯須開眼，朱吏相逢定點頭。月裏一枝高斫處，向來我已為君留。

送張柔翁必强西上

説詩匡鼎筆如椽，此去雲霄穩着鞭。富貴恰當年五十，扶摇快上路三千。乃翁積種今歸子，是理乘除信有天。梅友面傳衣鉢好，題名更向萬人前。

送黄東起西上

我友君居德行科，見君覺我汗顏多。筆端有韻珠盈唾，胸次無塵玉不磨。好去腰斤高斫桂，向來傳鉢有持荷。廣寒管領羣仙到，為我慇懃謝月娥。

送林元質彬之西上

二十年來共短檠，相親不減友于情。風高鶚版曾雙中，海闊鵬摶不計程。宣力棘圍新扁額，題詩梨嶺舊家聲。瓣香旦旦為君祝，唾掌功名在此行。

送陳君保作喆西征

非時何事欲西征，為有悲風動紫荆。斜斷最憐鴻鴈影，急難方見鶺鴒情。北方寒地多冰雪，南國饑甿弄甲兵。扶旐東歸良不易，護持孝友有神明。

西征延平道中偶成

羣羽斜飛欲刺空，誰能翦翼向籠中。客程跋涉二千里，年紀侵尋五十翁。酒有神通排磊塊，書無靈聖困英雄。相逢且説窮愁話，纔入修門莫説窮。

送鄭秉叔西征

聯轡而西三十程，風餐雨宿費經營。間關閲舊途經熟，老大逢新歷日驚。我正與時相枘鑿，君方隨詔赴弓旌。獨班賜第明年事，回首雲深谷口耕。

除夜宿江下逆旅呈甥陳宗器

在家隨俗坐守歲，逆旅無聊卧向晨。舊隱荒凉棲鶴怨，端門邂逅畫雞新。知非早似蘧伯玉，將貴誰欺朱買臣。幸自樽中留得酒，與君隨分慶長春。

南劍倅趙用甫權郡有小集以祈晴不用妓移晚筵於潘司户

君侯風誼薄雲高，軫念征夫跋涉勞。雅宴朝陪青玉案，餘歡晚屬念珠曹。嚮來驚下曾參杼，此去誰分范叔袍。齋閤祈晴行有應，免教雪虐更風饕。

和龍溪陳宰璉景賜石馬橋韻橋乃其父崇清作倡

幾年公案一朝成，我覩争先眼倍明。勢面似呈新月樣，灘腰不作怒濤聲。鰲頭地踞三千尺，鵬路天開九萬程。荷橐瓣香元好在，陰功隱德慰平生。自注：侍郎自言，每旦必焚香告天，願成此緣。

又九月朔同諸將觀石馬橋

萬年石馬勝緣成，千丈金鰲跨水横。法從福田勤播種，小菴心匠自經營。不緣打破工夫到，那得中流砥柱平。我輩濟川真事業，何時赤手活蒼生。

因發諸縣催科行移口占呈東倅

共乘别駕犯炎雲，入手文書費解紛。搜見底囊供北餫，作無麪餅飽南軍。銅山欲乞從今賜，金浦何為異昔聞。分得塵勞無著處，不知風月幾時分。

送黄同年京甫必昌赴廣西提幹二首

黄甫才名二十年，蹉跎正坐不能圓。四書鋭欲潛心聖，八品甘為從事賢。東道樽前需客久，南軒印子待人傳。丈夫不必求知己，具眼分明有老天。

君過羊城見菊坡，先生不出意如何。蜀嘘淮沸人挺亂，京火郊雷天薦瘥。石介不親逢慶曆，龜山何策救宣和。狂生憂國頭如雪，送客無悰作好歌。

寄呈漳守李侍郎元善四首李韶自號竹湖，筠溪其祖也，嘗守漳

棠木筠溪手自栽，竹湖又剖竹符來。祖孫相望風流盛，父老驩傳春意回。拔薤莫須施辣手，泛蓮似更欠清才。善人所至如甘雨，要洗漳民滿面埃。自注：余去漳未久，據所見言之。

侍郎佛地位中人，一飯何嘗不念民。涇渭同流須有別，雪霜殺物乃為仁。揚清可使貪夫愧，去惡能令善者伸。自笑狂生太饒舌，見詩少喜定多嗔。

嚮來大姓虐窮閭，千畝農田浚作渠。黠吏鷹豪争攫肉，驕兒螂怒敢當車。老丞嫉惡無容忍，直筆誅奸欲剪鋤。解印此曹稱快甚，惟民與士最愁予。自注：驕兒謂李蘭軍。

陛前苦語犯龍鱗，朝退還遭丞相嗔。連削六階為下吏，只饒一死與閒身。命天所付須安分，貧士之常莫語人。惟有梅花無冷暖，玉堂茅舍一般春。

寄南劍守陳寺丞宿

復齋出守劍津時，正直清廉真吏師。遺愛昔嘗垂竹帛，徽音今又嗣塤箎。侯能培植甘棠茇，我欲摩挲常蕚碑。千載福公家傳好，懷哉蜀士送行詩。

送黄殿講成父赴廣東漕四首進退韻

閩州長者舊家聲，德厚流光産俊英。火玉精神充户牖，國蘭譽謂播爐亭。臨軒初試董晁策，抗對專尋濂洛盟。臚句一傳喑萬馬，祥雲五色捧魁星。

剡曲蓮池徹底清，即馳雋軌上蓬瀛。抽黄媲白羞時學，漬墨磨丹勘舊經。彤陛奏言殫藎直，玉皇動色賞忠精。胸中列宿舒芒耀，藜火光分太乙星。

金華重席被恩榮，蘭省還持多士衡。善類適然相牴牾，諸公可是費調停。自從陣脚一摇動，堪嘆棋枰幾變更。紫帽清源人刮目，朱轓炯炯見郎星。鳳凰遠舉弋何慕，鶗鴂争鳴草不馨。館列翹才難致仕，杖携靈壽莫扶傾。重瞳不見賈山久，猶駕軺車作德星。

嘲解十首

主聖時平諫諍無，子胡不善效轅駒。庸庸隨物例多福，皦皦出塵良易汙。填海誰憐精衛苦，移山可笑此翁愚。鳴鐘鼎食不知愛，却愛山中飯糲粗。自注：嘲。

杞天之下夜長吁，朝上封章肝膽刳。自是諸公忌生語，不應聖主怒狂夫。我將行禮敖嫌簡，子欲正名由笑迂。寧作首陽人餓死，不為仗馬戀生芻。自注：解。

一相當朝總百官，升沉只在笑談間。及門炙手趨炎火，傾國將身靠泰山。子獨何人蜉撼樹，衆皆重足虎當關。仙舟已到蓬萊境，却被波神勒取還。自注：嘲。

孤士每蒙丞相嗔，人心不泯是非真。瓘為苦語攻姦蔡，銓出危言忤老秦。此事古來曾有様，如今天下幾無人。西山夫子深窮理，能以逢干作保身。自注：解。

邊塵四面逐雲飛，正是英盧得志時。西洛故疆將克復，北軍新鋭屬羈縻。智名功勇渠何欠，跋扈飛揚子過疑。消得騰章來辨析，臺臣慮患可無詞。自注：嘲。

狄青心不負朝廷，跋扈人疑漸有萌。琦不押班嬰衆怒，浚私鑄印被臺評。鉅公未免憂清議，之子如何諱此名。若使滿朝無一語，晚唐藩鎮禍胎成。自注：解。余嘗有《三跋扈辨》。

西山名節太峥嶸，洪魏同時俱有聲。斥去不妨為寶慶，出來亦只做端平。事師如子何為諂，植黨旁人笑好名。婺女諫官良解事，正邪辨析極分明。自注：嘲。婺李再劾，以為不當諂事真某，交結洪某、魏某。

三賢千載共襟期，出處存亡同一時。吾道非耶天詎測，斯人已矣我疇依。希文若在甘為黨，邢恕無知却背師。坐此褫官吾不恨，恨他同傳是韓非。自注：解。

君臣大義等乾坤，兄弟何曾係大倫。齊霸分明誅子糾，唐宗決裂用讎臣。向時諸老空饒舌，何物狂生又犯鱗。一自蔣坡新語出，斯知世有讀書人。自注：嘲。蔣三劾以不當言濟王事，以齊威公殺子糾、唐太宗用王魏事為證。

霸者成功如彼卑，孔門童子恥稱之。盡倫大舜斯為至，有過周公不亦宜。古者責難誠意切，今人逢惡大經隳。若教新語宜垂世，可廢八章棠棣詩。自注：解。

聚物

臧穀亡羊等是癡，塞翁失馬浪成悲。本非真鹿夢何準，未必無鰲釣且遲。蛟龍暫與蚖蛇肆，鴻鵠那教燕雀知。暮四朝三狙莫怒，會看挾乙走狐狸。

以上《臞軒集》卷一五

全宋詩卷三〇〇六

王邁五

和宗姪朝望公輔賀生朝韵

投閒久矣息心兵，臺上饑烏又一聲。湖海正須招隱士，朝廷終不赦狂生。剖開胸腹猶餘赤，削盡頭銜越樣清。坐看吾宗後來俊，西風再舉上鵬程。

生朝止客

白髮蒼顔五十三，北風不競又來南。宦情於我蠟來淡，世味從渠蜜樣甘。烏哺劬勞恩未報，鴈行凄斷痛何堪。記生縱有一樽酒，忍與妻孥共醉酣。

寄延平史君馬德大天驥二首

日誦江干餞别詩，端平局面改嘉熙。調元金鼎人黄髮，宣化朱轓君白眉。否泰從來更代禪，乾坤此去願平夷。狂生迂闊真無用，飽飯山中倒接䍦。

君正青春我鬢絲，春闈舊夢是耶非。九方皋馬分明瘦，百里奚牛自在肥。自注：德大善談相，故云九方皋。欲去尋盟談繾綣，又愁鈎黨起幾微。乘車戴笠俱隨分，懷美人兮心奮飛。

送趙伯泳涯侍郎守温陵

趙公過莆，以書復某曰：西山兩典是邦，遺愛至今人思之，故府必有可見，子盍以語我來。某謂清源自南渡後，有梅溪之王、苕川之倪，俱以從官出守，最後則吾西山先生兩出牧焉。其再至，則官侍從矣。王、倪之政，則聞而知之，西山則見而知之，今趙公首以故府事實為問，其有意於以曹隨為心乎？某敬以《戒吏諭民》一册申呈，而以二詩將之。因憶西山安奉倪公祠堂之文有秋菊寒泉配食之語，公如能因泉民之思，倡此義舉，和者必衆，亦可以慰西山疇昔之志。謂余不信，試以質之是邦諸寓公，當亦以為然。

泉是梅溪遺愛鄉，老倪復此種甘棠。後來薦報西山政，歸去全無南物裝。籍甚三賢皆法從，勉哉一趙繼循良。萬安橋上傳佳話，七十年間四侍郎。

西山無物與泉民，底使民如父母親。凡日用間無不敬，滿腔子裏盡吾仁。我熏知見香猶舊，公滌中和印一新。願廣桐鄉依戀意，寒泉秋菊祀千春。

寄婺倅張同年渭叟併簡其婿黄元輔自然二首

江峰映帶武夷青，幾度携筇此地行。韻士魁人鍾間氣，冰翁玉婿並時名。世方争效十鑽巧，渠自不貪三字榮。料得平章風月暇，家書一閲萬金輕。

同登當日鬢猶青，宦路還如跛鼈行。蒔藥山阿非貴相，叩頭殿下得狂名。著書平屋千年記，堆笏盈床一餉榮。安樂窩中無别法，只將世累放教輕。

呈竹軒張史君二首

竹軒治郡政成時，却值王孫慶玉墀。無吏下鄉民點塔，捐田入學士礱碑。平反陰德堪娱母，清白家風更課兒。見説元宵燈不放，為他百姓惜膏脂。

日晡齋閤響鈴條，鞅掌文書尚坐曹。吏困行移愁脱腕，侯勤剖决快揮毫。維摩正為衆生病，太守勝如從事勞。願養精神需大用，款陪齊客醉醇醪。

和竹軒張史君來字韻二首

金鳳傳呼紫馬來，壺山真面氣佳哉。朝天有路鹿呈瑞，應物無心鷗不猜。黍稌熟時農洗甑，芰荷香裏客唧杯。官穹職峻人俱羨，最羨斑衣舞老萊。

一自都門拂袖來，閒中歲月亦悠哉。填波精衛功良苦，享樂鶢鶋心自猜。老矣力衰難運甓，偶然興到且傳杯。君侯若使居王所，片善還能采草萊。

再用韻和張仁仲史君

五花入手眼增明，合主黌宫善類盟。善教牖民師帥責，婉辭玉女父兄情。馬經定價增神駿，鴞亦懷音避惡名。從此心田去稂莠，沐侯化雨及時耕。

用韻簡黄元輔二首

不愛螭頭一點青，片言枘鑿拂衣行。但憂負我平生學，豈願争渠竪了名。天駿出閑駑飽秣，國蘭却佩艾敷榮。想君記得西山語，佳士從來去就輕。

髮今如此不重青，醉後長歌折檻行。老去一寒甘忍死，古來幾士得全名。稻畦蔬圃閒中樂，藥禁薇階膜外榮。所見略同君與我，不妨官小得人輕。

山居即事

出處行藏不偶然，何曾由我總由天。收回紫陌紅塵足，來結青山緑水緣。萬籟鳴時仍瀑布，數鴉起處忽林烟。暮雲正爾商量雪，却被催詩雨插先。

秋夜對客

旋燒香鴨剔銀缸，風捲銀蟾上矮窗。詩癖苦無奇藥療，睡魔賴有建茶降。回環蛙部疑成兩，接續蟬笙不計雙。好友相看寧惜夜，滿懷秋思浩如江。

良月朔郊行問訊梅菊

夜半漸驚風作惡，朝來賸喜月為良。知梅有意商量雪，問菊何謀準備霜。和靖未吟先得趣，淵明欲斷已無腸。物情榮悴胡關我，獨酌悠然寓醉鄉。

山中讀誠齋詩

萬首七言千絶句，九州四海一誠齋。肝腸定不餐烟火，翰墨何曾着點埃。錦瑟月中彈不徹，雲濤天上瀉將來。巴西社裏陳黄遠，直下推渠作社魁。

夜讀杜詩契心喜成

夜永如年眠較遲，寒聲贔屭薄書幃。静看香篆縈茶椀，細嚼檳榔當酒卮。詩卷一開明病眼，騷人千載契心期。偶逢會處點頭笑，早被燈花聖得知。

除　夕

憶昔都門值歲除，高樓張燭戲呼盧。久依凈社參尊宿，難向新豐認酒徒。天子未知工草賦，鄰人或倩寫桃符。寒宵别有窮生活，點勘離騷擁地爐。原案：此詩見《後村千家詩》，今補入。

枕上復用道間鄉字韻呈同人

爆竹聲中度歲忙，椒花杯上换春陽。欠書元日神荼帖，又看新年傀儡場。客枕方酣千里夢，朝靴正踏五更霜。主翁須要惺惺在，富貴何如歸故鄉。

元日次日立春

年從爆火暗中移，椒《後村千家詩》卷三作剪栢迎歡上酒卮。今日天晴宜麥熟，明朝春到報花知。好奇漫說雞千跖，行樂都來黍一炊。但得新年詩有料，不妨貧似去年時。原案：此詩見李伯璵《文翰類選》，今補入。

清明郊行

年例清明是暮春，今年春事却平分。故添一閏知天巧，欲探羣芳奈雨頻。烟樹對人愁脈脈，暮山似我老陳陳。感時莫灑花前淚，不道中原漲戰塵。

西軒春坐

容膝都盧屋一間，圖書左右任披翻。催詩急雨來迢遞，吹面凉風過等閒。生意無邊庭下草，清香不斷畹中蘭。日長無事真仙隱，作甚辛辛苦苦官。

夏雨

彌旬不雨懶龍乖，乾我茅齋一畝苔。火繖亭亭當午立，雷車隱隱半天來。催詩笑我孤吟苦，憂國愁眉八字開。池水甫能添幾許，兒童已報可浮杯。原案：此詩見李伯璵《文翰類選》，今補入。

送方德和大鏞赴漕

好風昨夜作秋天，吹送雛鵷上紫烟。慈母整裘顔有喜，難兄提鉢面相傳。策勛胄榜特餘事，努力巍科趁壯年。直數重陽到端午，快聆三捷凱歌還。

送方栻赴銓

笑提虹管試春闈，大手何妨小出奇。龍種嘶鳴暗萬馬，鹿麑辟易避孤羆。京城紙貴爭傳賦，便驛書來賸寄詩。老友生平識英物，要看修竹拂雲枝。

和劉編修潛夫讀近報蔣峴被逐二首

讀報欣然共賦詩，古來忠佞各殊岐。彼猶愧見蔣潁叔，君盍自期劉器之。惡草剪除雖一快，芳蘭銷歇已多時。懷哉康節先生語，作事莫教人縐眉。

兩載相依笑陸沉，鶉衣不羡錦為衾。渠儂眩耀麒麟楦，我輩翻騰鸑鷟吟。朝去一凶憂稍歇，邊留五大禍尤深。棟梁培植誰之責，莫遣斧斤終日尋。

簡南劍倅趙用甫以夫同年二首時兼招司機宜

元戎擇佐奏膚公，君以宗英在選中。紫氣發硎光射斗，碧油草檄令飛風。莫嫌假手事權小，行拜真王位望穹。老我相期猶遠大，朱虛要立萬年功。

毘亭邂逅又輕離，時事更翻幾局棋。游宦明知同旦過，出山聊復救朝饑。屠龍笑我真何用，躍馬追君已落遲。却有一般劣相肖，蘭階晚始長瓊枝。

和趙倅二首

一樣風清共月明，平分那得外斯盟。合將長與貳同傳，正恐君嫌譽過情。碑斷文昌須改制，臺高馬援却逃名。色絲黄絹儂無分，悔不文園着力耕。

二車人物漢三明，來主壺山壽永盟。衆口是碑均詠德，片言如秤不容情。斯文陰有扶持力，循吏何求烜赫名。早晚政成天上去，舊廛還憶老農耕。

呈趙倅用進退韻

別駕從來頭沓高，非關期奏壓宜敖。推敲今日韓饒賈，引避他年藺下頗。螂欲當車觀者笑，駟難及舌罪焉逃。小詩瀆過無佳句，唐突西施又奈何。

再呈趙倅

委齋坐我以春風，不事拘攣邊幅中。俗子語言藏擭穽，丈夫胸腹等崆峒。虛舟相觸何心在，怒火雖炎一餉空。到底不如歸去好，扶犁戴笠作村翁。

作郡庠修學增田記成諸職事招飲

頖宮輪奐一鮮明，多謝賢侯主夏盟。雞白碑成慚淺識，鵝黄酒滿認深情。回頭二十三年夢，接武千英萬俊名。來事可為待卿等，狂生老去合歸耕。

丹青閣

盛年憂國鬢毛蒼，諫疏端堪銘豆觴。行或使之苗膏雨，心乎愛矣藿傾陽。榮華不與羣兒競，名節須留千載長。試看丹青閣中句，吾宗有此好元方。

跋大庾令趙宗華時棣藏諸公帖

戊戌夏，約漁溪林推希逸、白杜方尉巖仲之泰州，載酒訪宗華。酒半，宗華出所藏帖數紙玩之。程元公、歐陽文忠公、蘇文忠公、趙清獻公、蔡忠惠公、張魏公，皆兒童走卒識名氏者。至他帖，則指之曰：某賢者，某不肖者，某賢否之間者。宗華曰：吾並藏之，所以為賢者之師而不肖者之戒也。余為之詩。

數帖凡經幾世藏，字漫黑暗欠裝潢。孰賢孰否人千載，遺臭遺芳紙半張。憤世疾邪成怒駡，懷忠愛直轉凄凉。吾曹留面要相見，莫使人能議短長。自注：王梅溪云：吾曹離合不常，要須他日留面相見。

偶書警俗

大雅吾無望古人，有常猶愈翟公門。貪榮但可驕妻妾，死義方堪托子孫。董生雖哺寧求報，元子雖媒莫少恩。俗物茫茫隨野馬，英雄千載赤心存。

師心主人作飛錫巖

巖頭古佛留心印，巖下高人新受持。佛亦本來無隱現，人於悟處領希夷。莫嫌夢裏還談夢，且看奇中更有奇。他日證成羅漢果，相逢不必問伊誰。

聽九座鈍菴禪師端午日外堂說法詩

人在塵中醉玉蒲，師於瓶裏瀉醍醐。傳來雙徑清香遠，喚起叢林病骨蘇。炳炳毫光争日月，琅琅舌本有江湖。他年泉下相逢處，解得龍山舊事無。

輓趙東巖簡叔彦侯四首

已矣東巖不憖遺，年來雅道日陵夷。臞儒得似顔徒幾，良吏能為結輩誰。此老清修如玉屑，當官懇惻念茅茨。可憐一夜長庚隕，空使人懷殄瘁悲。

建炎戎馬滿神京，殿撰横身活一城。時宰忌功無表勸，老天福善自分明。人稱簪紱一門盛，公是瑛瑶間世生。珍重西山遺事跋，他年收入史官評。

夔州歸後聖於詩，到墨池來字更奇。嶽后前驅護丹竈，湘靈起舞聽朱徽。經行一夢遊仙枕，遺愛千年墮淚碑。俗物茫茫留不住，化為遼鶴入雲飛。

召節飛來湘水濱，牋天乞取自由身。懸知壽杖宜扶孔，縱有蒲輪莫致申。老去最能堅晚節，復來應信有全人。朱虛不作更生死，誰為蒼生問大鈞。

輓邱制幹二首

功名入手太匆匆，匹馬沙場氣貫虹。詩好可能却敵騎，檄工不自愈頭風。死須厲賊言猶在，生不封侯命果窮。四十九年蘧伯玉，是非往事轉頭空。

曾見端平進士評，邱君磊落榜中英。忘形爾汝同年集，馳志伊吾即日行。舉子能談真將略，元戎誇得好門生。可憐書劍渾無用，才力如何與命爭。

輓漳守鄭都承子敬四首

饔相當朝舞大權，故將旌節博金錢。公嘗勇去三千石，天與閑居十六年。清苦膏粱餘子笑，孤高雲水一僧然。如何赤嶼丹霞地，夜半騎鯨上紫烟。

端平衆彦起彈冠，公作樞庭第一官。君似仁皇從諫易，相非莊敏汰兵難。齊人一傅楚人衆，趙氏幾危劉氏安。君面更新風色惡，回思往事為悽酸。

壺山閥閱例多賢，雪玉風標憶眼前。正獻風猷復齋繼，蜀公素業肯亭傳。人於故國悲諸老，我為吾州惜二仙。在昔靖康人物盡，却教老蔡雪垂肩。

當日曾同鵷鷺羣，清漳風月又平分。輪囷肝膽憂時事，紬繹諸書洗吏氛。悔不佩韋成造次，幸猶掛劍答殷勤。隻雞斗酒來行酹，三十六灣生暮春。

輓陳直學二首

領袖鄉庠四十年，被書誤得到華顛。玉川大用不及試，東野古心常自鞭。抱疢二詩知命語，遺骸一偈小乘禪。修文地下非公願，生則當生兜率天。自注：公病中二詩、臨歿一偈，皆知道之言。

飽看布褐與軒裳，識破都如夢一場。失鹿蕉間空咄咄，騎鵬天上去堂堂。命真不遇才何負，人已無存德未忘。珍重雛甥歌挽些，他年有淚灑檳榔。

輓趙南塘尚書汝談二首

屈賈文章蚤善鳴，長楊制誥晚尤精。天仙一念墮塵世，屬籍千年誰老成。賀表明明規寶慶，諫箴字字砭端平。不堪耆舊凋零盡，淚到南塘覺盡傾。

一自黃臺詠摘瓜，傷心吾道竟非耶。病來陶侃少獻替，老去謝安微誤差。萬里長江饒一曲，連城白璧略纖瑕。太玄草就無人識，付與知音弟子芭。

輓武剛方録參

世科赫奕登相續，官守端方石介如。無節能開河内廩，進身耻覓帝城書。秩終九品人稱屈，善積千年慶有餘。馬耳家聲無失墜，二雛努力大門閭。

輓致政朱司户二首

枕上功名淚不乾，鏡中勳業老猶看。起家喜有千金子，入手纔沾九品官。衮衮天朝來錫賚，匆匆人事異悲歡。最憐當日稱觴處，桂茂蘭芳萱草殘。

一生鐵硯費磨鑽，老去耽書廢食眠。不惜空門求利果，只將心事博長年。思賢已矣悲行路，福善昭然有老天。他日兒孫須鼎貴，燕山陰德膾流傳。

輓鄒帥母葉夫人二首

詩書教子昔鄒母，燕喜寧親今魯侯。石窌疏封時陸續，魚軒迎養歲優游。精專十念湘山佛，髣髴三生閬苑儔。方擬繡輿扶上殿，不堪丹旐楚江頭。昨依緑水芙蓉幙，得傍華堂萱草陰。座末識裳蒙眄異，羹餘分潁念恩深。巢廬正灑萊衣淚，傳驛俄驚楚些音。二母生榮雖迴別，天寒陟屺一般心。

試五墨五首

雪齋凡數種，此種出清漳。或作西齋號，南州許擅場。

長沙游玩地，多有墨工奇。舊説胡光烈，今誇鄭子儀。

柯山葉茂實，膠法頗精堅。潘李今何處，斯人得正傳。

齊峰何處是，似亦出柯山。此是西山物，研磨雙淚潸。

墨上署臣字，必曾經進來。一年磨一寸，須作墨中魁。

暮春即事

雲頭紅上三竿日，烟際青來數點峰。桑柘《後村千家詩》卷一作椹熟時鳩唤雨，麥花黄後燕翻風。

歸舟過桐江晚風不順

長江渺渺雨濛濛，自在扁舟一葉中。欲識此行無可意，往來俱被打頭風。

丙子詔後需捷四絶

一面飛來打疊秋，農場已築管無憂。吾儂種殖三年學，未省書田還有收。

促織牆陰唧唧吟，早催衣褐上寒砧。砧聲似助蛩聲切，勾引征夫萬里心。

戰罷歸來月再盈，懸知得失繫心旌。應門稚子占蛛信，刺繡佳人聽鵲聲。
勝負相持日已多，看棋人已爛仙柯。淮淝非久捷書到，還折門前屐齒麼。

自贊善相

三分相士七分非，又似枯臞又似肥。好待功成名遂後，煩君只畫着蓑衣。

畫工又作道裝

揚州節鉞非吾愛，肯要腰纏十萬錢。只願天公多與壽，道巾野服伴胎仙。

贊彦廣兄喜相

數珠在手鹿隨身，一笑陶陶滿面春。天地知他心事好，百年饒與作閒人。

送人紙筆

阿連詩語已通神，玉版霜毫不厭珍。老我簿書安用此，自應回施與青春。

香山聞杜鵑

雲膚似膜千山暝，雨脚如麻四面飛。游子何曾動歸興，杜鵑故故喚人歸。

山郭檢踏途中聞杜鵑

已成客裏清明過，更聽山深謝豹啼。衮衮春愁無處着，試拚一飲醉如泥。

海　棠

梅太清臞桃太肥，不濃不淡此花宜。何人筆下有香字，為杜陵翁補逸詩。

菊　花

忙裏何曾把酒卮，一秋心事付東籬。等閒應被西風笑，寂寞黄花未有詩。原案：此詩見李伯璵《文翰類選》，今補入。

元宵觀燈《後村千家詩》卷三題作嘲科費

元宵燈火出遊敖，同上書作賞科條鬭巧争妍照綵鼇。官府只知行樂好，同上書作事誰知點點是民膏。

和馬伯庸尚書四絶句

晴瀾金色漾琉璃，日落春風拍岸時。鷗鳥不驚人去遠，掖垣南下樹參差。

步障隨車起暗塵，畫羅難隔豔陽春。水邊争羡春陽柳，一歲東風一歲新。

玉泉山下水潺潺，不比温泉洗玉環。濯罷九龍池内錦，纔教流出到人間。

絲絲垂柳拂金溝，學就宫娃舞態柔。莫遣落紅飄一點，長門春色不禁愁。

觀風堂觀叢刻

古碑真贋遞相承，俗刻紛紛滿笥縢。最是可憐越山石，不應只弔剡溪藤。

蓮花

蓮花出自淤泥中，過眼嫣然色即空。争似泥塗隱君子，褐衣懷玉古人風。

又送地栗螃蟹簡趙倅詩

鏤玉雕瓊飣餖中，盃行到手莫辭空。詩仙比作西湖藕，俎豆蘋蘩入國風。

送筍菰與方德潤大琮右史仍求霜毫

玉版丰標清更臞，紫姑道味頗甘腴。遺渠問訊紫薇老，後省厨供有此無。

狂吟不覺兔毫枯，偶探囊中笑子虛。欲覓管城何處是，中書君自有中書。

監試衛通判送桂花一枝得四絶句以謝

花映眉間一點黄，笑將文字共平章。高枝定不輕分付，自有花爲知見香。

天女吹香到酒邊，不須更著水沉烟。明年正月披香殿，人在玉皇香案前。

君家結得此花緣，盛事龍頭四十年。書種至今香不斷，馨兒俱作廣寒仙。自注：貳車二子皆浙漕。

風月堂中傾國姝，別來風骨太清臞。良宵夢裹殷勤説，玉兔還能擣藥無。自注：貳車自言有寵姬得疾，院中合藥與之。

參部至三山簡王宗教子文野一首仍寄觀潮拙稿子文舊詩名爲碧雲樓集

昔艤歸舟傍淺沙，逢君躍馬看梅花。匆匆相見還相別，三十六灣天一涯。

別來雙鬢忽驚秋，一笑哦詩寬百憂。草舍繩樞聊爾爾，如何比得碧雲樓。

臘肉

霜蹄削玉慰饞涎，却退腥葷不敢前。水飲一盂成軟飽，隣翁當午息庖烟。

問邵武守劉無競克遜求邵武紅硃二首

見説歸裝只載書，書囊拍塞載紅硃。不知滴露研磨剩，惠我刀圭點易無。

閲君吟稿日頻哦，句法金鎔字玉磋。自是集中多好處，從頭點滴費朱多。

自憐凡骨本難仙，安得泥壇七返丹。欲使身輕生羽翼，乞丹須是問劉安。

讀王伯大都承奏疏

讀王幼學兩疏，痛快大叫曰快哉，快哉！家人輩以我爲病風喪心，而余不覺喜之至此極也。滿飲一白，輒成十絶，先呈吾友方德潤右史、劉濳夫編修，且囑其和。毋曰吾畏禍愛官職，不比狂生無藉賴也。

去非前日在端平，我以爲兄不敢名。若使去非觀此疏，須饒幼學作難兄。自注：王遂字去非，端平初第一臺諫。

廈下絲綸唤不來，來時已作去安排。吾宗有此好兄弟，欲往從之天一涯。

首疏明明點敗棋，次篇字字比元龜。人中龍定子瞻是，殿上龍非安世誰。

曳紫腰金滿闕庭，被渠唤作集瓜蠅。適從何處來居此，面目人嫌鬼亦憎。

金鑠難鸝五色麟，行藏如減國精神。可憐張禹孔光輩，氣息奄奄泉下人。

直道年來冷似菰，西山去後有人扶。王郎此段真奇特，又喜三山出介夫。自注：此章專指三山言。

佞夫苟賤糞甘嘗，餘子危言襲故常。若使秉彝猶未滅，也須泚顙細思量。

朝犯雷霆暮即行，竈間老婢莫猜驚。須知堂裏飣頭肉，不似山中野菜羹。

近得故人盈紙書，却將取辱笑吾徒。世間自有可羞事，曾見歐陽責范無。

聒耳喧啾厭畢逋，朝陽忍聽鳳凰孤。朝廷若貶饒州老，我亦甘心拜尹洙。

感歎時事

十家生聚九無聊，雞犬驚惶避使軺。昔日青苗猶出鏹，如今俵紙作青苗。

聞説永平全盛時，如雲冠蓋會京師。新來逐客令嚴甚，肉食滿朝無李斯。

贈無諍和尚四首

佛祖曾經幾罵訶，却稱無諍意云何。寒山拾得哈哈笑，更有人癡似汝麽。

稽首叢林無諍師，我因有諍落便宜。問師無諍中三昧，笑指巖前没字碑。學道參禪空自忙，郭郎鮑老各郎當。不如卸取戲衫子，甘與人呼作啞羊。達摩西來長子孫，不徒無諍且無言。後來鼻孔撩天漢，有眼何嘗看世尊。以上《臞軒集》卷一六

蘭花

見山堂裏小春寒，觴政詩囊甚有歡。重客分明知小李，美人自在寫猗蘭。直須博去紉為佩，只欠香來劣可餐。菊凋一枝尤灑落，不妨人作易芳看。宋劉克莊《後村千家詩》卷八

紅蛛

空裏游絲十丈長，直垂一顆絳紗囊。儂無喜事何須爾，往報槐花舉子忙。同上書卷二〇

劉氏内政及二寵同孕

中秋過後纔十日，廣寒侍人遭譴謫。墮在人間富貴家，依前不離姮娥側。劉郎風流世所無，醉中飲啖無精粗。三胎聞已俱孕秀，次第門外連懸弧。老子釋氏親抱送，想應屢入維熊夢。我今預作弄璋書，君須早辦湯餅供。元劉應李《新編事文類聚翰墨全書》丙集卷三

喬松歌 壽經幹

華陽有喬松，直幹千丈强。盤根據厚土，勁直凌秋霜。不知種者誰，拱把由羲皇。不受秦人封，鐵立心慨慷。下有青牛蹲，中有琥珀藏。長恐蛟龍姿，夜逐雷雨翔。我願為胎仙，高風下相羊。共此清與高，保此堅與剛。共聞堯舜君，至治垂衣裳。玉帛交萬國，朝覲開明堂。我願為榱桷，翼松為棟梁。斲此冰雪根，繪畫施青黄。萬古永不朽，長久天日光。同上書丁集卷一

戴老堂爲城西林兄作

闕下唐時裔，城西戴老堂。熊丸甘子嗜，雞饌飽親嘗。至行薰吾里，精心契彼蒼。定知家慶遠，蘭桂謄流芳。環堵陳圖史，高堂奉旨甘。桂枝和月種，萱草鬬春酣。玉帝垣居北，老人星現南。重哉忠孝責，硬作脊梁檐。《永樂大典》卷七二三八引王君實《矖軒集》

懷蔣力父監倉

冰結長江少躍鱗，天寒不見鴈來賓。翻雲覆雨羞餘子，霽月光風憶若人。丹穴鵷鶵行毓瑞，北堂燕喜倍生春。萬金消息何時到，一洗胸中萬斛塵。同上書卷七五一八

歲暮呈同行蔡實甫

人生聚散類團沙，偶得聯驂餞歲華。竹杖徐行忘了簥，村醪小酌勝如茶。鄉情喜似輕千里，詩味相投各一家。便好扶携玉京去，孤山深處看梅花。同上書卷八六二八

除夜共蔣力父有秋宿南浦館

客裏逢年酒半醺，篝燈課了送窮文。對牀共聽巴山雨，入夢休思巫峽雲。好整衣冠朝北闕，新栽桃李屬東君。平明各把菱花看，黄上眉間已十分。

寄林少忠因爲家叔再留之館

擇師難似擇良醫，争得奇功指俗迷。每羡君才如扁鵲，能為後學發醯雞。作文須有奪胎法，卞惑先須刮膜篦。子姪明年看骨换，所求不止在刀圭。

年來師道孰知尊，温飽何緣得浼君。鴻鴈暫為粱稻計，牛羊誰為牧芻勤。琴書到處聊娱目，羽翼生時要

薄雲。我偶書田收一熟，向來正亦病人芸。

送林日升景高之毗陵傅氏館

情好相投歲月深，那堪天外話離襟。京華濁暑鄰三伏，荆水清風直萬金。鴻鴈稻粱聊老計，蛟龍雲雨有初心。三年名遂榮歸去，椿桂堂前候好音。　以上同上書卷一一三一三

讀慶元黨人家乘　蜀中游公，諱仲鴻，景仁似尚書之父

羣偽欺天日，宋疑當作宗臣去國時。朝扶皇帝璽，暮植黨人碑。楚衆齊難勝，劉安晁遂危。抵龜公贊決，幾事併先知。自注：辨趙忠定公之冤。方喜儒宗用，無何學禁嚴。甘心師管晏，絕口説伊濂。天豈斯文喪，人憂善類殲。一鳴公甚偉，直氣戢羣憸。自注：争朱文公之去。石顯權傾帝，穰侯勢逼王。羣狐争伺夜，丹鳳獨鳴陽。閶闔辭天仗，洋川佩郡章。誰嘗舒亶唾，有舌巧如簧。自注：論韓侂胄之專。侂怒如闞疑當作闞虎，曦謀比井蛙。公乎拚一死，國爾自忘家。庾亮塵難汙，劉輿膩莫加。修名與姱節，皎皎玉無瑕。自注：料吴曦之叛。本朝諸大老，謚議兩忠公。公去道鄉遠，名垂太史同。一時無顯位，千載播清風。韓吕多孫子，毋須添乃翁。時流酣富貴，雅道冷如菰。甘附武韋勢，相師張孔諛。識汙隨竈婢，氣短事家奴。使讀忠公傳，還能泚顙無。　同上書卷一一八八八

謝趙倅送雙雉臘蹄

文雉雙雙彩翼開，闖籠照水不驚猜。想君當日中牟化，帶得桑田馴底來。影印《詩淵》册一頁一一一

送白糍與囊山老子

東坡以春笋，名為玉版師。我獨謂玉版，正可名白糍。喫笋令人瘦，喫糍充人饑。慧眼曰不然，不如飲水肥。同上書頁一五七

謝永福陳夢得見訪

枝笻來訪白雲坳，絶異紅塵勢利交。把酒為君澆磊魂，携詩就我定推敲。不曾出市曾疑當作會龐老，安得為雲逐孟郊。古錦囊中多秀句，家元疑當作無書史莫徒抄。同上書册二頁九八二

送螃蟹

昔人瞻蟹憚監州，今獻霜螯助拍浮。料得監州應笑領，無腸公子也風流。同上書册四頁二八六一

壽丞相

翼戴三朝冕有蟬，歸來今作地行仙。且看宫闕蕭何第，未泛江湖范蠡船。老境已憐周尚父，慶門方似漢韋賢。一盃仰祝椿松壽，歲歲流觴八日前。同上書册六頁四四九八

壽徐直院

新春三六慶生申，曾立螭頭作近臣。論諫獨先聞藥石，代言何止見絲綸。漢星今日仍和虜，蹇叔當時最慮秦。萬古波濤看砥柱，祝君不必假靈椿。同上書頁四五二三

壽太守

生申維嶽詠崧高，孕秀儲精歲月多。盛旦上元開甲子，前朝令節紀中和。銅符暫剖雄藩印，寶鴨行鳴禁路歌。天祐名臣錫難老，好將銅狄屢摩挲。同上書頁四五五四

壽彭簿

武夷深處有台仙，嶽降元肖疑當作宵六日前。早挾雄文偕漢史，晚將奇策對堯天。一官祭竈真遊戲，萬里摶風吏勉旃。早晚菑川再惟上，好將名姓壓英躔。同上書頁四五六九

壽鄭青山

蒼龍拂曉掛高寒，飛鞚翩然出帝闕。九釀黄封中聖酒，一盃紅入上台顏。閹雛生怕韓公召，宮妾尤驚富相還。獨有帝心懷舊弼，未應霖雨閣青山。同上書頁四五八〇

壽陳貢元

潘胸萬卷富文章，天産英賢生玉皇。後日嶽神逢誕節，今朝昴宿出呈祥。秋風鶚表聲名遠，春浪龍門姓字香。來歲壽觴何處飲，西湖三月正韶光。

壽丘曹

三分辰月一分過，天産真仙積慶多。西國玉枝家世襲，霸陵銅狄手長摩。功名本自歸談笑，壽考何勞着詠歌。行直紫宸清夜宿，共驚蓮炬認鳴珂。以上同上書頁四五八二

叔壽姪

纔經六日便頒春，還是長庚初度辰。蘭砌聲名千載舊，竹林風月幾時新。詩書本是吾家事，燈火須勤汝輩親。未把金盃為壽祝，且期及第為親榮。同上書頁四五九七

句

月香試看尤清絶，一在枝頭一在窗。梅　宋陳景沂《全芳備祖》前集卷一

未知死所先期死，自笑狂生老更狂。　宋周密《齊東野語》卷四

《齊東野語》：賓之甚有文名，落魄不覊。為正字日，因輪對及故相擅權，理宗宣諭曰：「姑置衛王之事」。邁即抗聲曰：「陛下一則曰衛王，二則曰衛王，何容保之至耶？」上怒不答，徑轉御屏，曰「此狂生也。」邁後歸鄉里，自稱敕賜狂生。嘗有詩云云。

（李更整理）

陳郁

陳郁（一一八四—一二七五），字仲文，號藏一，崇仁（今屬江西）人。世崇父。理宗時充緝熙殿應制。景定間爲東宫講堂掌書兼撰述。恭帝德祐元年卒，年九十二。有《藏一話腴》傳世。事見清同治《崇仁縣志》卷八。

陳郁詩，據《藏一話腴》等書所録，編爲一卷。

賦薛侯

薛侯俊健如生猱，不識中原生土豪。蛇矛丈八常在手，駱馬蕃鞍雲錦袍。往屬嫖姚探虎穴，狐鳴蕭蕭風立髮。短韉淋血斬將歸，夜斵堅冰濡馬渴。中都久住武城坊，屋頭養駱如養羊。枯萁不飽籬壁盡，狹巷怒蹄盆盎傷。只今栖栖守環堵，五月樵風吹宿莽。千金夜出酬市兒，客帳晝眠聽戲鼓。邊人視死亦尋常，笑裹辭家登戰場。銓勞定次屈壯士，兩眼熒熒收淚光。齒堅食肉何曾老，騎馬身輕飛一鳥。焉知不將萬人行，横槊秋風賀蘭道。

天賜白

君不見書生鎸羌勒兵入，羌來薄城束縛急。蠟丸飛出辭大家，帳下健兒紛雨泣。鑿沙到石終無水，擾擾萬人如渴蟻。挽絙竊出兩將軍，敵箭飛來風掠耳。道傍神馬白雪毛，噤口不嘶深夜逃。忽聞漢語米脂下，黑霧壓城風怒號。脱身歸來對刀筆，短衣射虎朝朝出。自椎雜寶塗箭創，心折骨驚如昨日。穀城魯公天下雄，陰陵一跌兵刀窮。檥舟不渡謝亭長，有何面目歸江東。將軍偶生名已弱，鐵花暗澀龍文鍔。縞帳肥芻酬馬恩，閒望旄頭向西落。以上《藏一話腴外編》卷上

淮東楚客

淮邦産寶皆奇士，楚客能詞只小夫。些語凄凉君自感，未應山色獨闕渠。同上書卷下

題梅仙觀

進了忠言隱姓名，萬年香火此山靈。可憐沉醉功名者，血染咸陽喚不醒。宋楊智遠《梅仙觀記》

石湖歸途

人與西風結約來，芙蓉花氣撲吟杯。曲塘好處都行遍，帶得一身秋色回。

城東看柳

翻煖為寒一信風，畫橋南北岸西東。春歸楊柳無私意，深淺青黄自不同。

上林歸鴉

夕陽鴉背斂殘紅，萬點飛歸傍帝宫。應是上林棲宿穩，可曾驚散月明中。

友人官滿

三年官滿冰霜潔，一日春回宇宙寬。曾向廳前種楊柳，緑陰留與後人看。

東園書所見

娉婷游女步東園，曲徑相逢一少年。不肯比肩花下過，含羞却立海棠邊。

苦吟

水驛荒寒天正霜，夜深吟苦未成章。閉門不管庭前月，分付梅花自主張。

蘇堤曉望

荷邊清露襲人衣，風裏明蟾浴曉池。涼影潤香吟不得，手扳堤柳立多時。

山行聞春禽 原無題，據《詩淵》册四頁二八三一補

初陽烘霽途，繁陰布幽林。山禽互嘲哳，為我流好音。傾耳須臾間，已快清冷心。飛蓋何為者，傲睨松之陰。翻然移他枝，餘弄不可尋。 以上宋陳世崇《隨隱漫録》卷一

景靈宫孟享

幸驂恭謝覩繁華，馬上歸來戴御花。老婦稚兒相顧問，也頒春色到詩家。

自贊 甲戌秋

年方九秩開，丹臉映碧眼。習静寸心安，味窮百事懶。由中以致和，聞道亦非晚。噫，十年譔述幸隨龍，二聖在天應默眷。 以上同上書卷三

賦翁仲

銅仙擎露秋風表，珍重劉郎千萬壽。老瞞攘鼎貽孫謀，因逼此仙俱受垢。仙寧折骨拒非招，恥為姦雄效奔走。污名翁仲俾司門，口不能言心自否。洛陽宫殿一灰飛，天上此標獨長久。君不見堂堂冠劍隱霸城，萬古六丁驅鬼守。 同上書卷四

偕潘寒巖陳定軒遊石湖次定軒韻

陳郁

貂裘絨帽護輕寒，坐馬端如坐席安。自别石湖三月去，又携玉友一番看。霜催菊磵風悽惻，雨浹蘆汀水渺漫。欲寄吟懷須勝地，千金同此買魚竿。《永樂大典》卷二二六六

題梅花便面

白團横寫向南枝，冷蘂寒梢手自持。絶似曉空凉影裏，月明中有桂花時。

題林可山爲倪龍輔所作梅村圖後

當年一句月黄昏，香到梅邊七世孫。應愛君詩似和靖，為君依樣畫西村。以上同上書卷二八一二

倦　遊

水於東江皆臣妾，山到衡陽無弟兄。兩處經行都已遍，老夫誰更别關情。同上書卷八八四五

贈東華老真鍾逸士

衣冠凉薄亦端嚴，為到貧時解養廉。京洛家風今尚在，宗王恩禮舊曾沾。談高堅白囊無底，詞縱題紅筆退尖。自説學仙曾有遇，欲歸巖壑理抽添。同上書卷一三四五〇

製梅花湯

南枝開處覓春光，摘得冰葩蜜甕藏。留煮午湯消暑渴，吟騷牙頰有浮香。影印《詩淵》册一頁一〇八

憶浪頽

偶同鄉友校吟編，因得平安到浪頽。心不干時清似水，髮緣憂國白於棉。半生景慕空千里，一紙寒温廢二年。何日支笻隨此老，秋巖和菊薦冰泉。同上書頁二八六

憶錢春塘

識面論心已半生，買山無計得同盟。行藏為是關天理，會聚因難遂客情。月户評春花影澹，風廊逃暑竹聲清。安舲何日來城角，細舉前吟為再賡。同上書頁二八七

贈醫官吴將使

不合生來愛苦吟，書淫傳癖到于今。江湖未遇醫治手，煩向詩脾謾一鍼。同上書頁三六八

贈僧玘長老

客單近掛屋東偏，細看家風似閬仙。為載月舡來茂苑，因披雲衲出潭田。詩篇熟誦如持咒，句法旁參若勘禪。既是西來須會意，此心還許野人傳。同上書頁三八二

贈道士李岫雲

聞説讀黄庭，經年遠俗情。為能參溟涬，因不賦清平。客滿轉呼酒，詩高偏避名。謫仙遊戲耳，終有玉函迎。同上書頁四一〇

贈絲桐墨蕙吕能甫淮東制閫之客

子向詩書外，尤於藝事優。桐絲傳古意，蘭墨寫離愁。黄閣能知己，朱衣必點頭。從來奇特士，何患不封侯。同上書頁五〇七

贈鴻宿洲淮士

洲沙宛在水中央，荻屋蓬窗似野航。不戰棄城誰執咎，偷生避地子何傷。賣力已化諸山寨，沽酒從開萬户坊。如此撫摩能幾日，流民端可復耕桑。

次韻贈張秋巖

陳郁

清高非一事，最好是吟懷。吴會相逢日，春風入酒杯。雪舟回石浦，雲户掩秋崖。合作蘭臺客，朝家有逸才。

贈施秋渚

四海東洲老，傳家有阿戎。簪纓百年後，燈火一窗中。買宅鄰臺府，開園界水宫。山房喜相近，來往便詩筒。　以上同上書頁五二五

贈翁運幹

春陽和且澄，榆烟裊新燧。兹晨適解后，萬象獻嫵媚。悠哉高堂人，軒冕莫能累。頗珍湖海游，漸摩仁與義。因之玄思清，筆力挽春意。人生匪得朋，一欣何所寄。相期風花城，年年同健醉。　同上書頁五二七

以七字律羽扇贈行

匹馬東淮兩月奇，歸銜俄爾帶新資。吟高已中唐人律，名重宜魁浙漕闈。彩舫香衝荷葉去，捷旗榮與菊花期。贈君羽扇還知否，文陣千軍可一揮。

贈勉周濟川

坐窗長記别時愁，欲訊平安尚未由。客袂重來驚日久，義懷高甚薄雲浮。論心句好能令喜，到骨貧深不足憂。更向吟邊策勳業，江湖近日欠清流。　以上同上書頁五四三

贈竹林翁

為竹為花號不同，一般騷雅一般翁。東風紅紫飄零後，須看琅玕立雪中。　同上書頁五四七

寄編修龔郎中

説着池陽舊歲時，星郎事業世皆知。淮人自古真堪用，天下如今尚可為。江南烽高黄塞近，街頭箭急赤囊馳。多應規撫煩君往，横槊隨賡薄伐詩。　同上書頁五九六

毛梧竹惠詩趁韻答贈

三衢不住住王城，因向江湖得令名。朝士有書常倦答，騷壇分韻每先成。事臨口畫無遺策，交以心期肯待盟。貽我高吟粘屋壁，琅篇珠字照山楹。　同上書册二頁九五三

答王雪窗惠詩

窗以雪為名，窗中人亦清。聽無多淡話，含不盡幽情。世態秋雲薄，吟懷霽月明。似聞藏古硯，石眼可曾晴。　同上書頁九六八

次韻謝鄉陳浪顛

聞有上江船，令人喜欲顛。烹魚開尺素，被毳得純棉。細讀蠅頭字，誰欺鶴髮年。那堪寄來句，清比醉翁泉。

流浪江湖久，空餘雪雨顛。才無時展布，愁與病纏綿。暮景知前事，榮途看少年。終然歸去是，家自有林泉。　同上書頁九八五

郭戇菴惠詩爲謝

相思長只認文星，霽後闌干卜夜憑。萬斛筆頭非録録，七年袍色未青青。字肩米老神尤健，詩角唐人氣欲陵。尚擬酒邊論契闊，看君談笑吸滄溟。　同上書頁九九〇

陳郁

姜石帚貽書寄詩謝

貪卧蘇臺一片雲，嘉招虚辱遠移文。吟人多半來投刺，倦客深慚自閉門。路隔江潮兼夕到，居連地勢兩州分。酬恩别有男兒事，它日逢君仔細論。　同上書頁九九一

荼蘼次友人韻

紅紫委空塵，猶鋪一架春。素瑶堆艷潔，緑帶裊芳新。走雪詩能聖，扶香花有神。風流付杯酌，留與醉吟人。　同上書頁一一四九

洪橋客窗枕上

桐葉飄零月似冰，並河燈火夜寒生。闌干倦倚投床去，卧聽趨朝過馬聲。　同上書頁一四〇七

聽楊君彈古操

年來雅道類聾瘖，到處笙歌只勸淫。肯抱焦桐閑訪隱，應思塵世少知音。離鸞别鵠皆風月，二典三盤不古今。聞子細彈千載事，吟夫已見聖人心。　同上書頁一四四七

憶古襄州西教場打毬

憶參元帥古襄州，幾度莎場馬打毬。鞍韂鬧裝都一樣，野夫不着皂貂裘。　同上書頁一四六九

得盧蒲江劉懲齋倡和墨

天錫吟箋慰老懷，筆花文藻卷中開。二分者作有如此，一世之雄安在哉。瞟邑墳荒惟宿草，玉堂人去幾秋槐。詩仙應赴詩家供，一展寒齋定一來。　同上書頁一四七四

觀鑄劍

良鐵曾收漢益州，規模因塑古吴鈎。鑪安吉位分龍虎，火逸神光射斗牛。入水淬鋒疑電閃，臨崖發刃有星浮。知君斬却樓蘭了，戲袖青蛇住十洲。同上書頁一五一一

過列山廟下

撾鼓揚旗向石頭，列山山下使人愁。風前獨倚危檣立，遥認西淮四五州。同上書册三頁一七〇九

山中

自入山中二十年，抗塵有道即為仙。差科難到眈閑地，種穫因無負郭田。細事亦參齊物論，大還長勘娱真篇。詩成不敢題崖石，怕有江湖姓字傳。同上書頁二〇九六

秋潭爲吴仲益賦

不留一葉山骨瘦，祇浸幾星波影寒。中有高人倚空闊，絶疑珠墮水晶盤。同上書頁二二三二

爲證無得賦竹山

好山雖可愛，懶入翠重重。静看千竿玉，清如五老峰。徑陰禪履潤，林密佛香濃。靈運知師意，無勞躡屐蹤。同上書頁二二五一

空谷有幽蘭

空谷有幽蘭，孤根倚白石。清晨作奇芬，凡卉各跼蹐。公子偶相值，□枝置錦席。敷榮忽變悴，色不貸一夕。信知傾國姿，羞任桃李責。所以富豪兒，睥睨林下客。同上書册四頁二二二三

昔人貴松柏

昔人貴松柏，為有霜雪姿。折以贈遠别，歲寒心不移。願言且珍藏，聊慰千日思。青青隕秋黄，勿同楊

柳絲。　同上書頁二四〇五

虞美人草

彭城高會日置酒，猴冠猶在婦人手。倉皇垓下已重圍，四面悲吟雜刁斗。當年舉珮不倒戈，到此空餘慷慨歌。虞兮反袂交淹泣，欲幸從兮可奈何。怨入青蕪知幾歲，舞恨摇芳無別意。妾身恨不事英雄，果是英雄安有淚。　同上書頁二四一三

趙園看白牡丹

園林物物挾春光，獨許名花壓衆芳。雨艷寒輕清入骨，雪膚香瑩白含章。仙人聚土誇能染，學士承恩賦倚粧。幾欲寳酥煎洛蘂，遲回未忍折雲裳。　同上書頁二四九九

看落花

飛紅飄白自交加，過了春光只嘆嗟。識得歲寒松竹耐，始知園圃謾栽花。　同上書頁二五一九

鶯燕

紅杏牆連柳外門，春風池接暖烟村。陽和世界無分別，各自營巢長子孫。　同上書頁二六八六

射雁馬上口占

脱手弦聲破曉寒，鴈身和箭衮花團。簷前曝背山翁喜，催喚兒孫逐馬看。　同上書頁二八二六

得狸奴

穿魚新聘一銜蟬，人説狸花最直錢。舊日畜來多不捕，于今得此始安眠。牡丹影裏嬉成畫，薄荷香中醉欲顛。却是能知春信息，有聲堪恨復堪憐。　同上書頁二八四七

書江亭壁

人間風浪最傾危，君自深藏了不知。只恐隨流禹門去，又翻頭角露天池。 同上書册五頁三一七三

爲薛叔載賦海隱

見有闌干便艤航，不知炎日熬沙場。多應高枕歸篷下，夢到此亭都是涼。 同上書頁三一九三

木庵爲吴應祥隃賦

木主平東義近仁，斯庵名此稱斯人。遥知虚室蕭閒地，生意滿懷都是春。 同上書頁三二七一

得琴硯古雅堂

端溪湮塞焦桐已，羅旅文房尚奢侈。古風雅志莫養成，從此詞章墮彫靡。仙巖名士獨不然，家有琴硯皆世傳。熨焦蛇斷互左右，俾受彈弄供磨研。耳根筆澤千載意，字□挽回淳朴味。乃知舊物是筌蹄，薰染皇墳歸繭紙。百篇因之奏帝傍，帝賚文美承恩光。歸來築堂標古雅，家學始末示不忘。邇來相傳貴珠玉，或侈金屏誇綉縟。心遊目視溺豪華，繼發一言流近俗。嗟余僻好惟古文，敬此堂名如敬君。何時登堂相撫玩，古雅之意期與君平分。 同上書頁三二八七

琵琶亭

二嘆潯陽送客翁，忍將吾道等秋蓬。煢然商婦千呼至，貴甚監州一笑同。力學本為明德計，能文衹是立言工。琶琵亭下愁情遠，付與長江寫不窮。 同上書頁三二八九

題王南杰遠明樓

重欄俯江湄，四箔捲雲表。晴暉爍纖翳，萬里歸一眇。清高樓上人，眼闊天地小。何當倚秋空，吟送飛

陳郁

鴻杳。 同上書頁三三五五

題朱氏隱閑樓

卜築雖城市，心安跡亦安。一樓深自適，萬事少相干。月向重簷待，山於曲檻看。門前車馬客，未必識天寬。 同上書頁三三五六

爲古艾鄭子剛賦可軒

未赴功名且釣船，忽勤王事即貂蟬。丈夫出處隨時變，須卜此心然不然。不容不辦屋三間，出即扃幽退隱閑。我蔽一言君記取，黄扉未必似青山。 同上書頁三三六三

爲朱柳州賦足庵

名庵以足闕天理，須向庵中静處參。底事此心無所欠，衹緣與世不生貪。書淫過似專房樂，蔬食多於列鼎甘。却怪紫芝曾漏泄，從來坤勢闕東南。 同上書頁三三六六

遊葛氏山堂

催詩雨裏載杯盤，名勝園林得借閑。百五日當春事鬧，十三人坐宴堂寬。都抛世味言談外，盡出家藏意玩間。不是主人風度遠，客遊那有許清歡。 同上書頁三四五〇

閉户

坐到心清有妙香，蒲團紙帳任更長。閉門不受庭前月，分付梅花自主張。按：二句與《苦吟》重。 同上書頁三五三九

倚樓

一聲新鴈一聲秋，獨向江樓倚莫愁。江上片雲將雨去，却留殘照管汀洲。同上書頁三五四〇

多景樓眺望

江淮萬里天，歷歷在樓前。對景獨登覽，因思幾變遷。雲横秋水外，鳥度夕陽邊。倦倚闌干北，令人思黯然。

商驛樓東望有感

山川去接漢江東，曾伴隋侯醉此中。歌遶夜粱珠宛轉，舞嬌春席雪朦朧。棠遺善政陰猶在，薤送哀聲事已空。惆悵知音竟難得，兩行清淚白楊風。以上同上書頁三五六三

爲僧如賦深居

禪居自合入山林，闤闠之中豈是深。須信道人清似水，佳城如住海波心。同上書頁三七八七

登法海寺小閣

絶頂危梯緩步登，俯空幽閣據崚嶒。不知吟到無窮處，但覺一層高一層。同上書頁三七九四

題治平寺壁

越君嘗膽苦心摧，娃館春風正酒杯。絃管但知連夜樂，旌旗先已過溪來。麋衝曉霧遊荒苑，鴉立斜陽噪古臺。野客不談興廢事，緑陰深處摘青梅。同上書頁三七九七

宿普化庵

貪翫水雲鄉，來遲到夕陽。艤舡依釣石，欹枕借禪床。衾薄疑秋老，茶多覺夜長。節庵湖海客，語下不尋常。同上書頁三七九八

題林月巖冷泉詩後

巖裏空寒玉有聲，亭前淵静鏡生明。從他流入香塵去，不礙源頭徹底清。　同上書册六頁三九六二

讀淮陰侯傳

必得真王乃鎮齊，假王雖有亦奚為。區區吕姥何能爾，自是將軍不三思。　同上書頁四二〇三

讀唐子西漂母傳

識得英雄為理貧，果能誅項滅三秦。老增事去方撞斗，羞見沙頭澼絖人。　同上書頁四二〇四

讀容齋三筆記

大曆謀臣匪盡忠，時君好佛遂成風。詳陳福業因元載，輕授儀同付不空。此日有丘猶血刃，後來無賞失邊功。代宗繆濫惟何甚，千古容齋直筆公。　同上書頁四二五三

送胡月山歸湖山

知從清淺水邊來，標致孤高似老梅。華館久同佳客住，錦囊多為貴人開。消除世慮抄花譜，發越吟情戀酒杯。記取逋仙欠詩嗣，古祠香火莫塵埃。　同上書頁四四二三

送竹嶼韓議事遊邊

風雪垂垂歲欲除，若為驅馬問長途。才兼文武如君少，量納江湖近日無。吟旅筆靈花璀璨，帶行刀古血模糊。經從渭水須留款，恐有論心老釣徒。　同上書頁四四五三

壽史相

崧高當日慶生申，先占韶光恰一旬。勳業已追□伊佐，文章獨造孟軻醇。千齡社稷資盤石，萬國黎元入

化鈞。餘事吏將商麯蘖，一時取作鳳城春。同上書頁四五〇九

淮西何總卿

頻年增竈起邊兵，給餉誰先足萬營。凡有求焉皆越從，不言功者尚為卿。朝家豈是無公議，督府如何不動情。我為箋天天已許，且將勳業換長生。同上書頁四五一三

壽黄復庵

移家載雪河橋住，吟過餘寒不出門。人遣奚奴傳吉語，天教詞客壽清樽。上林開到梨花了，次第牡丹紅欲笑。眉端聞説點微黄，應捧金牋承密詔。名隨春色滿乾坤，涪水之翁有耳孫。同上書頁四五八五

壽毛荷塘

嘗於勸耕日，杯酒祝騷人。年與我俱老，友惟君最仁。種蓮知性静，吟草見天真。處世安如此，鬢毛應耐春。同上書頁四五八七

贈眼齒科林殿幹

眼必延厥光，齒必全厥剛。裂眥不足貴，所貴者目瞭。穿齦不足畏，所畏者唇亡。故恃明者必察，恃剛者必傷。此林氏子以是語語我，我亦以是語信其醫之良，因墨之右方。

贈醫士

榆花着雨亂飄時，是處調虞費上池。好試平生醫國手，呼盧作五有天知。

贈談命

術不與今同，清名亦可宗。學雖精象數，妙亦發鴻蒙。政自愁傍午，胡為説併衡。生來忘利禄，祇合問

詩窮。

送詩友歸西湖

詩到西湖漸逼真，便當於此老吟身。舉頭莫看王侯面，失脚恐為名利人。千載留芳惟好句，百年《隨隱漫録》卷一作一時得意總微塵。鑱君姓字中興集，留伴梅花歲歲春。

送友人赴鄉舉

我方治地種秋芳，君亦濡毫擬擅場。待得君歸醉重九，捷旗如我菊花黄。以上清陸心源《宋詩紀事補遺》卷七四引《截江網》

句

闢户夜通月，搊泉朝飲星。

煖爆花巖日，晴眠蘚石烟。

地曠日難晚，海寬天欲浮。

與子纔分手，何人更賞心。

遊歸雲衲破，定起石床温。

道至無偏黨，心何有重輕。

萬事豈容人有意，一春多被雨無情。以上《隨隱漫録》卷一

（孟憲忠整理）

全宋詩卷三〇〇八

王太冲

王太冲(一一八四—一二五一),字元邃,莆田(今屬福建)人。寧宗嘉定元年(一二〇八)進士。歷潮陽尉,湖北、浙東提刑檢法官,知梅州、肇慶府,官至禮部郎兼國史院編修官、實録院檢討官。理宗寶祐十一年卒,年六十八。事見《後村大全集》卷一五五《禮部王郎中墓誌銘》。

句

惟有楊花思空闊,正零落處是開時。柳花 宋陳景沂《全芳備祖》前集卷一八

(崔統華整理)

王撝

王撝(一一八四—一二五二),字謙父,鄞(今浙江寧波)人。應麟父。寧宗嘉定十六年(一二二三)進士,爲安吉丞。攝知長興、新城縣,通判婺州。理宗淳祐七年(一二四七),除提舉編修國朝會要,預修四朝史。後知温州。十二年卒,年六十九(《宋元學案》卷七三)。事見《南宋館閣續録》卷七、八,《延祐四明志》卷五。

淳祐七年丁未十一月朔蔡久軒自江東提刑歸抵家時三館諸公以風霜隨氣節河漢下文章分韻賦詩送别得隨字

嵯峨武夷山，中有梁棟姿。鳳凰鳴高崗，隱見視其時。孰若阿房宫，下容五丈旗。孰奏簫韶樂，和聲召來儀。才大古難用，論高人先知。晦翁千載人，源流有餘師。衣傳正大學，時吐蹇諤辭。國步方險艱，憂端終南齊。袖有濟時策，真言琅玕披。忠嘉許稷契，不事激與隨。辯論黼座側，聽納天顔怡。林林陛楯郎，相顧胥嘆咨。中有張萬福，拜賀太平基。正賴中流柱，障瀾使東之。胡為勇於去，神龍不容羈。平生廉靖操，為國張四維。西風送漢節，凜凜生霜威。皇華馳周隰，晝錦輝繡衣。清臺占二星，今夕躔已移。江右九州地，俗弊民已疲。高褰赤帷裳，下照及隱微。刑清民乃服，莠除苗始滋。烹鮮戒政擾，漏魚寧網稀。要令珥筆俗，洗心學書詩。更令佩犢子，竭力事耘耔。鄱江歇瀾波，貫索韜光輝。丕變東楚俗，若咏洙泗涯。小試大儒效，泰山一毫釐。寧如立本朝，措世復雍熙。無容孔席暖，佇興宣室思。歸來納絳節，平步登黄扉。富貴推不去，乘留復奚疑。明蔡有鵾編《蔡氏九儒書》卷八《久軒集》附録

句

蘭臺舊家學，胡不紹箕裘。投筆　清袁鈞《四明詩萃》卷一五

（李洪波整理）

趙汝造

趙汝造（一一八四—？），字淳山。太宗八世孫（《宋史·宗室世系表》一三）。寧宗嘉定十三年（一二二〇）進士（清康熙《縉雲縣志》卷四），調邵武判官。事見《縉雲趙氏總祠誌》卷一。

隱真洞

鼎湖劍佩有遺踪，唐室真人羽化同。九轉藥成丹竈冷，五雲車去玉堂空。仙家日月蓬壺裏，塵世烟花夢

寐中。徒有舊山流水畔，古松枝葉苦吟風。民國丙寅《五雲趙氏宗譜》卷一七

（劉雯整理）

吴鋼

吴鋼（一作綱）（一一八四—？），高宗吴后姪孫。光宗紹熙三年（一一九二）應童子試，時年九歲。寧宗嘉泰初通判臨安府（《咸淳臨安志》卷五〇）。嘉定八年（一二一五）通判建康府。九年，除太社令（《景定建康志》卷二四）。事見《兩朝綱目備要》卷二。今録詩三首。

題萬壽圓覺院

梵室香飄隔竹聞，壁間肆筆爛奎文。山深翠輦經行處，猶卧從龍數點雲。

地偏境静人無事，雨後風柔物可情。山鳥定知琴意好，倚花渾不作春聲。宋潛説友《咸淳臨安志》卷七九

題褒親崇壽寺

坳徑石齷齪，梅枝礙竹斜。舊封妃子墓，殘照覺王家。亭砌旋風葉，巖流出洞花。飽參塵世味，得似野僧茶。清胡敬《淳祐臨安志輯逸》卷三

（孟憲忠整理）

錢穎

錢穎，號菊友，與徐逸、陳郁有交（《隨隱漫録》卷四）。今録詩三首。

以久字韻賦翁仲

武皇騎龍朝帝后，露濕銅仙古苔繡。景初命名翁與仲，無復衣冠仍漢舊。桓圭大劍高嵯峨，不動如山嚴鎮守。豈知屹立司馬門，九鼎暗移司馬手。變遷陵谷亦何易，洛陽塵埃一回首。因嗟寵辱非可常，世間何者為長久。君不見後來荆棘埋銅駝，坐想失身横隴畝。　宋陳世崇《隨隱漫録》卷四

《隨隱漫録》：魏明帝景初元年，徙長安銅人承露盤。盤折，聲聞數十里，重不可致，留于霸城。大發卒，鑄銅人二，號翁仲，列坐司馬門外。抱獨先生命先人（陳郁）與錢菊友穎即席以久字韻賦翁仲。菊友云云。

再入臺

紫綸飛下會稽山，衣繡歸來冠豸冠。驄馬長鳴天路熟，棲鳥重認禁枝寒。人憂時世方多事，我喜朝廷看諫官。堯舜君民身稷契，不為容易不為難。　影印《詩淵》册五頁三五七九

秋胡子《小學弦歌》卷四題作詠秋胡妻

郎恩葉薄《小學弦歌》作郎情紙薄妾冰清，郎説黄金妾不應。若使偶然通一笑，半生誰信守孤燈。　清厲鶚《宋詩紀事》卷七七引《詩林萬選》

（陳曉蘭整理）

儲泳

儲泳，字文卿，號華谷，雲間（今上海松江）人（《江湖後集》卷一一）。與陳郁（藏一）有交游。有《華谷詩藁》（《永樂大典》卷二八一三），已佚，存《華谷祛疑説》一卷。今録詩二十八首。

題隱者所居

盡日掩柴門，何人得見君。只因喧寂異，似有聖凡分。瀑近夜疑雨，山深晴亦雲。傳聞九霄翮，落羽正

紛紛。

宋劉克莊《後村千家詩》卷二一

秋夕懷友

樓高不敢眺，愁思滿滄洲。有夢隔千里，無書過一秋。晴風吹野樹，落日照寒流。客裏添蕭索，何時得共游。

宋《詩家鼎臠》卷上

題胡琴窗方徑

詩窮推不去，終有惡圓心。樓倚風烟外，琴横星斗沉。行看花四面，坐對竹千尋。却笑陶彭澤，歸來荒草深。

清閟軒

萬竹中央住，清心自愛持。不除傷砌笋，慵洗宿禽枝。影落翻經處，聲敲入定時。重泥新雪壁，留待客題詩。

送春

送春歸去後，身却在天涯。有夢忘為客，見書如到家。樓空初入燕，柳暗欲藏鴉。故苑新桃李，閑開一度花。

聞采石分司芸隱訃

忽聞千里訃，涕淚已交横。遽奪英雄去，不教功業成。人疑藏六甲，天使伴長庚。惆悵青山夢，分明坐兩楹。

小園

儲泳

墾葦栽花柳，園林小小成。旋分黄菊本，新扁草堂名。池水通湖活，江風過竹清。不期車馬到，足自稱幽情。

亭下

亭下冷泉清，松深地絶塵。細看門外樹，幾换寺中人。别嶂孤猿曉，幽花百鳥春。坐來危石上，疑是比丘身。

思歸

客樓高處望，獨立對斜暉。負郭有田在。故山何日歸。秋深楊柳薄，水闊鷺鷥飛。風景正蕭索，何堪聞擣衣。

送人遊邊

邊風吹鴈至，君却向邊遊。正立功名日，去防關塞秋。看鵰因撚箭，調馬試呈毬。奏凱歸時節，應須萬户侯。

送兄潮舉護嫂喪歸於温陵

老來偏惜别，此别更關情。水陸三千里，舟車一月程。鴈聲鄉思遠，鸞影旅魂驚。楊柳彫零盡，無枝可贈行。

寄兄玉老時隨兄秀老往守雷陽

雷陽路迢遞，回首亦關心。重别因輕諾，遠行多近吟。客懷秋色早，歸夢嶺雲深。莫以書無益，人來惜萬金。

澱山寺

無路接塵寰，中流擁翠鬟。望中疑有寺，游處若無山。過雨行雲濕，衝風釣艇還。龜邊舊鷗鷺，心事頗相關。

悼古鏡果佛慧法師

霜毛垂半頂，説法國王前。定裏修千劫，佛中添一員。謚尊終後賜，真諦在時傳。講下諸徒弟，焚香石塔邊。

送陳雲崖

出門即遠道，君去有誰令。詩價侯門賤，時情客路輕。晚雲歸獨樹，寒雨暗荒城。此地還相別，誰能不動情。

送盧萍齋

當春雁北飛，之子獨南歸。寒暑本無定，去來應有機。柳烟迷客棹，花露濕征衣。明月人千里，相思消息稀。

紅　藥

紅藥階前半吐葩，露枝已入貴人家。不如庭下無名草，一度春風一度花。

涵虚閣

菊秋梅臘百花春，過眼年華醉夢身。今日不因登此閣，不知人世是紅塵。

春日郊行

儲　泳

東風吹著便成花，粧點園林賣酒家。田野可栽閑草木，十分春色在桑麻。

東藏一

靈竺山前滿逕苔，遊春車馬可曾來。共君便欲携尊去，一樹海棠花正開。

胡定齋惠墨求詩

萬杵玄霜玉兔魂，刀圭煉就許平分。流珠輕滴銀蟾露，化作催詩一片雲。

春晝

亭院深深春晝長，度窗蜂影去來忙。自從野菜花開後，一月熏爐不炷香。

送人

昨日含愁始送春，今朝又復送行人。江頭楊柳不須折，那與愁眉替得顰。

覺來

西風吹夢過錢塘，獨上孤山叩冷香。紙帳四垂燈影薄，覺來疑是月昏黄。　宋陳起《江湖後集》卷一一

登漣漪閣

傑閣枕平川，秋光淡遠烟。窗開林外景，影占水中天。野色歸吟笛，《宋詩紀事》卷七四引《至元嘉禾志》作事征帆過客船。危欄人徙倚，縹緲十洲仙。

光風霽月亭

一段風流出自然，中和氣候嫩凉天。百年心事無人會，付原作何，據清乾隆《金山縣志》卷一九改與茅亭伴吕仙。

以上元陳世隆《宋詩拾遺》卷一一

題梅塢畫推蓬梅

冰魂銷不盡，招得上南枝。依約横斜影，紗窗月上時。《永樂大典》卷二八一三

月巖

天然合成璧，落月透巖暉。不盡團圓影，應知晦蝕機。騎蟾人已去，擣藥兔忘歸。惟有婆娑桂，吹香度客衣。同上書卷九七六三

（李更整理）

胡衍

胡衍，字衍道，會稽（今浙江紹興）人。寧宗嘉定七年（一二一四）知黄巖縣。後知永嘉。事見明萬曆《黄巖縣志》卷四。

嘉定二年秋重游洞霄

餘杭泉石欠幽探，浄拂衣塵入翠嵐。九鎖山門雲上下，一峯天柱殿西南。元封舊事無人記，德壽仙游有客談。痛飲丹泉卧玄石，松風滿耳夢初酣。元孟宗寶《洞霄詩集》卷四

莊夢説

莊夢説，泉州（今屬福建）人。寧宗嘉定七年（一二一四）爲仙遊尉。事見清乾隆《晋江縣志》卷一一。

次許宰普惠院祈雨韵

華鯨呼客響修廊，杖履來遊薝蔔堂。窣堵擎天光繚繞，遠山排闥翠昂藏。高僧宴坐鬚髯古，縣尹新題詩句香。喚雨雨來端有驗，會看行旅不賫糧。明陳效弘治《興化府志》卷三三

（以上徐永强整理）

潘彙征

潘彙征，字泰初，號鶴山狷叟，溧陽（今屬江蘇）人。寧宗嘉定七年（一二一四）進士。歷知崑山、繁昌縣。事見《景定建康志》卷四九。

采藥

采藥歸來抱膝吟，烟霞情性愛山林。不留踪迹在圖畫，三十六峰何處尋。清朱緒曾《金陵詩徵》卷八

（吕湞雯整理）

郭磊卿

郭磊卿，字子奇，號兑齋，仙居（今屬浙江）人。從朱熹學。寧宗嘉定七年（一二一四）進士（《嘉定赤城志》卷三三）。理宗端平三年（一二三六）通判嚴州。官至樞密院編修、寶章閣待制，與徐元杰、劉漢弼等號稱端平六君子。有《兑齋集》（《宋元學案》卷六九），已佚。事見清光緒《仙居志》卷一三。今録詩三首。

挽張都諫文肅公

更從别駕立朝端，白簡風生憲府寒。宣室每前深夜席，木天時染秘書翰。琴思中散人何在，鶴返遼陽影已單。聖主愴然為輟食，九原莫作淚空漫。《宋詩拾遺》卷二三

偶　題

更無清興在杯觴，不用蒲葵扇自涼。月色静時山鶴叫，一庭秋景藕花香。

柳　詞

春風垂柳絲，只向庭前住。妾心逐征夫，萬里天南去。柳枝縱多綿，妾夢不知數。少年學得畫雙眉，今日看看作愁具。

明李蓘《宋藝圃集》卷一四

王伯大

王伯大（？—一二五三），字幼學，號留耕，福州長溪（今福建霞浦）人。寧宗嘉定七年（一二一四）進士。歷主管户部架閣文字（《宋會要輯稿》選舉二一之一九），知臨江軍，知池州兼權江東提舉常平。理宗端平三年（一二三六），爲樞密副都承旨兼左司郎中。淳祐四年（一二四四），遷吏部侍郎兼權中書舍人兼侍讀。七年，擢簽書樞密院事兼權參知政事。八年，出知建寧府。寶祐元年卒。《宋史》卷四二〇有傳。今録詩四首。

和戴石屏

赤地我民苦，寸心天我知。元元争救死，凛凛强扶危。備具先三日，憂端彼一時。倏然返生意，人力豈能爲。

叫得神明力，挽回天地心。連朝被甘澤，既雨積重陰。水滿田高下，凉生秋淺深。老癃幸無死，一飽慶從今。

宋戴復古《石屏詩集》卷四附

贈戴石屏

詩老相過鬢已星，吟魂未減昔年清。揮毫不著塵埃語，盡把梅花巧琢成。宋韋居安《梅磵詩話》卷中

丹青閣

傑閣岧嶢倚碧蒼，菊花時節此持觴。市聲一段隔秋水，橋影半空横夕陽。挺挺霜筠排墖立，涓涓石溜引山長。人言絶頂多奇觀，安得閑身宿上方。《詩家鼎臠》卷下

項容孫

項容孫，字仲履，號雲藪（《宋詩紀事》卷六一），江陵（今屬湖北）人。寧宗嘉定七年（一二一四）進士。理宗淳祐元年（一二四一）除秘書少監。官至殿中侍御史。事見《南宋館閣續録》卷七。

山中憶兄弟

鴻雁不成行，飄零歲月長。一身三處夢，五夜九回腸。積雪欺茅屋，孤燈照錦囊。何當聽夜雨，却話此凄凉。清李元度《小學弦歌》卷五

邢凱

邢凱，字廷舉，號坦齋（清同治《武寧縣志》卷二三），武寧（今屬江西）人。寧宗嘉定七年（一二一四）進士。理宗紹定二年（一二二九）除秘書省正字。歷通判吉州，知江陰軍，累官吏部侍郎。有《坦齋通編》傳世。事見《南宋館閣續録》卷八、九。今録詩三首。

送楊司户

德大拙於用，數奇真可憐。民曹清到骨，雞肋受尊拳。謾失塞翁馬，終還子敬氈。桂林羅隽士，安穩泛紅蓮。

辛卯上提刑平寇歌

陳公籌策今子房，衣綉持斧征南方。親督貔貅效深入，悉孛狗鼠無留藏。二帥宣威既雹擊，羣校賈勇争奮揚。束身來降三百寨，所餘一二猶陸梁。平固恃險連百丈，僭擬官號熊與張。一朝駢首俱就縛，是謂擒賊先擒王。捷書夜至連清晝，不聞傳箭赤白囊。駸駸良民皆安堵，憧憧道路多行商。妖氛頓掃賣刀劍，祥風初扇催耕桑。紹定四年調玉燭，薰蒸六合為金穰。第功行封先指授，凌青遡紫將翱翔。元戎煌煌賜紫軸，裨將一一露龍光。振旅歸來神螺岡，笳鼓競飛聲洋洋。櫜弓載戢緑沈鎗，旄頭星滅漢道昌。雅宜飲至滿浮觴，細柳烟籠春晝長。

上丞相平淮頌

平淮夷，誅叛賊也。李全背叛，窺伺廣陵，上命將討之，旋即授首。淮甸肅清，普天同慶，故作是頌鋪張宏休。

皇矣聖宋，立國以仁。兼愛南北，爰暨介鱗。蠢茲逆全，假義倈臣。給以餽餫，列之簪紳。鷹飽別颺，浸無忌憚。邊臣戕賊，居民塗炭。據我鹽城，喻口植榦。繼逼海陵，恣為泮奐。璽書飛下，皇威赫然。聲罪致討，忿激普天。許之節鉞，副以金錢。奮忠效命，誰不争先。粤有世臣，虜使元帥。羅致英才，虓將雲會。賈勇摧鋒，前無堅對。逆全授首，維陽城外。昔平淮蔡，惟斷成功。至平澤潞，伐謀羣雄。聖君賢相，視昔則同。山陽腥膻，一洗而空。鉅姦伏誅，殊方仰德。鯨波不驚，狼烟永息。男耕女桑，四民安職。玉燭既調，金穰可必。聖君賢相，益固本根。廣求民瘼，博盡忠言。屏除貪吏，澄浴治源。狂謀不起，國勢常尊。一介微官，嘗玷策府。頌我君相，或占古語。於萬斯年，受天之祜。錫公純嘏，眉壽保魯。

以上《宋詩紀事補遺》卷六四引《截江網》

（以上崔統華整理）

全宋詩卷三二〇〇九

豐翔

豐翔，字仲舉，鄞縣（今浙江寧波）人。寧宗嘉定七年（一二一四）進士，官至侍御史。事見《甬上宋元詩略》卷八。

菘圃

林塘草樹接江干，一日三回涉圃看。柴户反關生事了，晚菘種盡雨漫漫。清董沛《甬上宋元詩略》卷八引《三茅志》

朱晉

朱晉（《宋詩紀事》卷五八作縉），字景昭，閩縣（今福建福州）人。寧宗嘉定七年（一二一四）進士。事見《淳熙三山志》卷三一。

句

冰玉詞新吐，塵埃氣不留。清厲鶚《宋詩紀事》卷五八引《清文媲皇猷》

徐清叟

徐清叟，字真翁（《南宋館閣續録》卷八，《宋史》本傳作直翁），浦城（今屬福建）人。寧宗嘉定七年（一二一四）進士。累官工部侍郎兼同修國史（《南宋館閣續録》卷九）。歷知泉州、静江、廣州。淳祐九年（一二四九）擢簽書樞密院事。十二年，還知樞密院事兼參知政事。以言者論罷。開慶元年（一二五九），知泉州。景定三年（一二六二）致仕。有《四朝國史志傳》四十卷（清光緒《浦城縣志》卷三二），已佚。《宋史》卷四二〇有傳。今録詩七首。

題會江驛

高閣盈千尺，征人借一棲。水連天上下，山會浙東西。炊甑榮枯幻，浮雲出處齊。感時心欲醉，風雨更淒迷。　宋潛説友《咸淳臨安志》卷五五

和高廟浄明院梅巖御製韵二首

千年奎畫照蒼霞，酬唱官梅竹外斜。恭想皇靈天闕上，歸疆猶惜洛陽花。

偶因祀事訪丹霞，寺古山深石徑斜。衝凍細尋梅信息，枝頭喜見狀元花。　同上書卷七七

贈建寧妓唐玉

上國新行巧樣花，一枝聊插鬢雲斜。嬌羞未肯從郎意，故把芳容半面遮。　宋周遵道《豹隱紀談》

癸丑十月二日上天竺寺祈晴

金泥滑滑濺雕鞍，虔走禋祠謁宰官。積雨水添湖面闊，久陰雲護嶺頭寒。妨收是處田家苦，開霽何時后土乾。現出日光須佛力，少令憂國寸心寬。　清陸心源《宋詩紀事補遺》卷六四引《截江網》

寄賈平章

撲面京塵鬢影華，杜鵑聲底客思家。久陪宰相堂中食，五拜夫人廟裏花。和氣薰蒸由地主，孤根容易發天葩。雙壺走迸慳瓊報，聊寄頭綱六餅茶。 明曹璿《瓊花集》卷二

徐榮叟

贈常庵江羽士

九曲溪頭活計，三生石上精魂。沓沓閒雲何處，空山明月啼猿。 清董天工《武夷山志》卷七

徐榮叟，字茂翁，號意一（《全芳備祖》前集卷五），浦城（今屬福建）人。寧宗嘉定七年（一二一四）進士。歷知永康縣，通判臨安府。理宗嘉熙元年（一二三七），以太學博士兼崇政殿説書。出爲江南東路提點刑獄，知婺州，遷知静江府兼廣西經略安撫使。四年，拜右諫議大夫，遷簽書樞密院事兼參知政事。與史嵩之議不合，淳祐二年（一二四二）奉祠。六年致仕。有《緝熙講議》等，已佚。事見清光緒《浦城縣志》卷二二、三二，《宋史》卷四一九有傳。今録詩五首。

牡丹

姚魏從來洛下誇，千金不惜買繁華。今年底事花能賤，緣是宫中不賞花。 宋陳景沂《全芳備祖》前集卷二

瓊花

瓊貎走送寶瓶花，愧乏詩情用拜嘉。一種清香來月殿，十分雅態出仙家。細看后土春冰薄，未覺劉郎日影斜。擬跨胎禽塵幾隔，珠簾十里自繁華。 同上書前集卷五

茶

官焙春緑入貢時，擔頭獵獵小黄旗。甘香不數嘗陽羨，密侍天顔喜可知。同上書後集卷二八

題月山新居

寵任辭樞極，新居卜月山。人從生處樂，天與老來閑。翠擁千峯秀，羅縈一水灣。佳哉得真樂，恨不早知還。影印《詩淵》册五頁三三三四

贈常庵江羽士

曾跨金牛入帝鄉，歸裝金薤富琳瑯。喚回客枕邯鄲夢，澗草巖花亦自香。《武夷山志》卷七

汪立中

汪立中，字强仲，鄞縣（今浙江寧波）人。寧宗嘉定七年（一二一四）進士。知武岡軍（清光緒《寶慶府志》卷一〇五）。理宗寶慶二年（一二二六），知徽州。事見《蒙齋集》卷一二《徽州秀錦閣記》。今録詩三首。

甲戌廷對後到洞霄丙戌假守新安又得寄徑成詩紀游

憶昔尋幽興未終，重來洞府訪仙翁。十年塵世身將隱，千年華陽路暗通。山水只如前日好，松杉似與老人同。明朝又入黄塵去，回首青山一夢中。元孟宗寶《洞霄詩集》卷四

遊洞霄

洞天福地萃名山，我喜登臨昔所慳。五殿香嚴如在帝，九山青鎖若為關。巖前鳴鳳當年事，野外驤龍反掌間。自顧武夷香火吏，真祠夢想不容攀。影印《詩淵》册三頁一六三〇

題寶方洞

籃輿郊上綠陰迷，七十一峯雲際齊。我住四窗誇勝境，今觀八洞恍真棲。碧簪挺特地如拔，乳竇玲瓏步可携。千里客愁爲銷盡，茶香書外好鶯啼。《永樂大典》卷一三〇七五引《武岡州志》

（以上崔統華整理）

梁該

梁該，字如佳，號石峰，東莞（今屬廣東）人。寧宗嘉定七年（一二一四）進士。知醴陵縣，通判欽州。民國《東莞縣志》卷五四有傳。

月夜懷林叔剛

凉生秋雨霽，華月上疏林。因聽落葉響，稍知秋意深。芳歲倏已徂，白髮鬢邊侵。故人渺何許，日夜懷徽音。無由親蘭藻，何以慰冲襟。雲中徒矯首，露下空長吟。清張其淦《東莞詩録》卷一

（崔統華、朱寶模整理）

湯巾

湯巾，字仲能，號晦静，饒州安仁（今江西餘江東北）人。湯中兄。寧宗嘉定七年（一二一四）進士（清光緒《重修江西通志》卷二二）。授繁昌簿（《西山文集》卷二七《送湯仲能之官繁昌序》）。歷制置司幹辦官。理宗紹定六年（一二三三），主白鹿書院教席（《游宦紀聞》卷一〇）。

以廬山三疊泉寄張宗瑞

九疊峯頭一道泉，分明來處與雲連。幾人競賞飛流勝，今日方知至味全。鴻漸但嘗唐代水，涪翁不到紹

熙年。從兹康谷宜居二，試問真巖老詠仙。　宋張世南《游宦紀聞》卷一〇

《游宦紀聞》：谷簾三疊，從來未有以揄茗者。紹定癸巳，湯制幹仲能主白鹿教席，始品題，以為不讓谷簾，嘗有詩寄二泉于張宗瑞云云。

李方子

李方子，字公晦（明嘉靖《邵武府志》作字正叔），學者稱果齋先生，光澤（今屬福建）人。從朱熹學。寧宗嘉定七年（一二一四）進士，調泉州觀察推官。秩滿逾年，始除國子録，史彌遠惡其爲真德秀黨，諷臺臣劾罷之。理宗寶慶二年（一二二六）起通判辰州。（明嘉靖《邵武府志》卷一一）有《禹貢解》、《清源文集》四十卷等，均佚。事見清光緒《邵武府志》卷一九、二九。

樵川郊行

避人忘井邑，耽静步郊原。落葉風能掃，寒花霜更繁。山空樵響答，灘淺榜聲喧。願結山陽伴，長年此灌園。　清謝道承乾隆《福建通志》卷七七

（以上崔統華整理）

史彌應

史彌應，字定叔，號自樂山人，鄞縣（今浙江寧波）人。彌忠弟。寧宗嘉定七年（一二一四）進士，知連州。有《自樂山翁吟稿》，已佚。事見《甬上宋元詩略》卷八。今録詩二首。

過東吴

出郭乘清輿，扁舟一迅風。山光真黛比，水色與天同。宿鷺班班白，寒楓處處紅。誰知吾勝概，名冠甬句東。

小春見梅

孤根十月已先温，不待春風破玉痕。冷豔一枝何處見，竹邊池閣水邊村。以上《甬上宋元詩略》卷八引《史氏世賓集》

（李更整理）

杜東

杜東，字晦之，號月渚（《詩家鼎臠》卷上），邵武（今屬福建）人。寧宗嘉定七年（一二一四）進士。事見清光緒《邵武府志》卷一八、一九。今録詩三首。

山行

遠岫依依落照，平林隱隱疏鐘。獨跨蹇驢歸去，梅花一笑相逢。

綠珠

以色危身豈不知，甘心死別不生離。樓前甲士紛如雪，正是花飛玉碎時。

平山堂

平山堂下水雲重，孤笛凄凉淡月中。不見龍蛇飛素壁，只餘狐兔戍離宫。仙翁已逐風流盡，世事俱隨夢幻空。廣武無人同此意，慨然止有淚臨風。宋《詩家鼎臠》卷上

趙汝迕

趙汝迕，字叔魯（《前賢小集拾遺》卷三），號寒泉（《宋詩紀事》卷八五），樂清（今屬浙江）人。寧宗嘉定七年（一二一四）進士。官處州僉判。因「夜雨」一聯詩忤時相，淪落以終。事見明永樂《樂清縣志》卷七。今録詩三首。

括溪停舟

樹古半成槎，溪邊歷歷斜。寒林欲無路，小塢不多家。去客背流葉，停舟見暮鴉。朝朝省秋水，頻減一痕沙。

四聖觀納凉

林宫暑自薄，短簟逸人眠。樹繫來時馬，風移聽處蟬。藥童清入畫，道士默如禪。忽憶山中雪，瘦梅逋老阡。

哭趙蹈中

族老今為海内憐，清名多是布衣傳。一封表乞從師郡，千里神寒覔句年。水鏡照人前日政，雨絲吹旐别時船。離家憶值梅初白，梅未成陰失此賢。以上宋陳起《前賢小集拾遺》卷三

句

何用長堤柳，將眉與世顰。楊柳《全芳備祖》後集卷一七

夜雨梧桐王子府，春風楊柳相公橋。明永樂《樂清縣志》卷七

戴師古

戴師古，與趙汝迕有唱和。

寄趙叔魯

相知言莫盡，别後意如何。命笑春冰薄，愁因夜雨多。全家寓京國，無地着吟哦。會得窮通理，從余緝薜蘿。《永樂大典》卷一四三八〇

趙必愿

趙必愿，字立夫，餘干（今江西餘干西北）人。汝愚孫，以祖廕補承務郎。寧宗嘉定七年（一二一四）進士，知崇安縣。歷湖廣總領所幹辦，知全、常、處、泉、台等州。理宗端平元年（一二三四）知婺州。召爲宗正少卿兼國史院編修、實録院檢討，以事罷。淳祐五年（一二四五）知福州兼福建安撫使，居官四年卒。《宋史》卷四一三有傳。今録詩二首。

重建神秀樓追和忠定公韻

維兹城南樓，廢興端有時。昔我忠定公，樓成旋西歸。拜廳慚匪肖，易麾繇好溪。循環六十載，烏兔驚梭飛。吁嗟古雉堞，巨浸墮藩籬。陶甓既還舊，更創如有期。歲事喜中稔，度材授工師。非敢侈輪奂，聊爾遵先規。江山展圖畫，欄檻倚晴暉。肯堂久在念，今我身則夷。遼鶴去不返，遺墨猶淋漓。一時賸篇詠，皆表而出之。登眺惟疇昔，未覺此舉非。落成燈火夜，萬點天星移。潮生月在浦，酒闌風滿衣。幸繼前人躅，敬和前人詞。斯樓儻不朽，庶慰蒸湘悲。

宋林表民《天台續集别編》卷六

秋高亭

秋空何太高，秋風何太清。秋露何太皎，秋月何太明。秋山有素期，秋水莫間盟。力此久病身，試上高高亭。上欲駕扶摇，下欲跳清泠。手持紫玉簫，跨鵬或騎鯨。時吹復時止，霄壤隨縱横。回首天上人，見我呼友生。我言你能許我三百六旬無一日之不秋，則我亦許你從此為逍遥之朋。元陳世隆《宋詩拾遺》卷二三

（以上崔統華整理）

朱應龍

朱應龍，字子雲（《江西詩徵》卷八），上元（今江蘇南京）人。寧宗嘉定七年（一二一四）進士。事見《景定建康志》卷三二、清道光《上元縣志》卷一〇。今録詩二首。

山月池《宋詩紀事》卷八二據《柘上遺詩》題下有注：德藏寺有松風臺、山月池、菊坡，宋竹菴禪師所築。

池底看明月，明月在山頭。清光連上下，分作兩輪秋。

菊坡

口有綺語債，長詠菊坡詩。最好重陽景，雞肥酒熟時。《宋詩紀事》據《柘上遺詩》有注：竹菴禪師有《菊坡稿》。以上清朱緒曾《金陵詩徵》卷八

（劉雯整理）

劉崇卿

劉崇卿，晋江（今福建泉州）人。寧宗嘉定七年（一二一四）進士（清乾隆《晋江縣志》卷八）。官

通判福州。

勸農和江萬里韻

年來兵餉瘠吾農，天遣仁侯作歲豐。燕寢晝清塵不到，螺江春滿澤無窮。詩陶幽雅熙熙俗，文續周書噩噩風。别乘自憐無鍤地，勸耕却得到山中。《宋詩紀事補遺》卷六四引《截江綱》

陳　範

陳範，字朝弼，崇安（今福建武夷山市）人。從朱熹學。寧宗嘉定七年（一二一四）進士。歷婺源尉、崇仁丞。以病歸里。事見《武夷山志》卷一七。

卧龍潭

半巖欲墮潭渚深。晝陽不到午陰陰。洞簫一曲瑶笙斷，千山萬山雲水沉。《武夷山志》卷九

句

倘來軒冕心無必，見在詩書足自娱。病中作　同上書卷一七

鄭魏珽

鄭魏珽（清康熙《江山縣志》卷六作挻），江山（今屬浙江）人。寧宗嘉定七年（一二一四）進士。官浙江宣諭使。有《卓齋集》，已佚。事見清同治《江山縣志》卷七。

題松風館

一壑蕭然萬里閒，此身落得似雲閒。蹁蹮野鶴身同逸，來往樵人語不關。瑶草茂時春淡蕩，亂溪交處水潺湲。偶懷知己携琴去，十里松風未出山。清王彬同治《江山縣志》卷一二

江表祖

江表祖，崇德（今浙江桐鄉西南）人。寧宗嘉定七年（一二一四）特奏名。事見《槜李詩繫》卷三。

題資福院平綠軒

碧瓦丹棱轉盼成，一亭聊復寄閑情。人如水墨畫中立，山向烟蕪盡處横。舟入柳陰銜鷺去，簷依波面蔭魚行。題詩每愧臨流意，吟苦那知白髮生。元單慶《至元嘉禾志》卷三二

（以上崔統華整理）

陳埴

陳埴，字器之，永嘉（今浙江温州）人。寧宗嘉定七年（一二一四）進士。從朱熹於武夷。嘉定間主明道書院講席，四方學者從游數百人，稱潛室先生。著有《木鐘集》，已佚。清乾隆《温州府志》卷二〇有傳。

南雁山

千峯歷罷寄山窗，酒力詩狂總未降。月白洞門花落盡，天空華表鶴飛雙。崖邊瀑雪寒侵夢，澗底笙簫冷韻腔。且喜懶殘煨芋熟，不妨久話共秋缸。清曾唯《東甌詩存》卷八

（劉雯整理）

張伯常

張伯常，龍泉（今屬浙江）人。與袁甫爲友，官吴江尉（《蒙齋集》卷一一《送張伯常赴吴尉序》）。事見《宋元學案補遺》卷七五。今録詩二首。

宿難老堂

漆園秋净夜堂虚，偶伴横林隱者居。紙綯白雲垂帳厚，荻篩明月下簾疏。玉棋子奪三軍令，金剪刀翻數體書。疏廣拂衣慚不早，芰荷舟舫草茅廬。《永樂大典》卷七二三八

題雙峰顯祖院

煖脈匀青地上苔，拂塵題柱記花開。海風一夜吹山雨，却送春寒入寺來。明陳道弘治《八閩通志》卷七九

（王麗萍整理）

全宋詩卷三〇一〇

袁甫一

袁甫，字廣微，鄞縣（今浙江寧波）人。燮子。曾從楊簡學。寧宗嘉定七年（一二一四）進士，授簽書建康軍節度判官。十年，召爲秘書省正字，十二年，出通判湖州。十四年除秘書郎，十六年，出知徽州（《南宋館閣續録》卷八、九），歷知衢州。理宗紹定中召爲將作監，六年（一二三三），兼國史院編修官、實録院檢討官。同年，出提舉江南東路常平兼提點刑獄。端平元年（一二三四）理宗親政，知建寧府兼福建路轉運判官。以秘書少監召，累遷起居郎兼中書舍人。嘉熙元年（一二三七）除中書舍人，權吏部侍郎。官至權兵部尚書，暫兼吏部尚書，卒年六十七（明弘治《徽州府志》卷四），謚正肅。有文集，久佚，清四庫館臣據《永樂大典》輯爲《蒙齋集》二十卷，其中詩二卷。《宋史》卷四〇五有傳。

袁甫詩，以影印文淵閣《四庫全書》本爲底本，酌校殘本《永樂大典》所録。新輯集外詩附於卷末。

述易述雅二章與趙清臣制帥

六十四卦，惟謙純吉。九四大臣，居位以德。滿則易鼓，盈兮斯食。惟謙下人，不違天則。此則伊何，元無損益。澄然太空，秉心惟一。明哲保身，神所輔翊。持此撝謙，與宋無極。

大雅不作，訐謨音希。公既奏功，衮衣盍歸。歸矢爾謨，琅琅厥辭。用添帝聰，燭于幾微。天位孔艱，夙夜弼違。逆耳為忠，隱情乃欺。擇乎二者，上帝監茲。煌煌祖業，忠臣念之。

三衢效周雅作鹿鳴宴詩三章

鹿鳴鹿鳴，呦呦之聲。我有嘉賓，柯山之英。來燕公堂，天府是升。同我鄉老，遹觀厥成。

鹿鳴鹿鳴，食苹與蒿。我有嘉賓，柯山之翹。歲逢丑矣，喜見斗杓。我有旨酒，嘉賓是招是邀。

鹿鳴鹿鳴，惠我好音。我有嘉賓，言獻其琛。雖則軒裳，不改山林。我有十箴，以淑我嘉賓之心。

朝陽三章

日之出矣，于彼扶桑。鳳之鳴矣，于彼高岡。匪高岡則鳴，朝陽之光。君子如鳳，愛此朝陽。純德孔明，聞于四方。

日之出矣，其光融融。鳳之鳴矣，其聲雝雝。鳴于何所，于彼梧桐。鳳兮鳳兮，和樂沖沖。匪鳳匪桐，在君子之躬。

日之出矣，萬象光明。鳳之儀矣，簫韶之音。觀彼儀鳳，以觀我生。生生不息，匪虧匪盈。面此朝陽，默養和平。

和韓履善韻

雨雪霏霏，青山華巔。能令山老，曷不老泉。雪高高山，雪深深淵。山自寂寂，泉自涓涓。我愛嶙峋，亦愛漪漣。雪兮入水，我觀其瀾。雪也在山，我取而餐。入水不見，依舊靈源。在山見雪，不見蒼然。蒼然雖改，巋然則存。見與不見，神光渾全。悟此雪詞，龜龍參前。一止一流，誰合誰分。忘言為贅，言本無言。

和晋齋兄韻

斟酌元氣，斗為帝車。四時迭運，其信也且。天道不言，莫非教敷。日之升矣，雲翳掃除。本無體質，湛然太虛。歷山舜耕，雷澤舜漁。天德首出，玆焉權輿。晉齋作詩，誨語勤劬。我處山樊，飲水飯蔬。一雨蘇旱，民氣歡如。東鄰殺牛，西鄰刲猪。市賈不售，始到吾廬。買來烹之，每食無餘。涼哉枕簟，凄其葛綀。忽念世塗，滔滔淪胥。自昔興亡，具載詩書。蠱弊極矣，誰與爬梳。已而諦思，驚餌如魚。誰謂王門，可輕曳裾。觀詩末章，荷兄警予。老冉冉至，虛度望舒。學貴密察，勿事恢疏。一念微差，惡草必鋤。真剛大勇，那可躊躇。未濟濡尾，既濟濡袽。元自昭晰，無惑可袪。拜兄忠告，其敢忘諸。且此養痾，誰毀誰譽。

和惠宰端方修縣學韻

人爵非貴，天爵惟尊。賢哉惠侯，興學祁門。祁門之士，夙號有文。兑習久廢，索居離羣。自侯來思，銳志興復。士脱舊穴，遷于喬木。人性本善，混混源泉。四端素具，若火始然。誰其啟之，君子德風。既修學宫，藏修其中。內養克充，外養亦備。爾不吾負，吾寧爾棄。壇名舞雩，樂道無欲。梁跨幽澗，潺潺漱玉。面此清致，皆學之助。本心融明，庶幾寡過。滔滔世途，人而匪天。兒童之戲，殆類紙鳶。

番陽喜晴贈幕僚

大江以東，歲屢弗康。民病未蘇，正玆憂惶。一雨六旬，巨浸湯湯。我告上帝，是祈是禳。我來宿齋，室名朝陽。顧瞻斯名，與我心當。天告我兆，厥應果彰。朝陽一升，陰沴伏藏。衆水歸壑，殃轉為祥。民奠攸居，歲保金穰。耄倪載詠，喜氣洋洋。匪我顓蒙，能動上蒼。賴我諸友，罔或怠荒。齋事孔明，純誠是將。上帝昭格，隨此瓣香。我勉諸友，秉德日彊。朝陽在我，自然發光。陽復之始，養而勿傷。常如對帝，中正齋莊。乃保終吉，以活吾氓。稍或安肆，罔念作狂。政刑弗謹，號令弗臧。天非可恃，祥覆為殃。敬之敬之，斯須勿忘。既以告友，抑以自防。

贈韓拙堂

世所謂巧，請為翁說。巧于利口，佞辭河決。何如吉人，其言吶吶。巧于附勢，炙手可熱。何如節士，剛腸若鐵。巧于營生，百計漁奪。何如儒家，冷淡生活。拙反為巧，巧乃大拙。驀然猛省，比論未徹。本無巧拙，奚較優劣。大道融融，曠兮太空。惡不待攻，善與人同。客訪拙翁，携酒相從。客去西東，翁數飛鴻。春日烘烘，適興携筇。興盡呼童，燕坐堂中。一門雍雍，蘭玉玲瓏。客賀拙翁，笑倚長松。

題梅四首

占斷春光，水邊橫枝。欲識生意，未著花時。

雪欺梅耶，抑梅欺雪。孤高之操，凛凛清絶。

花勿盡開，盡開香歇。勿待月圓，纔圓即缺。

竹外一枝，嘯傲東風。許多真趣，在有無中。

石松子

殼堅于石，色白于雪。仁在其中，香味清絶。況之松子，格韻度越。庭前柏樹，視此亦劣。松柏著土，其子乃結。此仁無根，更何所著。松柏有種，有枯有活。此仁無種，生生不滅。天不能災，人不能伐。吾欲令此仁普徧廣博，吾欲令此仁取之不竭。家家具足，可採可擷。人人圓成，可咀可嚼。初無奥旨，亦無祕訣。不假思量，何勞論説。箇中渾全，了無分别。仰見高山兮，石洞之穴。俯此清泉兮，萬古不涸。

江東巡部紀行

春過三之一，輕車走阡陌。平坂抹池陽，迤邐山路堉。風顛吹人面，雪滑皸人足。忽然銅鉦掛，九華醒兩目。自經千萬劫，寒翠光堪摘。半霄非人間，大江横其側。行行逼宣州，麻姑正面矗。且上敬亭山，感慨懷李白。聽説三洞天，渴見恨無翮。巖幽鬼神哭，罅開星月燭。金沙爛吾前，祖師燈未没。賡酬二三子，不覺詩筆秃。歙州我舊遊，迎笑兒童簇。本無棠蔭芾，漫云恩波沐。黄山悵無緣，不得搜仙窟。祁門山何如，險與石埭埒。山花溪邊明，時有新梟浴。古木龍吟嘯，巨石虎蹲伏。偉哉岳鄂王，提兵舊盤礴。像設儼遺祠，光芒射斗宿。凌晨拜祠下，憂思心惻惻。無心惜落花，惟愁民捐瘠。浮梁與樂安，五十笑步百。幸瞻慈湖祠，風聲尚堪憶。鍾君我所敬，能續慈湖脈。乍合又倏離，人事渺無極。别友情無奈，看山意無足。山圍如城郭，漸逼嗚山麓。父老闌道叫，一路藉神福。問爾所欲何，作廟新奕奕。我來為爾民，爾欲我籌度。越宿至薌谿，三山森在列。顧我一瓣香，端為象翁設。象翁百世師，此道揭日月。書堂卜築成，屋與人俱傑。深夜濟濟容，學子紛四集。前廊問伊誰，同門舊知識。新知有二鄭，操行端矩矱。此學其興乎，欲去令人惜。大字書磨崖，字徑二三尺。匆匆過安仁，交友相追逐。湯董最可人，吉德侔金玉。干越今稱賢，閭閻聲籍籍。此聲買無價，民彝知未滅。我行三千里，六十零四日。明當抵番江，秉燭寫胸臆。若夫諮諏事，多賴諸賢力。云何略不書，此是使者職。

和高應朝

明越兩相望，别久忘歲月。今秋對標臬，喜見冰玉潔。實材信有用，至剛元不折。青青歲寒松，不畏霜與雪。世道有夷險，人心難泯滅。煩公作津梁，勿使微言絶。

贈單判官秩滿言歸

達士如弦直，直乃根性天。平易無他事，大道本自然。吁嗟機巧人，屈曲而拘攣。不求心境静，但取世俗妍。我來官柯山，同僚單君賢。贊畫得倚助，直道無盤旋。廉介味已熟，恬退性所便。兩載且追隨，使我無大愆。臨行重惜别，贈君可忘言。所願松柏操，歲寒毋變遷。

寄題夏時甫曉山亭詩

夏君人中英，訥齋天下士。襟期脩篁友，節操孤松比。大書曉山扁，山色來棐几。愛此朝氣爽，未明攬衣起。訥齋我婦翁，頗曾窺涯涘。結交折輩行，逢人説夏子。因讀曉山吟，令我慨生死。人世亦何為，仕宦聊爾爾。孰知死不朽，香名垂千祀。此人不復得，此詩誰能似。時甫盍刻石，方山可對峙。

分題得莫氏荷池

我老貧無居，借宅横水北。軒窗五月涼，四面繞脩竹。方塘貯清泉，緑浄蔭湖目。初疑青錢小，稍展圓蓋緑。紅妝出菡萏，斂萼似羞縮。清晨露華滋，掩苒耀容服。風來香十里，雨過珠百斛。全家在清凉，衾枕有餘馥。吾師老瞿曇，六入漸驅逐。塵囂化五濁，熱惱變三伏。食實餐其根，對案何用肉。

螳蜋捕蟬詩

鳴蜩善擇木，木美葉敷腴。國于美蔭中，自慶無他虞。螳蜋伺其便，欲進復趦趄。怒臂俄一施，捕取如囚拘。委身膏利吻，性命纔須臾。均之細微物，一何强弱殊。蜩乎汝無識，自知其過歟。物在宇宙間，謹默迺安居。今汝獨聒聒，晝夜長喧呼。汝鬧力不足，彼静智有餘。勝負從此決，誰謂汝非辜。蝗蝛既得意，自謂真良圖。那知僅一飽，燕鵲已窺覦。出爾反乎爾，胡能獨全軀。乃知禍與福，不係巧與愚。嘵嘵固不免，默默復何如。置之不足道，燕坐觀厥初。

忠孝詩

曾子立言詔後世，戰陳無勇非孝也。戰死猶留千古名，大夫赤心為宗社。而況判死乃得生，父母遺體非輕捨。忠孝從來只一原，此道於今識者寡。慈湖老師遺墨在，光燄萬丈追風雅。發揮天經與地義，為憐世人多聾啞。跋語流傳壯矣哉，忠由孝出非外假。厥今邊庭尚繹騷，其勢飆欻陵諸夏。孤忠步步踏實地，紙上陳言付土苴。報國即是報親恩，忠孝斷斷非二者。兩閫對峙貴通情，胸懷如水常善下。不見天高并地闊，要令物物歸化冶。雍容譚笑净邊塵，直把兵氛都汛灑。名垂竹帛增親榮，入覲至尊醉金斝。到此純孝通神明，冥冥之中錫純嘏。病夫山中何所能，功成請將椽筆寫。

辛亥寒食清明之交杜陵先生暫歸省謁與諸生食罷游後園獨坐蕭然戲作長句

示諸兒

春風吹花次第芳，桃紅李白薔薇黄。榆錢柳絮飛欲狂，酴醾引蔓草木香。老人燕坐窺虞唐，目覽千載游八荒。羣兒奔趨如羣羊，走過東阡復西廂。歸來汗喘無可將，何如明窗治墨莊。自注：陳省華夫人事。讀誦經史聲琅琅，音節閒美非笙簧。有如農夫勤理秧，秋來乃有千斯倉。先生既至心不忙，背念衮衮傾三湘。一語蹇吃涕泗滂，老大空腹徒悲傷。聖明天子坐未央，收拾俊傑羅文章。袞然舉首充賢良，仲舒軾轍俱軒昂。吾家有子雛鳳凰，聲價一日馳帝鄉。隨羣逐隊恣頡頏，終抱糞壤如蜣蜋。

和陸伯微韻

皇都喜見天宇晴，好風拂掠條不鳴。幽人領袖二三子，適意湧金門外行。雲岫重重仍翼翼，舉頭不愧林間翮。賞心樂事浩無涯，獨念黎元生理窄。胸中宿昔富兵機，氣壓賁育走且疲。卯年會見佛貍死，天數一定端可推。九重求士忘食息，三聘躬耕在昕夕。願君努力應時須，宇宙垂名長的皪。

和楊秀甫韻

天下大物山與泉，山泉為蒙義皎然。坐對巖巖聽潺潺，以玆名齋日周旋。楊君作詩老更妍，解把山泉寫天全。山谷松梅詠坡仙，到今筆語帶芳鮮。松梅雙清固堪憐，孰似山泉浩無邊。顧我蒙養鑽彌堅，要參聖處力加鞭。楊君一見出佳篇，古淡端如朱絲絃。絃中傳雅奏，難共俗人言。我欲和君一兩聯，山泉入夢且高眠。

見牡丹呈諸友

從來洛花天下最，姚黄魏紫尤奇異。坐令百花失顏色，唤作國香誰是對。十年之前來新安，閱盡妖嬈興欲闌。晚得一枝睡露蟬，分明好似畫中看。人世匆匆駒過隙，重遊正值春三月。園丁折得數般來，旋買甆瓶謾成列。殷紅照日更嫣然，輕素含風玉色鮮。中有楊妃曾一捻，咄哉尤物累天全。我今褰帷問疾苦，皇華那受妖花汙。擲置道旁何足惜，亦如佞人吾所惡。頓使心胸和且平，况聞麥隴香氣騰。處處一犁春雨足，家家合掌慶豐登。

湖月贈朱幾仲

天上月，三五盈兮三五缺。湖中月，無缺無圓無生滅。天上月，蝦蟇妖精敢作孽。湖中月，能使癡蟇蹤影没。豈是蟾兔不如龍，不知龍有何祕訣。甓社湖中看明月，湖中天上雙皎潔。湛盧令我書大字，老來百事懶且拙。惟有作字氣如虹，寫罷森森清徹骨。神龍見之應驤首，共伴寒光千古揭。夜夜明月照我字，我字照湖兩相埒。更得湛盧著佳句，便與孟城成三絶。

以上《蒙齋集》卷一九

全宋詩卷三〇一一

袁　甫二

詠丹桂贈周純甫馮德厚

一種自然色，如吾方寸丹。天教傳信到，人莫作花看。骨氣超凡俗，聲名徹廣寒。留君良為此，憶別鼻休酸。自注：時純甫求歸。

孤挈團圓月，今朝桂子丹。莫教疏雨打，留向晚秋看。色借幽巖秀，香通古壑寒。癡兒被花笑，世味只辛酸。

和韓履善韻

談經說史謾支離，大道寧容小智窺。山峙川流俱是妙，鳶飛魚躍兩忘機。識天乃樂天之樂，非我安知我不知。細讀新詩消息好，桃花見後更無疑。

和王伯友韻

三春强半麥青青，是處田家只望晴。雪壓霜欺愁正極，日融雲淨眼增明。紛紛民瘼關吾念，得得天公相此行。更問老農官與吏，幾人貪濁幾人清。

和毛中書勸農韻三首

曲奏梅花促曉更，更聲方斷又鳴鉦。籃輿咿軋親巡野，櫪馬喧填看勉耕。酒酌田翁添醉色，澤均牧叟助歡聲。天公也欲催佳句，特放晴光分外明。

歷遍田疇問我農，都言杼柚久虛空。吏胥秖是工椎剥，倉廩何曾識腐紅。願得家家歌樂歲，直須日日扇和風。如今拙手徒餐粟，慚見天民四者窮。

勞農因得步河橋，仰視前賢隔九霄。凡骨難仙安素履，腐儒學吏守邦條。荷公美意鞭駑質，惠我名篇勝翠翹。痛飲春醪那可强，胸中磊塊把詩澆。

和越帥汪仲宗韻

稽山窟宅盡神仙，多少棠陰屬鉅賢。萬壑千巖長似舊，一翁二季美無前。風流自昔遺芳在，衣鉢于今盛事傳。行見直聲追軌躅，豈徒慶禮侈賓筵。

和南康守韻

結亭故事重拈出，領略匡廬高更高。身在山中迷面目，心遊局外見分毫。平湖雪意漫天急，古木風聲捲地號。此地徐徐鼛鼓節，知公一念在民勞。

和履善遊三洞天韻

長空萬里普光明，此地緣何獨著靈。不是天晴窺白日，愛他月黑滿疏星。石松有子能呈巧，金囤無沙似遁形。驀地回頭千萬點，諦觀頓使我心醒。

和令君歲寒亭韻

老幹森森當翠屏，壁間詩句有留名。昔逢利口擠之死，今伴蒼髯凛若生。雪壓枝擎猶有力，月高林靜更雙清。撫松似共黄門語，況聽蕭蕭枕上聲。

蒙程伯寓知府給事以僕生祠妙唱見寄輒次韻奉酬

聞道邦人尚去思，栽松植竹遶叢祠。要知獨立無言處，正似危邦援絶時。平世功名付圖畫，暮年活計在鉤絲。謝公旌旆巡山後，千里慇懃寄好詞。

新安鄉會

紫陽自是神仙窟，誰泛仙槎競問津。二妙先傳聯璧喜，九人齊著賜袍新。自憐十載龍門客，來領三科燕席賓。酌頌年家無浪語，自注：季弟獲忝榜末。黄山高節兩嶙峋。

送池陽張倅奉祠歸清江二首

題輿名滿大江東，忽憶家山閤皂中。孤棹賦歸猶帶雪，深衣養浩直摩空。從教風月分多少，獨抱春秋究始終。籍湜近來知叛否，只君不負紫陽翁。

自憐凡骨未能仙，每對仙都輒爽然。序齒十年兄弟行，論交一日友朋緣。干戈滿地心憂國，事業彌天世急賢。已把封章排紫闥，未容問舍與求田。

魏鴻禧叙别二首

世間萬事盡筌蹄，塵外工夫好者希。大道精通元自在，旁門淺陋謾多岐。六年鐵冶勞經畫，九轉金丹默受持。歸去小溪溪上坐，要求消息在嬰兒。

别有金丹簡且真，不煩火候不勞神。自知自信融融樂，無慮無營盎盎春。天地遊心元廣大，風雲入句更精神。我將歸去償兹願，溪上相逢只幅巾。

釣臺

朔風吹我到嚴灘，擁被掀篷一破顔。寒色侵凌欺白髮，雪花撩亂失青山。未消據案千塵積，且愛哦詩一餉閒。慚愧釣臺風韻在，他年歸隱許躋攀。

晦庵文公祠堂用令君韻

當年獨抱伯牙名，身後祠堂列佩衾。官職平生安義命，詩書終老惜光陰。一椽古歙溪山窟，千古長松風月林。彭令經營真有趣，箇中應契老師心。

岳忠武祠三首

當年老檜肆欺謾，忠武哀哉抱寸丹。賴有皇天為吐氣，豈無青史更誅姦。字留陳迹何年泯，烟鎖空山盡日閒。世事關心眠不得，今朝下涕為潸潸。

兒時曾住練江頭，長老頻頻説岳侯。手握天戈能決勝，心輕人爵祇尋幽。堪嗟爝火當時滅，誰信長川萬古流。機會莫言今到手，却愁無飯飽貔貅。

背嵬軍馬戰無儔，壓盡當年幾列侯。先輩有聞多散軼，後生誰識發潛幽。傷心咄咄權臣事，滿眼滔滔債帥流。槌刹到今渾似鬼，向人休説是貔貅。

詠東松庵

作意東松訪舊聞，山巖窟裏梵宫存。矮樓蛙井身如蟄，峭壁魚鱗手可捫。草草反成多景致，慳慳别是一乾坤。輸他飽飯安眠處，朝暮烟霞看吐吞。

褒三湯孝行

誰道田家不讀書，一門孝行與人殊。直將自已通天地，豈是無心惜體膚。人願生兒皆似此，神如祐善肯忘吾。勉哉一念勤推廣，已辦嘉名里巷呼。

讀朱冠之詩有作二首

孔孟宗師心中的，回由評品手持衡。至剛大勇本來有，由義居仁熟處行。説到孤忠推自孝，輒拚一死肯偷生。此篇此語令人醒，夜半青燈看到明。

浮雲擘破月華明，怎得浮雲不再生。幾度月明雲幾擘，全無雲翳月全清。後生欲解憑誰問，先覺雖知肯盡明。《永樂大典》卷八九九作嗚苦硬工夫須徹底，秋雲漠漠一輪横。

多言外好中何有，有德之言春意融。惟一性天真洞徹，許多事理盡流通。句新悦耳源先涸，思苦雕肝味易窮。自古才人皆患此，就中崛强是揚雄。

題趙氏連理木圖

連理呈祥炳寸丹，巽齋高致拂雲端。須知念念通冥漠，不見聲聲説急難。義槩莫如生死際，家風要使子孫看。城南我祖嘉名似，從此心期共不刊。

留無邪字名天駿

此駿産渥洼，神奇莫浪誇。相期千里志，贈子字無邪。

遊敬亭山用謫仙韻二首

黄檗道場古，裴公心事閒。白詩三絶併，那似敬亭山。

事從塵世去，心共白雲閒。不作遊山計，朝朝飽看山。

衢學講堂更名時習和貳車韻五首

道心無壞亦無成，只怕微雲點太清。重坎之亨人不識，一輪素月本來明。自注：言習坎之心亨也。

意味澄然未動初，綱常大道本同趨。直須麗澤工夫熟，便是當年詠舞雩。自注：言兑澤之講習也。

終身不察是凡人，一日三回省此身。參也親傳端的處，品題宜亞不違仁。自注：言曾子之傳習也。

緬懷周道意悠長，事業姬公念不忘。宗廟百官誰識者，仲由也只許升堂。自注：言孔子之習周公也。

莫道今人不古如，分明氣象魯之洙。坤爻六二知何義，試叩膠庠學易徒。自注：言坤六二之不習無不利也。

再用前韻

瑚璉區區只小成，休言果藝與忠清。聖師忘食兼忘老，地久天長日月明。

修慝之餘德復初，更須辨白舍并趨。善哉三語當年問，直到于今想從雩。

兩地參天命曰人，靈龜端合取諸身。笑渠到處閒尋覓，直信人言井有仁。

逝者如斯晝夜長，會心能使百憂忘。生前身後渾如此，絲竹之音孔子堂。

小時所學老何如，自詫西河不記洙。曾子斯言譏背本，衹今猶足警吾徒。自注：事見《檀弓》。時習，學也，借以論政，政與學豈有二哉。

再用前韻

逾年政化一無成，敢道民和獄訟清。不以旁人評得失，箇中一點自知明。

心事如何忍負初，官居每憶過庭趨。勤勤撫字今微驗，雨足春疇不待雩。

誠心論俗淑斯人，莫寶金珠寶此身。昨日偶拈鄉記看，幾家孝養漸興仁。

吾儒政事話頭長，步步詩書可蹔忘。齊相未知真不擾，無端遜與蓋公堂。

蒲盧喻政意何如，此語源流亦自洙。若願小民皆類我，須知類我始生徒。

時習堂記言五典也載賡前韻以歌之

事親盡孝自天成，鑑本無塵水本清。相彼禽兮猶學習，靈烏反哺更分明。

習容齋戒適朝初，佩玉鏘鳴謹進趨。自注：《玉藻》將適公所，宿齋戒，習容，觀玉聲。大分凜然冠履判，一誠不散若郊雩。自注：《左氏》啟蟄而郊，龍見而雩。

齊家斷勿責他人，須信儀型只在身。習習谷風譏義薄，交相愛也是為仁。

徐行後長味深長，此道誰能篤不忘。我欲講行鄉飲酒，大明上齒習斯堂。自注：《王制》習鄉上齒。

切偲取義思怡如，兑習工夫憶泗洙。泮水朋來方衮衮，三千攀附聖門徒。

再和時習五章章取禮記一句

復禮工夫本易成，此心對越只寅清。居鄉上齒家常飯，此道于今晦不明。

右王制習鄉上齒

蓬矢桑弧男子初，澤宮試事翼如趨。采蘩盈耳皆音節，自注：凡射士，以采蘩為節。盛樂何消待大雩。自注：《月令》大雩，帝用盛樂。

右射義習射于澤

鷹猶知學況於人，羽翮沖霄具此身。須信數飛方解熟，熟之又熟即為仁。

右月令鷹乃學習

佩玉之聲清越長，此身無故詎容忘。自注：君子無故玉不去身。挈渠方屨圜冠士，登我光風霽月堂。

右玉藻習容觀玉聲

聖道洋洋滄海如，不流天下只流洙。上丁釋菜今非古，喚起遺風屬我徒。

右月令上丁習舞釋菜

壽趙處仁母夫人有序

甫《永樂大典》卷三〇〇四作某，下同將江東使指，詣學講《孝經》，作勸孝之詩訓里巷。屬部民有高年者，旌異之惟恐後。番陽法曹趙處仁入憲幕，清介敏於事，堂有九衮慈母而未加禮敬，寧非大闕。甫敢述小詩介薄儀以為夫人壽。

有子見知真西山，有孫又把桂枝攀。堂前萱草年年緑，慶事天公定不慳。

壽張亨之祖母夫人有序

張亨之雙親皆康寧，祖母夫人今年慶九衮，閫門怡愉，士林羡慕。亨之壯年掇儒科，以東流簿入幕，敏而好修，助荒政有勞，名聞於朝矣。慈顏應少慰乎？甫敢歌小詩將薄禮，亨之其持以壽夫人。

為問蟠桃熟幾番，見兒髮白著衣斑。孫枝又作紅蕖客，更願雲礽捧壽山。

壽馮德厚三首

人生汩汩逐風波，祝子長年要若何。一日洞然無障礙，元來佛法也無多。

麟經咀嚼造深微，攀取秋風第一枝。便把斯言為子壽，崧高不用更吟詩。

朱絃疏越澹徽音，身在塵中只古心。祝子長年仍健飯，好書讀到夜沈沈。

賡周純甫求歸三首

秋風一夜簸清波，我自思親奈客何。遠地少書消息好，書多愁悶轉添多。

苦過重陽賦式微，黄花牋插兩三枝。對花酬酒堅盟約，依舊黄山唱和詩。

人生何處是知音，契合端由一片心。瞥見先生清苦貌，吾兒且喜不埋沈。

再用前韻

山未烟雲水未波，試參妙處定如何。黄花未見應難會，見了黄花會意多。
本是塵中詩興微，秋風偶折最高枝。詩壇方築那言去，為我留連百首詩。
百首詩成遇賞音，云何容易動歸心。少陵不肯為輕薄，笑殺王楊井底沈。

送别再用前韻

歙江歸艇棹晴波，同去同來日幾何。不怕黄花負人約，只愁人意負花多。
鳳凰翔集肯卑微，獨向梧桐揀一枝。乍别故棲知未忍，臨行更賦白圭詩。
慇懃寄信勝郵音，合把君心印我心。老老及人仁者事，祝君毋得任浮沈。

和晋齋兄韻二首

不愛金章紫綬紆，欣然玉局自安居。近來作計誰云拙，六六之年創一廬。
不羡勳名逐日新，課孫種績及青春。試將圓鏡當空照，始識廬山面目真。
家塾提綱屬晉齋，絜齋氣脈遠乎哉。何時升講開聾聵，衿佩蹌蹌濟濟來。

送番陽程令出鄉行古問百年禮

黄栢岡前百歲翁，婆娑終日酒杯中。此行得得煩君問，荒政如今愜老農。

題半霄亭

今朝帶月上山頭，面面晴嵐翠欲流。此處青霄纔是半，半霄以上許登不。

龍女泉

靈泉何事迸幽巖，龍女分從萬丈潭。一勺之多龍在否，煩君試向此中參。

崇聖寺瀑布泉二首

古來翠瀑僅涓涓，戛玉新亭却沛然。世事廢興皆若此，醉眠何用問青天。

半山飛瀑元如雪，況是今朝雪裏來。界破青山休謾詫，神光妙用亦奇哉。

九華山

天河秀出九芙蓉，白也詩詞信是工。我欲依然名九子，人情山意兩融融。

和趙克家三洞天二首

洞外老天非不大，洞中天小却奇哉。此奇端的由天造，不枉携朋得得來。

自昔堯湯水旱年，祇緣先備國無捐。我今爝火區區甚，慚見容光照洞天。

九芙蓉峰

眼底山光半有無，芙蓉面目定何如。忽然皓月當空掛，始信山靈不負予。

莫能名庵二首

説道空空元不空，太空何物不能容。世人枉被虚名幻，到底還須識正宗。

青山突兀倚長空，不作人間兒女容。幾載無名茅處士，一朝識破有林宗。

東松菴

六月山泉定易枯，枕流洗耳事何如。幽人高卧渾無惱，好把靈源日日疏。

詠裴休捨宅爲寺

我憐裴相愛參禪，石上蓮花幾刻鐫。捨宅何如休起宅，鄭侯師儉是名言。

題象山先生帖

誼重姻聯語甚真，典型滿紙墨猶新。中間多少箴規意，須信親親即是仁。

索新進詩

君傳祕訣解觀人，瞥見雙眸識破真。收拾後生知幾許，為予喚取儻相親。

趣諸友觀牡丹

天工不管國香奇，流落民家識者希。特地邀賓賓不至，國香也是少人知。

和魏都大牡丹二首

初放姚黄一兩枝，旋看魏紫格尤奇。天公似欲留連住，伴我酴醾滿架時。

費盡工夫始盛開，一時賞玩四時培。東君摧折飄零後，猶帶天香溪上來。

映山紅

山花無數笑春風，臨水精神迥不同。喚作映山風味短，看來恰似映溪紅。

蟠梅二首

籬外横斜只任真，無端束縛損花神。孤標自是為人妒，一笑春風不用嗔。

幸自塵埃不許侵，千盤萬結戲相尋。只緣漏泄春消息，惹動旁人機巧心。

見梅

半月山行不識梅，近城纔見一枝開。呼童截竹敲冰水，盛取數枝隨轎來。

元夕留城外

三市香塵隘綺羅，遊人無奈月明何。吾儂分得寬閒處，地闊天高得月多。

憩折山市

折山山下簇人烟，一似吴兒笑語喧。始信臙脂溪水媚，木瓜分得也嫣然。

耕樂詩四首

優游無事只耕田，顧我歸耕子已先。可但千倉良足樂，不收一粒亦欣然。

一犁春雨趁農耕，歌咏康衢了此生。若有可憂方有樂，本無虧處亦無成。

一片靈明自有田，當仁那肯遜儒先。歸來不説溪山好，只説癯仙氣浩然。

少時操筆代躬耕，老鶴如今太瘦生。已識箇中真樂地，誰云骨相費生成。

以上《蒙齋集》卷二〇

題英烈廟

二難千載牛山事，壓盡當年虎帳功。始屈終伸天赫赫，皇家特地侈真封。

明姚鳴鸞嘉靖《淳安縣志》卷一七

題慈雲閣

不見慈湖二十年，憂心如醉復如顛。我來忽見慈雲閣，恍若慈湖現我前。

明黄宗羲《宋元學案》卷七五

題陳和仲觀聚堂

習庵築室，扁曰觀聚。堂前何有，萬象可覩。山如郛郭，烟雲吞吐。草木沃若，春光媚嫵。脩篁漫山，不知隆暑。何況秋空，呼日入户。朔風吹雪，松聲如怒。上天下地，四方曰宇。物生其間，何可勝數。我于是觀，樂哉斯土。隨意作室，不華不窳。買山旋添，稍葺園圃。得趣幽閑，不入城府。良朋偶來，傾倒肺腑。不及時事，惟談鄒魯。朋去何為，周易一部。消息盈虛，窮今亘古。觀乃自觀，寂無一語。

題陳和仲尊明亭

非德不尊，非道不明。爰取斯義，以名吾亭。亭在山巔，氣象巍然。山從何來，蜿蜿蜒蜒。我坐亭上，極目一望。群峯畢朝，尊無與抗。我撫亭下，萬狀難寫。一一分明，入我盞斝。有時携笻，偕二三朋。莫知我心，獨撫孤松。

以上清胡文學《甬上耆舊詩》卷二

（李更整理）

全宋詩卷三〇一二

趙汝回

趙汝回，字幾道，永嘉（今浙江温州）人。太宗八世孫（《宋史》卷二二四《宗室世系》）。寧宗嘉定七年（一二一四）進士。歷忠州判官（清雍正《浙江通志》卷一二四）。理宗紹定四年（一二三一）爲會昌軍使（明嘉靖《贛州府志》卷七）。淳祐九年（一二四九）監澉水鎮（《澉水志》卷下）。官終主管進奏院（《兩宋名賢小集》卷二二九）。有《東閣吟稿》等，已佚。

趙汝回詩，據《兩宋名賢小集》、《江湖後集》等書所録，編爲一卷。

杜子墅留别

有朋不貴數，道合意自親。早知離别難，會覿豈厭頻。青燈書閣下，細語交情真。酌此武陽泉，饌彼松江鱗。公庖復有携，得非知我貧。如何不我醉，明日隔征塵。

漁　父

衡嶽早來雨，湘江增緑波。小舟浮似屋，香草結為蓑。水定見魚影，夜清聞櫂歌。悠悠百年夢，《江湖後集》卷七作内醒少醉時多。

送李寅歸里

憐君竟不偶，每事與心違。南雪歲將暮，西江帆《江湖後集》卷七作航獨歸。停薪待官米，借宅共僧扉。吾老慙同上書作嫌為吏，相期同上書作煩尋釣磯。

東山堂

謝守登臨地，今為博士居。由來好山水，常得近詩書。洞與衡嶽接，泉分玉井餘。年年為吟事，春草不教鋤。

呈水心先生

鶴骨雖癯髮未斑，秋風鷗鷺共翛閒。芙蓉夾徑纔通馬，楊柳沿池不礙山。外稿定於何日上，中興只在十年間。瀫城片石無人識，胡騎堂堂出漢關。

鴈　山

木葉新時雨亦晴，山中少駐不妨程。童嫌路峻頻癡坐，僧喜岩幽每促行。草蕩春深無鴈到，松林月上有猿聲。石屏一帶三千丈，可惜題詩又不成。

山中即事

白日荒荒過不知，荼蘼開了覺春歸。山家賣笋櫻桃熟，河水生萍柳絮飛。久雨一晴螢火出，閏年三月杜鵑稀。沉沉松竹烟嵐冷，慙愧高僧借袷衣。

峨眉山廨

褐衣蔬食苦吟身，肌骨雖清鬢雪新。栗里未營三畝宅，桃源已過一年春。也知官職難癡望，化得妻兒不諱貧。別寫新詩寄鄉友，峨眉山下獨閒人。

宿羅溪山

鷲嶺東游靄景微，碧桃花外一鷺飛。樵夫不斫垂潭樹，知有僧人掛搭衣。

二月十九日

客去關門讀莊老，燈花熠熠春蟲小。冰雪未消雷雨來，長安三月行人少。　以上宋陳思《兩宋名賢小集》卷二二九《東閣吟稿》

簡陸少監

登瀛彼何人，選海渺無際。巨矣萬斛舟，不與貧士濟。起檣開錦帆，逆浪使風勢。貧士望洋立，惆悅發深喟。少監笠澤英，清芬襲蘭砌。不經覓舉難，不道覓舉易。每恨里選衰，高才守低位。趨榮靡願辱，不富焉有貴。一塗總不歧，隻臂耩羣鷙。園桃各春妍，崖松以霜悴。端笏玉扆前，極口陳國是。上之及公卿，下之言守帥。剥膚到饑甿，孰與護元氣。凝陰積層霄，剽賊延内地。毋謂民不神，民情即天意。善瑟無弊絃，良工先利器。所願招雋豪，棄取委公義。庶幾臯伊出，扶傾掃沉翳。從來立仗馬，唯作噉蒭計。堂堂不諱朝，鳴鳳峙鵷陛。

游列真觀劉道士拉上潮際觀漁

珠宫何岧嶢，前江後層嶂。開山者何人，蕭梁山中相。竊惟經營初，豈曰此幽賞。地靈宜仙事，境寂銷俗相。既積惜水功，帝命使瀛丈。手泥燒丹竈，歲久化黄壤。石突古殿出，硐循陰廊響。道人如修静，我豈陶官長。偶結清净緣，下榻税塵鞅。夜報前溪漁，命酒將鱠享。撑篷待月來，架槳乘潮上。秋高氣凄滄，清極思超敞。暫廢一夕眠，庶蒙列真獎。

寄昭武馮司户

朝解白鵠袍，夕投武陽壘。武陽衆盜區，風傳駭妻子。六月日癸亥，一書滿三紙。具言五月初，獨宿鍾石邸。脅從在所矜，渠魁固無幾。仰憑天子威，肅導使君指。豁達生路開，擲劍秉耡耜。始如浮釜魚，終如慕羶蟻。游騎從何來，使我顔有泚。幸逃食其烹，猶存漢家體。黄巾與緑林，往昔殊僭擬。陸梁能幾時，寸戮而已矣。理國若理身，慮我不慮彼。潰癰復何難，實恐元氣毀。江閩五十邑，荆棘五千里。我農失種穫。我士乏儲峙。捕招兩悠悠，分明養虤兕。頃予參此軍，忽忽逾一紀。素飧歌伐檀，居前愧揚秕。坊閭儼在目，煨燼空遺址。使君君子儒，規摹用詩禮。軍勢李晟孤，國事賈生恥。蛟龍無波濤，胡能制蛇虺。誰謂曹掾卑，偉矣天下事。生平報國軀，小節安足死。南北久瓜分，須君混文軌。

送盧五方春分教端州

柳南矯矯蛟龍騫，古詩古文高入天。奉試詞場三十年，柳度夜夜魁星躔。集英殿下聽臚傳，唱在第十衆所冤。天豈恨汝月蝕篇，罰使獨吟瘴海邊。中州近年栽木綿，春寒秋熱氣已偏。我心憂國身甚便，編排失手安足言。敵窺淮漢蹂兩川，君相不得高枕眠。古人度嶺悲南遷，今人度嶺如登仙。端溪溪闊山無烟，長腰米白鯽鯇鮮。山媼采蕉蜑采蠙，羽檄不警徭賦蠲。黨碑諸賢昔往還，人士盡識洛水源。廣文下馬春風前，升堂講書鼓鼘鼘。遠方朋來笈在肩，再拜願預弟子賢。中庸大學玄又玄，商盤周誥非雕鐫。燈花兩簷陳俎籩，一一口説手註篇。霜毫之筆雲濤牋，墨香瓦滑不受研。下巖古坑石柹塡，千夫秉炬入戽泉。鑱出一片紫玉磚，色如馬肝鴝眼圓。得之酬直不論錢，乍是對客寒無氈。

翠閬行餞宋廷材分教大寧

蜀道不難兮，君無聽李白之狂歌。石棧梯雲入翠閬，峽船泝水通銀河，棧平峽穩行人多。灩澦堆前落錦帆，諸生郊謁冠峩峩。秋堂晨鼓講義出，亭夫樵豎知丘軻。官冷莫思歸去來，且可淡飯閑吟哦。君不見江西嶠南賊未滅，仕者蚤夜防弓戈。

玉溪謡

雍灘東水水箭急，逆水上灘灘壁立。折篙斷纜船不前，乘船人懼梢人泣。柳風摇春花雨晴，飛帆忽過如飛星。仙人坐機織錦鯨，邀我為賦銀河清。茫茫天路高無陛，予止坎兮曷為至。閑將身事問仙人，仙人笑指灘船是。長風引船水没灘，天地變化須臾間。不生凌清遡紫骨，何用費火燒還丹。五百童男東入海，水弱山遥無藥採。千層萬級通天臺，方士致神神不來。君不見桃花滿山不知處，劉阮遥入天台去。

期平叔兄不至

兄昔别我遊衡麓，我亦東吟石橋瀑。八年能接幾函書，弟今白頭兄何如。河水流澌雪風惡，梧桐渡口孤舟泊。山房夜坐兄不來，蠟梅花拆燈花落。

贈劉道士

竹巖鳥啼雲影閑，此是玉帝藏書山。他峯葉盡一霜後，仙洞春如三月間。白鬚道人年八十，指予漈路從溪入。鞁著芒鞋不杖藜，嘯泉歸去衣裳濕。

送張敬甫常薄出守荆門

前年匹馬辭軍幕，今年千騎從天落。座主門生合虎符，棠陰夾路春如昨。身名貴顯俗所羡，使君夷然心澹泊。父書盈篋本孫吴，師燈一點傳伊洛。莽莽叢榛亂草中，孤松昂昂立冰壑。自古十二取世官，換得青袍髮幾鶴。曾因窮達悟乘除，以寵為危不為樂。荆門形勢衿喉地，新城突兀壕未鑿。天子憂邊復愛民，鑿壕還恐妨稃穫。謂君夙抱文武資，須君小試綏懷畧。予聞衛國如衛身，癰疽甚毒腸胃薄。堂堂人物守邊州，國中羣盗令誰縛。

薛景石瓜廬

湖村有真逸，愛着釣魚袍。鶴語柴門静，身閑筆硯勞。移來瓜種別，看得桂叢高。所寫雖云僻，文名不可逃。

除夕泛靈溪

拜敕管桃源，其如骨未仙。年荒醉者少，官小野人憐。臘雪梅花在，溪春草夢圓。新正有忙事，未訪洞霄泉。

和荷渚寄同遊韻

知幾百事懶，夢只在山林。一馬塵中出，千峯頂上吟。月新松逕黑，柝静斗城深。相憶梅花下，花寒瘦不禁。

春　吟

一春吟未穩，今日再吟看。石井桐花晚，江城縠雨寒。白烟浮野寺，蒼蘚繡池欄。為謝松梢鶴，官卑去住難。

寄題王次點東巖

生事付妻兒，山居清可知。自言雪《永樂大典》卷九七六六作雲收後，不夢客遊時。洗石鎸唐帖，凭松讀楚詞。却愁登第去，草没菊花籬。

桂

一夜桂花發，千崖風露香。樹經秋幾過，人在月中央。不預離騷賦，空居寂寞鄉。山翁對之飲，酒色也鵝黃。

送趙正甫丞湘陰

行舟何所有，新酒滿甆瓶。若使三閭飲，終應一念醒。官卑掌苗籍，吟苦掩松廳。清夢如湘水，遥通春草亭。

酬諸友喜歸之作

却歸思去日，十過草池春。新雪滿雙鬢，故交餘幾人。藏書蟫獨飽，借宅鶴同貧。夜起吟芳什，凉風吹桂輪。

送劉成道旅遊

從軍不願賞，歸補萬松栽。獨作漁樵計，安知婚嫁催。江船深夜月，山驛小春梅。老境詩閒淡，孤吟薦一杯。

初夏倚春望六祖寺

柳絮兼花片，舞風湘水濱。濃嵐如細雨，初夏是殘春。鳥度山家曲，泉清佛界塵。年衰眠易醒，歸夢不能真。

聞趙昌甫赴召

甘得眠雲復飲冰，此翁不獨擅詩名。山深難避蒲輪召，陛遠聽扶藜杖行。老去報君心轉切，年來守局夢頻驚。有時湖上看垂釣，只憶磻溪溪水清。

題劉荊山母墓

綠草鬣鬖白露晞，老樵能記虎眠時。石函深貯懸鍾讖，翠壁新刊斷織碑。隴勢三分松檜色，泉聲千古蓼莪悲。珪郎向日升堂友，留宿雲庵撰誄辭。

陸侍右得祠歸里往餞弗及寄以是詩

三以囊封入紫微，一星今夜出郎闈。賈誼幸無湘水謫，知章乞得鏡湖歸。乘潮不等詩人別，望闕恨憂諫者稀。笠澤門前古松下，他時容我借漁磯。

弔盧玉堂

金鑾坡上文星落，收拾遺文有幾函。草制空教生白髮，蓋棺只是着青衫。吟魂夜訪林逋塚，破屋寒拋謝客巖。自有舊家椽筆在，豐碑竪起壓松杉。

弔蔣弋陽

悲風急雨柳塘寒，巵酒篇詩哭肖韓。長記湖西訪梅日，獨於船上取琴彈。弋陽百姓私營廟，紫府無人別擬官。墓隴從教長新草，雙鳧何處只空棺。

送蔣大璞赴揚州司户

維揚幕府最風流，何掾梅開蔣掾遊。新籍楚民今幾户，舊年隨帝此停舟。慈親就養惟愁雪，元帥崇詩不畏秋。壕闊城高豈忘戰，平山堂北是神州。

縱遊

趙汝回

人事元知不可諧，名山踏破幾青鞋。百錢掛杖無時醉，一鍤隨身到處埋。驛壁讀詩摩病眼，僧窗看竹散幽懷。亦知詩料無窮盡，燈火蕭踈過縣街。

西湖重午作

高誦招魂招屈平，只應沉恨隔浮萍。著騷直以尸為諫，亡楚如何醉不醒。像虎空懸青艾束，辟兵難望綵絲靈。憑君一激沅湘水，浄洗中原血鎧腥。

奉歸柳塘潘希白詩藁

織柳縫花雅道衰，將題錦卷復敲推。夜寒吟苦冰澌合，境寂心融造化來。斸石崑崙携玉下，乘槎河海到天迴。今時古調何人愛，東野長江在夜臺。

王道士惠柳檜

千年檜出寒巖罅，掘得根來比金價。髣髴山陰見此株，尋思却是闕仝畫。　以上宋陳起《江湖後集》卷七

淩霄花爲復上人作 題據《詩淵》册四頁二一三〇八補

嫋嫋枯藤淡《詩淵》作淺絳葩，夤緣直上照殘霞。老僧不作依棲同上書作附想，將謂青松自有花。　宋陳景沂《全芳備祖》前集卷一四

題賴若谷存齋

湛湛方寸天，清泠如止水。其止涵空明，其潰汩泥滓。操之恍若遺，捨之渺何倚。瞬息苟不誠，愚智從此始。一篇中庸書，千古防意壘。吾子善守之，勉勉集衆美。獨不見鄰家翁，驅鷄呼犬斜陽中。《永樂大典》卷二二五三五

寄聖水照講師

聖水水深山亦深，寺前三十里清陰。一僧趺坐松間石，不是安禪定苦吟。影印《詩淵》册一頁六六四

春山堂

山在畫堂西，鈎簾静對時。林高日落早，巷僻客來遲。抱病獨不飲，愛閑君所知。階前碧梧葉，片片可題詩。同上書册五頁三一〇四

句

春風過後雪初白，夜雨晴時水亦香。橘花

屈原一點沉湘恨，李白三生捉月身。水仙　以上明王瓚弘治《温州府志》卷一〇

（李更整理）

全宋詩卷三〇一三

史鑄

史鑄，字顔甫，號愚齋，山陰（今浙江紹興）人。生平不詳。晚年愛菊，有《百菊集譜》六卷，補遺一卷，成于理宗淳祐二至十年（一二四二—一二五〇）。事見本集卷首自序。

史鑄詩，以影印文淵閣《四庫全書》本爲底本，編爲一卷。

壽客

東籬寂寞舊家鄉，頭白天生鬒又黄。自注：《本草》：白菊，仙經以為妙用，服餌多用之。歲歲相陪重九宴，主人傳得引年方。《百菊集譜》卷四

毗陵張敏叔繪十花為一圖，目曰十客圖，其間菊花曰壽客。錢塘闕士容因賦詩，詩云：莫惜朝衣换酒錢，淵明邂逅此花仙。重陽滿滿杯中泛，一縷黄金是一年。此詩愚得於士友，殊恨其不工，今作一絶以易之云。

勝金黄以後除題下注臆吟者八首，其他諸篇皆是詠越中所有之品

籬下秋深花正敷，煌煌金彩照吾廬。維揚貢品雖稱貴，顔色看來反不如。

御愛黄

貴品傳來自禁中，色鮮如柘恍迷蜂。作歌亦見鍾情重，承眷應曾遇德宗。

御袍黄

秋晚司花逞巧工，解將柘色染幽叢。待看開向丹墀畔，自注：蕭穎士《菊榮篇》照曜丹墀。宛與君王服飾同。自注：杜甫《花卿歌》綿州副使著柘黄，注：僭乘輿服色也。

九日黄

露叢花發例皆遲，異品敷金不詭隨。應節及時真可愛，登高且把泛瑶巵。應時寒蘂拆秋含，晃耀良金色可參。似遇道人殷七七，故開佳節日三三。

金錢菊 第二首明用題字

陰陽鑄出遶籬邊，露洗風磨色燦然。未解濟貧行世上，且圖買笑向樽前。天女將圖買斷秋，筭來白帝價難酬。金錢滿閣翻嫌富，撒向幽叢竟不收。

金絲菊 明用題字

染自注：如艷切。人徒染自注：如琰切。金絲色，侍女謾歌金縷衣。争似黄花得天巧，織成紋綹自注：力九切。不須機。

金鈴菊

化工寫出爛盈枝，顆顆光明耀竹籬。賞翫佳人應笑道，待教繫向雪獅兒。

金連菊 臆吟

迥出嬌紅媚一川，風刀細鏤耀籬邊。不妨捧向孩兒手，留取清香在佛前。

側金盞

圓模羅列占東籬，西帝賜來宫様奇。疑是花神清酌罷，儘教放處不妨欹。

金盞銀臺

黄白天成酒器新，曉承清露味何醇。恰如欲勸陶公飲，西皥應須作主人。自注：又作擬將享宴司花女，須報韋公舊主人。

滴滴金夏菊也

未見秋來花便開，人言因露作根荄。千團萬點枝頭墜，盡化黄金出土來。

密友菊《洛陽花木記》用此密友字

寒英雅稱伴吾徒，色正香清態有餘。日涉中園長與會，何憂因數反成疏。自注：楊巽齋《密友花》有朵朵相迎意更親之句。愚今所作蓋取此義。

又蜜卣菊據高疏寮用此蜜卣字

化工也學割蜂房，秋卉粧成春蘂黄。芬馥猶疑盛秬鬯，未容輕把泛霞觴。自注：《書·洛誥》秬鬯二卣。正義曰：秬，黑黍也。以此為酒，煮鬱金草築而和之，使芬香調暢，謂之秬鬯。酒卣，中樽也。

橙　菊

上林佳果久流聲，自注：《西京雜記》云上林苑橙十株。秋徑香苞特假名。正賴蟹肥新酒熟，幽人來賞兩含情。

荔枝菊

莫論枝上粟團黄，且喜籬邊珍顆香。若使唐家妃子見，料應誤摘醉中嘗。

茱萸菊

品出陶家花品外，名存吴地藥名中。若將泛入重陽酒，不用分香摘兩叢。

艾　菊 明用題字

一入陶籬如楚俗，重陽重午兩關情。惜哉删後詩三百，菊奈無名艾有名。自注：一换押鄉字韻云：怪底陶籬似楚鄉，寒花暑葉共枝芳。無求往古三年效，且挹明朝九日香。

末利菊 明用題字

來從西域馨香異，自注：《蓮經》有末利花香之言。翻作東籬品目新。悟此肯為微利役，殷勤來賞屬幽人。自注：王梅溪《求末利花詩》：老來恥逐蠅頭利，故向禪房覓此花。今之鄙句蓋祖此義。

甘　菊

南陽佳種傳來久，濟用須知味若飴。苗可代茶香自别，花堪入藥效尤奇。

塔子菊 以金鈴菊蟠結而成

金彩煌煌般若花，高蟠層級巧堪誇。自注：可改作聳簷牙。更添佛頂週遭種，成此良緣勝聚沙。自注：聚沙為佛塔，見《蓮經》偈言。

毬子菊

團圞秋卉出籬東，惹露凌霜衮衮中。疑是花神抛未過，更教輾轉向西風。

野　菊

寒郊露蘂疏仍小，自注：一年野菊甚盛，乃改作繁何小。瘦地霜枝細且長。境僻人稀誰與採，馬蹄羸得踐餘香。

黄白菊

二色秋英併一根，金宜為友玉為昆。相依笑向西風裏，皓色須還中色尊。

史　鑄

十樣菊臆吟

霜蘂多般同一本，天教成數殿秋榮。從他蛺蝶偷香慣，偷遍無過一例清。

九華菊吳有趙廣信，嘗鍊九華丹。此菊以丹為名，猶酴醾花以酒名之，其意各有所寓。杜光庭詩：初開九鼎丹華熟

功成丹鼎花堪比，花到重陽色正鮮。靖節集中名甚著，羡他慣服制頹年。

流芳千古傲霜英，剪玉絲金照眼明。若論駐顏功不小，仙丹端可與齊名。

佛頂菊

籬畔光明緣底盛，秋來千百化身多。露棲不必醍醐灌，自注：仁宗皇帝《御贊蓮經》灌頂醍醐滴滴凉。醍醐，酥之精液也。雨沐何煩手掌摩。自注：《楞嚴經》世尊憐愍阿難，以手摩其頂。

大笑菊丁晉公詩花能含笑笑何人，東坡詩花非識面常含笑，今愚鄙句亦祖此義。第二、三首明用題字

玉顔已破晚秋葩，不費千金亦可誇。自注：可改作百媚千金不足誇，亦可改作誰把千金競好奢。幽徑主人偏愛惜，且贏耳畔弗諠譁。

晚節敷華性異常，黄冠白羽道家粧。料應識破榮枯事，獨對秋風笑一場。

桃笑春風菊笑秋，冶容正色不相侔。寒梅一笑如堪索，這笑方為是匹儔。

玉甌菊

化工施巧在秋葩，琢就圓模瑩可嘉。著底香心真蠟色，似留賞客欲分茶。

銀盤菊

秋英疑是白金裁，承露如從仙掌來。翻笑漢皇銅制古，斬新一樣也奇哉。

輪盤菊

秋深籬下拆霜英，圓質風吹颸不停。天巧固非煩扁斲，日新又豈待湯銘。

粉團菊

月姊容顔别一家，天真何必御鉛華。秋來殘膩方抛棄，幻作籬邊馥馥花。自注：彭齊《霜月詩》應是姮娥剩粧粉，一時抛撒下天來。此借其意。

月下白

素質鮮明絶點塵，冰輪高照轉精神。叢叢皓彩如羅綺，自注：謂彩帛之紋亦有粟地菊之類。箇樣誠堪示染人。

纏枝白

西風頓拆晚秋葩，色映霜華與月華。不特翠枝柔猗自注：於可切。儺，自注：乃可切。更饒緑葉密交加。

酴醾菊宋景文公《酴醾詩》來自蠶叢國，香傳弱水神。按古蠶叢國，即蜀中也

春架秋籬景一同，想因分種自蠶叢。但將酩酊酬佳節，不管花居酒品中。

木香菊

秋花也與藥名同，素彩鮮明曉徑中。多少清芬通鼻觀，何殊滿架拆東風。

寒　菊

不畏霜風質自殊，不招蜂蝶艷何孤。梅花松竹如相見，自注：朱希真《十月菊詞》須添羅幕護風霜，要留與疏梅相見。

便合添為四友呼。

淮南菊

割脂簇蠟密成團，傑出東籬最奈寒。加紫翻宜霜後看，料應慣見屬劉安。

徘徊菊

花神著意駐秋光，不許寒葩陡頓芳。敷彩盤桓如有待，幽人把玩不須忙。

饅頭菊

離火供炊餅餅圓，自注：陸放翁《菊詩》有餅餅香字，前輩《菊詩》籬邊餅餅金。幽人飽翫向籬邊。採來還問堪餐否，應使癡兒口墮涎。自注：前篇可改云離火供炊餅餅圓，幽人餐飽向籬邊。摘歸閒與癡兒説，也使心歡口墮涎。

桃花菊

仙源分派到籬東，灼灼穠華綴露叢。崔護詩章陶令酒，兩家混作一家風。

燕脂菊　臆吟

天女染花情若狂，鮮妍直欲媚秋光。忍將陶徑黄金色，也學秦宫朱臉粧。

牡丹菊　臆吟

本是秋香九日黄，假為國色百花王。待殘擬把酥煎咍，自注：見《漁隱叢話後集》二十三卷孟蜀時李昊事。莫採芳英泛酒觴。

紅薇菊　臆吟

天厭花黄色改殷，自注：烏閑切，赤色也。東籬景物似東山。逗遛春蘂為秋蘂，荆棘了無藏葉間。

繡菊

寒葩縷縷結緗紅，不待纖針見巧工。秋老從他宮線減，彩文翻喜入花叢。

石菊

花美雖堪寫團扇，艷妖未必入東籬。紀名何取它山物，徧問園官總不知。自注：愚辨石菊、大菊，雖今古之名不同，其實一種物也，至秋結實，名曰蘧麥。今窮見麥粒之形，了無所惑矣。討論既定，竊意其石字當為碩。案字書：碩，大也。庶幾意合於古書。今復成一絶以紀其實云。

榦弱葉纖花特奇，艷濃九夏到秋時。枝頭結實元為藥，爭奈越中人罕知。自注：若蘧麥所出之地，其榦直而堅。

大菊明用題字，即今之石菊也

菊名何大為誰開，子結秋叢是藥材。自注：若所產之地者，結子乃至作穗。若用催生功不小，請嘗便可見嬰孩。自注：《千金方·治產經》數日不出，或子死腹中，以瞿麥煮濃汁服之。

孩兒菊

地母提來風露徑，笑風泣露並堪憐。品微元乏香肌骨，濫預秋英得浪傳。

春菊蒿菜花是也

莫論園蔬品目卑，花開不減菊幽奇。燦然金色仍堪採，春老恰如秋老時。

紫菊馬蘭花是也

秋野閒花是繡鋪，佳名得自北人呼。自注：見《本草》。若教尼父當時見，應惡紛紛色亂朱。

觀音菊天竺花是也

霞幢森列引薰風，高出疏籬紫滿叢。翠葉纖纖如細柳，直宜插向净瓶中。

繡線菊厭草花是也

天成素縷結秋深，巧刺由來不犯針。籬下工夫何絢爛，條條綰綴紫花心。

佳　友昔曾端伯以菊為佳友，愚今以詩實其名

氣清色正品尤高，好事幽人善與交。開徑何須望三益，相陪雅尚在香苞。

壽　客近世張敏叔以菊為壽客，愚今以詩實其名　按：此詩卷四已録，少數字有不同。

東籬冷落舊家鄉，性耐風霜氣味長。幾度入來重九宴，主人傳得引年方。

對菊懷古

靖節先生菊滿園，其名獨有九華存。東籬若許塵蹤到，佳品須當盡討論。

菊　花單題

獨芳三徑屬秋深，清致貞姿快賞心。解道卓為霜下傑，平生靖節最知音　以上同上書卷六《體題新詠》

種　菊鑄兒童時嘗閲東軒臞儒趙公保集句梅詩，喜其多有可取。今故效颦，采擷百家英華為菊成章也

幽懷遠慕陶彭澤，王禹偁　一畝荒園試為鉏。蘇子由　自種黄花添野景，謝景山。見《詩話總龜》　幾多光彩照庭除。魏野

菊　花十二首

無艷無妖别有香，僧齊己《對菊》　知心誰解賞孤芳。陸務觀　淵明酩酊知何處，王荆公　安得斯人共一觴。謝無逸

霜裹鮮鮮照眼明，王十朋　人言此解制頹齡。梅聖俞　憐香擘破花心齅，姚揆　酌盡齋中竹葉餅。黃山谷

一夜清霜殞物華，蔡枏　寒芳開晚獨堪嘉。丁寶臣　折來嗅了依前嗅，邵堯夫　不是尋常兒女花。王十朋

籬菊含風暗度香，余安行　栽多不為待重陽。齊己　愈風明目須真物。蘇子由《白菊》　夢寐宜人入枕囊。山谷　自注：《千金方》菊花作枕袋，大能去頭風，明眼目。陸務觀《菊詩》傍籬小摘供囊枕，留得殘香夢亦清。

露叢芬馥敵蘭芽，韓忠獻公　清賞終存好事家。丁寶臣　莫遣兒童容易折，洪景盧　此花開後更無花。元微之

露裛幽花冷自香，釋皎然　藥中功效不尋常。王十朋《食薑》　祛風偏重山泉漬，文保雍　胡廣隨緣却壽長。鄭剛中《菊》

清香裛露對高齋，司空圖　端仗兹花慰老懷。王十朋　欲折一枝來侑酒，蔡枏　登高能賦屬吾儕。陳後山

八月九月天氣涼，李白　遶欄種菊一齊芳。邵堯夫　好風應會幽人意，江奎　時去時來管送香。張芸叟

不趁盛時隨衆卉，文與可　幽姿高韻獨蕭然。田元邈　別開小徑連松路，王介甫　常愛陶潛遠世緣。梅聖俞

籬菊開時寒有信，王彥霖　幽香還釀客懷清。周麟之　折歸忍負金蕉葉，張彥實　欲伴騷人賦落英。蘇東坡

菊花有意浮盃酒，汪彥章　秋老霜濃滿檻開。江衮　多謝主人相管領，沈瀛　盡收清致助吟才。張子野

一夜新霜著瓦輕，歐陽永叔　照窗寒菊近人清。聞人善言《次韻童恭叔》　賸收芳蘂浮巵酒，曾端伯　白髮年年不負盟。聞人善言《中秋月》

黃菊二十首

史鑄

黄花漠漠弄秋暉，王荆公　竚立階前香在衣。王性之　正色逢人何太晚，强幾聖　衰翁相對惜芬菲。白樂天

白露黄花自遶籬，羊士諤　幽香深謝好風吹。寇萊公　陶公没後無知己，李山甫，一作羅隱　歲歲花開知為誰。李頎

遶籬黄菊自開花，僧洪覺範　開日仍逢小雨斜。丁寶臣《菊》第三首句　自得金行真正色，丁寶臣《菊》第二首句　肯參紅紫鬭紛華。朱希真　自注：凡菊詩中言霜露者甚多，至於言雨者，惟王龜齡嘗稱范文正公有句云：半雨黄花秋賞健云。

金英寂寞為誰開，王禹偁　底許清香鼻觀來。張孝祥　籬下先生時得醉，白樂天　餘風千載出塵埃。王荆公

滿園佳菊鬱金黄，白樂天《重陽席上》　壽質清癯獨傲霜。楊巽齋　且喜年年作花主，白樂天《花前歎》　依然相伴向秋光。羅隱《菊》

五行正氣産黄花，杜光庭　不在詩家即酒家。錢易　詩筆酒盃俱有味，元絳　亦同元亮舊生涯。本朝江為

滿地黄花得意秋，良祐，闕姓。下句浪陪使節赤松遊，見於石刻　移來庭檻助清幽。齊唐　自緣禀性天生異，張齊賢　不與繁華混一流。楊時可

籬邊黄菊為誰開，李嘉祐　轉憶陶潛歸去來。高適　插了滿頭仍漬酒，邵堯夫　且謀歡洽玉山頹。元澶

倚風黄菊遶疏籬，彭應求　自有清香處處知。毛友　今日王孫好收采，鮑容　濁醪霜蟹正堪持。蘇子由

金蘂繁開曉更清，歐陽修　薄霜濃露倍多情。劉原父　歸田誰是淵明興，趙嘏　獨遶東籬萬事輕。周紫芝

叢菊疏疏著短籬，僧璉不器　重陽前後始盈枝。文與可　托根占得中央色，趙宋英，見《氣候推蒙》　不比凡

花兒女姿。姜特立

自有淵明方有菊，辛幼安　因人千古得嘉名。韓忠獻　一年好處君須記，蘇東坡　翠葉金華刮眼明。劉原父

東籬黃菊為誰香，王十朋　不學羣葩附艷陽。蘇澄庵　直待素秋霜色裏，廖匡凝　自甘深處作孤芳。文與可

香霧霏霏欲噀人，蘇東坡　黃花又是一番新。朱邦永，見《愚園咏史》　陶家舊已開三徑，韓治　直到如今迹未陳。楊巽齋

滿眼黃花慰素貧，山谷　年年結侶采花頻。劉禹錫　要收節物歸觴詠，張灝　只許閒人作主人。姜特立

菊花天氣近新霜，陸務觀　節近花須滿意黃。陳後山　陶令籬邊常留宿，曾端伯　朝來滿把得幽香。蘇子由

東籬九日富黃花，曾端伯　節物驚心祇自嗟。許景衡　盡日馨香留我醉，王禹偁　銀瓶索酒不須賒。王十朋

斜照明明射竹籬，僧道潛　黃花能與歲寒期。范文正公　人疑五柳先生宅，周紫芝　消得携觴與賦詩。鄭谷

黃花弄色近重陽，僧道潛　風拆霜苞細細香。江袤　似與幽人為醉地。陸務觀　隨晴隨雨一傳觴。陳與義

可意黃花是處開，蘇東坡　芝蘭風味合相陪。綦崈禮　應須學取陶彭澤，白樂天　左把花枝右把盃。司空圖

白菊三首

史鑄

我憐貞白重寒芳，陸龜蒙　小徑低叢淡薄粧。蔡柟　謝女黃昏吟作雪，徐仲車　天然別是一般香。李端叔

幽芳天與不尋常，江袤　逆鼻渾疑雪亦香。陳後山，一作張文潛　把酒可能追靖節，汪彥章　素英一色混瑶觴。邵堯夫，只此一句取於五言

瓊葩燦彩遶籬東，楊巽齋　不怯清霜更耐風。趙令衿　淡泞精神無俗艷，江袤　獨高流品蕙蘭中。李鼒

黃白菊 胡侍郎《二色蓮詩》，見《醉翁談録》

金英鑠鑠擅秋芳，楊巽齋　中有孤叢色奪霜。白樂天　手把數枝重疊嗅，邵堯夫　兩般顏色一般香。胡侍郎詩紅白蓮花共一塘云

野菊

一簇疏籬有野花，邵堯夫　不應青女妬容華。洪龜父　繁英自剪無人插。李鼒　只有黃蜂趁兩衙。孫仲益

晚菊

青蘂重陽不堪摘，杜甫　重陽已過菊方開。邵堯夫　不將時節較早晚，王十朋　且折霜蕤浸玉醅。蘇東坡

殘菊

節去蜂愁蝶不知，鄭谷　冷香消盡晚風吹。謝無逸　碎金狼藉不堪摘。陸務觀《菊》，　空作主人惆悵詩。于武陵，一作韋莊　以上同上書卷六《集句詩》

種菊

春初種菊助盤蔬，蘇子由　益氣輕身載舊圖。劉摯。舊圖，謂《本草》也　終藉九秋扶正色，鄭剛中　芳時偷得醉工夫。白居易

菊花五首

不受陽和一點恩，李山甫　不嫌青女到孤根。盧彦德，見《盛山集》　年年歲歲花相似，劉庭芝，見《詩話總龜》　誰為陶潛買酒樽。陳元老，見《城山詩集》

粲粲秋香雨露葩，趙宋英　天教晚發賽諸花。劉禹錫　輕烟細雨重陽節，劉子翬　且盡芳樽戀物華。杜甫

漸覺西風換物華，朱弁，見《宋百家詩續選》　秋叢遶舍似陶家。元微之　世人若覓長生藥，《古道情詩》，下句只這灰心是大還　百草枯時始見花。歐陽永叔

代謝相因寒事催，趙宋英　繞籬疏菊又花開，許渾　霜晴日淡虚庭裏，葛吏部，見《歸愚集》　多少清香透入來。陸龜蒙《菊》

不是餐英泥楚騷，吴莘，見《寒緑詩集》　重陽菊蘂泛香醪。宋白　尋常不醉此時醉，邵堯夫　陶令抛官意獨高。葉夢得

黄菊九首

百卉千花了不存，陸務觀　獨開黄菊伴金樽。陶弼　欲知却老延齡藥，歐陽永叔　誰信幽香是返魂。東坡

菊是去年依舊黄，南唐後主李煜，上句鬢從今日添新白　風從花裏過來香。闕，上句水向石邊流出冷云　杯中要作茱萸伴，葛吏部，乃丞相邲之父　更領詩人入醉鄉。胡曾

白酒新熟山中歸，李白。《風雅韻》作新熟，碑本作初熟　黄花漠漠弄秋暉。王荆公　東籬採菊隱君子，王十朋　醉覺人間萬事非。失記名，上句霜柑糟蟹新醅熟

羽葆層層間彩金，姜特立　醉來不厭遶叢吟。賈島　滿頭且應良辰插，韓忠獻公　不插滿頭辜此心。王荆

公 自注：汪彥章《菊詩》葳蕤羽葆雜金規。

籬外黄花菊對誰，嚴武，附《杜甫詩集》 應知彭澤久思歸。王禹偁 有花堪折直須折，李錡，見杜牧《樊川集・杜秋娘詩》註 新酒初篘蟹正肥。趙端行，見高疏寮跋《西里詩稿》

無限黄花簇短籬，蘇子由 幽香深謝好風吹。寇平仲 勸君終日酩酊醉，李賀 莫待無花空折枝。李錡

自注：第三句亦可作今朝有酒何妨醉，但不知何人所作。

花裏風神菊擅名，陸務觀《贈菊》，見《荼蘼庵集》 緑枝黄蘂有高情。張嵲，字巨山 詩人不悔衣霑露，范希文 步入芳叢脚自輕。王之道，見《相山居士集》

幸無風雨近重陽，僧法顯，見游丞相諱佀序《適庵詩集》 折取蕭蕭滿把黄。崔德符 酒面浮英愛芬馥，梅聖俞 銀觥須引十分强。李清臣

白菊

不與羣芳競，魏野 宜乎殿顥商。邵堯夫 露從今夜白，杜甫 菊是去年黄。南唐李後主 九日陶公酒，陳襄，字述古 一生青女霜。羅隱 有同高士操，王之道，字彥猷 得爾慰凄涼。翁龜翁

玉攢碎葉塵難染。江衮 露濕香心粉自匀。朱喬年，見《戛玉集》 一夜小園開似雪，朱貞白 清香自是蘂中珍。許景衡

野菊二首

熠熠溪邊野菊黄，東坡 風前花氣觸人香。邵堯夫 可憐此地無車馬，韓退之 掃地為渠持一觴。陸放翁

野花無主為誰芳，陸務觀 酒熟漁家擘蟹黄。山谷詩句 遇酒逢花須一笑，山谷詞句 故留秋意作重陽。陳後山

晚菊

節過霜風袞袞來，許景衡　菊花寂寞晚仍開。劉滄　誰云既晚何用好，王十朋　為我殷勤送一杯。白樂天

殘菊

天地方收肅殺功，陸務觀《拒霜花》　菊枝傾倒不成叢。陸務觀《九月晦日》　碎金狼藉不堪摘，陸務觀《殘菊》　圖得人知色是空。僧詠《槿花》。上句朝開暮落緣何事　以上同上書補遺《續集句詩》

（劉瑛整理）

全宋詩卷三〇一四

趙時韶

趙時韶，魏王廷美九世孫（《宋史·宗室世系表》二〇）。曾爲王伯大（留耕）客。有《孤山晚稿》，已佚。

趙時韶詩，據《詩淵》等書所録，編爲一卷。

枯　樹原誤作甚

斧斤不死老蒼虬，未肯甘心只麽休。尚有阿婆三五態，背時塗抹趁風流。影印《詩淵》册二頁一一四二

芭　蕉

摇摇如扇葉，風颭午窗陰。素不生枝節，人皆見赤心。同上書頁一一四七

吟　梅

安得梅開向四時，騷人日日可吟詩。年來萬事心都懶，只有吟梅興未衰。同上書頁一一七七

落　梅

鹿胎點點上輕裘，腦片飄飄入寶篝。更向佳人粧額看，梅花到底也風流。同上書頁一一九五

竹夫人

玉骨冰肌夏月凉，更無人妬得專房。醉翁愛作身邊伴，只恐西風又隔牀。同上書頁一四二〇

永陽道中

十年前此地，書劍記曾來。士説紅鷹瓜，農誇白芋魁。溪渾魚放子，林動雉驚媒。評品全人少，山坡獨有梅。　同上書册三頁二〇一一

古杭道中

離家才是兩三程，便覺征衣綴軟塵。湖海相逢迂闊好，江山不厭往來頻。溪魚有孕羹偏美，村酒無灰味却真。紆轡小兒莫相笑，柴桑終不負頭巾。　同上書頁二〇一五

林　下

山前山後雪漫漫，輸與田夫野老看。驛路自知荆棘甚，一枝遠贈故人難。　同上書頁二〇六四

浮山用平叔韻

抖擻襟塵訪梵宫，入門物色補陀蹤。松雖未老曾留鶴，山不在高堪卧龍。案上楞嚴尋舊跋，枕邊紙被認新縫。客題不要紗籠壁，遮莫輕敲飯後鐘。

浮來山

秦鬼驅卯沙，聚結無蒼翠。誰云海上移，能與潮浮至。洞嘘蛟鼉腥，廟晝風雷異。雲母今有無，庶為仙藥餌。　以上同上書頁二〇八五

縠　波

鮫人機軸巧，織出水晶宫。滃濯有新雨，卷舒無定風。晴嵐輕染緑，斜日半澆紅。漁父無端甚，輕舠截箇中。　同上書頁二一七五

雲峰

淡似衡山霧已開，濃如雨意黯陽臺。黄昏天際迷歸鳥，錯認林梢不下來。同上書頁二一九七

日梅

紅日移陰上粉牆，烘乾花底夜來霜。不須水月黄昏景，疏影風前午更香。同上書册四頁二三一〇

尋梅

春在溪橋第幾家，槎牙老樹竹籬遮。再三辨認枝頭雪，萬一無香恐未花。同上書頁二五三〇

戀梅

月下敲推夜未央，青鞋冷透不知霜。兒童促我且眠去，畫在床屏亦有香。

愛梅

獨自敲推到夜深，情知未稱惜花心。玉兒已死雲英嫁，誰唱梅詞伴我吟。以上同上書頁二五四三

夢梅

夢醒春風笑一場，攬衣推枕起思量。草塘夢句有何好，夢到梅花字字香。同上書頁二五四四

梅癖

幾度溪橋戀影香，衝風冒雨也思量。儘教人笑成梅癖，死不將詩到海棠。同上書頁二五四七

梅債

擬把吟篇倚閣休，見梅時復上心頭。家貧幸免抨皷苦，詩債還添一段愁。

山園小梅得疏影横斜水清淺暗香浮動月黄昏十四詩

寂寞籬邊野水涯，三花雨蘂帶春來。且圖冷淡為生活，不傍門庭鬧熱開。

為有清癯骨相寒，月明時候正相關。本來面貌無塵俗，更向冰池自照看。

山前抹出連雲樹，窗外拖來帶月枝。數點塞鴻相伴好，一聲羌笛不須吹。

一枝倚竹偏宜雪，半樹歌簷轉怕風。客意不平花又拗，和愁掛在夕陽中。

春在枝頭有淺深，疏疏冷冷小溪陰。好風一陣香如洗，明月三更影不沉。

繁華朽腐休相溷，冷淡幽閑大逼真。斷得世間烟火氣，前身恐是首陽人。

精神淡佇霜猶薄，膚貌參差雪未温。試向南枝看春色，夜來纔着兩三分。

萬籟沉沉境寂寥，尋香不見過溪頭。小奚摸索枝頭笑，誰把明珠驀地投。

氣味風標見似人，群芳合讓作先生。儘燒龍腦三千斛，不抵花心一點清。

小橋飄泊淡生涯，曾送清香入酒杯。疏影不隨流水去，夜深和月過溪來。

一夜霜風噢緊吹，曉驚飛鳥蹴花枝。誰知窗外紛紛意，正是山陰雪下時。

花下朦朧作桂看，細評香影一般般。喚醒二十年前夢，依舊身遊在廣寒。

前山日落已棲鴉，老樹槎牙竹半遮。沙岸寒雪迷晚眺，祇疑金色界中花。

風雨瀟瀟日又曛，因香認得半溪雲。平生不作朦朧事，立待明時折贈君。

以上同上書頁二五四八

問梅

溪南千樹雪紛紛，橋北才開一兩分。汝是山林高潔者，如何到此也寒温。

以上同上書頁二五四九

梅答

趙時韶

向背稀稠各自宜，榮枯開謝且隨時。春風最是無憑據，到底真心不屬伊。

折梅

行到頹牆與斷橋，試和明月拗枝頭。江南多少閑兒女，帶着梅花便帶愁。以上同上書頁二五五〇

嘆梅

梅花千古長如許，堪嘆十年人事非。記得大平樓上醉，一枝和月插頭歸。

感梅

清清白白天然態，皎皎翹翹玉立身。雪虐霜饕千萬變，此花到底是全人。以上同上書頁二五五五

掃苔有感

階前疊疊碧成團，微雨新來洗幾番。猛省呼童都掃却，怕人地上作錢看。同上書頁二五八九

布穀

社前社後雨紛紛，山北山南處處聞。田父不知牆壁字，此聲便是勸農文。同上書頁二六八〇

燕

窮簷穩穩好巢成，莫向朱門附麗人。青杏屋梁雖好看，笙歌未必可安身。同上書頁二六八四

雁和彦山韻

叫月聲聲到枕兒，稻粱雖飽豈能肥。夜深且傍瀟湘宿，明日晴空萬里飛。同上書頁二七〇二

蜂

蜜成只鮮供樽俎，蠟就徒能照綺羅。堪嘆汝生無受用，鑽鑽刺刺欲如何。同上書頁二七三二

蚊雷

朝來伏地悄無聲，入夜轟轟屋底鳴。堪笑不能驚蟄户，空將胡蝶夢魂驚。　同上書頁二七四四

木魚用韻

香積厨邊想像中，儼然摇鬣出吴松。不隨紅蓼灘頭釣，常逐闍梨飯後鍾。塵土幾年成涸鮒，風波平地欲成龍。若教占作維祥夢。憂國書生亦願豐。　同上書頁二七七五

聞杜鵑

雨過山山翠欲流，杜鵑要好莫啼休。錦城宫殿多烟草，枉與春風作對頭。　同上書頁二八一二

祈雨感應琴齋簷溜忽得雙魚

簷流非沼亦非池，躍出雙魚亦自奇。不是懸於庭上落，便因生出釜中來。聽琴莫笑音非古，叶夢須知稔可期。謾説佩金佳讖在，陶腰似覺未消伊。　同上書頁二八五七

庚辰春疥西峰壁

三五年時折桂來，也曾班底戴花回。而今四十還流落，却被人呼老秀才。

山中亦有薇堪采，海上那無節可持。野老不知人事改，相逢猶話舊年時。

夜窗

候蟲鳴砌冷蕭蕭，半點殘燈伴寂寥。桐葉韡秋黄不徹，那堪小雨學芭蕉。

以上同上書册五頁三二二八

贊管竹樓

天生賢佐福閩州，衮舄熒煌尚黑頭。司馬公留民可活，管夷吾在世何憂。東南人物幾華屋，今古乾坤一

竹樓。三萬卷書三尺劍，男兒事業要伊周。我公自是活神明，皦日當空鬼魅驚。參輩雖多蕭相少，跖徒自濁伯夷清。吴兒久借乾坤造，閩囝重逢父母生。贜説謙尊能下士，青門還念種瓜平。以上同上書頁三二五九

閑居書懷

簷溜垂垂筋未收，一年樂事負春遊。新添華髮羞開鏡，貪看青山懶下樓。天地至今多罔象，功名到底總蚍蜉。祇因知得清閑好，事大如山付醉休。

閑居感懷和屏山韻

還我山林且買鄰，荆榛不礙自由身。梅兄竹弟相依舊，李婢桃奴一任新。湖海到今無劍客，江山如作老詩人。不知尚父緣何事，白首投竿起渭濱。以上同上書頁三五一五

占盡風情向小園

月下相逢當麗人，嫣然体態皎然身。誰知一角閑田地，包括乾坤不盡春。

不須檀板與金樽

醒來拍手倚雕欄，啜茗哦詩子細看。縱有淺斟低唱者，箇中清意不相干。

霜禽欲下先偷眼

翠羽啁嘈逐曉風，海仙時遺探芳叢。徘徊睥睨知何意，怕干時人挾彈弓。

粉蝶如知合斷魂

一自英臺魄化時，生來長是宿芳菲。傷心只欠含章夢，不得枝頭作雪飛。以上同上書册六頁三九六二

余出留遠曾先生門墻因侍留耕先生座間出示有懷樓居倉使救荒之詩僭越用韻

乾坤秀氣孕三奇，勳葉人間有口碑。臺近棠陰遺澤在，樓輝秋蓴起人思。後先玉季金昆政，多少丹山碧水詩。世事蕩來尚膠轕，賴君一手理紛絲。

《永樂大典》卷八九九

文中子

一脈斯文繫大儒，干戈滿地獨詩書。南風有操無人識，身在汾亭心在虞。

同上書卷六八三八

（劉雯整理）

全宋詩卷三〇一五

釋智愚一

釋智愚（一一八五—一二六九），號虚堂，俗姓陳，四明象山（今屬浙江）人。十六歲依近邑之普明寺僧師藴出家。後辭親出鄉，首依雪竇焕和尚、淨慈中庵皎和尚。過金山，掩室和尚一見甚器重。從運庵和尚薙染，自此遍歷諸老宿之門。遊江淮湘漢，經荆門玉泉，過廬山東林。依福嚴無二月和尚，爲典藏。參有修首座於南嶽，深相契合。又訪北禪禮和尚。回浙到淨慈，見淨和尚。由靈隱笑翁和尚薦爲虎丘典藏。理宗紹定二年（一二二九），出世嘉興府興聖寺。端平二年（一二三五），遷報恩光孝寺。又移慶元府顯孝寺。復遷瑞巖開善寺，居二年乞退，住萬松山延福寺。繼遷婺州雲黄山寶林寺，居五年嬰强寇之難，應東谷和尚舉，入主冷泉寺。寶祐四年（一二五六，此據《語録》，《行狀》作六年），在靈隱鷲峯庵受請入住慶元府阿育王山廣利寺。景定元年（一二六〇），入住柏巖慧照寺。五年，受詔住臨安府淨慈報恩光孝寺。度宗咸淳元年（一二六五，此據《語録》，《行狀》作三年），遷徑山興聖萬壽寺。五年卒，年八十五。爲運庵禪師法嗣。有《虚堂智愚禪師語録》十卷，收入《續藏經》。事見《語録》及所附法雲撰《行狀》。

釋智愚詩，以輯自《語録》及《語録》中單編的詩合編爲五卷。輯自他書的詩附於卷末。

偈頌二十五首

迦葉當時性燥，下得一椎。莫道文殊三處度夏，直饒黄面老子别有神通，也須腦門著地。舉文殊三處度夏公案。

秋風淅淅，秋水冷冷。千辛萬苦，負笈擔簦。張公堠子李家店，草舍茅庵短作程。人間燈，天上月。有明有暗，有圓有缺，底事貪觀心未歇。興聖室内無油，免得證龜作鼈。元宵

金風吹落葉，玉露滴清秋。叵耐寒山子，無言笑點頭。既能明似鏡，何用曲如鈎。中秋

天晴蓋却屋，乘時刈却禾。輸納皇租了，鼓腹唱謳歌。

無義漢，誰識你。口吃耳聾，驢拗到底。一氣轉一藏，是非終難洗。大法下衰，汙人唇齒。徑山倫藏主至

槿花凝露，梧葉鳴秋。遇景觸物，隨分知羞。住住，諸方聞得道，我説老婆禪。

一年有十二箇月，每月一度團圓，其餘盡是缺。中間晦明出没，太半有不見者。惟有今宵，分外皎潔。無物堪比倫，教我如何説。中秋

流虹七載賁緣盡，又向天寧理倩原校：疑債稟。脱得驢胎入馬腹，皮毛輕重不争多。受報恩，辭衆　以上輯自妙源編《嘉興府興聖禪寺語録》

好一局棋，黑白已分。只是末後一著，無人知得落處。入光孝寺，陞堂，舉王常侍訪臨濟，問云：者一堂僧還看經否？際云：不看經。又問：還習禪否？際云：不習禪。侍云：經不看，禪不習，作箇甚麽？際云：總教伊成佛作祖去。侍云：金屑雖貴，落眼成翳

古佛過去亦久矣，不知何處應羣生。紫金光聚人難覩，空裏惟聞仙樂鳴。為徽宗皇帝上堂

溪林葉墮，塞鴈聲寒。見成公案，大難大難。百雜碎，鐵團圞，和風搭在玉闌干。

南嶽七十二峯，華頂萬八千丈。瞻之無際，仰之無垠。以此無窮數，用祝聖明君。天基節

一日日，一時時。逗到臘八夜，眼上錯安眉。東西不辨，南北狐疑，從教萬古業風吹。佛成道

聖人無己，靡所不己。總塵刹無不是，差之毫釐失千里。仙仗飄飄去不還，從教六合清風起。徽宗皇帝大忌

金以石試，人以言試。古人自謂全璧而歸，不知身在草裏。舉古德因僧問：如何是冬來事？德云：京師出大黄

一跳一蹶，師子嚬呻。一新一舊，和氣如春。報恩尺不如寸，嬴得癡坐，家裏有人。謝執事

蠅見血，鶻捉鳩。拳來踢報，膠漆相投。難提掇處轉風流。舉臨際入京教化云：家常添鉢，到一家門首，婆云：太無厭生。際云：飯也未得，何言太無厭生？婆便閉却門

春風如刀，春雨如膏。衲僧門下，何用忉忉。以上輯自可宣編《嘉興府報恩光孝禪寺語録》

杜宇不如歸，竹雞泥滑滑。深山巖崖中，誰道無佛法。有佛法，衲僧只有三隻襪。

山僧恰似抱璞者，但欠臨風涕泣。不道舉世無人，只是可惜許。以上輯自無隱編《慶元府顯孝禪寺開山語録》

説如建瓴，坐如山嶽。就下平高，咬牙爆爆。入瑞巖開善寺，指法座

大道只在目前，要且目前難覩。欲識大道真體，不離聲色言語。祝聖畢，斂衣就座

古佛只在椎頭，每日呼來唤去。非惟網原校：疑綱令清巖，原校：疑嚴下下要分緇素。興化當年錯用心，月明豈在珊瑚樹。謝維那　以上輯自梵閲編《慶元府瑞巖開善禪寺語録》

斂影窮原懶出扃，曉雲如送又如迎。因思執手經行處，幾聽沙泉遶磵鳴。在啟霞受請住萬松山延福禪寺，辭衆，舉長慶示衆，撞著道伴交肩過，一生參學事畢也。是靈龜曳尾。山僧自退芝峯，託跡于兹，三歷寒暑，又勝他古人者

多矣。今過海山，可無攀感。綴成一偈以表分違。輯自德溢編《慶元府萬松山延福禪寺語録》 以上《虛堂智愚禪師語録》卷一

偈頌十三首

不勞彈指，豈涉思惟。現成門户，到者方知。入婺州雲黄山寶林禪寺，指山門

居必擇鄰，鑑非止水。明暗相凌，言猶在耳。諸山疏

水中鹽味，色裏膠青。祖師只認得箇相似底，何異楚人以鷄為鳳。我者裏任你三頭六臂，盡其來機，也無你湊泊處。慣將三尺喙，駡倒五湖僧。

傷弓之鳥，見曲木而高飛。有人見得雲門，善為我辭。舉雲門因僧問：如何是超佛越祖之談？門云：胡餅

净瓶裏澡洗，古檮下修身。彼此寸長尺短，何妨忝為切鄰。相見又無事，不來還憶君。杜鵑啼斷月如晝，不似尋常空過春。智者和尚至

老和尚死去二十五年，有誰撑門拄户。雖與松源同日行，不會松源三轉語。父子背馳，面不相覩，直至如今成莽鹵。露冷風高秋意深，久矣無心薦藜黍。運庵先師忌

華亭滿船猶不足，南泉驟步蹈不著。自餘眼底紛紛，總道見月忘指。中秋上堂，僧問：靈山話月，曹溪指月，意旨如何

葱嶺不見宋雲，全身豈在熊耳。石火電光殊莫擬，雙檮堂上再相逢。究竟何曾缺兩齒，雪際傳心，篩灰厭鬼，後代兒孫誰來。你粗羹淡飯當殷勤，四海香風從此起。達磨第二忌

潙山若無後語，儘自包裹得去。其奈用處太過，以致栓索俱露。舉潙山問仰山：仲冬嚴寒年年事，晷運推移事若何？仰山近前叉手而立。潙云：誠知子答者話不得。香嚴至，潙舉前話，嚴云：某甲偏答得者話。潙復舉，嚴亦近前

叉手而立。為云：賴遇寂子不會

我本無心有所希求，今此寶藏自然而至。一林小衆，枯枯燥燥，鶴望多時。珊瑚枕，明月珠，從便採取，只是不得觸諱。華藏和尚至

遠之莫及故曰短，蹤之不即故曰蓬。波波浪浪，西西東東。直鈎已掛雙峨碧，一橈香散蘆花風。承天短蓬遠和尚遺書至

十萬里水雲蹤跡，七百年西竺陳人。眼睛烏律卒，面子黑鱗皴。傳衣付法，惹起埃塵。如今紅紫亂朱紛然而出，豈止乎少林五葉一花之春。斯臨遠諱，薦此溪蘋，萬古千秋累子孫。達磨第三忌

日日日東上，日日日西沉。無為無事者，子細好推尋。除夜　以上輯自惟俊編《婺州雲黄山寶林禪寺語録》　以上《虚堂智愚禪師語録》卷二

偈頌二十四首

約束萬象，聳動人天。風雲會合，來自日邊，縱饒海口亦難宣。入廣利禪寺，謝恩畢，捧勑黄

同門出入，未嘗謾你。諸人苟或粉飾太過，山僧只得掩耳。拈山門疏

雞足峯前，黄梅渡口，逗到冷泉幾掣肘。若謂凌霄非正傳，畢竟衣法屬誰手。野犴鳴，獅子吼，虚空昨夜翻筋斗。徑山石溪和尚遺書至

虎憎雞嘴，聞者畏之。後人衡鑑不高，唤作一俱弄險。舉龐居士因賣漉籬下橋遭攧，女子靈照一見，就父身邊卧。士云：作甚麽？女云：見爺倒地，急來扶起

人間無，天上有，往往無人脱窠臼。四海娟娟洗玉魂，九野茫茫白兔走。寒山子，不關口，也落馬駒羣隊後。中秋

一人要貧貧不得，一人要富富不得。要知貧富不相當，且請各歸本位立。舉徑山法濟和尚因僧問：掩息如灰時如何？濟云：猶是時人功幹。僧云：幹後如何？濟云：耕人田不種。僧云：畢竟如何？濟云：禾熟不臨場。應庵和尚拈云：鳳閣香沈，雪巢夜冷。半窗明月，和氣藹然

朕聞上古，其風朴略。王言如絲，誰敢不聽。忽有人問鄮山，只向他道，風門海口，當風抵浪，也須是箇人始得。舉古德因僧問：如何是冬來事？德云：京師出大黄

鏡容鷹爪，面目可憎。掉發南嶽，下山教化。從臾檮林，對御講經。不守疆界，干犯清平。滅得中峯正法眼，破沙盆子話方行。新天童自蔣山來

舊去新來懶送迎，巖間塚下見枯形。忍成殘臘半宵夢，坐對寒檠兩歲燈。除夜

時遷物换，革故鼎新。土膏未動，商量打春。太公有意垂釣，夫子無心獲麟。正旦

去時曉露消袢暑，歸日秋聲滿夕陽。恩渥重重何以報，望無雲處祝天長。寶祐戊午六月十四日罹難（按《行狀》云：吴制相信讒，懷隙辱師。），七月十三日恭奉聖旨與免無辜，謝恩　以上輯自德惟編《慶元府阿育王山廣利禪寺語録》

一年又一年，循環數不足。本分面上人，猶如隔羅縠。惟有南極老人，扣天鼓三下，望北闕而祝，願我王萬福。正旦　輯自似藻編《柏巖慧照禪寺語録》

外閫不閉，跨天下而無蕲。會得許你，陞其堂入其室。入光孝禪寺，指山門

世尊三昧，金口玉音，親付囑紫泥芝檢。九重城裏鳳銜來，再霑雨露之恩，光闡法門之盛。聲前妙證，聳動羣心。捧勑黄

烟慘淡，石玲瓏。面面厮覷，千峯萬峯，一團和氣在其中。諸山疏

春入湖山，先放花明。御苑人歸上國，南山鶴唳青松。壯皇都人傑地靈，窺紫府洞天風月。透聲透色，

絶類離倫。不妨垂手入廛，畢竟難逃至化。且望闕酬恩，如何祝贊。版圖遠奏堯天闊，萬物呈祥樂聖情。奸峭互陳，對面千里。有人寄僧過夏，南山大開東閤，彼此出家兒。舉雪峯領衆到浮江，乃問云：欲寄二百僧過夏，得否浮江？以拄杖畫一畫云：著不得　以上輯自至源編《臨安府净慈報恩光孝禪寺語録》

此山無路，及門者誰。會得擺手同歸，不然隨我來。入興聖萬壽禪寺，指山門

釋迦掩室於摩竭，因甚坐在者裏。炷拜勤渠，齊之以禮。佛殿

虎頭燕頷，鳥嘴魚顋。盡向者裏納款，且道者裏是甚麽所在。方丈

有意退欄，無心耕牧。九重降勑，如萬國春回。一道恩光，似千日並照。法門騰焕，巖壑生秋。勑黄

日出而作，日入而息。熙熙然如登春臺，且道承誰恩力。府疏

出山而見，入户而知。雞棲鳳巢，隣壁之輝，何必區區點綴伊。諸山疏

勤儉起家，叢林麟鳳。入門一見，和氣可掬，知心不在頻叮囑。山門疏　以上輯自惟份編《臨安府徑山興聖萬壽禪寺語録》　以上《虚堂智愚禪師語録》卷三

自贊

不開罵人口，難以見其慈。不徵衲子病，難以表其師。似之則殃門添禍，否之則鳳林吒之。畫工筆熟不識伊，白髮毵毵箇是誰。

蓬萊宣長老請贊

啐啄之機，臨崖一撥。虎嘯龍吟，一九十八。宣禪自是惡冤家，學伊豈止頂門瞎。

妙源首座請贊

道不可傳，貌不可繪。冷坐深雲，虎視百怪。源遠流長滅正宗，不比瞎驢趁大隊。

無隱侍者請贊

斗斗呞呞，雷驅電馳。垂手未遊象外，虚空突出毫釐。目前難遏密，冷落有誰知。父攘羊，子證之，從教萬古黑風吹。

本立藏主請贊

春山萬疊，秋水一痕。凛然風彩，何處求真。大方出没兮全生全殺，叢林悱悱兮獨角一麟。

無補侍者請贊

計較拙於鳩，軒昂老而虎。聞必意消，見者難覩，到頭不識賓中主。黑漆竹篦劈面揮，師資誰謂無裨補。

法雲首座請贊

咿嗚咿，那得知。寒酸看不上眼，手面移東换西。拱良工手，破衲僧疑。行到水窮處，坐看雲起時。

以上《虚堂智愚禪師語録》卷四

全宋詩卷三〇一六

釋智愚二

頌古一百首

世尊忉利天為母説法，優填王思佛。

紫金光聚照山河，天上人間意氣多。曾勑文殊領徒衆，毗耶城裹問維摩。

世尊因乾闥婆王奏樂，其時山河大地盡作琴聲，迦葉起舞。王問迦葉：豈不是阿羅漢諸漏已盡，何更有餘習？世尊云：實無餘習，莫謗法也。

有三尺劍可以謁趙國，無千里眼難以見懸絲。巍巍堂堂，三界大師。

世尊因外道問，不問有言，不問無言。佛良久。

有力量人終是別，等閑垂手便相應。如何夜半扶桑日，推上須彌最上層。

罽賓國王仗劍問師子尊者。

夜闌天際墮金盆，膝上焦桐調轉新。易水悲風輕按指，鸞膠難續斷腸人。

婆子燒庵。

鐵壁迸開雲片片，黑出輥出月團團。就中明暗相陵處，天外出頭誰解看。

善財童子參五十三知識，末後到彌勒樓閣。

大人境界終難到，到後如何説向人。不是當人知見力，莫將知見別疏親。

達磨見梁武帝。

玉簫吹徹鳳凰臺，古殿深沈曉未開。滿地落花春已過，緑陰空鎖舊莓苔。

《楞嚴經》云：吾不見時，何不見吾不見之處。

石潤非玉，水麗非金。大禹決而西泝，卞和泣而陸沈。美兮渺兮，錯古鶽今。

昔有老宿，一夏不為師僧説話。

泠泠原作冷冷，據《頌古聯珠通集》卷四○改寒溜泣秋壑，纔會滄溟便泛舟。見説許由曾洗耳，可憐巢父更鞭牛。

《維摩經》云：其施汝者，不名福田。

青山白雲，碧溪蘿月。畫虎成狸，只得一橛。

智者大師在南嶽悟《法華》三昧。

好將真法供如來，花在幽巖險處開。一夜狂風吹欲盡，落英無數點蒼苔。

老子曰：視之不見名曰夷，聽之不聞名曰希，搏之不得名曰微。此三者不可致詰。

青牛仙去不虛傳，常用虛中落斷邊。自是一生多蹇薄，夜深猶立古皇前。

南嶽思大禪師因誌公令人傳語。

一口吞盡三世佛，牙如劍樹眼如鈴。斷絃不必鸞膠續，只要知音側耳聽。

夫子曰：朝聞道夕死可矣。

籩豆纔陳見聖人，莫將生死較疏親。清臺曆日煩君看，一歲終須有一春。

倩女離魂。

行弔先桃茢，喪車後紙錢。老胡門下客，寧可入黃泉。

調達謗佛。

萬仞崖頭拚得去，不知何處覓全屍。業風吹起再甦醒，却問如今是甚時。

女子出定。

野水浮輕楫，暖烟生紫蓴。晚來湖上望，多是罟魚人。

王常侍訪臨際，問：者一堂僧，還看經否？

事到無心不苟欺，烏玄鵠白尚懷疑。自非親見黄頭老，争敢逢人泄漏伊。

楊大年參廣慧璉和尚，發明有頌：八角磨盤空裡走，金毛獅子變作狗。擬欲將身北斗藏，直須合掌南辰後。

白石鑿鑿，韞爾美璞。君子道晦，君子斯樂。

陳操尚書一日與衆官登樓，望見數僧。有一官人云：來者總是行脚僧。尚書云：不是。官人云：焉知不是？尚書云：待近與諸公勘過。須臾僧至，尚書召云上座僧舉首。尚書云：不信道。

季原作李，據《頌古聯珠通集》卷二七改咸曾相壺丘子，隨變難分亟原作丞，據同上書改自逃。輸與高樓凝望者，炯然明可察秋毫。

龐居士臨示寂，以首藉于頔相公膝，囑云：但願空諸所有，慎勿實諸所無。

欲識窮原處，何人為指迷。夕陽鷄犬外，桃李自成蹊。

裴相國問僧：看甚麽經？僧云：《無言童子經》。裴云：有幾卷？僧云：兩卷。裴云：既是無言，為甚却有兩卷？僧無語。

曾落石霜機外笏，又扶粗行到唐天。只將四海垂綸手，鰕蟹魚龍一串穿。

黄檗在南泉作首座，甘贄請施財。

抛來撒去互施呈，地獄門前鬼眼睛。覷破髑髏肝膽外，摩醯頂上復重明。

陸亘大夫問南泉：肇法師也奇怪。

裁書擬欲扣天閣，往往無人可共論。因得老生輕指撥，臨風不覺暗消魂。

錢唐鎮使在界上，凡見僧便問：若相契即留止宿。有二僧從馬大師處來，便問：大師有何方便？僧云：即心是佛。便被揖出。又有二僧到，亦如前問。僧云：非心非佛。亦被揖出。

碧油幢下立功勳，韜略雙全獨見君。一自赤心來報國，邊頭刁斗不曾聞。

寒山、拾得預知溈山來國清受戒。

靈山一別無碑記，三度親曾作國王。拄杖再探知遠近，眇然天地略玄黃。

六祖謂門人云：吾欲歸新州。

興在天南天盡頭，未行先已到新州。來時無口去無伴，那更蕭蕭黃葉秋。

讓和尚云：道一江西說法，不見寄箇消息來。

老婆心切日忡忡，恐墮他家虀甕中。消息得來胡亂後，江西宗派好流通。

忠國師問紫璘供奉：甚處來？奉云：城南來。師云：城南草作何色？奉云：作黃色。師乃問童子：城南草作何色？童子云：作黃色。師云：只者童子亦可簾前賜紫，對御談玄。

欲把枯腸盡底傾，出門不覺又叮嚀。勸君及早回頭去，莫待春風柳眼青。

馬祖因百丈再參。

啐啄之機類不同，飛星撒火髑髏空。偷心死盡難為活，忽見金烏出海東。

百丈野狐。

不落因果，突出野狐。人心似鐵，官法如爐。不昧因果，得脱野狐。頂原校：一作項上無骨，頷下有鬚。

黄檗因臨際自大愚歸。

拔樹鳴條浩浩風，雨雲翻覆在其中。千波萬浪驚天地，到海方知信不通。

禾山四打鼓。

草履為冠松作釵，一般瀟灑眼頭乖。語音只在風檐下，終日無人不下階。

夾山云：路逢死蛇莫打殺，無底籃子盛將歸。

擔板漢，没拘束。餓死首陽山，誓不食周粟。

夾山云：我二十年住此山，未曾舉著宗門中事。有僧問：承和尚有言，二十年住此山，未曾舉著宗門中事，是否？山云：是。僧便掀倒禪牀。山休去。至明日普請，掘一坑，令侍者請昨日問話僧來。山云：老僧二十年只説無義語，今請上座打殺老僧，埋向坑中，若不打殺老僧，上座自著打殺，埋此坑中。其僧束裝潛去。

海運鵬摶日月忙，夜光潛透斗牛傍。非惟按劍屢生子，瞎眼波斯滿大唐。

麻谷一日紙帳内坐，以手巾蓋頭，披雲入見，便作哭聲。良久出，去法堂繞禪牀一匝再來。谷去却手巾而坐。雲云：死中得活，萬中無一。谷下牀，作抽坐具勢。雲近前托住云：前死後活，你還甘否？谷云：甘即甘，阿師堪作甚麽？雲推開云：知道你前言不副後語。

五十笑他先百步，何如騎馬勝騎牛。不須重較多和少，歸到家山即便休。

風穴因僧問語默涉離微。

以玉抵鵲，以鼠為璞。眇然視之，太虚寥廓。

首山示衆，諸上座不得盲喝亂喝，尋常向你道，賓則始終賓，主則始終主。賓無二賓，主無二主。若有二賓二主，兩箇即成瞎漢。所以我若立,你須坐;我若坐,你須立。坐則共你坐,立則共你立。雖然如是,急著眼始得。

賓主有無俱遣外,行藏須要出常情。無棲泊處開門户,月到中宵不敢明。

南院因僧問:赤肉團上,壁立萬仞,豈不是和尚語?院云:是。僧便掀倒禪牀。院云:你看者瞎漢亂做。僧擬議,院便打趁出。

日月無光殺氣浮,揭天鼉皷戰貔貅。捷呼獲下真番將,那箇兒郎不舉頭。

鄧隱峯辭馬祖,祖云:甚處去?峰云:石頭去。祖云:石頭路滑。峯云:千木隨身,逢場作戲。便去,到石頭,繞禪牀一匝,振錫一下,問云:是何宗旨?頭云:蒼天,蒼天。峯無語,回舉似馬祖。祖云:汝更去,待他道蒼天蒼天,汝便噓兩聲。峯又去,依前問,頭乃噓兩聲。峯又無語,回舉似馬祖。祖云:向汝道石頭路滑。

石頭路險人難到,到者方知滑似苔。兩度三回雖蹉倒,滿身泥水又歸來。

南泉住庵時,一僧到。泉云:我上山作務,齋時做飯,喫了送一分來。其僧飯了,將家事一時打碎,就牀上卧。泉伺久不來,遂歸,見僧卧。泉亦就卧。僧便起去。

短袴長衫白苧巾,咿咿月下急推輪。洛陽路上相逢著,盡是經商買賣人。

南泉云:心不是佛,智不是道。

昨日因過竹院西,隣家稚子隔溪啼。山寒水肅半黄落,無數歸鴉卜樹棲。

乾峯示衆:法身有三種病,二種光。

貝葉持來曉者疏,自稱靈驗世無如。依然還我唐人譯,始有人知是梵書。

琅琊因僧問清浄本然。

不設陷穽,不揮雪刃。一箭穿楊,神目不瞬。翻思昔日李將軍,射虎之機猶是鈍。

大慈示衆：山僧不解答話，只是識病。時有僧出，慈便歸方丈。

輕如毫末重如山，地角天涯去復還。黄葉殞時風骨露，水邊依舊石斕斑。

德山托鉢。

德山疑處問巖頭，若得渾家一地愁。父又呪兒兒呪父，冤冤相報幾時休。

雪峯問僧：甚處來？僧云：浙中。峯云：船來陸來？僧云：二途俱不涉。峯云：争得到者裏？僧云：有甚隔礙？峯打趁出。僧過十年後再來，峯又問：甚處來？僧云：湖南。峯云：湖南與者裏相去多少？僧云：不隔。峯竪拂子云：還隔者箇麽？僧云：若隔則不到也。峯又打趁出。僧住後凡見人便罵雪峯，有同行聞得去問：兄到雪峯有何言句，便如此罵？僧舉前話，被同行訶叱，與之説破。當時悲泣，常向中夜焚香遥禮雪峯。

見説閩山多蠱毒，千方百計避無由。殤中既有催魂鬼，一命還他方始休。

雪峯住庵，有僧敲門。峯放身出云：是甚麽？僧亦云：是甚麽？峯低頭歸庵。僧舉似巖頭，頭云：我當時若向伊道末後句，天下不奈雪老何。

扶過斷橋水，伴歸明月村。只知途路遠，不覺又黄昏。

雪峯因三聖問透網金鱗以何為食。

新羅拄杖遂寧鉢，衲子家風那箇無。一等看來如墨黑，誰能重與較錙銖。

雪峯自著塔銘。

風冷蒹葭雨作秋，倚門無意謁諸侯。明年再決龍蛇陣，塞北安南一道收。

雪峯云：三世諸佛向火焰裡轉大法輪。雲門云：火焰為三世諸佛説法，三世諸佛立地聽。

烈焰瀾翻為説時，百千諸佛盡攢眉。梵音深遠難明辨，只許韶陽雪老知。

船子囑夾山：汝向後直須藏身處没蹤跡。

藥貼明明説得親，不知裏面僞和真。諄諄教誡癡兒女，莫把方書誤後人。

夾山初住京口寺，因僧問：如何是法身？山云：法身無相。又問：如何是法眼？山云：法眼無瑕。時道吾在座下，失笑，山請益。後散衆，參船子，省發後，歸聚徒。道吾令僧往問：如何是法身？山云：法身無相。又問：如何是法眼？山云：法眼無瑕。僧回舉似道吾，吾云：者漢此回方徹。

始見春花歸閬苑，又逢秋葉墮宫牆。思量世事如翻掌，誰得長生不死方。

趙州因僧辭，乃囑云：有佛處不得住。

有佛無佛不得住，三千里外無憑據。趙州贏得口皮光，却是者僧知落處。

趙州訪茱萸。

世路風波只自知，見人多是不揚眉。呼燈隔夜書名紙，未審朱門復見誰。

趙州庭前柏樹子。

有問自知無答處，却將柏樹當門庭。摇風擺雨經年久，不似松根有茯苓。

劉鐵磨訪溈山。

春暖山桃次第紅，翩翩蝴蝶鬬芳叢。驀然一陣狂風至，輥入花枝不見蹤。

南泉、歸宗、麻谷同去禮拜忠國師。

各將財本去經營，上國如天好趁晴。未出門時先算帳，如何得到鳳凰城。

丹霞訪忠國師，值師睡次，見侍者耽源。

蹤跡由來久避秦，洞門深鎖古臺春。落花只為隨流去，便有尋芳拾翠人。

玄沙問鏡清：不見一法，是大過患。

雪老門高兒女盛，又能情重貴天倫。把家幹蠱雖相似，也有貪盃落草人。

玄沙訪太原孚上座，適值在水樓上打水，沙云：相看。孚云：已相見了。沙云：甚麼劫中曾相見？孚云：莫瞌睡。沙白雪峯云：已勘破了。峯云：作麼生勘破？沙舉前話，峯云：汝著賊了也。

象王象子儘相隨，岸上人看蹄蹈蹄。香草細餐知飽足，歸來不待日頭低。

巖頭示衆：大凡唱教，須從無欲中流出，三句只是理論：咬去咬住，欲去不去，欲住不住。或時一向不去，或時一向不住。

三文買箇撈波子，攤蜆撈鰕得幾年。逆順短長休要説，誰家屋裏竈無烟。

巖頭因沙汰，在甘贄家過夏，補衣次，贄行過，頭以針作劄勢。贄遂整衣欲謝，妻問云：作甚麼？贄云：説不得。妻云：也要大家知。贄舉前話。妻云：此去三十年後，須知一回飲水一回噎。女子聞云：誰知盡大地人性命被巖上座針鋒上劄將去也。

夜半三更來討火，我罵你兮你罵我。相喚相呼歸未歸，也有無衣草裏坐。

石頭因藥山問：三乘十二分，教某甲粗知。

一重山了一重雲，行盡天涯轉苦辛。驀劄歸來屋裡坐，落花啼鳥一般春。

溈山云：老僧百年後，山前檀家作一頭水牯牛。

百年猶恐没人知，名字仍將左脇題。入水入泥難放牧，仰山只得半邊騎。

溈山問仰山：甚處來？仰云：田中來。

一日須《頌古聯珠通集》卷一五作頻來三五度，有時歡喜有時嗔。改頭換面休疑著，元是尖簷帽下人。

鼓山晏國師示衆：鼓山門下，不得咳嗽。

遼空一箭九重城，雪老門風儘有聲。見説禁班宣號令，那邊渾不許人行。

法華舉和尚訪琅琊。

青郊鳴錦雉，緑水漾金鱗。安得郢中客，共歌臺上春。

興化因僧問：四方八面來時如何？化云：打中間底。

塞北烟塵終載静，江南花木四時榮。不須特地分疆界，萬里山河似掌平。

洞山聰和尚嘗自負柴上山，路逢一僧，問：山上有柴，何故將去？山放柴於地，云：會麽？僧云：不會。山云：我要燒。

此行莫擬幾時回，此去應須到五臺。若過曼殊放光處，殷勤為我記歸來。

雲門示衆：析半裂三針箇鼻孔，在甚麽處，為我一一拈出來看。自代云：上中下。

昔年曾扣睦州關，負義忘恩當等閑。見説吴音俱變盡，語言渾似廣南蠻。

雲門云：平地上死人無數。

聲如鳴玉静邊聞，誰信幽人不見君。花到海棠將寂寞，繡衣猶把麝香熏。

洞山冬夜喫果子。

拄天拄地黑如漆，不分晝夜是何物。拈來抛向屎坑中，火裏紅蓮香拂拂。

保福展和尚因僧問：雪峯平生有何言句，得似羚羊挂角時？云：我不可作雪峯弟子不得。

生平《頌古聯珠通集》卷三七作雪峰未審何言句，得似羚羊挂角時。拊擊自然皆率舞，不須羌管隔雲吹。

大隋真和尚因僧辭，隋問：甚處去？僧云：峨眉禮普賢去。隋竪起拂子云：文殊普賢，總在者裏。僧畫一圓相，抛向背後。隋云：侍者將一貼茶與者僧去。

瀰漫萬樹梨花雨，凍玉隈邊水欲流。頃刻陽烏原校：一作烏昇太白，那時渾不見蹤由。

法雲杲和尚示衆：老僧熙寧三年文帳在鳳翔府供申，是年華山崩陷了八十里人家。汝輩後生，茄子瓠子那裏知得。

隔水何人歌竹枝，動人情思極幽微。夜深轉入單于調，月朗風高聽者稀。

龍濟示衆：具足凡夫法，凡夫不知。具足聖人法，聖人不會。

融峯强萬丈，未話足先酸。若不緣雲去，那知星斗寒。

芭蕉示衆：你有拄杖子，我與你拄杖子。

你有更須當面與，渠無背手奪將來。驀然夜半化龍去，黑雨烏風裂地雷。

廣德周和尚因僧問：承教有言阿逸多不斷煩惱，不修禪定，佛記此人，成佛無疑，此理如何？德云：鹽又盡，炭又無。僧云：鹽盡炭無時如何？德云：愁人莫向愁人説，説向愁人愁殺人。

收放隨時雖有準，出門入户恐難論。長安路子君須到，莫向深村草裏蹲。

資福示衆：隔江見資福刹竿便回。

望見刹竿回首去，脚跟三十謾輕酬。人言閬苑花千樹，不直仙家十二樓。

魯祖凡見僧來參，便面壁而坐。

泉石膏盲不可醫，曉鐘吟到夕陽時。天然句子終難得，幾向風前暗皺眉。

修山主悟空法眼行脚，到地藏院避雨，向火，道話。地藏入來附火，乃問：山河大地與上座自已是同是別。修云：不別。藏竪起兩指而去。

火爐頭話幾多般，自己同時作麼觀。直下起來呈兩指，山河大地黑漫漫。

翠巖夏末示衆：一夏與兄弟東説西話。

發言先要心無媿，遣事應須理處長。莫學里閈無信者，從朝至暮錯商量。

雪竇住翠峯時，有數僧到，竇云：新到那？僧云：是。竇云：參堂去。僧纔行，竇復喚云：來，來。僧回首，竇云：洞庭難得師僧到，與你一椀茶喫。

入門句子已先酬，喚去呼來第二頭。到此不知茶味者，紛紛空買洞庭舟。

汾陽示衆：識得拄杖子，行脚事畢。

評漫學屠龍，人言枉費工。自非親到者，難與論窮通。

慈明因泉大道來參，明云：片雲横谷口。

一文一武偶相逢，説盡英雄各不同。俱往長安朝聖主，姓名終是達天聰。

黄龍室中云：鐘樓上念讚。

樓上讚聲資菜色，驀然突出老菸菟。迢迢古路無遮障，雙眼如鈴誰敢逾。

楊岐為慈明忌日設齋。

一棚傀儡木雕成，半是神形半鬼形。歌鼓歇時天未曉，尚餘寒月挂疏櫺。

白雲端和尚云：此事如萬仞崖頭相似，總知道放著手便撲到底，只是捨命不得。法華今日不動一毫頭，教諸人到底去也。擲下拄杖。

擬從險處放身時，那箇商量不皺眉。不動毫芒親到底，眼睛皮綻蓋須彌。

保寧勇和尚示衆：釋迦老子四十九年説法，不曾道著一字。優波毱多丈室盈籌，不曾度得一人。達磨不居少室，六祖不住曹溪。誰是後昆，誰為先覺。

烟暖土膏民氣動，一犁新雨破春耕。郊原眇眇青無際，野草閑花次第生。

五祖演和尚因僧問：如何是臨際下事？祖云：五逆人聞雷。

五逆聞雷慊慊然，尋常争敢與人宣。自從六十輕酬後，濟北驢名不浪傳。

五祖因僧問：如何是佛？祖云：口是禍門。

坑坑坎坎，嶮嶮巇巇。一言易出，駟馬難追。

佛眼示衆：千説萬説，不若親面一見，從不説亦自分明。王子寶刀喻，衆盲摸象喻，禪學中隔江招手事，望州亭相見事，深山巖崖處事，此皆親面而見之，不在説也。

寧辨人間是與非，生來漏湑眼如眉。不因説著當年事，萬古千秋那得知。

虎丘隆禪師參死心，心問：你是甚麽僧？丘云：行脚僧。心云：你是何處村僧？行甚驢脚馬脚？丘云：廣南蠻道甚麽？何不高聲道？心云：却有些衲僧氣息。遂留過夏。

客裏謾牢落，天涯多故人。好懷無處寫，舊話得重論。殘雪未消石，梅英先破春。徘徊殊有約，來此續芳塵。

大慧室中云：唤作竹篦則觸。

野犴鳴，獅子吼。喪盡生涯，不容開口。

應庵云：道不得底句，不在天台，定在南嶽。

耆婆去後無消息，病者憧憧日扣門。百草自知無識者，叢叢垂泣在籬根。

密庵破沙盆。

直甚破沙盆，掀翻海嶽昏。頂門真箇瞎，千古累兒孫。

松源師祖臨示寂垂語：大力量人，因甚擡脚不起。

力難擡處為君言，神駿何勞更著鞭。一躍洞天三十六，到時凡骨也成仙。

開口不在舌頭上。

含糊一世無分曉，開口何嘗在舌頭。萬古業風吹不盡，又隨月色過羅浮。

明眼衲僧因甚脚跟下紅絲線不斷。

脚跟不斷紅絲線，掉臂乾坤自在行。塞壑填溝無處著，歸來依舊兩眉横。

揚雄著《太玄》乃云：世不我知，當有子雲復生。此亦無媿之詞也。蒙釋氏之子，大聖之所覆，每慨念其慧命幾若懸絲，食息芒負，遂慭志力究，久而乃得。逮巡禮諸祖，遍歷湖湘，對境思人，輒取其機緣精奥者，間為頌之。自秀溪復鄮嶺，僅四十餘則。辛丑夏，謝事芝峯，分簷霞谷。谷深緣絶，復取佛祖已下皆唐公卿宿衲機契者，萃成一百則。初不以儒釋道優劣之，求其正而已。其間或凝或流或隆或煞，不可以事拘，不可以理遣。儻其中之人一見而皦如也，豈敢竊其賞識，相與擊節，直欲報佛祖萬分之一，是吾願也。淳祐二禩壬寅月正初吉，智愚謹書。以上《虚堂智愚禪師語録》卷五

全宋詩卷三〇一七

釋智愚三

離雪山像贊

弊衣纏瘦骨，衰髮覆蒼顔。世上底時節，剛然要出山。

彌陀古像贊

有願度生，垂手接引。含生不來，物無可愍。

净名居士贊

一默雷轟，是非頓起。示疾毗耶，大蟲無齒。

草衣文殊贊

是何等書，讀不成句。簑短髮長，手脚俱露。

觀音大士贊

寶瓶翠柳常隨手，又向青蓮葉上行。五濁世中無垢染，不須慈眼視衆生。

天龍恭敬贊

雲散千峯曉，神龍應念來。補陀巖上士，心識幾時灰。

貧女呪水過海贊

柳枝活，盂水靈。一呪毒發，百川俱鳴。善財隔海覓不得，無數遠山堆亂青。

魚籃贊

顧顧不釋手，提起復低頭。自笑無人買，腥風吹未休。

水石贊

非水石可憑，非音聲所及。花笑鳥啼，圓通證入。

圓相贊

黑月則隱，白月則現。狐魅衆生，乞無再面。

金沙贊

琅琅流水聲，懷抱盡情傾。不識春風面，雪消梅影清。

金書大士心經爲圓相大悲呪身衣贊

以波羅蜜多圓其相，以喝囉怛那蒙其身。呪咀從此發，還著於本人。不解圓通二十五，吉祥靈草暗藏春。

善慧大士贊

萬派同源，三教一舌。咄者尊慈，弄巧成拙。

渡蘆贊

江空蘆葉冷，風静衲衣輕。不得梁天子，無人知姓名。

面壁贊

嵌枯石老，臞瘦衣荒。死水垂釣，陸地乘航。當初好采見梁王。

西歸贊

壁觀九年，葫蘆按水。無計脱身，强分皮髓。隻履栖栖何處歸，月明後夜思熊耳。

智者大師贊

太虚無雲，清鏡無痕。如意舉手，花雨繽紛。契南嶽不傳之旨，見靈山未散之人。妙圓體極，即相非真。

須菩提贊

持貝葉，倚瘦藜。解空未盡，説是説非。無端引惹憍尸。

布袋和尚贊

一肩駝不起，兩脚走如飛。業風交輥笑嘻嘻，問渠是誰渠不知。

夢裡昇兜率，閻浮待下生。不須呈懵袋，亞毒已流行。

放拄杖睡贊

能所頓忘，佯佯瞌睡。一息不來，百川鼎沸。

寒山拾得贊

鬖下偷僧飯，崖根抱虎眠。懶吟長短句，來把梵書看。真箇看，牛皮也須穿。

帚柄不忘，寸心未息。冷眼看人，多少荆棘。咄哉遺棄小兒，豐干草裏拾得。

寒山背身立贊

駡豐干，是者漢。竹筒盛菜杻，指出教人見。其實只要知機，不欲彰頭露面。

拾得指空笑贊

木屐竹帚，粘脚綴手。古佛家風，泥猪疥狗。指天大笑一聲，驚得虚空倒走。

豐干騎虎贊

萬德不將來，猛獸自馴伏。一嘯出林，陰風拔木。只知拊掌放憨，不覺山青水緑。

寒拾問訊贊

金銀窟裏出來，彼此囊無一鏹。鬬貧不鬬富，做盡窮伎倆。大蟲來也，急須合掌。

寒山作吟身勢贊

一句子，有也未。蹙斷眉頭，做盡手勢。靠倒維摩記得無，至今一默喧天地。

拾得磨墨過筆贊

頭戴樺皮冠，脚穿破木履。有磨墨過筆之功，無二千酬瀉瓶之水。捉敗了也，國清寺裡偷佛飯，元來是你。

栽松道者贊

鬱鬱冰壑姿，株株手親植。欲知來去蹤，雙峯聳寒碧。

蹈碓老盧贊

用智恰如愚，無人辨得渠。粃糠和月擣，意在脱衣盂。

神光參達磨贊

石禪寒到骨，松雪照清眸。此道如山重，難將一臂酬。

馬祖接石鞏贊

草枯山欲冷，逗曉入重雲。一箭無雙中，何如射一羣。

丹霞遇龐公贊

邂逅漉籬翁，言談耳又聾。不知何處去，破帽裹西風。

良遂見麻谷贊

閉户復携鉏，雲深路更迂。須知形影外，肝膽向人輸。

藥山和尚贊

以梵夾，對凈瓶。一字不掛眼，常轉如是經。

懶瓚和尚贊

石林原校：一作牀冰冷，糞火芋香。深撥淺得，滋味最長。

支遁和尚歸休圖贊

忍寒騎瘦馬，雙眼碧於秋。寄語王公道，無錢買沃洲。

郁山主贊

日暖跨驢出，溪橋款步行。因思遭攧處，寸草不曾生。

政黄牛贊

朝看白雲去，暮騎黄犢歸。山窮橋斷處，鷺鷥那得知。

亮座主贊

虚空講得，參天荆棘。一喚回頭，杳無蹤跡。夕陽掛樹梢，依然隱不得。

泉大道浴湫圖贊

拚身躍入深淵，等閑握起龍首。腥風怒雷，烏飛兔走，驚得慈明幾掣肘。乞兒伎倆不多，千古膾炙人口，好將白棒劈脊摟。

朝陽對月贊

寒暑不到處，山窮石自枯。涕零知骨冷，隨分著工夫。一卷無題目，持來傍石根。眼昏嫌字小，華梵恐難分。

趙州和尚贊

眼似鼓椎，頭如木杓。欲識趙州，八十行脚。

臨際大師贊

黄檗棒頭，大愚肋下。後代兒孫，烏焉成馬。

普化和尚贊

呈真嚇殺盤山，對衆侮慢臨際。静處畏影逃形，鬧裏掀天撲地。鎮州城外活埋，至今雞驚犬吠。

雲門大師贊

掉發睦州，脱賺靈樹。赤體露金風，清波無透路。阿師脚跛不能行，休對乾峯南嶽去。

玄沙和尚贊

不出飛猿，皮下有血。釣魚放生，死中得活。譏雪峯用力太過，笑靈雲根底未徹。只知意在鈎頭，不覺眼中著屑。阿呵呵，誰辨别。萬頃烟波，一鈎新月。

船子和尚贊

烟水寒，扁舟小，華亭江上相尋討。負命底劈口一橈，點頭處狼藉不少。父子怯相酬，誰道翻身早。出黄蘆，入紅蓼。收拾絲綸，江天未曉。

太白興禪師贊

泯跡深藏一塢雲，仙官何事苦相親。修行不是無靈驗，懶作關門閑户人。

宗庵主贊

袈裟裹草鞋，赤脚桐城走。只者破生涯，抵死揚家醜。

慈明圓和尚贊

去見神鼎謳，絶叫屋梁倒。不得脱手法，打折你驢腰。

楊岐會和尚贊

灰頭土面，弄假像真。三脚驢子，獨角麒麟。

雪竇顯禪師贊

凝而不結，混而常清。挺然嶽立，卒乎砥平。擬師之道兮虚空釘橛，美師之德兮色重裹裹字疑衍膠青。妙高萬疊兮春歸錦鏡，翠螺一抹兮霜後洞庭。在彼在此兮初無朕跡，或舒或卷兮水赴滄溟，遐想高躅兮實我法城。

黄龍南禪師贊

山泐潭之水，奮衡山之雲。三關多漏網，誰是負恩人，晦堂之下有清新。

白雲端和尚贊

接納少機關，勘驗無眼目。時時膈氣築，只要煨蘆菔。楊岐其師，白雲其侶。一鳴鳳臺，凌跨今古。

保寧勇和尚贊

性燥衲僧，佒佯座主。抹過村草步頭，直下挨肩佛祖。

五祖演和尚贊

師之道兮不可得而稱，師之德兮不可得而述。師之行兮不可得而聞，師之業兮不可得而見。道德行業，聞見稱述，世人昭昭然若其。荷佛祖慧命於將仆之際，轉凡夫於賢聖之域。是謂之東山老人，吾不得而知焉。

圓悟勤禪師贊

尸碧岩，謗乳竇，擊高庵，據颾阜，此皆人所議論不到。説甚麽減竈法無文印，盡情約下置而勿論。或曰毁譽不在乎兩端之間，蕎苴翁別有長處。

虎丘隆和尚贊

柔弱丰神，骨器剛大。小喜多嗔，貴買賤賣。形影師資二十年，所以圓悟目之為睡虎者也。

宏智禪師贊

金鳳初鳴，玉人啟户。露冷風高，子歸就父。

大慧禪師贊

前無釋迦，後無達磨。罵雨罵風，衹要做大。黑漆竹篦胡打亂打，是佛是魔劈面便唾，因茲天降其咎。衡陽梅陽，十七年吞饑忍餓。將謂萬里生還知非，元來一星子不曾改過。者般瞎禿得人憎，天上人間無兩箇。咄。

應庵和尚贊

奮劈胸拳，撈摸虛空骨髓。開活入眼，瞎却自己頂門。從兹海湧峯危，是謂東山正續。

密庵和尚贊

行脚不到大徹堂前，剛要凌滅應庵門户。指柳罵楊，吹沙嗅土，却笑謝郎眉忒竪。欲識中峯箇裏人，無尾大蟲不是虎。

石窗和尚贊

秋鷺翹松，寒蟾卧水。芝峯老骨雖不在明白裡，離婁師曠覓無蹤，千古萬古祇者是。

松源和尚贊

水庵室裏争鋒，一掌打得耳聾。從兹唤鐘作甕，滅却楊岐正宗。自謂水菴可入，却言不識中峯。

運庵先師贊

行脚祇參松源，早是信卜賣屋。更説東山正傳，大似老馬嚼粟。近人情，無面目，引得兒孫阿轆轆。報恩盡力讚揚，也是鷺股割肉。

南明不庵悟和尚贊

飛來峯下，打失護身符子。南明山中，罵詈三平祖師。闡提薄福，俗眼難窺。夫是之謂不庵老古錐。

南嶽修首座贊

雲霧充饑腹，烟霞補破衣。祝融峯頂寺，幾度對斜暉。

靈隱石鼓夷和尚贊

面目嚴冷，狠氣如雲。攧掇翁木大，顛倒上樹。品藻果罵天，見地不親。咬牙嚙齒，走石飛塵，鷲峰別有劫壺春。

靈山古雲粹法師贊

三觀互融顯其機，十門不二蕩其跡。如月印水兮光入其微，如春在花兮香襲其袱。是謂教庠之英，北峯之嫡。描邈將來不如伊，從教大地無人識。

玉泉普明法師贊

金石絲竹難以類乎聲，碧雲清風難以同其調。玉光幽潔，花信融通。妙在有無外，豈墮空假中。張生伏筆，何處形容。此是適庵老子之常準，肯與能詩能畫者同。藉藉流芳靈苑寺，眇然千古仰高蹤。

出山古像贊

金鐘夜擊九重城，六載歸來改瘦形。待得衆生心眼活，雪山依舊碧崚嶒。

維摩示疾圖贊

一生口嘴嘮嘈，偏要攙行奪市。詐病毗耶離城，引得許多閑神野鬼稽首浄名。咄，我不識你。

布袋回頭笑髑髏贊

咄者髑髏，荒草堆頭。斂眉一笑，萬壑雲收。

三教合一面贊

龜證無功，會三歸一。各有面子，不欲露出。

懶瓚和尚贊

枕石苔生，崖藤影緑。天書促行，芋子未熟。

蝦子和尚贊

清溪影寒，以蝦為目。無柄笊籬，東摝西摝。

郁山主贊

略彴蹈翻天地黑，盲驢惡拗弄蹄行。從茲不到茶川上，溪水自涵山影清。

政黄牛贊

犢角銅瓶掛曉烟，谿山多是往來篇。不知底事吟情險，吹落秋風白鳥邊。

朝陽毳衲贊

鍼無肉，補不足。傍晨曦，倚岩谷。怕見黄葉飛，未風先皺眉。

對月了經贊

欲要了，無可了。山頭月，圓又缺。只好罷休看，夜深風露寒。

寒山拾得贊

五峯石上，雙澗松邊。是者伎倆，莫罵豐干。

上竺柏庭月法師畫像贊

厚重如山，寬大如海。丹青有神，莫擬其踪。僧繇筆妙，難狀其跡。如上國之春歸，香風四吹。如銀蟾之出水，萬象歛影。是為三教融通，大法之宗主者也。

無準和尚禪者請贊仍侍立贊

移圓就方則辛，抑方為圓則苦。枘鑿不相入，是無準門户。五峯峨峨兮等觀，萬象撥撥兮誰覩。霜降水落，子歸就父。

寶嚴崇辯訥法師畫像贊

身槁如柴，眼明如電。衡鑑台嶺，品藻山外之宗。揮呵悟門，不墮文字之相。以訥為辯，以戒為礙。横拈麈尾雨花傾，萬象森羅俱鼎沸。

寶林遠和尚遊山像師孫侍行贊

德臘俱高，孫枝益茂。以勤儉苦節中興隸業，以老氣餘韻平視諸方。眉稜垂雪，杖竹凝霜。步趨有人兮清風可繼，澹常古道兮劫外徜徉。

禮寶峰馬大師塔

舌貫鼻端，牛行虎視。衹者形模，轉增聾戾。萬丈寒潭兮泐水無波，千仞寶山兮浮圖鎖翠，八十四人兮猶居學地。

禮大梅常禪師塔

鼯鼠聲中，顛來倒去。馬領驢腮，不須解註。

禮龍牙遁禪師塔

翠微際北腕頭短，洞水逆流方到家。年老脚跟宜著襪，不能隨處蹈泥沙。

禮石霜千僧塚塔

萬指恬然一路歸，髑髏對對眼如眉。須知一色明邊外，生死如何搆得伊。

禮石霜慈明大師塔

水繞山圍獅子窟，赫赫金毛從此出。野犴既死狐兔悲，天下叢林鬧聒聒。我來不敢重步行，森嚴匝匝清風生。三拜無言出門去，烟笛一聲牛背横。

禮明招謙禪師塔

藤深蔓短塔纍纍，以眼名龍恐是伊。放下泥盤叉手笑，阿師曾誤矮闍梨。

禮牧護和尚定身塔

牧牧純來歲月多，至今殼漏未消磨。莫嫌截斷蘇溪水，尚有禪巖掛緑蘿。

禮明教大師塔

道樹將摧皇祐間，力扶危處幾多難，因思今日安然者，忍數空庭竹幾竿。

覺範和尚塔在同安

説文字禪籠絡虛空，駡古塔主不明要旨。褒貶抑揚，流行坎止。棲鳳邑高插杳冥，落花啼鳥誰相委。

以上《虛堂智愚禪師語録》卷六

釋智愚四

釋雪竇革轍二門

迦葉聆箏起舞，淵明聞鐘皺眉。息耕斗室危坐，半窗凍日熙熙。

大功不宰

碧玉溪頭黄葉村，不聞花鳥到籬門。憨眠似覺底時節，山月半規新吐痕。

善應無方

兩脚蹣跚林葉稀，去來初不涉離微。靈機未轉已先照，蹤跡擬從何處歸。

緣對

石牀偃月夢魂冷，溪水寫真癯影清。平生矻矻自忘我，世外不知誰可盟。

君子有所思

孤舟十萬里，委命在危流。五葉芬芳後，神州法已秋。

閲宗鏡録

百卷非文字，精探海藏深。老胡三寸舌，鏡主幾生心。力破塵勞網，能銷曠劫金。歸原何所似，花底囀靈禽。

鑄印

袍著金花勒小驄，揚鞭幾度月明中。黄河界上空來往，直至如今未樹功。

銷印

鐵鞋無底飽風霜，歲晚歸來卧石牀。一對眼睛烏律律，半隨雲影挂寒堂。

回鴈峰晚望

孤笻影落清湘外，看盡歸雲歛復翔。身世悠悠心自許，幾回到此立斜陽。

衡陽龐居士庵

居士當年錯用心，渾家不睦到如今。摝籬柄短無人買，空自蕭蕭風滿林。

登祝融峰

南嶽諸峯七十二，惟有祝融峯最高。九千七百三十丈，下視寰海如秋豪。岷峨華頂遠俯伏，九華五老來相朝。上封老僧日無事，興來以手摩雲霄。

方廣寺

雲中玉磬無時響，木末金燈永夜明。勝地正緣人罕到，古今門户未嘗扃。

訪趙野雲不值

久思閑對老維摩，欲話衆生病痛多。丈室無端鐵門限，未應容易野人過。

圓書記之錢唐

誰管鮎魚上竹竿，拚身捱得髑髏乾。者回歸去西湖上，犢草鷗波不亂看。

彌藏主歸潮陽

穆穆叢林見老成，江湖約我復同盟。鰐鄉未話腥風起，春雪初消好問程。

斷　橋

瞎驢一蹈兩頭空，便與尋常路不同。寸步却成千里隔，紛紛多在半途中。

訪南湖晦巖講主

講堂迷却散花人，百萬茫茫徒苦辛。絶處逢生機路活，定應尊者是前身。

謝戴悟庵

深荷城東老浄名，菜園捨了又齋僧。磨刀石子看看盡，居士肝心鐵打成。

觀山水圖留休禪者

近遠何多趣，難將尺寸求。向來披嶽頂，今已徧神州。水肅蒼林晚，寒生玉井秋。圓蒲冷相對，時與話峯頭。

求猫子

堂上新生虎面狸，千金許我不應移。家寒故是無偷鼠，要見翻身上樹時。

通禪客進納

衲僧肘後箇靈符，誰管從前有與無。片板不能擔到底，又來依様畫葫蘆。

送僧見龍泉不庵

太阿横按血淋漓，鐵作心肝也皺眉。入得門來翻死款，不庵未必肯饒伊。

圖觀音背水陸幀

吉祥大士捨全身，要使迷途脱苦輪。無奈衆生難教化，天堂地獄又重新。

霞谷清夜

執畫蘊丘壑，冥機未策勳。瓦匜消古篆，石榻伴歸雲。勝事知如許，餘生無所聞。燈花冷相笑，何可補毫分。

送先侍者

半怯春寒病未甦，出門無力為三呼。諸方辣手如靈驗，秋晚應歸捋虎鬚。

送文瘦牛

一味清寒骨拄皮，且無心力去扶犁。江湖儘儘有閑地，况是春風草長時。

玄黄不真

萬物自全璧，蒙莊安可齊。月高松影細，風急鴈行低。誰把丹青入，難將竹帛題。寒山應笑我，携手隔雲泥。

黑白何咎

世事亂如麻，情人未到家。連延深院雨，滴碎後庭花。舊話幾時别，音書未有涯。暝烟將四合，何處起胡笳。

謝芝峰交承惠茶

揀芽芳字出山南，真味那容取次參。曾向松根烹瀑雪，至今齒頰尚餘甘。

棘林

海鳳飛來不敢棲，舊條新刺利如錐。茫茫出得出不得，只許拚身到者知。

趙開府訪霞谷次韻謝之

旌幢天外見，縹緲谷中來。望重草先偃，山靈雲自開。禪衣坐幽石，椶柄拂清埃。勳業凌烟上，難教隱釣臺。

茶寄樓司令

暖風雀舌鬧芳叢，出焙封題獻至公。梅麓自來調鼎手，暫時勺水聽松風。

送鑒座主

紙燈吹滅尚迂回，直至如今心未灰。臺石蘚花將半蝕，不知焚鈔復誰來。

僧禮補陀

孤蹤抹過海門東，吴越溪山幾萬重。一拜起來還一拜，不知何處見圓通。

送騰禪者

別我芝巖舊主情，松堂月冷露華清。古桐高佩知何處，會聽百灘流水聲。

遊棲霞觀

海上多幽蹟，尋碑始得名。仙成丹竈冷，霞暖地花生。有鶴久不死，見人長欲鳴。壇西羽衣子，知我不虛行。

僧之金陵

良宵桂月耿中庭，蛩在青莎葉底鳴。别我寸心如寸鐵，不知南國幾多程。

寄晦巖佛光法師

對文箋釋通人到，破句分科作者難。不見澧陽焚鈔者，棒頭拈出尚寒酸。

昌老號竹谿

疏疏緑影釀寒清，高節虚心久得名。不見月明流水處，好風時引鳳雛聲。

潭老號古淵

蛟龍窟宅初無底，神禹難窮淺與深。好把凝流消息子，沛然為雨活叢林。

溥禪者西還

梅影稀疏蘭葉香，吴中水草越中行。荒田觸目無人揀，款款歸來帶月耕。

僧字止中

錸實而食，擇木而棲。靈靈自晦，物物難齊。秋斂巢虚睡穩，夢破月印清溪。

閲侍者鏡潭

雨過天風静，波光似鑄成。不須頻鑑照，妍醜自分明。

牧童

烟暖谿頭草正肥，儘教牛飽卧晴曦。捲桐又入深深塢，吹盡春風不自知。

漁父

菰蒲葉冷暮天低，斷岸舟横水四圍。祇有一竿湘楚竹，未嘗容易下漁磯。

曾禪人唯之

當頭一諾未爲親，大道難將語默分。不聽晚風江上笛，一聲吹破碧天雲。

楫禪人之太白

明明不可銘，斷續復誰聽。海上有癡絶，山中無白丁。天風生寂籟，霜月下寒汀。子去忘幽討，重巖猶未扃。

萬松山贈張省元

鑽仰無門扉不通，静如古井鑑秋容。樂天自得道中術，時引清風吹萬松。

僧遊台鴈

音旨雙消不可聞，捲衣南去與誰論。龍湫水澀石橋滑，得路應敲尊者門。

牀屏怪松

蛟幹虬枝巧作蟠，鱗鱗鬣鬣自生寒。卧間不致爲妖去，只就濤聲起處看。

僧歸越

露激風摶岸草秋，攬衣何處上蘭舟。無方始是知方者，莫效支師泥沃洲。

遠塵軒

開窗種脩竹，鑿石搆方池。良夜月來此，勞生幾箇知。

遊金華洞天

颼颼崖溜静邊聞，到此仙凡咫尺分。鶴駕朝真何日返，洞門終日鎖寒雲。

寄婺守趙玉堂

儒釋同科到者稀，道融冰雪鑑精微。和平堂上公餘坐，静看寒雲片片歸。

題書畫什後

發揮多古跡，優彼色絲辭。逸少觀鵝處，玄暉縱墨時。室虚蛟自觸，神久樹生悲。得處何機感，尋披當爾思。

冬夜示俊侍者

守得烏薪暖氣回，夜深寒重易成灰。因思百丈重挑撥，轉使溈山眼不開。

靈竺權衡之訪婺守會雙林

不將一字顯今宗，隨處溪山老眼中。想見金華舊知己，未容明月照歸篷。

西蜀言道士昔同夏嶽山三十年後著僧伽梨衣復會于雙林

不拜星壇不步虚，裂冠來下死工夫。地爐深處燒紅葉，曾記三生舊話無。

演僧史錢月林

濬發靈機口角邊，斷崖飛瀑逼人寒。若言列祖有傳受，迦葉無因倒刹竿。

淵禪人之乳峰

淵默雷聲善發機，鈍根難下頂門椎。青霜黄葉壓窮野，急急歸來見隱之。

羅漢樹

稽首如來種，悲生末世中。枝枝成小果，葉葉現神通。海月分清影，天香逐曉風。願惟迷己者，覩此出樊籠。

上四明守黄侍郎辭延福

雨化仁陶德愈馨，如春物物自生成。昔年秀水曾觀政，却與鄞江一樣清。石牀久矣卧雲林，六十銀絲兩鬢侵。海上浮杯心已息，掬溪容我竊棠陰。

寄寂照庵主

遠引高蹤繼覆盆，一龕枯寂是前身。秀峯影裏閑揩眼，見盡深雲未到人。

示祖躬禪人

祖意明明在爾躬，視之不見用無窮。擬心更欲重提掇，一片驚秋葉墮空。

安座主更衣

良遂曾敲麻谷門，不相漫處主賓分。子來親見虚堂叟，兩耳垂肩坐白雲。

天竺送僧之昌邑

肅然凝目引秋光，帆過東溟白鳥行。不即不離雖自肯，海山誰為説經王。

動静雙照

舉息冥方所，徒稱宋地僧。百年應自擲，一飯若為憑。風暖鬭山鵲，烟消露石稜。分甘雲水共，終日任騰騰。

物我兩忘

居常多不器，情謂盡方知。有眼挂空壁，無心合祖師。衲穿隨手補，客至下階遲。或問虚堂叟，慇懃説向伊。

慧禪人之萬年

鼠入錢筒伎已窮，十年蹤跡眼頭空。如今又問平田路，山舍半吹黄葉風。

示明禪者

面壁風規久寂寥，兒孫旋旋立新條。不知斷臂緣何事，血灑空庭雪未消。

齊禪者之道場

峯從險處自孤起，石到虎邊飛冽泉。門户既難子宜去，莫辭深雪立庭前。

厲道人字弗云

身墮虛空如夢覺，萬機截斷任天真。單單留得孃生口，箇事如何説向人。

靈山聽猿齋祖首座號無傳

龍猛因緣會北齋，轟轟南嶽到荆溪。宏綱若謂無人舉，誰聽孤猿月下啼。

酬覺如居士

覺體如如不變時，能驅萬象入毫釐。毗耶城裏無人識，一默雷轟只自知。

北山庵居

祖擔終難荷，巖棲儘可攀。愛閑嫌日短，遇興不知還。谷嘯風搏虎，窗明月啟關。餘生無異念，贏得放疏頑。

恭欽二禪人之長庚

難兄難弟未全知，毒種從來眼戴眉。若到鄞江有雲處，九峯寒碧鎖清池。

訪月上人幽室

竹裏池清雲屋深，萬機冥合道人心。有門不是無人到，自是靈蹤不可尋。

寄東湖溥侍者

聲前未舉已先知，曾用輸機陷國師。險處與誰分勝負，蘋花汀草暗相宜。

送泰闍梨

井梧初墮別芝園，樓笠秋行過海邊。沙上有人搏律虎，謂言經鈔未曾詮。

送涇禪者

白鳥明邊秋思遠，逢人未話齒先寒。他年祖室争頭角，雲外歸來略借看。

溥禪人歸疏山

故山臨汝夢秋江，况是蛩吟月到窗。不住京華南蕩寺，法身歸去問枯樁。

立禪人平山

依依遠勢接雲根，有路何曾氣急人。澤廣既知藏不得，異花靈草自生春。

宣知客歸江心

風帽雲巾歷所期，問津何似到家時。曲闌半倚垂楊外，潮落潮生衹自知。

寄節維那

幾度忘言話克賓，叢林音響許誰聞。海山秋夜對孤月，應記北高峯頂雲。

酬李新恩惠竹杖

一枝蒼玉寄宵人，遠勝邛州九節紋。添得老來山水興，指空敲石看飛雲。

元藏主遊方

駡詈瞿曇説脱空，年來分外惡情悰。吴山越水相逢著，放出蟭螟咬大蟲。

得頤

地窄天寬古所聞，誅茅分得半谿雲。有時夢覺蘿窗底，懶聽前峯鹿叫羣。

冷泉送文禪者之天台

惠理呼猿日，葛仙成道時。地勝人難到，去來誰得知。

送信禪人

誠信之言是道根，出門句子要區分。溪山到眼知慚愧，莫學叢林飽見聞。

正禪者歸菴

方廣靈蹤為絶槩，到者紛紛殊不會。亂雲深處著禪菴，狐猿啼在蘿窗外。

文禪人臨哀北堂

捲衣東去淚沾巾，蘭谷風香二月春。天地豁空舒笑眼，不知誰是報親人。

寄雪竇足首座

光芒曾不著纖埃，拂拭磨礱心已灰。秋夜不禁猿嘯月，與誰同上妙高臺。

衍聳珙三禪德之國清

誰知三隱寂寥中，因話尋盟別鷲峯。相送當門有脩竹，為君葉葉起清風。

送僧之嚴

對蒲方話蘿窗底，又握山藤破曉烟。領取桐江到家句，子規啼在月明前。

送逢侍者

銷鑠精微復見人，青鞋蹈破幾重雲。鷲峰孤頂來辭我，祇有秋光可共分。

本禪人爛柴

祇為到頭乾不盡，縱饒見火亦難吹。年來歲往消磨去，不許春風管帶伊。

崖泉應虛室

天籟發中静，峰高遠出雲。有來非眼聽，無處足心聞。蒲冷禪衣弊，窗虛月影分。大功終不宰，縱爾自云云。

題漁磯

秋竿倚石臺，沙鳥暗相猜。一草有時動，幾朝魚不來。

電巖相者

妙處未形三寸舌，神眸一爍更無餘。季咸退舍許負死，湖海識人方見渠。

大義庵主

山根旋縛尖頭屋，溪上新開數畝田。老矣不能重展手，倚筇凝目送寒烟。

傅禪人空谷

洞然非洞亦非盤，箇裏有神誰解看。未啟口前先應諾，聽時莫被耳根謾。

送小師無二回中川

震江來訪竺山春，貴爾尋師已得人。莫學橫趨未歸客，至今塵土滿衣巾。

此軒

一梁對一柱，綽綽自橫陳。誰擬復誰即，温然無故新。

古梅

千年苔樹不成春，誰信幽香似玉魂。霽雪滿林無月曬，點燈吹角做黄昏。

獨舫軒

踪跡渾如漾緑漪，畫橈曾不近漁磯。有時夢落秋江去，短笛横吹載月歸。

霞光亭

靈跡宣符豈易量，故應祥彩發天藏。真風不逐三韓去，直至如今草木香。

泳侍者不受育王藏主

劫空田地自由身，眼綻無心典竺墳。探討正音誰可擬，調高終是遏行雲。

明知客江心訪竺峰

歷盡風霜貌不枯，髑髏前下死工夫。檮林句子千鈞重，江上歸來記得無。

對雪

郊郊寒翠濕凝雲，暗剪水花巧著春。多話風前初重竹，可思深夜立庭人。

上竺池院歸鷲峰菴

鷲嶺心旌動，池邊影漸疏。一生無定力，七十尚移居。細雨洒松塢，涼風挽竹輿。白雲相望處，跼蹐自渠渠。

次白雲端和尚韻禮楊岐會禪師塔

來拜東山祖，峯高日未央。遐瞻心已足，右繞興何長。啼鳥驚人去，飛花過水香。西河牙爪在，曾不媿汾陽。

禮道吾雷還塔在石霜

祖師靈骨見應難，霹靂聲中過別山。父子祇緣機不密，翻成千古是非關。

謝夢庵居士性宗集

性本無宗夢亦非，萬機難透一真機。有時暗與乾坤合，笑看春花秋葉飛。

寄崇福源長老

一髮千鈞適此時，風前無語皺雙眉。松源正脈將枯竭，濬發靈源復是誰。

愷藏主號庾嶺

南宗北祖爭衣處，雨洗風磨石尚新。靈跡豈知千載後，叢林猶有昔時人。

白縊寄夢匃

黄秫爛春如切玉，醉人風味忍沾唇。火爐頭話煩君舉，莫作粘牙綴齒人。

淨髮吴生

適意多雲水，尋幽訪所知。曾於竺峰下，會見寶溪時。巧理數莖髮，清分兩點眉。忽忘心手處，何謂不如斯。

村樂圖

一年田地熟，賦外樂天真。便不打鼓笛，也是太平人。

自賦息耕

葉深烟氣暖，秔軟骨毛香。巢許垂清節，臨流不爾忘。

送鄱陽復道者

相逢道人漆雙瞳，衣衫零落迎秋風。甘將百骸作泥土，冷笑萬事如展蓬。當今祖道薄如紙，瓦缶雷鳴鬧人耳。正音却作一線懸，兩手枕胸淚如洗。行行不惜兩莖眉，魔宫虎穴俱探窺。山窮橋斷始得路，伎倆盡時方見伊。

寄星婺適莊居士

稽首毗耶金粟身，静中多見鬧中人。却將不二門頭事，時與虚空細講論。

寄雪竇性首座

祝融峯下燒紅葉，應夢山中看白雲。足跡未教容易見，誰知天外有人聞。

送茂侍者

木葉辭柯霜氣清，虎頭戴角出禪扃。東西南北無人處，急急歸來話此情。

春日對鏡

不住復新新，來從幻裡真。舊髯皆變白，老眼尚精神。世事終難鑑，菱花亦有塵。東風原上草，不覺又生春。

送炳書記

心鏡頻磨髮漸斑，照臨今古未嘗閒。已知所得離文字，此去禪棲必有山。

法光藏主之南徐

三呼檮下愧靈襟，湖海叢林已遍尋。忘却飛猿舊時路，到頭曾不厭初心。

實禪者歸省

靈山禪起未温席，却問潮陽過海船。咨省壽堂春日静，究心應記白雲邊。

璟和尚號石庵

空巖為屋薜蘿門，天巧渾無斧鑿痕。花鳥不來雲自合，豎拳消息與誰論。

可禪人歸江心

每思槌拂恨難酬，孤嶼尋歸月正秋。堂上若呈圓相去，迺師應錯罵雙檮。

送僧省母

十年來往浙東西，捱得頭荒露伏犀。因話編蒲米山老，不禁秋夜聽莎雞。

寄都省羅太尉

海涵山育氣如春，内相聲華中外聞。綱紀禁庭天寵密，金璫長染御爐熏。

淨覃藏主遊方

叢林荒落水雲寒，風味辛酸話轉難。隱隱一枝天外去，不知何地擇人安。

德惟侍者巡禮

巖桂初飄好問津，軟風輕結露華新。諸方不用多招手，自有尋香逐臭人。

通藏主之南國

春入長淮野燒青，六朝遺事鏡中明。臨崖細剥苔紋看，太半無人知姓名。

立藏主之三衢

一會靈山已七年，寸心如鐵鼻遼天。無端歸去思前事，話到柯消石也穿。

端書記赴雲城辟命

不遊文苑入祇園，芻草風香春正妍。要識根莖來處遠，葛仙丹井冷雲邊。

慶藏主之南屏

曾向殊方典竺墳，叢林有志張吾軍。天寒歲晚重尋舊，莫負青鞋蹈凍雲。

隱侍者遊乳峰

寶深惟古雪，霄岸列危巒。到者難披頂，尋師多賣單。無時雲氣重，長帶瀑聲寒。挨得入門句，歸來示我看。

寄慈峰故人

湖面春歸物理明，水花無數點青萍。因行若訪和庵主，未必孤蹤在二靈。

無補侍者遊方

索索青鞋蹈曉霜，逢人屈指問諸方。有無探討歸來日，糞火堆邊話短長。

洊禪人之鴈蕩

風高木落鴈山秋，鞭起無依穴鼻牛。村草步頭攔不住，大方隨處有良疇。

珙侍者之洊

漢江漠漠向東流，摝蜆撈鰕休未休。蒲葉半凋秋著岸，子歸無口笑巖頭。

贈許居士

山儀不褁龐公帽，䩭袖深藏傅老槌。敲磕諸方應未已，眼頭乖角少人知。

贈妙喜社道友

斷來妙喜針鋒上，塞破虛空不礙空。昔日維摩今社友，相逢箇箇有神通。

示日本智光禪人

隱隱孤帆絶海來，虛空消殞鐵山摧。大唐國裏無知識，己眼當從何處開。

送永嘉祖意禪人

識得祖師端的意，迢迢千里扣知音。當機一喝忘情謂，歸興猶如虎出林。

心侍者歸省

露葉蕭蕭月滿庭，秋來多夢老人星。海山印渚知吾處，終不深雲獨掩扃。

就明書懷

流菜非深隱，那堪復故山。未能忘影跡，終是礙人間。白髮吟邊短，清燈話裏閑。江湖有新夢，何日出松關。

海首座號怒濤

憂國憂民日夜驚，攧天攧地作雷鳴。子胥此去休煩惱，百谷來朝一樣清。

天竺玉論師赴覺海

妙旨惟從句外求，白雲先見室中籌。海山深處多麟鳳，此去橫經一網收。

賀契師庵居

正席雲山萬象回，道人青眼為誰開。呼童放竹澆花外，修整茶爐待客來。

揖讓圖

行必有師，進之以禮。昭昭君子心，對面風波起。

山行示思穆侍者

春水緑浮影，山光瀉入懷。因思善牧者，隨分納些些。

雲谷術士

出則無心應有聲，眇然天地亦難銘。可中別有通神處，見説年來分外靈。

鐫者任廷

入石入木知分數，古篆今篆攻豈難。祇因雕巧失真體，不見全文在世間。

剃剪林榮

衆技爾為得，養生何所親。篋中三寸鐵，雲外一閑身。黑白已無幾，修治轉失真。畏寒宜少伐，未愧舀溪人。

韶光室

懶去栽花傍竹籬，旋收巖葉毳寒衣。不知陸谷幾遷變，時見斷雲相逐歸。

三友堂

清客蒼官會此君，歲寒不減舊精神。有時品字論交態，各有丰標遠襲人。

碧照軒

剪木依山巧鑿池，已知寫影到人稀。一奩寒玉坐來久，但見雙雙白鳥飛。

荷衣沼

水面緑盤擎雨出，臨風幾度倚闌干。不知暖氣有多少，老子年年得御寒。

岳林古渡

契翁來作濟人舟，兩岸青山浸碧流。舞棹舷歌不到處，知心惟有老巖頭。

長汀烟雨

漪漪遠水漾明邊，沙鷺風晴刷羽翰。借使輞川收拾得，江湖莫作畫圖看。

酬李寄軒

寄傲知何所，行藏匪一軒。究心無别旨，鳴道有來源。未話先通理，聲詩不在言。相期湖上寺，執手聽啼猿。

惟侍者號曲江

源脈滔滔古岸頭，往來終是礙行舟。無風激起千尋浪，到海方知是逆流。

日本源侍者游台鴈

師道嚴明善應酬，石橋過了問龍湫。一花一草人皆見，是子知機獨點頭。

示内記藻侍者

當年濟北辭黄檗，索火之機屈未伸。今日子孫開活眼，老南元是讀書人。

德信西上

出門溪葉亂紛紛，欲去重尋舊主人。碓下莫辭腰石冷，古菱花綻不干春。

壬戌登雪竇

錦鏡

池面溶溶水照空，春風花影落青銅。倚欄擬作機頭看，已墮阿師圈繢中。

妙高

松枯石老凍雲垂，到此虚空漸覺低。脚力盡時清興遠，與誰携手上天梯。

飛雪

黑風衮衮六花輕，天列陰崖勢欲傾。到此只知膚粟冷，夜深誰聽瀑泉聲。

水仙

芳心塵外潔，道韻雪中香。自是神仙骨，何勞更洗粧。

墨竹

毫端不及處，精神殊可掬。靡靡聽談玄，六月添重服。

浙江潮圖

怒勢自驚殊莫擬，静心人見骨毛寒。平生一對風波眼，今日晴窗不忍看。

老融牛圖

純去自忘牧，青蓑柳影中。不餐欄外草，知是幾春風。

梁楷忘機圖

尋常忘物我，渾不涉希夷。蓡落秋壇冷，從教斗柄移。

常牧溪猿圖

霜墮羣林空，一嘯千巖静。耿耿殊有情，勞生發深省。抱子攀危條，清興在高遠。一點鍾愛心，業風吹不斷。

荷鷺

沙嘴坡頭，枯荷影裡。清興忽來，一息千里。
蒲葉吹秋，水天漠漠。斂影肅心，意不在啄。

以上《虚堂智愚禪師語録》卷七

全宋詩卷三○一九

釋智愚五

偈頌十七首

懷州牛喫禾，益州馬腹脹。天下覓醫人，灸猪左膊上。

吒吒呀呀如獅子兒，我者裏也須勘你。勃勃窣窣似探竿影草，我者裏也須疑你。雖然菽麥不分，争奈鹽落醬裏。

盡信書不如無書，識得箇字不如忘却箇字。九經諸子徒爾藻飾，一大藏教盡是藥方。分明對物收税，何用商量，一葉扁舟載大唐。

金錍刮膜，自病難醫。利劍揮空，逃蹤莫及。何似横拈麈尾，抑挫來機。殺活雖殊，對揚有準，什麼人得此三味。一二三，三二一。

七步周行猶彷彿，指天指地不分明。是非既落傍人耳，洗到驢年也不清。

渡江風倚蘆梢碧，夜深金殿人相憶。此土西天賣不行，千古萬古成狼藉。當良月蓂敷五葉之辰，孰謂韜其光，晦其跡。熏爐茗椀想遺音，分明對面不相識。圓覺大師忌日

朝朝相似，日日一般。見成受用，千難萬難。因思臨濟掌黄檗，何似華亭把釣竿。

有意待不來，無心忽會面。頂髮垂絲，眼光如電。說盡湖海風波，論量柴米貴賤。更有一處少人知，也

是重安眼上眉。謝瑞巖和尚

羣陰剥盡一陽生，又見東山水上行。冷笑雲門多口老，却來日午打三更。以上輯自以文編《虚堂和尚續輯》

道人猛利難親近，漾笠中流驗作家。憶昔高人何處去，夜深和月過平沙。舉斷際禪師嘗與異僧游天台，行數日，值江漲不能濟，植杖久之。異僧以笠當舟，登之浮去。斷際曰：我早知汝，定捶折汝脛乃快也。異僧歎曰：道人猛利非我所及

或隱或顯，有虧有盈。為天上無私之鑑，實人間照夜之燈。尋常多是論三五，惟有今宵分外明。中秋

船上無散工，駕御有方所。打篙底打篙，摇櫓底摇櫓。觸浪迎風天地寬，去來不礙東西浦。謝執事

丁寧損君德，無言真有功。任從滄海變，終不為君通。

晷運推移，日南長至。東海鯉魚，鼓腮振鬣。南山鼈鼻，伸眉吐氣。唯有趙州老兒没意智，拖箇破席日裏睡。净慈路見不平，道箇蘇盧悉利。恐者老子背地裡討人便宜。

城東聖母坐蓮臺，大地衆生正眼開。與佛同生嫌見佛，一身難作二如來。舉禪客所問：城東聖母，與佛同生，不願見佛，每見佛來，即便回避。一日回避不及，乃以手掩面，於十指掌悉皆見佛

二月十五入寂，四月八日復生。虚空開笑口，大地絶人行。佛生日

秤鎚捻得汁出，石人喝得汗流。臨機應變，隨分知羞，乘時推上五峯頭。辭衆赴徑山　以上輯自道凖編《臨安府净慈報恩光孝禪寺後録》以上《虚堂智愚禪師語録》卷八

偈頌二十一首

開端令節，萬事從新。普賢磨墨，文殊把筆，書箇事事大吉。從兹常住寬餘，掃除逋積。斗南長見老人星，五峯峨峨倚空碧。

君勿愛清涼，清涼如火如沸湯。君勿惡炎熱，炎熱如冰如積雪。勿愛亦勿惡，未是逍遥處。吽嚟吒喇竭節，地轉天回難辨别。不使松源省數錢，慣用衲僧鎖口訣。同死不同生，特地成途轍，秋風影裏重羅列。義斷情忘四十年，何時待得龜成鱉。運菴和尚忌日

鬧不如静，忙不如閒。静鬧俱泯，謂之得理。歸宗事理絶，日輪正當午。向道莫行山下路，果然猿叫斷腸聲。

鳶飛戾天，魚躍于淵。四夷拜舞，八表宣傳，笑看紅日上闌干。正旦

天不文，地不理。忽去忽來，如月印水。歲月已往兮波旬得時，槨示雙趺兮飲光增喜。悲兮喜兮，春風桃李。一以貫之，曾子曰唯。佛涅槃

諸人知處良遂知，良遂知處人不知。因思積雨花狼藉，空寫愁腸説向誰。舉良遂座主參麻谷和尚，一見來，便携鋤入菜園，略不相顧。復參次，谷便閉却門。遂扣門，谷云：誰？遂應聲未絶，豁然大悟，云：和尚莫謾良遂好，若不來見和尚，幾被經論誤却一生。後來告衆云：良遂知處諸人不知，諸人知處良遂總知

秋風吹曉露，秋雨送秋炎。祖師門下客，無處不咨參。前程忽撞著箇金口木舌漢。觀東震旦，有大乘根器，逾海越漠而來，遠赴梁朝丹闕。一言契合，如春卷衣。北面折葦問津，信知桂讖不誣人。追思嚴諱，炊黍鱠芹。流水希聲絃欲斷，不知將底續芳塵。達磨大師忌日

平生好攻禪病，不知病是道源。要知道源端的，直須陸地行船。因思大唐裴相國作圓覺經一序，一字一義，聳動人天。又思本朝温國公製解禪頌六篇，一褒一貶，口業昭然。匪伊自絶夙種，佛亦不度無緣。

一氣潛回，百昌萌動。君子道長兮露柱咨參，小人道消兮燈籠作舞。義出豐年，道復太古。國師歡喜問如何，冬至寒食一百五。

乾坤之内，宇宙之間，中有一寶，秘在形山。夫蠱者最靈通，不期而會，不約而同。撈著崖崩石裂，抛出金圈栗蓬。驚倒露柱，嚇煞燈籠。不知何處毒種，元來門裏有蟲。謝福州光首座秉拂

一人高高峯頂立，一人深深海底行。不是與人難共住，大都緇素要分明。舉石霜普會遷化，衆請首座住持，虔侍者云：先師道：休去，歇去，一條白練去，一念萬年去，明甚麽邊事？若會得則住持，若不會則不可。座云：明一色邊事。虔云：未會先師意在。座云：裝香來，香烟斷處若去不得，則不會先師意。香烟未斷，首座脱去。虔拊首座背云：坐脱立亡者則不無，要會先師意猶未在

西天末葉，東土初枝。趑趄梁魏兮形影相吊，冷坐嵩少兮路徑委蛇。將謂單傳直指，誰知一握亂絲。罵底恨底患在為人之師。今則枝枯葉隕，敷茂何期。有屈明明無雪處，臨風只可自嘘戲。聊陳菲供，來兮鑒諸。圓覺大師第十二忌

憂民恤物斂天威，坐斷乾坤肅四夷。先放臘梅凝瑞雪，次教春色到瑶池。萬乘帝君遠降御香祈求瑞雪，恭謝畢

年垂九十礙叢林，歷盡風霜歲月深。妙蘊豈能超佛祖，寸衷端可格天心。朝廷降賜度牒二十道入常住修造，恭謝畢

老不禁寒，山邊水邊曝日。春歸閬苑，長底短底從新。笙歌叢裏賀年朝，錦綉筵中開壽域。衲僧門下別有條章，每日蒙頭打坐。不知歲月易遷，直饒撈著不來，誰展鉢盂喫飯。

四達皇皇，無邊無表，因甚有新有舊。會得此去漢陽不遠，不然黄鶴樓前鸚鵡洲。正旦

上元新節，處處燒燈，都城巷陌，市廛邸店。觀者如堵，惟復燈來眼底，眼到燈邊。元宵

百丈清規，千古洪範。藏之則虛空絶跡，用之則綱令森嚴。以上輯自正一編《臨安府徑山興聖萬壽禪寺後録》以上《虛堂智愚禪師語録》卷九

頌古

師入浄慈，陞座問答罷，忽天使踵門傳奉聖旨，問趙州因甚八十行脚，虛堂因甚八十住山。師乃就舉趙州行脚，一日到臨濟，方濯足間，臨濟問：如何是祖師西來意？州云：恰值老僧洗脚。濟近前作聽勢，州云：會則便會，啞嗽作麽？濟歸方丈，閉却門，州云：老僧八十行脚，今日却被者驢子撲，輒成一頌。天使楊都知繳奏，龍顔大悦，特賜米五百碩，絹一百縑，開堂安衆。續以糧食闕典僧堂弊漏敷奏，伏蒙聖恩撥賜水田，歲收租三十餘石，並免官稅。仍頌降楮券一十萬貫，重蓋僧堂。頌云：

趙州八十方行脚，虛堂八十再住山。別有一機恢佛祖，九重城裏動龍顔。

寄集慶開山

如意來尸釋梵宮，雨花狼藉濕春風。自慚老矣無靈骨，日在深雲聽講鐘。

賡静學林府判游天澤菴韻

古道兼禪到，躬行得幾年。乾坤資定力，心月鑑前緣。一静人難學，三生話未圓。老來重有約，不在北山邊。

答洞陽居士麋監丞

冷冰冰地洞陽春，橐籥乾坤萬物新。拋下葛藤提不起，不知纏縛幾多人。

送了侍者游台山

慕膻高舉興何窮，秋在黄蘆葉裏風。已事未明如蹈火，白雲深處見巖翁。

來知客慈峰之乳竇瞻禮明覺塔

湖邊問路入深雲，十載心香一炷焚。不見隱之真隱處，曉風凌露葉初聞。

賢侍者號木翁

录曲輪囷兒似癡，春風花鳥自忘機。年來老大渾無用，一任叢林鼓是非。

寄道彬侍者

勃窣家風一任真，述朱終是不成文。何如竹榻吟清夜，月到花梢有幾分。

準侍者歸省

山空木落岸雲輕，吹面霜風有幾程。明月脩江歸夢急，入門先祝老人星。

清禪者游方

金風露浥菊花秋，杞棘當途何處游。衡岳康廬相撞著，恐伊未是汝同流。

珪禪者號石翁

逃空劫外已蒼然，甑水觀山得幾年。聞說聽經曾肯首，老來無力補青天。

瞿居士號無知

過緣觸境總茫然，地闊天寬著那邊。一點既明超物表，不知將底鑑偏圓。

贈妙潔道人

妙心明潔契如如，操履分明女丈夫。龐老家風殊不二，攙籬高價許誰沽。

廢　寺

人眼荒蓁古殿秋，歲華遷謝没人修。夜深静聽風甌語，似罵檀那不點頭。

越山

翠螺簇簇繞湖濱，寒影清磨古鑑塵。休問岡頭望夫石，人間恐有斷腸人。

墨戲居生善老融牛

草木傳真筆力高，戴嵩牛在一秋毫。此行莫擬天台去，忍作孤僧過石橋。

題浄業圖

鍊行修身結佛冤，未曾説著齒先寒。老來不願西方去，樂得閻浮眼界寬。

示惠靈爲僧

惠性何如見性通，要教靈驗顯吾宗。乘時颺下墜腰石，笑捧衣盂繼祖風。

慶遠俊長老請贊

老不死，心未灰。觸著惡發，青天怒雷。引得虎頭燕頷，競起叢林禍胎。點著便領，何其俊哉。

浄覃藏主請贊

容易肯人，難與共語。竹篦頭惜之如金，禪牀角委之如土。浄覃知藏善知機，電光影裏分賓主。

以文長老請贊

天地不仁，出此妖怪。有偷營劫寨之機，無喜捨慈悲之戒。正脈將沉，法門凋瘵，如何嗣續松源派。大奸難後越精神，駡人嘴毒如蜂蠆。

新建浄慈天錫莊請贊

不期而會，不約而同。晴光爍爍，和氣融融。際遇兩朝聖主，中興徽廟禪叢。良田天錫平如砥，坐對靈苗歲歲豐。

徒弟宗璞建施水菴請贊

等是垂慈，初無門户。璞玉既分兮可觀，梵儀頓舉兮難覩。凌霄峯頂看雲人，普化堂中第一祖。

日本紹明知客請贊

紹既明白，語不失宗。手頭簸弄，金圈栗蓬。大唐國裡無人會，又却乘流過海東。

磻溪禪子請贊

怒氣噀人，殊不可犯。雖有蓋膽毛，且無驗人眼。是亦剗，非亦剗。咬定牙關，一生擔板。

光禪者請贊

初而欣，久而厭。明月夜光，多逢按劍。但信得及，自有靈驗。

無則都寺玉几寫予夢影自散席後言音不相接者十二年今上徑山請贊筆老墨澀勉而書之

敬而遠，親而疎。明鑑靈腑，善定鎖銖。凌霄高而衆峰拱，海嶠聳而蟾影孤。子歸就父，吾不識渠。

徑山西寮衆老郎請贊

霜嚴氣烈，山空月明。涵養有得，剗削不平。拈起則佛祖不識，放下也草木争榮。捱到凌霄八十四，誰知名重九重城。

黄檗禮佛掌宣宗圖贊

七赤之軀，額有圓珠。問著便掌，膽大心粗。不是大中天子，幾乎喚馬作驢。大家水底按葫蘆。

趙王訪趙州州不下禪牀圖贊

堅不剛，柔不弱。七百甲子老翁，偏要用此一著。列土王來不下牀，高風千古為標格。

肅宗問忠國師十身調御圖贊

萬乘垂衣立問端，國師答處太巔預。誰知十月清霜重，一陣風來一陣寒。

李翱參藥山圖贊

黑豆數無窮，青松蓋不盡。癯然老比丘，即此吾無隱。更提雲水曲周遮，添得傍人眼裏花。

韓愈見大顛圖贊

氈拍板，無孔笛。省要乞一言，虛空轟霹靂。臨機不解，轉身又却。隨他聲色非聲色，洞庭湖外千峯碧。

莊宗宣興化問答圖贊

君臣慶會豁全機，百億山河盡貢歸。拈起太平無價寶，乾坤何處不光輝。

順宗問鵝湖大義禪師圖贊

當機一句闢天關，海闊山遥豈等閑。堪笑冬瓜長儱侗，翻成瓠子曲彎彎。

文宗問終南山蛤蜊瑞相圖贊

擲不開，撲不破。人言大士應身，我也疑他真箇。終南山，相應和。喜動龍顔，百僚俱賀，誰知别有彌天過。

龐居士問馬大師圖贊

藏頭露影問來由，却把西江盡力酬。回首眼空天地窄，不知身在御街游。

丹霞見靈照女圖贊

冤有頭，債有主。天然欲訪龐翁，恰好撞著此女。揣盡家私，瓜甜蒂苦。因茲上下不和同，牛奶郎忙塗赤土。

龐居士大家團欒共説無生話圖贊

窮厮煎，餓厮吵。父子不同途，大家相脱卯。萬頃湘江洗不清，無生曲調何時了。

龐居士闔家都去圖贊

神出鬼没，接響承虛。這一火絡，邪法難扶。互將魚目作明珠，笑倒西天碧眼胡。

紹定四年清明日，住嘉禾興聖智愚為妙源侍者敬贊。

棘林和尚遺書至

因記七峯來玉几，去年花月下雲坳。未周一歲背盟我，剔盡春燈眼不交。

鍼生大阮

假道鍼鋒上，行藏雲水中。且非心法妙，自是手頭通。前輩多遺偈，靈襟出衆工。明朝何處去，黄葉度谿風。

琳禪人歸豫章

慎將窺管鑑靈知，用在亡羊愧在斯。莫謂西山好消息，須知江海有名緇。

雲山小景

渺渺晴烟薄，蒼蒼古樹昏。天涯殊未足，對此暗消魂。

孤山

黯黯青青一望中，迥然不與衆峯同。白雲散盡江天曉，想見人間無路通。

和秉彝李君五偈

深夜何人立少林，見成公案不須尋。堆山積嶽難消遣，相對頑然鐵作心。

呈瑞喧傳是有年，眼前分曉被人謾。自家冷暖知來處，老骨從前不怕寒。

千鈞之重一毫輕，好向聊將慰客情。縱擬怪松為玉樹，月高依舊可憐生。

曉聽君臣慶賀時，六街如畫不曾迷。普賢境界應垂問，手詔來時見紫泥。

爐邊呵凍得能多，端石無辜日夜磨。却把棹詞為雪咏，詩魔難敵勝修羅。

寵和五偈，調高難續，未免辞是，伏丐笑覽。智愚再拜。

贈禪客智仁

法戰場中樹勝旗，話頭何似問頭危。古人減竈添兵處，切忌交鋒蹉過伊。

問話行者智仁炷香請語以此贈之景定癸亥至節虚堂老僧書于雪竇西菴送日本南浦知客咸淳丁卯秋

敲磕門庭細揣磨，路頭盡處再經過。明明説與虚堂叟，東海兒孫日轉多。

辭世頌

八十五年，佛祖不識。掉臂便行，太虚絶跡。　以上《虚堂智愚禪師語録》卷一〇

頌古三首

世尊初於臘月八日明星出時忽云：奇哉，一切衆生具有如來智慧德相，但以妄想執著不得證得。

金鍾夜擊九重城，六載歸來改瘦形。待得衆生心眼活，雪山依舊碧崚層。宋法應、元普會《頌古聯珠通集》卷二

臨濟因僧問：捉象亦全其力，捉兔亦全其力，未審全箇甚麽力？師曰：不欺之力。

力在如今作用時，情存毫忽便成欺。誰知倏水千峰碧，盡入秋風一瘦藜。同上書卷二二

九峯因僧問：如何是把定乾坤眼？師曰：乾坤在裏許。曰：乾坤眼何在？師曰：正是乾坤眼。曰：適來為什麽道乾坤在裏許？師曰：若不恁麽，髑髏前見鬼無數。

一拳拳倒黄鶴樓，一趯趯反鸚鵡洲。有意氣時添意氣，不風流處也風流。同上書卷二七

劍池

石壁千尋勢嶮巇，下臨寒玉浸蟾輝。古今多少凭闌者，親見干將到底稀。

憨憨泉

憨泉一掬清無底，暗與曹源正脈通。陸羽若教知此味，定應天下水無功。

千人座又名千人石

蒼厓險處坦然平，萬指曾來此聽經。若謂生公消息遠，一聲啼鳥共誰聽。

點頭石

大包才剖礙人間，日炙風吹轉放頑。見說聽經曾肯首，更須來透鐵門關。

試劍石

雲骨深埋草莽中，竟傳秦王試靈鋒。舊痕尚帶春苔緑，一罅能生偃草風。以上清顧湄《虎丘志》卷二

生公講臺

鱗皴瘦石簉寒蘚，千石遺蹤意轉新，縱使天花來墮席，何如緘口過殘春。

花雨亭

昔人曾此談空有，花雨紛紛繞座寒。堪笑空生無伎倆，不曾開口被人瞞。

小吴軒

結茅初不為孤峯，祇愛登臨眼底空。風淡雲收見天末，始知吴在一毫中。以上同上書卷四

吴王闔廬墓

海湧通幽一徑深，恠來時作老龍吟。闔閭覿面無回迹，休向空山斷處尋。同上書卷五

日本照禪者欲得數字徑以述懷贈之

世路多巇嶮，無思不研窮。平生見諸老，今日自成翁。認字眼猶綻，過譚耳尚聾。任天行直道，休問馬牛風。日本天保尹藤松輯《隣交徵書》初篇卷二

（聞賢整理）

全宋詩卷三〇二〇

胡夢昱

胡夢昱(一一八五—一二三六)，字季昭，又字季汲，號竹林愚隱，吉水(今屬江西)人。寧宗嘉定十年(一二一七)進士。歷南安縣、都昌縣主簿。中大法科，授峽州司法參軍。除大理評事。理宗寶慶元年(一二二五)，因上疏訟濟王竑，謫象州羈管。二年，移欽州，未行而卒。度宗咸淳三年(一二六七)追謚剛簡。有《象臺集》六卷、《竹林愚隱集》一卷。事見《象臺首末》卷二《行述》，清光緒《吉水縣志》卷三二有傳。今録詩四首。

榕陰圖

古人遺直今人是，肯效鄉原事踽涼。不把危言陳北闕，因何着脚到南荒。排奸斥佞風霜手，耐冷禁寒鐵石腸。贏得榕陰濃密處，忘言默坐對爐香。

步王盧溪韻

新來時事不相關，贏得蠻荒日月閒。存取丹心照碧漢，任他黄口鬧清班。非求美譽傳千古，不欲浮生愧兩間。天亦而今無奈説，秀才且荷肯相還。

瘴地人憂我莫支，人雖危我我何危。元來憂國不怕死，非為捐身要出奇。肯怨江山千里遠，幸逢天地一時知。孔光張禹人無笑，禄位輸他善保持。

再寄

沉沉漢殿曉烟迷，燕雀輸他取次飛。爰把丹衷吐骨鯁，且甘白飯與魚肥。意循天理可無忤，豈料人心各有機。日薄西山予未死，當留此語待公歸。

以上宋胡知柔《象臺首末》卷三

（崔統華、朱寳模整理）

楊賓言

楊賓言，南溪（今屬四川）人。有挽胡夢昱詩（《象臺首末》卷三）。

挽胡季昭

湛湛長江月，高標太華清。孤忠千古重，去國一身輕。箇事從來有，近來多怕行。凛然公屹立，一死足平生。

《象臺首末》卷三

羅閶

羅閶，有挽胡夢昱詩（《象臺首末》卷三）。今録詩二首。

挽胡季昭用王盧溪韻

虎豹摩牙闖九關，人心節義不踰閑。監門鄭俠能無懼，折檻朱雲若是班。賴有名留千古重，不容身在衆邪間。忠臣義士骨不朽，白日青天敕許還。

百世期令固本支，一身寧復許安危。前瞻象郡賢方去，後有鶴山人效奇。地接宜陽山谷笑，舟回湘水屈

原知。櫝中龜玉而輕毁，禄位何妨善保持。《象臺首末》卷三

李伯圭

李伯圭，廬陵（今江西吉安）人。胡夢昱謫象州時有送行詩，死後有挽詩（《象臺首末》卷三）。今録詩三首。

送胡季昭謫象州

伏馬總為芻豆謀，孤忠嫠緯不勝憂。事當言路官無小，理未安時心肯休。千古綱常增砥柱，一身去就等虛舟。惡鴟儘任陵鸞鳳，贏得清名雪外州。

挽胡季昭二首

危言不畏觸干戈，瘴雨蠻烟换玉珂。今古廬陵兩胡老，是非儋耳一東坡。拳拳抗志甘三已，惻惻招魂聽九歌。信得平生稽古力，初心不為履朝靴。

聖朝寬詔下龍墀，盡放纍臣脱串羈。痛失長沙賈誼舍，空存潮海退之祠。孤忠元自輕生死，白骨寧知問去歸。萬里江山丹旐返，悲風一掬淚沾衣。以上《象臺首末》卷三

杜豐

杜豐，胡夢昱謫象州時有詩送行（《齊東野語》卷一四）。

送胡季昭謫象郡

盧陵一小郡，百歲兩胡公。論事雖小異，處心應略同。有書莫焚稿，無恨豈傷弓。病愧不遠别，寫詩霜月中。宋周密《齊東野語》卷一四《巴陵本末》

（以上孟憲忠整理）

曾夢選

曾夢選，吉水（今屬江西）人。理宗寶慶時有詩送胡夢昱（《象臺首末》卷三）。

送胡季昭謫象州

象州銷黯又欽州，道路何辭作遠游。投北誰憐新逐客，落南不減舊編修。江山在處猶加護，廊廟諸公底着羞。天定從來人可勝，著書消日海西頭。《象臺首末》卷三

李元實

李元實，理宗寶慶時有詩送胡夢昱（《象臺首末》卷三）。今録詩十二首。

送胡季昭謫象州次王盧溪送澹庵貶新州韻

知公不怕鬼門關，直氣横干清禁閑。鵰嘴明知林甫毒，鯁言要與澹庵班。一身渠任黄茆裏，千古名標青史間。非晚清朝邪正辨，紫薇紅藥待君還。

清名傳播到黄支，直節寧憂趙氏危。虎尾蹈時都不畏，象臺到日大為奇。是行廊廟人皆怍，所過山川鬼亦知。官職本為錫底鳩，傷今正論有誰持。

再作十絶寄胡伯負兵侍仲方尚書

文昌武庫九霄中，翁是新州老澹翁。應念象臺今日客，清風端與我翁同。
公家富貴足掀天，都出新州十九年。若念象臺今日客，方知澹老子孫賢。
官職廬陵不是無，文章更亦擬歐蘇。若言直氣横牛斗，但見人間説姓胡。
赤手批鱗事最難，况渠班底一微官。澹翁去後能如此，當作三生石上看。
澹翁直氣貫三才，人座雲仍漸上臺。料想而今聞底事，中心應亦念渠回。
朝行多少氣英英，不怕霜朝曲嘴鷹。一綱而今都打盡，廬陵人且説廬陵。
紹興秦檜秉洪鈞，澹老昌言斬檜秦。猶恨日來三四子，抗章不説斬奸臣。
一從藝祖握乾符，元氣都憑直氣扶。若欲皇家宗社永，胡家直氣豈容無。
東西兩浙及閩川，皆見鴛行有直言。若我江西獨鉗口，澹翁九地也埋寃。
寄語朝家廊廟人，新州奇事又重新。肯甘富貴忘他底，應為斯人作好春。

以上《象臺首末》卷三

（以上徐永强整理）

釋法照

釋法照（一一八五—一二七三），俗姓童，黄巖（今屬浙江）人。年十三依聖水蒙庵宣出家，後師北峰印。出世住天台大慈、黄巖聖水、雲間延慶、鳳山褒親、杭州上下天竺。歷左街鑒義、左街録、左右街都綱録。理宗賜號佛光法師。度宗咸淳九年卒，年八十九，謚普通法師。《新續高僧傳四集》卷三有傳。今録詩四首。

遊洞霄

曾夢選　李元實　釋法照

天柱華心結蕊宫，翠蛟飛玉滚溪風。巖生洞穴非人世，不到那知造化功。　元孟宗寶《洞霄詩集》卷八

垂虹晚望

老眼青青望洞庭，虹垂斷岸月初生。滔滔橋下無情水，不為吴王洗甲兵。　明錢穀《吴都文粹續集》卷三六

表忠觀

錢王古廟鎖莓苔，華表秋深鶴不來。昨夜石壇風露重，凌霄花落鳳仙開。　清厲鶚《宋詩紀事》卷九三引《東甌詩集》

辭世偈

佛壽八十，我多九年。虚空掇轉，大用現前。　民國喻謙《新續高僧傳四集》卷三

（許紅霞整理）

釋惟俊

釋惟俊，度宗咸淳三年（一二六七），與釋智愚同時有送僧歸日本詩（本書釋智愚五）。

送南浦明公歸日本

空手東來已十霜，依然空首□回檣。明明一片祖師意，莫作唐朝事舉揚。　日本天保尹藤松《隣交徵書初篇》卷二

（聞賢整理）

趙師恕

趙師恕，字季仁，燕懿王八世孫。寧宗嘉定八年（一二一五）知餘杭縣（清雍正《浙江通志》卷一

四九）。理宗紹定五年（一二三二）知袁州（明正德《袁州府志》卷六）。淳祐間知福建南外宗正司（清道光《福建通志》卷九〇）。

月　巖

睠此巖壑勝，領客共登臨。危棧臨不測，巇塗歷嶔欽。俯仰極高低，上下窮幽深。來登空明山，千崖正沉沉。下瞰清羅江，古木鬱蕭森。清風萬里來，層雲盪孤襟。有客可共賦，有酒可自斟。此景豈易得，此樂豈易尋。吾生今老矣，遁迹歸窮岑。一棹下瀟湘，此別意難任。別後無相忘，詩成寄郵音。　元陳世隆《宋詩拾遺》卷一一

（孟憲忠整理）

陳夢建

陳夢建，字杓直（《天台續集別編》卷五）。寧宗嘉定八年（一二一五）知黄巖縣（《嘉定赤城志》卷一一）。今録詩五首。

上喻史君重建霞起堂六首　原校：宋本原闕一首

丈人昔日經行處，草暗苔荒四十春。誰倚高寒訪陳迹，璇題寶墨一時新。

酒酣步出玉霄峯，此去天關隔幾重。霞佩頡頏風雨上，清都只在嘿存中。

詩社神交識酒翁，耳孫凛凛有仙風。青雲垂上斜飛去，時要題詩徧浙東。

玉泉天上古仙伯，曾吏五雲書閣來。寄語家人須候我，有時騎鶴過丹臺。

樓觀微茫似積蘇，一廛得傍化人居。可能永日銷棋局，且要蒙頭讀道書。　宋林表民《天台續集別編》卷五

饒炎

饒炎，號竹坡，餘干（今江西餘干西北）人。魯父。事見《江西詩徵》卷二〇。

示兒魯

匡居終日只欽欽，一寸靈臺萬古心。鹿洞象山前路在，頻思寡過到而今。清曾燠《江西詩徵》卷二〇

（以上崔統華整理）

陳昉

陳昉，字叔方，號節齋，平陽（今屬浙江）人。峴子。以父蔭補官。理宗紹定中由閩縣丞遷浦城令。端平元年（一二三四），真德秀薦之于朝，與劉克莊等號爲端平八士。淳祐十二年（一二五二），知福州兼福建安撫使。景定初知建寧府，五年（一二六四）除户部侍郎兼檢正中書門下省公事，次年試吏部尚書。度宗即位後致仕。有《潁川語小》二卷傳世。民國《平陽縣志》卷三二有傳。今録詩四首。

宫詞

桂影婆娑玉殿涼，風傳花漏夜聲長。内人亦有思仙者，月下吹簫引鳳皇。宋劉克莊《後村千家詩》卷一六

寒食湖上

花瘦水肥三月天，畫橈雙動木蘭船。人家盡换新榆火，唯有垂楊帶舊烟。宋潛説友《咸淳臨安志》卷九七

落花

蘭麝香消委廢宫，紛紛漠漠夕陽中。長門夢斷金閨月，南國歌殘玉樹風。流水池塘春色去，緑陰庭院綵

雲空。西園半醉休回首，烟草凄凄雨正紅。《永樂大典》卷五八三九

全州

湘中惟此郡，地接五溪蠻。楚水波長碧，堯時竹尚斑。昔曾行樂處，今在夢魂間。橋是先公建，休言我涕潸。影印《詩淵》册三頁一九三五

（陳曉蘭整理）

釋如珏

釋如珏，字荆叟，婺州（今浙江金華）人。圓悟五世孫癡鈍法子。得法於天童穎禪師，繼席。理宗端平中受詔自育王升住徑山靈隱寺。《補續高僧傳》卷一一、《新續高僧傳四集》卷一三有傳。今録詩三首。

頌古

雲門因僧問：如何是諸佛出身處？師曰：東山水上行。

諸佛出身處，千般謾度量。東山行水上，眨眼過扶桑。宋法應、元普會《頌古聯珠通集》卷三三

答僧問

如何是佛爛冬瓜，咬著冰霜透齒牙。根蒂雖然無窖子，一年一度一開花。明明河《補續高僧傳》卷一一《如珏傳》

《補續高僧傳》：初見癡鈍，室中僧問：如何是佛？受癡鈍命答曰：爛冬瓜。

繼天童穎禪師席後上堂説偈

饒炎　陳昉　釋如珏

新歲新擊鼓，普施新法雨。萬物盡從新，一一就規矩。普賢大士忻歡，此句疑衍一字乘時打門户。放出白象王，遍地無尋處。民國喻謙《新續高僧傳四集》卷一三《南宋臨安靈隱寺沙門如珏傳》

（聞賢整理）

全宋詩卷三〇二二

釋永頤

釋永頤，字山老，號雲泉，錢塘（今浙江杭州）人。居唐栖寺。與江湖詩人周晉仙、周伯弜父子等多有唱和。理宗淳祐十年（一二五〇），上天竺佛光法師抗拒權貴侵占寺産，憤而渡江東歸時，頤曾遺書慰問。有《雲泉詩集》一卷傳世。事見本集末附《上天竺志》永頤小傳。

永頤詩，以讀畫齋刊《南宋群賢小集》本爲底本，校以汲古閣影抄《南宋六十家小集》本（簡稱汲古閣本）等。新輯集外詩附於卷末。

越溪吟

石磊磊，猿啾啾，越王霸業秋山頭。英雄喪盡知何數，可怪猶存浣紗處。當時月照清溪頭，美人如水逐東流。至今片石終難改，千載猶含澤國羞。

咏懷

晨風蕩原野，高林摩蒼條。屋上野花落，階前春草摇。少壯不可恃，金骨亦易銷。夙志歎沈泯，晚心日幽寥。紫烟凌石峯，緑雲生桂標。林懷頗清暢，況復靈景饒。

食新茶

自回山中來，泉石足幽弄。茶經猶挂壁，庭草積已衆。拜先俄食新，香凝雲乳動。心開神宇泰，境豁謝幽夢。至味延冥遐，靈爽脱塵控。静語生雲雷，逸想超鸞鳳。飽此巖壑真，清風願遐送。

雨後對月

清夜不復寐，蕭然據胡牀。對此九天上，陰魄含虚光。光飛激洞户，彩瑩棲雲塘。芙蓉雜羽蓋，暗水流瑶芳。景異沈昔夢，心定聞空香。不知孤寂身，尚此山水鄉。

秋日汎西湖

水凉宜照影，與客上湖船。白浪翻紅檝，青山映碧蓮。鳥飛荷葉下，人散柳條邊。烟蓋歸來晚，燈前鶴未眠。

久雨

山房十日雨，仰棟看行蝸。筍暗風庭竹，萱凝晚砌花。瞿紅留夕火，焙緑薦春芽。滴滴西窗下，清泉滿石窪。

初秋憶湖上諸山

山中夏日足幽娱，葛帔藤牀誦寶書。白拂惹雲黏几案，清香緣竹上空虚。草堂夜月秋花近，水閣晨霞夕霓疎。遥憶錢唐舊朝寺，繞湖鐘梵早凉初。

雪中夜吟

亂書塵席散清輝，竹院香凝宿火微。客去蘚階黏凍屐，鳥迷庭樹入寒扉。重陰覆野春耕闊，列炬明山夜獵歸。燈下老翁吟復聽，斷崖冰折碎聲稀。

山村日暮

犢背斜陽暖，茅茨石樹穿。行人識岡路，饑鵲噪沙田。遠浦生微月，荒皐起暝烟。羣烏飛散盡，寒水漾漁船。

山中晚興

松間石上聽流泉，看盡雲歸宿鳥還。夕殿焚香春院閉，暮鐘沈響月階閒。非干獨往輕遺（汲古閣本作浮世）世，自合離羣静掩關。林境翠深烟樹合，正堪高卧縱疎頑。

唐栖寺前

唐栖寺前溪水流，客帆來往舊杭州。津亭樹老無人記，得見幾囘僧白頭。

觀烏鳶山下藤樹

一株老樹蔽荒林，下有藤懸巨蟒身。幾度日斜烏鳥散，山昏鬼哭斷行人。

金鵝晚眺

天低野曠樹濛濛，盡入金鵝望眼中。青嶂月生雙雁去，碧溪雲繞亂帆通。平篙落照沈烟墅，結陣寒鴉噪暝叢。歲月飛騰吾懶矣，昏鐘迢遞起秋宫。

送僧歸茜徑

吴渚僧歸落日曛，（汲古閣本作村）故王宫井已無聞。水邊尚有紅藍草，不染香衣染暫雲。

牽牛花

老梅枝上挂牽牛，引得青花上樹頭。秋圃日斜風露冷，倒垂長蔓拂鳴鳩。

和韓澗泉韻題周晋仙山楹

不翦亦不斵，山楹在塵表。石泉聲淙淙，秀谷自圍繞。是中玄覽人，未見今日了。君固自無心，世亦不易曉。夢莫何可攀，頹然泰山小。當時巖壑人，百世何矯矯。清吟振霞纓，日翳羣陰悄。

過吴門

故苑烟花百草香，五湖人去事茫茫。浮雲幾度春陰合，猶見西山白鷺行。
花落春江一夜風，滿江烟碧撼垂虹。輕舟浮載如天上，況是殘雲細雨中。

汀漲

澤國迷春漲，芳洲生緑波。浄涵汀樹小，閒占浦雲多。風晚低輕燕，川明媚浴鵜。望人烟思遠，奈此暮山何。

雪中送僧還竹閣

白公竹閣雲生晚，城市人歸夜雪平。燈在北高峯頂上，塔如千尺玉長檠。
湖練平鋪肅夜濤，柳翻王母白旌旄。舞殘鷺翻歸何處，天上飛花散碧桃。

山樂官寄野齋野齋，周晉仙自號

山樂官，山樂官。爾為靈鳳典音樂，想爾廢職來考槃。莫厭山中多寂寞，山中無事忘憂樂。曉窗睡起春晝静，聽爾幽情如有託。山樂官，山樂官。縱令致汝百鳥前，此聲此曲終難傳。

往龍岫舟中

龍山溪上路，短棹臘中行。雪霽寒郊闊，春回宿霧生。柳摇冰綫斷，鷺起玉衣明。未見晴梅發，先思杖屨輕。

釋永頤

歸練潭

孤舟東下涉蘋溪，兩岸幽花送客西。到得山房緑陰滿，午窗猶有子規啼。

次韻答周伯弜信後見寄

清茶相對飲山巵，憶在西峯寺裏時。今日雲深無好伴，澗松獨看挂猿枝。

寄周宗聖

我心如有失，曾未識南園。幾見閒花落，頻將好夢原。時賢多厚禄，君子尚衡門。詩卷逢僧寄，長吟落照村。

遊何山登道場

中流望極山頭寺，溪午聞鐘泊柳津。春草細霑微雨潤，老松高與碧虚鄰。鶴歸烟麓書堂廢，虎去寒巖蘚石皴。無奈薄游歸路晚，水邊風旆濕征塵。

友人銅雀臺硯

異物留傳因好古，南來篋笥伴瑶琴。漳河流水去無已，魏主荒臺久廢沈。往日姦文須九錫，今朝片瓦尚千金。所嗟人事多浮僞，誰識河濱古舜心。

過聚景園

路繞長堤萬柳斜，年年春草待香車。君王不宴芳春酒，空鎖名園日暮花。

宿村莊

螻蛄偷火照田溝，山鬼移燈上樹頭。楓岸夜深茅屋閉，月明沙鳥自相謳。

伯弜出示新題樂府四十章雄深雅健有長吉之風喜而有咏

偉哉吴人周伯弜，國風雅頌今再昌。鈞天洞庭不敢張，楚芈原作芊，據汲古閣本改暗泣嗟窮湘。慶祚三百多禎祥，嗚呼四十樂府章。春宵翦燭飛蘭香，浩歌激烈聲洋洋。貞魂義血流精光，姦鬼妬魄誅幽荒。土木閃怪踏雪僵，茫茫萬竅塞鼓簧。再洗律吕調宫商，金玉振耀齊鏗鏘。一清一濁均陰陽，風霆變化始有常。咏歌唐虞及商湯，矇瞽獻納皆贊襄。煌煌天子朝明堂，永被金石無哀傷。

西峰日暮

手携一束書，秋風獨來此。松深夜月清，水冷芙蓉死。嬾於簷下讀，兩眼懸秋水。時看澗鼠來，食我山茶子。

老　梅

一度開花一度新，莫嫌終老舊花身。文君頭白空銜怨，不及枝間碧蘚春。

聞子規

客情誰是不思歸，芳草春深未有期。昨夜月明啼更苦，山花滿樹落臙脂。

送王以通之官金陵

芳辰早失意兼衰，不擬君來重舉杯。雲暗月牆花氣重，蠟殘風幕鳥聲催。醉鄉人有江東役，乘興船從闕下回。明日沙頭相送罷，荼蘼小院獨徘徊。

伯符兄弟最英雄，千載青山繞故宫。宋祖只知曹馬事，齊高還與獍梟同。暮簫尚帶蘭陵怨，春水多愁舊壘空。登覽未應迷宿昔，夜猿啼在晉時楓。

湖上春晚

水邊三月芳菲晚，楊柳樓船擁萬家。浩浩歌鐘迷白日，不知烟寺落桐花。

龍山野汲古閣本作舒望

聞説西潘桑柘少，舊來多種紫櫻桃。龍山春晚聊舒望，雪白梨花一丈高。

雲巖寺

老來好古尚關心，寺裏荒題幾度尋。山鵲報晴窺畫閣，水雞嫌雨上高林。麥殘餘冷收春候，楝落輕風滯晚陰。無限幽懷難具寫，一憑闌罷一閒吟。

秋日與知言學士

水落小山浮，山人上下游。月崖烟桂晚，風浦石蘭秋。食芰漁溪宿，烹葵野館留。肩吾相對坐，清話不知休。

後谷春晚

烟冷雲深燕不歸，徑多松葉少花枝。春風過盡無行客，白晝山獐飲石池。

姚震父自剡來喜晴郊行

梅發春江棹緑波，越鄉纔離認吴歌。尋花戴帽誰家去，載酒移船與客過。廢館夕陽寒柳動，古宫芳草白雲多。山行每是清晨出，歸路牛羊下遠坡。

遊雪城寄輝明遠

老來雪上經過少，不復虚堂拜皎然。窺廟野童驚古像，拊碑山客慕先賢。雨多亂水穿城過，日上蒼山繞郡連。隔港木蘭摇客棹，浦荷香散碧雲天。

題壁

春來日日風兼雨，開户晴軒長翠蘿。山鵲弄花飛不遠，隔檐銜散落梅多。

杉下聾僧

殿陰古杉高百尺，蒼弁虬髯森溦漆。林深化蝶粉光冷，威鳳飄飖感仙實。旁有聾僧唤不聞，囁囁枯吟如有失。或時兀坐何堆㕓，或時手把古書帙。帙中明星不復記，案上吟篇已亡律。居山六月不知暑，地凉豔草生幽苾。茶竈泥崩古蘚黏，石盆仰地蓮花出。山童晝睡靠其旁，袴如盤絡不掩膝。僧今老矣無别懷，時夢響潭清汩汩。終當卜室居其偏，坐看蜿蜒舞清溢。

贈術者王髯

王君僧服而胡鬚，贈我手寫千隸書。秦漢古法淪俗筆，鍾王秘刻藏綺疏。君游市俗誰問此，我好奇古貧無餘。閒來古寺看畫壁，醉去野店烹寒魚。擊竹有時談九命，無錢踏雪走千墟。問君歲晚君何如，家有老婢歸田廬。

寄行宫監門王以通

中興天子議攻車，歎息諸公屈壯圖。行殿不開塵鎖合，至今風雨暗金鋪。
玉鉤簾外前朝柳，鬭鴨闌邊小豔葩。莫道君王不曾問，好收銀鑰護宫花。

山行與伯弜同賦野廟

芳草没荒基，終年掩畫扉。酒臺乾舊滴，香殿入斜暉。神樹枝枝曲，山魈箇箇歸。春來歌鼓動，野老薦春薇。

悼周晉仙

蕭散嵇康輩，難教縛宦情。識高渾脱略，意廣惜沈嬰。老面烟霞古，醉衣苔蘚生。西峯難獨往，茶竈對誰烹。

詩救元和失，先生學最精。律嚴方苦硬，才大始縱横。貞曜何須謚，魏閑相繼生。他年詩集著，風雅被家聲。

秋　蟬

日落秋蟬噪柳津，為傷風露咽聲頻。送晴送雨江亭外，偏感舟行晚泊人。

乾元山洪水

乾元山頭洪水發，溪有長蛟潛伺察。兩岸居人莫等閒，年深物怪終騰拔。往歲鄰封遭水變，只道溪流浄如練。倏忽人烟數里間，夜半平沈皆不見。東南地坼乾坤浮，幾番赤子葬洪流。神龜去後不復返，休看浪打石人頭。

防風王廟

萬國方尊禹，防風殞殿趨。應憐舞干戚，獨不礙唐虞。祭豆侵田鼠，靈幡觸井烏。椒漿春奠罷，簫鼓舞村巫。

郜溪別周伯弜

夜館寒相對，篝燈語不眠。夕烟生水郭，風柳泊沙船。暖棄山中宅，春耕葑上田。西峯晴靄碧，歸去挹飛泉。

山池早秋

荷葉傾香露，山池見早秋。石涼幽蟹過，枝脆雨蟬休。廢堰憑虛漲，荒泉入亂流。水花紅漠漠，相對渚雲浮。

曉離山隱

出山便與山花別，清露叢邊不得留。去伴水禽船上宿，石溪斜月下滄洲。

天竺秋日

翠滴千竿溼砌苔，曲廊花木小叢開。吴僧愛覓閒吟處，偷向花邊竹裏來。

行繞方池日又斜，青雲小注溼秋霞。闌干幾度渾敲遍，為引遊魚出浪花。

震父與僧偕至

王謝清遊帶越僧，共携山老坐吴亭。身閒不記為官日，落落吟詩讀道經。

茶　爐

煉泥合瓦本無功，火煖常留宿炭紅。有客適從雲外至，小瓶添水作松風。

惜梅贈别

蘆管含愁苦怨春，況兼風雨送行頻。數株零落寒雲畔，難揀香枝寄遠人。

雨　窗

江湖春水欲生時，開盡梅花雁北飛。風雨滿庭人不寐，小窗燈火夜深微。

虎丘

山色吳門少，行人愛此游。天高雲閣晚，石裂劍池秋。虎去空陵變，僧栖古塔幽。上方曾眺遠，落日駐扁舟。

送通上人歸仙潭寺

寺憶清溪遠，舟移曲岸分。塔昏飛雨怪，殿黑隱雷文。錫挂秋房冷，香浮夕帳熏。蘚庭閒望過，汲古閣本作處碧鶴下晴雲。

雪中

風定片初微，移時鵲噪稀。曲塘添柳重，彤閣映花飛。鶴怪雲黏石，僧疑月照扉。閉門高卧者，終歲復何依。谷寺掩高扉，松亭雪側垂。石幢圍隱獸，野殿没寒鴟。路轉空林積，風驚老樹危。草堂香火静，山鹿到荒墀。

感雁來紅

落落雲中雁，亭亭階下草。草心將變紅，雁聲來已早。霜風日夜催，對此忘吾老。玲瓏葉數層，次第顔色好。燕脂染盡時，倚欄如醉倒。年年秋雁來，每被吟情惱。

寄姚贛州

雪蓬生剡溪，家近放鶴岑。晉士有遺風，愛尋支遁林。得善忘形服，率然披素襟。功名亦偶爾，王戴非無心。今人異古昔，賤義而懷琛。蕭條石門咏，浩蕩東山吟。如何昌黎翁，醉鄉譏湎沈。玉帶與金魚，劉畢非所欽。

秋館

林暑漸消歇，爽氣浮高松。風蟬有遺響，露花結秋紅。微月出東嶺，碧雲散遐穹。暮館正虛寂，泉聲雜鳴蛩。《永樂大典》卷一一三一三、汲古閣本作蟲

送別

送別春湖動客心，荇花無浪颭寒金。晴山望極連江郡，沙鳥風檣度遠林。

宿永安潭上

子規啼在亂山中，廢寺春深暮閣重。門外永安潭上水，朝昏惟送一樓鐘。

水仙花

洛浦香銷珮解時，荆臺歸去峽雲遲。緑羅湘帶無心疊，玉墜頭花一半垂。

送天竺僧還鄉

月冷雲深天上寺，桂花千樹遶樓臺。歸時若對閒人説，莫道身從月裏來。

廢宮

渺渺笙歌散石筵，霓旌吹斷網蛛懸。經年不鎖青鸞殿，野鶴飛來玉几前。

溪上

休文壠上陰雲起，雨漲定安橋下水。漁人莫倚滿溪流，見説長蛟劍為齒。

看梅雜興

春動晴山照野扉，早梅開後失歸期。夕陽無柰山郵路，過盡行人雪滿枝。

挂頭方帽與烏紗，兄自看梅弟煮茶。閒問水邊行樂去，向陽渾有幾株花。

青松古院一株梅，寒殿無人花自開。日暮老僧清梵罷，夜深偷照月華來。

野棠花

野火回飈掩舊株，新叢滿眼臨征途。緑攢深棘欲自蔽，千朵萬朵争敷腴。新晴遠客過林坂，烟漲吴船春泊晚。冶豔空摇蕩子情，繁香暗逐吴姬遠。吴姬漂泊原缺，據《江湖後集》卷一六補行人愁，年年此花開不休。半壓壞牆荒館外，亂生春蕻《江湖後集》作蕪野池頭。人間買花貴紈綺，一世争知異朝市。曲檻朱欄轉首空，野棠無主自成叢。

春暮懷伯弜

篔簹深谷近青霄，春盡思君夢自勞。歌鳥不來香室掩，綬花空結紫藤高。荒池瓦礫迷芳草，曉案烟雲擁墨袍。山近響潭多勝好，論詩無處覓劉曹。

苧瀆夜泊

吴城水冷秋風高，迎霜楓葉飄城壕。吴儂射利如射虜，高帆大艑横江濤。黄昏不顧風水惡，篙兒怒擊《江湖後集》卷一六作挐何輕豪。苧瀆人家慣迎接，憧憧來往無停艘。水上懸燈招夜泊，沙頭認客相呼號。人生富貴多不足，亦有稗販當勤勞。萬斛高裝謀重利，斗升未給浮輕舠。吾生最愛魯仲連，封侯不受海上逃。輕世肆志甘貧賤，誰能富貴詘辱遭。夜歌新詩喜達旦，起看征雁飛雲皋。

悼趙宰紫芝甫

紫芝昔賦天台日，桐柏宫詩老更成。夢斷玉樓春帳曉，蝶迷花院汲古閣本作縣夕魂輕。錢郎舊體終難並，姚賈新裁近有聲。有子無家須弔問，故交誰不為傷情。

果　熟

方池曲沼動林花，竹院僧閒日又斜。西崦果園方晚熟，一雙烏臼打烏鴉。

觀小魚

藻間相失復相尋，水面争浮力未禁。隔岸木蘭船欲去，浪花摇動一時沈。

潭　上

落葉寒潭上，秋風釣艇閒。片雲移晚渡，孤浪兀晴山。敗栅寒蕪擁，高楓夕照還。一鷗飛起處，烟靄暮溪灣。

龍岫南窗書懷

茅堂猶未卜，幽興日遲回。帶雨聽昏笛，和燈看落梅。春風三月近，客鬢二毛催。憶得初來日，山寒暝葉堆。

葺唐栖舊廬

矯時無峻節，立行虧衆美。遠岳憚孤征，徘徊就鄉里。人情好愉悦，我老齊賢鄙。娓娓聽鄉言，時時容側耳。前脩不可見，法社漸凋毁。名山半征徭，祖塔亂獐麂。林築無清資，澤居循舊址。鑿牖納晴曦，蒔竹臨幽沚。時將了歲寒，閉户春風裏。

裴六書堂《江湖後集》卷一六作題裴六書堂

數峯相對夕陰遮，新占書堂舊竹斜。地冷石階秋菊小，一叢開得兩三花。

西湖日暮

渺渺春湖夕靄浮，落花飛燕打蘭舟。游人半入烟城去，月照笙歌上水樓。

夜歸

昨夜溪上歸，雲下扣松扉。老褐啟重鑰，瘦厖循我衣。院静雨聲大，氣寒燈暈微。叨叨聽林鳥，春歇訴無依。

秋晚

拒霜花落碧潭秋，懶向山巔水際遊。自看夕陽烏臼樹，白雲紅葉亂溪流。

送僧之金陵

秋鍼感線溪，雲衲幾回披。隴月當窗夜，鍾山入句時。夢依紅樹宿，寒渡碧江遲。吴楚繁幽勝，相逢苦未期。

將別舊山寄伯弜

吾道貴日損，紀綱付有力。誓捨耕鑿資，生以給信食。歲晏民物耗，霜枯鷹隼擊。寂士無豐姿，空田罄塵積。小臧别我去，晚瓢先挂壁。飢寒併一身，舍下無遺跡。窮達不異趣，死生共短息。碩友諒難捨，他山終易適。

鷲峰

山後山前行遍了，倚闌不是動秋吟。從頭自較山中石，烟雨苔痕幾片深。

苔峯只就《江湖後集》卷一六作對階基列，卧榻雲窗烟翠涼。老去山中貪勝賞，只應迢遞負三湘。

次韻伯弜值雨見留

澗谷饒春雨，烹茶近石池。竹雞鳴野塹，山雉出荒籬。草長藏初筍，花空只舊枝。旅懷吟不盡，刻竹記幽期。汲古閣本作詞

送僧歸雪寺坐夏

道會三旬滿，鄉山九夏初。蝶移金鼓夢，龍護寶蓮書。日落沙洲迴，蘋香水殿虚。閉門溪上寺，好好自安居。

月夜遊冷泉亭

地靈泉上寺，松壑定深清。獨聽子規叫，況逢山月明。樹藏春洞黑，石擁夜泉鳴。日出喧車馬，終非隱者情。

寄友

聞君蕭散在田廬，想見琴書足自娱。欲挈瓶盂就茅屋，桃源圖上有僧無。

聽琴

蘼蕪香散楚江頭，湘竹叢邊淚不收。莫把朱絲寫離恨，夜深簾外鬼神愁。

咏懷

落日重雲下，哀哀聞子規。荆玉化為土，湘淚摧空枝。彼禽復何怨，歲歲號春時。春風自無情，衆芳日夜衰。冉冉無終極，哀樂徒爾為。睇彼川上流，浩蕩無前期。

春日泛舟

野外苔磯好，孤舟未可抛。碧溪沿谷口，晴柳護塘坳。波静魚吹沫，林深鵲隱巢。輕雲障暖日，閒思渺春郊。

庭心草

兀坐轉流光，見爾庭心草。亭亭花未開，靡靡葉先老。潛荄幾化螢，芳蕤暫妍好。悁慮果徒勞，吾言非計早。

山樂官

古來歌舞者，樂極總幽沈。山鬼晝無影，春禽歌好音。梨園虚寶闕，玉樹慢荒（汲古閣本作芳）淫。一曲烟蘿外，傷哉悲樂心。

過青芝村觀晚梅

梅花樹下春風静，苔荒薺老園春井。山翁汲泉來點茶，觸殘花下玲瓏影。

送别韶溪權上人

溪行逢雪後，明月照孤身。夜榜聞烟艇，春耕見穡人。早梅容易落，征路往來頻。應感隨陽雁，年年度柳津。

松陵答友人

鬱羅天上挹星躔，拾羽編衣汎碧蓮。長笛亂吹明月夜，秋風濯足太湖邊。

憶舊隱付柔上人

遥憶荒階碧蘚生，木蘭露重滴歸情。秋山松桂皆森爽，夜館星河幾晦明。溪色乍涼雙鷺下，雨聲纔絶一蟬鳴。經房舊掩青楓老，此夜無人月影清。

寄鳳山滿上人

空生久不來，端居常掩室。緬懷舊林社，泉壑翳清密。古鳳闕靈音，野竹無花實。動植皆營營，忘言消永日。

周令自江夏歸郜溪

芳草萋迷征騎歸，且依張負入書帷。家園懶記閒花草，蔬豆重甘舊藿葵。崔顥能吟有陳迹，禰衡作賦想當時。才能往往為身累，好讀淵明飲酒詩。

春　至

松鳴山欲浮，昨夜春風過。曉户敞晴光，早鶯啼一箇。朝吟還自酬，暮吟還自酢。年光整整來，山房人亦樂。以上《雲泉詩集》

呂晋叔著作遺新茶其品大窠，葉收二餅、葉二十七一餅、郝原葉仲原四餅、章坂葉二十九二餅、碧原王家二餅、大佛嶺游潤四餅，凡六家

四葉及王游，共家原坂嶺。歲摘建溪春，争先取晴景。大窠有壯液，所發必奇穎。一朝團焙成，價與黄金逞。呂侯得鄉人，分贈我已幸。其贈幾何多，六色十五餅。每餅包青蒻，紅籤纏素縈。屑之雲雪輕，啜已神魄惺。會待佳客來，侑談當晝永。

游張園觀海棠戲作

春色都將付海棠，羣仙會處錦屏張。約齋妙出春風手，子美無情為發揚。

以上宋陳起《江湖後集》卷一六

雪中海棠

蜀妃夜謁紫虛皇，玉鳳差參促曉妝。譙罷瑶臺魂未醒，臙脂臉上白雲香。

元孟宗寶《洞霄詩集》卷八

夏夜懷洞霄

跣足曾穿古洞，衲衣挂在長松。一别烟霄十載，夜來夢入西峯。
凉夜宛游清境，歸時尚愛攀松。回首雲烟滿目，盡遮九鎖寒峯。

（許紅霞整理）

全宋詩卷三〇二二

趙葵

趙葵（一一八六—一二六六），字南仲，號信庵，一號庸齋，衡山（今屬湖南）人。父方爲京湖制置使，葵少年即隨父軍中。寧宗嘉定十四年（一二二一）以戰功知棗陽軍。十五年，通判廬州。理宗寶慶三年（一二二七）爲將作監丞。紹定元年（一二二八）出知滁州。六年，授淮東制置使兼知揚州。端平元年（一二三四）爲京河制置使，知應天府、南京留守兼淮東制置使。嘉熙元年（一二三七）知揚州。淳祐二年（一二四二）知潭州，湖南安撫使。改福州。七年，除樞密使兼參知政事，督事江淮京西湖北軍馬。尋知建康府、江東安撫使。寶祐二年（一二五四）爲廣西宣撫使。開慶元年（一二五九）判慶元府、沿海制置使。景定元年（一二六〇）授兩淮宣撫使、判揚州。度宗咸淳二年卒，年八十一。工詩文，有集，已佚。《宋史》卷四一七有傳。

趙葵詩，據《後村千家詩》等書所録，編爲一卷。

荒城《全芳備祖》前集卷一二作菊花

城荒葉落風颼颼，淮水茫茫古渡頭。回《全芳備祖》作白首不堪行樂地，黄花點點是離愁。宋《詩家鼎臠》卷下

春

檀板且教停，花嬌不耐驚。日融鶯語滑，風軟蝶身輕。縷篆銷春晝，遊絲弄晚晴。誰家楊柳院，笑語雜

棋聲。

緑竹移陰抹畫牆，倚欄紅藥殿春光。風開簾幙催香篆，坐聽鶯聲春晝長。

點點殘紅纈燕泥，畫堂春暖日初遲。緑楊影裏鶯聲碎，正是南窗夢覺時。

以上宋劉克莊《後村千家詩》卷一

春遊

載酒尋春二月天，子規啼破緑楊烟。日斜醉倚鞦韆柱，石上桃花紅欲然。

初夏

院宇沈沈雨四垂，博山香斷未多時。驅除春事風姨怨，貼水新荷又滿池。

梅子留酸濺齒牙，芭蕉分緑映窗紗。日高睡起無情思，閑看兒童捉柳花。

櫻笋方夭麥報秋，梅黄雨過水平疇。春歸欲帶春風韻，枝上一聲黄栗留。

同上書卷二

上元

翡翠簾開舞袖輕，寒星萬點下蓬瀛。清尊對月酌不已，也向蓬窗坐到明。

同上書卷三

春寒

春草平蕪烟雨迷，鞦韆寂寞舊園池。江南也是東風惡，花骨經寒瘦不支。

同上書卷五

雪夜

酒力欺寒淺，心清睡較遲。梅花擎雪影，和月度疏籬。

同上書卷六

賞花

趙葵

人樂清明三月天，也隨人賞萬花園。偷閑把酒簪花去，不似兒童笑語喧。

昨日新園去看花，路邊郎女阿誰家。香車寶馬相追逐，笑語歸來日未斜。

落花

他鄉桃李為誰栽，逗曉輕紅帶露開。一夜風姨妬顏色，落花無數點蒼苔。以上同上書卷七

十月見桃

匼匝新園一徑通，荷經霜盡野塘空。桃花錯認東風暖，却與芙蓉鬬小紅。同上書卷八

十月見菊

落拓山園載酒來，江梅含雪倚春臺。黄花無藉秋光老，猶自離披帶雨開。同上書卷一〇

雪

玉龍昨夜起天涯，曉看團花一尺圍。莫放妝臺簾捲上，怕驚釵畔寶鸞飛。同上書卷一三

郊野

白鳥銜烟去，山僧渡水來。竹籬茅舍外，忽見野梅開。同上書卷一四

江行

霜清月冷雁聲秋，今古江流不盡愁。風捲蘆花漫雪裹，夜深鼓櫂落汀洲。

舟

雨過平蕪帶落暉，蘆花飄泊點征衣。舟人忽報東風急，萬斛龍驤噴雪飛。

櫓聲伊軋下灘來，驚起沙鷗去又回。小艇暫停曲江滸，推篷和雪看寒梅。

鼓櫂過前灣，推篷破旅顏。山回流水轉，烟逐曉雲閑。以上同上書卷一五

樓

等閑携酒上南樓，樓占東州古渡頭。翼瓦拂天翔碧鳳，危欄隱霧鎖蒼虬。湖山環據三吴會，江漢雄吞四蜀流。醉裏浩歌天地闊，櫓聲摇月上汀洲。

寺

古木蕭森映緑苔，嵯峨樓閣倚天開。山僧不問朝天客，自注冰泉浸野梅。

溪繞青山山繞溪，溪山勝處只僧知。雲閑古木禪關静，不到禪關又幾時。 以上同上書卷一六

墨梅

須知造物元無物，剛被花光强造端。認得色空都是幻，南枝非暖北枝寒。 同上書卷一七

豐年

一犁春雨足生涯，黍稷桑麻已滿畬。只願今年風景好，村村社酒樂農家。 同上書卷二二

梅花

夜深梅印横窗月，紙帳魂清夢亦香。莫謂道人無一事，也隨疏影伴寒光。 宋陳景沂《全芳備祖》前集卷一

芍藥

芍藥殿春春幾許，簾幙風輕飛絮舞。昨宵酒醉玉樓春，一聲畫角吹殘雨。 同上書前集卷三

海棠

依依楊柳已藏鴉，風度鶯聲到碧紗。洗盡春光連夜雨，海棠贏得兩三花。 同上書前集卷七

桃木

趙葵

誰家有女腰如束，雙眸剪水肌凝玉。裍紅香汗濕鮫綃，低壓嬌花鬢雲緑。春光瀲灩春晝長，春風撲面春花香。一聲環珮鳴丁當，自臨鸞鏡匀新粧。同上書前集卷八

菊花

黄花照眼又經秋，山自青青江自流。多謝龍頭鰲禁客，年年把酒到江樓。同上書前集卷一二

柳花 按：此詩又見本書後集卷一七，題作楊柳。

三月名園草色青，夢回猶聽賣花聲。春光不管人憔悴，飛絮紛紛弄晚晴。同上書前集卷一八

竹

一抹輕烟隔小橋，新篁摇翠兩三梢。惜春不覺歸來晚，花壓重門帶月敲。

風竹蕭蕭梧葉黄，相思寸寸斷人腸。一聲塞管來何處，鴈帶秋聲入故鄉。同上書後集卷一六

秋浦樓

麗譙岧嶢壯城闕，明嘉靖《池州志》卷八作闕萬里關河歸目睫。雨餘漁釣玉奩開，烟生同上書作外芙蓉翠屏列。吴頭楚尾二十秋，滿耳絃歌聲未絶。不才濫綴鴛鷺行，夜夢時還許歸謁。蕭晨振策來翠微，母憐吾兒倍怡悦。昔偕汝父居是邦，舊事辛苦為兒話。星星鶴髪簪霞冠，笑者同上書作著朱衣擁金節。一門和氣皆君恩，恩與天同酬未得。生平區區忠孝心，歲晚願為松與柏。可憐同上書作堪清賞屬登臨，風景不殊人事别。徘徊徙倚十二闌，嘯同上書作角聲吹上梅梢月。

惠山寺《宋藝圃集》卷一八作慧山寺

古木森森映碧同上書作緑苔，嵯峨樓閣倚天開。山僧不問朝天客，自注冰泉浸同上書作插野梅。

貞義女咏

白首辭廊廟，投閒瀨水隈。因觀貞女傳，深仰謫仙才。擊漂名猶在，沉淵事可哀。清魂招不得，偷俗挽教回。直筆遺青史，□磯鎖綠苔。憑將一杯酒，澆向浪花堆。

以上元陳世隆《宋詩拾遺》卷二三

祝融峰

祝融萬仞拔地起，欲見不見青霄裏。山翁愛山不肯去，為山醉卧松根底。家童尋着不敢驚，沉吟恐怕山翁嗔。夢回抖擻下山去，一徑蘿月松風清。

《永樂大典》卷八六四八

荒　城

萬里黃雲凍不飛，磧烟烽火夜深微。胡兒移帳寒笳絶，雲路時聞探馬歸。

烏桓城下雨初晴，紫菊金蓮漫地生。最愛多情白翎雀，一雙飛近馬邊鳴。

影印《詩淵》册三頁一九八〇

塞　曲

鴻傳霜信入邊州，目障烟塵昏戍樓。多少征夫南北恨，玉關人老玉關秋。

同上書頁一九八六

過小漿市

人生南北與東西，幾度雲山幾度溪。我亦欲歸歸未得，子規從此不須啼。

明饒文璧嘉靖《東鄉縣志》卷下

題金山

紫金千仞鬱崔嵬，四面驚濤捲雪堆。屹立中流天柱壯，高標雙闕海門開。江流今古幾分合，日月東西自往來。一覽象山皆峿嶁，不知身世是蓬萊。

明許國誠《京口三山志》卷五

避暑水亭作

趙葵

水亭四面朱闌繞，簇簇游魚戲萍藻。六龍畏熱不敢行，海波煎徹蓬萊島。身眠七尺白蝦鬚，頭枕一枚紅瑪瑙。公子猶嫌扇力微，行人多在紅塵道。清厲鶚《宋詩紀事》卷六五引《昨非庵日纂》

《宋詩紀事》：趙葵嘗避暑水亭，作詩六句已成，葵遂睡去。有侍婢續二句云云。

贈石牛上人

萬里江山萬里天，疏鐘半夜落漁船。老來羨殺禪關客，一枕江聲抱月眠。清朱緒曾《開有益齋金石文字記·焦山趙湣贈僧頑石並題名》

句

不問春歸自放花。酴醿　《全芳備祖》前集卷一五

多謝君恩好歸去，夜來小泊小孤山。宋董嗣杲《廬山集》卷一五《小孤山》注引

（朱寶模整理）

全宋詩卷三〇一三

陳元晉一

陳元晉（一一八六—？）（生年據本集卷六《廣東主管帳司元公墓志銘》），字明父，崇仁（今屬江西）人。寧宗嘉定四年（一二一一）進士。十年，爲雩都主簿（明嘉靖《贛州志》卷七）。十六年，爲增城縣丞。理宗寶慶元年（一二二五），知奉化縣。歷知福州、融州、南安軍，遷廣東經略使，累官邕管安撫使。曾建漁墅書院，因名其集爲《漁墅類稿》，久佚。清四庫館臣據《永樂大典》輯爲八卷，其中詩二卷。事見本集有關詩文，清同治《崇仁縣志》卷八之二有傳。

陳元晉詩，以影印文淵閣《四庫全書》本爲底本。

別玉笥何鍊師東山楊先生有序贈之

軒軒黄冠師，肯出水曹後。流風尚詩癖，聖處坐參透。褰裳紅塵外，心賞山水秀。渾融入芒端，字字遺氛垢。雲霧巧裁縫，冰雪工刻鏤。編成着山巖，光怪射牛斗。誠齋已古人，文字上無古。雲龍渺相從，傳家有文武。異聞蘄一面，渴予心獨苦。龍門快先登，羨子賞音遇。廖師抱長材，彌明吐奇語。牽聯千載名，政以韓子序。君從蕭灘來，我向贛水去。饑驅我漫出，可耐塵土汙。雲山固招君，底事闖城府。秋凄君且歸，我行方出户。稻粱亦何味，茯苓自堪煮。何時扣白雲，借我一坐具。

梅

吾敬林隱君，終老梅花鄉。孤山足佳處，不願白玉堂。古來貧賤交，富貴渠相忘。歲寒誰古心，摇摇桃李場。

竹

吾敬王子猷，傲俗獨愛竹。行止必與俱，情義均骨肉。雲龍求友心，上下亦相逐。彼哉絶彝倫，乃戒桑下宿。

遊羅浮寶積寺

晴峰膏秋容，遠騎駐春脚。長風載之游，清月此旅酌。眼高天圍小，語暖雲氣薄。神仙邂逅親，導客以笙鶴。

半生夢羅浮，世事縛兩脚。仙泉有誰何，生客那得酌。君詩挹其腴，水味從此薄。清遊天所裁，望極南飛鶴。

有感

寒聲戰梧楸，風色歲行暮。誰念天涯人，貂裘敝塵土。一飽亦易營，局促良自苦。安得八駿蹄，駕言觀玄圃。

和留粹中將游南華之什

南來佳山水，清淑如三吾。何必二水間，獨有八境圖。秀水饑可餐，清淪渴可斞。頡頏飛霞佩，簸弄明月珠。心閑鷗許知，日遠鴻與徂。蓬窗苦局促，畧取山川娱。是間有意趣，逢人輒周諏。一舍兩叢林，半點塵埃無。頓漸非二門，凡聖同一區。見佛心即了，迷者直非夫。冥心休外觀，來此同僧趺。

壽懶庵趙先生十首

更生青藜杖，長吉古錦囊。豈無芝蘭馨，終少蒹葭霜。精深師友漸，磨琢金玉相。凜此宗姓傑，高掩漢與唐。

曩時吴畏齋，桀桀極宏毅。今時葉水心，表表負經濟。公游二老間，聖處心獨契。人物方眇然，甚矣夫子似。

皎皎疇昔心，睠焉本根計。一鳴驚萬喑，獨醒閲衆醉。勇指非種鋤，有膽竟成事。彼哉稱國師，千載有餘媿。

醫國藥萬金，補衮線五色。誰令落江湖，刺史六百石。衆萬溝壑瀕，援手公一力。平生富青州，關心豈官職。

嘉師固秉彝，祥刑盡生德。惠文恣彈治，此意誰復識。雨露既天覆，刀劍亦俗革。活人不言功，所願長我國。

王氣鬱東南，兵塵莽關洛。事會豈有極，祇恐元氣弱。折衝樽俎餘，欠着一諤諤。如公胡不歸，儒用魯何削。

垂弧正大夏，明炳肖火德。仙源毓英靈，帝賚扶社稷。恩波溢西江，釀作壽觴碧。一飲千斯年，福與宋無極。

書生棲大厦，燕賀媿無從。嵩高乏嘉頌，何以祝我公。一節貫歲寒，願似南山松。下有千歲苓，嘗許氣味同。

開濟平生學，忠精一寸心。時危添白髮，意遠寄清吟。河洛風埃滿，江湖歲月深。眼明天柱壯，澠淥對渠斟。

楚望環宗嶽，湘源遠派浯。山川鍾氣異，宇宙要賢扶。晚遍朱軒轍，春饒緑野腴。遥知初度日，歌舞沸重湖。

朱明洞天

南來大艑凌空浮，卸帆試畧羅浮秋。胸中無機神仙喜，筆底光怪山靈愁。山泉夜作糟床滴，風松閃冉青旗色。招我三啜玻璃觥，峯頭飛上八千尺。星微月壯海茫茫，蓬萊仙袂遥相望。銅龍夜吼風霧香，石橋跨空河漢長。千巖笙籟奏清曲，萬樹醴露如天漿。金鴉海底初刷翮，雲擁扶桑一枝出。羣仙拍手嘆絶奇，坐中相顧屬誰筆。阿翁曾是夾日飛，公孫請賦五色日。

田家謡

長年飯不足，背裂赤日中。忍饑不肯懶，辛苦求年豐。今秋幸一熟，天意亦憚窮。庶幾債可了，或有餘粟春。團欒共妻子，糠粃一笑同。焚香答天賜，力作人何功。君不見前年三百青銅米一斗，又不見去年蕨根掘盡不充口。妻孥長恐不相守，敢擬如今蘇息否。

和馮眉州九日無酒韻

蜀日曀曀風凄凄，有美人兮愁楚羈。白衣不來負佳節，士窮使我增歔欷。錦韉屢踏秦關月，寶刀尚染健兒血。尋思往事玩浮雲，目送孤鴻互明滅。醉鄉廣大無何有，無事唯當學犀首。不應來弔獨醒魂，却嫌閒却持螯手。吾儕臭味草木同，但須多植寒花叢。遇花開時即重九，天豈教人樽屢空。

贈符藥朱道士

君不見許旌陽，飛符走劍蛟龍降。一朝功行滿仙籍，寶册金丹來帝旁。又不見孫思邈，玉函方出千金藥。棲遲猶作地行仙，良以活人恩施博。要知天地德好生，鬼謀客邪胡由乘。有符有藥解濟世，此心即可通神明。桃椎耳孫樂虛静，符水能靈藥能聖。呼雷麾電縛魑魅，二豎三彭俱聽命。困者以醒病者甦，孳孳予豈為利圖。梓人作室橐駝樹，治民相國非殊塗。降魔要竪大法幢，起死要下黄昏湯。更煩物色合誰屬，請起江湖登廟堂。

胡文昌和東坡子由彭城月詩併録澹菴新州以所和見示索和

澹菴眼似坡仙高，眇視軒冕如秋毫。忠臣要作社稷計，那知平陸生風濤。當時蓋亦輕餘子，富貴轉頭真逝水。汗青不朽姓字香，百世聞風尚興起。函關正要封泥丸，金陵王氣開龍蟠。一書乞借尚方劍，搢紳環睨心為寒。要扶鑾駕還都汴，鼎鑊在前顔不變。低頭辦了着南冠，斂手笑還丞相板。飛鳶跕跕古錦山，氣老益壯窮益堅。銀河流空月照地，肺肝洞作冰玉看。緬懷坡仙亦大好，詩比離騷興香草。持杯滿滿賀素娥，嶺海百年逢二老。聞孫趾美德不貧，清文高節猶前人。何當佳話重拈出，只慚授簡梁園客。

採蓮

春山懶婦忻晝眠，門前女伴邀採蓮。含嚬行過寒烟浦，臀上蘭舟悄無語。尋花不見花深深，見花不折空愁心。停橈看花紅更膩，却自低頭照秋水。娟娟沙際月一痕，催歸幾棹菱歌喧。葉底忽逢花並蒂，折歸月下乞郎看。

楊南仲寓湖

紛紛市道交，翻覆雲雨手。不如清風與明月，情分却於人耐久。夫君不受塵土污，湖上結茅誰與處。坐中只着風月我，有客敲門卿且去。凉生几席影沉杯，困眠醉舞相追陪。此時一笑真莫逆，中邊洞徹無纖埃。須知箇裏非久計，時來携手青雲裏。蓬萊山頂廣寒宫，放出清光滿天地。

上姚贛州鏞壽

伏審黄鍾唱子，嵩嶽生申。紛燕賀之偕來，祝龜齡之難老。莫抒善頌，喻賦長歌。庸以發君侯之雄心，抑以見吾黨之矚望。儻蒙笑鑑，榮幸不貲。

東南之鎮曰會稽，扶輿清淑拱帝畿。千巖萬壑氣盤礴，更有壽檜天與齊。托根后土閲千古，黛色蒼皮天一柱。鍾為人傑堪棟國，恰似嵩高降申甫。君侯胸中百萬兵，年未四十俄專城。精神滿腹秋水瑩，談笑兩頰春風生。崎嶇贛右三百里，蛟鰐垂涎波浪起。遡流張膽作風帆，信如王尊乃勇耳。脱略邊幅柔凶頑，解除苛嬈綏創殘。唤回和氣豁氛祲，事有至難談笑間。人口如碑沸傳誦，帝曰吾徒得君重。天風吹下紫泥封，趣入班行作儀鳳。大夫何以假守為，真除屬厭民所期。虎頭炭橐要彈壓，凝香森戟聊娱嬉。璇杓插子日南至，黄鍾飛灰雷出地。崆峒春早梅已香，釀入黄堂壽觴裏。醉來含笑看吴鈎，龍光夜半干斗牛。關河北望令人老，忠臣心與天為謀。潢池正爾兵不弄，又説邊塵時澒洞。籌邊筦鑰寧無人，知待人豪為國用。貂蟬冠高劍拄頤，丹青正與緑鬢宜。碧油幢下白羽扇，貔虎百萬惟指麾。雍容傳檄定三輔，頸縛單于歸釁鼓。手扶鑾駕還東都，宫殿千門總如故。摩挲與問金城柳，頗嘗見有此舉否。策勳飲至未央宫，腰下懸金印如斗。萬年觴捧月氏頭，虎拜稽首揚王休。功高福與宋無極，紫樞黄閣三千秋。

上劉計使

水心吾師今昌黎，如椽巨筆光虹蜺。先公潛德粲碑版，却恨不識嵇中散。九苞五彩丹穴雛，不巢阿閣翔海隅。南來隻影方自笑，天假之逢挹光耀。一寒頓坐春風温，賤子亦許扳龍門。子期九原不可叫，筝琶紛紛不同調。明公派自南軒來，衹今砥柱狂瀾回。一麾兩節嶺南北，盡是周程舊歗歷。書生彊附善類心，莫道冶躍非祥金。偶然短簿令公喜，上下雲龍固其志。山谷昔見蘇長公，自比小草依長松。牽聯名字香聞素，未必今人不如古。

和胡文昌嘉禾篇

郢山東翼帝王州，使君來自白鷺洲。下車三月課最優，賦辦不擾訟不留。哦詩卧閣政令修，和聲上暢天畀休。六丁下執旱魃囚，蠻琛航遠歸懷柔。向來瘡痏稍稍瘳，雨應六月如膏流。有禾雙穗來西疇，觀者喜氣同春浮。老父再拜千騎頭，此帝所賚非人求。三邊未靖哀虔劉，向來根本慮甚周。安得賣劍都買牛，豐年一飽百不憂。轉頭西風催斂揫，鼠雀亦覺歡啾啾。更令北望烟燧收，鐵衣更戍休葵丘。富民有詔封千秋，我生誰嘆命不猶。黄鷄白酒相獻酬，老翁市井兒嬉遊。擎香仰祝十二旒，垂拱萬年百禄遒。偉哉姬旦忠國謀，艱難民事陳嘉猷。仙人飛空白玉輈，霓旌來下風颼颼。手持五緌遺君侯，瑞圖合命椽筆修。晉之東序方天球，連理木頌那得儔。午窗香篆銷金虬，和公詩罷茶七甌。

代錢轉運判官趙帑轄

今代漢宗英，如公不數人。清標高嶽柱，和氣藹湘春。宣室思才子，甘泉欠侍臣。平生劉子政，晚節更精神。

憔悴湘濱客，懷哉有此逢。二星欣照映，三月愜遊從。公事如羹沸，歸心似酒醲。從今殊出處，别語且從容。

和蔡鐵窗韻

鐵窗詩價遠，應是到鷄林。修月有妙手，伴雲無出心。調高追郢曲，意古和虞琴。觸境勿多語，希聲是大音。

峽山

帆落榕根暮，禪扉半尚開。逢僧如舊識，問我幾時來。潭靜鷗眠穩，雲深猿叫哀。篝燈看碑石，今古半蒼苔。

嚴陵市

暝色低平野，霜風放霽天。買杯逢竹所，索句立梅前。山曲雲歸寺，溪寒水帶烟。茅簷聽殘雪，愁絶擁衾眠。

帥節留先生兩年粤服氓獠安之一日疏十宜歸欲袖手板還丞相言者猶不之置上命以釐廷之禄解印東歸門生臨川陳元晉援後山送坡仙故事至惠之海豐而别作詩四章云

手疏宜歸十，心知昨夢非。鴻冥空費弋，鷗舞早知機。風急推潮落，雲閑剩雨歸。攀轅多少淚，海岸濕斜暉。

描畫終無説，歸來豈不榮。事難工拙較，我自去留輕。過眼風波惡，懸空日月明。人生只恁是，孤鶴九皐聲。
拙無諧俗韻，老眼獨相奇。寒谷遲春到，東風盡日吹。身將三尺律，心不一毫欺。公與梅花外，南來誰我知。
木種十年計，苓培千歲根。三生疑宿植，九殞志酬恩。遠送竟須別，百懷難具論。任安窮自分，義不辱公門。

餞余倅鼎叟官滿東歸

丙年同佐牧，相與最情親。乘月登樓夜，隨風步屧春。報來陞轉速，歸去召除新。一劍舊肝膽，持將問大鈞。自注：時以平寇轉兩官，且有任滿陞擢之命。

晚步

鼓鐘燈火後，袖手過欄干。素月空中寂，踈星竹裏看。溪毛行步濕，潭影古心寒。此意我方適，亭亭夜未殘。

過桐廬縣

嚴陵耕釣處，清淑故依然。樓館危臨水，人烟近倚天。客行桑下路，晨墾嶺頭田。遲我風帆便，津頭更覓錢。

雪作

簾捲虛堂曉，兒童笑語譁。恍疑開月窟，渾是散天花。竹裏聞清響，江邊看玉槎。訪梅乘好興，着屐過鄰家。

送鄧帥參文舉得南雄守歸庚子元日

風流耆舊傳，悃愊静無華。來重青油幙，歸乘皂蓋車。離筵傾柏葉，客路看梅花。聞有南來信，門前迓騎譁。

雨後

忽雨乾坤變，將秋氣候寬。林亭欣濯濯，柳岸渺漫漫。一飯飽無那，連村枕可安。舉觴屬明月，急雨放雲端。

一雨郊原足，神功不作難。向知天道邇，今幸物情安。童稚沾衣走，人家傍户看。翻令五六月，春意轉江干。

喜雨

六月乃有此，豐年定可書。真成天雨粟，到處水成渠。穲稏香連畝，汙邪載滿車。所忻同一飽，未用嘆無魚。

輓饒武博二首

方客戎幢右，俄旌墓道傍。堂虚空老桂，星冷落魁芒。留世程文様，傳家奏稿香。鄉評偕李謝，雖死有幽光。

内集儕甥舅，同登齒弟兄。忘年情好密，開口肺肝傾。恍爾同醒醉，傷哉隔死生。朔風吹老淚，哀些不成聲。

代挽寺丞吴公

國事須才急，如公亦古人。江淮老麾節，俎豆哭軍民。圖憶籌邊舊，官傳結綬新。朔風吹老淚，泉路濕寒燐。

贈歐陽承務

談天多巧中，名在士夫間。行遍西江路，來遊南嶽山。病侵心緒懶，窮慣面皮頑。莫説功名事，禄書從捲還。

挽德慶涂守二首

九京嗟已矣，今吏孰如君。律己嚴三尺，活人寬一分。清名寒蜀雪，嘉誦藹南雲。杉柏風凄切，黄陂原上墳。

鄉枌生也晚，嶺外偶同寅。齒我子姪行，情如兄弟親。不嫌同幕辯，要作一州春。滿澗多題字，回頭更愴神。

以上《漁墅類稿》卷七

全宋詩卷三〇二四

陳元晉二

題羅浮山中閣

大海漫天駕葉舟，來登中閣問仙游。泉聲急瀉三更雨，雲氣深藏六月秋。霧濕中天龍出洞，日騰滄海蜃收樓。禪床静數愔愔息，身在清都最上頭。

七月初十夜對月呈留粹中

人間寒信到階蛩，天外清商入井桐。孤館無人同夜月，長年作客又秋風。想君局促重簾底，似我棲遲逆旅中。何事人生苦拘束，得閑來此一樽同。

越王臺

南州勝觀越王臺，天與詩人醉眼開。雲漠漠邊蕃路遠，水茫茫處海潮回。人家一半藏烟樹，往事千重問石苔。料得清秋尤好在，一樽重約月明來。

慶涂權尉三首

袖中光焰吐青蛇，獻策軍門鬢未華。豈是輕身探虎穴，要將赤手拔鯨牙。向來筆研渾無力，此去功名正未涯。小試柳營新號令，六花排陣寂無譁。

歲月遒於赴壑蛇，功名政要及年華。平淮猶自須裴度，釣渭那能老子牙。舞袖巧懸嫌地褊，酒杯相屬記天涯。期君酣戰秋風裏，鼓率銜枚陣不譁。

朝憂猛虎夕長蛇，弔戰場文憶李華。自笑病來寬帶眼，那能老去植幢牙。如君政合登東閣，顧我惟堪老北涯。賓主秋風南浦路，旗鈴好聽捷音譁。

王推官載酒來會於逍遥堂

路入烟蘿杳靄中，良宵一笑美人同。壺觴盡攬平湖月，絃管時飄别岸風。三宿未忘緣境勝，一燈相對坐詩窮。姓名要共青山久，看取當年玉局翁。

喜雨上項帥

精祈三日竟成霖，一瓣心香格帝歆。苗若遂枯無此水，粟將暴貴湧於金。時方多壘農為急，公在三湘澤已深。自媿侏儒叨一飽，願推德意答天心。

李徽猷病後許賞蓮而未酬小詩發一笑

僧夏分來一榻凉，愛蓮更擅水雲鄉。露融初日敷朝采，雨捲凉飇送晚香。天女羣參青葉髻，水仙争護紫荷囊。一絲不挂根塵净，莫怪先生久覆觴。

和留少微豐湖懷坡仙韻

弔古誰翻楚些歌，百年陳跡愴懷多。春風草緑松根寺，夜雨燈寒窣堵波。自注：松根，朝雲所藏，面峙浮屠，坡詩所謂「夜燈勤禮塔中仙」者是也。老鶴舊曾陪杖屨，閑鷗今尚護烟莎。憑君莫憶當時事，惆悵人間春夢婆。

倉檄出惠陽督諸邑捕蝗

古來傳説驅蝗法，近歲驚聞田有蝗。無耐吏饕甘地惡，何辜民病重天殃。秋風要滿扶犁望，夏日寧辭走檄忙。高廪更令無雀鼠，使星尸祝幾爐香。

題新昌蔡尉比春園四時載酒亭

蔡家亭子錦江涯，長約春風作歲華。拚却百年渾是醉，莫教一日不開花。稱觴隨獲慈顔悦，問字時容客語譁。我若有園如箇様，肯將雙鬢抗風沙。

紀遊再用前韻

松篁一徑夾長蛇，雲錦重重肅九華。長夏飛泉傾石眼，半空懸磴啄簷牙。要知酒興并詩料，不在山巔即水涯。記取松間休喝道，山靈應怕俗聲譁。

過南安道中

暑塗明發正愁予，佇立風簷氣不蘇。擬戴星行方叱馭，誰驅雨至忽隨車。豈憐行道暍欲死，直恐良苗涸且枯。早覺南來鹽米賤，趁墟歸去總歡呼。

火乘金伏勢方驕，天地圜爐萬物焦。那信炎蒸天六月，却聞優渥雨三朝。頓添秋思生庭樹，頗覺春痕漲市橋。分我清風陪獨夜，又愁明月渺難招。

得主管仙都之命

頭銜清甚管仙都，吏責全無出有車。老去心情酬應懶，閑來親友往還疎。每嗤人作囚山賦，莫勸儂通光範書。只把窮愁博强健，世間得失本乘除。

擊毬口號戲陳統制

築場千步柳營東，樽俎精神坐折衝。星彈流空驚過鳥，霜蹄追電捷游龍。身輕鞍馬人如畫，膽落猩鼯穴已空。歸去翠眉環玉帳，釵兒多乞錦纏紅。

題顏秀才夔詩編

延年一印付聞孫，文采風流今尚存。生長見聞誠叟里，交游唱和澹菴門。苦思那有酸寒氣，妙斲渾無斧鑿痕。問子何為暗投璧，令吾端欲竪降旛。

和項帥交帥印招十二邑令韻時七令皆宗姓

同時製錦七宗英，更有珠聯五舜臣。矚望諸賢皆邑最，和衷一語見情真。方時艱棘難為政，隨事斟量可及民。緩急之中權闔闢，政須不失本心仁。

信國魯夫人挽詩二首

詎有陳平解久貧，共看眉案久如賓。從夫榮荷西清橐，承祖恪共南澗蘋。玉樹庭前雙使節，金花天上九恩綸。繡衣綵服今非昔，忍見堂萱雪後春。

曾是王珪坐上人，孰知孟母德無鄰。長懷就養板輿日，一笑能回花縣春。詩感棘風知痛苦，歌翻薤露亦酸辛。送車千兩瑶塘路，奔走無從愧負薪。

判府大帥督參寶謨户部先生持漕節來長沙繼陞帥守追惟平菴先生分教是邦越四十有九年而多士尊仰説服如一日廼市地立祠以慰士心祠成門下士陳某拜手稽首而詩之曰

佩璐騎麟返帝旁，屐痕所在尚芬芳。泉行地脈家家井，月到天心處處光。模範百年垂藻泮，蒸嘗千古奉桐鄉。教忠况有無窮澤，衮衮湘流一派長。

羅浮山多有道人倚嵌巖爲室僅可容膝引泉貫其間以供烹濯鑿山種豆人不滿二畝可了歲計油然自得也爲予言夜深月明時有虎觸户山前後多黄鸝終日睍睆可愛與留粹中各賦詩

山家境界無畦畛，住處隨人意所便。澗汲巖棲忘世累，石耕畧種盡天年。時驚虎觸柴扉月，長聽鶯啼緑樹烟。不信却無人種杏，知從何處覓神仙。

甲申乙酉丙戌四過釣臺有感

三年四過子陵臺，老我風霜兩鬢催。望見雲山心已愧，夢登釣石眼為開。乾坤清氣長如許，鐘鼎元勳安在哉。近百年來幾帆過，登臨多是覓官來。

上留提刑壽

恭惟某官，八葉傳芳，六蓬紀旦。先中秋之一日，有來箕昴之躔；占南極之二星，俶照斗牛之分。永錫難老，不謀同辭。某夙荷優容，尤深賛慶。祝萬有千歲之眉壽，託百十二字之詩歌。掣電過之，下風幸甚。

中秋清絶冠秋天，間氣生賢得月先。一念來從金粟洞，三生曾伴赤松仙。繡衣踏遍江湖上，線履催歸雨露邊。且別崆峒朝帝去，它年來拍廣成肩。

展開南極老人圖，是處青烟鵲尾爐。秋露九原淪厚澤，春風一道泳康衢。萬金藥散疲羸活，三尺刑清怨嘆蘇。只此陰功誰比大，中書有考可酬無。

和鄧帥參追和東坡雪韻

學舞腰支束素纖，回旋似怯曉風嚴。飄窗淅瀝暗投壁，洒研紛披凍着鹽。應有飲羔圍暖帳，誰憐饑雀啅寒簷。憑欄獨聳詩肩瘦，對立西山玉幾尖。

破寒有喜報晨鴉，忽送詩筒雪賦車。占歲便同天雨粟，寬憂解遣筆生花。瓊枝夸麗羞陳苑，玉樹争妍比謝家。臘白纔呈春已動，扶桑霽影曉相叉。自注：柳子厚《解祟賦》扶桑轇轕而相叉。

和陳守喜雨詩

坓鸛無聲口舌乾，誰驅雷雨遍千山。頓蘇赤地千里旱，特出黄堂一念間。澤物功深無德色，豐年願遂有歡顔。為霖祇恐思賢佐，千騎東隨鳳詔還。

誰念東南膏血乾，文移督迫積如山。平時素號鑊湯底，不雨豈逃溝壑間。民病向來猶在耳，天威此去不違顔。從容宣室如前席，乞與枯荄生意還。

再和涂宣義喜雨

郡邑同寅禱旱乾，風霆來會雨千山。真成雨粟從天下，只在為雲翻手間。神不素餐無愧色，農期一飽足歡顔。豐年酒熟雞豚社，二老從今請往還。

挽劉金部

忠清家法見聞中，蜀産凋零又到公。抗偽一門誠節誼，明倫數語最精忠。郎潛勇退聲名重，使傳賢勞惠利豐。時事方艱人物眇，可堪收淚灑悲風。

贈劉賢良

十二書言天下事，氣如賁直語加遒。誰當心耻四郊壘，子獨眉攢萬國愁。刺手拔鯨何倜儻，劇談捫虱自風流。悠然且作新豐醉，定有人能説馬周。

安撫徽猷郎中被召欲東賦詩見志乃以得歸閑退爲喜門人小子知先生之心也輒和嚴韻用暢高風

莫管聲名草木知，人生待足是何時。興纔盡處須回棹，塗到迷時漫泣岐。老我昨非今似是，笑渠小點大還癡。山林晚覺中多味，不怪商顏只茹芝。

聱叟揮車倦且歸，釣遊舊處足娛嬉。客懷自分三宜去，世事那無一可為。晝日高眠甘茗乳，秋風清飲飽蓴絲。何當為背奚奴錦，收拾潭州歸後詩。

和柴大監留郎中遊鬱孤及喜雨之什

冰壺清對玉衡秋，臺府同時盡勝流。南國恩波如海闊，西江和氣接天浮。山川真借兩賢重，翰墨仍為八境留。見說九重思魏笏，書帷更欲學君疇。

農畝皇皇望有秋，肩赬背裂汗衣流。疲甿不得一飯飽，我輩應慚多食浮。烏尾督逋無迫遽，鼠牙有訟怕淹留。兩君一念回天速，天雨看看粟滿疇。

韶石使君年丈扁舟過我於松桂林敬哦小詩留爲一日款就寄石洲主人以發千里外一笑也

十五年前會五羊，都門再別九年强。君榮韶石州麾出，我窘文江縣儨償。人世能消幾離別，征塗何用許奔忙。梅前菊後風光好，且為儂留共一觴。

黄雀長行萬里餘，煩渠就寄數行書。常懷李白詩無敵，莫怪韋郎跡也踈。玉節榮光何恨速，石洲風物正闕渠。同年相逐雲龍處，應念吾儂乃一猪。

春日

金牖勝裏唤春歸，却後新正八日期。紅紫莫嫌春較晚，開遲應是落還遲。

題曾審言所寓僧舍梅屋

作屋延梅更鑿池，是花最與水相宜。横斜清淺黄昏月，畫出孤山兩句詩。
傾蓋知心兩玉人，竹君邂逅更情親。能同此味花君子，來共團欒一笑春。

獨夜

月轉庭除夜未央，坐看梧影上東牆。金風玉露方清絶，只欠探枝桂子香。
雨作寒聲落枕邊，攪人愁緒不成眠。非關獨夜難排遣，為怕秋風在眼前。

題西齋

唔咿一室特蘧廬，要讀人間未見書。快著先鞭問前路，西崑玉府富珍儲。

梅仙峰

文陛無階寄履聲，驂鸞有路學仙靈。長安宫殿今何處，祇有梅峯萬古青。

謝童帥幹送滴酥

滴成詩句巧相粘，料得堂深凍未忺。剪水染雲天上手，何因得見玉纖纖。

入庾嶺

梅花迎路客平安，此是江南盡處山。霜月正高花下飲，酒闌長嘯過梅關。

寧都上元有作

一覺翛然已五更，窗横梅影月偏明。年時記得嬉遊罷，猶為梅花夢不成。
賣薪買酒舊家時，人樂昇平豈自知。節物如今不堪説，丘墟滿眼更啼饑。
刃劍尤為花木災，園林不貸一株梅。呼童偏縣無尋處，安得成叢插燭來。

即事

庭草茸茸書帶碧，檻榴粲粲舞裙紅。静觀物化機無息，又轉薰琴一信風。

田間

高田拍拍水連塍，早稻將齊晚稻深。閉糶人家争發貸，豐年也有債相尋。

鴈字

超然聖處過張顛，整整斜斜落照邊。好寫人間不平事，叫開閶闔為箋天。

題陳氏鏡湖

賀監歸歟百不求，問天只覓鑑湖秋。夫君賸有閑田地，鑿破天慳得自由。
水上觀心即是禪，此心如鏡察天淵。一塵不著風波静，俯水何慚鏡裏天。

過南雄調木倅抱經居士之子也

句法清嚴舊有聲，親傳詩學自趨庭。添丁只解供耘耔，不似盧仝獨抱經。
道遠胡為至此哉，班行見説正須才。多應詩興清無奈，特為觀梅故一來。

别留少微兼呈玉堂先生

天涯萬里同為客，先自悲秋更送君。歸路明朝好蕭索，一聲鴈斷幾重雲。

客中未醉難為别，别後無書但寄詩。俗物眼前誰可意，思君無奈鬢成絲。

四海弟兄能有幾，平生臭味許誰同。遥知夜雨連床際，應説南中有客窮。

雲麓先生坐山癖，脚頭尚欠到羅浮。藏山欲作千載計，試問書成可寄不。

君家伯仲盡英妙，筆勢夭矯人中龍。池中我亦自雲雨，四方上下長相從。

以上《漁墅類稿》卷八

（李更整理）

全宋詩卷三〇二五

張即之

張即之（一一八六—一二六六），字温夫，號樗寮，鄞縣（今浙江寧波）人。以父恩授承務郎，任各路監務廳庫官，通判鎮江，改嘉興。以直秘閣致仕。以書法聞名。度宗咸淳二年卒，年八十一。有《樗寮集》，已佚。事見清康熙《鄞縣志》卷一二、二〇。《宋史》卷四四五有傳。今録詩三首。

自遣用魯山老僧韻

心期萬未一能償，海角連宵夢帝鄉。白髮易生時序短，青雲難致道途長。有方却病還吞藥，無事消閒只點香。誰道官居寥落甚，許多風月滿詩囊。

臘八日早漫成

簿書應接一身兼，减却新詩上筆尖。媿我世無分寸補，為農憂有歲時占。客因年近思家切，人到心閒飲水甜。昨夜一番鄉屋夢，寒梅香處短笻拈。

懷保叔寺鏞公

華嚴閣上夜談經，虎嘯風生月正横。茶筍家常原有分，簪纓世路本無情。住閒石屋堪容膝，遇箇詩翁便記名。

句

十載幾番閑往返，鏞公為我添眼青。

以上清董沛《甬上宋元詩略》卷八

趙葵姬

詩一首

柝聲默報早朝回，滿院春風繡户開。怪得無人理絲竹，緑陰深處摘青梅。

明趙世杰《古今女史》卷六

《古今女史》：趙葵，宋淳祐間同知樞密院，朝罷歸私第，而諸姬不見，葵往訪之，乃羣聚摘青梅，有一姬善詩賦，葵責令賦詩云云。

郭庭芝

郭庭芝，字雲生，趙葵幕客。今録詩四首。

送趙南仲出視江淮

劍戟翩翩鐵騎攢，前軍飛渡潤州灣。烽連淮陸胡塵遠，月照金山漢壘寒。虎旅亦知平□易，龍庭不數靖邊難。來威顯允歌方叔，願附詩人唱凱還。

佛牙寺看桂因贈許秀才

何來仙女散天花，剩得餘香伴佛牙。留取高枝青漢上，秋風吹送到君家。

以上元陳世隆《宋詩拾遺》卷二三

自然仙井 二首

仙翁去不還，石井烟霧白。誰能躡其踪，勾漏良吾宅。

井空寒不流，汲取不知夏。披襟醉瑶華，白榆歷歷下。清陸心源《宋詩紀事補遺》卷八一引《宋詩拾遺》。按：今存抄本《宋詩拾遺》無此詩。

許伯詡

許伯詡，字子揚，同安（今屬福建）人。寧宗嘉定九年（一二一六）知仙遊縣，終通判福州。事見清嘉慶《同安縣志》卷二一。

訪景山

奉陪南極老，來慕北山名。鑿石濃書墨，流觴款叙情。問誰挹仙袂，笑我縛塵纓。知是龍門客，終難卧孔明。清王椿乾隆《仙遊縣志》卷二

（以上崔統華整理）

陳師服

陳師服，與許伯翊同時（清乾隆《仙遊縣志》卷三）。

和許伯翊訪景山

仙溪七十里，半世始聞名。一日見山面，千年懷友情。古匏浮晋醁，清水照塵纓。霜月亭亭白，連床話到明。乾隆《仙遊縣志》卷三

（朱寶模整理）

陸垕

陸垕，字盤隱（《咸淳臨安志》卷二三），四明（今浙江寧波）人。寧宗嘉定九年（一二一六）爲華亭簿（清光緒《華亭縣志》卷二），官至通判臨安府（《甬上宋元詩略》卷八）。

冷泉亭看放水

泉聲飛出閘，委折緑陰間。此地原無暑，多時不入山。草欹疑石墜，水定見魚還。難得同龜（《宋詩紀事》作猿）鶴，游吟半日閑。宋潛説友《咸淳臨安志》卷二三

（崔統華整理）

朱天錫

朱天錫，蘇州（今屬江蘇）人。寧宗嘉定九年（一二一六）知丹陽縣（清光緒《丹陽縣志》卷一三）。十四年，知武進縣（清光緒《武進陽湖縣志》卷一八）。

句

百里歡聲歌扇底，萬家和氣酒盃中。元脱因《至順鎮江志》卷一一

林訪

林訪，寧宗嘉定九年（一二一六）爲永州法曹參軍（清康熙《永州府志》卷七）。今録詩二首。

浯溪

靈武儲皇識事端，解將權術濟艱難。當時若徇區區節，宗社何由獲再安。

文士相輕自古然，堪嗟嘲詠費雕鐫。元顔文筆非餘子，未可毛疵議昔賢。自注：訪嘉定丁丑仲夏秩滿零陵郡決曹，理棹東歸，過浯溪，觀中興頌。周覽古今碑刻，輒歎□□之勳業，元顔之文筆，歷年雖久久□□□□黄太史以來□□□者非止（下

缺）。　清陸增祥《八瓊室金石補正》卷九二

（以上徐永强整理）

方元吉

方元吉，字文甫，莆田（今屬福建）人（《後村大全集》卷一〇八《方元吉詩》）。寧宗嘉定中知浦城縣。有《竹齋集》（《閩詩録》丙集卷一三），已佚。

無題

一穗香烟到日斜，静聽蜂報二時衙。老僧不解傷春意，多採梨花作供花。　清鄭傑《閩詩録》丙集卷一三

（崔統華整理）

崔起之

崔起之，號桂堂。寧宗嘉定中爲宣城尉（清光緒《宣城縣志》卷一一）。理宗寶慶元年（一二二五）爲旌德尉（清嘉慶《旌德縣志》卷九《賡崔縣尉題萬翠亭原韻序》）。

題姚司户萬翠亭

名山繞旌川，未易千百計。棲真聳其西，二幕相《寧國府志》卷二四作青扞蔽。柳山與龍山，連亘殆無際。大龍從東出，石鼓鑿奇瑞。同上書作相軒輊華容接雞形，蔓衍若難制。維南有梓山，盤屹萬里勢。有殿曰甘露，崒嵂同上書作岡萃插天地。玉壺枕其北，覓山復相比。磣嶺介鳳凰，大洞闡天祕。無奈分布廣，一蹴不可至。姚君天韻奇，氣概高一世。胸中飽丘壑，作亭非壯麗。獨能極遐觀，領略萬山翠。蒼玉無遁形，秀色歸一視。却笑昔人非，所見殊無異。東亭亂清暉，僅得翠微意。東山羅紅裙，未免聲色累。唯君別幽

趣，徜徉樂清致。青山不改舊，領客時一醉。清陳柄德嘉慶《旌德縣志》卷九

（崔統華、朱寶模整理）

黄麟

黄麟，寧宗嘉定間爲德化尉（明嘉靖《德化縣志》卷七）。

遊登高山

上至登高眼界寬，蜜陀僧舍富琅玕。天雄峻塔淩穹漠，澤瀉巍階鐵護欄。虎腦已回仙枕夢，雞頭甯愧國香蘭。登臨豈止黄花日，川練常隨夜月寒。清范正輅康熙《德化縣志》卷一四

林致誠

林致誠，福清（今屬福建）人。寧宗嘉定間知惠安縣（清同治《福建通志》卷九三）。今録詩四首。

和駱蘿憲分水嶺詩

一自端明去外臺，脩途松蓋屬誰栽。仁心既許推仁政，玉笋清班趁早排。

莫言種木事平平，多少行人上玉京。豈憚炎途依密蔭，雲天大芘盡蒙成。

照人風骨清如玉，振祖家聲遠若雷。想對旅窗貪讀易，不知門外使車來。明笪繼良《鉛書》卷五

書至鵝湖訪先祖簡肅詩扁歲久不復存矣月老重飾一板令余書榻芝蘭室因題二十八字

憶昔先翁此地經，曾揮詩筆掃青冥。我來徧索前修句，雷電何年敕六丁。《永樂大典》卷二二六七引《永平

志》　　（以上徐永强整理）

駱羅憲

駱羅憲，一作蘿憲。寧宗嘉定間爲鉛山尉（《鉛書》卷五）。今録詩十首。

與廖檢法同行口占分水嶺詩

山路相隨步步高，忘懷携手上嵯峨。掀髯長嘯青雲去，回首躋攀有許勞。

世上平生懶所更，有懷真欲倣淵明。無端唤作鉛山尉，剛替渠人負弩行。

山從頂上分閩越，四面群峰簇仗齊。自是心同天廣大，不妨眼趁地高低。

盡道今年雨意稠，踏歌芒時偏東疇。微官衹有年豐願，一飽高眠萬事休。

勉强驅馳力不堪，筍車肱曲睡方酣。思歸夢逐來時路，無奈杜鵑聲兩三。

數聲猿叫閩山月，千里思家欠羽翰。疑怪五更衾枕冷，霜壺凛凛逼人寒。

天開萬象真圖畫，日照千林古錦機。立馬溪邊看不足，夷猶直待月生輝。

樓前山色古今景，樓外溪聲日夜雷。静坐焚香讀周易，丁寧莫放俗人來。

端明遺愛在南臺，百萬喬松手自栽。欲唤清風滿江左，峥嶸頭角且安排。

驛路新安掌面平，揚塵從此去朝京。清風只欠蒼松立，留待他時我種成。

《鉛書》卷五

呂之鵬

呂之鵬，密縣（今屬河南）人。寧宗嘉定時人（《浩然齋雅談》卷中）。

憾金南伐

縫掖無由掛鐵衣，劍花生澀馬空肥。燈前草就平南策，一夜江神涕泣歸。宋周密《浩然齋雅談》卷中

《浩然齋雅談》：大金宣宗頻年南伐，呂作詩憾主兵者云云。

（以上劉雯整理）

全宋詩卷三〇二六

史彌寧

史彌寧，字安卿，鄞縣（今浙江寧波）人。浩從子。寧宗嘉定中知邵州，八年（一二一五）任滿。後再知邵州。有《友林詩藁》二卷，今存《友林乙藁》一卷。事見本集有關詩。

史彌寧詩，以華陽高氏蒼茫齋影印宋景定刻本爲底本。

青山

青山見我喜可掬，我喜青山重盍簪。石鼎車聲煎玉乳，竹鑪雲縷試花沉。三杯暖熱淵明酒，一曲凄清叔夜琴。莫怪相看能冷淡，交游如此却情深。

覓句

山院清吟雪作堆，錦囊開口等詩來。尚嫌句裏欠平淡，忍冷巡簷看老梅。

客舍瓦池

片石玲瓏水抱根，巧栽松竹間蘭蓀。怕人觸弄魚兒活，疎織筠籠護瓦盆。

讀杜詩

滿地干戈老厭逢，酒杯詩卷託孤忠。自從風雅離騷後，數到而今無此翁。

東還

及瓜賸喜發南州，納納春光銷客憂。細麥風前藍袖舉，新秧水面綠鍼浮。行程又過山深處，歸夢還尋天盡頭。收拾懷鄉舊詩藁，探先封寄與沙鷗。

啼　鵑

點檢園禽誰口多，錯嫌百舌逞嘍囉。春歸怪見難留駐，攛掇元來却是他。

曉望雲氣平凝前山遮盡僅餘翠峰數點因賦

障山可奈白雲何，露出峰尖能幾多。宛似羣僊粉牆外，髻環歷歷見青螺。

送伍啓之赴嚴陵比較務

又作中年別，西征難强留。挂帆衝雪浪，懷牒董糟丘。嚴瀨未為遠，陟雲良易收。功名吾拭目，老氣尚橫秋。

南湖静寄

緜蕝南湖屋數椽，鷗邊一壑許儂專。小軒東面雲生樹，曲檻前頭水接天。餉客清風無盡藏，可人明月不論錢。愛閑聞取身頑健，逸老祠旁理釣船。

夏日小酌

拓窗一粲俯晴川，儘放薰風到酒邊。小待夜深清月上，藕花影裏榜漁船。

火　雲

酷甚驕陽似杜周，火雲焰焰雨悠悠。平疇龜兆何曾潤，蒸得田夫汗轉流。

寄屈英發

好在靈均幾葉孫，棲遲何事尚衡門。騷章憤世今誰嗣，忠槩傳家君獨存。夜雨短檠能搰搰，春風逸翮定軒軒。有書難倩南征鴈，巫水黔山勞夢魂。

東湖汎舟

扁舟去穩似乘槎，瞥眼輕鷗掠浪花。絶愛陶公山盡處，淡烟斜日幾漁家。

詩鬢

薄劣東風性叵常，欺人老去頓炎凉。夜來解盡池塘凍，不到詩鬢點檢霜。

張氏溪館

景物自相投，茅簷俯碧流。鏡中雙鷺下，畫裏幾山秋。日落誰横笛，江寒獨倚樓。有人過裴迪，問是輞川不。

春宵

角聲和月透窗紗，驚起啼晴半樹鴉。攪亂先生眠不得，一庭春露濕梨花。

酬黄雲夫用所寄詩卷中韻

詩編旅吾前，火齊間木難。讀書二十載，勗哉師阿瞞。相期籥正始，可但黄初間。想當醉吟時，意覺瀟湘寬。吾廬切東溟，遲子同遐觀。

寄雲夫

黔國相逢地，蒼燈共夜篝。雲龍念東野，柏馬歎之罘。郵傳一分手，河山再見秋。交情如繾綣，不在寄書稠。

維則庵追凉題月湖屏間詩後

淋漓醉墨灑屏間，逃暑祇園闖一斑。小阮詩懷飽丘壑，可無隻句餉江山。

送鄔文伯

一世鄔文伯，三生鍾子期。風流到尊俎，酬倡迭壎箎。去棹趨蘭養，來轎趁菊時。南湖清鏡裏，明日欠君詩。

江亭晚思二首

風烟酬酢費吟牋，剩句殘章尚滿前。際晚奚囊收未盡，一時寄在白鷗邊。

有底江鷗不耐煩，月明連夜送詩還。沙頭接得重搜句，推與儂忙渠倒閑。

鄭中卿惠蝤蛑

客窗不作侯鯖夢，隨分魚蝦薦一杯。食指怪生連夜動，敲門郭索送詩來。

野塘秋鷺

玉立秋塘一振衣，竦肩莫是為尋詩。近來絶少元和樣，島瘦郊寒渠得之。

紫　笑

芳苞暗解紫羅囊，香殺東風一味狂。試問花神緣底笑，笑他鶯蝶為春忙。

過臨江

嘉定有八禩，三月哉生明。史子脱吏鞅，超然若登瀛。釃酒渡清江，風帆引歸程。僮奴忽報我，重客來相迎。推篷驚且喜，火急問姓名。云是遠近山，江湖舊有聲。各欲贄韻語，藉手論交情。倒屣延見之，驩甚如平生。近山屬思久，竚立詩未成。意者事工緻，一字百鍊精。遠山得句易，奔走隨東征。頗似誇隽捷，攙先求獻呈。顧予雖不敏，嘗試與子評。自古文章士，大率多相輕。二君富丘壑，氣象俱峥嶸。萬世所宗仰，尹任夷之清。譬彼蘭與菊，春媚或秋榮。底用角遲速，區區尚争衡。端盍如奏雅，迭和韶鈞鳴。願言酬嘉惠，託身與自注：去。齊盟。扁舟劈箭飛，懷抱何由傾。感子意勤拳，寫作江上行。

歸航

春岸移舟雪半消，長年忍冷轉塘坳。數聲鴉軋催歸艣，屬玉驚飛上柳梢。

即事

翠屏珠幌水沉烟，日日春風醉筦絃。得似南湖老漁隱，短蓑銅斗白鷗前。

聞笛

卸帆沽酒荻花村，水色天光净不分。霜月凄凉何許笛，一聲吹裂洞庭雲。

紅雪

金衣花裏嚲春寒，桃杏牆頭正耐看。苦被東風愛裝景，借些紅雪打闌干。

舟中

西風吹上木蘭船，人訝今時李郭仙。一抹烟光粘遠樹，十分山翠滴晴川。夕陽半在寒鴉外，秋色全歸過鴈邊。縱有清詩費摹寫，楮生為我唤龍眠。

翟簿示似中秋高作命意着語殆與商素争清讀至人與月忘年之句不覺擊節借五言爲韻賦詩答謝

飲月漱吟齒，心事何輪囷。醉舞影凌亂，子其謫僊人。

老蟾挂青冥，寒影墮秋渚。流聲到楚澤，千古相溶與。

露氣粟我膚，棄捐掌中月。高眼没雲鴻，澄輝眇窮髮。

天風來廣寒，吹下雲錦裳。雖無金錯刀，緹革余敢忘。

歌子秋風疊，誦子明月篇。信有習鑿齒，勝讀書十年。

按圖志去城而南有巖曰金紫昔蕭千巖擅一世詩聲乾道間嘗寓家郡之西湖意其必有題詠鑱之崖壁一日訪之則了無所睹方重爲此巖太息而别乘示似佳篇勉之著語以紀其勝賦五十六字

去城不隔五七里，雲竇誰鑱能怪奇。石屋盡頭天罅坼，林柯缺處日光垂。山禽上下有餘樂，僊鼠往來無倦時。惜許千巖舊遊所，摩抄蘚壁欠渠詩。

題清湘管善甫青雲樓

湘山詩眼兩争高，醉墨淋浪濕斗杓。説似元龍徹欄楯，恐妨縱武上曾霄。

晴江觀鴨

鴨鴨新晴出翠蒲，春江水暖互相呼。避人深入蒼烟去，莫是喬僊雙履無。

啜茗

瞢騰午困懶吟哦，鼎沸槍旗不厭多。戰退睡魔三十里，安知門外有詩魔。

秋蘭三絶

史彌寧

葉葉低垂翠帶長，花清榦瘦吐微香。西風劣相添寒色，簇立蜻蜓凍欲僵。
杜若江蘺汝弟兄，楚騷經裏總知名。雖然臭味略相似，畢竟還他骨格清。
砌蠟成花淺帶黄，紫莖緑葉媚秋光。不吟尚自清羸甚，怪得詩腰肖沈郎。

簷滴

過雨秋簷不住聲，敲盆滴砌帶詩清。料渠要學儂搜句，旋疊平平仄仄平。

陸放翁畫像

詩酒江南劍外身，眼驚幻墨逼天真。是誰不道君無對，世上元來更有人。

評詩

籌量節物細評詩，詩要天然莫强為。蛩韻酸寒東野句，鶯吟富貴小山詞。

懷白石

秋堂風露夜沉沉，賴有寒蛩伴苦吟。詩句未蒼人自老，十年山水負知音。

雙清樓賦水雲分韻得齋字

湘水衡雲畫軸開，天將此本勘詩才。我無健句可題品，包寄江西曾撙齋。

題劉君鼎臣盤谷圖

崖壁開張半幅慳，權名人見若為顔。那知别有真丘壑，不在區區紙上山。

懷歸

全家索米又邊頭，冷落南湖一鏡秋。了却眼前兒女債，買蓑烟際伴閑鷗。

荷恩堂邵陽

不才只合老林丘，也玷班行也典州。慚愧一家都飽暖，君恩海樣若為酬。

弔和靖

風林輥雪冷驚鴉，來弔孤山處士家。只有寒泉欠秋菊，一杯聊復薦梅花。

菊

癖好秋光勸不回，揮金一麴買詩材。寒花也自矜前輩，曾與自注：如字。柴桑保社來。

萸

不入湘纍俎豆間，也分半席綴詩壇。杜陵老眼明於鏡，醉撚西風子細看。

燕

管鮑交情已矣夫，君看門上翟公書。茅簷不鄙頻來往，叔末衣冠得似渠。

寺中觀梅

慈尊宴坐衆香國，環列毗耶彼上人。老子也揩凡肉眼，來瞻清净法王身。

雲山詩境

天公收畫底論錢，借與山人換樣看。雲巘浮春晴嶂暖，烟崖積雪曉屏寒。平林淡抹精神嫵，小景横陳氣象寬。定自米家船上買，不然那得許多般。

鳩

着詩催得雨垂垂，連累林鳩逐婦歸。為汝賦晴休怨望，自今已後免分飛。

蛩螿

聲作饑鳶吟未休，蛩螿鬬合賦清秋。被他聒得渾無句，獨力難勝衆楚咻。

和黄雲夫武攸見寄韻

詩名千古杜陵翁，身不勝窮道不窮。編簡湛酣君有味，江山彈壓我無功。稺凉庭院梧桐雨，晚照陂塘蓼荻風。如此秋光欠料理，故人緣底尚東蒙。

大閲

擐甲邊城教即戎，三軍錦繡曉光中。影摇濱水旌旗動，聲震文山鼓角雄。馬慣揮戈翻塞雪，鴈驚鳴鏑響天風。十行忍負君王意，同向燕然勒雋功。

次韻黄倅喜雨

唤起神龍澤楚鄉，午天轉首失炎光。恠生未到秋深處，早自注：去。有蕭蕭葉響廊。

六亭爲邵陽登覽之勝識其名於千巖之詩稔矣廼今僅存其一方欲次第尋訪以仍舊貫不謂簿領得我心之所同然春容大篇率先作倡而令君和章亦復繼至閔免賡酢用肩吾人相與祈成之意

晨光泫露華，秋聲亂風葉。翛然步中庭，詩瘦單衣怯。塵銷玉宇浄，西爽浮雙睫。圍繞簿書叢，頗覺汗欲浹。吏散仍心清，窗泛鑪香浥。生平耆幽討，此意若為愜。滄浪楚名郡，江澄山嵬嶪。流派瀟湘分，氣脈衡廬接。四序春無邊，萬象光有曄。閣束范寬手，天開畫屏摺。怡融田野間，夫耕而婦饁。林雞鳴喈喈，沙禽墮跕跕。千里趨農桑，渠肯事游俠。不晚刈黄雲，腰鎌忙劫劫。年豐多暇時，陳迹旋搜獵。六亭僅一存，感慨思足躡。訪古亟臨眺，樂此忘疲薾。騰身一柱峰，頫首百雉堞。懷哉千巖翁，騷壇未易躐。晝覽五言城，中宵勞夢蝶。詞鋒摧泰華，疇敢攖其鋏。有來二妙吟，驪珠粲盈笈。格律守蕭規，欲和可容輒。荒園圮更新，成趣期日涉。舊貫仍追還，輪奐頓增燁。繡谷酒一尊，杏岡琴三疊。蒼雪清肺肝，寒碧漱牙頰。凌虛及遐觀，崇成賴謀叶。廢興端有數，鮮裳換須捷。公餘約遨嬉，倘不負隨牒。

僧窗

朝市踆踆走利名，道人許樣不關情。西窗夢破梅花曉，敲月數聲鐘磬清。

賦鴈

雲慘胡天倦客程，西風失喜到江城。自傳屬國書來後，獵獵聲名動漢京。

通守黄子説解印造朝之日江梅輒花天其或者以相行色耶取風人託物之義賦詩餞别致繾綣意

鵷甃霜明欺曉色，一笑巡簷梅摘索。犯寒小隊出郊坰，攀折南枝餞行客。此客端的梅樣清，秋水為神月為魄。瑶葩粲日耿林園，玉樹凌空挺標格。懸知僊種出閩嶠，分得幽姿來楚澤。蘼蕪蘅芷遜孤芳，萬緑千紅俱避席。共惟别駕東閤郎，戰退膏粱凛冰檗。流傳好語到前村，是誰不道君清白。手調金鼎升廟廊，穩繼大門名烜赫。揭來得此歲寒友，氣味深長殊莫逆。相期嚼蕊吐瑰詞，更擬浮香醉瓊液。天飈吹起朝玉皇，香案前頭顔咫尺。回班爛熳賞西湖，不妨頻著孤山屐。明朝風月半凄凉，老我滄浪尚萍迹。滿城稚耋重相思，江路攀轅累千百。歸驄蹋雪度關山，有句先春寄來驛。

登鴈峰

史彌寧

□□□□□□□，□句揮毫手不停。□鴈旁觀偷筆法，倉忙書破楚天青。

溪橋

凍吟肩聳學劉叉，癡坐山房井底蛙。財過溪橋風景別，淡烟和月罩梅花。

絶湖

一湖春淥萬山圍，著我蘭舟自在飛。老子行藏有神助，順風出去順風歸。

讀楚騷

一蕊青鐙手自挑，霜風木葉下亭皐。篆香銷盡寒灰塌，細嚼梅花味楚騷。

郡圃紅白蓮競放斐然短歌呈似席間諸丈

東園水亭良佳哉，紅白藕花前後開。千機織就雲錦段，萬玉琢成風露杯。南隣女兒學淡抹，强嫌傅粉無豔色。北隣女兒學淡妝，剛道施朱涴天質。紅兒雪兒俱絶奇，安用底苦相嘲嗤。道人明眼付一笑，緑尊喚客花前嬉。

題湘西廖次高水南真趣

買他磐石作比隣，誰道風烟不屬君。占斷好山猶可在，無端吞併一江雲。

王令君惠示用少陵韻奉和

邵陵壁立三奇峰，温泉雲山接長龍。西北谽谺幾崖谷，烟霏深瑣文僊屋。黄冠禱雨躡瑶壇，鏘然環珮松風寒。阿香驅雷天地轉，靈虬激水瀟湘翻。將迎鶴馭誰來往，惻惻勤民賢令長。已欣一稔寬百憂，更讀君詩毛骨爽。

題臨川晏子直百花林

溪園歌筦日紛紛，錦繡香中扶醉人。斗酒不嫌呼李白，倩渠品藻一林春。

寄慥齋弟

鷗鷺逢人問歸信，三年作客負滄洲。詩袍醉帽黄埃底，羞見扶風馬少游。

繡衣行送趙道中寺丞

東門祖帳何駢闐，繡衣使者發汝川。星軺未遠竹坡側，風采已馳梅嶺邊。潢池帶刀吾赤子，威信憑渠半幅紙。寸兵尺鐵曾不煩，坐令悔悟安田里。化頑一日歸吾仁，此特細事胡足云。頻年慘慘楚氛惡，旱潦呼天天莫聞。民須粒食餅無粟，非公誰捄溝壑辱。傾囷倒廩不遐遺，十一州人均穀腹。安得天下使者心公心，盡變愁歎為謳吟。君不見鄉來使蜀韓忠獻，起危饑民七百萬。又不見傅公擁節京西時，獄訟不苛傳經典。公今陰德能穹崇，活人手段如兩翁。于嗟活人手段如兩翁，名位它日將無同。

賦桂隱用王從周鎬**韻**

詩禪在在談風月，未抵江西龍象窟。爾來結習蓮社叢，誰歟超出行輩中。我知桂隱傳衣處，玄機參透涪仙句。蕭蕭吟鬢天風吹，有酒喚客斟酌之。渠伊放浪真達者，詩成醉卧清陰下。只恐香名吹上天，不容花底長陶然。

次韻陳慈明五絶句

幾年枉挂右丞圖，未辦家山瓜芋區。騎馬紅塵歸計晚，逢人囁囁話江湖。

小春梅玉點烟村，花信從今第一番。緣底吟窗印疎影，梢梢偃月破黄昏。

南湖經雨緑瀰漫，偏照詩人兩眼寒。一笑鷗邊時獨速，吟魂飛不到愁端。

買得湖陰數頃秋，嶄新窗户俯清流。了無俗子溷人意，况有清尊澆客愁。

羡子尋詩盟未寒，鼎來健句壓還還。不妨小緩丹霄步，雨笠烟蓑伴我閑。

次韻王令君禱雨用杜草堂韻

疲甿吾所矜，可忍浚膏血。每事既厥心，其敢憚煩屑。旱魃偶挻災，慨念腸欲熱。牋天走羣望，精神重澡雪。一雨斗清凉，炎歊隨蕩滅。多稼復如雲，指日看秀結。感通翻覆手，田里洗愁絶。禱禜荷同寅，肝膽無楚越。

邵陽郡圃梅坡

粲玉梢頭出小亭，忍寒索笑太清生。楚山活脱青屏様，影得疎花分外明。

和黄倅懷歸

鴈聲切切楚鄉來，似唤秋光入酒杯。好景欠人同歷覽，歸程為我小遲回。一天風月詩囊富，千里江山畫軸開。祇恐黄華簪未了，日邊丹檢已相催。

題蕭氏竹坡

鮮碧縁坡古徑深，夜窗風雨作龍吟。自從八葉傳芳後，數到孫枝玉滿林。

讀千巖續藁

詩老毫端别有春，巖前草木也精神。錦囊留得靈犀在，辟盡人間俗子塵。

丁丑歲中秋日劭農於城南得五絶句

楚俗秋來也勸耕，西風招我出郊坰。此行不負尋詩眼，隊隊雲山擁畫屏。
説似田家好著忙，膹培宿麥接青黄。定知不落薰風後，萬壟晴催煮餅香。
人事當先莫靠天，蚤修陂堰貯清泉。來年未必晴明久，萬一晴明溉得田。
家家童穉笑迎門，接得翁歸酒半醺。鄰舍相呼來屋裏，聽翁解説勸農文。
篼輿幸自到山南，尚有清杯可共銜。何似更行三二里，大家相伴看雲巖。

送武岡法曹江叔文

楨烏噴曉金溶溶，入簷漲帽梅花風。寒香唤我度籬落，蹋破蘚碧巡芳叢。彌襟清興不可柰，甕雲渴想佳人同。長須急走喘且汗，曰有重客過匆匆。撐犂頗亦眷岑絶，跫音滿尉逃虚空。出門一粲輒傾蓋，巖電爛爛驚王戎。長戕衡袖照屋壁，明珠大貝來龍宫。建安昔者富奇士，迄今代有文章公。兒童慣見此客否，氣象盍求古人中。翻思槐市出處異，一官何幸俱湘東。夜闌秉燭浮大白，款接軟語春怡融。公車薦墨行蜚動，騰身穩去陪鴛鴻。得時要不負所學，鼎鼎事業摩蒼穹。平生琢句肯浪與，持此餞別今文通。

靜吟

居官役役簿書間，及到家山困往還。若欲靜吟無俗累，算來却是客中閑。

小軒窠石

密傍軒窗開小池，巧安窠石俯清漪。道人不愛閑花草，祇種缾蕉和水梔。

和邵陽張茂才青蓮花韻

清標別是一家春，風帽飄飄翠染勻。貪向波間弄明月，謫僊居士□前身。

昨夜羣僊宴十洲，再三招我伴清游。酒酣忽跨長鯨去，碧玉杯盤散不收。

贈蘇道士

一卷麻衣易洗心，絃琴山水是知音。有時槃礴晴窗下，隨手雲烟噴曉林。

雨中覓句

春鉏似厭覓詩材，飛向溪心唤不回。賴有漁翁相尉薦，雨中撑得一篇來。

過梅塢

此老胸襟玉雪清，逃禪畫裏著茅亭。箇般雅淡須吾輩，俗子何曾有半星。

題它山善政侯廟

槩曉輕舠掠水飛，趁閑來款長官祠。雲巒著色四時畫，石瀨有聲千古詩。華黍幾沾膏澤潤，甘棠長起後人思。渠伊不盡為霖意，除却梅龍誰得知。

竹所夜思

保社荒寒欠主盟，此君却解以詩鳴。風窗滿耳吟秋句，比似儂詩渠更清。

再次王宰翟簿喜雨聯句韻

旱魃重為妖，點雨如點血。一念神所矜，蜚廉變騷屑。靈螭卷天河，千里洗袢熱。二妙喜欲顛，飲豪賡白雪。雲烟落溪藤，傳玩幾漫滅。韓孟不可作，吟社誰與結。賴有飛鳧僊，鸞棲等超絕。娱我清廟音，熏蕤聽疏越。

妙峰亭晚望

峭峰頂上著危亭，四面山開雲錦屏。穠淡淺深多變態，天公浪費幾丹青。

次韻黄貳車三絶句

菩提坊裏著詩豪，佳木繁陰暑易逃。不用移文勒回駕，箇中境界儘清高。自注：對北山。

我本無心山上山，隨風聊復過滄灣。等閑償了為霖願，却斂神功紫翠間。自注：雲。

了却文書可是癡，幅巾行散任風吹。揮毫颯颯詩驚雨，灑面蕭蕭雨送詩。自注：喜雨。

賦棲真觀月季

茶蘼從臾訪棲真，闖户蔫紅絶可人。不逐羣芳更代謝，一生享用四時春。

六亭

我不能如叔子登峴首，名配此山垂不朽。又不能如少陵登吹臺，酒酣懷古胸崔嵬。但見穹崖翠阜清絶處，愛此出奇不盡之詩材。邵陽城中景何好，峻屏四面森圍繞。西南諸峰尤蔚然，地接衡廬青未了。天將圖畫開湘堧，雲木羅立呈鮮妍。上有蟬聯百雉之粉堞，下有鱗差萬瓦之晴烟。人指山形似龍躍，繡谷峥嶸露頭角。遐觀捧出頷底珠，背負凌虚勢騰踔。一爪突起扶杏岡，一爪盤踞蒼雪傍。翹尾蜿蜒卷寒碧，便擬為霖蘇八荒。老我躋攀興不淺，醉吟拍拍詩瓢滿。祇言此樂與人同，誰子看山能具眼。

詩禪

詩家活法類禪機，悟處工夫誰得知。尋著這些關捩子，國風雅頌不難追。

吟天

流水孤村三兩家，夕陽牛背載寒鴉。扶筇笑入梅花去，箇樣吟天嘉不嘉。

東林雲上人見過

瘦藤十載别康廬，五老山中安穩無。霜後詩禪來訪我，為言面目帶清臞。

西風

幹了巖犀奔拒霜，又催茱菊趁重陽。白蘋紅蓼倉黄染，冷笑西風有底忙。

木犀

一段長長寂寞秋，著鞭芙菊尚包羞。攙先飽綻黄金粟，不落西風第二籌。
壽藤伴我倚秋風，老去無詩意轉慵。只是看花非覓句，清香錯認惱冲龍。

觀畫

江山梅竹好精神，漁父畦丁也逼真。終是有些堪恨處，畫中更欠著詩人。

次鄔文伯城南夜歸韻

孤嶼清江落木天，十分詩思滿歸船。巖犀梱載香浮鼻，一味書窗惱夜眠。

送陳法曹文卿兼柬松窗

幸無風雨窘重陽，且喚龍丘倒菊觴。縻樣交情愁隔闊，酒般歸興笑奔忙。郎君足下雲霄近，阿母堂前日月長。若見南閩舊同社，為言詩鬢已蒼浪。

偶述

農忻膏澤了春耕，客免深泥阻去程。日裏放晴終夜雨，天公兩下做人情。

送蘇道士

七十臞僊鬢末秋，肯來為我説真休。歸歟恐負青山約，跨鶴吹笙挽不留。

懷歸

倚閣南湖一釣舟，西風將夢到鄉州。蛙蠅名利苦多事，薄有田園歸去休。

訪孤山

曾把梅詩細品題，逋僊去後可容追。君看疎影暗香句，二百年來無此詩。

霜柳

十分冬暖學春華，嫋嫋垂楊映日斜。一色淡黃霜染就，看來衹欠帶棲鴉。

燈夕

東風劫劫趁芳辰，調柳唆梅著處新。翠筦聲中千里月，銀花影裏萬家春。樓臺拚飲夜不夜，羅綺飄香人看人。抖擻吟懷歌樂歲，江山分外長精神。

老境

老境尋詩一字無，錦囊枵腹怨奚奴。多君俎豆庚桑子，不省今吾非故吾。

再入湖南境

我本人間有髮僧，只堪林下續傳燈。君恩强遣司民社，千里江山笑不能。

暑夕汎月次王令君韻

趁涼延客早，待月放船遲。河朔一尊酒，湘干六月時。鶯喉翻白紵，兔穎掃烏絲。羨殺王明府，長城五字詩。

吟社有如此，終當讓一頭。功名吾已晚，富貴子何愁。努力看書最，偷閑且拍浮。清游未可負，只尺荻花秋。

無詩

合向青林岸幅巾，却來闤裏著吟身。竹君門外私相語，兩日無詩羞殺人。

周晦叔所宅之左一坡隱然而高有竹萬箇架小軒於翠霧蒼雪間日彈琴讀書其下軒外鳴泉清駛若與弦誦之聲相答愛其境勝爲賦一絶

竹根碧澗落寒聲，竹外雙溪抵鏡明。滿袖天風吟不徹，坡頭直有許多清。

浮驂

天净風平水不痕，浮驂帶雪繫籬根。欺寒酒興峥嶸甚，又訪梅花過别村。

書蘇道士江行圖後

叟也胸中天地寬，雲烟袞袞出毫端。如何萬里經行處，不費晴窗半日看。

詩酒漂零自在身，吴檣楚柂往來頻。拂開數匹臨川紙，一一江山是故人。

飄然雲鶴老江湖，匠出烟波絶世無。一見昏眸為渠豁，半生空挂輞川圖。

有惠廬山圖者

生平巖岫飽躋攀，忽得雲巒挂壁間。不怕老來無脚力，閉門端坐看廬山。

香澗老衲示似玉林首倡極道竹溪宴月之樂玉林勉以屬和

長松翠竹拱晴波，不飲其如月色何。珍重阿連能好事，高軒携酒夜深過。

孤令青蓮欠所親，月邊和影是三人。何如洗醆溪光裏，弟勸兄酬汎玉輪。

琮上人以詩惠茶筍

解道碧雲句，三生湯惠休。試春轂鷹爪，斸雨餉猫頭。夢境可容到，饞涎那復流。舌端吾薦取，倘不負珍投。

又次韻楊梅三絶句

財到南村六月時，累累紅紫玉低垂。筠籠送似露猶濕，更費支郎七字詩。

桃李漫山等俗流，諸楊汝是荔支儔。當時若貢長生殿，又得真妃笑點頭。

釀蜜搓成絳雪團，莫嫌風味欠儒酸。此詩此果君知麽，一樣驪珠粲玉盤。

和翟主簿

太史騷壇峙豫章，詩豪角立壯顔行。遺風凜凜清人骨，飛露娟娟灑我裳。五字顧慚非應物，一燈今幸屬仇香。玉堂蚤晚須椽筆，快寫平生錦繡腸。

催花

梅怨霜欺春未知，商量着蕊尚遲疑。戲將詩句催花看，催得花開轉費詩。

看李成畫

巖壑蟠胸秦太虛，輞川一見病全甦。可愁地僻無醫藥，繞屋營丘山水圖。

木犀重開

不見巖犀整一秋，厭厭對我訴清愁。公筵餘瀝何曾見，兩度開花只暗投。

曉發嚴瀨舟中和戴叔振韻

子陵灘下放船開，老我經行知幾回。別岸春鉏殊解事，衝烟冉冉送詩來。

丫頭巖

山前露立幾時休，老大垂髻羞不羞。與汝雲冠別梳洗，免教人唤作自注：讀曰做。丫頭。

題兩巖丫頭、月巖

月殿雙鬟整鏡臺，俄然拂下玉梳來。失驚怕觸姮娥怒，走奔人間不敢回。

新喻道上

翠分濃淡山開畫，紅暈淺深花弄妝。詩料自來尋老子，句成渾不費思量。

和潘帳幹二首

洋洋雅頌幾遺篇，删後求詩類一偏。直下謝陶能出手，就中李杜亦差肩。多君句好堪呈佛，老我時來未得僊。兩地河山費蘧栩，吟窗何日勘塵編。

鐵研磨穿志未伸，也叨朝躋也臨民。九關猶記鈞天夢，一舸重尋湘水春。自笑裝懷多倥偬，從知滿腹欠精神。調高郢曲終難和，羞殺歛歌錀後塵。

次韻觀音寺訪木犀已過

金粟如來翠葆中，天香飄墮梵王宫。西風一帚無留跡，印證浮生色是空。

林園

情知天也眷詩人，借與林園别様春。竹影因風多態度，梅花得月更精神。

炊烟

絲絲古柳網羅鴉，拍拍平田鼓吹鼃。不是青烟出林杪，得知山崦有人家。

鷺鷥林

驛路逢梅香滿襟，携家又過鷺鷥林。含風野水琉璃軟，沭雨春山翡翠深。

閑居

山雲送我丹青幅，花氣撩人蘭麝香。詩債幸然逢入務，被渠催索又奔忙。

懶不作詩覺文房四友俱有慍色謾賦

一毛不拔管城子，冷眼相看石丈人。急性陳玄楮居士，未分皂白也生嗔。

過櫧洲行散

羊腸歸路若為程，財過櫧洲掌樣平。客舍籠烟炊早頓，田家帶月喝春耕。青林綠水畫千尺，白鷺烏鳶棋一枰。坐倦筍輿呼稺子，野花逕裏説詩行。

贈臨汝曾醫士

有客譚醫驚四座，指下玄微應識破。藥市棲遲三十年，安知不是伯休那。

孤山

孤山數幅古名畫，著在暗香疎影邊。不是逋僊有梅癖，梅花清韻似逋僊。

春莫同社會飲張園小樓分韻得飛字

殘紅委地水平池，楊柳陰陰鶯亂飛。山色滿樓新雨後，一簾風絮卷春歸。

史彌寧

參政宣獻樓公挽歌辭

欲知天意屬英奇，端為斯文待發揮。挺挺魏謩祖風烈，堂堂伏湛國光輝。久參機政儒臣貴，未到公台物論違。丹旐東風馬鞍裊，送車誰不淚襟衣。

子公書問走輿臺，公獨山林挽不回。人道旬瑜須徑去，誰知李泌却重來。傳芳謝砌芝蘭粲，在處膺門桃李開。無媿可攻心事好，底教生死不榮哀。

無邊膏馥丐儒林，可但天台擲地金。文不琱鎸翻婉切，詩如平淡實高深。春風和氣生毫末，秋月華星爛古今。所發由來關所養，丹青難狀晉公心。

耆英續續閟重泉，好在靈光獨巋然。入侍已成鴻鵠羽，退休俄值白雞年。傷心藏笈書無恙，盥手開緘墨尚鮮。刮目相期良不薄，可無斗酒奠橋玄。

庵居

倒影晴溪蘸碧峰，庵居活計儘從容。懶能著眼看時事，相約梅花住過冬。

伊誰

伊誰闖我小窗關，偷却西樓一面山。詐語白雲猜是汝，秋風出意急追還。

和叔振曉上梅坡小亭

巡簷詩袖漲寒香，日炙南枝泫曉霜。净洗宫妝轉明潔，恰如湯餅試何郎。

六亭宴雪

雪天領客倚清狂，戰退玄冥酒百缸。柳絮輥風粘凍壁，梨花撒雨響寒窗。瓊田隱隱迷翹鷺，玉砌狺狺走吠尨。一稔明年寬萬慮，更催三白瑞濱江。

喜閑

過眼光陰髮樣多，幾年客路歎奔波。已拋南楚雲千嶂，旋買東湖雨一蓑。好景賸將詩料理，閑愁全靠酒消磨。如今世事都看破，冷笑侯王夢蟻窠。

紙帳

高卧羲皇萬慮空，吟懷剥落杳無蹤。恨渠紙帳關詩夢，勾引梅花攪一冬。

十里

十里樵風自一村，草庵挨掺小林園。霜嚴古木正當路，玉立晴峰新表門。詩境銷磨閑日月，醉鄉整頓别乾坤。浮名浮利非吾願，時把黄庭漱六根。

再賦晏子直百花林

為報風流元獻家，丁寧百卉駐春華。儂歸載酒溪園去，一首詩吟一種花。

溪流

誰障溪流貼岸邊，若為挽得上高田。機簹卷起傾横梘，竪筧盛來水接連。

弔湘纍

莫訝靈均苦費詞，騷章炳炳日星垂。身雖楚澤有遺恨，名與湘流無盡期。一笑底關漁父事，此心惟有洛陽知。是非付與羣鷗判，不上先生弔古詩。

夜窗書事

一爐銀鐙兩架書，十年伴我夜窗虚。不因見性明心後，定自人呼作蠹魚。

送鄔文伯歸侍臨川 二首

莫管東風歸路長，但將綺句答春光。候門兒女應相訝，滿袖離騷草木香。

易學寥寥一綫然，誰人口裏説先天。近來惟有朴齋老，白首焚薌尚草玄。

楚　望

樓上詩聲繚屋梁，樓前寒葉舞秋光。明霞點破莫江碧，斷鴈叫羣驚夕陽。

邵陽界上同友人山行

杜宇聲中歷翠微，澗泉决决瀉幽奇。與君笑入白雲去，柱杖前頭儘是詩。

醴陵道上飲别故人被酒困坐竹輿因賦

雞聲催起度江鄉，病酒無憀客路長。掩上轎窗無隻句，著何面目見春光。 以上《友林乙稿》

（陳捷整理）

全宋詩卷三〇二一七

劉夢符

劉夢符，字衡之，耒江（今湖南耒陽）人。理宗寶祐四年（一二五六），以迪功郎充零陵縣丞。事見《八瓊室金石補正》卷一〇〇。

夏日遊九龍巖

突兀靈巖古，紆迴石磴升。地幽忘日烈，壁峭喜雲蒸。峰頂池如月，山根水欲冰。摩挲可鐫處，大字紀中興。自注：寶祐四年丙辰仲夏念四甲寅日謹題。清陸增祥《八瓊室金石補正》卷一〇〇

趙虞臣

趙虞臣，金華（今屬浙江）人。理宗寶慶二年（一二二六）嘗遊月巖。事見《八瓊室金石補正》卷一一三。今録詩二首。

遊月巖書二絶以紀其清

蘭着秋花分外奇，月巖清坐聽枰棋。笑譚相與同心處，更近新凉八月時。

茲游閑適實清奇，恍對柯山一局棋。興盡相呼下山去，歸途猶趁日西時。《八瓊室金石補正》卷一一三

（以上孟憲忠整理）

范師孟

范師孟，錢塘（今浙江杭州）人，寧宗嘉定中進士（《靈隱寺志》卷八）。

題北高峰石松

根盤巨石四時青，陌上香泥豈敢侵。不但詠誇奇異跡，也須珍重歲寒心。　清孫治《靈隱寺志》卷八

（劉雯整理）

文師敬

文師敬，合川（今屬四川）人。寧宗嘉定間曾偕弟師誠、師聖遊龍多山（民國《合川縣志》卷六三）。

龍多山 嘉定丙午秋，嘉定無丙午，當為丙子（九年）之誤偕弟師誠、師聖來遊賦詩

我家龍多西，出門山在目。杖履三十里，兄弟穿雲宿。山上有頃田，巖洞多重複。石囤如內空，可容萬億斛。奇古一仙臺，清絶三梵屋。千歲大夫松，萬竿君子竹。四時風颼颼，多寒而少燠。天低星日近，舉首心自肅。不敢高聲呼，恐帝謂予黷。轉盼四方寬，萬山皆俯伏。幽人來避世，松柏可充腹。何勞苦煎炮，自有雲蒸熟。朝易暮楞嚴，隨意伴幽獨。天下真樂在，安用名利逐。我亦知此樂，倚門望良速。入山未要深，且歸問寢餗。男兒天下志，未忍同草木。他時素志遂，人進我則縮。來此寄餘生，分此山林福。吾心與道俱，出處應可卜。　民國張森楷《合川縣志》卷六三

（朱寶模整理）

張珪

張珪，寧宗嘉定時人，句容（今屬江蘇）人（《金陵詩徵》卷八）。

玉蝶泉

仙人修煉地，玉井著神功。日月雙輪見，陰陽兩竅通。可堪清澈底，那更施無窮。尚冀丹砂力，當澆塵念空。

清朱緒曾《金陵詩徵》卷八

（陳曉蘭整理）

吴弘鈺

吴弘鈺，寧宗嘉定時人，歙縣（今屬安徽）人（《宋詩紀事補遺》卷六六）。

石門峰

横石架廣門，天風自來去。夜半聞洞簫，知是神遊處。

清閔麟嗣乾隆《黄山志定本》卷六

篤世南

篤世南，字傒哲。寧宗嘉定時人（《式古堂書畫彙考》卷四四）。

題趙千里夜潮圖卷

風濤洶湧千堆雪，拍岸翻空倒銀闕。雁聲驚起一江秋，萬里無雲掛明月。

清卞永譽《式古堂書畫彙考》卷四四

（以上朱寶模整理）

林斗南

林斗南，樂清（今屬浙江）人。《宋詩拾遺》置其人於寧宗嘉定時人之間，姑從之。

白石山

路迴縈紆行木杪，脚力窮時山更好。苦吟轉覺嘉句慳，遠望方知衆山小。登臨自昔知幾人，留題石暗蒼苔新。吁嗟開闢歲時久，名字湮没多無聞。細觀天地無窮極，百歲浮生真一息。少和靈運縱垂名，俯仰之間亦陳迹。何如大人能達觀，古今等視猶晨昏。朝菌靈芝皆死爾，彼有修短何足言。往來盤薄何為者，祇為幽懷未渠舍。憑闌一覽萬境空，轍迹何須遍天下。元陳世隆《宋詩拾遺》卷二一

（孟憲忠整理）

詹琰夫

詹琰夫，字美中，崇安（今福建武夷山市）人。隱居不仕。寧宗嘉定九年（一二一六）於武夷山重葺止止庵，延道士白玉蟾居之，爲道家之學。事見《武夷山志》卷八《止止庵記》、附録《補遺》。

止止庵即事

小結茅庵倚薜蘿，主人心事定如何。春風枕上邯鄲夢，夜雨燈前雲水歌。歲月不堪頻把玩，山林偏稱小婆娑。年來欲問長生訣，止止庵中養太和。清董天工《武夷山志》卷六

（漆永祥整理）

嘉定太學生

題三賢堂

和靖東坡白樂天，幾年秋菊薦寒泉。如今往事都休問，且為官司趁酒錢。　宋羅大經《鶴林玉露》乙編卷五《蠹祠廟》

《鶴林玉露》：嘉定間于臨安西湖上三賢堂賣酒，太學士人題詩云云。府尹聞之愧而止。

送袁侍郎

天眷頻年惜挂冠，誰令今日遠長安。舉幡莫遂諸生願，祖帳應多行路難。去草豈知因害稼，彈烏何事却驚鸞。韓非老子還同傳，憑仗時人品藻看。　宋張仲文《白獺髓》

《白獺髓》：嘉定間韃虜交攻，廷臣有以和戰守三策為言者。是時胡榘侍郎專主和議，四明袁燮侍郎與胡公廷争，專主戰守，仍以笏擊胡公額，遂下侍從臺諫集議。後袁君以此辭歸，太學諸生三百五十四人作詩以送云云。

湖州士子

湖州士子，姓名不詳，寧宗嘉定間有戲和楊長孺詩。事見《鶴林玉露》乙編卷一。

句

可憐戴工部，獨樹不成林。　《鶴林玉露》乙編卷一《湖州生祠》

《鶴林玉露》：嘉定間，楊伯子（長孺）為湖州守，郡之士相與肖像祠于學宮，與工部尚書戴少望並祠。伯子不悦，會除浙東庾節，將行，與教官諸生坐於講堂，命取所祠畫像來題詩其上，末句云：「不如隨我去，相伴老山林。」遂卷藏畫像而行。當時士子有戲和其詩者，末句云云。

章劼

章劼，寧宗嘉定中曾重修小孤山小孤廟（《永樂大典》卷六七〇〇）。

詠馬當山寧江廟

驚濤洶湧江勢惡，一山屹立真瓌奇。正如匹馬勇赴敵，萬夫辟易莫敢支。氤氳山腋雲氣聚，焜燿廟貌神靈棲。風帆浪舶香火盛，旱魃雨厲牛羊刲。三元水府各雄據，此實上元開府處。陰兵擐甲揚靈旗，紹興勤王寬北顧。塗金大扁于湖書，八法森森鬼神護。通犀寶帶驪龍珠，羅獻渠渠嚴掌故。我曹一拜王之庭，坎坎擊鼓牲酒陳。蕭騷古木雲四合，路左怪石蹲麒麟。人心傾止形勢壯，區區馬跡何庸神。秋風願借一帆便，笠澤正好羹鱸蓴。《永樂大典》卷六七〇〇

（以上朱寶模整理）

苗氏女

苗氏女，寧宗開禧中人，臨安府（今浙江杭州）人（《浩然齋雅談》卷中）。

別母

桃花飛盡馬塍春，此日辭家淚滿巾。豈是比鄰無嫁處，千山萬水逐行人。宋周密《浩然齋雅談》卷中

《浩然齋雅談》：苗氏女，本為宦族。開禧中失身為妾於某朝士，臨行作詩別其母云云。朝士者知之，遂厚給資以嫁。

（孟憲忠整理）

江西舉老

江西舉老，名不詳。寧宗嘉定間與鎮江府觀察推官劉漢弼（正甫）有交（《至順鎮江志》卷二〇）。

送劉正甫赴南徐幕府

此翁文彩自權奇，抹過鹽車十萬蹄。筆下何多春草句，胸中定有辟塵犀。戴公山下竹三徑，米老庵前雲一溪。蓮幕退思湖上客，一編為我賦新詩。元脱因《至順鎮江志》卷二〇

（朱寶模整理）

劉汝進

劉汝進，號山翁，金壇（今屬江蘇）人。父宰，登光宗紹熙元年（一一九〇）進士（《山房隨筆》）。

與客九日遊龍山以塵世難逢開口笑分韻得口字

縱步龍山顛，放舟龍蕩口。羣然雁鶩行，雜之牛馬走。我拙不能詩，我病不能酒。試問賞花人，還有菊花否。元蔣正子《山房隨筆》

鄭子思

鄭子思，寧宗嘉定時人（明嘉靖《雲陽縣志》卷上）。

三賢祠

飛鳳屹立萬仞壁，下有深淵不可測。問訊深淵有何物，驕然桀驁護巢穴。尋常任意自出没，砥柱中流噴濤雪。舟人偶有毫厘失，挫手嬰鱗即粉骨。每到王正上七日，昂頭掉尾見金脊。霽嚴收怒了無迹，共與

邦人供踏蹟。灘頭雞卜人得吉，鼓吹鞦韆總春色。但見五采文煥發，盡是前賢醉鴉墨。今來古往幾風月，要之勿用果何益。莫邪尚不終磨滅，笻杖一躍肯跼蹐。我龍會見乘霹靂，起作甘霖沛天澤。明王景原嘉靖《雲陽縣志》卷上

（以上劉雯整理）

全宋詩卷三〇二八

陳鑒之

陳鑒之，初名璟，字剛父，閩縣（今福建福州）人。寧宗嘉定間漫游京口、臨安間。理宗淳祐七年（一二四七）進士（清乾隆《福建通志》卷三五）。倪守齋知新安，多有唱和。今存《東齋小集》一卷。事見《兩宋名賢小集》卷三三一。

陳鑒之詩，以汲古閣影宋抄《南宋六十家小集》本爲底本，校以《兩宋名賢小集》本（簡稱名賢集）。

送鄭嚴州四首 之悌

諸賢適江海，梧竹孤鳳吟。願言正王度，祈招嗣清音。亦為膠西董，反慰及物心。未可賦柏舟，天眷宗社深。

父老迎使君，舟楫桐江波。那知使君心，一片烟雨蓑。杖藜對客星，清風雙嵯峨。沙鷗公故人，應為小婆娑。

嚴山少平田，嚴俗稀惰民。書生坐黄堂，肯詑硎刃新。定以清净化，坐嘯物自春。緑野人荷鋤，使君聊岸巾。

善端誰獨無，所化有蘭鮑。時容拜床下，孺子似可教。山川頓修阻，心折東去棹。徘徊堤柳春，帆腹風欲飽。

遣興

踏遍苕溪石，梅花又滿林。山川春入望，宇宙月知心。一紀別鄉井，八年無雁音。危巢老松頂，日暮有歸禽。

會稽秋日觀山

荒塍間流水，蠹葉風颼飀。前山與幽人，亭亭共清秋。遠近日明晦，隱見雲去留。木末一叟歸，犬鳴茅舍幽。憶昔典午東，劍佩森名流。勝地慰遠懷，兹焉久綢繆。漁磯與樵逕，今有斯人不。池石老苔髮，空餘螺蚌遊。世有古今異，郢歌聊自酬。醉眼時摩挲，此山即前修。

過吴江

垂虹四年別，森森來夢境。今晨整芒屩，柳風吹鬢影。春光徹重淵，蛟困緑波静。遠帆有無處，小立為徐領。浩歌翁自得，白髮亂垂頸。一室世誰如，三萬六千頃。平生卜鄰意，此際味差永。翁肯平分敷，吾其辦漁艇。

暮登蓬萊閣

危欄散湮鬱，已暮亦登臨。鼓角孤城月，山川萬古心。鸛棲松霧重，鷗卧渚烟深。客子終何託，婆娑且醉吟。

秋　晚

瘦盡芙蓉菊又殘，客遊懷抱更登山。秋光老矣歸何處，只在愁人雙鬢間。

晚登京口倅廳富覽二首

窮途逢偉觀，小閣江萬里。薄暮岸幅巾，寒烟四山起。天河注平淮，斗柄卧蘆葦。欲返還少留，燈青客船尾。

孫劉昔虎視，鐵騎如風雷。白水列蒼嶂，今焉侑予杯。功名詫一時，空雲暫崔嵬。衲子真英雄，一龕老巖限。

古詩四首奉寄陳宗之兼簡敖臞翁

雌雄烏一色，烈焰玉石分。子桑十日雨，英概君摩雲。麈尾失羈思，襟裾蘭茝芬。是豈如蹇驢，書圃同鋤芸。

君隱萬人海，嘯咏足勝流。我墮寂寞濱，嵌巖一笻秋。蟠鬱向誰吐，天圍蘆荻洲。劈箭客帆去，何日回吾舟。

甘旨娱母顔，雍雍春滿室。咿啞索梨棗，諸兒争繞膝。波明再茁桐，露滌清吟筆。人生如此足，富貴刀頭蜜。

亭亭會山閣，四面秋澄鮮。槃礴一代英，披衣俯飛鳶。邇來幾星聚，清樽壓雲烟。九轉得奇訣，分惠毋獨仙。

西湖晚望

過雨長堤葱翠濕，小橋人静支笻立。一縷竿頭顫霜鯽，風動青蒲見蓑笠。

京口江閣和友人韻

良辰仍我輩，斗酒大江邊。小閣納萬里，一帆來九天。世塵黄鵠外，詩興白鷗前。地勝吾衰矣，長懷李謫仙。

題鄭承事所作蕙蘭二首

蘭如君子蕙如士，此評吾得之涪翁。有餘不足姑勿論，畢竟清幽氣類同。

托迹不辭巖谷深，異於蕭艾亦何心。清風披拂自多事，斜日淡雲香滿林。

鄭君欲與蘭寫真，心神暗與蘭俱春。詩家三昧正如此，境融意會今何人。

晚涼湖邊放步

暑氣湖山薄，晚風巾袂涼。蟬鳴便柳蔭，鷺立領荷香。大舸鼓聲遠，原缺，據名賢集補小軒茶味長。獨遊元更好，細細踏斜陽。

有　感

淋雨何人記子桑，朱門車馬漲塵黄。百年友誼須英概，畫虎何妨效季良。

月下見桂花欣然會心賦二十八字

萬卉千葩春事足，一巖桂自壯秋光。清泠風露月侵午，天上人間相對香。

同劉叔泰放步湖邊入靈芝寺坐依光良久叔泰誦坡仙好把西湖比西子之句予因賦古風一首

劉郎唤我出，勝處意所便。清寒柳桃風，濃淡杉檜烟。僧廬自生香，步繞古佛前。依光偶不扃，坐數禽聯翩。平林度清磬，遥隄簇歸船。湖山露真態，鷗點溶溶天。形容幾吟筆，剛道妝抹妍。莫作西子看，正如姑射仙。相知喜值予，微笑生清漣。

探梅

驢蹇颯寒獵帽裙，吟肩山聳酒微醺。彎彎竹逕霏霏雪，小小溪橋淡淡雲。忽邂逅時真得侶，向空濛處細飄芬。回天力量知誰似，笑挽春來首策勳。

再到京口

問訊金焦亡恙否，雙龕依舊據寒流。塔邊浪戰嵌巖石，木末雲扶縹緲樓。楓葉蓼花新醉雨，山容客鬢兩添秋。海天一鏡舟如豆，忘却塵緇季子裘。

與客夜飲蠟燭有花客請賦之

圓蒲促坐話情真，蠟炬能花似有神。畢竟蜂鬚膏馥在，酒邊依舊十分春。

蔣實齋出示孟浩然畫像因賦二絶

吟鞭遥指鹿門歸，水色山光件件詩。縮項鯿魚元自好，當年應悔識王維。

誦詩縱不忤龍顔，榮貴無過是好官。未必一僮隨瘦馬，千年傳作畫圖看。

送方粹仲適會稽

正好鑪亭語夜分，朔風征帽浙江濆。天低雁帶參差樹，山遠舟横黯淡雲。龜解不妨時换酒，鯨呿元自妙為文。千巖萬壑心如水，二尺檠邊剩著勳。

到三聖廟坐池亭久之記以四十字

倦踏軟塵陌，琳宫取次行。紅桃窺瀲灩，翠柳立虚明。眼底得詩料，耳根猶市聲。黄冠邀啜茗，猶有舊交情。

同潘孔時飲總宜園孔時出寶晉數帖呼道人吹簫次日有詩予用韻答之

六橋秋新宜醉吟，舉杯共聽巖鶴音。危亭三面立老竹，寶晉數帖清人心。凉蟬不敢喧夕曛，洞簫聲繞山腰雲。摇摇歸艇水紋裂，山紫天青河漢白。想君獨立對空闊，一鷺毛寒藕花月。

包家山和潘孔時

危闌納納萬里天，此景不作西子妍。荒蹊斗折喬木末，小亭棋布層崖巔。陽侯作意娱我醉，潮頭百尺來樽前。遊蜂低回殢花露，一鳥急去拖林烟。年來衹可作橘隱，四人聊學商山仙。

送陳仁叔之越

生世可無友，吾友得仁叔。行己嚴尺度，色夷氣清穆。蠅頭觀世態，麈尾露心曲。大江渺愁人，風欲飽帆腹。重陽兩日是，不共一杯菊。吾儕跡浮萍，同是客京轂。作討俱出此，正爾未免俗。倘有廪可指，一笑如魯肅。寒窗共短檠，何用戒征軸。所以窮杜陵，恨欠突兀屋。波寒净沙石，露重老林木。莫言衣帶水，後會殊未卜。越山君舊遊，我亦曾寄目。邇來平安否，細與問修竹。

寄題長溪楊址齋梅樓樓乃其先世讀書之所

乃翁愛書書滿樓，萬軸插架堪汗牛。乃翁愛梅梅繞樓，千年老幹如蒼虬。梅護群書俗塵絶，書對梅梢滋味别。有時掩卷静倚闌，檐角一枝擎淡月。雁行編簡相從久，筆硯收功竟無負。自注：後登進士第，弟右科。兒孫登樓凛生敬，謂此梅花乃先友。一新丹雘焕栟栱，黄卷依然對姬孔。汲泉不是灌梅花，培養君家讀書種。袍香青紫雲路同，盛事何翅繼乃翁。後來應有跨竈者，百花頭上文正公。吾知乃翁好梅意，不獨區區為名第。霜飆天地慘無色，誰得東皇第一義。惟梅氣稟獨超卓，首送春風入書幄。對之心地悟理學，此是天民尹先覺。

春晚野步

容易老春工，扶藜趁好風。蛙跳蒲細細，燕没絮濛濛。沽酒亦名賢集作爾可醉，有懷誰與同。長松古須鬣，無語對繁紅。

客新安賦喜雨歌呈守齋倪史君

良苗正要雨肥緑，火傘張空驅日轂。枝頭忽作少女風，轉眼排檐萬銀竹。為新安民殊可憐，插空亂巘無多田。雨纔終日水半壁，方晴又望霓横天。是邦若要宜稼穡，好似嬰兒調乳食。衹今田甫渴甘澍，賢侯憂民見顔色。鼓聲坎坎神來臨，不歆牲酒歆侯心。自注：土神汪王甚靈，史君禱之得雨。睡龍蘇醒聽約束，拏攫雲霧層崖陰。澗泉將涸兮亂流，嘉穎欲槁兮光浮。田翁戴笠兒跨牛，欣欣相對歌賢侯。争言一雨神所賜，非侯何以蒙神休。天惠賢侯福吾土，長是五日一風兮十日一雨。

守齋和張倅古巖詩予用韻賦三絶呈守齋

天然石屋兩三僧，趺坐寒雲几上生。想見瓦鑪烟斷處，一函經對萬松清。

貳車林下喜逢僧，眼底千峰逸興生。五馬未遊心已到，吟牋零亂岫雲清。

澹泊賢侯似衲僧，功深心地棗梨生。畫堂歌舞聊娱客，客退依然禪榻清。

題問政山

于方外兄德誨為新安太守，於郡之東山築屋以居方外，號為問政山房。

陳鑒之

馮軾邦君侈畫熊，却來問政翠崖翁。祗應兄念玄真子，不是堂無齊蓋公。千載棣華垂盛事，兩叢慈竹亦清風。跨鸞時過宣平老，明月簫聲在半空。

守齋示予遊問政山和陳廣文詩予用韻呈守齋

小隊名山訪古歸，雪雲不解聽招麾。瓊瑶千嶂插空闊，珠璧一詩争崛奇。興逸聊兹遊赤石，民安何待化潢池。妓園如畫心如水，鬢髮從渠映玉碑。自注：玉碑，見《盧仝集》。

夏　夜

鵲影翻高樹，螢光出淺莎。牆低天宇闊，樓小月明多。清吹徐徐至，微雲緩緩過。欲談無與共，默坐養天和。

題陳景説詩稿後

今人宗晚唐，琢句亦清好。碧海掣長鯨，君慕杜陵老。月明孤嶼雲，一鶴唳清夜。和之以君詩，竹牖寒燈下。倚馬揮萬言，跨驢哦一字。遲速不須論，紉雲看奇思。

和守齋户部家居書懷

抽身龍尾外，一壑本來心。書卷竹陰潤，筆牀花氣侵。耿光增魏笏，雅趣寓陶琴。隱几時搜句，忘言兀似瘖。

同倪元公**善之納凉壽芳**

沿階草軟翠流長，境静蒲荷覺更香。清坐小亭叢竹近，暫停團扇受風凉。

和友人題唐明皇楊太真對弈圖

風流陣退却圍棋，心醉妖妍落子遲。還記兵行南詔否，輸贏應不到雙眉。

京口甘露寺登眺

吹帽海風鴉背起，馮夷知我酒微醺。樓臺氣壓金焦浪，鍾鼓聲飛淮浙雲。戈甲虎争餘塊石，榛蕪鼪嘯幾斜曛。山僧不管興亡事，清坐閑披貝葉文。

陪守齋至玉湖書院作

天垂大溪碧，近樹齊遠山。水氣涵野色，縹緲亭數間。維昔文節公，孤標凜群姦。飄然兩屐齒，雲巖遍躋攀。此地足佳致，差不遠市闤。壽峰自注：文節次子。顧而喜，築屋娛親顔。吴興富臺榭，往往携歌鬟。公獨抱書來，小舟破潺湲。花澹水紋麗，鳥啼人意閑。讀易發妙蕴，不惟評馬班。自注：公有《易訓》、《馬班異辭》。著述五百卷，星芒照人寰。天街幾綉鞍，蹀躞趨豹關。河來砥柱立，一老孤蒲灣。守齋自注：文節第四子，今右曹郎中。領客遊，秋風韻枯菅。我誦壁間文，徙倚蘚石斑。德人不可見，月白漁舟還。

題嚴子陵釣臺

渭濱一叟髮垂素，西伯與之無雅故。皤然為捨釣魚竿，八極風雲生指顧。先生少與文叔遊，眼看日角興炎劉。胡為掉頭不肯住，垂綸依舊披羊裘。周文虚己師賢哲，光武規模欠宏闊。三公清坐臺閣尊，先生回首桐江月。桐江月色無古今，白波蒼嶂幽人心。

題村學圖

田父龍鍾雪色髯，送兒來學尚腰鐮。先生莫厭村醪薄，醴酒雖醲有楚鉗。

畢履和惠端硯余以大歙硯報之佐以一詩

履和惠端硯，玉質馬肝色。我有大硯卧蠶紋，元是新安龍尾石。持以答佳貺，聊爾見此心。極知不是雙南金，未足報君緑綺琴。我得履和硯，清潤如履和。天然粹德非琢磨，秋江印月平不波。自注：匣上有秋月澄輝四字。君得剛甫硯，朴鈍若剛甫。不能輕捷隨人後，默默寒窗守愚魯。端硯入手喜有餘，展開古帖聊學書。大硯知君不負渠，墨池飛出北溟魚。自注：畢善作大字。以上《東齋小集》

（孟憲忠整理）

全宋詩卷三〇二九

曾由基

曾由基，字朝伯，號蘭墅，三山（今福建福州）人。曾仕宦臨安，與陳鑒之（剛父）有交。有《蘭墅集》、《蘭墅續稿》，已佚。陳起收其詩入《江湖後集》。事見集中有關各詩。

曾由基詩，據《江湖後集》等書所録，編爲一卷。

題畫梅水仙山礬三友圖

野梅清靖節，水仙韻坡公。山谷秀而野，厥有山礬風。陶蘇黄三君，時異風味同。後人思典刑，寫入畫圖中。

贈貴官家小姬

小鑾初按曲，趁拍入凉州。宫羽偶失次，回眸顧部頭。部頭色微嗔，面赭含嬌羞。低鬟語同伴，周郎曾顧不。

用坡仙鬱孤臺韻送鄭繡使還朝

人人羡登仙，去作上界遊。誰知世蒙恩，公其晦叔流。衆芳正回春，一葉偶似秋。靈修豈數化，宿莽休檻洲。却憐貪榮人，前後幾蜃樓。策今陳洛陽，自注：時上封事。疏肯諛滄州。自注：曾南豐久在外，滄州疏太諛。閶闔浮雲開，臺閣清風留。所期共推慶曆車，可復偏重元祐舟。

賀林正字

道山羣玉聚，前輩説乾淳。近代豈乏士，清時賴有君。誰傳艾軒派，喜得嫡孫親。所欠非榮進，名流萬古芬。

遊益公平園懷宜春周宰頌詩

丞相非嗔客，名流每舉樽。魚烹惟沼在，鶴化有軒存。惜欠堯夫子，幸生夷簡孫。自注：宜春宰，乃益公侄孫。平泉落誰手，文獻説平園。

病起幽園檢校

病起無情緒，池邊日幾回。蟲聲低覆草，螺殼細生苔。暑退蘆將變，秋殘蓼續開。久消環繞迹，全若未嘗來。

送廣西鄭經幹並簡經略

五嶺宜人地，君今捧檄行。但拚窮徹骨，不到黯無聲。婉晝從違裏，編氓休戚情。祖筵誰執爵，三祝石先生。

古寺

殘經閑竹几，瀹茗供花瓷。法窟寂無語，禪容晚帶饑。蟲縈道子畫，蛩響外孫碑。風定聞疎磬，玄關却自知。

趙歲寒昆季三人拉李學諭余同遊南湖次歲寒韻

紫麒麟楦豈身榮，腹有詩書氣便清。野酌雅宜招勝士，貴遊大半是宗英。主翁舊有登堂約，古樹今知夾道迎。臏欲索梅同一笑，却隨畫角弄初更。

宦　轍

宦轍馳驅塵滿襟，解鞍呼酒小登臨。天垂碧處秋江浄，山弄紫時西日沉。韓記合還渠老手，王詩似不要新吟。撑天拄地吾儒事，過耳飛禽空好音。

與中朝故人

自憐骨相太邅迍，為米折腰依舊貧。古史多看多警省，新詩愈改愈精神。與游造物真知己，怕説天朝多故人。蘭菊有時忙不得，世間桃李幾番新。

胡講書赴張國録講席之招良月也

初日融霜泮水清，鶻袍翔集宿中庭。先生有道如陽月，太白占祥聚德星。安定重來闡湖學，横渠端坐講西銘。自憐一唯無傳久，避席何時覿典刑。

送玉堂守永嘉

衮衮諸公塞要津，獨當椽筆演絲綸。久陪清禁聊均佚，誰道明河不可親。纔郡喜迎賢太守，帝旁却欠直詞臣。逸才畢竟九天憶，應謂禁中須此人。

余秋責余不歸責之誠是也余非敢忘鄉井而答以詩

兔狡應多穴，狐妖解首丘。一巢鳩樣拙，何計老菟裘。

西湖冰合忽見小舟

四望黯同雲，平湖墮銀漢。一葉柳邊來，應是寒澌泮。

嘲蠟梅

孤芳不被雪霜欺，占得南枝最崛奇。氣骨不凡風韻少，吕醫初見退之詩。

聚景園追涼

五雲縹緲護簷牙，不是尋常富貴家。樹樹風蟬涼意足，衣巾時復墮槐花。

題昌黎傳後

唐治百年生退之，行藏端的係興衰。三書何用干時宰，天使斯人欲有知。

題潘庭堅樂府後奉簡陳僉書

性靈底物堪陶冶，郢曲彌高和彌寡。錦囊勿使六丁偷，會有昌黎賞東野。

晚思

風號谷應樹聲喧，陰雨瀟瀟南北村。倦翼投林舟宿港，滿懷秋思立黄昏。

題陳陟屺寺

幽泉落竇碎瓊聲，疑是朝天環珮鳴。遶寺杉松皆雨露，不應秋葉似恩輕。

題御愛牡丹

天香不數魏姚家，玉砌雕欄護絳紗。聞説弓旌遍巖穴，憐才應是勝憐花。

以上宋陳起《江湖後集》卷一三

西湖夜景

閒窗放入四山青，古篆無烟氣自清。風不鳴條花著露，一湖春月萬蛙聲。

宋潛説友《咸淳臨安志》卷三三

偶作 三首

才退愁無友，時艱悔有家。鄉心慚杜宇，世事付楊花。故山荏苒失歸期，顔尚如丹鬢已絲。憶昔師門傳拙賦，迄今客路懶工詩。不傷遲暮無豪舉，却喜聰明減舊時。便把蝸廬題退隱，何時買得草堂基。

遣愁時復賦篇章，此是書生習未忘。小吏豈堪人看覷，酒邊生怕帶詩狂。

與陳剛父論詩

少陵久矣跨鯨遊，近説西江沸不休。雙井發源注南海，百川分港失東流。君懷正印高懸眼，我抉玄關笑點頭。半世工夫緣底事，旁人却作等閑求。

答詩友徵近詩

寄傲西峰未肯東，論文舊約幾時同。不知傑句真何用，便有虚名豈療窮。珍重遠書徵近作，疏蕪故我欠新功。每慚時輩多豪逸，點筆成章杯酒中。

題楊敬之贈項斯詩後

今古銷沉幾項斯，由來作者不祈知。看渠一片憐才意，合把黄金鑄敬之。以上《永樂大典》卷九〇三一

西湖夜景

處處芙蕖處處堂，閑行何地不清香。歸舟又趁晚凉急，十里湖光蘸夕陽。同上書卷二二六四引《蘭墅集》

遊宜春北巖

宦軀真沐漆，放懷北巖去。行行如蓏境，漸入幽絶處。濕翠欲霑衣，晴雲亂生屨。灘聲時抑揚，嵐氣互吞吐。松寒韻笙竽，碣石狀鍾虡。朱實媚碧藤，白羽明翠塢。提壺忌人醒，市酯邀我沽。野果枝頭尋，

水樂空中度。飲少輒頹玉，山靈勞拱護。起來一凭欄，件件是佳句。此景幾百年，却待予全付。吟成石點頭，喜極石應語。何處一鳴鶴，而作賞音和。仰峯人所仰，隔江不受呼。正如山中人，九詔不一顧。傳聞唐衛公，挾册曾此寓。臯夔讀何書，瑰譽響千古。一生拗介甫，政坐讀書誤。公乎儻可作，同草遂初賦。　同上書卷九七六六引《蘭墅續稿》

元夕同友街遊

月韻梅梢漏未央，緩尋夢境小相羊。萬家燈火天無夜，十里綺羅風自香。勝友何如羅粉黛，清談端可厭笙簧。吴儂休作築城舞，胡越年來共一疆。

元夕酒倦

解醒貢浪語，欲困且長謡。古篆生春靄，新湯響夜潮。喜尋搜句伴，怕有看燈招。背却笙歌鬧，鳴琴慰寂寥。

中書程先生委校勘春秋分紀大參李雁湖文集因元夕戲成一絶

雪柳梢頭鬧玉梅，萬家燈火月樓臺。校讎幸不開天上，省得扶藜太乙來。　以上同上書卷二〇三五四引《蘭墅續稿》

（朱寶模整理）

全宋詩卷三〇三〇

黄大受

黄大受，字德容，自號露香居士，南豐（今屬江西）人。生平未仕，以詩游士大夫間，游蹤頗廣。遺著《露香拾稿》，於理宗淳祐元年（一二四一）其子伯厚仕鄞時，請應繇、鄭清之作序。事見本集卷首序及有關詩。

黄大受詩，以汲古閣影宋抄《南宋六十家小集》本爲底本，編爲一卷。

春日田家三首

凛寒陵熙春，誰為禦其侮。酸風吹積雪，濃雲灑飛雨。農夫荷耒耜，俶載耕斥鹵。為其有身累，寧免自辛苦。妻兒送中飯，凍凌强欲吐。晚歸極困倦，倒睡帶泥土。朝來天光開，紅紫新媚嫵。南園踏青人，日暮猶歌舞。

二月祭社時，相呼過前林。磨刀向猪羊，穴地安釜鬵。老幼相後先，再拜整衣襟。釃酒卜筊杯，庶知神靈歆。得吉共稱好，足慰今年心。祭餘就廣坐，不問富與貧。所會雖里閭，亦有連親姻。持殽相遺獻，聊以通殷勤。共説天氣佳，晴暖宜蠶春。且願雨水匀，秋熟還相親。酒酣歸路喧，桑柘影在身。傾欹半人扶，大笑亦大嗔。勿謂濁世中，而無羲皇民。

清明百草春，家家上丘墓。南鄰去年冬，禍痛及翁嫗。酒殽羅新阡，蹙頞見追慕。舊時細君墳，望見淚已注。紙錢風飄飄，世用此文具。其間無紙者，已無子孫故。有紙與無紙，百步五十步。

偶成

高唐作夢時，宋玉乃得見。那知賦説夢，夢外雲雨怨。此賦苟不作，應無列女傳。

蕨薇生山巔，長不踰蓬蒿。松柏生澗底，歲久還干霄。禀質自不同，托身奚必高。

緑草何自來，蔓延滿中庭。前朝方芟夷，玆視忽已盈。竹間幽蘭花，數四移乃成。

讀四皓傳

白雲茫茫歌紫芝，人間無路瞻龙眉。太子介使招忽往，高祖問省心先知。翁身商山名八極，此時不出漢事危。敢惜雙足惜漢鼎，非私劉氏私黔黎。欠呵千年橘中棋，華陰墮驢者為誰。

老蹇行

逆曦以蜀叛，安侯以客平之。曦頹其家聲，玠、璘保蜀之功莫贖也

朔風狂驚岷峨流，帝敕雲螭藩四州。頷珠千載化老蹇，一變為回鐍川鍵。蠶叢簸弄幾為翻，欲捲全蜀淪腥膻。瞿塘下連滄海脈，愁積溟漲牽鰲極。臣冰呼天天不聞，快斥金翅清江氛。連環不解萬古鐵，陽侯依舊千江月。紫庭登奏尤其元，西州之功不補愆。清源血食天地久，其於冰兮亦何有。自注：有勸清源君戒殺。君曰：非我意。出水問守蹇數萬鬼兵示之。

昭潭寄内人

不接安書動隔年，二千里外極懸懸。老親强健知勤饌，諸子癡頑恐費鞭。幸有田園堪卒歲，使知詩禮可無錢。客中亦有風流罪，長伴梅花對月眠。

由洞庭入五田

一汀紅糝蓼花天，滴滴清寒曉露圓。回首洞庭山半點，傷心桂嶺路三千。詩魂夜寄青林月，漁唱聲回緑樹烟。却笑陶朱不如我，我無西子與同船。

油口夜飲醉卧一室及覺三鼓矣秋夜新冷雨濕蟲鳴展轉不能成寐於是浩然有歸志

一榻翛然着醉儂，沉沉清夜大槐宫。夢回作惡酒氣重，枕上不眠歸興濃。點滴落階添悶雨，清哀遶壁訴寒蛩。計行良未成端緒，何處高樓撞曉鍾。

沙頭秋晚

霜風吹凍玉池冰，留滯周南尚未行。病久故園千里夢，夜寒孤舍一枝燈。愁緣南賈歸舟影，心斷黄蘆落雁聲。老劍已閑頭已白，祇堪吟詠課歸程。

竹

虚心懷月明，勁節挺玉立。豈是外春風，春風無處入。

宿岳陽張漕書堂

雲低風轉冷，黯黯起秋陰。薄暮細雨過，小窗寒氣侵。關山千里夢，骨肉十年心。病意兼歸意，攢眉寫萬金。

廉　泉

一泓落古寺，三赤開方池。懷山决瀆後，爍石流金時。君看此廉泉，不增亦不虧。炯炯玉色透，燦燦金沙輝。竭來臨古亭，石銚行相隨。呼童試春芽，活火烹新奇。一咽利喉吻，再啜心神怡。泠然清風來，玉液通華池。憶我心地初，與水同一幾。心泉本無事，何必希夷齊。曰泉已强名，况復有是非。一笑付自然，貪廉吾不知。

寧化白水磜甲子春

雪瀑從天下，餘流亦建瓴。雙崖秋氣逼，九地殷雷聲。虎穴山川險，蛟涎草木腥。負嵯由此徑，異日不堪行。

晚　步

扇小葛衣輕，風清草路平。水聲逢石怒，烟素近山明。唤犢牛回顧，驚人犬倒行。耨夫方到屋，月已屋頭生。

荆州人種秧擊缶于田間以樂農者嗚呼其猶有先王之世之遺意歟

鼓聲響答缶聲喧，歌笑聲多日易昏。尚有樂農遺意在，要知此地近中原。

呈魯齋提刑伯

散盡黄金與客休，田園不為子孫謀。白頭更自嫌多累，尚有瀟湘萬卷樓。

江行萬里圖

雪山西來接海白，天之所以限南北。誰人胸裏着輿圖，揮斥荆吴入綃墨。濃濃淡淡兩岸山，烟波瀰茫江面寬。水空漠漠鳥飛絶，漸看漸遠天漫漫。客舟泝流先後去，風帆飽腹如飛舞。有時小艇絶波來，不知何處横江渡。鍾山隱隱開金陵，雨花臺前留玉京。汀洲劣處小孤出，垂楊緑引潯陽城。蘄黄紫翠照卷雪，武昌樓臺半明滅。周郎赤壁杳難憑，洞庭寒烟濛孤月。西江耿耿沙籀清，三十六灣斜照明。黄陵廟深楚山闊，九疑成削黏天青。我來展軸驚快覩，恍然對面水仙府。片時行盡江南天，吊古何勞出門去。南巡真人忘却歸，軒轅龍去眇難追。咸池曲絶誰奏樂，風雨啼痕滿竹枝。六朝虎士工設險，蹴踏滄波當揮劍。血流不惜惜江流，肯放飛埃過天塹。濫觴曾聞蕩雍丘，楫聲若為空悠悠。江聲至今恨不盡，枉白萬古英雄頭。兩階干羽享波后，八公草木今健否。長安正在碧雲邊，斜日西風重回首。

梅川呈同舟游仲發時中流失舟故云

投晚鍾公渡放船，急流送我轉千山。羣犀戲浴江含石，饑雁悲鳴櫓下灘。吟骨欲投魚腹葬，夢魂那許蝶身閑。可憐八尺奇男子，不作當年跛足看。

遣載入閩從李守約

考亭高弟説烏洲，小子何妨作遠遊。問學再三勤講貫，立身第一在操脩。機心僅可文章用，邪説毋從釋老求。更做程文須典實，年來華藻近輕浮。

即事

路轉欹橋曲，陰陰石磴低。紫藤藟碧樹，紅葉繡清溪。草露明侵徑，秋香暗刺衣。前灘水聲好，欲趁釣魚磯。

織女蟲

灝氣逼星河，佳期匝眼過。草間聞織急，天上想寒多。燭裏顰挑錦，邊頭冷枕戈。終宵弄機杼，柰此月明何。

早作

黄大受

星光欲没曉光連，霞暈紅浮一角天。乾盡小園花上露，日痕恰恰到窗前。

歸來

近日多騷客，吾衰不可追。松間哦魯頌，花下看唐詩。好鳥山深語，寒蟬日暮悲。此聲良叶律，新句總堪疑。

公安

市人屋井底，棟與江堤平。大江壓堤來，浩浩勢欲傾。古堤騰長蛇，獨與江争衡。積流增巨漲，飄突萬馬驚。油河與之合，盤渦沸溯騰。折旋聲洶涌，吞汲翻長鯨。微茫隔岸村，百尺崩沙赬。中流有行舟，來往如飛蠅。巨風推銀山，性命鴻毛輕。設險護東南，天巧如揭繩。用武莫若荆，豪雄所交争。玄德欲興劉，於焉深經營。坐據此要淵，進退窺敵情。時事一阨塞，拂衣開西扃。至今聞西偏，城治餘丘陵。湯湯横乎前，何畏百萬兵。善衛保其吭，坐待其師崩。更能用吾長，談笑收其贏。何者非神機，用之須人英。機略失所用，山川無常形。休兵不敢論，凄咽含餘情。

中秋舟次沙津

去年中秋月，照我入桂城。今年中秋月，送我到江陵。桂林二千八百里，城邊買船發春水。瀟湘六月寒如冰，洞庭湖中秋氣生。峽江西來雪波急，片帆帶雨烟中濕。胡雁不來蘆葦秋，風林淅瀝生人愁。反思前年風露好，月入金罇醉將倒。如今飄落千萬山，烟波瀰漫幾時還。露香堂中千百甕，玉瓶取醉風吹夢。今宵弦管鬧繁華，燈火沙頭一萬家。争似詩翁弄江月，微吟還自汲江花。

鬱孤

臺高日欲暝，晚眺眼增明。疊嶂羅雲樹，雙流抱粉城。低浮烟萬棟，清送月三更。尚約秋吟夜，江聲帶雨聽。

病起

煮藥爐邊過一春，瘦骸唯與病相親。雨多藥裹易生暈，潤透巾紗懶拂塵。枕上最宜思過眚，静中倒得養精神。不辭小現維摩詰，只恐今無問病人。

枝江九日簡周宰

日車不照出郊車，門外天陰雲尚癰。青州未有居士供，白衣知是誰家奴。江山有恨横饑眼，茱菊無情對卧壺。赢得閑關吟苦句，定無人敢唤催租。

公安寓館夜立觀前用載韻

翛翛一古觀，我到夜何其。仙磬吟風殿，幽人汲露池。星沉螢聚水，月倒兔懸籬。四起鍾聲亂，凌風欲化肌。

秋夜讀書

青燈敞虚堂，微風動衣襟。兀坐耽塵编，起觀星河沉。古人豈可見，所希見其心。終然發永歎，不寐鳴床琴。

梅

自見梅開後，相看不暫離。只因愁落去，不忍看繁時。佳實羹堪味，遺音角可期。牡丹專富貴，春盡却空枝。

以上《露香拾稿》

（文師華整理）

全宋詩卷三〇三一

陽枋一

陽枋（一一八七—一二六七），字正父，原名昌朝，字宗驥，合州巴川（今四川銅梁東南）人，居巴字溪小龍潭之上，因號字溪。早從朱熹門人度正、曼淵學。理宗端平元年（一二三四）冠鄉選。淳祐元年（一二四一），因蜀亂免入對，賜同進士出身。四年，監昌州酒稅。五年，改大寧監司法參軍。八年，爲紹慶府學官。度宗咸淳三年卒，年八十一。有詩詞、講義等十二卷，已佚。清四庫館臣據《永樂大典》輯爲《字溪集》十二卷。事見本集附録《紀年録》、《字溪先生陽公行狀》。

陽枋詩，以影印文淵閣《四庫全書》本爲底本，新輯集外斷句附于卷末。

謁九江趙守

浮舟溢浦春，民謡舉欣欣。問民寧底樂，州有賢使君。帝冑擢清班，江國煩慇懃。儀型金玉相，肝腸錦繡紋。周南藹忠厚，大雅卓不羣。固本屹磐石，理兵無絲棼。城堅萬里長，氣壯三邊軍。短吟亟搜枯，弄斧當郢斤。聊此窺一斑，所見諸所聞。願公慨神州，邊腹久中分。五嶽判地氣，三光離天文。倒竭五湖波，一洗九陵氛。鐘彝勒偉曄，汗史照芳芬。此烈丈夫耳，循常奚足云。

瀝鼻峽

雙穴流清泉，古來名有自。至今存一息，呼吸竅萬類。山以泉為津，石以穴為鼻。無形本諸天，有質著乎地。

遊下竺飛來峰和存子姪韻

嵯峨擅北高，幽静還西竺。虎蹲石根奇，龍蟠藤蔓曲。面横白水湖，背列濃嵐谷。鳥碎山逾空，起予詩不俗。

過九江望見廬山立雪一峰和全父弟韻

阻風桑落洲，悠然見廬山。白雪滿蓮峰，皓矗九霄間。新晴破積陰，天宇豁開顔。玩圖仰斯人，懷古涕潸潸。準擬進扁舟，躡屐登螺鬟。飽諳風月歸，庶幾無虚還。

和趙景賢使君入昌溪即事 樂灘泉東平巴巫

東出峽如筒，北行溪似線。晨發怯春寒，午炊喜破晛。灘高石嶔嶔，浪急珠璣濺。平生憂患心，對此倍兢戰。棹夫捷如風，舞篙接飛縴。昔觀武陵圖，今見武陵面。巖叢放斧斤，掛壁發蔥蒨。半天矗亂峰，横烟鎖寒練。猿鳥生意深，詩筆寫豪健。先生巖壑姿，對此聊自厭。險極復推奇，一覽嗟未遍。老眼仰貪看，花生渾欲焰。人唤不回頭，决皆强自勉。造化藏秘奇，人生能幾見。夙昔困塵埃，比來得清玩。異境延高吟，勝覽愜幽念。直疑紫霧深，秘隱豐城劍。便欲於此中，遯世真無悶。朝餐色鬣鬖，暮遊光瀲灩。還恐利名牽，回首成健羨。

峽州程彦彪簽判賦桃花菊讀之良有佳致嗣韻敬呈覺其東塗西抹也

羣芳發天機，妍媸太紛競。秋菊繁有徒，色以黄為正。淵明具卓識，主一無多柄。日鋤三徑荒，取友霜松勁。後人悦紛華，逐物情其性。不見黄居中，方隅靡從令。緑衣尊間色，心憂切吟詠。陶菊抱幽姿，漢廣絶游泳。紅紫雜賦形，變化理難竟。妖嬈妬端莊，超乘誇捷逕。黄花秋露中，心與晚色凈。品類富脂鉛，盛服粧亦靚。佛頭詫奇裝，桃花卑異姓。殿荷呼是兄，先梅可稱孟。就中甘作君，今古有同敬。伊其標上藥，隱居重題評。汲泉擷芬英，神功治未病。味真乏佳色，苦坐芳筵屏。輕身引華年，蓍龜堪鑑鏡。獨立傲秋霜，高風誰景行。嘉哉夷齊賢，不仕西周盛。解約紫茱君，梗檜延福慶。登高睨八荒，期活蒼生命。君家瓮頭春，胚腪歸酒聖。自注：程宣義善造菊花酒也。

紹慶府教廳瑞麥并序

淳祐庚戌，麰麥向秋，四字原作麥秋，據《永樂大典》卷二二一八二補于學圃得兩岐者二，三岐者一，前此未之見也。先是平地溪細民牛産二犢，嘉瑞迭至，厥有攸自，具以告州長金華王公。先生曰：是乃閫帥復漢中之休徵，麥以卜坻京之盈，牛以兆田萊之闢，天地順助，委和而發祥矣。枋興感先生之至言，欲鋪張揚厲，而材未之逮。敬撰成古體三十韻，以紀事實，且獻且賀。幸恕其狂斐而垂覽焉。

耕稼問黔嶺，禾黍慳培塿。秀實僅有之，嘉祥藐烏睹。府主金華仙，農事躬緬縷。暖律笑吹鄒，長府肯為魯。節用寓封殖，寬征從字撫。去年民病穫，公把漏天補。今年趁春耕，公有月額雨。至和委來牟，兩岐分藝圃。雙秀可奇觀，三穎駭珍吐。一如荀氏龍，頭角森踽踽。一如賈氏虎，偉彪稱最怒。友于好弟兄，長岐支傴僂。芒穎乍峥嶸，襁褓辭嫗姆。苗脈共根株，萬物本乎祖。見説西家牛，二犢同一乳。瑣碎《永樂大典》作碎啄衆難并，異聞杳《永樂大典》作杳前古。歸功二千石，為言物有主。憶昔辛丑間，紅塵飛白羽。陸海沈炊烟，原田没榛楛。殿角深顧憂，宅西命山甫。太平登九年，魚鳧藹生聚。長嘯孤雲端，漢中我疆宇。片心天地通，助順知已許。畜繁田不蕪，麥瑞富高庾。萬竈飽貔貅，餘勇洵可賈。坐縛長橋蛟，行却九關虎。挈還天子地，醉言執童羖。衮衣逐歸禾，上瑞此焉取。癯儒嘉聞言，中夜長起舞。欲補嘉禾篇，俾詠鶯瓦甒。

壽李夔州乃翁四月十五日

乾月生真賢，老子其猶龍。主静以觀動，萬籟鳴秋蟲。片心閒淵明，結社同遠公。俯仰身世浮，妍華收晴虹。堂迥妙香凝，超然天地通。至懷三釜外，真味一甌中。震長可代父，物生辰與同。正東權發育，造化誰能窮。艮居東北隅，生意來重重。高枝翔鳳凰，雝喈鳴梧風。嘗聞乾一氣，稟付人稀逢。公全六晝陽，何始復何終。杞菊不足蔬，芝苓非所供。剛健自無息，天人知共宗。世無飛昇客，浪説吕仙翁。世無武陵源，異境空蟠胸。惟公秉乾德，七十元春容。舉家秀而賢，無非乾所鍾。生生之謂易，笑言支長筇。舉杯問蒼天，天高杳無從。我欲携羲篇，相隨鶴山峰。

崑嶽有佳人四章壽黄循齋

崑嶽有佳人，婀娜蒼松姿。金石結根柯，緑葉瓊瑶枝。抱陽爐峰春，毓英巴水滋。絲苓濯繁霜，清樾摇坤陲。亭亭拔烟蘿，渠厦誰當支。工師胡弗來，歲寒心自知。

崑嶽有佳人，猗猗凌霜竹。叢篠列委翳，蕭森散清郁。常虚君子心，而聳高人目。娟娟鸞鳳棲，濃濃露華沐。玉兔投西隅，金烏出暘谷。瑟僩不可諼，聊爾為君祝。

崑嶽有佳人，神龜支其床。問龜生何年，太素含混茫。問龜何所餐，沆瀣凝秋陽。問龜何所知，一理周八荒。佳人拊龜笑，我心非汝量。大化難淺測，縮首宜深藏。

崑嶽有佳人，挺挺雲中鶴。帝鄉迴鶱心，人寰寓其託。仰雲引圓吭，九臯窮碧落。瀛湘滄海身，稻粱寄情薄。昨夢世未醒，清唳不容寞。鳴陰子必和，天理亦昭灼。

開慶元年二兒自白水之江陵閒作數語送行且勸歸也

舉家出三峽，去鄉二千里。卜築罄囊資，苟全留白水。誅茅炊赤稻，秧稗日嵌齒。芥根充鼎實，屢空啜清泚。殘編發空箱，矮窗聊復爾。晝誦夜無燈，早寢接晏起。江國多雪霜，木火謝司燬。凍沍襲重茅，刮肌復侵髓。瓶儲斗升粒，食聚三百指。子行其謂何，艱難急生理。輕財性則然，苦節此時矣。荆江萃交朋，酬答寧容已。長語廢百事，頻遊迷短晷。接羅防倒著，拍手兒童恥。食息在顧養，交抨繫金柅。有懷趙乙囊，勿錯孟嘗履。泉竭云自中，風驚吹戍壘。廩粟不可縻，市門亦難倚。我老驚太衰，孫稚要提耳。來歲屬庚申，上旬逢丙子。人事顧天時，溝壑虞近止。梅臘早還家，濁醪同酌兕。

與存子姪王南運上風聯句

舟行緩東去，波蹙疑西流。南運　塵揚頻閉目，草偃付回眸。正父　翩翩泝岸鷺，緩緩沿波鷗。存子　聚沱留積滓，逆浪集浮漚。正父　門窺雨斜入，窗望山相留。南運　棹苦掌痕腫，烟回眥淚浮。正父　客舟上急急，我楫去悠悠。南運　一程分兩日，半月僅三州。僕嗔糧易竭，客怨利難謀。柁斜横水面，人宿避沙頭。正父　嘯想武陵虎，化催西海虬。欲寄風伯語，聊以吾詩投。何如還借順，咫尺登瀛洲。存子

送謝方伯赴試

春桑催蠶日遲遲，春蠶食葉開文闈。桃源雖好不可住，高人夢繞故山薇。金雞啁哳喚出日，輕舟短棹風吹衣。莫問虹梁春燕入，莫吟西堂春草萋。水光山色二千里，助君筆底龍蛇飛。丹成九轉大上去，五雲膠轕黃金扉。回首故鄉烟靄暮，城郭如故人民非。年來世事轉頭改，不見華表丁令威。送君南浦祝此語，佇立江干背夕暉。

回陸主簿賀生日詩

南華眇彌誇靈椿，八千為秋八千春。要是循名須責實，人生三萬六千日。世間修短皆自然，造化到底難為言。一十二萬九千歲，更加五百乾之兑。安樂老仙窮象數，三哥笑言譏淺露。只如三百六十五，天運從來周一度。太羹玄酒常渾渾，何人於中羅八珍。八珍向裏有真味，未可以天而廢人。神數自一而至十，萬物生成由此出。坤兑無首乾無終，陰陽為用常虛一。顔子聞一以知十，清明氣禀不苟畀。六德六行惟俱全，只向綱常窮所止。人能陋巷樂簞瓢，踐行即是奇男子。看盡古今為聖賢，底事有經還有權。紛紜雜擾語不盡，匠斤扁斲惟心傳。道至無言而止矣，此外如何別有旨。萬靈昭灼會寸心，須使愛之若桐梓。揭來城市辭山林，蕭蕭兩鬢雪山侵。感甚秋高華晚節，搜枯聊作寒蛩吟。

壽鄧子西知縣

猗猗竹繞鄧家灣，亭亭屋背摩圍山。當軒水花日噴薄，覆户雲葉時斕斑。中有高士金閨客，元從洞府生人間。捧觴天爵役人爵，戲彩前班羅後班。不妨花縣春風晚，且對萱堂白日閒。剩將千卷課兒習，博取一笑開慈顔。和氣向晚薄葱蒨，書聲半夜隨潺湲。只恐天上妬人暇，催公拔宅離塵寰。玉堂將母奉珍鼎，鏘聽羣仙鳴佩環。丹砂九轉戒獨善，刀圭分遺扶艱關。功成麟閣歸來早，筍輿隨步羞桃薦菊紉蘭蕳。此句似有脱誤

用昌黎賦鳴雁韻勸蹇從叔出峽與乃兄相依

楚天空闊雁南飛，整整秋來春又歸。腸斷孤鴻鳴失依，重雲片影儔侶稀。野老吟情託興微，樊籠休羨稻粱肥。岷峨回首寸心違，華亭清唳昔人非。湖北湖南秋水多，洲渚星稀無網羅，平沙雪落聲相和。俛仰

塵世應無他，君於此處意如何。

和趙使君喜雨

舉頭日日雲如血，遍走羣祠腰漫折。惻隱存君一念間，造物於人豈終絶。天眼豁隨公道開，宵人於此何有哉。煩歊陡逐苛條去，甘澤端從德意來。公心與天同一宇，那是經生分別處。佳句催成頭上雲，仁言散作空中雨。開軒對雨卜香秔，鈴閣無風還自凉。新詩寫出天人際，賡歌細與問蒼蒼。

黄池舟中和全父弟韻

江上平隄隄上路，隻輪來往舟沿泝。林疎風葉墜輕黄，征雁聲中秋暗度。來踏東風歸歲暮，佳山好水無重數。揩摩老眼待冬深，更看霜林排雪樹。岸木稠邊屋作鄰，港魚多處鷗成聚。竿蓑擬欲箇中留，却恨冬風催我去。

和存子姪上風嘆

家在岷峨峰六六，文章李杜追芳躅。有詩吟破雪飛花，無酒斟來體生粟。觀光上國肩共摩，舟下長江尾相觸。行行得意買湖天，携手風凉曾點浴。

雲山避地和存子姪韻，瀘州仁懷堡

依山茅屋兩三間，與世相遺盡日閒。背擁藍屏半天碧，面對參差横架山。徑草蒙頭雲覆屋，泉甘土肥似盤谷。劍峰林密杳無邊，綿峽潭深幽莫燭。有鮮可食美可茹，康樂和平長自飫。有時拂石弄泉聲，有時策杖登山去。山中日沈山月出，巖暝林晦總佳適。平石如臺倚山隈，準擬結茅閒讀易。尚論古人得我心，商傳周姜漢子陵。好共栽桃豔長春，却恐漁父來相尋。

壽程彥彪簽判乃翁

黃鐘宮動夏秋分，夜來一雨如傾盆。炎雲洗盡金天渾，老人星見程家門。老人降生敘南村，昔日聞名今共論。耆英侍坐聆嘉言，八窗玲瓏笑語温。千載一朝逢漆園，夾拶小澗開窗軒。雲雞月犬聞朝昏，衰情晚態常相存。翠竹紫鳳高騰騫，梧枝裊娜棲雛鵷。琴彈碧玉箜篌蕃，爐養白砂賢弟昆。胎仙三疊舞翩翻，玉液九轉朝崑崙。沆瀣為飲霞為餐，菊酒酌客香盈樽。欲隨枕石漱潺湲，只恐鼎養歸天閽。九老圖中姓字尊，月佬指點詩輕捫。莫學劉阮窮溪源，儘教親見眼前七世森仍孫。

回程宣義賀生日詩

錦章卷遺書八分，獨繭抽緒浮金盆。太羹玄酒淳風渾，秋草得暖生華門。隔溪來往如幽村，百年時敘從君論。直誼高情無綺言，寒陬冷宇回春温。鄭公耆英思陶園，顧我芒屐羞高軒。感君昭昭排昏昏，心期好語饒温存。惠然長風來孤騫，九苞後乘彤庭鵷。肯令穉榻依陳蕃，相對怡愉諧弟昆。跋紅坐久金爐翻，天雞不覺鳴崑崙。清蕭滿腹烟霞餐，歸來捧榻哦空樽。新題壯筆流飛湲，欲持此詩排帝閽。祈我友君同壽尊，座間談笑舌莫捫。伊洛派脈探其源，與世無窮振振繩繩之子孫。

送文大監赴召

雲門大卷聲鏗鏘，自注：公所居地名曰雲門。不比寒谷號蛩螿。長笑歸來書滿床，着眼不用垂簪裳。夤緣仕版亦逢場，一鼎熱處元清凉。年來道心包乾剛，鑑净水止無迎將。付物大公齊混茫，玲瓏窗牖開八荒。霽月海東懸秋霜，照破蒙昧橫津梁。不才賦資如點狂，柱倚寶瑟心陶唐。冰輪玉井情徜徉，祥雲麗日希餘光。布帛菽粟味尤長，尋繹此樂徒激昂。頎然美人天西方，許我立雪來其旁。欲坐春風吸餘芳，聽說夜話攄中腸。又聞催歸侍玉皇，挈提北斗斟天漿。净洗世表塵昏黃，席此廣宇歸康莊。起舞掉頭帆飛揚，誓鳴急槳隨烏檣，參同希傳魏伯陽。

送雲山文先生吏部赴召

雲山至寶非和璧，光耀燭天難毖密。一朝天子闡坤珍，此寶肯為蜀人出。寶生蜀東六十年，蜀勢關吳妙陳述。蜀為頭目吳腹心，頭目清明腹心佚。蜀為藩籬吳奥堂，藩籬堅固奥堂實。蜀若顛危憂在吳，夔峽豈能遏迸溢。自從蜀口棄三關，托裏金城更峭崒。戎馬衝奔二十年，此城處處皆屹立。虔劉俘掠技已窮，羣聚竇峰頻出入。抵礙堅城不得戰，轉攻雲詔謀虛襲。欲踐辰沅闖廣南，後顧有蜀還惡尼。留屯漢中綴祕師，計俟萬全無一失。我向嘉渝增重屯，大理垂軍須縮經。夷陵近聞列守戍，似謂蜀險為難必。或言東晉不用蜀，是時南北只守一。如今敵人斡腹來，不思保蜀更何術。莫虞海道要先防，雲濤湧沸蛟黿慄。臣寶一戰振天威，至今敵膽猶惕怵。莫憂淮堧近建康，萬柁舟師人素習。踏車横江臣世忠，北人言之魂凜凓。荆南雖云瞰大江，曹瞞百萬幾禽執。趙公堰匱孟公湖，有如弱水蓬萊岌。當今重勢在蜀川，蜀事艱難今轉急。井絡丘墟烟火空，荆棘漫彌虎窟室。頻年旱暵民流亡，褚無完裳瓶無粒。兵將願戰民效死，彼此交病財不給。就中活着猶可為，民心戴宋元一日。益兵降財勢蜀民，旒冕周諮宜委悉。射干狼毒漫戰吻，芝朮參苓難愈疾。懇切深惟保蜀方，蜀苟措安國寧謐。

和存子姪長吟酆都韻

江肥石没浪壯激，水瘦石露灘無聲。叢深鹿來平都重，林槁鹿去平都輕。消息盛衰有如此，是理見處須分明。孟叟晚年盡心作，孔聖垂老春秋成。當知血氣命於志，不同萬物殊枯榮。好向先生問心極，萬里浮舟入帝城。

長風峽避風和全父弟韻

慘舒異氣無異機，交朋論心不論迹。詩書一酌飲芝蘭，風雨連宵聽蕭瑟。旋調詩律破愁城，閒弄局棊消短日。酒來思逸吟轉高，笑罷江横顔自懌。坐久那知風袂寒，眠酣未問霜衾濕。四時翻轉無停機，一理渾融何所適。佳山好水看已多，江鄉誰作蓴鱸憶。天人之際妙復微，莫事空言須踐實。

讀易書懷

家家住坐長安道，日問長安何草草。春到驪山渭水深，拂石臨流苦不早。萬户千門鎮日開，無邊風月隨人好。滿城花柳斷鶯腸，芳菲易歇天難老。

賦趙守接竹引巖泉

冰絲寶瑟無膠柱，事省庭空引泉注。為愛心隨水色清，從教竹傍山腰去。循除瀌瀌聽潺湲，華襟湛徹生靈根。縱使波深池自滿，尚嫌鯉躍圓荷翻。破除崖岸非落泊，虚室融融自出白。通塞默知箇裏心，媸妍各付水中色。自來道體如泉流，晝夜不舍無春秋。希音解入幽人聽，世間俗耳徒筌篌。沈沈夜永寒聲出，宫商寡和鳴琮璧。山高月冷天地空，寸地希夷無畛域。架竹主人還記年，山下出泉常不乾。凡物有本自無息，對泉玩理高懷寛。先生仁念泉初達，蒼生鎮爾銅烏渴。太空一滴著人清，生意汪洋湖海闊。野人不作名利貪，飲水曲肱心自甘。時乞一甌空煮茗，快讀羲經井九三。

少年看花行寄示誼儒姪

少年看花日千遭，黄金買笑俠氣豪。醆斟西凉緑蒲萄，燕歌趙舞紛綺羅。插花上馬玉顔酡，鞭馬如風花底過。九天閶闔手可摩，揚眉不怕金吾訶。杜鵑一聲啼山阿，門掩緑苔愁秦娥。春樹紅顔能幾何，萬里封侯成蹉跎。河南布衣正婆娑，却笑因風想玉珂。未肯巖前捫翠蘿，商丘不唱採芝歌。獨深於易如鄒軻，紫陽真人聲相和。蓮蕩歸來揚其波，我傍梅花讀遺書，不知紛紛坐久落花多。

丙寅八月旦晨興尚早坐而假寐夢與客誦詩云藜羹藿啜蔬園芳黄花晚節凌秋霜因增成十韻寄壬兒

僂指寅年已半强，煩歊能幾還凄凉。風葉有聲宵鳴廊，試擁衾紬眠藤床。曉鉦錚錚樓點長，清夢了了哦詩章。藜羹藿啜蔬園芳，黄花晚節凌秋霜。起挑木火然心香，晴雲收雨烟黄江。

謝涪陵劉君舉使君見委北巖堂長詩

雪片冬深玩易編，正公和氣理尤渾。八分寫就龍蛇走，巖藤澗樹常蜒蜿。蓮蕩飄裾紫陽學，歸來拂拭莓苔痕。巖前世事幾興廢，道無今古終長存。新來五馬栽桃李，生平伊洛期窮源。下車一笑撫江閣，片心飛度蒼崖根。生香動蕩滿幽谷，秋叢濯雨抽蘭蓀。露華滴晴舞夜鶴，雲葉卷霽吟朝猿。衰翁白首野人服，不愛市井憐山村。太守招來説好語，翠蘿有路猶堪捫。聽終不敢謝疲茶，瘦筇强拄巖檐門。遺書欲傍梅花讀，衹恐使人昭昭已昏昏。

和夔州李約齋燈宵

蠶叢今歲看燈宵，可人只有峽中州。白帝綸巾隱敵國，勝勢蜀尾連吴頭。竹枝歌舞喧城市，春聲泛鷗鷺浮蟻。府主山村耕稼心，挈客銜盃聊爾爾。咿啞蠻唱雜鼗鼙，老者前導幼者從。不貪嬉惰樂遊冶，只記時序還桑農。村村蓑笠兒童隊，桑上鷄聲花底吠。春歸野燒雪初融，日上高峰寒早退。生意著人人莫知，但見緑草生清淒。雪戍坐斂荆江北，月華静照峨眉西。此意洪濛不可道，張皇恐被春風惱。酒澆象潁石無言，春不生榮冬不槁。穿花燕曲弄繁絃，來尋故壘畫堂前。呢喃似與遊人語，今宵行樂寧徒然。得賢千里只須一，大公方寸無他術。厚地不塡無底谷，萬流豈漲滄溟溢。我談此語費形容，有似樵聲箇箇同。野蠶作繭自纏縛，拈弄輕絲大巧中。君不見隣女效顰人愛少，萬目睽睽分醜好。

寶祐三年上巳風雨連日成短歌寄誼儒姪

風雨飄揺三月三，綺羅罷遊客停驂。滿城春樹烟鬟鬖，朱户緑窗愁不堪。香芹刺泥燕争銜，杜鵑欲啼情正含。舞雩兒童笑鴿鴿，堯舜氣象此中涵。鼓瑟高人手可探，淡音非雅亦非南。太守風期神與參，我解此意誰為談，但覺滿懷春酣酣。花柳蒙迷不可貪，芳菲易歇隨浮嵐。閒閉閣門何所耽，惟見千山萬山秀色郁如藍。

壽制置夏節使 咸淳丁卯九月十三日

丙申蚩尤臨蜀口，三十年餘遭踐蹂。當時五十四郡全，兵與民財堪著手。鋒旗戊午肆長驅，江北江南分戰守。彫瘵僅存六七州，鴻鴈飛鳴狐夜吼。先生受任勢凌兢，倉扁視證亦驚走。無麪餺飥難支撑，將勇兵强民力阜。前賢用蜀當優游，先生端力排紛糾。農炊豈暇勸加餐，春風未始一盃酒。公心只有天地知，雖處艱關安且久。事不辭難功不矜，節度樞垣亦廉取。天下都統捧霞觴，先生一人更誰有。

壽李使君宣義父子同日

黄梅雨陣歇窗紗，庚夢醒來槐月斜。拜後拜前懽陸績，老君謫仙同一家。蟬冠醉倒金貂客，異香飄隨青犢車。旋呼五馬博一笑，酒酣逸氣凌蒼霞。培椿植桂弄梧碧，生香不斷樹交花。清净何須餐沆瀣，抱素肯養瓊田鵶。伯陽參同竊造化，高風海客空乘槎。武陵溪深自流水，天台雲渺維胡麻。神遊八極亦汗漫，大鵬希有爭雄誇。藤床經卷得真諦，五鼎三釜輕豪奢。静桃宿火熏百和，閒引山泉烹粟芽。自行自坐脚力輕，瘦笻擲棄龍槎枒。從來參苓不到口，雙瞳鏡碧顔春華。我向關頭伴尹喜，共乞刀圭期修遐。阿誰疑年問甲子，純乾一氣健而無息孰測其津涯。

和王季行制幹昌溪即事

異境破清愁，狂吟日點頭。前峰方極目，遠嶺又迎眸。石亂屢支舫，灘高常負舟。心亨行有尚，習坎自安流。

鹽米溪中艇，桑麻雲外村。巖重稀鳥道，石勁少篙痕。赤甲此微峽，温泉兹小軒。絶憐鷄唱罷，近午日方暾。

過下沱

迤衍魚鹽地，清明花柳天。江平拖霧縠，山遠帶霜鉛。景好輒作畫，心閒連得篇。汎舟隨暮靄，明月泠浮川。

瞿唐峽

壁絶晝昏明，猿高髣髴音。不關天宇窄，自是峽流深。既曉遲朝日，未西還夕陰。扁舟平涉險，憑取有孚心。

和全父弟立秋喜雨

造化仁民意，瀟瀟夜雨聲。焦原欣得潤，枯黍喜更生。染出林陰密，濯餘天氣清。秋河從此挽，盡洗北來兵。

茅屋

情契居連屋，炊齋霤合烟。放懷行共出，得語坐相傳。竹户雲深入，蘆窗月半穿。桃源今得趣，堪賦擬前賢。

和黄循齋送景正輔户曹之夔三首

要路倦登臨，淵明徑好尋。卷收名利幟，揭示聖賢心。月使千家滿，霜從兩鬢侵。逃空三峽客，屬耳聽蛩音。

自脱樊籠役，潛心克己私。是求從此日，非莫問前時。郡改山元在，自注：夔移白帝。江流石不移。人心日瀾倒，先覺仰扶持。

淺見論成敗，先幾燭是非。端倪還眇眇，勳績自巍巍。學僻門常掩，詩枯毫懶揮。何時住巖下，質問此心微。

輓黄循齋木爐峰先生之子，養於巴川黄氏

桂賸爐峰月，香飄字水春。姓名天下客，抱負洛中人。膴仕方三紀，徂年未六旬。循齋餘售用，何必歎窮民。

憶昔論文友，如今舐鼎仙。周經談正印，易學話真傳。一樂堂中語，三生石上緣。蓮峰望崑嶽，惆悵白雲連。

挽故人

公生百載下，學契五峰心。崇鼎屹重器，洪鐘希太音。詞源擅翻海，句律善春金。材古誰人識，清歌和慘吟。

卓世輕財易，懸知種德難。有貧皆粟帛，無骼不衾棺。紅樹悲春早，孤松忍歲寒。輕飈生宰木，多少鼻成酸。

挽鄭廣安

壯節從丁卯，奇功歲轉新。有征皆鼓勇，無戰不鏖塵。棠國香凝月，榆關夢熟春。吁嗟河北地，今日尚終臣。

挽武龍蹇巡檢

仁者壽宜得，王臣忠可嘉。功名雖有約，雲月自為家。義粟饑中糶，慈梁雨後斜。百年回首處，溪冷欲梅花。

叩户憶曾識，升堂期再尋。仙遊誠絶往，俗慮苦盈襟。菡萏晚猶好，荼蘼霜不侵。思君望阡隴，遠樹白雲深。

挽伏德華主簿自幼來受經，甲午同薦，庚子同第

黌堂深惜昔，六典共尋源。合遂齊飛鶚，嘉逾競化鵾。紅顔君早去，白髮我空存。方寸千年事，悽然誰與論。

豁達千人傑，巍峨七尺軀。天邊期闊武，意外失華途。墮淚一人足，傷心二女孤。西溪橋畔塚，多少為嗟呼。

和前人韻賦昌溪洞口 原注：附。 按原注附字，不知何義，或此詩非陽枋作，因無他據，姑仍附于此。

洞口天容黯，靈宮暫潔齋。中宵輕霢霂，向晚捲雲霾。巖削蒼璆壁，峰攢碧玉釵。水花紛迸峽，石乳溜垂崖。噴浪遲歸舫，穿濤急去簰。布飛千丈直，屏立半空排。木任巖藤束，花從澗草埋。高猿枝臬臬，幽鳥韻喈喈。亭午烟光冷，深春風色飄。便疑塵世隔，直與洞仙偕。意得詩偏好，情閒樂可涯。寄言軒冕客，名利莫裝懷。 以上《字溪集》卷一〇

全宋詩卷三〇三二

陽枋二

椶花

滿株擐甲詫椶櫚，葉展蒲葵冬不枯。鬼髮擘開纖玉掌，蚌胎剖破細瓊珠。熟煨爐火香于筍，白飣盤銀美似酥。珍膳莫充禪客供，恐猜魚子放江湖。

别宇文丈

滿耳聲稱蘼浣沙，萍根雲葉際天涯。襟扃嘖撲芝蘭氣，韻味清修詩禮家。膸把香編消歲月，點無浮葉靚春華。西歸人問簪朋得，將作東南第一誇。

壽韓司理

不因春酒駐紅顔，都是心清事弗關。草為囹空隨意緑，花緣客少笑人閒。幽情倚棹暫隨水，爽氣拄頤常看山。共指武陵衆潤地，桃花深處屋三間。

壽紹慶金守

神光高射斗牛墟，知是龍泉瑞氣舒。彩映北堂霜後檜，輝連東館月中書。江流麗水描來似，峽束棠溪畫得如。為報鯨鯢休陸走，劍芒元是發硎初。

庚子叨第贄合州甘守

吴門扞蔽重夔渝，兩地藩籬屬釣魚。自昔無城當蜀屏，從今有柱壯坤輿。軍心鐵石高深裏，敵膽灰塵築鑿餘。看偃天戈閒夜月，朗聲讀破磨崖書。

欲陳禮樂字三千，起趁東風萬里船。戎馬不禁文未喪，石魚間出瑞開先。自注：時築釣魚岩，中獲石魚之瑞。人知制梃摧堅甲，政比黃鐘緩急絃。願借風雲乘快便，一聲雷爆九重天。

賀李萬州守夔名卓

騎鯨汁漫謫仙臞，一世龍門只漢儒。天下文章從古有，人間勳業即今無。鶴山往事心存蜀，象潁新功力蔽吴。留取道宗遼外策，共為炎宋鞏皇圖。

淵淵聖道浩津涯，萬里尋師暮景斜。濫吹叢中情懶散，彈冠鏡裏髮爬鬖。蒼龜已卜林間屋，青犢還逢關上車。未得乞符求換骨，借閒讀易傍梅花。

壽蹇從叔制幹

黃鐘大吕播年華，簪盍城南捧九霞。共説賢寮心似鏡，何妨幕府事如麻。紛紛吏坌空迷目，蹇蹇王臣豈計家。共約歲寒松竹友，好携周易傍梅花。

壽蹇用叔姻翁總幹

明知少府是神仙，金水何須掛彩鞭。喜喜歡歡遊兩幕，平平穩穩過三年。紅蓮照水香仍舊，緋棗團秋味正圓。蘭玉已堪華晚節，更尋小圃菊花天。

壽狄知録六月六日

熟讀周官知幾冬，染人袍就彩絲縫。生當永日三三夏，數應西岷六六峰。因放盡言公活汝，民期無復鼠穿墉。籠中上藥芝苓富，却笑頻看鏡裏容。

賀田都統再帥夔

十乘由夔入釣魚，飲江無馬鴈安居。瞿唐催要金城壁，即墨争迎鐵裏車。八陣旌旗蛇勢整，九關風月虎符虚。白鹽萬丈齊天石，揭日奇功大字書。桃李三生黄口兒，春回桑梓放塤吹。燕依舊主今還再，兔守空株懶未移。暫對少陵堂下瀼，遠懷靖節菊邊籬。好風借與一帆飽，歸趁江空水落時。

謁夔門桂帥

閫歌整暇化清夷，笑把宗師正印提。繡腑文章開牘馥，錦江桃李爛成蹊。旌摇蜀水春浮峽，柝静蠻天月滿溪。衣衮歸覅近宸極，殊勳嘉歎殿頭西。志欲商伊學欲顔，尋師夢遶五湖間。不違誓至仁三月，親炙寧辭雪萬山。流海浪浮蝸戰角，排雲應許豹窺斑。還丹知换塵凡骨，趁得先生未出關。

贄鄂帥張仁簡

八牖玲瓏義理天，復齋心印妙親傳。化爐點處金非鐵，吏垈清餘否亦賢。吠息蒹蘆湖外月，炊生榆柳竈中烟。水浮鄂渚連牛渚，公子行行天上僊。不為名韁浪出山，朱門桃李恐闌珊。師尋湖海胸懷闊，道滿乾坤耳目寬。水驛已終三楚尾，天閣猶向五雲端。登樓便欲騎黄鶴，乞與書生换骨丹。

赴大寧司理贄俞帥

見説三關息虎貔，風高白帝卷旌旗。擎天砥柱瞿唐險，保蜀規模陣石奇。誓出祁山禽仲達，肯屯漢口學姜維。枕戈心事聞鷄起，未必閒眠聽竹枝。
入手青衫愧壯顔，悠悠底事白雲閒。有心文字幾千卷，適意茅茨三兩間。可奈紅塵飛白羽，不容黄叟卧青山。欲從寧水成仙骨，趁得先生未出關。

壽紹慶王守謹禮

燕寢凝香事自無，祝釐何用飲酴酥。袴歌雪外暖傳曲，社酒人間春滿壺。客到競誇逢子晉，我來甚喜見夷吾。摩圍山下閒摩詰，他日添歸九老圖。

壽劉節判

昨夜天香兩袖中，轉頭人日又桑蓬。雲龍風虎千年遇，聖主賢臣此際同。翠竹西來方嫩緑，夭桃栽後未繁紅。人間正喜洪鈞轉，莫問天台有路通。

壽涪州李漢輔使君

見得州如斗大輕，閒將五馬繫榕陰。兩江波上千家月，萬卷堂中一片心。尚笑龔黄為計淺，更尋伊洛問鈎深。莫慳仙李盤根實，可與輕紅種作林。

乙丑除夕衍少陵韻成七言寄示任兒於珍南

邊隅守歲莫思家，有酒盈樽即頌花。愛爾和鳴同野鶴，起予返哺學林鴉。生香不斷爐烟裊，絳蠟長明跋暈斜。時序推遷休問當，何思何慮樂無涯。

丙辰病起示兒

採薪背夏見書雲，世我相遺思轉清。識箇凝陰消又長，喜些真火熄還生。百年好夢黄粱短，一片閒心白鶴輕。獨擁寒衾長不寐，聽吹梅角動江城。

舟過三遊洞知遂脱兵火矣喜賦端平丙申

萬里扁舟歸自東，干戈滿地路難通。弟兄一榻聊相對，叔姪雙頭未許同。自注：合姪輩自公安各雇小舟。峽入三遊千丈險，水連西蜀百憂空。家山桃李期堪數，共約花間酌晚風。

泊舟洞庭雲薄天空湖光可愛恨未登岳陽樓耳

昨日蘭橈逐順流，今朝湖口泊歸舟。千山日暖雪花散，萬里風高雲葉收。江影曲通西蜀遠，湖光横與北溟浮。岳陽奇眺嗟猶欠，付與他年穩上樓。

壽鄧子西提幹與乃堂相距八日

碧梧清夢繞紅萱，袖橘歸來人倚門。七日喜稱王母壽，經旬還捧謫仙尊。松知得算霜中樹，梅報和羹雪外村。拄杖金魚消息好，慇懃拜舞勸加飧。

遺季子壽黄循齋一首

五峰高處五雲新，黄石先生非避秦。圯上未容書出袖，巖前元自易無塵。烟霞窟冷苦留客，雲霧窗虚亦可人。好為蒼生徹蒸暑，天邊散與一襟春。自得遺書學子房，擬來辟穀並山陽。仙鄉不秘眼前道，俗相慚無肘後方。經葉再傳新雨露，桃花重發舊門牆。呼兒莫怕蓬萊遠，勤爇南豐不盡香。

謁同年許使君德開

人人屬目快星凰，倚棹溪頭起漫郎。强仕慣聞紆郡紱，綴班希有擅文場。賸栽棠蔭兩江緑，重著藍袍再世光。人物西清自華選，未應琴鶴久松崗。

欲造詩壇奪錦標，幾回躡足愧還休。君提妙律都先手，我漫家吟浪出頭。濟世自憐無絶力，叩閽剛道有嘉猷。先生若動出關興，便爾挑包逐去舟。

謁九江周元公祠嗣性善度先生韻

聖賢隨遇即成都，仰止宗師謁故居。面揖光風江渚遠，心涵霽月海天舒。圖由自得前無畫，道未嘗亡今有書。共立斜陽歸去晚，當年與點意何如。

挽樂應乃堂時應祥唱第歸哭母

高堂憶昨燕春風，雙老怡愉桂棹東。藍袖歸時饒榜緑，橘香懷處少萱紅。悲纏忍見舟藏壑，德感還知月在空。有子天教優好善，五花不日賁泉宫。

挽南平趙化卿

昔遊曾到萬山峰，趙氏樓臺紫翠中。六藝近誇三世學，四賢争顯一家風。不堪顧影憐孤鴈，恰喜摩天有阿鴻。好是生香元不斷，靈椿雖老桂成叢。

挽何深甫

羨君底事過時人，一點閒愁不到心。笑語屢陪桃李酒，詩書曾對竹松林。已驚别鶴江天遠，何事騎鯨歲月侵。五桂聯芳知有日，去尋蕭侶碧雲深。

挽趙飛卿

萬翠亭邊山鬱葱，書聲散出五雲重。紅萱色改宧情薄，緑酒盃深客話濃。鴈起秋空從整整，鷗閒野水自溶溶。誰人為作坡仙傳，弟似潁濱文似邕。自注：蓋其乃弟文卿所撰之銘。

壽張方叔表弟

聞説書臺百世張，燕山來數竇家郎。含容寸念侔焚券，正直生平等發藏。丹桂香浮森駟馬，碧梧翠織引雙凰。松蘿歲晚陪真喜，染得卿雲爛有光。

和楊提刑喜雨

螻蟻何能格上穹，况於三伏藴隆中。瓣香載走神龍廟，法象俱來大梵宫。出岫金身能普濟，臨池玉醮可幽通。尚憑使者疎寃獄，歌舞豐年與衆同。

詔許歸耕荷聖王，又扶衰病過南方。幸親博洽前無輩，每歎平反後必昌。請雨賴公誠獨至，回天愧我德多涼。作詩志喜親銜袖，玩把渾如七寶裝。

和蘇提舉喜雨

瞻仰雖勤隔壤穹，此誠何自達天中。幸憑今日皇華使，不假當年帝釋宫。人道蘇天真廣大，歲逢商旱得流通。欲知八郡生靈喜，七月興歌我稼同。

皇上焦勞冠百王，精求膚使惠南方。驅馳靡憚周原隰，斂散尤高漢壽昌。屬邑近方憂水潦，單車不復待秋凉。公餘更有驚人句，為解塵懷倥傯裝。

和知宗喜雨

災祥何必問圓穹，自是承流得失中。旱魃憑誰投遠裔，靈科聊復啟仙宫。天憐南國人民困，雨走西郊畎滄通。多謝宗英相慰勞，也應休戚略相同。

赫赫炎官未退藏，祈禳已盡别無方。忽施潤澤環千里，再使榮華及百昌。未問民天無欠闕，且欣心地得清凉。一杯預作秋成慶，草草盤飧不用裝。

再和知宗喜雨

旱魃為災百念闌，瓢中一滴奈天慳。講求碧玉仙科秘，叱起蒼龍洞府間。神賜甘霖三日往，人欣和氣一朝還。憑公大手為民賀，五色牋中蜀錦斑。

三和知宗喜雨

藴隆尤更覺天穹，誰道滂沱正伏中。自注：是日中伏。風捲海潮雷助勢，夜占星畢月移宫。黄雲蓼轕村村喜，碧玉淙琤處處通。前日勤民均此念，尊前一笑大家同。

江海人推百谷王，可無膏澤惠炎方。五龍行水蘇將槁，萬頃秧田喜寖昌。不用飲冰袪内熱，急須沽酒做新凉。却愁好雨催詩句，愧乏良材取次裝。

和陳提舉喜雨

愁歎何繇達灝穹，秋成恐墮渺茫中。五龍偃蹇藏深廟，六佛慈悲會一宫。帝勅名山諸洞閉，醮開太乙獨函通。應憐赤子車中鮒，為激西江遍處同。

周家重穀業陳王，天亦哀民救此方。一雨如傾過衆望，三登可卜見時昌。固知福地長無歉，尤喜炎天預借凉。耆老首為鄉曲賀，唾成珠玉巧於裝。

再和陳提舉喜雨

了無和氣格清穹，天意難回執熱中。驟雨起從南海廟，雄風到自楚王宮。却愁水府丹瓢注，解使銀河赤岸通。急趁好晴催刈穀，坻京相慶萬家同。

十萬農租要納王，望霓雖切雨何方。桑林敬禮皇心禱，雲漢終歌國祚昌。坐使里閭消歎息，幻成境界得清凉。欲知千里人情共，盈袖新詩已可裝。

贊袁茶使

天隅把袖立春風，井絡民情許上通。煖到夜郎安静裹，寒消白帝撫摩中。摘山豈必溪芽盡，市駿何須冀種空。月渚扁舟書好讀，琅琅聲與大江東。

買舟過太湖口入小港

連天白水渺無涯，短涉湖灣五里賒。箇樣船腰穿浪急，片來帆腹飽風斜。日隨飛鷺幾程水，心逐浮鷗何處家。日落荒溪無繫纜，荻叢深處傍漁槎。自注：近湖數十里，多荒荻野水，無步岸，居民多夜傍漁船宿。

詠黄池詩

姑蘇平野入黄池，烟樹重重緑漲迷。肆列門前喧坌俗，稻臨屋背儘幽棲。路長車馬南還北，水遠帆檣東復西。小寺江心閒繫纜，周迴看盡柳盈堤。

中秋黄池舟中獨酌五首 時全父弟往臨安接性善船

秋深客棹倚吴頭，喜見江鄉素月浮。水墨畫成洲渚遠，神仙宅盡水雲幽。心閒最與趣相會，句拙常憐景莫收。多少樓臺羅綺席，未知真是賞中秋。

畫橋楊柳繫船兒，蟾魄飛來光滿溪。有水連雲疑地闊，無山礙月覺天低。魚堪寄信應時見，鴈欲横霜猶未齊。白酒堪沽雞中割，呼樽獨酌畫橋西。

賞月東西兩地遥，一輪千里共今宵。心中至樂成真得，分外閒愁不復摇。江寺鐃吾觀白水，自注：予舟在水心寺。郡亭喜弟看洪潮。自注：想弟與舍姪同看八月大潮也。世間歡賞由人爾，天地何曾有寂寥。

居家賞月天常雨，遠客逢秋月倍明。世事美時難兩得，化工好處少雙成。詩如遇興須重賦，酒若逢辰且再傾。不是衰遲廢拘檢，良心隨寓自忘情。

一年十二月華圓，何事今宵到處看。春夏暖時無底白，雪霜凝處不勝寒。酒腸緩放金罇倒，詩興何妨玉漏殘。莫學時人貪酩酊，清光未澈已闌單。

久留黄池待弟姪不至九日獨酌

將道花黄醉彭澤，自注：淵明居彭澤縣，在小孤山上流。又還茱紫酌平湖。詩因得意時時賦，酒為無賓淺淺沽。藍色已殘千岸柳，霜花催滿萬汀蘆。閒行閒坐雲和水，不識天工怪我無。

喜雨賀黄叔厚判縣

去年精禱雨隨至，今日熏香雨便來。人事只從無偽見，天心端可至誠回。溜匙即此知翻雪，枵腹何由更隱雷。若使邊臣充此意，凶殘到處豈難摧。

贊何總領

中興賦用倚江淮，兼裕良籌仰雋才。民社有歌耕足雨，伍符無腹隱枵雷。塞邊粟積漢而上，地上錢流唐以來。相業理財餘事耳，安能鬱鬱此居哉。

别黔中趙尉

好風吹雪點征衣，認得東君巧轉機。北渚燕鴻從背立，前灘鸂鶒喜雙飛。梅中有味不妨隱，蓮本無心何待依。到處江山生意滿，呼尊判倒是和非。

寄桃源尉趙謙之

桃源洞口送春歸，欲换漁蓑傍釣磯。火着高林鴉又散，弦鳴中澤鴈還飛。蕭蕭空雨晨光潤，耿耿籠燈夜色微。休對癡人獃説夢，野花啼鳥恁天機。

江干覽鏡

千重灘淺身曾過，萬頃湖深也去來。平地雪中蕭店宿，掀天浪裏片帆開。干戈鼎沸舟還失，炎暑甑蒸師正灾。小艇隨人偷入峽，笑開菱匣亦頑哉。

壽鄧提幹母

争似瑶仙捧玉觴，一堂四世聚簪裳。閒中尊俎江山久，静裏襟懷日月長。萸紫爛連庭桂紫，橘香濃引菖花香。陵溪種得桃無限，乞與漁郎半核嘗。嘗桃不祇似東方，三度濃熏竹院香。眼底兒孫青瑣客，鏡中顔色碧琳房。山屏繡出方壺穩，峽線拖餘翠水長。醉問羣仙休拍手，誰人翻得九霞觴。

贊趙廣安汝廩，字景賢

先生早矣袖薰弦，趁取南風入畠然。燕穩不妨辭闖幕，魚枯應喜活民編。萬家吟賞知微月，千里依棲刺史天。河漢定應思黼黻，大宗寧許久藩宣。

中秋微月和彭水趙文卿韻

剩雨頑雲乍解圍，清光此夜擬依稀。天工不許厭厭飲，月姊終慳皎皎輝。離合隨緣都是樂，陰晴任理兩忘機。謝君好語無貂續，題拙慙隨趙璧歸。

曹都統詩

胸中陳法久堂堂，卯歲邊戎真漫狂。佇看勝齊歸一鼓，未饒破魏說三當。弓刀早落風雲會，衮繡行依日月光。已撰磨崖碑萬字，為君題破碧苔蒼。

挽心友李應之判縣

書劍追隨徧蜀西，歸來窗月聽朝雞。相期歲晚林中約，忍見佳城石上題。錦里人稀烟冉冉，横川路迴草萋萋。黔南愧我催瓜戍，淚落巴山望欲迷。

妙歲麟經得興微，名成四十壯心違。半生于德歸門駟，一節夷清在首薇。古禮事親輪月曉，新詩易簀片雲飛。九京他日如堪作，見說非公誰與歸。

和郭廣文喜雨

隨軒好雨決渠深，生意挽回天地心。不是一麾賢出守，何緣三日往為霖。勸農襏襫田頭影，幽鳥間關花底吟。紫陌桑麻連菽粟，從教鼓腹曳裾衿。

見歐制幹

殿西歌徹采薇聲，記室煩君為一行。賓幕有班燕刻重，裴寮得愈蔡功成。文書晝静旌旗捲，籌畫宵閒鼓角清。今日元戎前長史，步趨脚跡好門生。

尋師萬里走東南，性學精微聞兩三。風月歸來深體認，簞瓢自樂細沈涵。巖前静索龜圖秘，蜀口驚呼蟻戰酣。欲覓底寮整殘斷，峽天分借一屏嵐。

挽垓山陳宣義

升堂曾得話從容，骨相清癯七十翁。唧唧愛人皆語妙，遲遲留客屢盃空。眼分青白斯文外，手作推敲雅詠中。我忝金蘭三世契，頗堪溪滸憶清風。

池口下小港遇大風

萬雷厖擊一江聲，本是風從水上行。斷港不妨尋住計，修塗未信阻歸程。閒中已會性天静，忙裏依然心地平。險阻怪崖行半百，扁舟肯學夜多驚。

詩翁下語寫心聲，説破雲濤阻客行。得意快吟三兩句，放懷休數八千程。時因極凍方回暖，水若無風還自平。一點陽和消息好，江邊柳眼又眠驚。

水本無聲風作聲，何心坎止與流行。掀天不礙翻洪浪，到海須知有去程。可以東西形暫激，不容軒輊性元平。懸知讀易如程子，舟壓銀濤膽不驚。

挽李致政

鷗閒伴侶子夔邊，錫類宗盟計百年。凖擬歸來尋舊約，不堪相送苾新阡。芝蘭笑語龍山事，桃李樽罍象潁天。鍾作數行臨老淚，為君滴向碧溪淵。

紹慶羅巡檢

蕉溪煙水似羅浮，君著軒亭瞰碧流。東館聽鷄書伴月，南邊休馬鐸沈秋。憐人得飽倉捐粟，送客登山岸倚舟。種玉前村春意早，梅花帶雪滿枝頭。

送田使君都統離夔赴合州 季兒夔幕荷其青顧

英雄才略暫臨夔，泛緑依紅詫小兒。肯向稠人識毛遂，甘從走督得神師。魚城人喜景星出，象濵猿驚仙仗移。七十老翁怕趨走，峽江亭上倍臨歧。

和桃源宰趙存禮韻

三時不害試鳩工，築鑿輪輿職自攻。利器祇因盤錯見，淳風須信古今同。野桃川谷逢人好，春草池塘待雪融。洞口果教花似舊，支筇未肯作衰翁。

回春節宰陽季明

只緣心地樂寬平，便把青衫付外心。健羨春鶯嬌出谷，自慚宿鳥倦投林。光陰有限嗟空度，義理無窮要極深。七十老翁聞好語，一回吟詠一回斟。

臘月二十八日與知宗提舉分歲郡中啜茶于北樓賞梅于忠獻堂知宗即席有詩次韻并簡提舶

老病踰年卧晉江，耽詩性癖未能降。園林牢落梅經眼，歲月峥嶸酒滿缸。堂上焚香敬勳德，樓頭回首念家鄉。黄柑未拜蕭嵩賜，鄉味分珍漫一雙。自注：時得温柑，各分二顆。

癸亥守歲聽兒桃源黄溪村居

貪看子舍築溪濵，屈指除宵又及辰。七八再逢新甲子，十三重記舊庚申。一盃春酒紅衰臉，四世斑衣悦老身。爆竹聲聽桃洞曉，舉家疑是避秦人。自注：正月十三日庚申，是年恰七十八歲。

今年爆竹楚江濵，别歲迎春僅隔辰。小築地偏聊爾爾，幽居心遠自申申。兒從豹變當斯世，我得鷗閒着此身。學易假年天若許，横書長作傍梅人。

癸未守歲

歲宜鄉里守，杯共弟兄銜。明日人相問，行年五十三。

逆風返順和東翔姪韻

觀國丹心切，横舟緑水遲。東君如有意，風返曉江吹。

北高峰

上到北高峰，京城一方册。天邊極雙眸，雲闊海門白。

湖口和全父弟韻

鄱陽湖口縣，山合鎖人烟。石壁排屏翠，臨江障百川。

秤錘峽

秤錘盤巨石，藏重亦藏輕。待出持衡手，一匡天下平。

避地雲山全父弟詩寄梅花

入秋烽火無虚日，問谷尋巖陪隱逸。水冷山深梅已花，忙中不覺年華易。地僻人稀花自妍，世衰學喪道終傳。天機妙處人難解，一局閒棊學洞仙。看花巖下興偏長，不減西湖水月光。鎮坐絶無塵一點，壽陽深笑靚宫粧。骨中香徹骨中清，着雨問花不作聲。一氣本同形色異，人、花清傑兩忘情。久荒詩律廢陶鈞，妙句佳君語意新。便欲支筇到巖底，不須折贈隴頭春。

石筒峽

槎枒怪石亂撑空，岸脚無沙到石筒。春水溶溶遲日麗，扁舟蕩槳穩朝東。

瞿唐峽

曾聞灧澦屹瞿唐，雪浪摧山勢獨當。我至韶融方二月，水平石出映斜陽。
萬丈危屏水墨圖，江流帶窄映雲衢。莫怪波平瀾不倒，回狂灧澦一峰孤。

井口鎮石牛詩

巨石如牛泝綠漪，象名為物本無知。休言神禹忘疏鑿，付與馮夷日箠笞。

登六和塔

錢塘江上撑空塔，塔外遥山翠作堆。酒罷凭欄呼落日，水雲深處子陵臺。

楊居士送眼藥

雲來雲去不干山，花落花開春又還。世事總歸明眼裏，皇王帝伯恁催班。

贈藺道士

入水大蟲出火龍，一生看守贊神工。知行例作等閒話，三尺兒童八十翁。

艘人誤同行錢文作詩解之

胯下當年甚可羞，身藏寶劍豈無謀。暫時俯首依人去，贏取堂堂萬户侯。
自反仁而自反忠，芳蓮開向火光中。同君九萬摶扶去，薄盡浮雲出太空。

文昌醮燈牌

牡丹枝上先春蕊，自注：花洲牡丹冬開。翠杏壇邊未雨虹。自注：杏壇見虹。知有文章光萬丈，鍾成佳氣滿黔中。

丁家洲

水雲留住覺無計，杞菊催歸知有涯。百丈黄昏牽月色，長洲灣處宿丁家。

驚雷驟雨

今年春晚天氣寒，桃李村村猶未吐。殷擊雷聲送五更，江皋一陣催花雨。

謁趙漕

山頭雲麥雜燒畬，桃李層層山半家。謳軋蠻歌聲滿峽，春生龍節爛光華。

槎星爛照玉堂明，樓雪晴融白帝城。鷗狎不知菱蕩轉，漫隨瀼水泛春聲。

文公桃李筍班中，問學心旌日夜東。時序催人烟水遠，臨流願借一帆風。

社日過洞庭

社風吹雨楚江晴，舟葉輕飛過洞庭。萬里湖天天外水，君山一點望中青。

固城湖

掌似平蕪遠際空，灣灣曲曲水相通。蘆汀蓼渚新秋裏，一段濃藍一段紅。

有户盡開楊影底，無軒不在水光中。濃藍染就秋空碧，只欠斜飛幾點鴻。

溪平岸闊柳侵沙，潑潑遊鱗弄月華。柔櫓數聲深夜悄，漁人相喚隔蘆葭。

涪州北巖書院别王東卿歸樂邑

雨前雨後山俱好，江瘦江肥水盡佳。一見論心無久近，休言眼底各天涯。

別王叔儼

會得箇中無兩重，笑棚傀儡虛拈弄。水雲佳處看回來，少聽癡人多説夢。

庚寅予自蓮蕩泝流全甫弟順流赴性善之招舟行不相值有感

君意已馳涪水下，我心猶望字川歸。只差一喚逍遙地，頓失幾年離別機。

鄂渚大雪

橫隄疎柳嘯寒風，吹起黃雲一色同。鸚鵡洲邊家十萬，曉來都在水晶宮。

用趙教授韻謝程簽判春雪

看來川泳與雲飛，道著兩間無隱微。須信眼前都是易，若求高遠又還非。

肖形可惜被形驅，浪説懽娛未足娛。心大如天無不有，何人剖蚌出明珠。

和存子姪賦雪

花飛六出瑞方春，不待翦裁開恁真。稚子未諳天意好，漫山笑道玉成塵。

和鄭季南喜雪

心閒無緒息紛紛，看盡山頭護雪雲。何事被他風月惱，詩壇隨分較功勳。

玉樹瓊林萬壑奇，從他烏鵲踏交枝。邵瓶無酒辜心賞，更看敲門一首詩。

避地身窮道不窮，溪山好處句尤工。水僊會得人心意，粧點茅茨畫軸中。

青女輕拋萬寶粧，梨花庭院冷無香。欲題好語覷天巧，攪盡枯儒幾曲腸。

天機流轉一回頭，覽鏡何須空自羞。雪盡草生春意好，人心不解漫閒愁。

木火盈爐破夜闌，茅庵烘暖覺身安。驕兒鼾寢僮眠却，些子天真不奈歡。

曉起四山積雪

寒透重衾可折膠，雨聲瑟瑟風颼颼。安排雪句吟春曉，果見青山盡白頭。

和王南運八陣磧

常山蛇勢少能明，治法還從陣法尋。先正後奇嚴自勝，堂堂真是武侯心。

問趙存禮分竹

南牆曾記極幽尋，午簟凉鋪瑣碎金。小築江干無限暑，西窗乞與半簷陰。

詠江南景物

幾千里地香秔緑，百億條溪高柳青。簇簇人烟富雞犬，太平原野喜初經。
有水青陰濃覆地，無山緑稼遠連天。垂楊影裏風帆亂，知有回溪曲護田。
幽深島嶼亂參差，溪水迢遥横復斜。鵝鴨馴人不怕棹，閒隨小艇過蘆花。

雞冠灘

灘邊奇石象雞冠，上下舟人側目看。但使此心存坦易，涉川履險亦非難。

謝惠小鮮

得魚悵望白雲遠，憐我盤鮮久乏烹。恰喜新橙具雙美，金虀催趁玉絲羹。

辛卯三月金沙道中

八九雨點青春老，三兩鶯聲緑蔭深。眼界無塵歸路穩，丹青難畫此中心。

同存子姪造蓮蕩舟中作

此行為愛蕩中蓮，萬里清風駕客船。兩壁青山看不盡，舉頭天際有飛鳶。

舟過磧江同存子姪論易

行行晚到磧江天，閒把乾坤仔細論。流水不知何處去，漁樵一飽兩忘言。

和陳希舜濁醪一首又次爲謀深遠之作一首

心地虛時來則受，德新要似湯盤又。濁醪妙理少人知，所以伯禹惡旨酒。
幾年龍技學勤勞，準擬豐餐嗜炙肴。庖刃如新驚歲晚，亦無蛙鱔薦松醪。
人心顯著道心微，體認深時始得知。若不沈潛格至理，雖多言語亦奚為。

古木

古木撑空萬丈青，鋪排峽險與江深。濃嵐欲滴春烟暝，畫出騷人一片心。

雲遊

走遍天涯地角來，流沙弱水接蓬萊。風輪空坐觀浮世，明鏡亭亭不用臺。原校：一作處處瑶池白玉臺

和全父弟九華峰

舟子偏驚拍岸風，不論蜀艇與南艸。片帆催落梅根渚，天際池山出九峰。

桑落洲望見廬山立雪一峰和全父弟韻

春風小立愛蓮時，倉卒狂吟壁上題。歲晚歸來無一事，好拚旬浹玩溢溪。
新晴破雨浪猶激，暫卸蒲帆泊短灣。桑落洲前凝睇遠，尖天白雪是廬山。

和全父弟巫山峰韻

巫峰十二最高頭，嵐色烟光翠欲流。舉首半空不可到，依稀絳闕與瓊樓。

爲清溪鄧茂林督工築室

欲話秋宵度兩三，被人閒與擔來擔。鳩工夜夜思籌北，命僕時時費指南。

收弟姪書自中都

優優至道貴居寬，休把浮名着意看。身在九宵牢着步，些兒下了上應難。

徐毅齋爲東翔姪改字爲存子

心酬萬事好深惟，來不須迎去莫隨。天理面前還仔細，夢醒休似夢酣時。

巫山十二峰

真靈間氣巧蟠融，天下應無似此峰。笑殺襄王凡俗骨，妄生狂夢想仙蹤。
心與巫山異境融，危岑天際駭奇峰。蒼茫草木晴雲外，有似乘鸞跨鶴蹤。

和峽州趙教授春後雪中惠酒

義理無窮歲月飛，有言難盡易精微。梅花帶雪春將半，龍戰爻中辯是非。
多君不許利名驅，官冷瓢空日自娛。猶有小槽春夜滴，呼僮踏雪遺紅珠。

諸公招飲不赴詩謝送酒

雙槳浮波日夜催，胥濤不到子陵臺。為憐摘菊空盈把，故遺鴟夷送酒來。
甍甍飛蠓哦空檐，躍馬官塵日上船。故步明知渾失却，剡溪興盡不須前。

端午自樂温往塾江道中作

端午人間擬醉眠，旅情茅店獨蕭然。起尋詩句記佳節，萬里無雲月滿天。

端平甲午踏槐前記夢中作

莫學寒蛩窗下吟，嗤嗤不作兩般聲。大千世界都聞了，管甚癡龍睡不驚。

和全母弟題旻重三丈居

眼前皆易未嘗東，祇恐援弓逐過鴻。認得羲皇心上畫，簞瓢何必問顔空。

包家園

衆緑争齊敷夏蔭，老紅猶自駐春粧。閙紅浪緑俱休問，争似叢松一色蒼。

詠絲桐

地闊天寬人一般，琴心會得語言難。高山流水知音少，月白風清時自彈。

下沱張西叔牡丹號奇品以詩寄花因用韻謝

天香吹落五雲來，滿眼浮花只浪開。國色不關朝得酒，粧臺漫飲紫金盃。

主人骨相花難比，折贈雙花副麗辭。為報此花香第一，何須鉛粉巧粧褫。

以上《字溪集》卷一一

句

五載彈冠尚覺忙。上余公玠　《字溪集》卷一二《紀年録》

文章不數向歆輩，姓字須教班馬香。和嚴父韻

豈但流王澤，應須沃朕心。大早汝作霖

霹靂一聲風卷去，誰家水館夕陽天。雨後

飽諳風月歸，庶幾無虚還。過廬山

可奈紅塵飛白羽，不容黄叟卧青山。過瞿唐

白雲無心閒渡水，清風何意自開花。偶書　以上同上書《字溪先生陽公行狀》

王濟之

王濟之，名不詳。陽枋友，曾有詩贈陽。

贈陽子

陽子窮居在顔巷，有田一廛宅一區。師門立雪得心傳，歸來兀兀哦古書。《字溪集》卷一二附録《字溪先生陽公行狀》引

（以上虞行整理）

圖書在版編目(CIP)數據

全宋詩　第57册 /北京大學古文獻研究所編. -北京:北京大學出版社,1998.12

ISBN 7-301-03974-3

Ⅰ.全…　Ⅱ.北…　Ⅲ.古體詩-中國-宋代-總集　Ⅳ.I222.744

中國版本圖書館CIP數據核字(1999)第00945

書　　名:全宋詩第五七册
著作責任者:北京大學古文獻研究所
責任編輯:馬辛民
標準書號:ISBN 7-301-03974-3/I·0519
出 版 者:北京大學出版社
地　　址:北京市海淀區中關村北京大學校内　100871
電　　話:出版部62752015　發行部62559712　編輯部62752032
排 版 者:北京華倫公司排版部62756343
印 刷 者:中国科学院印刷厂
發 行 者:北京大學出版社
經 銷 者:新華書店
850×1168毫米　32開本　22印張　570千字
1998年12月第一版　1998年12月第一次印刷
定　　價:40.00元

魁梧數百
年斧斤